Chaton

Besuch einer Heimat

Erzählung

Bibliografische Information der Deutschen
Nationalbibliothek:
Die Deutsche Nationalbibliothek verzeichnet
diese Publikation in der Deutschen National-
Bibliografie; detaillierte bibliografische
Daten sind im Internet über http://dnb.dnb.de
abrufbar.

Satz und Gestaltung:
Heike Markwitz, Rheinberg

Verlag:
BoD · Books on Demand GmbH, Überseering 33,
22297 Hamburg, bod@bod.de
Druck:
Libri Plureos GmbH, Friedensallee 273, 22763 Hamburg

ISBN: 978-3-8192-6480-1

Umschlagbild: Westwand der Urbeleskarspitze
(2632 m) / Privat

Peter Friedle in Dankbarkeit

1

In der Bahnsteighalle des Krefelder Hauptbahnhofs standen an jenem frühen Julimorgen des Jahres 1965 drei spärlich besetzte D-Zug-Wagen von ihrer Lokomotive verlassen auf Gleis zwei. Die rote Diesellok, die sie als Eilzug von der niederländischen Grenze hierhergezogen hatte, war abgekuppelt worden und hatte mit dröhnenden Motorgeräuschen und unter bläulichen Abgaswolken die Halle verlassen, war im Gleisgewirr des Bahnhofsgeländes verschwunden. Der fünfzehnjährige Larix verließ das Abteil und befand sich nun auf dem fast menschenleeren Bahnsteig. Er musterte die für seine Begriffe riesige Halle, eine typische, recht filigrane Eisenkonstruktion aus der Mitte des 19. Jahrhunderts. Das Dach bestand aus drei Kreissegmenten, einem mittleren, rechts und links von einem kleineren flankiert. Die Fronten des Hallendachs und der obere Teil des mittleren Gewölbes waren mit schmalen rechteckigen Scheiben verglast und sorgten für einen natürlichen Lichteinfall. Oberhalb der Bahnsteige hingen in Abständen Leuchtstoffröhren, die brannten, ohne einen Lichtschein zu verbreiten. Einige Reisende standen verstreut auf den entfernten Bahnsteigen und wirkten verloren. Kaum zwei Stunden zuvor hatten sich überall noch Scharen von Menschen zu ihren Arbeitsplätzen gewälzt. Gerade kam eine ältere Dame mit einem kleinen Koffer den Treppenaufgang aus der Unterführung empor. Als sie auf dem Bahnsteig angelangt war, blickte sie sich orientierend um und wandte sich nach links dem letzten der drei Waggons zu, den sie wenig später bestieg.

Der Junge vertrieb sich die Wartezeit, indem er den Abfahrtsfahrplan betrachtete. Der war auf gelbem Papier gedruckt und befand sich hinter der Glasscheibe eines auf zwei Metallfüßen stehenden Metallkastens in der Mitte des Bahnsteigs, gleich neben dem kleinen Kiosk für Erfrischungen, Reiseproviant und Zeitungen. Die Neonleuchte im Innern des Kastens erhellte den Plan und die toten, am Boden verstreut liegenden Insekten. Aufmerksam ging der Junge die fünf Spalten von links nach rechts und von oben nach unten durch. Bei den rot gedruckten D-Zügen verweilte er. Die Eilzüge – wenngleich ebenfalls rot gedruckt – und die schwarz gedruckten Personenzüge interessierten ihn weniger. D-Züge fesselten seine Aufmerksamkeit. Die steuerten ferne Ziele an. Ganz am Ende tauchten in dicken roten Lettern klangvolle Namen auf: Amsterdam, München oder Klagenfurt. Die Vorstellung, dass man hier, genau hier, wo er stand, nur durch ein paar Stunden getrennt, mit geheimnisvoll fernen Städten verbunden war, sorgte für eine angenehme innere Aufregung, für ein freudiges Gestimmtsein, auch wenn er selbst gar nichts Bestimmtes erwartete. Es war seine Traumferne, offenbar das imaginäre Gegenstück der gelebten Enge, der er unterworfen war, ohne sie bewusst wahrnehmen zu können. Das Erleben bedrückender Enge hatte in ihm die Vorstellung ferner Räume geweckt, die es zu entdecken und zu erkunden galt. Er stellte mit Befriedigung fest, dass sich der Eilzug, den er vor einer knappen Stunde mit dem Vater bestiegen hatte, hier in einen ranghöheren D-Zug verwandelte, der sie über Köln, Stuttgart und Ulm bis nach Kempten im Allgäu bringen würde. Dort würden sie umsteigen und schließlich ein winziges Tiroler Bergdorf aufsuchen. Vater hatte es „Boden" genannt und Larix konnte mit dem Namen nichts verbinden. Alles lag noch außerhalb seiner Vorstellung.

Er wandte sich vom Fahrplan ab und hielt Ausschau nach der E-Lok. Denn hier begann das elektrifizierte Schienennetz. Seine kleine Heimatstadt hingegen lag an einer Nebenstrecke, die mit Diesellokomotiven befahren wurde. Vor wenigen Jahren hatte er noch Dampflokomotiven gesehen, schwarze Ungetüme, die langsam vorbeizogen, wenn er an der Bahnschranke unweit des Bahnhofs gebannt auf die riesigen eisernen Räder starrte, die sich vom zischenden Dampf umwoben und vom schweren Eisengestänge angetrieben, gemächlich drehten und eines nach dem anderen hinter der roten Klinkermauer des Stellwerks verschwanden oder auftauchten und sich in umgekehrter Richtung vorwärts schoben. Der kleine Bahnhof seiner Heimatstadt übte zeitweise eine gewisse Anziehungskraft aus. Er trieb sich mit einem Spielkameraden am Güterbahnhof herum, der aus einer kleinen Lagerhalle mit Rampe und Platz für einen Waggon bestand. Die Bediensteten arbeiteten mit Sackkarren und besaßen einen von Hand bewegten hydraulischen Hubwagen für die größeren Lasten. Das Gelände hinter dem Güterbahnhof war eine unbebaute, brachliegende Fläche voller Strauchwerk, Gebüschen und Brombeerranken, an deren Rand sich ein Abstellgleis mit Prellbock befand. Dort standen bisweilen zwei oder drei Waggons, fast ausschließlich kleine gedeckte Güterwagen mit roten Holzwänden, schweren Eisenbeschlägen und einer Schiebetür. Manchmal stand eine Tür offen und sie blickten in den leeren Waggon. Einmal trauten sie sich, einen Wagen zu entern. Sie musterten stumm seinen Innenraum mit seiner leicht gewölbten Metalldecke, den Lüftungsöffnungen oben an den Seiten und den Stahlstreben der Wände. Unter ihren Füßen lagen staubige Holzbohlen, in deren Oberfläche schwere Lasten Rillen und Schleifspuren gegraben hatten. Alles erschien ihnen grob und überdimensioniert. Vorsichtig zogen sie sich wieder zurück und blickten verstohlen um sich. Niemand hatte sie bemerkt.

Wohl zehn lange Minuten, die seine Erwartung steigerten, tat sich nichts, außer dass auf der gegenüberliegenden Seite der Halle mit schrillen Bremsgeräuschen ein Personenzug einfuhr. Der Junge stellte auf dem weißen Fahrplan der Zugankunft fest, dass dieser Zug von Mönchengladbach kam und auf die Minute pünktlich war. Den Waggons entstiegen nur wenige Personen. Eine Lautsprecherstimme verkündete, dass der Zug hier ende und man nicht einsteigen solle. Endlich näherte sich auf seinem Gleis mit dröhnenden Geräuschen eine Rangierlok, die vier D-Zugwagen vor sich herschob. Mit einem Ruck, den die Puffer der Wagen lautstark quittierten und nach vorn weitergaben, hielten sie am hinteren Ende des Zuges. Eigentlich benötigte der Zug seine volle Länge erst ab Köln. Aber man hatte die Zusammenstellung des Zuges nach Krefeld verlagert, um den stark frequentierten Kölner Hauptbahnhof zu entlasten. Larix näherte sich dem Ort des Geschehens. Ein Bahnarbeiter im schwarzen Overall sprang zwischen die Puffer der Wagen, verschraubte den Kupplungsbügel des einen Wagens mit dem Zughaken des anderen und schloss Bremsdruckluftleitungen und Stromkabel an. Zwei Minuten später tauchte von der anderen Seite her eine dunkelblaue E-Lok auf, der Lokführer blickte von hoch oben – so schien es dem Jungen – den Kopf aus dem Seitenfenster gestreckt und brachte die Lok fast ohne Erschütterung mit ihren Puffern genau vor den Puffern des ersten Waggons zum Stehen. Der Junge hatte diesen Vorgang aus nächster Nähe betrachtet und dachte befriedigt: Das war Maßarbeit. Schon war der Bahnarbeiter wieder zur Stelle, sprang zwischen Lok und Waggon ins Gleisbett und verband Bügel und Zughaken, Druckluftbremsschlauch und Stromkabel.

Nun war es Zeit, ins Abteil zurückzukehren, wo sein Vater sich die Wartezeit mit dem Lesen der regionalen Tageszeitung vertrieb. „Gleich geht's weiter", sagte der Junge. Der Vater blickte kurz von seiner Zeitung auf und nickte. Gerade hatte er mit Genugtuung zur Kenntnis genommen, dass diese linke Journalistin Meinhof vom Amtsgericht München zu einer Geldstrafe verurteilt worden war. Was hatte sie auch Franz Josef Strauß als „infamsten deutschen Politiker" zu titulieren? Journalismus wollte das sein? Hetze und Beleidigung nannte er das. Überhaupt ging ihm dieses neue „Revoluzzertum", wie er die politischen Studentenaktivitäten verächtlich nannte, gewaltig gegen den Strich. Lebte man jetzt in einer Demokratie, oder nicht? Natürlich in einer Demokratie. Es gab Parteien, Parlamente und es gab Gewerkschaften. Denen galt zwar nicht seine Zuneigung, aber er akzeptierte sie als „notwendiges Übel". Er selbst hatte eine kleine, leitende Position inne, mit Personalverantwortung. In seiner Firma gab es keine Gewerkschaftsvertreter. Probleme regelte man direkt mit der Geschäftsleitung. Aber diese Leute mit den großen politischen Reden waren doch Studenten. Schöne Studenten waren das. Sollen etwas Vernünftiges studieren, anstatt zu demonstrieren.

Dass die politische Vergangenheit mancher Politiker nicht vom Nationalsozialismus unbefleckt war, war ihm schon klar. Aber das waren doch Einzelfälle, ein paar schwarze Schafe, die man beim Aussortieren nach dem Krieg übersehen hatte. Möglicherweise sogar bewusst. Man betrachtete sie als geläutert und hatte ihnen die Chance gegeben, sich als Demokraten zu bewahren. Die großen Verbrecher waren doch zur Strecke gebracht worden oder hatten sich selbst zur Hölle befördert, wie der Führer, sein Klumpfuß und sein fettes Schwein. Warum dieser Riesenwirbel? Und überhaupt, dieses kommunistische und kollektivistische Gedankengut, das diese Radikalen propagierten. Vier Jahre hatte er als Kriegsgefangener unter Stalins Bolschewismus zugebracht, hatte auch die Russen selbst gesehen. Besonders glücklich waren die nicht mit ihrem Regime. Ihm brauchte man nichts zu erzählen. Glück im Unglück hatte er gehabt, war nicht nach Sibirien verschleppt worden, sondern in einem Lager in der Ostukraine in der Nähe von Konstantinowka gelandet. Dort war die Überlebensrate etwas höher, weil man sich während der Erntezeit in den riesigen Sonnenblumenfeldern von den Kernen ernähren konnte. Und doch waren die meisten seiner Leidensgenossen krank und entkräftet gestorben wie die Fliegen. Die einfachen Russen hatte er als gutherzige Menschen erlebt, die selbst kaum genug zu essen hatten. Und er konnte es nicht begreifen, dass die Nazis diese Menschen als Untermenschen betrachtet und gnadenlos mit ihren Stiefeln wie Ungeziefer zertreten hatten.

Auf dem Bahnsteig war der Fahrdienstleiter in blauer Uniformjacke, mit roter Schärpe und Schirmmütze, Signalpfeife und Signalkelle in der Hand erschienen. Eine Lautsprecherstimme verkündete die bevorstehende Abfahrt des Zuges und bat um Vorsicht bei der Abfahrt. Der Zugschaffner lief von vorn nach hinten an den Waggons entlang, schloss mit lautem Knall letzte Wagentüren, enterte selbst den Zug und stand auf der unteren der beiden Metallgitterstufen des letzten Wagens, während er mit einer Hand schon die Tür am Griffbügel der Innenseite festhielt. Ein kräftiger Doppelpfiff, lang, kurz, dem Lokführer die grüne Seite des hochgereckten runden Signalschilds leicht winkend entgegengehalten und nach einigen Sekunden setzte sich der Zug langsam in Bewegung. Ihr Wagen verließ fast unmerklich die Halle. Der blaue Himmel wurde sichtbar und die mit einer hellgrünen Patina bedeckte Kupferhaube des hohen Uhrturms leuchtete in der Morgensonne. Langsam zog das Bahnhofsareal mit seinen Gleisen, Hallen, Schuppen und abgestellten Lokomotiven und Waggons vorbei und fiel zurück, während der Zug stetig beschleunigte. Von Weiche zu Weiche nahm die Zahl der Gleise ab, schließlich hatte er seine Reisegeschwindigkeit erreicht und es ging in schneller Fahrt Richtung Köln.

Vor ein paar Jahren war der Junge bis Köln, ja sogar bis Bonn gekommen. Aber er erinnerte sich nicht so recht. In Bonn hatte seine Oma mütterlicherseits gewohnt, bevor sie zu ihnen gezogen war. Still und zurückgezogen lebte sie in ihrem Zimmer und wurde von seiner Mutter betreut. Vor drei Jahren war sie in ein Altenheim in Bonn gegangen, wo die Familie seiner Tante sich um sie kümmerte. Vergangenes Jahr war sie gestorben. Nur die Eltern waren zur Beerdigung gefahren und die älteren Geschwister. Er selbst bewahrte das Bild einer unendlich alten, schweigsamen Frau, die unentwegt strickte Unterhosen für die armen Heidenkinder in Afrika. Wenn sie aufblickte, schaute sie ihn mit einem wohlwollenden Lächeln an. Vielleicht war es dieser Blick, der sich ihm eingeprägt hatte. Denn man schaute sich wenig in die Augen, weil die Blicke nicht so frei waren wegen des Streites und Zwistes der Eltern und der Resignation in der Familie.

***

Die Bahnhofshalle zu Füßen des Doms war im Vergleich zum Krefelder Bahnhof geradezu gigantisch. Züge und Menschen füllten sie mit ihrer Gegenwart und dem Strom ihrer Bewegungen. Eine brausende Lärmglocke umhüllte das Geschehen. Lautsprecherdurchsagen an verschiedenen Punkten der Halle durchbrachen den Lärm, schienen die Anweisungen einer unsichtbaren Regie zu übermitteln. Nach wenigen Minuten ertönte nah und deutlich aus den Lautsprechern ihres Bahnsteigs die Ansage der Weiterfahrt. Vater sagte, dass sie auf der linksrheinischen Seite fahren würden und das Mittelrheintal sehr schön sei. Tatsächlich befand sich die Abteilseite des D-Zugwagens in Fahrtrichtung links, also dem Rhein zugewandt, und durch die große Scheibe bot sich ein umfassender Ausblick auf die Landschaft, in die sie langsam hineinfuhren. Kurz hinter Bonn wurde der breite Strom wieder sichtbar und seine Flusslandschaft begrüßte die Reisenden mit den Inseln Nonnenwerth und Grafenwerth. Larix folgte dem Rat des Vaters und wechselte auf die Gangseite, um einen Blick empor zur einstigen Burg Rolandseck zu werfen, von der nur noch ein Fensterbogen, Rolandsbogen genannt, ein Erdbeben überstanden hatte.

Vater kannte sich in dieser Gegend bestens aus. Aber er sprach eigentlich wenig über seine Jugend, seine Lehrjahre und überhaupt von der Zeit vor dem Krieg, die er in Bonn verbracht hatte. Einmal hatte er seinen Sohn mit nach Monschau genommen und ihm das Kolpinghaus gezeigt. Dort sei er häufig während seiner Lehre mit Kameraden gewesen. Aber wer waren diese Kameraden? Wo hatte der Vater überhaupt seine Lehre absolviert? Der Begriff „Borromäusverein" wurde erwähnt. Der Junge hatte den Hinweis einfach zur Kenntnis genommen und es kam ihm nicht in den Sinn, Fragen zu stellen. Manchmal sprach der Vater von seinem Förderer und väterlichen Freund, wie er diesen Menschen nannte. Aber niemand in der Familie hatte den Mann je gesehen. Es fragte auch niemand nach. Die Lebensgeschichte des Vaters blieb unerzählt. Auch Mutters Geschichte fand selten Eingang in die familiären Unterhaltungen. Hinter der elterlichen Gegenwart breitete sich eine für Larix und seine jüngere Schwester unzugängliche Vergangenheit aus. Wurde über Familie und Verwandtschaft gesprochen, bewegten sich die Reden im anekdotischen Bereich. Man lebte in der Nachkriegszeit, ausgefüllt mit ihrer neuen Gegenwart. Die Vorzeit schien aus einer fragmentierten Realität zu bestehen, die einfach kein deutliches Bild ergab. Auch die älteren Geschwister sprachen kaum über ihre Vorkriegs- und Kriegszeit, besaßen ihre Kindheitserlebnisse, die an der Oberfläche ihres Daseins siedelten. Von englischen Besatzungssoldaten war die Rede und von ihrer Kantine, wo man ein Stückchen Schokolade erhaschen konnte. Immerhin hatte sich die Abneigung der Eltern den Nazis gegenüber deutlich mitgeteilt. Vater konnte sich bisweilen in Rage reden, wenn diese Zeit wieder einmal im Gespräch auftauchte.

Hinter Koblenz verengte sich das Rheintal. Der Fluss schlängelte sich in engen Windungen und wurde an beiden Ufern von steilen Hängen begleitet. An vielen Stellen zeigten sich kleine Felsvorsprünge. Langsam glitt der Waggon am Ufer entlang, schien an manchen Stellen Felswände zu streifen, in den Kurven kreischten die Räder. Verschiedene Tunnel nahmen allzu enge Radien aus der Strecke. Der Blick des Jungen haftete fasziniert an dieser wilden, mit Felsen durchsetzten Landschaft, entdeckte an den Hängen Gebäude inmitten terrassenförmiger Gärten. Und er beneidete die Menschen, die dort lebten, um diese schöne Landschaft, die immerzu um sie her war, während er vom Zug schon wieder weitergeführt wurde. Der Vater machte ihn auf Weinberge aufmerksam, die er aufmerksam betrachtete. An einigen Stellen reichten die vertikal gezogenen Rebenreihen dicht an die Gleise. Oberhalb des Ufers gegenüber erhob sich hell leuchtend auf einem bewaldeten Hügel die Marksburg. Überragt wurde die beeindruckende mittelalterliche Anlage von drei riesigen, eng beieinanderstehenden Schornsteinen. Errichtet Anfang des 20. Jahrhunderts, wusste der Vater. Die Ortschaft unterhalb der Burg hieß Braubach und in der Gegend wurde wohl seit der Römerzeit Silbererz, später bleihaltiges Erz abgebaut und verhüttet. Der schädliche Hüttenrauch wurde über Abgaskanäle den Berg hinaufgeführt und dann über die Schornsteine in die Luft abgegeben. Larix empfand den harten Kontrast zwischen Burg und Schornsteinen als eine Störung der Harmonien dieser Landschaft.

Der Zug arbeitete sich vor und durchfuhr Orte mit klingenden Namen wie Boppard, Sankt Goar, Oberwesel oder Bacharach. Vater kannte sie alle.

Gegenüber erhob sich der Felsen der Loreley und Vater zitierte Brentanos Ballade „Zu Bacharach am Rheine", die eine Reminiszenz seiner Schulzeit war. Die Verse der ersten Strophe bekam er noch hin, dann zerbröckelte der Text und übrig blieb nur noch das eine oder andere Reimwort. Viel später würde Larix von Heinrich Heine hören, von der finsteren, alten Stadt Bacharach, wo man den Juden fingierte Ritualmorde in die Schuhe schob, um sie zu drangsalieren. Ja, das Rheintal hatte es in sich. Diese uralte Kulturlandschaft entrollte sich in immer neuen Bildern vor den gebannten Augen des Jungen. Und der Strom der Eindrücke wurde zur inneren Freude, die ihn durchfuhr wie der Zug dieses Land.

Es ging auf Bingen zu, vorbei am Mäuseturm auf einem Felsen mitten im Fluss. Der Sage nach hatte der grausame Bischof Hatto hier seine letzte Zuflucht gesucht. Doch er entkam nicht den Mäusen der Gerechtigkeit, die ihn bei lebendigem Leibe auffraßen. Bald fiel die Landschaft in die Plattheit und Flächigkeit zurück, die der Junge nur allzu gut kannte. Der Rhein verschwand aus dem Blickfeld, der Zug nahm wieder Fahrt auf und spulte monoton Kilometer ab. Wenn er einen entgegenkommenden Zug passierte, ließ der Luftdruck mit einem trockenen Wummern die Scheiben erzittern und den Waggon erbeben.

In Erinnerung blieb dem Jungen der Stuttgarter Hauptbahnhof, weil er ein Kopfbahnhof war, eine Bauform, die er noch nie gesehen hatte. Die Strecke hinauf zur Schwäbischen Alb breitete eindrucksvolle Landschaften aus. Die Geislinger Steige, sagte der Vater mit einer gewissen Hochachtung vor der mit engen Kurven und Tunneln gespickten Strecke. In Ulm wurde die E-Lok durch eine Diesellokomotive ersetzt für den restlichen, nicht elektrifizierten Streckenabschnitt nach Kempten.

***

Der damalige Kemptener Hauptbahnhof war ein kleiner Kopfbahnhof und befand sich kurz hinter der hohen Eisenbahnbrücke über die Iller, die auch ihr Zug überquert hatte. Vater und Sohn waren ausgestiegen und liefen langsam auf das Bahnhofsgebäude zu, erreichten die Galerie hinter den Prellböcken. In diesen ersten Momenten auf dem unscheinbaren Bahnsteig wurde im Bewusstsein des Jungen die Ankunft zur Ankunft in seiner Ferne, unendlich fern von jenem Jungen, der am frühen Morgen den Fahrplan auf dem Krefelder Bahnhof verschlang – die rot gedruckten Ziele vor Augen. Jetzt aber spürte er, dass hier eine Welt, seine Welt, ihren Anfang nahm. Eine helle Welt, die freundlich in sein Bewusstsein hineinblickte. Voller freudiger Erwartung lief er ihr entgegen, während er langsam den Bahnsteig hinunterging. Gewiss hätte er seine erwachende innere Welt auf Dauer mit Kempten und dem Allgäu verbunden, wenn ihn an jenem Tag der Weg nicht ein kleines, entscheidendes Stück weiter in ein winziges Dorf geführt hätte, um zu begreifen nach langer Zeit.

Vor ihnen begrüßte ein älterer Herr in kurzer Lederhose einen Reisenden, der mit ihnen den Zug verlassen hatte. Larix hatte noch nie einen erwachsenen Menschen mit einer Lederhose gesehen, die nicht einmal über die Knie reichte. Als Knabe hatte er eine kurze Lederhose getragen, aber ein Erwachsener? Offenbar ein Bewohner dieser Welt, die Larix gerade betrat. In einer Stunde ging es weiter mit dem roten Schienenbus nach Reutte. Sie verbrachten die Wartezeit in der Bahnhofsgaststätte, deren Innenausstattung aus so vielen Details bestand, denen der Junge staunend begegnete.

Die dunklen Holzvertäfelungen, die Holzstühle und Bänke, die klobigen Tische, die Malereien mit Hochgebirgsmotiven, die Gamskrucken und Hirschgeweihe an den Wänden. Und eine Kellnerin im Dirndl, die sie im Dialekt ansprach: „So, wos derf i eana bringa?" Der Vater bestellte eine Tasse Kaffee und Larix fragte zaghaft nach einer Fanta. Der Vater wurde gesprächig und erzählte seinem Sohn, dass er nach dem Krieg fast eine Anstellung hier in Kempten bekommen hätte. Er habe schon die Zusage besessen, aber Mutter habe nicht weggehen wollen. Er habe nachgegeben und in einem kleinen Verlag und Druckhaus die Leitung der Buchbinderei übernommen. Warum hatte er nicht sein Projekt gegen den Willen seiner Frau durchgesetzt? Er wisse es nicht wirklich. Ihre Uneinigkeit hätte fast die Ehe gesprengt. Es gab andere Streitpunkte, doch dieser hatte ihrer Zweisamkeit einen gehörigen Schlag versetzt. Aber er war so schrecklich katholisch und voller Skrupel, die im Gewand der Verantwortung gekleidet waren. Eine Ehe musste unbedingt halten, allein schon der Kinder wegen, selbst wenn sie nur noch ein tristes Mosaik aus unzähligen notdürftig gekitteten Scherben war. Vater hatte schließlich klein beigegeben und seinen sozialen Traum begraben, den Traum des geachteten Bürgers in einer überschaubaren Stadt.

Während der Vater sprach, war es dem Jungen, als zöge dieser wundersam eine Welt aus dem Hut, die er bisher verborgen gehalten hatte und in der er sich mühelos zu bewegen schien. Vielleicht hatte er gespürt, dass ebendiese Welt, seine Evasion, die sonst niemanden in seiner Familie interessierte, ja die sogar bekämpft wurde, dieses seiner Kinder ansprach. Ja, vielleicht war dies das eigentliche Motiv, das ihn veranlasst hatte, den gemeinsamen Urlaub mit diesem Sohn, dem jüngsten seiner drei Söhne, zu verbringen. Es war die Hoffnung, dass aus den vielen Trümmern zerschlagener Wünsche und zermalmter Fantasie etwas wie eine tröstliche Blume erwachsen möge und er vielleicht selbst noch einmal zur Freiheit vordringen könne, die Schuhe der magischen Wanderung schnürend. Sein Blick musterte verstohlen diesen Jungen, der ihm immer wieder so unzugänglich erschien, so wenig mitteilsam. Manchmal glaubte er, in seinem Charakter die Kaltschnäuzigkeit der Mutter zu verspüren. Er ahnte, dass er selbst und seine Frau mit ihrem unglücklichen Eheleben voller Zwietracht und ewigem Streit ihre beiden Jüngsten zum Schweigen gebracht hatten. Sie waren verstummt und auf der Hut, anstatt sich ihnen vertrauensvoll zuzuwenden und ihr Herz zu öffnen. Und er hoffte, dass sein Kind ihn wenigstens an seinem Handeln erkennen möge, wenn es denn nicht mehr zum vertrauten Gespräch reichen sollte. Ja, er fühlte sich gerade diesem Kind gegenüber schuldig. Alle anderen schienen mit ihren Eltern abgeschlossen zu haben, aber auf dem Haupt dieses Jungen sah er die ganze Last ihres schlimmen Handelns versammelt und er wollte doch etwas tun, um die Bürde zu mindern, damit sie dem Kind nicht ein Leben lang wie die Kugelkette dem Sträfling am Bein geschmiedet bliebe.

Vor zwei Jahren hatte er den alten, sporadischen Kontakt mit seinem Freund aus Kempten wieder intensiviert. Vergangenes Jahr war er förmlich von zu Hause abgehauen, hatte zwei Wochen Urlaub bei seinem Freund verbracht. Sie waren häufig unterwegs gewesen bis nach Südtirol. Und der Freund hatte ihm das Lechtal gezeigt und eben jenes winzige Dorf in einem kleinen Seitental. Er war hingerissen, erkundigte sich nach Übernachtungsmöglichkeiten und fand ein einfaches Zimmer im Haus eines jungen Bergbauernpaares. Liebenswürdige Leute, ein glückliches Paar trotz aller harten Arbeit. Sie besaßen eine vierjährige Tochter und einen zweijährigen Sohn. Dieses Dorf strebten sie gerade an, dort wollten sie drei Wochen Urlaub verbringen. Als der Vater seinem Sohn den Vorschlag gemacht hatte, war dieser sogleich einverstanden gewesen. Die Vorstellung, hochalpine Touren zu machen, machte ihm keine Angst, im Gegenteil. Er war Touren aller Art gewohnt. Mit der Jugendgruppe machte er lange Fahrradtouren bis nach Holland.

Der Vater schlug vor, einmal in Kempten vorbeizuschauen, vielleicht während der Allgäuer Festwoche. Die sei wirklich sehenswert. Der Freund würde ihnen sicher die Stadt zeigen. Den sollte er überhaupt kennenlernen, das sei ein so lustiger und liebenswürdiger Mensch. Larix zeigte sich interessiert. Ein Blick auf die Uhr: Es war Zeit, zum Bahnsteig zu gehen. Der Zug werde wahrscheinlich mit Urlaubern gut besetzt sein. Und so war es. Inmitten von einem Berg aus Gepäckstücken aller Art ergatterten sie mit Müh und Not einen Sitzplatz ganz hinten im hinteren Wagen des aus drei Wagen bestehenden Schienenbusses. Natürlich wollte Larix stehen, nicht nur, weil es sich schickte, dem Vater den bequemen Sitzplatz zu überlassen, sondern wegen der besseren Rundumsicht, die er im Stehen genießen konnte.

Zu sehen gab es zunächst die sanft hügelige und grüne Landschaft des Ostallgäus mit ihren zahlreichen eingezäunten Weideflächen, einzelnen Höfen, kleinen Weilern und Dörfern. Überall, so schien es dem Jungen, standen Kapellen und Kirchen mit spitzen Türmen, wie er sie aus seiner Heimat kannte, oder mit alpenländischen Zwiebeltürmen. Gruppen träge grasender oder ruhender Kühe bevölkerten die Wiesen. Die Tiere besaßen ein hellbraunes, manchmal auch ein graues Fell im Gegensatz zu den schwarz-weißen Tieren daheim, die als schwarzbunte Holsteiner bezeichnet wurden. Da und dort konnte man schon einen Blick auf das Hochgebirge erhaschen, das noch sehr fern zu sein schien. Vater deutete auf eine markante, nicht allzu weit entfernte Erhebung. Das sei der Grünten, der Hausberg der Kemptener. Bundesstraße und Schienenstrang der einspurigen Bahnstrecke kreuzten sich mehrfach. Larix verstand den Unterschied zwischen Bahnhöfen und Haltepunkten. Letztere besaßen keine zusätzlichen Gleise und Weichen, sondern der Zug hielt einfach auf dem einzigen Gleis an. Kühe hätten übrigens Vorfahrt, scherzte der Vater, als der Zug inmitten einer Wiese anhielt. Ein geschotterter Streifen diente als Bahnsteig.

***

Der Schienenbus erreichte das Ende der grünen Hügellandschaft. Hinter Pfronten passierten sie die Grenze. Die Hügel verwandelten sich in bewaldete Kuppen, erste Felsen tauchten auf. Nachdem der Haltepunkt Ulrichsbrücke erreicht war, drangen sie langsam ins Innere der alpinen Welt vor. Mit einem Mal ragten wie aus dem Boden gezaubert zunächst spärlich und in einiger Entfernung hellgraue Felsmassive empor. Sie rahmten den flachen Talboden, der mit Wiesenflächen, kleinen Dörfern und verstreuten Holzhütten besetzt war. Zwischen dem hellen Grün des Tals und dem hellen Grau der Felsen hoch oben in der Gipfelzone breitete sich ein dunkelgrüner Gürtel aus Bäumen. Und als Larix seinen Vater fragte, wie denn Bäume auf fast senkrechten Flächen hoch oben wachsen könnten, erklärte ihm der Vater, dass dies keine Bäume mit Stämmen mehr seien, sondern sogenannte Latschen oder stammlose Bergkiefern, die noch höher als Bäume siedelten. An einigen Stellen blinkten in den Felsen kleine weiße Flächen, die der Vater als Schneefelder bezeichnete. Und als er hinzufügte, dass sie auf ihren Wanderungen noch an so manchem Schneefeld vorbeikommen würden oder es gar überqueren müssten, schlug das Herz des Jungen erwartungsvoll. Schnee mitten im Hochsommer – welch eine aufregende Vorstellung. Der Zug näherte sich seinem Ziel. Die Felsmassive waren zahlreicher und höher geworden, zugleich mündete das Tal in einen weiten Talkessel.

Da war der Reuttener Bahnhof, wo der kleine Strom der Touristen dem Zug entstieg und sich langsam durch das Bahnhofsgebäude auf den Vorplatz wälzte. „Jetzt sind wir in Tirol", verkündete Vater mit fester Stimme, als wollte er mit diesem Satz etwas Aufrechtes zum Ausdruck bringen, so dauerhaft wie gewachsener Fels. Schon nahte der Postbus, ein echter Saurer, von Steyr in Lizenz gebaut, ein cremegelber Dinosaurier, mit einer riesigen Motorhaube, unter der ein Sechs-Zylinder-Dieselmotor werkelte, der 125 PS entfachte und maximal 80 km/h ziemlich qualmender und ohrenbetäubender Geschwindigkeit auf die Straße brachte.

„Das ist unser Bus", rief der Vater. Als das Gefährt vor ihnen stand, bemerkte Larix auf der Seitenwand ein Wappen, einen wild dreinblickenden Adler, mit einer riesigen Zunge wie eine Flamme und mit einer goldenen Stadtmauer auf dem Kopf. Er hielt einen goldenen Hammer und eine goldene Sichel fest in den Klauen, und eine Kette, die seine beiden Fänge wie die Beine eines Sträflings gefesselt hatte, war zerbrochen. Was mochte mit diesem spannungsvollen Symbol gemeint sein? Das müsse das österreichische Staatswappen sein, erklärte der Vater. Aber die genaue Bedeutung der Symbolik wusste er auch nicht. Die zerbrochene Kette bedeute wohl das Ende der nationalsozialistischen Tyrannei.

Der Fahrer schaltete den Motor aus und kletterte die Stufen des vorderen Einstiegs hinunter, verschloss die Tür, öffnete mit einem Vierkantschlüssel die beiden Klappen des großen Kofferraums, in dem die Gepäckstücke der Reisenden verschwanden. Wer früher ausstieg, achtete darauf, dass sein Gepäck zuletzt verladen wurde. Vater und Sohn verstauten ihre beiden Rucksäcke und Koffer in der Mitte. Als das Gepäck an Bord war, setzte sich der Fahrer an seinen Platz und die Reisenden betraten einer nach dem anderen den Bus. Nachdem sie ihre Fahrscheine gelöst hatten, begaben sich die beiden nach hinten und fanden tatsächlich noch zwei freie Sitzplätze. Den Fensterplatz bekam Sohnemann, das war doch klar. Allmählich hatten sich alle an ihren Plätzen eingerichtet und es trat erwartungsvolle Stille ein. Plötzlich erwachte der Motor zu seinem explosiven Leben, an dem er alle Reisenden teilnehmen ließ, sowohl mit seinem auf- und abschwellenden Knurren als auch mit dem Vibrieren und Rütteln, das ihre Sitze zittern ließ und die Fahrgäste durchschüttelte. Und los ging die Fahrt.

Da war der Lech, den sie zweimal überquerten. Sein strömendes Wasser war hellgrün, mit vielen kleinen schimmernden Kronen und floss in einem breiten Geröllbett, das seine Mäander nicht ausfüllten. „Wenn er Hochwasser führt, nimmt er die ganze Breite seines Bettes ein und seine Farbe ist schmutzigbraun, weil er Erde mit sich führt, die ihm seine Zuflüsse aus den Hochtälern liefern", bemerkte der Vater.

Offenbar beherrschte der Bus alle möglichen Fahrweisen, außer einer ruhigen Geradeausfahrt. Denn kaum kam er auf einem geraden Stück zur Ruhe, schwoll schon wieder die Motorbremse an. Der Fahrer trat beherzt aufs Bremspedal und legte den Bus in die Kurve, aus der das Gefährt vom

Motor wütend beschleunigt wurde, um das nächste gerade Stück anzuge-hen. Es war mehr ein Ritt, denn eine Fahrt. Und man wusste nicht, ob der Lärm den Reisenden die Sprache verschlagen hatte oder das wüste Fahr-geschehen, das sich um sie her abspielte und aus dem es kein Entkommen gab. Man war dem Busfahrer und seinem Gefährt auf Gedeih und Verderb ausgeliefert. Früheren Kutschenreisenden mochte es ähnlich ergangen sein. Larix schaute und schaute, während sich der Bus von Dorf zu Dorf vorarbeitete, immer tiefer ins Haupttal hinein. Das Tal nahm eine gewisse Enge an. Zu beiden Seiten rückten die Berge immer näher, so schien es ihm, ja sie wuchsen aus dem flachen Wiesengrund des Tals jäh empor. An manchen Stellen schien ein Berg am Rand einer Wiese gegenüber zu fußen und in greifbare Nähe zu rücken. Langsam leerte sich der Postbus, denn an jeder Haltestelle stiegen ein paar Feriengäste aus, kaum jemand aber stieg zu. Bei jedem Halt musste auch der Fahrer aussteigen und die Klappe des Gepäckraums öffnen. Den Motor ließ er derweil laufen, um ohne Zeitver-lust gleich weiterzufahren.

Da war der kleine Talort Elmen, etwa zur Hälfte des Tals. Dort hielt der Bus mitten im Dorf, direkt neben einem Gasthof mit Namen „Kaiserkro-ne". Vater und Sohn stiegen aus. Der Fahrer öffnete das seitliche Gepäck-fach und sie nahmen ihre Rucksäcke und Koffer entgegen. Sie betraten das Gasthaus und blickten in den Gastraum, der gesteckt voll mit Menschen war. Ihre lebhaften Unterhaltungen erfüllten den Raum. Diese Gaststube war der erste Innenraum, den Larix in dieser Welt betrat. Die vielen Men-schen, die junge, mit einem Dirndl wie ihre Kollegin in der Kemptener Bahnhofsgaststätte gekleidete Frau, die sich von Tisch zu Tisch beweg-te, Bestellungen entgegennahm, leere Gläser und Geschirre wegräumte, gefüllte Gläser und Teller herbeischleppte. An einem Ecktisch saßen drei Einheimische, die an ihren einfachen Tirolerhüten zu erkennen waren, ansonsten jedoch einfache Arbeitskleidung trugen. Sie schienen ihre grau-grüne Joppe ebenso wenig auszuziehen wie die niederrheinischen Bauern. Trachten, wie Larix sie von Bildern oder aus kitschigen Filmen kannte, gab es keine zu sehen. Die sollte er erst später kennenlernen, als er Bekannt-schaft mit dem Festkalender dieser Welt machte.

Die Dialekte, alle miteinander oberdeutsch, doch zugleich unterschied-lich, die sich wechselseitig umflossen – das Leben der Ferne schien sich in dieser einen Stube versammelt zu haben und Larix in Empfang zu nehmen, ohne ihm Aufmerksamkeit zu schenken. Er war einfach in einem Geschehen angekommen, hatte sich dazugesellt, noch ohne etwas davon zu verstehen. Doch er spürte, dass dieses Leben in seinem innersten Wesen freundlich und heiter war.

Vater hatte den Wirt entdeckt, fragte ihn, ob er telefonieren könne. Der Gasthof besaß in der Tat das einzige öffentliche Telefon des Dorfes. Nach einem kurzen Gespräch sagte er zu Larix, dass sie in einer guten halben Stunde abgeholt würden. Die letzte Etappe über zehn Kilometer und von 1000 Metern Höhe auf über 1300 Meter Höhe stand bevor. Es lohnte sich nicht mehr, sich an einen Tisch zu setzen, es gab ohnehin keinen freien Platz. So warteten sie vor dem Gasthaus. Der Vater setzte sich auf die Holzbank direkt neben dem Eingang, Larix betrachtete die Umgebung. Letzte Sonnenstrahlen beleuchteten die lange, leicht abfallende Dorfstraße. Ein kleiner Traktor mit rotem Chassis tuckerte vorbei und bog von der Straße ab, am Steuer saß ein jüngerer Bauer.

Nach einer guten halben Stunde näherte sich ein weiß-roter VW-Bus und fuhr auf den kleinen Parkplatz neben dem Gasthof. Ein groß gewachsener, knochiger Mann mittleren Alters stieg aus und begab sich zur Eingangstür. Vater sprach ihn an, ja, es war Albert, der sie abholen sollte. Albert war Gastwirt und sie würden in der Regel in seinem Gasthof frühstücken und zu Abend essen. Sie begrüßten sich und Larix wurde zum ersten Mal im Dialekt dieser Welt angesprochen, der in seinen Ohren einen angenehmen Klang besaß. Lange sollte er auf Hochdeutsch antworten, bis er allmählich selbst in diesen Dialekt verfiel, den er zwar nie fließend sprechen sollte, aber doch ausreichend gut. Das hatte sicher auch damit zu tun, dass er über viele Jahre im Dialekt-Flickenteppich dieses Sprachraums unterwegs sein sollte und er von allen Seiten beeinflusst wurde, mal bayerische Aussprache, mal schwäbische, mal alemannische, mal Tiroler oder gar Südtiroler Klänge und eben hier die Mundart der Menschen des Lechtals.

Albert verlud ihr Gepäck in der Ablage über dem Heckmotor und bot den beiden die Beifahrerplätze an, denn der Wagen besaß auch vorn eine durchgehende Sitzbank. Er nahm am Steuer Platz, startete den Motor und fuhr los. Der Höhenunterschied von über 300 Metern, der den Talort vom Dorf trennte, wurde fast im ersten Aufschwung bewältigt, auf einer steilen

Rampe an einer Felsmauer entlang. Das ging am besten mit einem ordentlichen Anlauf unten auf der Talsohle zum Dorf hinaus durch die Wiesen und dann im dritten Gang, gewissermaßen abgehoben wie ein startendes Flugzeug, links senkrechte Felswände, aus denen die Straße herausgesprengt worden war, rechts zügig wachsende Abgründe und zugleich tat sich ein wunderschöner Blick auf das Tal mit seinem Fluss auf. Im oberen Drittel der Steigung schaltete Albert in den zweiten Gang zurück. Am Übergang in eine scharfe Linkskurve wechselte er in den ersten Gang, was der Motor mit einem kurzen Aufheulen quittierte. Doch gleich hinter der Kurve wurde die Straße flacher und das Auto nahm wieder Fahrt auf. Die fast durchgehend einspurige Bergstrecke mit schmalen Holzbohlenbrücken und eng um die Felsen geführten Kurven absolvierte Albert zügig, mit der ganzen Routine des Einheimischen. Es herrschte auch kein Gegenverkehr bis auf einen Pkw, der rechtzeitig eine Ausweichstelle aufsuchte, sodass sie ungestört durchfahren konnten. Sie erreichten ein kleines Dorf, dessen Gebäude sich an steile Grashänge klammerten. „Bschlabs“ stand auf dem Ortsschild. Der Junge dachte amüsiert, wie viele Konsonanten in einer Silbe das kleine „a“ umgaben. Und er fragte Albert, wie denn die Bewohner von Bschlabs hießen. „Die hoaßen Bschlaber“, antwortete dieser, indem er dem „a“ einen leichten dumpfen Klang gab, der fast einem „o“ ähnelte. Schon nahm Albert wieder Fahrt auf und es ging an der kleinen Kirche mit Zwiebelturm rechter Hand weiter, immer tiefer in das enge Tal hinein. Hinter einer Haarnadelkurve stieg die Straße noch einmal steil an. Für einen Augenblick fiel der Blick zurück über das unsichtbare Lechtal hinweg gegen eine markante Gebirgskette. Schon bog die Straße nach links in kleinen Kurven eng an Felsen entlang, bis sich mit einem Mal vor ihnen und weiter unten ein kleiner, grüner Talboden mit einer Häusergruppe und einem Kirchlein zeigte. Eine winzige Bergbauernsiedlung, eng gefasst von steilen Gebirgen, deren unterer Teil bewaldet war. Das also war der Ort „Boden“. Und Larix leuchtete unmittelbar ein, dass mit dem Ortsnamen der Talgrund gemeint war, am Ende der Welt.

Es war Abend und das Dorf lag schon im Schatten, denn auf der Westseite erhob sich in unmittelbarer Nähe ein steiler, mit Latschen bewachsener Bergkegel, hinter dem die Sonne auch im Hochsommer früh versank. Albert bog in die Hauptstraße ein, die eigentlich nicht mehr als ein befestigter

Fahrweg war. Zu beiden Seiten standen die Häuser der Dörfler, die damals überwiegend ihre hochalpine Viehwirtschaft betrieben. Feriengäste traten ohne Hast an die Seite und Albert bahnte sich vorsichtig eine Passage. Vor dem Haus von Reinhold und Lydia hielt er an. Lydia trat vor die Tür, erkannte Larix' Vater, erkundigte sich nach dem Namen des Sohnes und begrüßte Larix. Man wechselte ein paar freundliche Worte. Schließlich stieg Lydia die schmale Treppe zum Obergeschoss empor und zeigte ihnen ihr Zimmer. Die Decke und die Wände waren mit Fichtenholzprofilen getäfelt. Knarrende Holzdielen bildeten den Boden, vor dem Doppelbett lagen einfache Flickenteppiche. Ein geräumiger Bauernschrank, ein Tischlein mit zwei Stühlen und zwei kleine Nachttische mit Schirmlampen vervollständigten das schlichte Inventar. An der Wand über dem Kopfende des Bettes hing ein geschnitztes Kruzifix. Ein mit Blumenmotiven besticktes Leinendeckchen lag auf dem Tisch, den eine Vase mit zwei Latschenzweigen schmückte. Zwei kleine Doppelfenster sorgten für etwas Tageslicht. Eine einfache Toilette, Dusche und Waschbecken befanden sich am Ende des schmalen Flurs gegenüber. Versteckt im kleinen Gebäude und mit der Rückwand zum Heuschober lag ihr Gästezimmer. Einen Steinwurf weit unterhalb strömte der Fundaisbach in seinem wüsten Bett aus Felsbrocken und Geröll.

✳✳✳

In den 1960er-Jahren erlebten die Bergbauern einen wahren Ansturm von Gästen aus dem Allgäu und dem Schwäbischen. Mit Kind und Kegel nahmen Familien das Dorf in Beschlag. Auf der einzigen Dorfstraße herrschte ein entspanntes Kommen und Gehen, ein freundliches Treiben. Die Bauern vermieteten einfache Gästezimmer. Die Terrassen, Säle und Stuben der beiden Gasthöfe – einer am oberen Ende des Dorfes, der andere am unteren Ende – waren dicht besetzt. Und die Sonnenschirme trugen Namen, denen Larix zum ersten Mal begegnete: Gösser, Kaiser, Zipfer. Bezahlt wurde in Schilling und Groschen. Larix hatte schnell den Wechselkurs im Kopf: eins zu sieben. Für eine D-Mark erhielt man sieben Schilling. Die Zehn-Schilling-Münze wog schwer in der Hand.

Die Einheimischen selbst zeigten sich tagsüber eher selten. Sie gingen ihrer Arbeit nach, hatten oben am Berg zu tun. Auch ihre Kinder ließen sich nicht blicken, sie mussten in den Sommerferien den Eltern den ganzen Tag bei der Arbeit helfen. Anfangs suchte Larix vergebens einen Bauernhof, weil er eine ganz andere Vorstellung mitbrachte. Die Bauernhöfe seiner Heimat waren Gehöfte mit großen Scheunen und Ställen. Alle Gebäude besaßen ein festes Mauerwerk aus braunroten Ziegelsteinen und waren mit Tondachziegeln gedeckt. Große grün gestrichene Holztore, zumeist Schiebetore mit Eisenrollen auf schweren Eisenschienen, bildeten den Scheuneneingang. Im Inneren gab es hohe Heuschober, in denen er als Kind oft gespielt hatte. Zum Gehöft gehörte eine Obstbaumwiese mit Hühnern, Gänsen oder Enten. Die Bauern waren Landwirte und bewirtschafteten große Felder, bauten Korn, Kartoffeln und Rüben an. Sie besaßen eingezäunte Weiden für ihre Kühe und nicht wenige hatten einen Schweinestall mit einem Dutzend Tieren und mehr. Hier aber waren die Höfe winzig. Nur das Erdgeschoss bestand aus verputztem Mauerwerk – Ziegelsteine gab es nicht. Das Obergeschoss und die restlichen Gebäudeteile waren aus Holz. Überhaupt schien das ganze Dorf überwiegend aus Holz gebaut zu sein. Öffentliche Gebäude gab es zwei: eine winzige Grundschule mit einem Klassenraum und einer kleinen Lehrerwohnung im Obergeschoss sowie ein Kirchlein ohne Widum, denn man hatte es nicht zu einer Pfarrstelle gebracht.

In jenen Tagen, zwanzig Jahre nach Kriegsende, begegnete Larix der letzten Bergbauerngeneration, was er nicht wissen konnte und auch nicht ahnte. Es entstanden Kontakte mit den Dorfbewohnern. Da waren seine Hausleute, Lydia und Reinhold, die herzlich und aufgeschlossen waren. Lydia besaß ein fröhliches Wesen, ähnlich wie ihre Nachbarin schräg gegenüber, die Burgel, die zusammen mit ihren beiden Brüdern Oswald und Balthasar einen Drei-Geschwister-Hof führte. Frühstück und Abendessen nahmen Vater und Sohn regelmäßig im oberen Gasthof ein. Albert bediente zusammen mit seinem jüngeren ledigen Bruder Simon in der Gaststube. Simon war ein leutseliger Mensch und immer zu einem Scherz aufgelegt. Er verfügte über einen unerschöpflichen Fundus humorvoller und hintergründiger Bemerkungen, während Albert eher zurückhaltend war. Seine Frau Paula hatte reichlich in der Küche zu tun und ließ sich kaum blicken.

Xaver und Gertrud, die Eltern der beiden Brüder, wohnten in einem kleinen Haus gegenüber. Xaver war ein kauziger und hintersinniger Mensch mit einer Zipfelmütze, die mit seinem Kopf verwachsen zu sein schien. Er besaß eine quiekende Stimme und betrieb einen kleinen Gemischtwarenladen. Zur Eingangstür ging es zwei Stufen hinunter und man musste aufpassen, um sich nicht den Kopf am schweren Türbalken zu stoßen. Gleichzeitig galt es, die hölzerne Türschwelle zu überwinden, und zwar ohne zu stolpern. Gertrud erschien hinter der kleinen Theke und bediente die Kunden. Larix mochte diese liebenswürdige und stille Frau und sollte sich bei ihr so manche Tafel Milka Vollmilchschokolade holen.

Im Haus gleich unterhalb von Alberts Gasthof lebte der Bauer Betto, der ledig geblieben war wie sein verstorbener Bruder, mit dem er gelebt hatte. Abends kam er häufiger in die Gaststube, setzte sich an seinen Platz neben der Ofenbank und trank sein Viertele Roten. Alle wussten, dass er diesen Platz als seinen Stammplatz betrachtete. Albert achtete darauf, dass dieser Platz stets frei blieb. Wenn Betto sprach, schien er zugleich zu quäken. Seine fistelige Stimme hatte etwas Knatschiges und ähnelte der von Xaver.

Auch die verwitwete Bäuerin Agnes zählte zu den Menschen, die Larix damals bemerkte. Andere Bewohner erlebte er gar nicht oder nur aus der Ferne, wie Reinholds älteren Bruder, den Bergbauern Paul und seine Frau Lea, oder Fabio, den Wirt des unteren Gasthofs. Und manche schienen so zurückgezogen zu leben, dass der Junge sie gar nicht wahrnahm.

Larix begegnete all diesen Menschen respektvoll, nicht nur, weil er ein wohlerzogener Junge war, sondern weil er wirklich beeindruckt war von diesem Menschenschlag, der so ganz anders war als die Menschen seiner kleinen Heimatstadt. Hier herrschte eine komplett andere Kultur mit einer Ausstrahlung, die ihn berührte. Die äußere Gestalt der Menschen verschwand wochentags im Arbeitskittel und eigentlich schauten nur die von der schweren Arbeit groben Hände hervor und die von Wind und Wetter in Falten gelegten Gesichter. Larix kannte die Gesichter seiner Eltern. Wie oft hatte er ihre Züge und ihren Ausdruck gesucht und sich eingeprägt. Aber schon bei den anderen Familienmitgliedern und erst recht bei den vielen außenstehenden Menschen war die Intensität der Wahrnehmung längst nicht so tief in ihn gedrungen. Hier aber erschienen ihm die Gesichter der Menschen so unmittelbar und nah wie nie zuvor. Vielleicht spielte die räumliche Enge des Dorfes eine gewisse Rolle. Larix las in den Gesichtszügen und Augen dieser Menschen eine ihm unbekannte Grundstimmung, die diese Menschen untereinander verband. Zum ersten Mal wurde ihm die Unmittelbarkeit einer Gemeinschaft zuteil, die man Dorfgemeinschaft nannte.

Die Lebhaftigkeit der vielen Gäste trug zum Eindruck bei, dass hier eine intensive Öffentlichkeit herrschte und Dörfler wie Gäste gern miteinander sprachen, wann immer sich eine Gelegenheit bot. Bisweilen „schwäbelte" es laut und ausgiebig, gern in Alberts Gaststube zur fortgeschrittenen Stunde. Das Dorf machte überhaupt einen gesprächigen Eindruck, was vielleicht daran liegen mochte, dass die Bewohner ihre Häuser beidseitig entlang der einzigen Straße hatten und man sich zwangsläufig einander auf dieser Straße begegnete. Das nachbarschaftliche Dasein hatte es allein schon räumlich nicht allzu schwer, sich zum Ausdruck zu bringen. Doch der Junge spürte, dass diese Nachbarschaft anders war als die nachbarschaftlichen Beziehungen zwischen den Familien seiner Straße. Hinter ihr verbarg sich eine enge Gemeinschaft, von der er keine Vorstellung besaß.

Anfangs bekam er vom Leben der Dorfbewohner und insbesondere von der Arbeit der Bergbauern kaum etwas mit. Allerdings wurde ihm bewusst, dass diese Menschen hart arbeiten mussten. Das sich über den Sommer hinziehende Heumachen auf den Mähwiesen und in den hoch gelegenen Mähdern nahm die Bauern stark in Anspruch. An den Sonntagen und hohen Feiertagen versammelten sich die Bewohner zum Gottesdienst in der Kirche. Die Männer begaben sich traditionell auf die Empore mit einer kleinen Orgel, die leider niemand mehr spielte und die längst völlig verstimmt war. Die Frauen und Kinder nahmen unten in den Bänken Platz. Alle trugen ihr Sonntagsgewand und redeten in so tiefem Dialekt, dass Larix kein Wort mehr verstand. Es waren nicht nur die Laute als solche, sondern auch die vielen bergbäuerlichen Begrifflichkeiten mit ihren Zusammenhängen, die sich als Sprachbarriere auftürmten. Nein, diese Menschen hatten es nie für erforderlich gehalten, ihre Welt und ihre Worte ins Hochdeutsche zu übertragen. Und selbst der Pfarrer, der von Amts wegen verpflichtet war, die liturgischen Texte entweder in der deutschen Hochsprache oder in der lateinischen Sprache zu sprechen sowie in der Hochsprache zu predigen, gab sich keine Mühe, die dialektische Einfärbung seiner Aussprache zu verbergen. Im Gegenteil. Man spürte, dass er nach der Messe nicht nur sein Messgewand ablegen würde, sondern auch die

Hochsprache, um mit seinen Schäfchen in der Sprache zu kommunizieren, die ihnen wirklich vertraut war, in ihrem Dialekt. Auch die Feriengäste mochten von ihren Mundarten nicht lassen. Vielleicht nahmen sie Urlaub von der Hochsprache, die in vielen Bereichen ihres Alltags unverzichtbar war. Alle verstanden die Hochsprache, nur bestanden kaum Anlässe, sie in den Mund zu nehmen. Die beiden Gasthäuser waren ständig gut gefüllt, am Wochenende sogar überfüllt, weil zahlreiche Tagesgäste aus dem Allgäu ins Dorf strömten. Mancher Gast musste sich gedulden und anstehen, bis wieder ein Tisch frei wurde. Im Bewusstsein des Jungen formte sich das Bild angenehmer Lebendigkeit. Das Dorf schien in einer Wolke der Gesprächigkeit zu schweben. Und sein Geschehen floss zu einem zeitlosen Strom ineinander. Chronometrische Zeiteinteilungen schienen den Alltag der Menschen nicht zu beherrschen. Die Sommergäste waren froh, nicht ständig die Uhr im Auge behalten zu müssen. Die Dorfbewohner hatten es nicht für nötig befunden, den kleinen Kirchturm mit einer Uhr zu versehen. Einen Wetterhahn benötigte man auch nicht. Stattdessen schloss ein einfaches, immerhin vergoldetes Kreuz auf einer vergoldeten Kugel die Spitze des quadratischen Kirchturms ab. Im Turm läutete eine kleine Glocke, deren Klang aus kaum zwanzig Metern Höhe das ganze Dorf erfüllte.

***

Vor ihnen dehnte sich das steile Schuttfeld aus gelbem Fleckenmergel und grobem Blockwerk unterhalb der engen Scharte. Einige verrostete Drahtseile am Boden, da und dort steckte ein alter Ringanker im Felsen. Rote Farbmarkierungen wiesen den Weg. Diese Passage war einfach durch und durch brüchig und in ständiger Bewegung. Im Juni, wenn die Alpenvereinshütte auf die Neueröffnung vorbereitet wurde, ging die Jugendgruppe der Sektion auch die Steige ab, um sie instand zu setzen. In diesem Anstieg zur Scharte mussten regelmäßig von der Schneeschmelze fortgetragene Markierungssteine wieder an ihren Platz gerückt werden oder – wenn sie verloren waren – durch neue markierte Steine ersetzt werden. Aber da waren die Spuren der Bergsteiger. Sie wiesen den wohl gangbarsten Weg zur Scharte empor, ein fast unsichtbarer, sich durch Geröll und über brüchige Felsstufen schlängelnder Steig. Vater kämpfte sich höher, hielt immer wieder inne und keuchte: „Kurze Stehpause!" Larix, dessen junger Puls kaum

25

schneller ging, blieb geduldig stehen, musterte die vor ihnen liegenden Passagen. Das Terrain war in der Tat ungemütlich, man musste wirklich trittsicher sein. Immerhin war es trocken, seit Tagen hatte es nicht geregnet. Bei Nässe verwandelte sich der Mergel in eine schmierige Rutschbahn und setzte sich im Profil der Bergschuhe fest. Vater benutzte einen Bergstock. Der Junge fand eine derartige Gehhilfe unter seiner jugendlichen Würde.

Unter ihnen breitete sich der riesige grüne Kessel des Hochtals, der von einem Gipfelhalbrund eingefasst wurde. Die Gipfel schickten kegelförmige, riesige Geröllhalden talwärts, aus denen die Gesteinsmassen der zerklüfteten Felsformationen emporragen. Das Grün des Talgrundes war übersät mit mächtigen Felsbrocken, die daran erinnerten, dass die Vegetation hier nur geduldet war und sich ihren Platz immer wieder neu erkämpfen musste. Vier Gipfel ragen besonders hervor: im Nordosten beginnend die Reichspitze, im Südosten die Schlenkerspitze, im Süden die markante Dremelspitze und schließlich im Westen die Parzinnspitze mit ihrem markanten Plattenpfeiler. Die Pflanzen hatten sich beharrlich emporgearbeitet und schließlich den Grund des Kessels mit ihrem Teppich überzogen und in Besitz genommen. Da und dort grasten Rinder – allein oder in kleinen Gruppen. Larix hatte schon mitbekommen, dass diese Tiere keine Milchkühe waren. Reinhold hatte ihm erklärt, dass es sich um Galtvieh, also junge Rinder im Alter bis zu drei Jahren, handelte. Andere Tiere hatte er Trockenvieh genannt. So wurden Milchkühe bezeichnet, die sich in der etwa zwei Monate dauernden Pause der Milchproduktion vor dem nächsten Kalben befanden. Deshalb gab es im Parzinn keine Alm.

Vater und Sohn wanderten in einem weiten Bogen der Scharte entgegen. An verschiedenen Stellen waren die winzigen Farbtupfer bunter Anoraks von Bergwanderern erkennbar. Sie waren unterwegs zu einem Gipfel oder einer Hütte. An schönen Tagen herrschte im Parzinn viel Betrieb. Die Hanauer Hütte war Ausgangspunkt zahlreicher Steige in allen Richtungen.

Unterhalb der Scharte legte der Vater eine Stehpause ein und musterte den steilen Anstieg. Dann setzte er sich wieder in Bewegung und arbeitete sich mühsam empor. Einmal rutschte ihm der linke Fuß weg, ein kleiner Schrecken, Gleichgewicht wiedergewonnen, nichts passiert. Sie befanden sich in unmittelbarer Nähe der Scharte. Vater und Sohn erklommen die letzten Meter und betraten den schmalen Felsenrücken. Geschafft. Erstes grandioses Panorama der heutigen Tour und Ausgangspunkt einer Panoramawanderung über den lang gezogenen Südrücken der Kogelseespitze, die sie als Tagesziel anstrebten. Sie machten eine ausgiebige Rast. Hier entstand ein Foto, das später in der Familie noch eine gewisse Berühmtheit erlangen sollte. Es zeigte den alten Herren bestens gelaunt, gelöst und heiter, umgeben vom Himmel und seinen geliebten Bergen, vom Stolz auf seine eigene Leistung durchdrungen. Die Körpersprache, sein Mienenspiel – eine vollkommen unbekannte Seite dieses Menschen, dessen Alltag aus zäh fließender Unterdrückung bestand und dessen Gesicht kaum ein Lächeln entsprang.

Weiter ging es über den sanft ansteigenden Rücken, Brüder, zum Gipfel, zur Freiheit. Ein letzter Aufschwung, ein paar felsige Stufen. Geschafft. Der Vater entbot seinem Filius ein kerniges „Berg Heil". Sie drückten sich die Hand. Vater hatte sein heutiges Dach der Welt in über 2600 Meter Höhe erklommen. Und es war nicht ausgeschlossen, dass er in diesem Moment – als Nebengefühl seines Hochgefühls – allen Agenten seiner alltäglichen Ohnmacht eine über 2600 Meter lange Nase drehte. Gleichwohl zeigte sich die Bergwelt von ihrer schönsten Seite, ein fast azurblauer Himmel wölbte sich über nahe und ferne Gipfel, während sich die Falten der Täler in den Tiefen der Felsmassen zu verlieren schienen. Vater meinte, es gebe noch viele Touren in diesem Gebiet. Als sie sich schließlich im wahrsten Sinne des Wortes sattgesehen hatten an all dieser Herrlichkeit, trugen sie sich in das Gipfelbuch ein und machten sich an den Abstieg. Sie nahmen ein wenig von der Hochstimmung mit hinunter ins Tal, in das sie Stunden später sanft eintauchten, während um sie her die Zeichen menschlicher Gegenwart immer zahlreicher wurden. Schließlich erblickten sie das Dorf auf der gegenüberliegenden Bachseite, überquerten die Brücke aus groben Holzbohlen und erreichten die Dorfstraße, auf der zu dieser frühen Abendstunde zahlreiche Gäste ihren Quartieren oder den beiden Gasthäusern zustrebten.

***

Nach dem Abendessen streifte Larix gern in Turnschuhen in der Nähe des Dorfes umher. Es war noch früh am Abend und er näherte sich dem

Bach, dessen gießendes und sprudelndes Wasser eine wundersame Geräuschglocke erzeugte, die, als er in das steinige Bachbett geklettert war, alle anderen Geräusche abwies. Jetzt hörte und sah er nur noch diesen Strom mit seinen in vielfältige Laute gehüllten Bewegungen. Die unbändige, schäumende Kraft zog unwiderstehlich den Blick auf sich. Larix bewegte sich im Bachbett, sprang von Stein zu Stein. Immer wieder hielt er nach Engstellen Ausschau, an denen er den Sprung auf die andere Bachseite versuchen konnte. An den Stellen, wo schwere, vom Wasser geglättete Felsbrocken sich eng gegenüberstanden, schnürten sie den Wasserstrom zusammen, der schmaler und zugleich tiefer wurde und eine unheimliche Gewalt ausstrahlte. In einem Gespräch hatten die Hausleute etwas vom Bluatschink erzählt, der angeblich unten im Lech hauste. Und wenn dieser Flussdämon auch hier oben auftauchte – aus den verborgenen Falten dieses Baches? Wer wusste schon, wie weit sich die Adern seines strömenden Reiches erstreckten? Dieser Bach besaß in seinem Unterlauf entlang des Dorfes ein vergleichsweise riesiges Bett, das jetzt im Hochsommer eine trockene Geröllwüste war. Wie mochte der Bach im Frühjahr aussehen?

Hoch oben flammten die Grate in den Strahlen, die von der untergehenden Sonne über einen westlich gelegenen Sattel geschickt wurden, während talauswärts über dem Geröllbett des Streimbachs ein paar dünne Nebelschleier träge lagerten. Alles schien enger zusammenzurücken, Häuser, Wiesen, Wälder und Felsen, und sich zu einer kompakten Wirklichkeit zu verdichten, die ihm wohl gesonnen erschien, zugleich jedoch ernst und unerbittlich ehrlich. Mit dieser Welt ließ sich weder spielen noch konnte man sie betrügen. Sie schien ungeheuer wahr zu sein, alles andere konnte in ihr nicht Bestand haben. Wenn du jetzt diesen Stein da verfehlst, dachte er, dann bekommst du ein Problem. Der Bach ist so stark, dass er dich mitreißt, zumindest wirst du dir schwere Schürfungen einfangen. Schließlich führte ihn die Risikoabwägung zum Entschluss, den Sprung an dieser Stelle nicht zu wagen, sondern einen anderen Übergang zu suchen. Dabei bewegte er sich bachaufwärts und näherte sich langsam dem mächtigen, vielleicht vier Meter hohen Holzwehr, das einst für den Betrieb einer Gattersäge errichtet worden war. Die damaligen Dorfbewohner hatten dieses Projekt jedoch aufgegeben. Nur die Ältesten besaßen noch Kindheitserinnerungen an den Bau dieser aus Baumstämmen gefügten Konstruktion.

Der Eigenbedarf an Holz war zu gering und für mögliche Abnehmer von auswärts waren die Wege zu weit. Draußen kamen sie schneller und preisgünstiger an Schnittholz.

Am oberen Rand des Wehrs, nur wenige Zentimeter oberhalb des Wassers, angelangt, krallte sich Larix an der Felsnase fest, krümmte sich um den Felsen und hatte sich mit einem Tritt und einer geschickten Gewichtsverlagerung schon an Griff und Sims hinter das Wehr geschoben, wo sich bei normalem Wasserstand eine kleine, trockene Ausbuchtung befand. Links und rechts erhoben sich zwanzig Meter und mehr die Felswände der Schlucht, bedeckt mit Gesträuch und schmalen Tannen, die in den Felsen Fuß gefasst hatten. Die Stämme waren unten wie Kniestücke gebogen und wuchsen kerzengerade empor, als wäre es in ihnen angelegt, dass sie sich in der Vertikalen zu erheben hätten, aufrecht zur Sonne, zur Freiheit, zum Licht. Der Ort erweckte den Eindruck, seinen Besucher wie eine Kammer einzuschließen. Weiter oben schien das Wasser in einer Biegung aus aufgetürmten Felsen hervor zu purzeln. Larix liebte die unzähligen Gestalten der strömenden Bergbäche. Und dieser hier, der Fundais, war ein quicklebendiger Geselle, der es eilig hatte, sich in den Angerbach zu ergießen und mit ihm vereint als Streimbach die Reise in den Lech fortzusetzen. Er betrachtete das pulsierende Wasser des Baches und lauschte seinen Geräuschen, sah ihn arbeiten, unermüdlich und ebenso unermüdlich, wenngleich unendlich langsamer, wuchsen zu beiden Seiten die Felswände empor und wurden dennoch abgetragen, in Brocken und Geröll zerlegt, während der Unermüdliche sie eines Tages mitnahm in seinem Strom. Trotz seiner schäumenden Lebendigkeit schien der Bach mit einer grenzenlosen Geduld aufgeladen zu sein – unsichtbar, nur als monotones Geräusch für das Ohr verstehbar. Ja, er hatte Zeit. Mochte er sein Wasser noch so stürmisch zu Tal schicken, so barg sein kompakter Strom, der sich nicht vom Fleck zu rühren schien, eine Form von Ewigkeit.

Larix musterte die gelbgraue Felswand, an deren Fuß er jetzt stand. Sie war kaum zehn Meter hoch und an ihrer oberen Kante hatten sich Latschen und kleine Tannen festgekrallt. Doch genau unterhalb wölbte sich der Fels wie ein Wulst und bildete eine ernste Barriere für jeden Kletterer. Links hingegen besaß die Felskante gute Griffe, so erschien es dem Jungen. Denn sein Auge tastete sich schon am Felsen empor. Ja, das war ein interessanter Übungsfelsen. Vielleicht im nächsten Jahr. Vater hatte schon angedeutet, dass er sich einen erneuten Aufenthalt vorstellen könne. Für heute mochten ein paar Griffe und Tritte genügen, an denen sich der Junge ein paar Meter senkrecht emporarbeitete. Während er dem Überhang langsam näher rückte, stellte er fest, dass der Fels keineswegs geschlossen war, sondern in sich geborsten. Der eine oder andere Griff saß locker und er hätte manches Felsstückchen herausziehen können wie einen faulen Zahn. Unter dem sich wölbenden Fels hielt er mit klopfendem Herzen an. Sein Blick suchte vergeblich einen Lösungsweg, um das Hindernis zu überwinden. Die Dämmerung war unterdessen stärker geworden und der Junge kletterte vorsichtig zurück. Als er wieder unten vor der Felswand stand, blickte er noch einmal empor. Und obwohl er von der geologischen Wundertüte der Lechtaler Berge noch keine Vorstellung besaß, prägte sich ihm das Merkmal der Brüchigkeit ein. Diese zeigte sich nicht nur in den Halden und Karen, mit denen die Gipfel reichlich umlagert waren, sondern sie saß tief drin im Berg und begleitete den Bergsteiger und Kletterer auf Schritt und Tritt. Was hielt diese Brüchigkeit zusammen? Stützten sich die einen und anderen Schichten und Formationen und krallten sich an besonders massiven Felsen fest? Ein Gelände jedenfalls, das Umsicht und Vorsicht erforderte. Schon war er zurück an der Felsnase, packte mit festem Griff den Felsen an, zog den Bauch ein und streckte den Hintern vor. Mit einer kleinen seitlichen Gewichtsverlagerung überwand er den Felsvorsprung und setzte den linken Fuß auf den Rasen. Nun konnte er loslassen, fasste wieder Fuß auf der Wiese. Gemächlich lief er in der hereinbrechenden Dunkelheit zurück ins Dorf, das dabei war, sich langsam zur Ruhe zu begeben. Letzte Spaziergänger suchten ihre Quartiere auf.

***

Wie schnell nahte das Ende des Ferienaufenthaltes. Larix tat sich schwer mit dem Abschied. Am Vorabend der Heimreise suchte er die Einsamkeit und machte sich nach dem Abendessen auf einen kleinen Rundgang. Ja, es sah so aus, als wollte er das Dorf noch einmal umrunden und unter unterschiedlichen Blickwinkeln betrachten. Wenn er einen Punkt erreichte, von dem aus er gern schaute, so blieb er oft minutenlang versunken stehen und wusste nicht, ob er freudig gestimmt oder traurig war. Sein Blick hielt Zwiesprache mit den Bildern, die sich immerzu aufs Neue zum stillen Panorama fügten. Da war die allgegenwärtige Gebirgswelt und, eingefügt in ihr, der grüne Boden, den die Menschen geschaffen hatten. Der Urgrund des Daseins tat sich ihm auf. Er wanderte behutsam ein Stück weiter, um die verbleibende Restzeit zu dehnen, bog hinter Alberts Gasthaus auf einen kleinen Pfad ab, der ihn oberhalb des Dorfes hinausführte, bis er sich am Ortsausgang wieder auf dem Fahrweg befand, der das Dorf mit seiner Außenwelt verband: zum Tal hinaus und im Sommer zusätzlich hinauf auf das Hahntennjoch und hinunter ins Oberinntal.

So viele Eindrücke waren in den Wochen seines Aufenthaltes auf ihn eingestürmt und hatten ihn mit ihrer Dichte und Intensität durchdrungen. Das Dorf und seine Menschen sprachen ihn unmittelbar an, ja, schienen ihn zu faszinieren. Und über dieser kleinen Welt der Menschen erhob sich die riesige bizarre Felsenwelt, durch die sich ein unsichtbares Netz von Pfaden und Steigen schlängelte bis hinauf auf die höchsten Erhebungen. Diese obere Welt, wo die Natur mit niemandem die Herrschaft teilte, hatte den Jungen beeindruckt. Er nahm sich vor, die nötige bergsteigerische Kompetenz zu erwerben, um dort oben nach Herzenslust zu wandern, vielleicht auch ein wenig zu klettern.

Die Einheimischen besaßen bergsteigerische Erfahrung und kannten ihre Felsenregionen sehr genau. Reinhold, beispielsweise, war nicht nur Bergbauer, sondern Mitglied der Bergwacht. Von großen Einsätzen war man bislang verschont geblieben. Einmal, so hatte er erzählt, hatte er sich abseilen müssen, um einen Rucksack zu bergen, der sich davon gemacht hatte, weil der nachlässige Besitzer ihn nicht richtig abgestellt hatte. Auch betreute er – im Auftrag der zuständigen Alpenvereinssektion – einige Abschnitte der Steige oberhalb des Dorfes. Im Frühjahr waren Instandsetzungs- und Markierungsarbeiten erforderlich, speziell in der steilen Geröllrinne hinauf zum Scharnitzsattel. Ein paar Drahtseilsicherungen, um die gefährlichsten Stellen zu entschärfen, sollte die Sektion anbringen lassen. Larix konnte ihn jederzeit um Rat oder Auskunft bitten. Außerdem lernte er, sich bei ihm oder Lydia vor jeder Tour abzumelden. Ebenso wurde es zur Selbstverständlichkeit, sich bei den beiden nach den Wetteraussichten zu erkundigen.

Die Bergaktivitäten der Einheimischen waren überwiegend berufsbedingt. Niemand hatte die Zeit und Muße, sich wochenlang zum Vergnügen in den hochalpinen Regionen umzutun. Urlaub war für diese Menschen ohnehin ein Fremdwort. Nur im Winter, wenn das Arbeitsaufkommen geringer als im Sommer war, pflegten sie ihr großes Hobby: das Skifahren. Der einzige Bergsteiger und Kletterer im Ort war der krankheitshalber früh verstorbene Lehrer gewesen. Er hatte einige Erstbesteigungen in der Hornbachkette und im Parzinn durchgeführt. Vor zehn Jahren hatte er eine neue Route auf den formschönsten Gipfel des Gebietes, die Dremelspitze, gangbar gemacht. Man war ihm dankbar dafür, wollte man doch ein neues Kreuz aufstellen und die Route erleichterte den Materialtransport. Die verwickelte Führe erhielt den Namen „Kreuzroute". Es hieß, er sei ein sehr feiner Mensch gewesen. Außerdem war er ein Erztiroler, denn er stammte aus dem Pustertal.

Wie schön die Abendstille und das sanfte Licht der Dämmerung das Dorf einhüllten. Morgen müsse er wieder heimfahren, dachte der Junge traurig, zurück in eine Heimat, die ihn nicht vermisste und die er nicht vermisst hatte. Entsprechend würde sich die Wiedersehensfreude in Grenzen halten. Mutter würde kurz von der Arbeit aufblicken und ihre Rückkehr registrieren, sich auf ihre Koffer stürzen und die Wäsche in Weiß- und Buntwäsche für die Waschmaschine sortieren. Und er wusste nicht, welche Tränen ihm die Augen füllten. Etwas Schmerzliches war ausgebrochen wie ein wildes Tier und durchzog seine Seele.

***

„So, fahrts scho wieda hoam? Hat's dir bei uns gefallen?", wandte sich die junge Bäuerin direkt an Larix. Und ob es ihm gefallen hatte, viel zu gut hatte es ihm gefallen. Aber heraus brachte er nur ein karges „Ja" und fügte ein mühsames „Es war sehr schön" hinzu. Wenn man nicht hinter diese Maske schaute, hätte man glauben können, die Ferien hätten ihn ziemlich gleichgültig gelassen. Spontane Gefühlsäußerungen waren noch nie seine Stärke. Die waren nie geübt worden. Und so blieb er auf seinen Gefühlen sitzen, anstatt sie mitzuteilen, was er sich einfach nicht traute. Doch die Frau lächelte darüber hinweg. Vielleicht hatte sie ja an anderen Zeichen bemerkt, wie wohl sich dieser Junge in all den Tagen gefühlt hatte.

Vater bestätigte, dass sie im nächsten Sommer wieder kommen wollten. Ende Januar, nach Erstellung der Urlaubsplanung der Firma, könne er das Zimmer reservieren. Das sei schon recht, erwiderte die Bäuerin. Von der Kirche her rollte schon der VW-Bus rückwärts die Dorfstraße hinunter. Albert hielt vor der Haustür, stieg aus und grüßte. Schon öffnete er die Heckklappe, verstaute das Gepäck der beiden, war startklar. Letztes Händeschütteln, letzte Grüße. Und los ging die sausende Fahrt. Zunächst die leichte Steigung bis zum Bichl. Albert bremste kurz ab, unten stand ihre Hauswirtin vor der Tür und winkte. Der Vater winkte zurück. Larix bewegte zaghaft seine rechte Hand hin und her. Schon ging es in die Rechtskurve hinter dem grünen Hügel und das Dorf war verschwunden.

Die Fahrt hinunter zur Postbus-Haltestelle verlief recht einsilbig. Albert beschäftigte sich schweigend mit der Strecke. Vielleicht lagen ihm die Gäste einfach mit so vielen lärmenden Worten in den Ohren, dass sein Bedarf schon mehr als gedeckt war. Schließlich war es so weit. Aussteigen auf dem kleinen Parkplatz neben dem Gasthaus. Letztes Händeschütteln mit Albert, der VW-Bus brauste davon, zurück ins Dorf. Larix schaute ihm wehmütig nach, sah ihn an der Ortsausfahrt verschwinden, bis er wieder auftauchte, in schneller Fahrt zwischen den Wiesen des Flachstücks, und dann die steile Rampe in Angriff nahm. Oben am Eck würde er in den zweiten Gang zurückschalten, weil er die scharfe Linkskurve nicht in einem höheren Gang nehmen konnte. Ja, der Junge hatte begonnen, sich die Strecke einzuprägen.

Es passte alles zusammen, alles ging seinen Gang – nur er, Larix, kam mit der Verarbeitung so vieler Eindrücke nicht nach. Eigentlich war er genau hier vor drei Wochen dem Postbus entstiegen, um unbeschwerte Ferientage zu verbringen. Stattdessen hatte er ungeheuer glückhafte Tage erlebt und jetzt geriet ihm die Erinnerung daran zur Bürde, als ob es für ihn kein Glück ohne das triste Gefühl der Einsamkeit geben könnte – in der Zeit danach. Offenbar hatte sich in ihm ein Glücksgefühl eingestellt, das nicht mitteilbar war, nicht umwandelbar in die Energie von Worten und Gesten. Und so schien der Junge allein mit seinem Gefühl zu bleiben, wusste nicht, was er damit anstellen konnte. Es war einfach nur da.

Schon nahte der Postbus und kam mit dröhnendem Motor an der Haltestelle zum Stehen. Die beiden stiegen ein, nur wenige Fahrgäste saßen verstreut im Bus. Vorn hockte ein Einheimischer und unterhielt sich mit dem Fahrer. Die Worte ihres Gesprächs besaßen einen melodischen Klang, der schon ein wenig Platz im Gehör des Jungen genommen hatte. Schon setzte sich der Bus in Bewegung. Es begann die Nachzeit mit ihrer Tristesse. Später, weit draußen, würde sie vergehen und sein Bewusstsein wieder loslassen, damit er in dieser glücklosen Welt lebe, stumm und voll glückhafter Erinnerungen, die keinen Weg aus ihm herausfanden, weil es für sie keinen Ausdruck und keine Mitteilbarkeit gab.

Auch der Vater konnte sich ohne Zweifel etwas Besseres vorstellen, als die Heimreise anzutreten und zu den häuslichen wie beruflichen Tretmühlen zurückzukehren. Aber er hatte sich in sein Schicksal gefügt und einen Modus Vivendi gefunden, der die Widersprüche seiner Existenz in Schach hielt. Freilich gehörte zur Aufrechterhaltung des erbärmlichen Gleichgewichts, dass seine Frau sich regelmäßig Kostproben seiner kalten Verachtung einfing. Nun, sie schlug mit ähnlichen Gefühlsregungen zurück, sodass sie sich nichts schuldig blieben. Was sie mit ihren Auseinandersetzungen ihren Kindern antaten, wurde ihnen nicht bewusst, vielleicht verdrängten sie es auch recht erfolgreich – jedenfalls zur kritischen Sprache kamen die Dinge nicht. Im Umfeld galt das Verhältnis der beiden als schwierig und angespannt. Aber die Kinder waren nicht verwahrlost und ihre Verhaltensstörungen hielten sich in Grenzen, wurden gar nicht als solche bemerkt. Larix galt als in sich gekehrt, war dennoch kameradschaftlich. Er trat während seiner Gymnasialzeit die Flucht in die Intellektualität an. Sie war seine geistige Krücke, mit der er seine seelischen Verkrüppelungen und Missbildungen halbwegs kontrollierte und nach außen hin, aber auch sich selbst gegenüber, überspielte. Zum gegenwärtigen Zeitpunkt stand er allerdings noch am Anfang dieser Entwicklung, an deren Ende vielleicht eine ausgemachte Verhaltensstörung hätte stehen können oder ein erfolgreicher Egozentriker. Das intellektuelle Potenzial war vorhanden und verlangte nach Betätigung.

Der Postbus dröhnte und rüttelte zum Tal hinaus. Larix hätte am liebsten die Zeit angehalten oder die Strecke unendlich gedehnt. Doch schon war der Bahnhof erreicht. Schon hatte sich der Schienenbus in Bewegung gesetzt. Schon verließen sie diese Welt und begaben sich in eine andere Welt. Der Junge blickte nicht mehr zurück.

Auf der Heimfahrt im Zug gelang es ihnen, die eine und andere gemeinsame Erinnerung wachzurufen, überwiegend Momente mit besonders eindrucksvollen Bergszenarien, ein bestimmter smaragdgrüner Bergsee, eine eindrucksvolle Felsformation oder ein Schneefeld, auf dem der Junge im Abstieg ausgiebige Rutschversuche auf den Sohlen seiner Bergschuhe unternahm. Die Wanderung auf ihren ersten Berg wurde in Erinnerung gerufen. Und der Vater sprach von seinem Projekt, den schönsten, aber auch anspruchsvollen Gipfel zu versuchen. Allerdings wollte er die Tour unter der Führung des Hüttenwirts machen, der Bergführer war. Vielleicht schon im nächsten Urlaub. Der Vater hielt große Stücke auf diesen grobknochigen und knorrigen Menschen, der aus dem Ötztal stammte, nannte ihn ein „Urviech", womit er wohl eine Art Proto-Tiroler meinte. Unter seiner Ägide war die Hütte noch ein Bergsteigerstützpunkt alter Schule und hatte spätestens um sechs geräumt zu sein. Nachzügler wurden angeknurrt, warum sie noch nicht am Berg seien. Dabei war der Mensch herzensgut, hatte jedoch bestimmte Vorstellungen von bergsteigerischer Zucht und Ordnung.

***

Es war beschlossene Sache, dass man im nächsten Sommer erneut gemeinsam losziehen wollte. Zuvor hatte der frisch gebackene Obersekundaner allerdings ein langes Schuljahr zu absolvieren. Und Vater tat alles, um seinen Sohnemann auch tüchtig zu motivieren. Da war sie wieder, die „Wissen-ist-Macht-Schallplatte", geschickt verbunden mit dem Bedauern, dass er selbst ja leider nicht die Möglichkeit erhalten hatte, aufs Gymnasium zu gehen. Aber Sohnemann werde gewiss nachholen, was Papa nicht vergönnt gewesen war. Ja, Filius werde das erledigen, für sich, für Papa, für Mama, Wissen löffeln ohne Ende. Es werde schon etwas Brauchbares dabei herauskommen. Vater war voller Zuversicht. Das Leben eines geachteten Bürgers sollte es sein. Doch im Gegensatz zum Vater war Larix sozial traumlos.

Draußen zogen die kargen Hochflächen der Schwäbischen Alb vorbei. Der Zug nahm Kurs auf Geislingen und bewegte sich langsam durch das Filstal hinunter über Göppingen nach Plochingen, wo die Fils in den Neckar mündet. Von dort war es noch ein Katzensprung über Esslingen nach

Stuttgart. Aber das war in Larix' Augen schon eine andere Welt. Für ihn begann mit Kempten, mit dem Blick auf die grüne Hügellandschaft und hinüber zum Grünten seine ganz persönliche Ferne, die ihm ihre Nähe gezeigt hatte, drei Wochen lang. Dort hatte er innere Augen aufgeschlagen, von denen er nichts geahnt hatte. Er wusste nur, dass er wiederkommen würde. Vom Wesen dieser Gewissheit, die ihn so deutlich erfüllte, wusste er nichts.

2

Im folgenden Jahr verbrachten Vater und Sohn die Sommerferien erneut im Dorf. Larix freute sich, den Ort wieder so vorzufinden, wie er ihn ein Jahr zuvor verlassen hatte. Bestimmte Eindrücke hatten sich verfestigt. Offenbar hatte er diese Welt mit einer Vorstellung von Zeitlosigkeit in Verbindung gebracht, zumindest jedoch von extrem langsam voranschreitender Zeit. Diese Welt schien wie ein dichter Raum-Zeit-Block gefügt zu sein, in dem die Zeit keine offenkundigen Spuren hinterlegte. Es bedurfte eines weitaus geübteren Blicks, um der hier herrschenden Zeit auf die Spur zu kommen.

Albert hatte sie wie im Jahr zuvor an der Bushaltestelle abgeholt, sah aus und verhielt sich wie der Albert der ersten Begegnung. Und nicht anders schien es sich mit den übrigen Dorfbewohnern zu verhalten, die der Junge schon kannte. Die Kinder waren etwas größer geworden und somit hatte die Zeit sichtbar gewirkt. Aber die Erwachsenen schienen älter zu werden, ohne dass es ins Auge fiel. Der Familientourismus lief weiterhin auf vollen Touren. Auch die landsmannschaftliche Herkunft der Besucher hatte sich nicht geändert. Larix bemerkte, dass viele Familien wohl regelmäßig wiederkehrende Gäste im Dorf waren.

Das Dorf glich erneut einem bunten Lager, das täglich seine Wanderer in alle Richtungen losschickte und gegen Abend wieder empfing. Auch der alte Herr und sein Filius waren ständig am Berg. Das alpine Wegenetz bot eine Vielzahl von Touren, einfache und bergsteigerisch anspruchsvolle. Larix bewunderte seinen Vater, der so rüstig unterwegs war. Gewiss benötigte er seine Stehpausen – bloß nicht hinsetzen – und schaffte doch seine Touren in den Richtzeiten, die der Alpenvereinsführer angab. Abends im Bett las Larix im Groth nicht nur die Informationen. Dieser Tourenführer war ein Abenteuerbuch, gefüllt mit aufregenden Beschreibungen. Diese bestanden aus dürren, aneinander gereihten technischen Begrifflichkeiten und waren nummeriert, aber der Junge schien zwischen den Fachbegriffen zu lesen und durch sie hindurch auf fabelhafte Felswelten voller Griffe, Kamine, Simse und Seillängen zu stoßen, die seinen Besuch erwarteten.

Eine Woche war vielleicht vergangen, als Vater und Sohn auf dem Rückweg von einer Bergwanderung auf einen älteren Herrn und seine Begleiterin trafen, die sich ebenfalls Richtung Dorf bewegten. Man machte die restliche Wegstrecke gemeinsam. Die älteren Herrschaften kamen ins Gespräch und fanden Gefallen aneinander. Die beiden logierten bei Reinholds Bruder. Der Wegbegleiter gab sich als Oberst a. D. zu erkennen und der Vater fühlte sich sichtlich geehrt, dass ein leibhaftiger Oberst ihn als Gesprächspartner akzeptierte. Man verabredete sich zum gemeinsamen Abendessen im Gasthaus am unteren Ende des Dorfes.

Als der Vater und Larix am Abend den unteren Gasthof betraten, fanden sie die beiden am Ecktisch des großen Saales. Sie wurden freundlich begrüßt und die vier Gedecke zeigten, dass man sie erwartet hatte. Man unterhielt sich lebhaft und fand sogleich in zeitgeschichtlichen Betrachtungen einen gemeinsamen und – wie sich herausstellen sollte – ergiebigen Gesprächsgegenstand. Und was die unmittelbare deutsche Vergangenheit anbetraf, so erfuhr Larix, wie sich deutsche Bürger als mit heiler Haut davongekommene Opfer eines deutschen Albtraums verstanden. Das Besondere am Oberst war, dass er nicht nur eine persönliche Vergangenheit besaß, sondern aufgrund seiner Führungsposition in der Wehrmacht zwangsläufig gewisse Inneneinsichten des NS-Staates besaß. Letztere hatte er säuberlich geordnet, um mit sich selbst im geschichtlichen Reinen zu sein und seinen Lebensabend friedlich in der neuen Demokratie zu verbringen. Unterstützt wurde der rüstige und trotz seiner Jahre lebhafte Witwer dabei von seiner kultivierten Lebensgefährtin, die ebenfalls verwitwet war.

Aus dem Erdinger Moos stammend, hatte der Artillerist im Krieg als Regimentskommandeur Feldgeschütze befehligt. Über Einzelheiten seiner persönlichen Kriegsteilnahme sprach er allerdings nicht. Die finstere Epoche mit ihren Schlachtfeldern, an deren blutigen Geschehen er aktiv beteiligt gewesen war, hatte er säuberlich im Zusatz „a. D." abgelegt. Hinter dem „außer Dienst" schien sich ein „vorübergehend außer Betrieb" zu verbergen. Die Kriegsmaschine konnte jederzeit erneut in Betrieb genommen werden – unter dem fachkundigen Kommando kompetenter und dienstbarer Geister, die zu allen Zeiten mit der allgemeinen und ihrer persönlichen Geschichte im Reinen waren. Der ehemalige Wehrmachtsoffizier, der sich gern als gelernter Reichswehroffizier bezeichnete – ein als Auszeichnung zu verstehendes Merkmal, das mit den strengen Auswahlkriterien des Hunderttausend-Mann-Heeres zusammenhing –, gehörte jener Zunft von Kriegshandwerkern an, die ausschließlich handwerkliche Arbeit ablieferten, wenn sie von ihrem Dienstherren, der Staatsmacht, dazu aufgefordert wurden. Wenn man sie kritisch mit ihren Vernichtungsfeldzügen konfrontierte, wiesen sie dies als üble Verleumdung und Beschmutzung ihrer Kriegerehre energisch zurück. Man war noch Kind jenes Geistes, der mit dem Begriff des Staatsverbrechens Verbrechen gegen einen Staat verstand – Hochverrat oder Landesverrat als überragende Staatsverbrechen – und keineswegs Verbrechen der Staatsmacht selbst gegen die Menschen, wie Kriegsverbrechen, Völkermorde, Eroberungs- und Unterwerfungskriege oder Verfolgung von Menschen aufgrund vermeintlicher rassischer Merkmale oder nicht genehmer politischer oder religiöser Überzeugungen.

So fügte es sich, dass die Reichswehr, durch deren Schule der Oberst gegangen war, dringendere Sorgen hatte als die Aufarbeitung aller Missetaten der vorherigen uniformierten Außendienstler und ihrer kaiserlichen Staatsmacht. Über die Verstrickungen des Kaiserreichs im Genozid der Jungtürken an der Volksgruppe der Armenier wurde kein Wort verloren. Man sah die Weimarer Republik im Chaos versinken und half dabei, die staatliche Ordnung wiederherzustellen. Kurz darauf wurde die Armee als Wehrmacht neu aufgestellt und mit neuem Kampfgeist beseelt. Große Aufgaben wurden ihr zugewiesen. Vor allem mit dem Bolschewismus galt es, ein kriegerisches Hühnchen zu rupfen, ihm und seinen vermeintlichen Welteroberungsplänen zuvorzukommen, anstatt sich von Stalins Horden überrennen zu lassen. Das politisch-militärische kleine Zeitfenster für einen Präventivschlag galten es zu nutzen, und der Russlandfeldzug nahm seinen Lauf. Damit war der Bogen zur Gegenwart wieder trefflich gespannt, stand der Kommunismus doch in der DDR und hatte den Deutschen die Teilung ihrer alten Hauptstadt und ihres Landes beschert. Österreich hingegen konnte ein ähnliches Schicksal vermeiden, indem der „Anschluss" rückgängig gemacht wurde und das Land sich als neutraler Staat konstituierte.

Als Standardnarrativ diente dem gestandenen Kriegshandwerker die Schutzbehauptung, dass man nur seine Pflicht getan habe und sonst nichts. Und Pflichterfüllung habe nun mal nichts mit Verbrechen zu tun, ja beides schließe sich *per definitionem* aus.

Eine Flut derartiger, mal offener, mal versteckter Rechtfertigungen alimentierte die Rede des Offiziers und fand die Zustimmung des Vaters. Larix ließ lange den Redefluss auf sich wirken. Dann aber stammelte er: „Ja, aber, das NS-Regime ist doch verbrecherisch gewesen." Der Oberst hatte sich längst selbst mit diesem Vorwurf beschäftigt, war jedoch zu einer etwas anderen Bewertung gelangt. Natürlich sei das Regime verbrecherisch geworden – geworden, wohlgemerkt, nicht *sui generis* gewesen, meinte er. Und wenn doch von Anbeginn gewesen, dann habe es sich selbst so diabolisch geschickt verschleiert, dass sich sein bösartiges Wesen lange dem Blick normal denkender Menschen entzog, bis sich nämlich abzeichnete, dass der Krieg verloren ging. Aber das hätten doch die Männer des 20. Juli sehr wohl erkannt und er selbst habe mit ihnen sympathisiert. – Ja, aber, Larix kam aus dem Stammeln nicht mehr raus, die Wehrmacht selbst … der Partisanenkrieg, Geiselnahmen, Erschießungen von Zivilisten, verbrannte Dörfer … erneut versuchte er, die eine oder andere doch offenkundig verbrecherische Aktion der Wehrmacht vorzutragen, denn er war gerade dabei, sich ein kritisches Verständnis der NS-Zeit zu erarbeiten. Er hatte schon einige Passagen aus dem Buch „Der SS-Staat" von Kogon gelesen und versucht, die Ungeheuerlichkeit der Konzentrationslager zu begreifen. Die Wehrmacht habe ihre Pflicht getan, habe für die Sicherheit ihrer Soldaten sorgen müssen, wurde mit einer gewissen Bestimmtheit doziert, die keinen Raum für kritische Infragestellungen ließ. Der Vater warf dem Oberst und seiner Begleiterin um Nachsicht bittende Blicke zu und ermahnte seinen Filius, sich in Gesprächen zu mäßigen und auf die Argumente zu achten, die ein so erfahrener und kultivierter Mann vorbrachte. Der Oberst winkte begütigend ab, der junge Mann solle nur seine Meinung frei heraussagen, man könne über alles reden, er habe da keine Bedenken. Vater, ein Handwerksmeister und Kleinbürger, hing an den Lippen des Militärs, der unerschütterliche Selbstsicherheit und strategische Übersicht ausstrahlte. Er war dessen wohldosierten Diskursen förmlich hörig und dankbar ob der geübten Nachsicht.

Ja, da hatten sich Handwerker gefunden, die schusterten die Geschichte wieder zusammen, als wäre sie nie von Verbrechern gesprengt worden und auseinandergefallen. Und auch die Begleiterin, die insofern dem Judentum verbunden war, als ihr Vater Mitglied dieser Religionsgemeinschaft gewesen war, ihre Mutter jedoch nicht, war mit der handwerklichen Geschichtsbewältigung der beiden Herren einverstanden. Wo so viel entsagungsvolle Pflichterfüllung auch die finstersten Jahre Deutschlands durchglommen und am Ende siegreich überwunden hatte, konnte man diesen wackeren Leuten doch nicht die Ermordung des Vaters anlasten. Über solche Leute werde der Herr gewiss sein gütiges Angesicht leuchten lassen. Vater ließ bei Gelegenheit durchblicken, dass er es selbst auf seinem letzten Heimaturlaub fast zum spontanen Widerstandskämpfer gebracht hätte. Ja, der rheinische Katholizismus stilisierte sich selbst zum energischen Regimegegner, vom „Löwen von Münster" war die Rede. Aber ob diese wackeren Katholiken wirklich das Monströse erkannt hatten, blieb doch zweifelhaft. Larix war zu jung, zu uninformiert und in der Diskussion zu unerfahren, um dieses Beschwichtigungs-, Erklärungs- und Rechtfertigungsdickicht zu durchdringen. Denn all diese Argumente dienten dazu, den Staat als solchen von jeglichem Verdacht zu reinigen und seine Diener von aller Schuld freizusprechen. Alle versammelten sich hinter der Idee des unschuldigen Staates und seiner Bürger, die schändlich missbraucht worden waren. Dies allerdings schien allen Beteiligten erst in dem Moment aufzufallen, als der Krieg verloren war und das NS-Regime unterging.

Larix hatte an diesem Diskurs ordentlich zu knabbern. Er ließ sich nicht überzeugen. Freilich war der Oberst kein Nazi, auch sein Vater war kein Nazi. Nein, sie waren keineswegs persönlich in den eigentlichen Vernichtungsstrukturen tätig gewesen, besaßen von dieser Maschinerie des Grauens nicht einmal eine klare Vorstellung. Damit konfrontiert suchten sie einen Ausweg der historischen Bewältigung, den man in jenem berühmten Ausruf Stauffenbergs erkennen kann: „Es lebe das heilige Deutschland". Das klingt wie der Spruch eines Exorzisten. Wir waren von den Nazi-Dämonen besessen und wurden von ihnen befreit. Eine kleine Schar von Verbrechern hatte das deutsche Volk missbraucht. Offenbar betrachteten sich alle als unschuldiges Volk und übten Abscheu vor den Verbrechern.

Larix war noch zu jung und unerfahren, um dieses Gebirge verharmlosender Rechtfertigung und Staatshörigkeit zu durchsteigen. Freilich wollte man die Idee von Staat und Volk in Sicherheit bringen und war guten Glaubens, endlich in der Demokratie das Regime gefunden zu haben, das die Deutschen ein für alle Mal vor einer derartigen Staatskatastrophe schützen würde.

Aber das Nazi-Regime war kein Albtraum gewesen, sondern vielfältige Realität, bis zum bitteren Ende von einem ganzen Volk gelebt. Als kollektiver Albtraum wurde dieses Regime erst später dargestellt. Der Oberst jedenfalls und auch der Vater waren damals von keinen Albträumen geplagt worden – ganz im Gegensatz zu den Gegnern des Regimes und zu den endlosen Scharen seiner rassistisch verfolgten Opfer.

***

Das schmackhafte Abendessen war zu sich genommen. Die beiden Herren widmeten sich dem bekömmlichen Kalterer. Larix schlürfte seinen Almdudler und Madame nahm ihr Viertele Veltliner zu sich. Im Saal bediente Hildegard, die Tochter des Wirtes, eine begabte, natürliche Fröhlichkeit ausstrahlende und von den Gästen geschätzte junge Frau, in der alle, die sie kannten, schon die Nachfolgerin sahen. Man kam auf den nächsten Tag zu sprechen. Der Oberst hatte sich eine Sitzung im Gelände vorgenommen – nicht mit Feldstecher und Lagekarte, sondern mit Staffelei, Farbtuben und Pinseln. Er war nämlich nicht nur ein Geschichte-Schönmaler, sondern auch ein Sonntagsmaler, genauer gesagt, ein Sonnentagsmaler. Künstlerisch nicht sonderlich begabt – diesen Anspruch erhob er auch gar nicht – malte er doch Ölbilder mit gefälligen Felsformationen, Gipfeln, grünen Matten und Wäldern. Auf seinen Bildern herrschte immerzu strahlend blauer Himmel, was in den Lechtaler Alpen gar nicht einfach herauszufinden ist. Vielleicht ignorierte er auch nur die Schlechtwetterperioden mit ihren endlosen Wolkenschleiern voller trostloser Dunkelheit und Nässe. Oder ein Schlechtwetter-Motiv überstieg sein Malvermögen oder interessierte ihn nicht. Vater wurde mit mehreren Gemälden bedacht und schenkte sie später Larix. Der ließ sie im elterlichen Wohnzimmer hängen, wo sie noch lange hingen, auch als die Eltern längst verstorben waren und der älteste Bruder die Wohnung übernommen hatte. Zum Schluss sollte er sie einmotten.

Seine Staffelei wollte der Oberst unweit vom Dorf in einer Lichtung unterhalb vom Sattele in Stellung bringen und den schönen kegelförmigen Gipfel der Dremel ins Visier nehmen. Das Wetter versprach sommerliche

Heiterkeit und eine gute Beleuchtung dieses Berges, dessen komplexe, von der immerwährenden Erosion geschaffenen Felsstrukturen aus Hauptdolomit wie das gesamte Parzinn gar nicht so einfach in eine vereinfachte und relativ stimmige Form auf der Leinwand zu bringen waren. Das Bild, das damals entstand, befindet sich noch heute in Larix' Besitz, und er muss sagen, dass der Maler eine recht ansprechende Lösung fand. Klar ruht der Berg von Norden gesehen und da sich die verwickelte Führe zum Gipfel ohnehin auf der dem Maler abgewandten, ungestüm schrofigen Südseite befand, musste man nicht in dem Bild Dinge suchen, mit denen es sich gar nicht befasste. Diese unsichtbare Seite besaß zahllose schattige, ja finstere Winkel, Schutthalden und Abgründe, an denen vorbei und über die hinweg der Bergsteiger sich zum Gipfel winden musste. Doch im Übermaß des gemalten Lichtes hatte der markante Kegel alle Schatten abgeworfen.

Vielleicht hatte sich der Oberst in diesem Berg selbst gemalt, hatte er doch einmal mit fast feierlicher Stimme den schönen Spruch rezitiert: I wollt, i war nix wia Stoa und stand wohl auf der Höh, i hätt den ganzen Tag nix ze doa wie da sei, des waar schee.

***

Und so saß er am nächsten Vormittag vergnügt auf seinem ausgeklappten dreibeinigen Sitz, Bild und Berg vor Augen, Staffelei griffbereit, mit bekleckstem Malerkittel über dem karierten Hemd, Kniebundhose, Haferlschuhen und Gamsbarthut. Der Mann, unter dessen Geschossen einst die Erde erbebte und sich für manche als Grab aufgetan hatte, schien sich alle Schatten und Abgründe von der Seele zu malen. Keiner Mündung entschlüpften mehr todbringende Granaten. Stattdessen entquollen seinem Pinsel bunte Farbflächen, die sich zu Ruhe spendenden Landschaften verbanden, und dies in handlichen Formaten. Die Hobbymalerei im Gebirge entspannte den alten Krieger ungemein.

Vater und Sohn hatten die beiden an die Stelle begleitet, wo der Oberst seine Staffelei aufstellte. Sie schauten dem Maler eine Weile zu und machten sich dann auf den Weg zum Sattele, jenem anmutigen Übergang ins Nachbartal. Steil wie eine Scharte, jedoch mit einem schmalen Rücken versehen und begrünt wie ein Sattel. Die sprachliche Lösung war die Verkleinerungsform „Sattele". Oben angekommen hatte sich der Junge mit klopfendem Herzen den unmittelbar anschließenden zerklüfteten Felsmassen des Potschallkopfes genähert und war das letzte steile Grasstück bis an den Fuß der Felsen vorgedrungen, während weiter unten der Vater rastete. Was für ein Felsenlabyrinth, dachte Larix beeindruckt von der Unmittelbarkeit der aufgetürmten Steinmasse. Voller Schutt und so brüchig-abweisend. Und doch fasste er den heimlichen Gedanken, den Gipfel zu erreichen.

∗∗∗

Am Abend hatte man wieder den Gasthof wohlgemut betreten und allseits guten Abend und guten Appetit wünschend am reservierten Ecktisch im Saal Platz genommen, die Speisekarte gemeinsam studiert und ein gutbürgerliches Essen komponiert: Schweinebraten beispielsweise mit Tiroler Knödeln oder Wiener Schnitzel mit Kartoffelsalat. Nein, wie die Begleiterin des Obersten richtigstellte, Schweineschnitzel nach Wiener Art. Man harrte erwartungsfroh der gastronomischen Dinge, für deren Gelingen Benno, der junge Koch, verantwortlich zeichnete. Der gab nicht nur Kostproben seiner kulinarischen Fertigkeiten, sondern bisweilen auch seiner großen Körperkraft. Auf Wunsch stemmte er eine Hantel, die neben dem Haus lag und keine Eisenscheiben besaß, sondern zwei dicke Betonkugeln. Larix war beeindruckt. Er selbst hob das Teil kaum bis zum Bauch. Außerdem griff Benno bisweilen spät am Abend zur Gitarre und trug mit männlich-schmalzig-rauer Stimme „La Paloma Ade" oder „La Montanara" vor. Die versammelte Weiblichkeit reagierte begeistert. Der Wirt drehte seine gewohnte Tischrunde, plauderte mit den Gästen, erkundigte sich nach ihren Taten und ihrem Wohlbefinden und wird auch an ihrem Tisch vorbeischauen, stehen bleiben, sich nach ihren Taten und nach ihrem Wohlbefinden erkundigen. Da war er schon. „So, am Sattele seid's gwen?" Und sogleich knüpfte er eine Betrachtung über die Bewohner des Nachbarortes an. Diese seien den hiesigen Leuten sehr ähnlich, allerdings fehle ihnen die von den fernen Vorfahren aus dem Engadin geerbte Sprachbegabung, die man hier im Dorf bemerken könne. Vielleicht wird er auch wieder auf einem seiner Lieblingsthemen in eigener Sache herumreiten und um Zustimmung heischen. Die Schwerfälligkeit der Bürokratie beklagen und das mangelnde Engagement der Verantwortlichen für die heimische Gastronomie. Man wird ihm freundlich zunicken, dem Handwerker der Tiroler

Hotellerie. Wir sind hier alle Handwerker, verstehen unser Handwerk und schätzen das Handwerk des anderen.

Später wird man wieder auf die unselige deutsche Vergangenheit zurückkommen. Larix wird sich erneut am schmutzigen Krieg der Wehrmacht gegen die Zivilbevölkerung verbeißen. Und man wird ihn belehren, dass damals russische Dörfer Partisanenschlupfwinkel waren, die zur Vergeltung auch mal fachgerecht niedergebrannt wurden. Was soll daran ethisch schattig oder gar abgründig sein? Sollen die Leute einen offenen Kombattanten-Krieg führen wie wir, dann gibt es auch keine Heckenschützen und keine Strafaktionen. Sollen sich etwa unsere Leute abknallen lassen wie die Hasen? So ist das im Lichte des gerechten Krieges, der von der großen Schar der Pflichterfüllenden geführt wird. Wer führt schon ungerechte Kriege, wenn nicht die anderen? Und wer stellt die Rechtschaffenheit unserer Krieger in Abrede und ihre Soldatenehre erst? Doch entweder die Propaganda des Feindes oder die Defätisten in den eigenen Reihen. Das Hauptgericht nahte und beendete das Thema.

„So, da kommt er ja, der leckere Schweinsbraten mit den Tiroler Knödeln. Hm, der schaugt ja guat aus."

„Soo, aan guaten Appetit!"

„Danke, danke, geh, Hilde, bring uns noch a Viertele."

Passend zum Schweinebraten bewegte sich die Unterhaltung in Richtung alpenländische Volkskunde und Regionalia. Es kamen bewegende Themen zur Sprache, wie die Frage, wo genau das Oberinntal aufhöre und das Unterinntal anfange. In Innsbruck? Der Wirt wurde zurate gezogen. Der gab sich überzeugt, dass die Grenze sich genau an der Höttinger Innbrücke befinde. Und als Einheimischer genoss er einen gewissen Kompetenzvorschuss. Nun muss man nicht wissen, dass es sich um eine mittelalterliche Landgerichtsgrenze handelt, die das Flüsschen Melach bei Zirl als Grenze betrachtete, wie Larix viel später einmal beiläufig bei Wikipedia nachlesen sollte. An jenem Abend galt ihnen die Höttinger Innbrücke als Grenze. Und diese Brücke ist auch für den Tiroler ein Begriff.

Der Oberst und seine Begleiterin gaben zahlreiche Kostproben ihrer liebevoll gepflegten Vertrautheit mit dem alpenländischen Kulturraum und seiner Geschichte. Aus ihnen sprach jene gehobene bayerische Bürgerlichkeit, die im 19. Jahrhundert Gefallen am alpinen Natur- und Kulturraum gefunden hatte und – im Verein mit dem übrigen deutschen und österreichischen Bürgertum – den modernen Alpinismus schuf. Vielleicht waren sie die Nachfahren des Kaisers Maximilian, der sich in den Gebirgen der Madau seinem Hobby, der Gamsjagd, widmete. Maximilian wiederum fand einen romantischen Nachfahren im bayerischen König Ludwig, der nicht nur die Staatsfinanzen ruinierte, sondern die Gebirgslandschaft seines Reiches mit seinen kostspieligen Bauwerken schmückte, die heute Attraktionen für Touristen aus der ganzen Welt sind.

Auch den Oberst und seine Gefährtin führte keineswegs schnöder Tourismus ins Dorf. Als behagliche Oase des Abstandnehmens vom hastigen Münchener Leben war diese Welt eher ein „Land mit alten erlesenen Qualitäten", das man genoss wie eine Flasche guten Weins. Ein Urgrund und Rückraum der eigenen Kultur, voll mit rechtschaffenen Bergbauern in ihrem kleinen Daseinsgehäuse wie die Figuren des Schäfflertanzes im Neuen Rathaus am Marienplatz.

Die volkskundliche Bildung der beiden umfasste ebenso das Leben der Wolpertinger wie die sprachliche Reichweite von Dengelsteinen oder die sprachlichen Verbreitungsräume von Almen und Alpen. Sachkundig wurde dargelegt, dass man im oberen Lechtal häufiger dem älteren Begriff Alpe begegne, was mit der frühen Besiedlungsgeschichte dieses Tals aus dem alemannischen Raum zu tun habe. Und genau in der Mitte liege die Alm von Elmen und dort oben gebe es sowohl eine Stablalm als auch eine Stablalpe. Der Ausflug sei empfehlenswert, beide seien für Wanderer bewirtschaftet. Für ihren eigenen Gebrauch hätten die später aus dem bayerischen Raum einwandernden Bergbauern im Laufe der Zeit das Problem auf elegante Weise gelöst, indem sie den Viehbetrieb Alm nannten und die alte Ortsbezeichnung Alpe weiterhin nutzten. Auf der Saxer Alpe im Madautal gebe es demnach eine Alm mit Almbetrieb.

Auch die regionale Geschichte mit ihren kriegerischen Begebenheiten kam dabei nicht zu kurz. Allerdings beschäftigte man sich zur Abwechslung nicht mit der NS-Zeit, sondern plauderte über kaiserliche Truppenbewegungen zwischen dem Allgäu und Innsbruck anlässlich des Dreißigjährigen Krieges. In dieser Vorzeit des Arlbergtunnels führte in unmittelbarer Nachbarschaft des Lechtals der Weg über den Gaichtpass und durch das Tannheimer Tal, um in den Westen des Habsburger Reiches zu gelangen.

Bei der Gelegenheit kam das Gespräch auf das fürstäbtliche und reichsstädtische Kempten. Larix spitzte die Ohren. Diese beiden Stadthälften waren verfeindet, erklärte der Oberst, und ergriffen Partei für die katholische und protestantische Sache. Der Streit eskalierte und beide Parteien gerieten gehörig unter die Räder der großen Politik, deren Geister sie gerufen hatten. Die damaligen Machthaber zeigten ihnen, wie man Städte zusammenschoss, Bewohner massakrierte, Frauen vergewaltigte, Häuser plünderte, anzündete und verwüstete. Doch darüber verlor der Oberst kein Wort, sondern äußerte sich anerkennend zu den Leistungen der damaligen Artillerie. So eine Viertelkartaune oder 12-Pfünder mit einem Kaliber von elf Zentimetern war ein Vorderlader und verschoss gegossene Eisenkugeln mit bis zu sechs Kilogramm Gewicht auf eine Distanz von bis zu 800 Metern. Diese Kugeln waren mit Sprengstoff oder Brandsätzen gefüllte Hohlgeschosse, Bomben genannt, die zahlreiche Brände in den Dachstühlen der Gebäude entfachten. Dank gediegener Fachkunde sollten alle Gräueltaten der jeweils siegreichen Partei nicht den Blick für die saubere kriegshandwerkliche Arbeit verstellen. Der kaiserliche Kommandant von Lindau, Franz Peter König, hatte die Verteidigungsanlagen der protestantischen Reichsstadt nach allen Regeln der damaligen Geschützkunst zusammenschießen lassen. Unterstützung erfuhr er von den frei werdenden Geschützen des kaiserlichen Generalfeldmarschalls Aldringen, der gerade Memmingen erobert hatte. Dass der anschließende Nahkampf zur Blutorgie eskalierte und die Sieger wie die Berserker hausten, müsse man den überhitzten Gemütern zuschreiben und aus der Mentalität der damaligen Menschen heraus verstehen. Dies war obendrein politisch erwünscht, denn der von den protestantischen Reichsstädtern gedemütigte Fürstabt wollte und bekam die nachhaltige Bestrafung der Bürger und das Instrument war die Truppe, die man in einen verlustreichen Nahkampf gezwungen und bis aufs Blut gereizt hatte. Hatte man nicht den Bürgern dreimal die kampflose Übergabe und Schonung der Stadt angeboten? Diese hatten jedoch das Angebot höhnisch abgelehnt, in flagranter Überschätzung der eigenen militärischen Stärke und auf die Unterstützung der schwedischen Verbündeten hoffend, die leider ausblieb.

Unvermeidlich kam er immer wieder auf sein militärisches Thema zurück, der alte Kriegshandwerker. Nun, sein ganzes Arbeitsleben war das eines Berufsoffiziers gewesen. Wenn man den Menschen länger zuhört, hört man ihre berufliche Tätigkeit heraus, oft auch ihr Hobby, das gewissermaßen ihr Zweitberuf ist, oder ihren verpassten Beruf oder das Gegengewicht zum ausgeübten Beruf. Und es gibt auch Menschen, die ihre berufliche Tätigkeit als eine geisttötende Veranstaltung betrachten, mit der sie ihren Frieden geschlossen haben.

An einigen Tischen waren die Gäste noch beim Dessert, Kinder sausten hin und her oder spielten mit Karten oder einem Brettspiel am Tisch. Die ersten Familien brachten ihre Kleinkinder zu Bett. Der Geräuschpegel sank und die Gemütlichkeit wohliger Sättigung breitete sich aus. Wohlgefällig blickten Kellner und Wirt in die Runde und betrachteten die gesunde Herde ihrer Gäste. Es war wieder einmal vollbracht, die Nachessenszeit lief.

Für Larix war dies der Zeitpunkt, sich von den alten Herrschaften zu verabschieden und in der hereinbrechenden Dämmerung noch etwas durch die Gegend zu streifen. Der Kontrast zwischen dem sich langsam mit Dunkelheit füllenden Talgrund und den Gipfelregionen, die im Licht der Abendsonne leuchteten, faszinierte ihn. Nach Norden riegelten die steilen, mit rötlich schimmernden Hornsteinbändern durchzogenen Grasflanken der Rotwand scheinbar das Tal ab. Dieser Eindruck entstand deshalb, weil das Tal nicht geradlinig nach Norden verlief, sondern unterhalb dieses Gebirgszuges nach Nordwesten bog. Er lief die Straße zum Dorf hinaus und hatte schon seine abendliche Runde im Kopf. Warum nicht auch mit leichten Turnschuhen an den Füßen schnell den Rundweg über die Holzbrücke hinter dem Steinwehr und auf der anderen Bachseite zurück ins Dorf?

Während er sich zügig voran bewegte, kamen ihm Momente der Unterhaltungen bei Tisch in den Sinn. Die kulturellen Themen fand er interessant. Vor allem der Oberst war bewandert in der bayerischen und Tiroler Geschichte und Kultur und wartete mit zahlreichen Details und Anekdoten auf. Immer wieder gelang es ihm, einen großen lebendigen Kulturraum darzustellen, in dem er sich ganz selbstverständlich bewegte. Und in seinem Bestreben, diesen Raum als eine große Einheit zu verstehen, schien er jene Arge Alp vorwegzunehmen, die wenige Jahre später ins Leben gerufen wurde und alle Regionen des deutschsprachigen Alpenraums einschloss.

Dagegen erschien Larix seine eigene Heimat stumpf und wenig mitteilsam zu sein. Eigentlich wusste er kaum etwas von ihr. Er lebte am Niederrhein. Aber der Begriff rief nichts hervor, war so flach wie die Landschaft, die er bezeichnete. Offenbar gab es keine großen historischen Ereignisse zu berichten. Und eine andere Geschichte gab es nicht zu erzählen. Sein geschätzter Deutschlehrer hatte seiner Klasse höhnisch empfohlen, sie sollten sich ein Kreuz auf die Stirn malen, damit jeder auch sogleich erkenne, woher sie kommen. Hatte Larix je seine Heimat innig erlebt? Dabei war es doch die Heimat seiner Mutter. Aber die war so wenig mitteilsam.

Anders jedoch verhielt es sich mit den gesellschafts- und geschichtskritischen Diskussionen. Die weckten seinen jungen Geist. Larix war in dem Alter, wo der Intellekt des jungen Menschen den Ansichten der Erwachsenen kritisch begegnet. Doch ihm fehlte noch das Analyse- und Urteilsvermögen, um die wohlgefügten Überzeugungen der Älteren zu durchdringen und ihre Fragwürdigkeit herauszuhören. Freilich hatten ihn manche Aussagen des alten Offiziers nicht überzeugt, ja sogar seinen spontanen Widerspruch hervorgerufen, den er auch zu äußern versuchte. Aber seine Entgegnungen waren zu unbeholfen, griffen viel zu kurz und wurden nicht ernst genommen, sondern offenbar seiner Jugend zugeschrieben, als ob sie Ausdruck unreifer Ansichten wären, die sich noch nicht mit der harten Realität auseinandergesetzt hatten. Zumindest hielt man ihn nicht für einen Schwachkopf und war wohl überzeugt, dass er sich das notwendige Urteilsvermögen schon besorgen würde.

An der Rotwand, auf die sein Blick immer wieder fiel, kletterten die Schatten langsam empor. Der leuchtende fast senkrechte Geländestreifen wurde immer schmaler und in seinen Falten nistete schon das Dunkel. Bald würde nur noch der sanft geschwungene und lang gezogene Grat erstrahlen und kurz darauf erlöschen. In ein paar engen Kurven zog sich die Straße oberhalb des Bachs, der recht gradlinig seinen Weg durch das Tal zog und schon wesentlich tiefer floss. Der Junge gelangte an die Einmündung eines kleinen Wirtschaftsweges, der hinunter zu einem Wildfütterungsplatz führte und etwas tiefer zur schmalen Holzbrücke über die Klamm. Diesen Weg schlug er ein und gelangte zügig vorbei an einer Reihe von der Erosion wundersam zu gleichmäßigen Kegeln geformter Kieshalden an die Brücke. Mittlerweile umfing ihn Halbdunkel und der Bach toste fast unsichtbar in vielleicht dreißig Metern Tiefe. Der Bach füllte ungerührt mit seinem Brausen die Felsenkammern, in deren Dunkel sich das Dämmerlicht verlor.

Während er regungslos in die Tiefe blickte, kam dem Jungen die Diskussion am Abendtisch erneut in den Sinn. Was irritierte ihn am Diskurs des anderen? Die selbstsicheren Sätze, die der alte Stratege routiniert in Stellung brachte? Und während er selbst zaudernd, ja fast furchtsam mit Worten umging, sie abwägte und um ihre Aussage rang, quoll der andere förmlich über, führte immer neuen Nachschub ins Gespräch – offenbar verfügte er über unerschöpfliche Reserven. Was verfolgte der andere? Was verfolgte er, Larix? Ihre Worte nahmen zwei sehr unterschiedliche Funktionen wahr. Der eine bewältigte mit sorgfältig kultivierten und strukturierten Narrativen die Geschichte als „gelöste" Vergangenheit, der andere verspürte die Geschichte als ein Bündel „ungelöster" Fragen, bemerkte die Brüchigkeit, ja bisweilen Fadenscheinigkeit der scheinbar wohl reflektierten Ansichten. Eine Einstellungssache den Dingen eines Volkes gegenüber, die Larix noch längst nicht überschauen konnte, auch nicht seine eigene Haltung und die Konsequenzen für sein Geistesleben und auch Sozialleben, die sich ergeben würden.

Der Bach hatte sich in unvorstellbar langen Zeiträumen durch eine Felsbarriere einen tiefen Spalt gefräst. Geduldig warf sich das strömende Wasser gegen das Gestein, das es ebenso geduldig und ungerührt zurückwarf und dabei unendlich kleine Mengen abgab. Selbst bei Tageslicht war der schäumende Grund dieser nur wenige Meter breiten Schlucht nur bruchstückhaft zu sehen, weil sich immer wieder die uralten, vom Wasser geschliffene Felsnasen vorschoben und die Sicht auf den Bachgrund versperrten. Ja, der Bach hatte keinen geraden Schnitt gelegt, sondern hatte sich immerzu auf engstem Raum neu gewunden. Und er dachte, dass es die gleichen Schleifen waren, jene sanften Schleifen der heimatlichen Bäche und Flüsschen und sogar die riesigen Bögen des großen Stromes seiner Heimat. Diese hier waren allerdings auf engsten Raum zusammengepresst und bahnten sich ihren Weg nicht nur vorwärts, sondern bohrten sich zugleich an Ort und Stelle in die Tiefe. Und wieder erschien dem Jungen in der brausenden Lebendigkeit des strömenden Wassers die Vorstellung unendlicher Geduld – hermetisch umschlossen vom monotonen, vielfältigen

Geräusch. Nichts ließ sich in dieses Geräusch hineinlesen, ebenso wenig gab es etwas Verstehbares her.

Larix setzte sich in Bewegung. Er ließ die Brücke hinter sich und wanderte der gegenüberliegenden Bachseite entlang auf einem schmalen Pfad zurück zum Dorf. Nach vielleicht hundert Metern gelangte er an die breite Geröllhalde eines Sturzbaches, der im Sommer kein Wasser führte. Der Pfad querte das Geröll leicht ansteigend und entfernte sich vom Bachufer. Es folgte eine riesige von der Erosion gerissene Bresche im Hang aus gelbem Sand, Lehm und Gestein, auch einige entwurzelte kleinere Baumstämme befanden sich darunter. An dieser Stelle schmiegte sich der Bach so eng an den Rand seines Bettes, dass kein Uferstreifen vorhanden war, auf dem man das Hindernis hätte queren können. Deshalb führte der Pfad zum oberen Rand der Abbrüche empor und durch den Wald, um sich hinter diesem Abbruch wieder hinunter auf die Höhe des Bachs zu begeben und an der Brücke hinter dem Dorf auszulaufen. Er durchquerte den Geröllkegel und fand an dessen Ende jenen Holzstab mit rot gefärbtem Kopf, der die Stelle markierte, wo der Pfad in den Wald führte und steil anstieg. Es war Zeit, ins Dorf zurückzukehren. Der Vater werde wohl noch mit seinen Freunden unten im Gasthof sitzen. Wie dem alten Herrn die geistreichen Unterhaltungen guttaten. Alles, was er im Laufe des Jahres verpasste, schien er in diesem kurzen Zeitraum nachzuholen. Ja, dieser Mensch besaß einen großen geistigen Ehrgeiz, auch jetzt noch, wo doch alle Träume längst zerstoben waren. Und sachte erhob sich die Frage, ob er überhaupt jemals ernsthaft an die Umsetzung seiner Träume – ob in sozialen Formen oder anderen – gedacht hatte oder ob die Träume selbst das eigentliche Ziel waren. Der Mann arbeitete das ganze Jahr vor sich hin, leitete die Buchbinderei, ohne zum engsten Führungskreis des Familienunternehmens zu gehören. Da waren zwei andere, über die er sich regelmäßig ausließ. Mit der Tochter des einen und dem Sohn des anderen drückte Larix gemeinsam die Schulbank des Gymnasiums. Der eine Kollege war recht tüchtig im Wahren seiner eigenen Interessen und baute sich früh einen schönen Bungalow. Der andere war promoviert, was Vater nicht davon abhielt, ihn für eine ausgemachte Krücke zu halten, gerade gut genug, um mit den kirchlichen Kunden des Verlags „hochgeistige“ Gespräche zu führen. Genau das war allerdings das Kalkül der Firmenleitung. Der Mann sollte doch die Herren Prälaten dazu animieren, Aufträge liturgischer Bücher zu vergeben. Von seiner Tochter, die Larix' Banknachbarin war (letzte Bank in der Mädchenbankreihe) erfuhr er, dass der Vater über eine philosophische Problemstellung promoviert hatte, wo die Rede davon war, dass das Ganze vor seinen Teilen sei. Näheres wusste sie allerdings nicht zu berichten. Das Thema stand wohl mit der Philosophie des Aristoteles in Verbindung. Außerdem hörten sie damals lieber die Beatles und die Rolling Stones.

Steil zog der Pfad durch den Wald empor, in dem sich schon reichlich Dunkelheit ausgebreitet hatte. Jetzt hieß es, sich auf den Weg zu konzentrieren, um nicht den Tritt zu verfehlen und über eine der unzähligen Wurzeln zu stolpern, die den Steig in ebenso zahllose winzige Trittsegmente zerlegten, auf die man seine Füße setzte, um voranzukommen. Ein deutliches Knacken, das aus der Dunkelheit über ihm kam, ließ ihn mit einem Mal innehalten und reglos erstarren. Warum nur war ihm blitzartig klar, dass dieses Geräusch von keinem Menschen und doch von einem Lebewesen stammte? Er wartete reglos und erwartete ein Folgegeräusch, das ihm vielleicht Klarheit verschaffen würde. Nichts rührte sich und doch wurde er den Eindruck nicht los, dass eine große lebendige Gegenwart über ihm in eine wartende Starre verfallen war. Aber er kam nicht drauf. Nach einer Minute angespannten Horchens entschloss er sich, seine Querung zügig fortzusetzen. Sehr zügig sogar hinunter in Richtung Bach. Bald trat er aus dem Bergwald heraus und erreichte die flachen und schmalen Wiesenstreifen am Rand des Bachs, dessen Geräusche wieder zur Begleitmusik wurden. Schon hatte er die Brücke erreicht und strebte zurück ins Dorf. Die Dunkelheit war vollends hereingebrochen, in den Häusern leuchteten da und dort die kleinen Fenster, zumeist die der ebenerdigen Wohnstuben. Der große Saal des unteren Gasthofes mit seinen Panoramafenstern war hell erleuchtet.

Er begab sich auf ihr Zimmer, ein bescheiden, um nicht zu sagen, spartanisch ausgestatteter Raum im Obergeschoss. Aber das störte den Jungen ganz und gar nicht. Ihm gefiel die behagliche Vertäfelung des Raumes mit einfachen Fichtenholzprofilbrettern. Auch der Boden war mit Holzdielen versehen und knarrte unter jedem Tritt. Eine Stunde später kehrte auch sein Vater zurück. Die beiden bereiteten sich zur Nachtruhe. Vater nutzte die Gelegenheit, um seinem Sohn Vorhaltungen zu machen wegen seiner ungestümen Diskussionsweise. Meinte, das sei nicht wohlerzogen, den anderen nicht ausreden zu lassen, ihm ins Wort zu fallen oder ihm gar das Wort abzuschneiden. Er hatte natürlich recht, der alte Herr. Geduld war eine Tugend, die sich Larix noch hart erarbeiten musste. Man muss lernen, den anderen immer weiter reden zu lassen, bis am Ende die Diskursmaus aus ihrem Mauseloch kommt. Immerhin war sein Verhalten nicht böswillig, er verfolgte keine bösen Absichten, wenn er auf Worte des anderen scheinbar rüde replizierte. Der andere verfolgte andere sprachliche Strategien, um dem Gegenüber das Wasser abzugraben, die ihm wiederum nicht gefielen. Eine Diskussion war immer ein Gerangel, ein Kräftemessen, unvermeidlich. Aber man benötigt ein gutes Urteilsvermögen, um die Spreu vom Weizen zu trennen. Für Larix war es nicht das Ziel, Recht zu bekommen oder zu behalten, sondern – fast möchte man sagen – wie der Landmann eine Furche zu ziehen, Sinn aufzuschlagen und freizulegen, kurz eine Diskursöffnung zu bewerkstelligen. Vater hingegen träumte von bürgerlicher Wohlerzogenheit und ausgewogenen Ansichten, hatte alte Konversationsvorstellungen im Hinterkopf. Er wollte einmal im Leben noch gepflegte Unterhaltungen führen, einfach so, bei einem Gläschen Wein, mit kultivierten Menschen sprechen, die ihrerseits niveauvolle Reden im Munde führten. Der Oberst und seine Begleiterin schenkten ihm ein paar entspannte Momente. Und dafür war er den beiden von Herzen dankbar. Es war förmlich ein Glücksfall, denn er hatte sie im Dorf kennengelernt, eine Urlaubsbekanntschaft, die noch einige Zeit dauern sollte und auch mit Briefwechseln am Leben gehalten wurde. In München hatte der Vater sie allerdings nie besucht. Und umgekehrt kam es ebenfalls zu keinem Besuch. Mochte die Mutter auch noch so gegen die Begleiterin des Obersten wüten, der Vater ließ sich nicht beirren, zog seine beschauliche Korrespondenz mit ihr durch und im Sommer traf er die beiden wieder im Dorf. Natürlich gab es keine Affäre seines Vaters mit der Dame. Nein, Mutter fühlte sich auf eine andere Weise „betrogen": Ihr Mann behandelte diese Frau mit erlesener Zuvorkommenheit, während er für sie selbst kein freundliches Wort mehr über die Lippen brachte.

Nun, in dieser Beziehung war Hopfen und Malz verloren, die Kinder wussten dies längst aus leidvoller Erfahrung. Larix berichtete daheim mit ein paar dürren Sätzen, dass dort im Dorf überhaupt nichts, aber rein gar nichts laufe zwischen Vater und dieser Dame, die bei ihrem Oberst bestens aufgehoben und versorgt sei. Vater suchte die niveauvolle Unterhaltung mit diesen Leuten, die gehobenen Gespräche, die ihn aus dem stumpfsinnigen Alltag emporhoben. Larix war vermutlich die letzte väterliche Ambition, nachdem alle anderen Kinder in seinen Augen nur enttäuschendes Mittelmaß zustande gebracht hatten.

Ja, dieser Mann war in seiner Kindheit und Jugend dazu verleitet worden, etwas zu lernen, nicht hocken zu bleiben in seinem armseligen Dorf. Er geriet in den sozialen Aufzug des damaligen rheinischen Katholizismus. Ein Förderer aus dem Umfeld der Erzdiözese Köln nahm sich seiner an. Schließlich brachte er es zum Buchbindermeister, mit kulturellen Aspirationen. Und wenn er auch den Inhalten der Bücher nicht wirklich nahe kam, so zumindest schon einmal ihren Bindungen, Einbänden und Deckeln. Von den Schlachtfeldern der Intelligenz, von Ränkespielen, Machtkämpfen und Perversionen oder vom aufopferungsvollen Ringen um intellektuelle Redlichkeit hatte er keine Vorstellung. Mit Wissen verband er die naive Vorstellung, dass es doch gut sein müsse, von seiner Lauterkeit ein Zeugnis ablegend, (ein)leuchtend wie die Sonne, die kluge Schwester der Wahrheit. Dabei war ihm aus der Bibel die unbeantwortet gebliebene Frage des Pilatus bekannt: Was ist Wahrheit? Aber die Frage „Was ist Wissen?" hielt er für beantwortet von Anbeginn. Ihm geriet das Wissen zur praktischen Keule der Vernunft gegen die Dummheit im weitesten Sinn. Gegen Dummheit kämpfen Götter vergebens, hatte er Schillers geflügeltes Wort im Flug erhascht und sich als Motto zu eigen gemacht. Und die Krönung war der Satz „Die Welt wird von einer Handvoll Idealisten zusammengehalten" – sein magischer Idealismus und Trost in seiner Betrübnis. Mit dieser Keule bestritt er eigentlich recht gut sein persönliches Geistesleben, überstand die NS-Zeit und ertrug die Nachkriegszeit. Nur seine Frau ließ sich von ihm nicht beeindrucken, hielt seine Ansichten für entbehrlich – womit sie einerseits richtig lag, andererseits jedoch völlig falsch. Freilich quollen ihr die ewigen und hilflosen Tiraden ihres Mannes aus den Ohren. Dennoch hätte sie bedenken sollen, dass dieser Mann immerhin aus armseligen Verhältnissen hervorgekrochen war. Und während sie aus einer Handwerkerfamilie stammte, so brachte ihr Mann doch einen neuen Schuss geistiger Regsamkeit im Vergleich zu ihrer Sippe, die sich auf das auskömmliche Schreinern von Möbeln und Särgen beschränkte und sich keine weiteren Gedanken machte. Die offensiv gelebte geistige Genügsamkeit seiner Frau ging dem Mann erheblich auf den Geist. Sie wiederum schlug zurück und hielt ihm vor, dass er es letztlich auch nicht weitergebracht habe als die geistig genügsamen Handwerker. Seine geistigen Ambitionen seien politisches Genörgel, das niemand benötige. Dagegen konnte der Alte nichts sagen. Schließlich hatte er sich selbst in dieses Niemandsland manövriert, das Leben seiner Familie wurde nämlich von Mutter dirigiert und alle Kinder – mit Ausnahme von Larix – hielten letztlich auch Mutters Spur. Was insofern kein Fehler war, als alle es zumindest zu braven Handwerkern oder Büroangestellten brachten – mit einer Ausnahme. Die Älteste nämlich, die sich zum Vater bekannte, ein bewegtes Leben absolvierte, mehrere Lebensabschnittspartner verschliss, den letzten rechtzeitig heiratete, in eine Urne versenkte und mit ihrer guten Witwenrente einen zumindest materiell erträglichen Lebensabend organisierte. Sie hielt dem verstorbenen Vater die Treue. Ihr gegenüber musste er wohl die eine oder andere Klage von sich gegeben und einen Blick in sein gequältes Innenleben gewährt haben. Doch während der Vater im Dorf eine gewisse Erfüllung seiner bürgerlichen Lebensvorstellungen fand, hatte sich Larix gewissermaßen mit dem Dorf obendrein den Oberst aufgeladen, wie der Wanderer seinen Rucksack füllt, um eine lange Wegstrecke zu durchschreiten.

***

Es waren die letzten Sommerferien, die Larix mit seinem Vater im Dorf verbrachte. Das Abitur hatte er Ende Juni bestanden, im Herbst sollte er seinen Wehrdienst antreten, damals noch von achtzehnmonatiger Dauer. Doch er hatte sich als Zeitsoldat verpflichtet, um mehr aus der Wehrdienstzeit zu machen. Eine Offiziersausbildung wollte er hinbekommen und danach weitersehen. Vater hatte dieses Vorhaben gefördert und hatte gewiss einen sozialen Aufstieg im Sinn, den er selbst nicht hatte realisieren können. Der Oberst war nicht ganz unbeteiligt am Erfolg der Bewerbung, indem er als „Bürge" die Bewerbung unterstützt hatte. Zur Belohnung hatte der stolze Vater seinen Sohn noch einmal ins Dorf mitgenommen. Er träumte für Sohnemann eine Karriere als Offizier, möglicherweise mit den höheren Weihen des Stabsoffiziers. Larix verband jedoch mit seiner Entscheidung gänzlich andere Motive. Er wollte so schnell wie möglich weg von daheim und möglichst in die Nähe des Dorfes kommen. Am liebsten wären ihm die Gebirgsjäger gewesen, aber dazu hatte es nicht gereicht. Immerhin würde er in eine Garnison in der Nähe von Augsburg einrücken. Das Dorf würde also in Reichweite liegen. Eine gewiss ungewöhnliche Faszination beeinflusste diese erste große Lebensentscheidung des Larix. Hier im Dorf hatte sich sein Einstieg in das parallele Leben eines Wanderers zwischen den Welten vorbereitet. Natürlich wusste er nichts von dem, was er da intuitiv auf seinen Lebensweg gebracht hatte. Am Ende sollte das Dorf für ihn nicht nur ein realer Ort sein, sondern geradezu zum Topos seines Daseins werden.

***

Das Augustwetter war beständig schön. Vater und Sohn waren täglich unterwegs. Drei Tage verbrachten sie auf der Hanauer Hütte. Der Hüttenwirt war Bergführer und brachte Larix die Grundzüge des Felskletterns und der Sicherungstechnik am Einfachseil bei. Zu dritt kletterten sie auf die Dremelspitze. Eine herrliche, entspannte Tour. Als man am Gipfelkreuz Rast machte, träumte der Vater laut von einem Bier. Worauf der Hüttenwirt eine Flasche aus seinem Rucksack zog und Trinkbecher dazu.

Die Bewohner des Dorfes wurden vertrauter. Da es nicht so viele waren und jeder jeden kannte, lernte auch er jeden direkt im Gespräch oder indirekt aus Gesprächen kennen. Bei Gelegenheit erzählte er seinem Hauswirt jenen Dämmerungsvorfall mit dem knackenden Geräusch und seinen Eindruck einer lebendigen Gegenwart weiter oberhalb. Dieser hörte aufmerksam zu. Nach kurzem Nachdenken sagte er, dass er knapp unterhalb eines Hirschrudels, das sich gerade auf dem Abstieg zum Bach befand, dieses von der Seite kommend gekreuzt und überrascht haben müsse. Er solle einmal, wenn er bei Tag vorbeikomme, schauen, ob weiter unten am Bachufer Kotspuren seien. Vom Jäger wisse er, dass dort die kleinen sumpfigen Wasserlöcher, an denen der Pfad vorbeiführe, von den Tieren als Wasserstellen genutzt würden. Was der Mann als Erklärung vorbrachte, überzeugte Larix. Ja, das passe genau zu der Größe dieser unsichtbaren Gegenwart. Denn groß war sie ihm vorgekommen. Jetzt war ihm ihre Zusammensetzung klar. Zugleich erschienen ihm die Ortsbeschreibungen seines Gegenübers unglaublich punktgenau. Mit wenigen Worten hatte Reinhold ihn an die Stellen zurückversetzt, an denen sich der Vorfall ereignet hatte. Welches Auge doch dieser Mensch für das ihn umgebende Gelände haben musste, durchfuhr es Larix. Und welch topografisches Gedächtnis. Ohne seinen Hinweis wäre er vermutlich nie darauf gekommen, was alles hinter diesen unscheinbaren Wasserpfützen neben dem Pfad steckte, an denen er mehrfach achtlos vorbeigelaufen war.

***

Das Abendessen zu viert verlief in gewohnter Atmosphäre. Es war der 20. August 1968. Ein wunderschöner Sommertag war vergangen. Und doch war eine eigenartige Spannung zu spüren. Am nächsten Vormittag herrschte helle Aufregung auf der Dorfstraße, Touristen und Einheimische diskutierten erregt den Einmarsch sowjetischer Truppen und von Truppen des Warschauer Paktes in die Tschechoslowakei. Kriegsangst lag in der Luft. Die Menschen schienen überrascht und höchst beunruhigt, das Ereignis traf sie unvorbereitet. Am Vorabend war bei Tisch mit keinem Wort die Rede von Dubček und der gefährlichen Situation, in der sich die Tschechoslowakei befand. Die Politiker des Westens hatten keinen Pieps getan und schön abgewartet. Erst als klar war, dass die Sowjets die Kontrolle behalten würden, wurden die Nachrichten auf die Bürger losgelassen, um ein Maximum an „Russenangst" zu erzeugen. Vor allem die Konservativen jubilierten, waren doch die Ereignisse von Prag genau das richtige Wasser auf ihren Mühlen. Und wenn die Pariser Studentenunruhen im Mai schon als „Revoluzzertum" abgetan worden waren, so konnte man sie jetzt erst recht unter den bürgerlichen Teppich kehren – war doch der Kalte Krieg auf der Schwelle eines heißen Krieges angelangt – jedenfalls im Narrativ der gelenkten öffentlichen Meinung. Es herrschte einhellig die Meinung, dass den „Kommunisten" einfach nicht zu trauen war, sie waren immer noch auf dem revolutionären Machterhalt- oder Machterringungstrip, betrieben Unruhen und Umstürze in der ganzen Welt. Das Gespenst wurde wieder hervorgekramt und ging um, nicht nur in Europa, sondern überall auf dem Globus. Was mal wieder vor Augen geführt worden war, den Tschechen sei Dank. Larix spürte zwar die geschickte Meinungsmanipulation der Politiker und der Medien, aber durchschaute sie nicht. Der Eiserne Vorhang hielt und noch glaubte er reichlich naiv, dass im Westen im Großen und Ganzen alles mit rechten demokratischen Dingen zuging, während im Osten den Menschen wichtige Freiheiten verwehrt wurden.

Die Gemüter im Dorf beruhigten sich noch am selben Tag. Man verstand sehr schnell, dass die Sowjetunion genug damit zu tun hatte, die Staaten des Warschauer Paktes bei der Stange zu halten, und keineswegs einen Angriffskrieg auf den freiheitlichen Westen im Schilde führte. Beim gemeinsamen Abendessen kommentierte der Oberst die Ereignisse in der Tschechoslowakei mit zurückhaltenden Worten. Kein Wort vom Schreckgespenst einer drohenden Invasion der Roten Armee. Der Aufstand wurde als innere Angelegenheit des sowjetischen Machtbereichs dargestellt. Auch der Westen hielt eisern am Eisernen Vorhang fest. Noch war seine Nützlichkeit unbestritten und so funktionierte die „friedliche Koexistenz" bis auf Weiteres. Leute, ihr könnt wieder nach Hause gehen und euch schlafen legen. Es ist alles in Ordnung. Längst war klar, dass der Westen geopolitisch am längeren Hebel saß. Deshalb wurde umso eifriger das Gegenteil behauptet und immer wieder das Bild der aggressiven Sowjetunion wachgerufen, um die eigene Hegemonie voranzutreiben. Freilich war da das Schreckgespenst des Atomkriegs, das vermeintliche „Gleichgewicht des Schreckens". Aber die westlichen Strategen waren sicher, selbst einen derartigen Schlagabtausch siegreich zu überstehen, sollte er unvermeidlich sein, was keineswegs als ausgemacht galt. Man setzte darauf, den schleichenden Zerfall des Sowjetreiches zu befördern.

Larix würde in einigen Wochen einrücken und schwören, dass er das „Recht und die Freiheit des deutschen Volkes tapfer verteidigen" werde. Eine schöne Formel und so weit entfernt von der Wehrmachtsformel, die man dem Oberst zum Nachsprechen aufgegeben hatte. Der hatte seinen letzten Fahneneid auf den Führer Adolf Hitler abgelegt. Da war die zuvor beschworene Treue auf die Reichsverfassung, auf das Deutsche Reich, Volk und Vaterland nicht mehr aktuell. Neue Herren, neue Regime, neue Fahnen, neue Eide. Man werde sehen, was es alles mit dem Recht und der Freiheit des deutschen Volkes auf sich habe. Im letzten politischen Gespräch mit dem Oberst brachte Larix den Souverän ins Spiel und meinte, dass dieser doch in der neuen Eidesformel im Mittelpunkt stehe, denn es sei ausdrücklich die Rede vom Recht und der Freiheit des deutschen Volkes. Darauf entgegnete der Oberst gequält, er, Larix, würde vielleicht anders reden, wenn er, wie seinerzeit er selbst, den hasserfüllt sich selbst zerfleischenden Souverän in den schlimmsten Zeiten der Weimarer Republik erlebt hätte. Dieser Souverän sei unfähig gewesen, eine demokratische Staatsform hervorzubringen und habe einen alles beherrschenden Staat nach sich gezogen. Er fügte leise das Wort „leider" hinzu, das einen unauflösbaren Schatten über seine Geschichte warf. Schließlich wünschte er Larix viel Erfolg und das notwendige „Soldatenglück". Er selbst werde den Sommer zukünftig in Südtirol verbringen. Sie sollten sich nicht mehr wiedersehen.

3

„Kompaniiie – aufstehn!" – Larix drehte sich auf die andere Seite, noch zwei, drei Minuten einfach liegen bleiben. Seine Leutnantsbude lag im Erdgeschoss, schräg gegenüber vom UvD-Zimmer. Jeden Morgen empfing er aus allernächster Nähe den Weckruf. Heute hatte der Obergefreite Bechtold, Schirrmeistergehilfe seines Zeichens, den tierischen Schrei getan, war anschließend in den ersten Stock hinauf gestapft, brüllte dort einmal in den langen Gang hinein, klapperte in den zweiten Stock, noch ein wüster Schrei. Anschließend dackelte er runter, verzog sich vorerst wieder in seine Wachstube und legte seinen Stahlhelm wieder ab. Das einzig Gute an diesem Tag war, dass er Freitag hieß, und Larix nach Dienstschluss in Windeseile den Abflug machen würde – ab in die Berge. Im Gebäude begann es zu rumoren. Vereinzelt schlugen Türen. Die Soldaten begaben sich in die Waschräume. Die Geräusche schwollen an, bis sie ihren allmorgendlichen Pegel hastiger Geschäftigkeit erreicht hatten. Um 5:45 Uhr würden die Soldaten zur Mannschaftskantine marschieren und frühstücken. Um 7 Uhr begann der Dienst.

Nicht mehr lange, dann habe es sich ausgedient, dachte er, und entstieg mit einem schwungvollen Satz dem Bett. Hauruck, das hatte was vom Turner Hoppenstedt. Seine körperliche Fitness war erstklassig, das musste er der Armee lassen. Auf seinen durchtrainierten Körper konnte er sich nicht nur im Dienst, sondern auch am Berg verlassen. Aber jetzt, wo das Ende absehbar war und er in gut drei Monaten ins Zivilleben zurückkehren und sein Studium aufnehmen würde, beschäftigte er sich mit dem Bilanzieren dieser vier Jahre seines Dienstes am Vaterland. Anfangs hatte er seine freiwillige Verpflichtung eher als eine vorteilhafte Verlängerung des 18-monatigen Wehrdienstes betrachtet: eine komplette Offiziersausbildung und eine ordentliche Abfindung, die er für die Finanzierung des Studiums einsetzen wollte. Aber je genauer er diesen militärischen Kosmos kannte, desto engstirniger, ja geradezu stupider, erschien er ihm.

Nach Feierabend würde er sich wieder einmal in seinen Opel Kadett (gebraucht und preiswert in München während des Offizierslehrgangs erstanden) setzen und ins Dorf fahren. Ja, dieses Dorf hatte damals, als er in die Armee eintrat, eine gewisse Rolle gespielt. Als er den Marschbefehl zu seiner Ausbildungseinheit erhielt, war ihm die Nähe zum Dorf wichtig gewesen. Er hatte seine Dienstzeit überwiegend in den Standorten an der Donau verbracht. Auch die Lehrgänge fanden alle in Bayern statt. Somit lag das Dorf in Reichweite. Dort oben fühlte er sich auf eine besondere Weise wohl. Hätte man ihn um eine Erklärung seines Wohlseins gebeten, hätte er sie nicht geben können. Es war einfach sein kleines Lebensgefühl, das dennoch eine große Bedeutung für ihn besaß. Er war unglaublich gern im Dorf. Natürlich konnte er dort nicht auf Dauer leben. Das war ihm klar. Und bald werde Schluss sein mit dem Dorf – auf unbestimmte Zeit, auch das war klar. Vielleicht für immer.

Verdammte Härte, dachte er, während er den kalten Wasserstrahl über seinen Körper lenkte. Hatte er anfangs sein Einzelgänger-Dasein in diese Dienstzeit eingebracht, so hatte ihm die Armee sehr schnell ein Einzelkämpfer-Dasein verschafft. Er werde es wohl gut gebrauchen können in seinem neuen Lebensabschnitt. Das letzte Dienstjahr hatte sich als zäh fließend erwiesen. Ja, er hatte genug von dieser Armee, hatte genug gesehen und erlebt. Selbstverständlich hatte er das Angebot einer Weiterverpflichtung oder der Übernahme als Berufsoffizier abgelehnt. Was hatte er mit diesem militärischen Milieu gemein? Längst zählte er die verbleibenden Monate und Tage und war auf dem Sprung „Raus hier". Längst verbreiteten die Routinen dieses Universums Leere in seinem Bewusstsein. Er langweilte sich in diesem öden Geflecht aus Befehl und Gehorsam, aus Dienst nach Vorschrift und gedrillten Abläufen. Er wollte weg von diesem Universum der Anweisungen zu einem bestimmten Verhalten, die ein militärischer Vorgesetzter einem Untergebenen schriftlich, mündlich oder in anderer Weise, allgemein oder für den Einzelfall und mit dem Anspruch auf Gehorsam erteilt. Nun, blinder, sozusagen bewusstloser Gehorsam sollte es wiederum nicht sein. Dazu gab es ja die „innere Führung" mit ihrem „Staatsbürger in Uniform" und seinem demokratischen Gewissen. Auch zu diesem Alibibegriff hatte er sich seinen Teil gedacht. Das war wohl alles, was sie an Lehren aus dem Untergang der Wehrmacht gezogen hatten. In der Praxis kam für die meisten Soldaten wohl der Dienst nach Vorschrift dabei heraus. Seiner Meinung nach zu wenig, vermutlich bewusst und wohl gezielt. Aber diese Meinung behielt er für sich.

Vor einem Jahr hatte der Gedanke Fuß gefasst, ein Germanistikstudium zu beginnen. Allerdings verband er mit dem Studium keine klare berufliche Zielvorstellung. Nein, das war nicht das Hauptziel. Es werde sich schon etwas finden, gleichsam als Nebenprodukt. Vom Studium versprach er sich einen Sprachgewinn, eine Ausbildung des Geistes auf hohem Niveau. Vielleicht gar eine innere Offenbarung. So hatte ihn der „Wissen-ist-Macht"-Gedanke des alten Herrn doch noch erwischt – allerdings in einer sehr persönlichen Interpretation.

Mit der Armee und ihrem Geist war er fertig. Er hatte sich gutmütig ausbilden lassen, führte am Ende einen Zug, war der allseits geschätzte und respektierte Leutnant und hatte innerlich mit diesem Leutnant herzlich wenig zu tun. Eine Szene während des Offizierslehrgangs kam ihm in den Sinn. Er hatte sich erlaubt, eine kleine kritische Anmerkung zu machen – es ging um den Einsatz der berüchtigten Legion Condor, Stichwort „Guernica". Er hatte seinen Gedanken noch nicht zu Ende formuliert, als ihm der Lehrgangsleiter, ein Major der Artillerie (noch ein Artillerist), tüchtig übers Maul fuhr. Und ihm wurde erklärt, dass er nicht den Propagandasprüchen gewisser linker Kreise auf den Leim gehen solle, sondern als angehender Offizier an die unbefleckte Ehre deutscher Soldaten und Waffen zu glauben und diesen Glauben aktiv zu vertreten habe. Da von den übrigen Kameraden niemand einen Pieps tat, betrachtete Larix die Sache als erledigt. Er werde sich hüten, sich in einen aussichtslosen Kampf zu begeben – so viel Militärisches hatte er mittlerweile mitbekommen und auch als nützlich angenommen. Was aber keineswegs hieß, dass er nicht darauf zurückkommen würde. Nein, er war nicht nachtragend, besaß aber in für ihn wesentlichen Dingen ein Elefantengedächtnis. Und diese Methode, ernsthafte Kritik als angeblich ideologisch abzubügeln, missfiel ihm gründlich. Offenbar war er auf den „Korpsgeist" gestoßen und dieser hatte heftig reagiert. Ihm wurde deutlich, dass die Schutzbehauptung der vom „Nazi-Verbrechen" unbefleckten Wehrmacht eine Säule des deutschen staatlichen Nachkriegsdenkens war und gegen „linke Ideologie" in Schutz genommen werden musste. Ebenso hatte das Heer der damaligen Beamten unbefleckt von allem Staatsverbrechen brav seinen Dienst versehen. Die Eisenbahntransporte in die Vernichtungslager wurden von der Reichsbahn der SS zum Gruppentarif in Rechnung gestellt. Es waren nun mal Gruppen im Viehwaggon – als Gruppenreise abgeheftet und ab damit in den Ordner. Ja, die Magie der Verwaltungsbegriffe. So wurden damals schon die Spuren für die Nachzeit gelegt – oder waren es Leimruten? Der „heilige Staat", das „heilige Deutschland" hatten das Unheil heil überstanden.

Damals war man als Staatsdiener dermaßen mit der Blindheit der Pflichterfüllung geschlagen, dass man gar nicht mitbekam, wie man missbraucht wurde – und das auch noch von einer kleinen Verbrecherclique, wenn das nicht verblüffend war. Und heute, dachte Larix, haben wir alle die demokratische Staatskurve genommen. Aber ist man Demokrat, weil man sich selbst Demokrat nennt?

So, nun waren Morgendusche und Toilette erledigt, der Dienstanzug angelegt. Ein letzter Blick in den Spiegel seines kleinen Wasch- und Duschraums. Ja, ein vollständiger Larix blickte ihn an oder er ihn. Jedenfalls stand da ein dienstfertiger Leutnant und Zugführer, der mit den Unteroffizieren und Mannschaften am frühen Morgen um fünf Uhr aufstand und seinen Dienst begann, während die Herren Kompaniefeldwebel, Innendienstfeldwebel und übrigen außerhalb der Kaserne wohnenden Zugführer ab sieben und der Chef gegen halb zehn zum Dienst erschienen. Vorerst bestieg Larix seinen Wagen, der auf einem der Kompaniestellplätze parkte, und fuhr zum Offizierscasino, einem kleinen Gebäude im Bungalowstil, das außerhalb der Kaserne lag. Dort erwartete ihn sein Frühstück. Rechts vor ihm bogen die drei Züge der Kompanie, angeführt vom UvD zur Mannschaftskantine ab.

Der Tag in seinen geplanten Abläufen lag klar vor Augen – wolkenlos wie der spätsommerliche Himmel, der sich über ihm wölbte. Ein ärgerliches Wölkchen gab es allerdings: Der Unimog seines zweiten Trupps befand sich in der Werkstatt und der Schirrmeister hatte ihm schon eine Verzögerung angekündigt. Mal klären, ob er heute eine genaue Terminzusage machen könne. Er benötige Planungssicherheit und vor allem schnellstens sein Fahrzeug. Den Dienstplan für die kommende Woche würde er gleich nach dem Frühstück fertigstellen und auf der Geschäftsstelle abgeben. Der Plan würde vom Chef abgezeichnet, im DIN-A4-Format erstellt, auf Matrize geschrieben und vervielfältigt. Ein Exemplar für die Mannschaften würde um die Mittagszeit am Schwarzen Brett aushängen. In der Mittagspause konnten sich die Soldaten den Dienst der kommenden Woche zu Gemüte führen. Besondere Projekte standen nicht auf dem Programm, reine Routine. Ja, diese Armee war eine uneinnehmbare Festung aus Routinen, gestützt von einem Fundament unzähliger Dienstvorschriften, technischen Anweisungen und Dienstwegen. Ein organisatorisches Wunderwerk. Es hatte den letzten Krieg unversehrt überstanden und sich problemlos an das neue Regime angepasst. Und er selbst, d. h. dieser Leutnant Larix, dem die Ordonnanz gerade das Frühstück servierte, das er gemeinsam mit einem Oberleutnant des Nachbarbataillons einnahm, funktionierte seinerseits tadellos. Da konnten sich seine Vorgesetzten und seine Untergebenen nicht beschweren. Seine Kritik behielt er für sich. Warum sollte er auch als kleiner Leutnant gegen eine ganze Armee zu Felde ziehen? Außerdem verhielt sich der Geist der Armee noch relativ friedlich. Man beteuerte die demokratischen Werte.

Der Oberleutnant hingegen war Berufsoffizier und von der Absicht beseelt, Karriere zu machen, was Larix einleuchtete. Der Mann hatte einen klaren Lebensplan. Es störte Larix nicht, wenn Menschen klare Ziele verfolgten und trachteten, einen persönlichen Lebensplan möglichst ihren Vorstellungen gemäß umzusetzen. Ja, nur solche Menschen sind in der Lage, freiwillig ihr ganzes Leben in der Armee zu verbringen. Und zu dieser Freiwilligkeit gehörte ohne Zweifel der Glaube an die höhere Bedeutung seines Tuns. Niemand käme auf den Gedanken, sich als Lebensziel eine Pennerexistenz unter den Brücken vorzustellen und zu verwirklichen. Eine Karriere als Berufsoffizier hingegen verschaffte die Teilhabe an machtvollen ideellen Werten – jedenfalls zum damaligen Zeitpunkt, auch wenn es mit der gesellschaftlichen Anerkennung nicht immer gut aussah. Gleichzeitig gab man sich bescheiden als Staatsdiener in Uniform. Mochten auch gewisse politische Kräfte ins antimilitaristische und pazifistische Horn stoßen, hier in der kleinen bayerischen Garnisonsstadt war die militärische Welt noch in Ordnung. Das Verhältnis zwischen Bürgern und Soldaten war entspannt, ja freundschaftlich. Die Bürger zogen nicht nur wirtschaftliche Vorteile aus dem Standort, sondern waren stolz auf ihre Soldaten. Und auch die Bauernschaft der Umgebung stand fest auf ihrer Seite, wie er bei verschiedenen Geländeübungen immer wieder feststellen konnte. Dann war schon einmal ein Acker dabei, dessen überschwemmten Teil mit verfaulten Früchten man großzügig als Manöverschaden deklarierte und abrechnete. Die Soldaten erhielten vom Bauern eine Kiste Bier, was Larix selbstverständlich ignorierte. Der Chef hob zwar leicht missbilligend die Augenbrauen, aber zeichnete den Vorgang als „sachlich richtig" ab. Um die Auszahlung der Entschädigung würde sich der Rechnungsführer kümmern.

Man war der anerkannte Verteidiger von Recht und Freiheit eines ganzen Volkes, ja im Verbund mit anderen Verteidigern sicherte man die freie Weltordnung, die an der Zonengrenze endete. Auf der gegenüberliegenden Seite sicherten andere Berufsoffiziere und ihre Soldaten die Freiheit der Arbeiterklasse, die fortschrittlichste Gesellschaftsordnung, die es je auf deutschem Boden gegeben habe usw. Und zum Zeichen ihrer Verteidigungsbereitschaft hatten beide Seiten ihre Häuser des Friedens sorgfältig eingezäunt, genauer gesagt, die – von Süden gesehen – rechten Nachbarn waren so freundlich, die Abzäunung zu erledigen und bezeichneten das gemeinsame Bauwerk als „antifaschistischen Friedenswall". Ihre Gegenüber sprachen entrüstet vom „Eisernen Vorhang". Doch man war gar nicht so unglücklich über diese strikt abgeriegelte „Zonengrenze". Denn dort herrschte tiefster Frieden. Die einen störten die anderen nicht bei ihren Angelegenheiten und Geschäften. Einzelne Schüsse auf „Republikflüchtlinge" oder die Detonationen hochgehender Minen konnten diesen Frieden nicht ernsthaft gefährden. Zwei Häuser des Friedens standen kaltfriedlich nebeneinander, während auf der Welt doch so viele Häuser des Krieges in Flammen standen, wo man Einflussnahmen tätigte, verdeckt oder offen, wie zuletzt der Vietnamkrieg, der langsam seinem unrühmlichen Ende entgegenging. Ja, es war ein Schlachthaus des Krieges, aber wer wollte schon so genau wissen, wie schmutzig dieser Krieg war? Er war doch so fern, weit hinter der Türkei. Der gute Zweck verdeckt offenbar immer noch den Einsatz übelster Mittel. Die Asiaten sind Kummer mit dem Westen gewohnt, die Chinesen, die Japaner und jetzt eben die Vietnamesen. Und wo man den großen Hobel ansetzt, da fallen bekanntlich und unvermeidlich menschliche Späne, außerdem dank Agent Orange die Blätter von den Bäumen, vom hochgiftigen Dioxin TCDD ganz zu schweigen. Da mochten die Protestierer sich die Hacken krumm laufen, die Kehlen heiser brüllen und sich mit den Ordnungskräften Straßenschlachten liefern, beim Bürger drangen sie nicht durch.

Ja, und wieder lugte er hervor, der Korpsgeist, der offenbar von zwei verlorenen Weltkriegen nicht besiegt werden konnte. Immer wieder wäscht er sich rein und schwebt wie ein Geist über den Wassern der Geschichte, sieht gleichmütig die Regime kommen und gehen und schöpft seine Daseinsberechtigung aus dem „heiligen Deutschland". Da hatten die damaligen Widerstandskämpfer wirklich einen schönen Begriff hinbekommen, der sogar im neuen demokratischen Regime nützlich war. Diente man doch in einer Kaserne, die den Namen eines Jesuiten und Mitglied des Kreisauer Kreises trug.

Der Blick auf die Uhr, mechanisch und reflexhaft wie ein Wimpernschlag. Wie oft am Tag würde er noch auf die Uhr schauen? Der Dienstplan gliederte den Arbeitstag in genaue Zeiteinheiten, gefüllt mit Verrichtungen. Es war Zeit, das Frühstück zu beenden und zur Kompanie zurückzukehren. Worüber hatte er eigentlich mit dem Oberleutnant geredet? Ach, egal, schon wieder vergessen. Man kann sich nicht jede Banalität merken. Wenn es etwas Wichtiges gewesen wäre, hätte er es behalten. Ein angenehmes Wochenende im Dorf stand bevor. Der Vormittag würde schnell vorüber sein. Nachmittags waren die üblichen Revierdienste, Spind- und Stubenappelle, und zum guten Schluss noch seine „Aktuelle Stunde", manchmal schaute auch der Chef vorbei, ergriff bisweilen selbst das Wort. Auch das ging vorbei. Man spürte die allgemeine Abflugbereitschaft der Soldaten. Die Wehrpflichtigen ab in die Heimat, nach Hause, zu Muttern, zur Freundin. Die meisten wohnten doch in der näheren Umgebung, in spätestens zwei Stunden war man daheim und konnte die Füße hochlegen.

Schon früh hatte sich dieses Gefühl eingestellt, am Freitagnachmittag die geistige Tür hinter sich zuzumachen – nein, kein Knallen, Larix knallte niemals mit Türen. Und gegen Ende seiner Dienstzeit hätte er am liebsten am Montagmorgen seinen Klon vorbeigeschickt, um die wöchentliche Arbeit zu erledigen. Aber er kam auch ohne Klon zurecht und diente redlich bis zum Ende seiner Verpflichtungszeit.

***

„Mann, die Kurve vor der Johannesbrücke, ich dachte, die hört nicht mehr auf. Ich habe das Gaspedal bis zum Anschlag durchgetreten. Beim Frontantrieb bleibt nur die Flucht nach vorn." Kai hatte seinen roten NSU

TT mit Doppelvergaser und spaltoffener Heckklappe neben Reinholds Haus geparkt. Er war erneut am Limit gefahren, wie es sich für einen Rallye-Fahrer gehörte. Zwei weitere Kameraden würden später eintreffen. Man hatte ein Bergwanderwochenende im Dorf vor. Vom Lehrgangsort Feldafing am Starnberger See ein Katzensprung über den Peißenberg, Steingaden, Füssen, Reutte.

Kai war ein Kamerad, der aus einem kleinen Ort in Schleswig-Holstein, nicht weit von Hamburg, stammte. Die Einheimischen schätzten ihn. Sein offenes Wesen, sein pragmatisch-zupackender Umgang mit den Dingen weckten ihre Sympathie. Ja, es hatte sich ein kleiner Kreis von Kameraden gebildet, die die Lehrgangsaufenthalte in Bayern dazu nutzten, sozusagen bei Larix im Dorf manches Wochenende zu verbringen. Er hatte ihnen das Dorf schmackhaft gemacht. Und aus dem Vorschlag „Schau doch einfach mal rein" war eine lockere Gruppe entstanden, die häufig in unterschiedlicher Zusammensetzung auf ein Wochenende ins Dorf kam. Ihre kleine Truppe war gern gesehen. Reinhold besaß ein Faible fürs Militärische und war ganz stolz, dass angehende Offiziere bei ihm logierten. Gern ließ er sich Begebenheiten erzählen, besonders der Einzelkämpferlehrgang und die Richtfunktechnik fanden sein Interesse.

Denkwürdig waren die sechzig Schuss Leuchtspurmunition mit Handabzug, die Kai heimlich mitgebracht hatte und die in der Silvesternacht für allgemeines Entzücken sorgte. Einige Leuchtkugeln waren sanft an kleinen Fallschirmen über dem verschneiten Feld niedergegangen. Und am frühen Neujahrsmorgen waren Marco und die übrigen Dorfkinder unterwegs und suchten im Schnee diese Fallschirmchen aus leichter Seide, mit denen sie dann ihre eigenen Spiele spielten. Larix' Truppe sorgte im Winter auch dafür, dass die Dorfkinder ihre Schlitten an Kais Wagen hängen konnten, der sie die geräumte Straße bis Pfafflar hinaufzog. Rauf und runter ging es einen ganzen Wintertag, der leider so lang nicht war, denn schon am frühen Nachmittag ging die tief stehende Sonne wieder unter und die Dämmerung mit ihrer Kälte ließ nicht lange auf sich warten.

Ein Ereignis, das Larix geradezu provoziert hatte, war eine Woche zusätzlicher Winterurlaub. Man war zu viert, hatte Kais Wagen im dichten Schneetreiben förmlich die Straße hochgetragen. Fabio fuhr ebenfalls noch hoch und holte sie ein. Er schüttelte missbilligend den Kopf und deutete mit der Hand zum Hang empor. Nun ja, die Lawinengefahr wuchs stündlich, aber so lange brauchten sie nun auch wieder nicht. Außerdem fuhr er jetzt voraus und legte eine schöne Spur, die sie nutzen konnten. Und richtig kamen sie auch wohlbehalten im Dorf an. In der Nacht gingen die ersten Lawinen nieder. Am nächsten Morgen jedoch war der Himmel strahlend blau, die Straße hingegen an mehreren Stellen von den Schneemassen unterbrochen. Geöffnet würde sie erst wieder, wenn noch die eine oder andere Lawine abgegangen sei und das konnte dauern – nämlich eine ganze Woche bei sonnigem Winterwetter, in der sie im Dorf festsaßen. Über das Funktelefon (der Telefondraht war von einer Lawine in die Tiefe gerissen worden) wurde die Meldung an die Gendarmerie in Weißenbach durchgegeben. Diese hatte die Lehrgangsleitung informiert, dass vier ihrer Zöglinge da und da festsaßen. Die Lehrgangsleitung informierte hochwichtig die Eltern – wie fürsorglich man doch sei – und produzierte nach Abschluss der Affäre einen Befehl, dem zufolge ab sofort Reisen ins benachbarte Österreich wie überhaupt in die Alpenregionen der vorherigen Genehmigung bedurften.

Die vier Kameraden machten sich während der Wartezeit im Dorf nützlich, indem sie das Dorf vom Schnee freischaufelten und sich mit dieser Arbeit ihr Essen verdienten, denn das Geld wurde knapp. Sie bauten verschiedene Schneebahnen bis in den Bach, mit Sägen wurden Schneequader abgeschnitten, die Dächer von ihrer Schneelast befreit und der Schnee mit den breiten Schneeschiebern in den Bach geschoben. Gegen Ende der Woche schaute ein Hubschrauber des österreichischen Bundesheeres vorbei, für den man auf dem Feld vor dem Dorf einen provisorischen Landeplatz vorbereitet hatte. Später rückten Radlader und Fräse an und die Straße wurde wieder geöffnet. Als sie hinunterfuhren, kamen sie an mehr als einem halben Dutzend Lawinenstrichen vorbei, mit teils haushohen Wänden. Besser nicht daran denken, dass man unter eine derartige Schneemasse hätte geraten können. Man wäre mitsamt Auto hinweggefegt worden.

***

In der langen Beziehungsgeschichte, die Larix mit dem Dorf verband, war die Zeit mit den Kameraden herrlich unbeschwert. Mit den Dorfbewohnern bestand ein freundliches und entspanntes Verhältnis. Und auch die Tatsache, dass man angehende Offiziere der Armee der Bundesrepublik Deutschland war, spielte für alle Beteiligten keine Rolle. Das war überhaupt eine Merkwürdigkeit in seinem Verhältnis zu den Dörflern. Sie gaben nie zu verstehen, dass sie Österreicher waren, und er hatte keinen Grund, sich als Deutscher darzustellen. Mit den beiden Burschen und den drei Mädchen ihrer Generation pflegte man ein freundschaftliches Verhältnis. Es gab keine Rivalität mit den jungen Männern. Seit Generationen wurde innerhalb der Dorfgemeinschaft nicht geheiratet. Die Mädchen heirateten traditionell nach außerhalb. Und die Männer holten sich traditionell eine Frau ins Dorf. Insofern war es ganz folgerichtig, dass man gemeinsam rüber übers Joch nach Imst oder runter ins Tal in die Diskothek von Weißenbach fuhr. Für die Dorfschönen war es eine zusätzliche Gelegenheit, aus dem Dorf rauszukommen, Spaß zu haben und sich bekannt zu machen. Außerdem gab es noch den ehrwürdigen „Jungbauern-Ball", der jährlich im Nachbardorf stattfand. Das musste seinerzeit ein herrlicher Heiratsmarkt gewesen sein. Wahrscheinlich aber doch mehr amüsierte Legende als Realität. Immerhin war es eine gern genutzte Gelegenheit, um die ganze Talschaft zu versammeln und sich auszutauschen, denn dieses oder jenes gab es immer kundzutun oder zu erfahren.

Im Mittelpunkt ihrer Besuche standen natürlich die Bergtouren. Man unternahm zahlreiche Hüttenwanderungen oder Gipfeltouren und wagte sich an leichte Kletterpassagen im 2. Schwierigkeitsgrad. 1500 Meter Höhenunterschied bewältigten sie, durchtrainiert, wie sie waren, an einem Tag. In diese Zeit fiel auch die Besteigung des Potschallkopfs mit einem Kameraden, den Larix in der Folgezeit aus den Augen verlieren sollte – wie viele andere.

Ihr Quartier bezogen sie in der Stube von Alberts Gasthaus, nach Möglichkeit am Ofenbanktisch, den sie manchmal mit Betto teilten. Dieser schien die jungen Burschen an seinem Tisch durchaus zu dulden. Allerdings suchte er keine Unterhaltung. Die Anwesenheit der jungen Tischgenossen war ihm wohl unterhaltsam genug.

Die Speisekarte war schnell studiert. Ihr Leibgericht war „Schnitzel nach Wiener Art" und Paula wusste den Burschen schöne Schweineschnitzel zu bereiten, riesige knusprige Stücke mit einem Gebirge von Pommes dazu. Die ganze Geschichte in den Landesfarben, mit Mayonnaise und Ketchup weiß-rot lackiert, die Zitrone energisch ausgepresst – hey, pass doch auf! – und guten Appetit allerseits.

Bisweilen entspannten sich kleine Unterhaltungen mit den schwäbischen Gästen, die weiterhin das Gros der Dorfbesucher stellten. Sie tauchten gewöhnlich als lärmende Sippen auf und zur fortgeschrittenen Stunde konnte es ihnen einfallen, ihre Sangeskünste zum Besten zu geben. Albert, der selbst Raucher war, kämpfte sich problemlos durch die dicken Rauchschwaden, die unter der niedrigen Holzdecke schwebten und die Lampen umlagerten wie die Regenwolken den Berg. Die Jungs spielten gern Doppelkopf und Skat und probierten schon mal einen „Watterer" mit den Einheimischen. Karten- und Brettspiele lagerten im alten Buffetschrank aus dunklem Holz, der sich gleich links neben der Stubentür befand, wenn man in die Stube trat. Um Geld spielte man nie. Es herrschte eine gemütliche Geselligkeit. Larix und seine Kameraden begaben sich schon vor Mitternacht ins Bett, denn am anderen Tag stand gewiss wieder eine Wanderung auf dem Programm, wenn es das Wetter denn wirklich nicht anders meinte. Was bisweilen der Fall war. Die Lechtaler Alpen standen nicht zu Unrecht im Ruf, „Regenalpen" zu sein, was mit dem Nordstau zu tun hatte, wenn die feuchte Luft aus nordwestlicher Richtung auf das gebirgige Hindernis traf, von der Barriere zum Aufsteigen gezwungen wurde und ihre Feuchtigkeit als Regen oder Schnee entlud. Dann segelten Wolkenschleier träge durchs Tal, schön an den Hängen entlang, wo sie in den Bäumen hängen blieben, sanft ihre Form wechselten, ohne sich vom Fleck zu rühren, während der Himmel sich in ein unergründliches Grau hüllte und feinen Dauerregen oder Schnee zur Erde schickte – stundenlang, auch mal vierundzwanzig Stunden oder länger am Stück. Dann nahm die Nässe einen eigenartigen Glanz an, an den Gräsern hingen unzählige Tropfen, lösten sich ab und bildeten sich neu. Man konnte die verregnete Natur studieren oder auch in Trübsinn verfallen. Mensch und Tier zogen sich ins Trockene zurück, mit einer Ausnahme, jenem schwarzglänzenden Alpensalamander, der anscheinend mit einem Gummi- oder Latexanzug versehen aus seinem untergründigen Dasein emporstieg, träge durch das nasse Gras kroch und ein wohltuendes Bad nahm – in Erinnerung seiner fernen Amphibienvorzeit, als die Vorfahren ihr Leben abwechselnd im Wasser und am Land verbrachte. Hatte dieses Tier überhaupt Augen oder trug es eine fest anliegende Gummibrille? Jedenfalls fühlte sich der Salamander glatt-glitschig und kalt an. Und dafür, dass es regnete, konnte er nun wirklich nichts. Wenn andere die Tür hinter sich zumachten, ging er halt vor seine Tür.

Außerdem gab es Wanderer, die sich vom Hüttenaufstieg nicht abhalten ließen, in der Hoffnung auf Wetterbesserung. Mitsamt Rucksack gut verpackt in ihrer Regenschutzkleidung bewegten sie als bunte Punkte durch die Landschaft, deren Farben der Regen verwässert hatte. Enziane oder Silberdisteln verschlossen ihre Kelche und zogen ihre Farben zurück, die geflügelten Insekten hatten ihren Flugverkehr eingestellt und warteten auf trockenes Wetter und Sonnenschein. Wenn eine derartige Wetterlage gar zu hoffnungslos erschien und auch der Schweizer Wetterbericht, auf dessen Verlässlichkeit Fabio, der Wirt des unteren Gasthofes, schwor, keine schnelle Besserung in Aussicht stellte, dann konnte es sein, dass man die „Flucht über den Alpenhauptkamm" versuchte, und im Vinschgau bis hinunter nach Meran die Sonne suchte. Wir preschen über den Reschen, das wäre doch gelacht. Kai ließ sich diese Fahrt nicht nehmen, die für ihn wie gemacht war. Vor allem das Teilstück bis Imst und insbesondere die in den Felsen getriebenen engen Kurven oberhalb der Salvesenschlucht faszinierten ihn. „Nee, sowat hebbt wi in Nordüütschland nich. Dat mutt ik wohl seggen", tat er kund, schaltete flink runter und schon stand der rechte Fuß wieder auf dem Gaspedal, um den Wagen aus der Kurve zu ziehen. Die vielen Wasserläufe, die überall an den Hängen wie Fäden zu Tal zogen, erklärte er amüsiert mit der Ansicht, dass die Berge wohl hohl sein müssten und mit Wasser gefüllt. Nun ja, ganz abwegig war es ja nicht, die Speicherfunktion des hydrologischen Systems der Alpen auf dieses Bild zu bringen.

Nach dem Ende der Lehrgänge fiel die Gruppe auseinander. Die Kameraden kehrten an ihre Standorte in Norddeutschland zurück. Die Kontakte verloren sich. Allen Beteiligten war gemeinsam, dass man vom Berufssoldaten die Finger ließ und wieder ins Zivilleben zurückkehrte.

***

Der Stubenappell war zu Ende, die Soldaten verließen eilig, um nicht zu sagen fluchtartig, das Kompaniegebäude. Hatten nur ein Ziel: nichts wie weg hier und nach Hause. Die meisten hatten ihren Seesack dabei, gefüllt mit Schmutzwäsche für Muttis Waschmaschine. Larix' Wäsche gelangte in die Wäscherei. Larix ließ es etwas langsamer angehen und verließ das Kompaniegebäude, als es schon still geworden war. Die Woche war geschafft. Schon waren Rucksack und Reisetasche im Kofferraum verstaut. Schon saß er im Auto und sauste Richtung Dorf. In einem Monat werde Schluss sein mit seinen Besuchen. In diesem letzten Sommer war er allein gekommen und nutzte die Wochenenden zu ausgedehnten einsamen Wanderungen. Das Abschiednehmen hatte begonnen. Was blieb? Die frühe Zeit mit dem Vater? Die schöne Zeit mit einigen Kameraden? Irgendwie war das eine bemerkenswerte Sache, die eigentlich aufgrund seiner Initiative zustande gekommen war. Kürzlich hatte er sogar den Rechnungsführer und den Schirrmeister seiner Kompanie ins Dorf gelotst. Warum nicht? Nach einem Freundschaftsschießen bei den Gebirgsjägern in Sonthofen war man einen Sprung rüber. Ach was, die Uniformstücke kommen in den Kofferraum, die schmuggeln wir nach Österreich. Gesagt, getan, geschwind übers Oberjoch, Gaichtpass, in Weißenbach die Kurve gekratzt und keine zwei Stunden später saß man gemütlich bei Albert auf der vollen Terrasse unterm Sonnenschirm und gönnte sich einen schönen Sonntagnachmittagskaffee. Die Sache blieb echolos, aber immerhin. Er wunderte sich, wie er doch andere Menschen dazu bewegt hatte, das Dorf kennenzulernen. Gewiss wollte er ihnen etwas zeigen, sie an etwas teilhaben lassen, an einer Begegnung vielleicht mit einer ungewöhnlichen Welt, in die er selbst ein wenig vorgedrungen war. Und das Dorf? Würden die Menschen dort ihn vermissen oder sich zumindest an ihn erinnern? Wohl kaum, dachte er betrübt. Jahrelang war er gekommen und gegangen, als Junge mit dem Vater, später mit einer Gruppe von Kameraden. Aber was ging sie das an? Er war ein Gast. Gewiss, ein wunderlicher Gast mit einer speziellen Form von Anhänglichkeit. Aber gab es nicht auch solche Besucher? Alteingesessene Gäste aus Stuttgart waren zu nennen. Die kannten jede Katze im Dorf und es herrschte große Freundlichkeit, ja scheinbare Vertrautheit zwischen den Dorfbewohnern und ihnen. Reinhold ließ sich sogar von einem Stuttgarter Gast bestimmte Gegenstände beschaffen, eine spezielle Kunststoffplane beispielsweise, die er zur Abdeckung von Heuballen benötigte. Freilich verfolgte der Gast und Angestellter „beim Daimler" bestimmte Interessen. Ihm ging es darum, die eine oder andere Berghütte zu pachten und in ein Urlaubsdomizil für sich selbst oder für ein Mitglied seiner Sippe zu verwandeln. Diese Leute kamen aus dem Häuslebauen nicht raus. Das schien in ihren Genen zu stecken. Drei Pachtverträge sollte er im Laufe der Jahre ergattern und auf den Hütten oder in Alberts Gasthaus traf man ihn mitsamt Frau und Söhnen, Schwiegertöchtern und Enkelkindern immer wieder an, rührige Leute halt mit hochaktivem Familiensinn.

Nun, diese Gäste hatten auskömmliche Einkünfte, waren optimistisch im Wirtschaftswunderland unterwegs und brachten Geld ins Dorf. Sie kamen gewöhnlich mit Anhang, traten als Sippe auf. In gewisser Weise machten sie sich breit, aber wer wollte ihnen ihre gewinnende – zugegeben bisweilen recht laute – Geselligkeit und Leutseligkeit übel nehmen? Und ihre schwäbische Mundart trugen sie förmlich vor sich her, wohl wissend, dass die Lechtaler vielfältig mit dem Allgäu verbandelt waren. Man trat also als nicht allzu entfernte Verwandte auf und verhielt sich fast wie zu Hause. Larix ließ sich anfangs vom Gehabe dieser Leute beeindrucken, d. h. hielt ihre laute, geschwätzige Wolke für den Ausdruck einer besonders innigen Verbundenheit. Ja, er redete sich ein, dass diese Leute ein viel engeres Verhältnis zu den Einheimischen besäßen als er selbst. Was habe er schon zu bieten? Ein kleiner Leutnant und angehender Student sei er, der bescheiden auftreten müsse und sich in Kürze keine Besuche mehr werde leisten können. Diese Leute hingegen stellten sich breit auf und hatten die Vorteile ihrer Sippe im Auge. Sie machten förmlich Jagd auf günstige Pachtverträge für die Hütten oben in Pfafflar oder in den Weilern des Nachbarorts. Sie schienen sehr langfristig zu denken, als ob sie sich förmlich im Tal niederlassen wollten. Er betrachtete ihr Treiben mit Unbehagen. Aber um ehrlich zu sein, hätte er selbst gern eine Hütte gepachtet, gerade über dem Dorf. Dort hätte er sich einen kleinen Daseinswinkel geschaffen und geträumt.

***

Die Schwierigkeit, ein „normales" Sozialleben zu führen, war ihm im Laufe seiner Dienstzeit deutlicher bewusst geworden. Das Leben in der Armee hatte ihn endgültig von der „bürgerlichen Normalität" entfernt. Alle seine militärischen Standorte waren ihm fremd geblieben. Er hatte zu keinem Zeitpunkt in den Jahren seines Militärdienstes den Wunsch verspürt, diese Welt näher kennenzulernen und sich in ihr niederzulassen.

Er wusste nicht einmal, wo die Berufsunteroffiziere und -offiziere seiner Kompanie oder gar des Bataillons wohnten. Wenn man zum Schießplatz marschierte, kam man an einer kleinen Siedlung vorbei, wo einige Berufssoldaten des Standorts wohnten. Doch er hatte diese Siedlung nie betreten. Er würde den letzten Standort verlassen, wie er den ersten betreten hatte: als Fremder, mit der Zeit als passiv Beteiligter ohne Anteilnahme. Er kannte dort niemanden. Dieses Leben dort um ihn her war immer nur an ihm vorbei geströmt. Weder hatte er das Leben dieses Stroms verspürt, noch hatte ihn dieser Strom auf seine Reise mitgenommen. Sein Strom war das Dorf gewesen, so wundersam wie die unzähligen Strudel der Bergbäche.

Seine Verabschiedung verlief routinemäßig und emotionslos. Der Chef hielt die konventionelle Abschiedsrede und wünschte ihm viel Glück im Zivilleben. Er selbst hatte zur Feier des Ereignisses ein Fass Andechser spendiert. Eine Szene sollte ihm in Erinnerung bleiben. Das war jener Moment, als er zum letzten Mal das Kompaniegebäude verließ und sich zu seinem Wagen begab. Es war ein Samstag, das Gebäude, das ganze Kasernengelände still und menschenleer. Sein Truppführer, Unteroffizier Lorenz, der Wachdienst hatte, kam mit einem Mal hinter ihm her und verabschiedete sich von ihm mit Tränen in den Augen. Sie wünschten sich unbeholfen viel Glück. Larix stieg in seinen Wagen und der junge Lorenz kehrte langsam, wie von einer inneren Last gebeugt, ins Gebäude zurück. Er blickte sich nicht mehr um. Larix ahnte, dass ihm selbst ein rätselhaftes Leben beschieden war, ein unerschlossenes Leben wie ein pfadloses Gebirge. Es sollte ein mühsamer Prozess werden, dieses Leben anzunehmen und zur Reife zu bringen.

***

Die Morgenfrische verwandelte sich in Kälte. Der Herbst schickte deutliche Zeichen. Weiter unten wurde noch einmal auf den Flächen in Dorfnähe das grüne Grummet gemäht. Von der bunten Blütenpracht des Frühsommers keine Spur mehr, nur verstreut das stumme Weiß der Schafgarbe. Zum letzten Mal in diesem Jahr wuchsen die Heinzen aus dem Boden. Reinhold hatte mit dem schweren Pfahleisen die Stecklöcher in den Boden gerammt und die kleinen Lattengerüste eingesetzt. Die Herde stand jetzt tiefer, rückte enger ans Dorf, ihren Winterställen entgegen. Eigentlich fraßen sich die Tiere gemächlich zu Tal und folgten der Vegetation, die weiter oben auf den Hochweiden schon nicht mehr nachwuchs, sondern sich in ihre lange winterliche Ruhephase begab. Der erste Schnee hatte dünne weiße Schleier über die höchsten Bergregionen gelegt. Die Kare glichen großen weißen Tüchern, die sich zu Füßen der Felsmassive ausbreiteten. Der Schnee würde nicht mehr lockerlassen und dem Vieh auf den Fersen bleiben, immer tiefer sinken und zuletzt Dorf und Tal in eine dichte Decke hüllen. Weiter unten fanden die Weidetiere zum letzten Mal frisches Futter. Alles passte genau: Wenn das Vieh hier unten durch war und auch hier nichts mehr nachwuchs, dann hatten sie genau ihre Ställe, ihre Winterquartiere erreicht, diese braven Lieferanten von Kas, Milch und Butter, von Kälbern und von Fleisch. Dann durften sie das duftende Heu vertilgen und in seinem Parfüm den Sommer atmen.

Wenn Larix am Nachmittag von einer Bergwanderung zurückkehrte, sah er auf den Wiesenflächen vor dem Dorf Männer und Frauen und auch ihre Kinder, die bis in die Dunkelheit mit Rechen und Heugabeln schufteten. Ein Traktor mit Ladewagen fuhr hin und her, transportierte seine Fuhren zu den Heuschobern der Höfe. Die letzte Futterschlacht für den Winter wurde geschlagen. Ja, das war das Dorf, wie es immer gewesen war. Und er ahnte nicht, dass es bald nicht mehr sein würde. Ein langes Intervall der Ferne stand ihm bevor. Stumm wandte er sich ab und ging.

„Kind, was träumst denn du?“ Aus der Ferne drang die Stimme der Mutter an ihr Ohr, näherte sich rasend schnell. Schon war das von der unermüdlichen Arbeit, von Wind und Wetter in unzählige Falten gelegte Gesicht vor ihr und den wachen, liebevollen Augen entsprang ein fragender Blick. Jetzt war sie wieder hellwach. Ja, sie hatte einen Moment innegehalten und sich auf ihren Rechen gelehnt. Am späten Nachmittag ging die Arbeit nicht mehr so flüssig von der Hand. Vor einer Woche hatten die Schulferien begonnen und die Zeit der Heuernte, der großen Mahd, war im vollen Gang. Jede helfende Hand, auch die Kinderhand, wurde dringend gebraucht. Die ganze Familie war vom frühen Morgen bis in die Abenddämmerung hinein im Einsatz.

Der Vater und der ältere Bruder standen weiter oben, trugen Steigeisen an den schweren Schuhen, und mähten, mähten ohne Unterlass mit der Sense in den steilen Hängen hoch oben über dem Joch. In dieser Phase stand die Familie unter enormem Druck. Das Wetter war ihr großer Gegenspieler. Verlief die Partie günstig für sie, brachten sie ordentlich Heu unter Dach und Fach und konnten dem Winter zuversichtlich entgegensehen. Spielte das Wetter jedoch – trotz aller Umsicht – böse Streiche, dann war man gezwungen, das Heu liegenzulassen. Es würde zu faulen beginnen. Wenn es am Ende doch trocken eingeholt werden konnte, so war seine Qualität arg gemindert. Vor allem der Schimmel war gefürchtet, konnte die Gesundheit der Tiere gefährden. Viel lieber hätte Rena die kleine Kuhherde ihrer Eltern auf den Weideflächen am Hahntenne gehütet. Aber diese Aufgabe erledigte sie im Wechsel mit ihrem jüngeren Bruder und der hatte heute Dienst.

Während der Heuernte lebte die Familie in einer der uralten Hütten von Pfafflar, die zu ihrem Hof gehörte. Diese Hütten waren von den ersten Siedlern des Tals errichtet worden, die hier oben ihre Bleibe fanden. Die Wände waren aus grob behauenen Baumstämmen gefügt, die in den Ecken mit muldenförmiger Kreuzkämmung verbunden waren, und stammten noch aus dem 13. Jahrhundert. Die Gebäude besaßen ein Dach aus Lärchenholzschindeln und einen Aufenthaltsraum mit Ofen, Herd und kleiner Küche sowie darüber einen Schlafraum für alle ihre Bewohner, der durch eine primitive Holztreppe und eine Luke mit dem Wohnraum verbunden war. Hinter den Wohnräumen befand sich der Heuschober, der sich bald wieder füllen würde. Gleich daneben lag der kleine Melkstall, den die Eltern gebaut hatten. Morgens und abends trotteten die Kühe herbei, ließen sich melken, bekamen zum Dank ein paar Büschel Heu, das sie gern als Trockenfutter zum sommerlichen Grünfutter vertilgten. Nach dem Melken zogen sie wieder hinaus und verbrachten die Nacht im Freien in der Nähe vom Joch. Am Morgen würden sie wieder auftauchen. Manchmal hielten sie sich morgens auf der Jochstraße auf und schienen sich mit den Wanderern zu unterhalten, die dort ihre Autos parkten und sich für eine Tour fertig machten. Die Autofahrer umkurvten sie behutsam und manchen galten die Tiere als „heilige Kühe vom Hahntennjoch". Eine kleine Baumgruppe gleich neben dem Kreuz des Jochs diente ihnen als Unterstand, bot Schatten, wenn die Sonne brannte, und Schutz bei Regen oder Unwettern. Eine Barriere aus Ästen und Holzplanken zog sich am Hang empor bis zu einer Felsengruppe mit einer kleinen Höhle. Der kleine Wall begrenzte die Weidefläche und hielt die weidenden Tiere davon ab, in das gefährlich abschüssige Schrofengelände zu wechseln und zu verunglücken.

Unter ihnen mähte die Familie des Onkels. Ihre beiden Cousinen waren auch dabei. Es hatte sich eine Arbeitsteilung zwischen den beiden Zweigen der Sippe herausgebildet, die zur allseitigen Zufriedenheit funktionierte. Doch eigentlich standen alle Familien in einem festen Verbund des gegenseitigen Helfens. Jeder konnte sich darauf verlassen, dass die anderen ihm in einer schwierigen Situation Unterstützung gewährten, die er mit den eigenen Kräften und Mitteln nicht bewältigen konnte. Wenn man die Dorfgemeinschaft als Wirtschaftseinheit betrachtet, könnte man sagen, dass die Auslastung aller Kapazitäten optimal war. Es gab keinen Leerlauf noch Stillstand im dichten Geflecht der Tätigkeiten. Steckte der eine in einer Phase der Überlastung, so fand sich ein anderer, der gewissermaßen Kapazitäten freihatte und diese dem Nachbarn zur Verfügung stellte. Und arbeiteten alle bis zum Anschlag oder darüber hinaus, dann bissen sie sich gemeinsam durch.

Für Rena war der Almsommer die schönste Zeit des Jahres und die Hütte war ihre Sommerresidenz. In dieser oberen Welt erlebte sie die intensivsten Momente ihres noch jungen Lebens. Da waren die Anspannung und die

Sorgen der anderen, die sich auf sie übertrugen, aber auch die Erleichterung und große Freude, wenn das Heu vom Berg gebracht und eingelagert war. Zugleich erblühten um sie her immer wieder Szenen intensiver Schönheit. So viel ungeheures Dasein umgab sie und durchfloss ihr Bewusstsein. Und das Gras unter ihrem Rechen mit all seinen Kräutern und Blumen, deren Namen sie noch gar nicht alle kannte. Die gelbe Arnikablume hatte sie sich gemerkt, weil Tante Lydia die Blume eine Heilpflanze genannt hatte und aus ihren getrockneten Blüten einen Tee bereitete, den man für Umschläge bei Verletzungen und Entzündungen verwendete. Der bunte Teppich um sie her hüllte sie in seinen warmen und lieblichen Duft. An einigen Stellen der Mähder wuchs das Edelweiß, diese zauberhaften Sterne, die der unerbittlichen Sense zum Opfer fielen. Das Heu werde im Winter den Kühen schmecken und den Kälbern, den beiden Ziegen und den fünf Schafen.

Wenn es zu keinem Wetterumschwung kommen sollte – und alles sah danach aus –, so würden sie sich jeden Tag ein Stück weiter vorarbeiten und in ein paar Tagen dort oben mit dem Rechen das Heu vom Hang abziehen und zusammenziehen wie jetzt gerade. Die Heuhaufen wurden in Burden verwandelt, die am Seil nach unten abgelassen oder auf dem Rücken getragen wurden. Das Winterheu wurde in kleinen Heuschobern eingelagert. Der Himmel war wolkenlos, die Luft angenehm warm und trocken, nicht zu heiß oder gar gewittrig-schwül. Selbst die Bremsen, Bremen genannt, ließen sich kaum blicken, diese Blutsauger und Plagegeister von Menschen und Vieh. Die Mama war schon wieder weiter und auch sie selbst nahm ihre Arbeit wieder auf.

War das ein Leben für ein zwölfjähriges Mädchen? Der bunte Hang zog sich durch ihre frühesten Kindheitserinnerungen. Hier oben schien sich in jedem Sommer die Existenz der Familie zu entscheiden. Stumm und beharrlich gingen alle zu Werke. Die Eltern vertieft in ihrem Tagwerk, der Vater mit der ganzen Routine des erfahrenen Bergbauern und auch der Bruder schon sehr geschickt. Vielleicht war sie dort oben geboren worden, gleich unterm Habart, inmitten der Blumen. Mutter war alles zuzutrauen. Sie bewunderte diese zähe Frau, die über unerschöpfliche Kraftreserven zu verfügen schien und sich nicht beklagte. Sie war gern ihr Kind, auch vom Vater, aber die Mutter war ganz zentral in ihrem kleinen Leben. Und unbewusst wollte sie doch der Mutter ähnlich sein, mutig und selbstlos, tief verwurzelt in ihrem sorgenden Leben voll Arbeit.

Mittlerweile reichlich müde vom langen Tag kratzte das Mädchen noch etwas Heu vom Hang. Weiter unten war die Mama dabei, das Heu auf eine große Plane zu schieben, die man zu einem Bündel schnüren und zu Tal schaffen würde. Der Vater und ihr Bruder hatten ihre Arbeit eingestellt und stiegen langsam in ihre Richtung ab. Die drei würden die Mutter ablösen, die sogleich hinunter zum Melkstall eilen würde. Dort wartete schon der jüngere Bruder, der die Kühe zum Stall begleitete. Besonders antreiben musste er die Tiere nicht, sie kannten ihren Weg und ihre innere Uhr stimmte mit der Uhrzeit überein. Man musste nur zwei Wochen vor der Umstellung auf die Sommerzeit damit beginnen, die Tiere jeden Tag jeweils fünf Minuten früher zu melken. Zu den Kühen unterhielt sie eine innige Beziehung, die offenbar von den Tieren erwidert wurde. Jedes einzelne Tier war ihr vertraut und lieb. Und wenn sie die Tiere auf der Alm hütete, so teilte sie die Verantwortung mit der alten Leitkuh, die zu wissen schien, dass das Kind ihrer Erfahrung und Umsicht bedurfte und ihr vertraute.

Zwar verstand Rena den elterlichen Betrieb noch nicht in allen Einzelheiten, aber sie schien bei ihren Eltern in die Lehre zu gehen. Diese verspürten ihr wirkliches Interesse und übermittelten ihr nach und nach ihr Wissen. Der Vater gab allerdings zu bedenken, dass er ernsthaft um die Zukunft des Betriebs fürchtete. Die kleinen Bergbauernbetriebe sterben aus, sagte er viele Male. Es werde nicht leicht sein, wirtschaftlich zu überleben. Ihre Brüder verstanden den Vater und lernten andere Berufe. Sie aber bewegte sich in dieser Welt wie eine Eidechse in ihrem Gemäuer. Ihr Leben nahm an Intensität zu und schien sie auf ungeahnte Weise zu erwärmen und zu sensibilisieren.

Als die Mutter sie vorhin aus ihrer Träumerei rief, hatte sie das Gefühl durchdrungen, Teil von etwas Großem, ja Großartigem zu sein. Und mit den kleinen Worten, die ihr kindliches Gemüt ihr zur Verfügung stellte, fand sie, dass diese Welt voller Kraft und Leben war, ihr sehr gefiel und sie hier für immer bleiben wollte. Und nichts störte den inneren Einklang, dessen Harmonien in ihrem Bewusstsein kraftvoll pulsierten. Freilich wurden in den Gesprächen der Mädchen untereinander – in der Schule oder im Dorf – andere Töne laut. Da war, recht vage noch, die Vorstellung des Fortgehens, auch wenn alles noch in ferner Zukunft lag. Aber sie teilte die Vorstellungen, Erwartungen und vielleicht auch Träume der anderen nicht. Sie wollte nicht fortgehen, sie wollte bleiben. Dabei war es doch die Tradition, dass die jungen Frauen des Dorfes fortgingen. Sie heirateten Männer aus benachbarten Dörfern, das große Tal rauf und runter, bisweilen auch ins Allgäu oder weiter draußen über den Fernpass. Jetzt aber verbanden sich mit dem Weggang neue Vorstellungen. Der Auszug aus der bäuerlichen Kultur arbeitete sich unaufhaltsam in ihren Gesprächen vor, neue Lebenskreise und Bestimmungen deuteten sich an. Ja, die anderen Mädchen ihrer Generation würden der Bergbauernwirtschaft den Rücken kehren. Unmerklich bereiteten sie sich auf ein Leben in der aufziehenden modernen Gesellschaft vor, würden Berufe erlernen und ausüben, in der Gastronomie, in Verwaltungen oder Industriebetrieben. Vielleicht würden sie auch einen Mann finden, der als Alleinverdiener für sie und die gemeinsamen Kinder sorgen würde. Die verführerische Perspektive eines angenehmen bürgerlichen Lebens in einem eigenen kleinen Haus mit moderner Küche. Sie würden diese primitive Welt harter Arbeit abschütteln und hinter sich lassen, die Dunkelheit der nicht enden wollenden Winternächte, mit ihrer Kälte, immerzu Kälte und ungeheure Massen von Schnee und Eis. Ja, die anderen blickten erwartungsfroh talwärts, zum Tal hinaus, während sie doch hangwärts schaute und ihre Blicke, und hinter ihnen ihr Bewusstsein, im Reich des Hahntenne träumerisch vagabundierten – immerzu.

***

Im Frühherbst erfolgte der Abstieg ins Dorf. Ein Teil der Gerätschaften und verbliebene Lebensmittel wurden mit der Wirtschaftsseilbahn hinunter ins Tal befördert. Man machte die Hütte winterfest, löschte sorgfältig die Glut des Ofens, verschloss Türen und Fenster und verriegelte schließlich die Fensterläden mit einem schweren Querbalken. Tiefes Dunkel füllte die Hütte, die bald in den Winterschlaf sinken würde, eingehüllt von einer wachsenden Schneeschicht, die meterdick wurde.

Unten im Dorf stand der eigentliche Hof der Familie. Das Gebäude lag am oberen Ende des Dorfes. Zum Hof gehörten einzelne, nicht allzu weit entfernte Wiesenflächen. Oberhalb des Hofes erstreckten sich die mit Tannen und Zirben bestandenen Weiden des Dorfes, die im Frühjahr und im Herbst dem Vieh Nahrung verschafften. Für Rena war es keine Frage, dass ihr Elternhaus das schönste Haus des Dorfes war, nicht nur wegen seiner äußerlichen Erscheinung und der Lage. Nein, wirklich schön war es, weil es das harmonische Innenleben einer sehr geeinten Familie besaß, deren Mitglieder einen liebevollen Umgang miteinander pflegten.

Im Haus wollten viele Dinge erledigt sein. Aber im Unterschied zur harten Arbeit am Berg war die Hausarbeit schon fast eine Erholung. Zudem war sie vielfältig und abwechslungsreich, kein Vergleich mit der Monotonie des Heumachens. Das Haus war ihr Spielplatz und Lebensraum. Ihre häuslichen Pflichten erledigte sie gern und mit Leichtigkeit. Freilich war sie von den Eltern von Anfang an dazu angehalten worden. Aber sehr früh hatte sie ihre kleinen Pflichten angenommen und musste nicht mehr daran erinnert werden. Sie lernte, verantwortlich für die anderen zu leben, die sich auf ihre Arbeit verlassen mussten, so wie sie selbst sich ja auf die anderen verließ. Noch war das Haus das Reich der Mutter. Aber sie würde ihre natürliche Erbin sein und die Nachfolge antreten. Sie würde nicht fortgehen aus diesem Haus. Alle seine Winkel hatte sie schon inspiziert und in Besitz genommen. Und durch das Fenster ihres Zimmers genau über dem Hauseingang überblickte sie fast das ganze Dorf mit der Kirche und den Häusern rechts und links der einzigen rudimentär asphaltierten Straße, die weiter unten vor dem unteren Gasthof endete. Hier war ihr Daheim, eingebettet in ihrer Heimat. Die Eltern hatten das Haus ausgebaut und Platz für zwei Zimmer geschaffen, die sie im Sommer vermieteten. Alles schien geheimnisvoll beseelt und mit Leben erfüllt. Diese Welt füllte ihr lebendiges Wesen. Wie selbstverständlich schienen sie füreinander geschaffen zu sein und sich wechselseitiges Leben zu schenken.

∗∗∗

Wenn sich die Familie zum Essen versammelte und jeder seinen Platz eingenommen hatte, wurde als Erstes gemeinsam das Tischgebet gesprochen. Lange hatte das Kind den Sinn dieses Satzes „Komm, Herr Jesus, sei unser Gast und segne, was du uns bescheret hast" nicht durchdringen können. Wie könne Jesus Gast sein, wo sie doch im Katechismus gelernt hatte, dass er doch selbst das Mahl geschenkt hatte? So hatte es der Pfarrer im Religionsunterricht erklärt. War es nicht genau umgekehrt und waren nicht wir Menschen seine Gäste? Und sie hatte ihre Mutter gefragt, wie dieses Gebet wohl zu verstehen sei. „Gott hat uns diese Welt geschenkt", hatte die Mama geantwortet, „wir dürfen sie uns nutzbar machen. Aber alles, was wir dieser Welt zufügen und ihr entnehmen, dafür erbitten wir seinen Segen, damit wir keine unrechten oder sündhaften Früchte anbauen und ernten. Alles, was jetzt auf unserem Tisch steht, mein Kind, sind die Früchte rechten Handelns und vieler Mühen. Und dessen dürfen wir gewiss sein. Deshalb rufen wir gern den Herrn an und bitten ihn, unter uns zu sein, an unserem Tisch zu verweilen, wenn wir unser tägliches Brot essen." Alle hatten aufmerksam zugehört und der Vater hatte mit zustimmendem Nicken die Worte der Mutter bekräftigt.

Bei den Unterhaltungen am Essenstisch hörte sie aufmerksam zu. Zumeist drehte sich das Gespräch um die Arbeit, die getane, die gerade laufende und die kommende. Wenn die Rede nicht von der Heuernte war, stand die kleine Herde der Familie im Mittelpunkt. So viele Fragen gab es rund um die Reproduktion, Gesundheit und Ernährung, Verkauf und manchmal auch Kauf von Tieren. Ein komplexes Zusammenspiel aus trächtiger Kuh, wieder zu befruchtender Kuh, Kälbern, älteren Kühen, die der Schlachthof erwartete, trocken gestellten Kühen in den beiden Monaten vor dem Kalben, männlichen Kälbern, die kastriert wurden und ein kurzes Leben als Mastochsen führen würden.

Mit der Zeit durchschaute Rena die Herde ihrer Eltern in allen Einzelheiten und verstand ihre stete Erneuerung. Auch wurde ihr klar, dass die Tiere allein den Familienbetrieb nicht mehr ernährten. Die Grenzen der extensiven Viehhaltung waren erreicht und eine intensive Haltung in diesen Höhen war wirtschaftlich nicht vertretbar. Die Zimmervermietung bildete eine wertvolle Ergänzung der Einnahmen. Aber auch die Zimmer mussten bewirtschaftet werden. Man freute sich, einen kleinen Stamm von Feriengästen zu besitzen, die regelmäßig ihren Sommerurlaub bei ihnen verbrachten und für zusätzliche Einnahmen sorgten. Diese Menschen waren mehr als Kunden, man betrachtete sie als wirkliche Bereicherung ihrer Existenz. Ein alter Oberst aus München war darunter, den Rena sehr beeindruckend fand. Seinen von einer Kriegsverletzung gekrümmten Rücken trug er würdevoll, sodass man ihn gar nicht als einen Invaliden ansehen mochte. Er sprach einen knorrigen bayerischen Dialekt, der so rumpelnd daherkam, wie sie fand, gar nicht so leichtfüßig und sanft wie ihr eigener Dialekt. Die Gefährtin dieses Menschen war eine sehr kultivierte Dame, die zu ihr immer freundlich sprach und sich nach ihren Fortschritten in der Schule erkundigte. Manchmal ging sie ins Nachbarhaus weiter unten zur Witwe Agnes, um mit ihr in der Küche zu plaudern. Ihr einziges Kind, die Irma, war fünf Jahre älter als sie selbst und musste hart mitarbeiten, um den Betrieb über Wasser zu halten. Irma war eine Super-Skirennläuferin und fuhr erfolgreich in der Jugend-Bestengruppe des Bezirks. Abfahrt und Riesenslalom waren ihre Lieblingsdisziplinen, da konnte sie ihre Wildheit so richtig auf die Piste bringen.

Und da war dieser Larix, der so oft mit seinen Freunden am Wochenende ins Dorf kam. Im letzten Winter hatten sie sich einschneien lassen und waren eine ganze Woche geblieben. Sie hatten mitgeholfen, das Dorf vom Schnee freizuschaufeln. Tagelang waren sie Schlitten gefahren auf der Straße nach Pfafflar, die geräumt war und sich in eine kilometerlange Rodelbahn verwandelt hatte. Kai, der Freund von Larix, zog mit seinem Auto die lange Reihe der Schlitten immer wieder hoch. Alle Dorfkinder waren versammelt. Vielleicht „himmelte“ Rena Larix an, doch diese Sympathie, die sie für diesen zierlichen und zugleich ausdauernden jungen Mann empfand, war schon Ausdruck ihres eigenen ernsten Wesens. Sie schien den großen Lebensernst dieses Menschen zu spüren, der von einer fremden Welt bestimmt wurde und der ihrem eigenen Wesen entsprach.

Natürlich kamen in den Tischgesprächen das Dorf und die übrigen Dorfbewohner nicht zu kurz. Es gab immer verschiedene Angelegenheiten zu besprechen. Meist ging es um Nachbarschaftshilfe oder Dinge, die die Almende oder die Gemeinde betrafen. Persönliche Verhältnisse wurden kommentiert, etwa wenn eine Heirat bevorstand, ein Unfall passiert oder jemand ernsthaft erkrankt war. Manchmal wurde auch jemand kritisiert oder missbilligt, weil man mit einem bestimmten Handeln nicht einverstanden war. Aber üble Nachrede lag diesen Menschen fern.

Und fromm war man, ganz ohne Zweifel. Es war klar, dass man sich über die Geborgenheit der Familie und des Dorfes hinaus in Gottes Hand geborgen fühlte. Den Kirchenkalender befolgte man gewissenhaft. Ihre Brüder versahen selbstverständlich den Altardienst als Ministranten. Später übernahm der Älteste vom Dorfältesten den Dienst des Messners. Rena selbst begleitete die Mutter in die eine oder andere Andacht. Die Marienverehrung spielte eine bedeutende Rolle und die traditionelle Wallfahrt nach Locherboden war ein stimmungsvolles Ereignis, auf das man sich wochenlang freute, das man genoss und an das man sich später gern erinnerte. Welch eine Fahrt mit dem Reisebus nach Reutte. Wie sie diese Stadt beeindruckte, all die Häuser und Geschäfte und die vielen Menschen. Sie konnte sich gar nicht vorstellen, welche Arbeiten sie verrichteten. Fast sah es so aus, als ob sie nur mit dem unentwegten Hin- und Herlaufen beschäftigt waren wie die Ameisen in ihrem Haufen. Und immer weiter ging die Fahrt, vorbei an der Ruine Ehrenberg, von der Onkel Reinhold immer stolz erzählte. Dort hätten die wackeren Tiroler Bauern einst die frechen Bayern wieder aus dem Land geworfen. Sie hatte verinnerlicht, dass sie ja selbst eine Tirolerin war, ein Kind dieses kleinen Bauernvolkes. Und weiter ging die Fahrt über den Fernpass, bis sie schließlich an ihr Ziel, die Wallfahrtskirche Maria Locherboden gelangten, hoch über dem Inn. Als großer Strom erschien ihr dieser Fluss Tirols, eine ruhig dahinfließende dunkelgrüne Wassermasse, ganz anders als ihr Heimatfluss, der turbulente Lech.

Die Autorität der Eltern war nach heutigen Maßstäben enorm. Begründet war sie durch die Fülle und Dichte der gemeinsamen Arbeitsprozesse im Alltag. Eine Bergbauernfamilie der damaligen Zeit ähnelte der Besatzung eines Segelschiffs. Die ganze Mannschaft war eingespannt. Und eine stürmische Phase wäre vergleichbar mit der Periode der Heuernte. Da wurde gearbeitet bis zur Erschöpfung. Die Eltern hatten nicht nur die Verantwortung, sondern auch die Übersicht und mussten sich selbst und ihre junge Helfertruppe optimal einsetzen, damit das Arbeitsjahr erfolgreich absolviert wurde. Man lebte in einer Welt der eng gesteckten Sachzwänge, die jedem Einzelnen förmlich auf den Leib geschneidert wurden. Die ganze Woche kam man nicht aus dem Arbeitskittel und nur am Sonntag oder zu festlichen Anlässen gab es die Gelegenheit, das einzige schöne Gewand zu tragen. Sie selbst besaß eine Tracht, auf die sie sehr stolz war. Sie fand sich darin schön, so anmutig und jung wie die Anna Stainer-Knittel auf ihrem Selbstbildnis hoch oben in der Madau, dem Spiegel ihres Wesens.

Wenn der Vater oder die Mutter eine Anweisung erteilten, dann war das kein Spaß oder Willkür, sondern Ausdruck ihres ernsten Lebens. Die Maßnahme bot keinen Raum für Diskussionen oder Infragestellung. Sie gehörte zu all den Notwendigkeiten, aus denen sich ein Arbeitstag zusammensetzte. Und wenn die Kinder etwas beizeiten lernten, dann war es die Einsicht in Notwendigkeiten. Denn ihr ganzes Leben sollte doch aus hautnahen Notwendigkeiten bestehen. Freilich ließen sich der eine oder andere Tausch verhandeln. Entscheidend war, dass eine bestimmte Arbeit gemacht wurde.

***

Der Winter war die Jahreszeit, die Menschen und Tiere unter dem Dach des Hofes zusammenführte. Im Innern des Gebäudes bestand die Verbindung zwischen Stall und Wohnung über die Kammer hinter der Küche.

Rena liebte die unmittelbare Nähe der Tiere und beteiligte sich regelmäßig an den Arbeiten im Stall. Doch es blieb auch Zeit, um mit den anderen Kindern des Dorfes draußen mit dem Rodelschlitten oder auf Schiern unterwegs zu sein.

Früh endete der kurze Wintertag, wenn es zu dunkeln begann und die Kälte beißend wurde. Dann zogen sie langsam heim, wie im Sommer die Kühe von den Almweiden in Richtung Melkstall. Unten im Dorf schimmerte Licht hinter den kleinen Fenstern – zuerst die Küchenfenster, später die Fenster der Stuben. Auch aus den Ställen drang Licht, aber meistens eher trübe und unscheinbar. Am Kirchlein leuchtete eine bescheidene Straßenlampe, gleich neben der Friedhofsmauer. Im Winter waren die Gräber eingeschneit, ja von der dicken Schneedecke fast eingeebnet. Einsam ragten die Spitzen der schmiedeeisernen Grabkreuze hervor, die Tafeln mit den Namen und emaillierten Porträts der Verstorbenen hatte der Schnee zugedeckt.

Rena glitt vor dem Schlafengehen noch einmal in den Stall. Sie wollte doch den Tieren eine gute Nacht wünschen, mit schönen Träumen. Die Hühner hatten sich schon zurückgezogen. Natürlich hatte der Hahn seinen besonderen, erhöhten Schlafplatz. Seinen Überwachungs- und Beschützerdrang nahm er mit in den Schlaf. Die beiden Zicklein in ihrer Box waren noch munter und begrüßten sie mit zarten und gedämpften

Meckertönen. Streicheln und kraulen ließen sie sich gern, die beiden Mädchen. Und schließlich der große Stall, wo die Herde sich gerade niederlegte. Die bestand aus vier Kühen. Zwei Kälbchen und zwei Rinder vervollständigten die kleine Herde. Im Sommer hatten die Eltern ein Stierkalb und ein nicht benötigtes weibliches Kalb auf dem Imster Viehmarkt verkauft und im Gegenzug ein kleines Ferkel gekauft, das bald als „Winterschwein" geschlachtet würde. Leise sprach das Kind mit jedem einzelnen Tier der Herde und redete es mit seinem Namen an. Die Eltern hatten früh damit begonnen, sie über das Schicksal der Tiere ins Bild zu setzen. Nicht alle Kälblein würden zu Milchkühen werden. Die Stierkälber wurden verkauft und kastriert. Sie würden bei einem anderen Bauern zu Mastochsen heranwachsen und ihr kurzes Leben würde im Schlachthaus ein Ende finden. Rena fiel es immer wieder schwer, von den jungen Tieren Abschied zu nehmen. Im Sommer hatte sie sich vom Stierkälbchen, das sie heimlich Rudl getauft hatte, unter Tränen verabschiedet und ihren Kopf gegen Rudls kleine Stirn mit dem krausen Haar gedrückt. Dieses zarte Tier wusste doch nichts von seinem grausamen Schicksal. Und ähnlich schwer fiel ihr die Trennung, wenn eine ältere Kuh ausgemustert werden musste.

Die Eltern achteten darauf, dass ihr Kind keine romantischen Flausen kultivierte. Die Kühe waren keine Spieltiere, sondern Nutztiere. Ihr Schicksal war, dem Menschen zu dienen. Und der Mensch bediente sich, nahm ihnen ihre Milch, ihre Kälber und ihr Fleisch. Doch selbst auf der untersten Stufe der Nutzbarmachung stehend, so viel geringer als der ausgebeutete Mensch selbst, der als Sklave in den Dienst anderer Menschen gezwungen wurde, hatten sie ein Recht auf Dankbarkeit und Respekt. Ja, im Stall lernte Rena, was Schicksal war, ohne auch nur das fatale Wort zu kennen. Aber war nicht im Stall zu Bethlehem ein unendliches Wunder geschehen, jenseits von allem Begreifen?

Der elterliche Betrieb erlaubte die Haltung von maximal vier Kühen und ebenso vielen Kälbern und Rindern. Diese Herde sicherte die Existenz der Familie. Die kleine Truppe der Schafe lieferte Wolle und sorgte für ergänzende Einkünfte. Zwei Schweine, das Sommer- und das Winterschwein, wie sie entsprechend ihrem Schlachttermin genannt wurden, sowie einige Hühner mit Hahn komplettierten den Nutztierbestand. Das einzige Hoftier, das sich keine existenziellen Sorgen machen musste, war die Katze.

Die fand immer etwas in ihrer Schale und erlegte hobbyweise Spitzmäuse, hütete sich jedoch wohlweislich, diese zu fressen.

„Kühe gehen in Rente wie Menschen auch, hatte Vater erklärt. „Für unsere beiden ältesten bereiten wir jetzt die Nachfolge vor. In zwei Jahren werden sie pensioniert.“

Gemeint war die Endstation Schlachthaus und Weiterverarbeitung zu Hackfleisch. Rena musste lernen, dass die Nutztierhaltung keine Idylle war. Am Schlachthaus führte kein Weg vorbei. Am liebsten würde sie nur zukünftige Milchkühe züchten und an Milchbauern verkaufen. Und ihre eigene Herde immer wieder aus eigener Nachzucht verjüngen. Spürten die Tiere, dass sie sich mit ihrem Schicksal beschäftigte, während sie ruhig und sanft zu ihnen sprach? Fühlte sich das Mädchen den Tieren geheimnisvoll verbunden? Menschen und Tiere bildeten eine uralte Lebensgemeinschaft, lebten im Winter sogar unter einem Dach. Menschen und Tiere tauschten ihren Atem und die Tiere schenkten den Menschen ihre Körperwärme in eiskalter Nacht. Gleich würde der Vater noch einmal reinschauen und das Licht löschen. Es war schon nach zehn und Zeit, schlafen zu gehen.

5

Aus der gehobenen bürgerlichen Existenz, die der alte Herr seinem Sohn so sehr gewünscht hatte, wurde nichts. Larix hatte sich anfangs freudig und engagiert in sein Germanistikstudium an der Universität Bonn gestürzt. Doch die Ernüchterung ließ nicht lange auf sich warten. Das Studium geriet zur Ochsentour. Rimbauds Verdikt *Science avec patience, le supplice est sûr* verspürte er am eigenen Verstand. Immerhin schloss er seine Bemühungen mit dem Magistergrad ab.

Vater sollte den Wissen-ist-Macht-Höhenflug mitsamt Absturz seines Sohnes nicht mehr erleben. Er verstarb ein Jahr zuvor an einem Schlaganfall. Die Trauerbekundungen hielten sich in Grenzen, teils weil die Gefühle überschaubar waren, teils weil es schwerfiel, Trauer zum Ausdruck zu bringen. Larix trauerte stumm und in sich gekehrt, bewahrte das Bild jenes nicht ganz vom Daseinsglück vergessenen Menschen, dem er hoch oben am Berg begegnen durfte. Zugleich war dieses Bild in eine unendliche Ferne entrückt wie die ganze Welt, die zu seinem Zustandekommen beigetragen hatte.

Mutter hatte weder an Larix' militärischem Geschick, noch an seinem wissenschaftlichen Abenteuer Anteil genommen. Auch die Geschwister zeigten kein Interesse. Im Grunde war ihm diese gleichgültige Ignoranz sogar recht. Was hatte er schon zu erzählen? Dass er in seiner Magisterarbeit in Goethes Alterstext *Kampagne in Frankreich* das ungeklärte „bürgerliche Verhältnis" des Autors zur Revolution untersucht hatte? Dass sich der große Meister recht geschickt aus der Schlinge der Widersprüche gezogen hatte? Was blieb ihm als Dichterfürsten, den Napoleon mit einem süffisanten „Qu'en dit monsieur Goet" aufforderte, seine bürgerlich-klassizistische Meinung kundzutun, anderes übrig? Verlangte die nach höheren geistigen Weihen strebende bürgerliche Welt nicht nach einem Orakel, das ihre inneren und äußeren Widersprüche geistreich und sprachlich elegant überspielte? Oder sollte er seiner Familie erzählen, dass er Schluss gemacht hatte mit den geisteswissenschaftlichen Diskursen und ihrem endlosen Rattenschwanz wenig ergiebiger Sekundärliteratur? Was hätten sie mit dieser Aussage anfangen können? Ebenso wie für den Vater waren für sie seine intellektuellen Kämpfe ein unvorstellbares Geschehen. Als normale Bürger verließen sie sich auf die Konzepte, mit denen die Gesellschaft hantierte. Was ihnen zusagte, wurde übernommen, alle übrigen als für sie ohne Belang, zweifelhaft oder schädlich zurückgewiesen. Eine kritische Hinterfragung erübrigte sich. Man vertraute seinen guten Vorbetern und mied die vermeintlich schlechten.

Larix hingegen hatte während seiner Studienzeit eine bedrückende Erfahrung für sein persönliches Geistesleben gewonnen. Wissenschaft diente nicht nur dem Gewinn neuer Erkenntnisse, sondern wurde, wo immer möglich, eilig umgemünzt, in den Dienst der Macht gestellt und von ihr gnadenlos instrumentalisiert. Diese Gesellschaft bezeichnete sich auf perfide Weise als „Wissensgesellschaft", was harmlos aufgeklärt klang, in Wirklichkeit jedoch einen gehörigen Herrschaftsanspruch besaß.

Vater hatte noch eine naive Vorstellung vom Wissen gehegt. Das Wissen galt ihm als eine gutartige, Mündigkeit und Bildung der Menschen vorantreibende Macht. Er konnte sich das moderne Herrschaftsinstrument „Wissen" nicht vorstellen. Er war ein Meister eines bestimmten Fachwissens und ging davon aus, dass die Summe aller Fachwissen notwendigerweise den segensreichen Wissenspool für alle darstellte und eine gemeinschaftlichen Nutzen stiftende Autorität bildete. Doch er hatte nicht die herrschende Macht auf seiner Rechnung. Mittlerweile wimmelte die Gesellschaft von Propagandisten und Kolporteuren des Wissens, die das Wissen nicht zur Aufklärung der Menschen benutzten, sondern zu ihrer Manipulation und geistigen Gefügigmachung. Was jedoch niemandem auffiel, weil diese Form der Manipulation im Gewand der Normalität auftrat. Armeen von Experten überschütteten die Menschen mit immer neuen Kostproben des Wissens. Es gab kein Entkommen. Man behauptete von sich selbst, die Kultur des unbegrenzten Wissens zu vertreten, dem sich die Menschen zu fügen hatten – versprach sie doch immerwährende Problemlösung und Befreiung. Und wie es einst außerhalb der Kirche kein Heil gab, so gab es nunmehr außerhalb dieses ideologischen Wissens mit seinen unzähligen freiheitlich-demokratischen Dogmen, Belehrungen, Rezepten und Gängelungen kein Heil.

Larix war nicht bereit, in die Dienste dieser Wissensgesellschaft zu treten und mit innerer Überzeugung ein bürgerliches Berufs- und Sozialleben zu kultivieren. Er erkannte sich im Geist und in den Diskursen dieser Gesellschaft nicht wieder. Ja, er fühlte sich befremdet. Doch er akzeptierte diese Fremdheit paradoxerweise als vertraute Realität, die ihm allerdings keine Freude bereitete, sondern unentwegt neue Kritikpunkte lieferte. Er wurde zum Gesellschaftskritiker, der sich ziemlich lustlos mit dem gesellschaftlichen Geschehen und der ideologischen Steuerung der Menschen beschäftigte.

***

Nachdem Larix sich im Laufe seiner Studienzeit unter großen Mühen und Ängsten sein autonomes Geistesleben erkämpft hatte, war für ihn die Zeit gekommen, ein passendes Sozial- und Erwerbsleben zu organisieren. Gegen Ende des Studiums hatte er sich gefragt, welchen Job er wohl machen könnte, und was er von einer Arbeit erwartete. Eine Karriere strebte er nicht an. Es sollte möglichst eine Tätigkeit sein, die seine Arbeitskraft nicht vollständig oder gar über Gebühr in Anspruch nahm. Zu langweilig sollte der Job auch nicht sein und bei aller Unterforderung ein gewisses geistiges Niveau besitzen. Im Gegenzug erhoffte er sich eine halbwegs stressfreie Tätigkeit. Wenn man als Germanist kein Lehramt anstrebt, landet man in aller Regel in einer Tätigkeit in der weiten Welt der Medien. So machte er sich ans Werk, verschickte Bewerbungen und fand rasch eine Anstellung als Lektor in einem mittelständischen und inhabergeführten Kölner Fachbuchverlag. Die Tätigkeit war zwar branchenüblich bescheiden entlohnt, besaß jedoch den in seinen Augen entscheidenden Vorteil, dass er eigenständig und recht unbehelligt von seinen Vorgesetzten einer überschaubaren und stressfreien Arbeit nachgehen konnte. Nach einer intensiven Einarbeitungszeit hatte er nach einem Jahr seine Aufgaben im Griff und nach einem weiteren Jahr übte er seinen Job souverän aus. An der fortschreitenden Digitalisierung der Arbeitsprozesse nahm er lebhaften Anteil, weil er neben dem arbeitstechnischen Rationalisierungspotenzial verbunden mit erhöhter Produktivität den persönlichen Nutzen erkannte.

In der Firma galt er als Vorreiter in Sachen Digitalisierung, gab Anregungen und steigerte seine eigene Arbeitsleistung bei gleichzeitiger Reduzierung seines Arbeitsaufwands. Sollen sich andere selbst wegrationalisieren. Er hielt seine Stellung. Über die Textverarbeitung hinaus erarbeitete er sich solide Datenbankkenntnisse. Seine zeitweise intensive Zusammenarbeit mit verschiedenen Setzern brachte ihm einen guten Überblick im DTP-Wesen und die Handhabung von Bilddateien, was sich als sehr nützlich für die Weiterentwicklung seines eigenen Arbeitsplatzes erwies. Nun, man hatte ihn als Lektor eingestellt und zum damaligen Zeitpunkt war von modernem Medienmanagement noch nicht die Rede. Larix war vor der Zeit dank seiner persönlichen Initiativen zum modernen Medienspezialisten geworden – immer der allgemeinen Entwicklung im Verlag ein Stück voraus oder diese vorwegnehmend. Allerdings behielt er den erarbeiteten Kompetenzvorsprung überwiegend für sich. Mit Verspätung kam die Firmenleitung selbst drauf. Er jedenfalls reduzierte seinen Arbeitsaufwand und nutzte die gewonnene Zeit für seine persönliche Weiterbildung und geistige Fitness. Er hielt sich in IT-Angelegenheiten, DTP-Fragen oder Datenbankanwendungen auf dem Laufenden oder informierte sich zu politischen und gesellschaftlichen Themen, beteiligte sich an einschlägigen Diskussionsforen, wurde gelegentlich vom Foren-Admin gesperrt, wenn seine Äußerungen mal wieder zu „exzessiv“ waren. Offenbar galt er den Betreibern als Spielverderber, der die Eigenschaft besaß, gesellschaftlich anerkannte Themen und Narrative so zu untergraben und zu entlarven, dass es intellektuell ungemütlich wurde.

Im Kollegenkreis hingegen hielt er sich zurück, beteiligte sich weder am Intrigenwesen oder Tratsch noch tat er sich mit extremen politischen Ansichten hervor. Die Mitglieder der Redaktion kultivierten „linke“ Ansichten, während die Geschäftsleitung eher konservative Standpunkte vertrat. Den Betriebsfrieden störte niemand, alle Gespräche fanden auf einem unverfänglichen Niveau statt. Larix galt als kollegial, wenn auch relativ distanziert. Dies lag auch an seiner Arbeit, die er als „Einzelkämpfer“ erledigte. Er betreute verantwortlich einige Periodika und werkelte recht zurückgezogen.

Wenn private Verhältnisse zur Sprache kamen, gewann er den Eindruck, dass seine Kolleginnen und Kollegen allesamt in banalen Verhältnissen lebten. Und ehrlicherweise musste er eingestehen, dass sein eigenes gesellschaftliches wie privates Dasein ebenfalls banal und ereignisarm vor sich hin plätscherte. Doch während die anderen geistig ihre Daseinsform gewissermaßen von innen ausfüllten, nahm er sie mehr oder weniger neugierig als Betrachter wahr, ohne das Gefühl zu haben, selbst ein „Mann ohne Dasein" zu sein. Er empfand sich selbst als von einer eigenartigen Latenz oder Verborgenheit erfüllt, die sich noch als Daseinsgefühl manifestieren werde. Und so störte ihn sein monotones Alltagsleben ganz und gar nicht. Er wies es nicht zurück, sondern arbeitete beharrlich dank sparsamer Lebensführung an der Stabilisierung seiner persönlichen Lebensumstände im Rahmen seiner bescheidenen finanziellen Möglichkeiten. Er machte weder Schulden, um sich Konsumgegenstände zu kaufen, noch tätigte er größere Anschaffungen, fuhr einen Gebrauchtwagen und baute ein kleines Sparguthaben kontinuierlich aus. Ja, er war sparsam, hatte den Überfluss nie kennengelernt. Und offenbar legte er keinen Wert darauf, seine Bekanntschaft zu machen.

Seine Familie sah er gelegentlich. Mutter besuchte er zu Weihnachten und an ihrem Geburtstag. Hin und wieder traf er sich mit den Geschwistern zum Sonntagskaffee oder man unternahm den einen oder anderen Ausflug – gern mit dem Fahrrad. Die Landschaft zwischen Rhein und Maas war nun mal seine alte Heimat – mehr allerdings auch nicht. Mutter erkundigte sich bisweilen „durch die Blume" nach Weiblichkeit in seinem Leben, getreu dem biblischen Motto, demzufolge es nicht gut für den Mann sei, allein sein irdisches Dasein zu absolvieren. Larix antwortete ausweichend, gab zu verstehen, dass er sich keineswegs nach einer Frau drängelte. Vielleicht füge es das Schicksal ja so, dass die für ihn bestimmte Frau ihm eines Tages unverhofft über den Weg laufe oder er ihr. Nun ja, andererseits sei es nicht verkehrt, der Begegnung ein wenig auf die Sprünge zu helfen, gab Mutter zu bedenken. Doch, entgegnete Larix, da sei schon die eine oder andere nähere Bekanntschaft gewesen, aber am Ende sei nichts Ernsthaftes dabei herausgekommen. Er behalte die Sache aber im Auge, scherzte er. Mutter gab sich zufrieden. Ganz hoffnungslos schien der Fall ihres Jüngsten nicht zu sein. Bei ihrem Ältesten hingegen hatte sie jegliche Hoffnung längst begraben. Der hatte es endgültig zum Junggesellen gebracht und würde die elterliche Wohnung nicht mehr verlassen. In der Familie galt er als „mit Mutter verheiratet".

6

Eben beginnt ein neuer Arbeitstag. Draußen tobt der Berufsverkehr, jene Morgenstunden der Heerscharen, die sich zu ihren Arbeitsplätzen bewegen, zu Lande, zu Wasser und in der Luft. Ein großes Metropol-Wimmelbild voll ameisenartiger, zielgerichteter Betriebsamkeit. Larix betritt den Garagenhof und steuert seine Garage an. Er schließt sie auf und drückt das Schwingtor aus weiß lackiertem Stahlblech nach oben, sodass es sich auf missmutig knarrenden Rollen unter die Garagendecke schiebt und die Ausfahrt freigibt. Schnell hat er den Wagen (ein preiswert erworbener Gebrauchtwagen, mittlere Mittelklasse passend zum Einkommen) auf den Hof gesetzt, das Garagentor wieder geschlossen und abgeschlossen, den Schlüsselbund in die Jackentasche gesteckt, den Aktenkoffer im Kofferraum verstaut. Deckel zu und eingestiegen. Tür zu. Der perfekte Büroangestellte Larix hat mit routiniert ineinandergreifenden Bewegungen seine Startbereitschaft hergestellt – nicht anders als sein Vorfahre, der Leutnant Larix. Und auf geht's, die Außenspiegel ausgeklappt, das lederne Lenkrad beherzt ergriffen, die Pedale getreten, den Blinker gesetzt und rein in den Straßenverkehr, auf die digitalisierten Rollbahnen, wo sich um diese Zeit schon viele bewegen, Arbeitsplatzinhaber, Selbstständige, Unkündbare, Arbeiter der Faust, der Stirn, der Ärmelschoner und des Hinterteils. Hier befindet er sich inmitten geballter wirtschaftlicher, gesellschaftlicher und staatstragender Kampfkraft und Kompetenz. Hier pulsiert kraftvoll die Nation.

***

Er schaltet das Radio ein. Im Morgenmagazin läuft der gewohnte Mix aus Unterhaltung und Information, aufbereitet zu homöopathischen Häppchen, die an die Menschen verfüttert werden. In aller Herrgottsfrühe tritt ein Pfaffe oder Laienprediger, gern auch eine Laienpredigerin, auf und sondert spirituelle Erbaulichkeiten ab, die zu braver Nachdenklichkeit oder gar zu Betroffenheitssimulationen einladen. Die Zuhörerschaft ist gehalten, einige beschauliche und besinnliche Lockerungsübungen zu machen. Nein, nicht die Hirnwindungen überdehnen, ganz einfache Übungen. Geistige Entspannung und unerschütterliches Daseinsvertrauen werden (an)gepriesen. Da und dort ein geschickt eingestreuter biblischer Merksatz. Niemand soll wutschnaubend in seine Firma eilen, aufgeladen mit Frust und Ressentiments. Auch Larix meditiert und gelangt zur Ansicht, dass die höchste Form geistiger Disposition doch ein gehöriges Zen-Bewusstsein sei. Die wohl beste Zusammenfassung morgendlicher Spiritualität biete die Niebuhr-Maxime: „Herr, gib mir die Gelassenheit, Dinge hinzunehmen, die ich nicht ändern kann, den Mut, Dinge zu ändern, die ich ändern kann, und die Weisheit, das eine vom anderen zu unterscheiden."

Das hört sich doch gut an. Damit kann man den Arbeitstag wohlgemut in Angriff nehmen. Larix hatte den Spruch bei seinem Zahnarzt in einem Behandlungszimmer entdeckt, an der Wand dem Behandlungsstuhl gegenüber. Vom heißen Stuhl blickt der Patient genau auf diese Erbaulichkeit. Während der Arzt noch im benachbarten Raum am Gebiss eines Zeitgenossen werkelte und den Bohrer aufheulen ließ, konnte er sich schon einmal sammeln, bevor auch bei ihm der unvermeidliche Bohrer in den höchsten Tönen jubilierend – huuuiii – kreisen würde. Herr, gib mir den mit der erforderlichen Gelassenheit gepaarten Mut, die heutige Sitzung über mich ergehen zu lassen.

Die Morgenandacht ist chronometriert, denn anschließend kommen die teuren Sekunden der Werbespots und die müssen ebenfalls genau passen bis zum Zeitzeichen. Da ist es schon, die volle Stunde schlägt, es ist sieben Uhr. Im Sauseschritt werden Nachrichten aus der weiten Welt, der Nation und der Region verabreicht. In der Welt ist erwartungsgemäß wieder einiges passiert oder ist zum Passieren vorgemerkt – zu Lande, zu Wasser und in der Luft. Sie arbeiten unverdrossen an ihren Ereignissen, die Ereigniskolporteure, denkt Larix, und sie reichen die Welt dar, gefällig als glatte Narrative zubereitet, auf dass die Botschaften nahrhaft runtergehen. Der Bürger will doch möglichst unterhaltsam informiert sein, will auf dem Laufenden der kleinen und großen Weltgeschicke gehalten werden. Er will verstehen und mitreden können, vertraut sein mit den Motiven, Worten und Taten der kleinen und großen Mächtigen.

Ja, dem Bürger wird erfolgreich die universale Information eingegeben. Denn sie liefert die Zuversicht, dass trotz aller Ungemach die Welt und das Universum insgesamt unter Kontrolle sind. Störenfriede, Unruhestifter, Quertreiber stehen unter gesellschaftlicher oder gar staatlicher Beobachtung. Erforderliche Maßnahmen werden ergriffen, wie gutes Zureden, Missbilligung, scharfe Kritik, wirtschaftliche Sanktionen, Finanz-Daumenschrauben und als Ultima Ratio die erzieherische Gewalt demokratischer Bomben. Nachrichten hören ist verantwortungsvolle Teilhabe am relevanten Geschehen. Der informierte Bürger ist ein mündiger Bürger, ja ein Staatsbürger des demokratischen Gemeinwesens. Wer eine längere Fahrt vor sich hat, kann sich diese Endlosschleife stündlich oder gar halbstündlich anhören – von Flensburg bis Berchtesgaden, an jedem Punkt dieses Landes.

Larix ist noch bei seinen meditativen Gedanken, während im Magazin schon die Wetterseite aufgeschlagen wird: Der Frühling ist im Anmarsch, dicht gefolgt von den Verkehrsmeldungen, heruntergelesen in eiliger Litaneiform. Die üblichen Nadelöhre, dazu verschiedene Sonderstaus wegen eines Unfalls, irgendwelcher herrenlosen Teile auf der Fahrbahn oder eines liegen gebliebenen Lkws. Manchmal kommt auch ein Falschfahrer entgegen. Vorsicht Autofahrer, lasst euch nicht aus der Ruhe bringen, fahrt rechts, überholt nicht, wartet auf die Entwarnung und kommt gut ans Ziel, es wird alles gut. Für Larix ist nichts dabei. Abgehakt.

Jetzt aber Musik und noch mehr Musik. Tönen muss sie aus allen Instrumenten und Kehlen. Für Jung und Alt, Groß und Klein, Dick und Doof sollte sie etwas im Angebot haben. Mit Musik geht alles leichter. Das mag der Grund sein, warum diese Gesellschaft sich dermaßen massiv mit Unterhaltungsmusik beschallt. Es gibt viele gute Gründe, sich permanent über die Abgründe hinwegzumusizieren.

Wäre schön, wenn der Typ sich jetzt mal entscheiden könnte, ob er den Lkw vor ihm überholen möchte oder nicht. Ja, Larix befindet sich schon auf der Stadtautobahn und alle drei Spuren stadteinwärts sind gut gefüllt. Die Auffahrten rücken enger zusammen und an jeder gesellen sich weitere Autos dazu. Allerdings gibt es auch die ersten Abgänge. Insgesamt nimmt die Verkehrsdichte jedoch noch zu.

Unterdessen wird im Radio unterhaltsam moderiert. Moderator und/oder Moderatorin schmettern oder säuseln zum zehnten Mal ein launiges „guten Morgen" in die Runde. Und leutselig erwidert Larix halblaut: Morgen, Jung, oder Morgen, Kindchen. Das muss ein Job sein, nein, er könnte das nicht. Nie im Leben. Unterhaltungskünstler sind da am Werk, Leute, die die Kunst beherrschen, anderen Leuten die Monotonie ihres Treibens auszureden oder darüber hinwegzureden. Ständig wird mit Events gelockt, Filme, Festivals, Veranstaltungen aller Art. Offenbar wird die ganze Woche intensiv auf Wochenende und Urlaub hingearbeitet und gleichzeitig – als schöner Nebeneffekt – was fürs Bruttosozialprodukt getan. Und immer gibt es Neuigkeiten aus der Welt der Unterhaltung, ein neues Musikalbum, ein neuer Film, eine neue Liebschaft, ein neues Kind, eine neue Trennung, ein neuer Todesfall, ja manchmal sogar ein neues Buch. Diese Welt platzt vor lauter Neuigkeiten, die danach drängen, unters Hörervolk gebracht zu werden. Für die jungen Leute gibt es ebenso angepasste Unterhaltung wie für die alten. Alles fein säuberlich nach Zielgruppen getrennt. Permanent untersuchen sogenannte Meinungsforscher den jeweiligen Matsch in den Birnen und stellen ihn der jeweiligen Klientel in gefälliger Form zurück, gern auch als Trend. Ein Kabinett der endlosen Spiegelungen, meisterhaft von den Organisatoren betrieben. Und Larix fragt sich, welche Welt da ihren neuen Tag grüßt? Mit welchen Losungen nimmt sie sich selbst in Angriff?

Hallo und guten Morgen, ihr Lieben, hier ist Radio Allstream mit seinen umfassenden Programmen. Wir sind das Allstreamteam und begleiten unsere Hörerinnen und Hörer mit dem Schwall, ach was, mit den schäumenden Wogen unserer Worte durch ihren Arbeitstag, äh, ihre Gummizelle, öh, ihren Squashkäfig – ist ja auch egal. Wir legen deinem Resthirn die Sinnwellen surfgerecht in die lahme Birne. Nimm das Brett vor deinem Kopf weg, stell deinen Geist drauf und surf mit uns in dein Leben hinein wie in diesen noch jungen Tag vor der Frühstückspause. Hab Vertrauen, unser Gesäusel kann nicht irren. Wir reden alles kurz und klein und walzen es zu breitem Quark. Du bist auf der richtigen Seite, auf der Seite des atomisierten Lebens, des Fortschritts, der ewigen Jugend, bist jung und zeitlos.

Rechts neben der Autobahn und parallel zu ihr verlaufen die Bahngleise. Gerade saust ein roter Nahverkehrszug in die entgegengesetzte Richtung. Ja, die Insassen dieses Zuges haben ihre Arbeitsplätze in seiner Wohnstadt oder gar an noch entfernteren Orten. Das Pendel der Pendler schlägt in allerlei Richtungen. Es soll Fernpendler geben, die sich zwei Stunden Fahrzeit zu ihrem Arbeitsplatz antun und noch zwei Stunden für die Heimfahrt. Macht vier Stunden und mehr pro Tag – Zugverspätungen, Staus, Verkehrsunfälle und sonstige Zwischenfälle gar nicht in Betracht gezogen. Da kommt übers Jahr ganz schön was zusammen. Manche Leute führen sogar aus beruflichen Gründen sogenannte Wochenendehen, gewissermaßen Tür-und-Angel-Ehen. Das nennt man dann Mobilität oder Flexibilität und klopft mit derartigen Begriffen den Opfern anerkennend auf die Schultern. Helden der Arbeit. Wer gezwungen ist, sich das Pendel anzutun, wird mit allerlei Zumutbarkeiten konfrontiert. Die meisten muten sich freiwillig das Zugemutete und mehr zu. Natürlich gibt es auch den passenden Stress dazu, überfüllte und/oder unpünktliche öffentliche Verkehrsmittel oder dieser Drängler da, der sich gerade noch reinquetscht. Larix' Fuß zuckt zum Bremspedal. Ja klar, und dann noch, hopp, schräg nach rechts rüber scharf in die Ausfahrt reingebremst. Die Heckleuchten glühen rot wie die Bremsklötze. Wieder einer auf den letzten Drücker oder einer, der mit Gereiztheit abgefüllt ist und sich austobt, weil er die Morgenandacht verpasst hat.

Im Radio quaken sie jetzt im Duett, ein Schnösel und eine Trulla, Gegluckse und Gelächter. Vertrauliche Anmache der Zuhörerschaft. Die triefen wieder vor guter Laune. Hoffentlich haben sie sich einen Sabberlatz umgebunden. Vom Geschwätz werden die Wetteraussichten fürs kommende Wochenende allerdings auch nicht besser. Darum geht es auch gar nicht. Genau genommen gibt es nämlich nur zwei Wetter: eins zum drinnen poppen/feiern und eins zum draußen poppen/feiern. Wir lassen uns die gute Laune nicht vom Wetter verderben, sondern haben das Wetter auf unserer Seite. Wir haben überhaupt die Hufeisen und alle übrigen Glücksbringer.

Von welcher Macht sind diese kleinen, unentwegt smalltalkenden Moderatoren die Abgesandten und Agenten? Das hört sich alles verspielt und vollkommen harmlos an, was diese Leute von sich geben. Ihr Diskurs ist mit einer undurchdringlichen Schicht fröhlicher Gutartigkeit überzogen, sodass man nie und nimmer dahinter schauen könnte. Absolut blickdicht und korrosionsfest. Es gibt keine Worte, die diesem Schutzfilm etwas anhaben könnten. Diese Leute sind megacool, der professionelle Unernst in Reinkultur.

Dabei sind diese moderierenden Hampelmänner und Hampelfrauen alles andere als lustig. Sie sind eiskalte Dealer von gesellschaftlichen Stimmungsaufhellern. Sie haben eine knallharte Mission: die Zuhörerschar mit ihrem Gequake voll falscher Vertraulichkeit einzulullen und zu beschwören, ja sie darauf einzuschwören, nicht gedanklich auf Abwege zu geraten oder nicht mehr kritiklos mitzurudern im dicken Alltagsschlamm, auf wohltuender Temperatur gehalten wie ein dicker Fango. Larix glaubt, die versteckte Mahnung und Warnung zu hören: Wenn ihr nicht auf eurer Dämlichkeit surft, wie wir es vorbeten, dann geratet ihr unter die Walze eurer Dämlichkeit und ihr werdet sehen, was ihr davon habt. Außerhalb unseres endlosen Redestroms kein Heil.

So, nun hatte er mal wieder tüchtig gegrollt. Zeit, sich zurückzunehmen und den Fuß vom Gas. Er nähert sich nämlich der Geschwindigkeitsbegrenzung auf 80 und kurz dahinter befindet sich ein stationäres Radargerät. Sie können es nicht lassen, sich hinter Büschen versteckt auf die Lauer zu legen und die arbeitenden Menschen zu belästigen oder ihnen ihre Automaten auf den Hals zu schicken. Die modernen Staaten haben sich die Drangsalierung der Menschen auf die Fahnen geschrieben, mit tausend kleinen Nadelstichen und Stellschrauben. Eine Armee von kleinen Eierbeißern, voll mit schlauen Verordnungsweisheiten, beschäftigt sich mit der Volksdisziplinierung. So viel Seitenhieb auf den Beamten- und Verwaltungsstaat muss sein. Am deutschen Berufsbeamtentum wird die Welt genesen. Europa jedenfalls ist schon bekehrt. Vorbei, und die Marschgeschwindigkeit wieder langsam erhöht.

Ja, nimmt Larix seine Morgenmeditation wieder auf, wir, die arbeitenden Menschen, müssen bei Laune gehalten werden. Die Leute dürfen nicht auf (selbst)kritische Gedanken kommen, sondern sollen sich in der Überzeugung wiegen, dass sie seit Anbeginn und zu allen Zeiten die richtigen Gedanken im Kopf haben. Sie sind die geborenen Richtigkeiten. Das Gutmütige und Gutwillige im Menschen lässt sich gern und gnadenlos vor einen passenden Karren spannen und der Mensch fühlt sich dennoch frei dabei.

So frei, dass Larix die Lücke vor ihm nutzt und auf 120 beschleunigt, die vorgeschriebenen 100 locker missachtend. So, den Reisebus, der seinerseits recht flott unterwegs ist, haben wir hinter uns gelassen. Auf der linken Spur sprintet ein weißer Handwerker-Sprinter-Kastenwagen vorbei. Die Schriftzüge der Bordwand sprechen von Kanalreinigung und Kamera. „Horror vor Handwerkern" könnte man allein schon wegen ihrer Kamikaze-Fahrweise auf der Autobahn bekommen. Nun ja, vielleicht ein Notfall. Irgendwo quillt immer eine Scheiße. Und Larix meditiert munter weiter, wie sich doch alle an die freie Fahrt dem Tüchtigen klammern und Getriebene dieser Wahnvorstellung sind.

Weiter vorn auf der rechten Seite wächst die Zahl der Gleise, ein weißer Zug kriecht unter dem Bahnhofsdach hervor, während ein roter unter ebendiesem Dach verschwindet. Er selbst verschwindet bald darauf im Tunnel der Stadtautobahn und nimmt die Innenstadt-Ausfahrt am Tunnelausgang. Der Morgenritt ist fast geschafft. Larix nähert sich seinem Arbeitsplatz auf den letzten Hektometern. Fußgänger und Radfahrer werden zahlreicher, Schülergruppen in lockerer Formation streben dem nahe gelegenen Gymnasium zu. Ein Junge und ein Mädchen balgen sich, der Junge simuliert einen gezielten Tritt in den Hintern des Mädchens. Das Mädchen dreht sich seitlich weg und hält schützend die Schultasche vor die Muschi, beide lachen. Rechts vor ihm knattert ein Motorroller. Vorsichtig fährt er an ihm vorbei. Aus dem Auspuff des Gefährts treten bläuliche Wölkchen. Der Benzingestank dringt bis ins Innere seines Wagens. Er rümpft leicht die Nase, puh! ein Zweitakter. Schon vorbei. Im Radio wünschen sich zwei mit flotten Rhythmen noch schnell 'n geiles Leben. Jo, denkt er, jetzt tun wir erst einmal ein bisschen malochen und dann kann man immer noch schauen in Sachen geiles Leben.

∗

Larix fährt vorsichtig auf den Firmenhof und erreicht seinen Stellplatz. Eng, diese Welt ist eng und beengt das Gemüt. Außenspiegel eingefahren, Motor abgestellt, Handbremse gezogen. Die Musik erstirbt. Er entsteigt dem Auto wie einer Raumkapsel. Die Außenwelt hat ihn wieder. Draußen musiziert eine Amsel unsichtbar hoch oben auf einem Ast der schön gewachsenen Kastanie auf dem Nachbargrundstück hinter dem Innenhof. Dicht an dicht stehen die weißen Blütenkerzen. Der Frühling macht endlich ernsthafte Anstrengungen, sich von seiner angenehmen Seite zu zeigen, nachdem er recht nasskalt begonnen hatte. Immerhin ein Wohlklang, jedenfalls hat er die Laute des Tieres als wohlklingend registriert. Ja, er empfindet Wohlwollen dem Vogel gegenüber. Wenigstens einer, der sich dieser geballten Masse und Wucht des hereinbrechenden Arbeitstags entgegenstemmt. Natürlich hat er sich selbst dieses Bild des wackeren Vogels vorgestellt. Der Vogel tiriliert sicher aus völlig anderen Gründen und hat mit seinen Vorstellungen vom bevorstehenden Arbeitstag nichts zu tun. Aber er ist dem Tier dankbar, ihm ein positives Gefühl vermittelt zu haben. Und eigentlich unterstellt er dem Tier, was ihm selbst so manches Mal schwerfällt: die Lockerheit, dieses im wahrsten Sinne des Wortes Drauf-Pfeifen.

In diesem Moment kommt ihm eine Warnung seiner Mutter aus seinen frühen Kindheitstagen in den Sinn: Vögel, die morgens pfeifen, fängt die Katz'. Und ihm wird klar, dass er dieses Pfeifen schon sehr früh unterlassen haben musste, um nicht von der Katze bemerkt und gefangen zu werden. Ein gehöriger Teil seiner Erziehung musste diese Lockerheit unterdrückt haben, weil sie als unseriös galt. Man fürchtete den Mangel an Ernsthaftigkeit, an Disziplin. Denn nur ernsthafte und diszipliniert arbeitende Menschen besaßen jene gewünschte Lebenstüchtigkeit, die man dem Kind angedeihen ließ. Man wollte vermeiden, dass ihm und anderen sein eigenes Leben zur Last fiel. Schließlich sollte es doch ein erfolgreicher und sein Leben meisternder Mensch werden, ein säuberliches, stilles, nettes Mitglied der menschlichen Gesellschaft, ein sogenannter guter Bürger, um es mit Robert Walser zu sagen, d. h. randvoll mit berauschenden Sekundärtugenden abgefüllt, ganz ohne Drogen, na ja, vielleicht ein geregeltes Bier.

Doch hatte er sich gegen seine Erziehung gestemmt, nicht aufrührerisch, eher daran vorbeigemogelt. Nein, er wollte kein guter Bürger werden – von Anfang an. Vielleicht war das Vorleben der Eltern, ihr Leben, das sie ihm vorlebten, einfach zu trostlos. Er lebte im Strom der herrschenden Lebensklugheit, doch er wurde nicht zu ihrem Fisch. Und dieses unterdrückte Pfeifen – was war daraus geworden? Es musste sich im Laufe der Jahre in Zynismus verwandelt haben, mal freundlich, mal eisig. Und er musste diese Einstellung dermaßen perfektioniert und sublimiert haben, dass er seinen Zynismus bisweilen schon mit einer Lockerheit flötete, die ihn selbst in Erstaunen versetzte. Das war schon Gute-Laune-Zynismus, den er produzierte – allerdings nicht, um den Gute-Laune-Bären nachzueifern, sondern um sich diese vom Geist zu halten. Und eigentlich befand er sich damit auf genau dem Level, auf dem all die Gute-Laune-Bären dieser Gesellschaft operierten, wie jene, die allmorgendlich aus dem Radio schallten. Mit dem einen Unterschied, dass er seinen Zynismus nicht professionell den Menschen als Sand in die Augen streute oder als Diskurssand ins Hirn rieseln ließ. Sein Zynismus hatte die als Tugenden organisierte geistige Armseligkeit, Boshaftigkeit und Dummheit im Visier – Tugenden, die von den Herrschenden zwecks Machtausübung und Machterhalt gezüchtet wurden.

Doch längst ist ihm klar, dass Zynismus steril ist, weder ihm selbst noch den anderen als geistige Substanz dienen konnte. Vielleicht als Droge, um die Realität erträglich zu machen. Ende der Morgenandacht, denkt er.

***

Der Arbeitsplatz rückt immer näher. Jetzt noch den abgeschabten, ledernen Aktenkoffer aus dem Kofferraum gezogen. Larix benutzt die Tasche zum Transport seiner Butterbrote und Mineralwasserflaschen. Dazu sein Notizbuch, von dem er sich nicht trennt. Nun gibt es kein Zurück mehr. Nur noch den Hof überqueren und über die Schwelle der Eingangstür treten.

In der Anfangszeit hatte diese Schwelle noch Beklommenheit ausgelöst, weil er seine Arbeit noch nicht im Griff hatte. Auch die eingesessenen Kollegen waren noch unübersichtlich, er musste sich erst einmal in ihrem Kreis einfinden, den Charakter der einzelnen erkennen, ahnen, wie dieser oder jener tickte. Er verhielt sich grundsätzlich zurückhaltend und neutral. Mit der Zeit fand er den einen oder anderen, dem er vertrauen konnte und in dessen Gegenwart er auch mal dezidierte Ansichten äußerte.

Langsam setzt er sich in Bewegung, mutiert zum friedlichen Angestellten und grüßt leutselig den Kollegen Gefängnishoffeger, der gleichmütig seinen Gruß erwidert. Wie lange machte er schon seinen Job als Faktotum dieser Firma? Zwanzig Jahre? Jedenfalls war er schon da, als er selbst hier seinen Job antrat. Der Kollege gehörte zum lebenden Inventar des Hauses, hatte schon viele Leute kommen und gehen sehen. Als Mann fürs Grobe fegt er den Hof, schaufelt an Wintertagen Schnee und streut Granulat, erledigt kleinere Reparaturen und Botengänge, baut Messestände auf und ab oder nimmt Buchpaletten entgegen und lagert sie ein. Er lebt in bescheidenen Verhältnissen mit einer Frau, die in einem Seniorenzentrum als Pflegekraft im Drei-Schicht-Betrieb tätig ist. Kinder besitzen sie keine. Doch so stumpfsinnig er auch wirkt, es steckt mehr in ihm, unter anderem eine vollständige Ausbildung als Kfz-Mechaniker. Wenn man ein Problem mit dem Auto hat, kann man den Kollegen vertrauensvoll um Rat bitten. Er stellt Diagnosen, empfiehlt diese oder jene Werkstatt. Er hätte vielleicht in der Branche bleiben sollen, aber er hatte anders entschieden, war gewissen Versprechungen auf den Leim gegangen und schließlich hängen geblieben. Sein beruflicher Ehrgeiz hielt sich ohnehin in Grenzen und so war er nicht unglücklich geworden, sondern erledigte seine bescheidenen Aufgaben ohne zu murren und zu knurren, oder ohne Mullen und Knullen, wie es bei seinem bevorzugten Kollegen als Spruch an die Wand gepinnt war. Manchmal sprach der Kollege von seinen unbezahlten Überstunden, die er vor sich herschob und die auch von niemandem nachgehalten, geschweige abgerechnet wurden. Gelegentlich nahm er sich zwei oder drei Stunden frei, schob jedoch ein Polster von 150 Stunden und mehr vor sich her, genau wusste er es selbst nicht mehr. Denn er glaubte nicht an einen realistischen Ausgleich. Ein Haufen Überstunden, wie die herbstlichen Laubhaufen in der Ecke des Hofes. Die Firmenleitung vertritt die Auffassung, dass Überstunden nicht erforderlich seien und die Mitarbeiter ihre Arbeit in der regulären Arbeitszeit erledigen könnten. Wer dazu nicht in der Lage sei, solle den Fehler bei sich selbst suchen. In gewisser Weise hatte der Chef nicht unrecht, man musste in seiner Firma nun wirklich nicht an Überarbeitung sterben. Der Kollege allerdings zählte zu jenen, an denen Arbeit immer wieder hängen blieb. Freilich gab es auch in Larix' Arbeitsprozessen immer wieder Stoßzeiten und dann war die Belastung sehr hoch. Und nicht selten nahm er in diesen Phasen Arbeit auf dem USB-Stick mit nach Hause. Später besorgte er sich ein Plätzchen in einer Cloud und machte unbezahlte Überstunden am eigenen Rechner, für die er auch keinen Ausgleich bekam. Den Ausgleich verschaffte er sich während seiner Dienstzeit im Büro.

Die beiden stehen einige Augenblicke zusammen und der Kollege Hoffeger nutzt die Gelegenheit, noch schnell einen deftigen Handwerkerwitz loszuwerden, der es in der Tat in sich hat. In der Regel sind diese Witze nicht für die Ohren emanzipierter, muslimischer, andershäutiger oder homosexueller Zeitgenossen bestimmt, sondern machen sich über sie lustig. Der Volkswitz beschäftigt sich ausgiebig mit den offiziellen Minderheiten dieser Gesellschaft und nimmt auf seine, manchmal auch bösartige Weise ihre Besonderheiten aufs Korn. Früher gab es reichlich Nonnen- und Pfaffenwitze. Mittlerweile sind sie fast ausgestorben wie die Nonnen und Pfaffen selbst. Der Kollege sammelte in diesem Register eher recht dümmliche, aber drollige Witze und Larix hatte es nie übers Herz gebracht, ihn zu kritisieren. Wozu auch? Der Mann war völlig unpolitisch und hielt keine rechtsradikalen Hetzreden. Er hatte einfach seinen persönlichen Spaß an bestimmten Zoten. Und derzeit – wer mochte das leugnen – dienten politisch anerkannte und geförderte Minderheiten sowie Politiker als unerschöpfliche Quelle von bisweilen recht schlüpfrigen Witzen. Und natürlich die Frauen. Was sollte er dazu sagen? Witze über Frauen gibt es, solange wie es Frauen gibt. Und Frauen erzählen sich Witze über Männer, solange es Männer gibt.

Der Kollege lässt Larix vergeblich raten und rückt mit der Pointe raus, lässt die drei Worte trocken krachen. Meine Güte, ist die kringelig. Larix kann sich das Lachen nicht verkneifen. Nun wisse er, woran man eine türkische Domina erkennt. Gut zu wissen für Besucher eines SM-Studios. Soll der Wächterrat doch missbilligend die Nase rümpfen oder sich aufs hohe Ross der Diskriminierung schwingen. Hahaha, wer denkt sich nur so was aus? Jetzt aber weiter, die Arbeit ruft. Er räuspert sich innerlich, rückt den sprachlichen Schlips wieder gerade und formuliert noch flugs einen kleinen „Forschungsgegenstand": Ja, die Geschichte der Zoten und Witze mit gesellschaftlichen Bezügen müsste mal zusammengetragen werden. Da könnte man viel über informelle und weniger informelle gesellschaftliche Verhältnisse – auch sprachliche – erfahren, sozusagen aus der Kleinen-Leute-Perspektive.

Unter dem Impuls des Transponders schnurrt der elektrische Türöffner der Eingangstür gehorsam und gibt die Schlossfalle frei. Larix drückt mit einer Hand gegen das Türblatt und tritt über die Schwelle. Hinter ihm fällt die Tür mit leichtem Geräusch wieder ins Schloss. Anfangs hatte dieses Geräusch etwas metallisch Krächzendes an sich. Doch mittlerweile hört er etwas Melodisches. Ein winziges Instrument in der großen Sinfonie der

Arbeit. An den Wänden des Flures hängen seit Jahr und Tag einige düstere Kohlezeichnungen, passend zum düsteren Gesicht des Künstlers, das neben seinen Werken hängt. Eine Art Dreiecksbeziehung, denkt Larix. Der Künstler schaut eine düstere Welt, spiegelt sie in düsteren Kohlestrichen und der Anblick dieser Welt und seiner Zeichnungen verdüstern sein Gemüt. Es sei denn, er hat von Anfang an die Düsternis ins Spiel gebracht, war selbst immer düster und verdüstert das Dasein als lebendiger Schatten. Oder er kultiviert kunstvoll seine Depressionen. Weiter vorn eine abstrakte Bronzeskulptur und eine Vitrine mit den wichtigsten Publikationen des Verlags.

***

Im Vorbeigehen grüßt Larix die ältere Kollegin hinter der Glasscheibe der Telefonzentrale. Sie sitzt entspannt auf einer Teilzeitstelle, fängt früh an und hört gegen Mittag wieder auf. Ihr Mann hat einen gut bezahlten Job, der eigentlich für beide gereicht hätte. Ihre beiden Kinder sind längst aus dem Haus. In vielen Fällen schaffen sich Frauen dann gern einen Hund an, denkt Larix, aber die Kollegin mag keine Hunde.

Im Gegensatz zu einer jungen Single-Frau mit Hund, die vor einigen Monaten ein Praktikum in der Redaktion absolvierte. Das arme Tier musste nicht nur an Frauchens Arbeitsplatz ausharren, sondern mit Frauchen die vegane Kost teilen. Ob er auch ihre Ansichten teilte, war nicht zu ermitteln. Larix erinnerte sich an seine Begegnung mit dem Hund. Da waren seine Butterbrote, die er gegen neun ausgepackt hatte, denn er fuhr morgens nur mit einer Tasse Kaffee im Bauch los. In aller Frühe zu frühstücken, bekam er nicht hin. Jedenfalls trat dieser Hund in sein Büro, denn die Tür stand immer sperrangelweit offen. Offenbar hatte er auf dem Flur Witterung aufgenommen, denn er bewegte sich schnurstracks in Richtung des Aktenkoffers, der geöffnet am Boden stand mit Larix' Butterbroten, belegt mit Bierschinken und im Plastikbeutel verpackt. Was den Hund überhaupt nicht störte. Der war schon platt wie eine Flunder und robbte sich unter dem Schreibtisch an die Brote heran. Er wurde lang und länger, die Nase, der Körper, der Schwanz. Im selben Augenblick schaute Frauchen rein, sah das Malheur und riss ihren armen Hund zurück, als hätte ihr Kollege das Tier pervertieren wollen. Larix fragte sich, was solche Leute wohl von ihrer eigenen fleischlichen Anwesenheit auf diesem Planeten halten mochten. Ständig Pflanzen in sich hineinstopfen und was kommt dabei raus? Noch mehr Fleisch. Nun, bei den Rindviechern ist es nicht anders. Allerdings kommt zusätzlich noch Milch dabei heraus. Bei Gelegenheit würde ihn mal interessieren, wie veganes Poppen gehe. Eine Frage, die er sich allerdings verkniff.

Das Büro liegt im zweiten Stock und Larix steigt die Stufen empor, den Aufzug nimmt er nie. Immer schön im Training bleiben. Hinter der angelehnten Tür der Teeküche hantiert jemand. Wird wohl den ersten Kaffee oder Tee kochen. Er schickt einen Gruß durch den Türspalt. Die Stimme der Redaktionssekretärin antwortet. Im Büro angelangt, schaltet er die Deckenleuchte über seinem Schreibtisch ein, legt seinen Aktenkoffer auf den Schreibtisch, öffnet die Rollladen des einzigen Fensters, stellte das Fenster auf Kipp. Dann öffnet er seinen Aktenkoffer, entnimmt ihm zwei 1/2-Liter-Flaschen Mineralwasser, schließt den Koffer und stellt ihn seitlich am Schreibtisch ab. Er lässt sich in seinen Sessel nieder und schaltet den Rechner ein, der mit leisem Surren der Ventilatoren hochfährt. Das BIOS schaut bei der Hardware vorbei, ob auch alle harten Heinzelmännchen da sind – sie sind es –, und übergibt die Steuerung an das Betriebssystem. Nachdem Larix mit der Tastatur sein Passwort eingeben und mit der Maus auf den OK-Button geklickt hat, ist die Arbeitsbereitschaft seines elektronischen Kollegen hergestellt. Er öffnet die Mailbox und registriert stirnrunzelnd, wie wieder Dutzende Mails vom Mailserver kommend in schneller Folge seinen Posteingang förmlich überrennen. Schließlich bleibt der Zähler bei 87 stehen. Die Branche war gewohnt rührig. Außerdem filtert die Mail-Software des Firmenservers nicht alle Spam-Mails heraus.

Er macht sich daran, die Spreu vom Weizen zu trennen und verschiebt Mails, die ihn weder interessieren noch betreffen, in den Papierkorb, dessen Inhalt er am Freitag löschen wird. So, da haben wir unseren Rücklauf. Was schreiben uns denn die Damen und Herren vom Produktmanagement Schönes? Ständig haben sie etwas Neues anzupreisen. Die kommen aus ihren Pseudo-Innovationen auch nicht mehr raus.

Wann hatte das Getrommel eigentlich angefangen, jede kleine Produktmodifikation mit lautem Schall als Innovation auszugeben? Eines Tages begann die Erschaffung der Erlebniszone. Heute ist jeder Kauf ein freudiges Ereignis. Besonders süchtig sind wir nach der Neuheit. Also müssen Neuheiten her, auch wenn es sich nur um geringfügige Modifikationen handelt. Aber das hört oder sagt man nur hinter vorgehaltener Hand. Andererseits verdient die Firma mit der Verbreitung dieses Produktmarketings gutes Geld. Mittlerweile ist ein richtiges Branchen-Theater mit vielfältiger Ereignishaftigkeit entstanden, die Vitalität, Dynamik, Innovationskraft usw. der Branche zum Ausdruck bringen soll – sozusagen wie im wahren Leben. Wenn man bedenkt, dass diese Branche – fast möchte man sagen – noch bis vor wenigen Jahren nur aus Ziegelsteinen, Beton, Zement, Sand und Wasser bestand. Völlig fantasielos kam man mit dem Lkw daher und lud seine Produkte ab, schüttete dem Bauherren Sand vor die Grube, stapelte ihm Säcke Zement vor die Füße oder entlud Ziegelsteine. Nun ja, andere Branchen verhielten sich nicht anders. Das Marketing steckte damals noch in den Kinderschuhen. In Amerika war man schon viel weiter. Heute wird jede neue Sorte Zement als Hightech-Produkt zelebriert. Verbesserte Eigenschaften werden ausgiebig gefeiert. Ob sich die Bindekraft dieses Bindemittels wohl in dem Maße verbessert hat, wie es die Lobpreisungen glauben machen? Natürlich nicht. Die Vermarktungsshow selbst wird als Qualitätsmerkmal wahrgenommen. Wer große Werbetrommeln rühren kann, dem stehen beträchtliche Mittel zur Verfügung, und wem große Mittel zur Verfügung stehen, muss mit dem Erfolg im Bunde sein, seine Produkte müssen doch etwas taugen. Wer steckt schon gutes Geld in schlechte Produkte? Das macht ja wohl keinen Sinn. Damit gewinnt man keine Kunden.

Larix macht sich ans Werk. Basteln wir wieder an der Neuausgabe unseres Fachbuchs weiter, stopfen wir es intelligent mit aktuellen Informationen, damit sich der angehende Fachhändler halbwegs sicher in seinen Sortimenten und Anwendungen orientiert. Es gibt mittlerweile so viele Informationsquellen, aber dieses Buch bietet eben einen schnellen und klaren Überblick, das ist bekannt, dafür wird es seit vielen Jahren gekauft und besonders in der Ausbildung genutzt. Und du kannst sagen, du hast das Buchprodukt weiterentwickelt und optimiert. Manchmal erreicht dich sogar Dank aus den Reihen der Lesergemeinde. Kritik auch, wenn du mal wieder etwas übersehen hast oder sich ein Fehler eingeschlichen hat. Aber bei der Masse der informativen Mosaiksteinchen, aus denen sich das Buch zusammensetzt, fällt der eine oder andere kleine Mangel nicht ins Gewicht. Du greifst zum Ordner mit dem Vormaterial der nächsten Ausgabe und heftest die Lesermitteilung ab. Ihre Zeit wird kommen. Nicht vergessen, sich beim aufmerksamen Leser artig zu bedanken. Du bearbeitest unzählige Texte und extrahierst aus ihnen die Informationen, die du selbst wieder neu zusammensetzt wie Formfleisch und die allmählich die vielen Kapitel des Buches füllen werden. Mittlerweile versorgst du auch die Online-Datenbanken deiner Firma, die ein junger Kollege aufbaut. Du unterhältst dich mit zahllosen Fachleuten aus der Industrie und bittest sie um kompetente Beiträge. Der Arbeitsprozess ist mühsam und kleinteilig, erfordert Konzentration und großes Synthese- und Formulierungsvermögen. Die Kunst der Kürzung und prägnanten Sätze. Du hast all diese Fähigkeiten, deshalb hat man dich auf diesen Job gelassen und du machst ihn erfolgreich – schon einige Jahre. Und mittlerweile ist deine Kompetenz so unbestritten, dass du dir keine Sorgen mehr zu machen brauchst. Solange dein Buchprogramm Erfolg am Markt hat, ist dein Job gesichert und steht nicht zur Disposition. Und selbst wenn der Job gestrichen oder sonst wie umgebaut werden sollte, so wärst du aller Wahrscheinlichkeit nach immer noch der erste deiner Nachfolger, denn jeder weiß, wie erfolgreich du Ameisenarbeit ausführst. Ameisenarbeit – vor allem der intelligenteren Art – gibt es immer und genügsame Leute, die diese Art der Arbeit klaglos und erfolgreich erledigen, werden immer gesucht.

Es ist Zeit, eine kleine Schaffenspause einzulegen. In diesem Marathon muss man mit seinen Kräften sorgfältig haushalten. Anfangs hatte er sich förmlich in die Arbeit gestürzt, wollte sie wie ein Überflieger packen. Doch schnell türmten sich Gebirge von Details auf, die reinste Büchse der Pandora, tausend Fallstricke. Nun ja, mit viel Mühe, einigen Angstzuständen und Schweißausbrüchen am Ende in den Griff bekommen. Seitdem ist ihm klar, dass Arbeit noch lange nicht Arbeit ist. Aber er weiß, arbeitende Menschen zu erkennen und zu respektieren. Nicht wenige tarnen sich geschickt als arbeitende Menschen. Ihn können sie damit nicht lange täuschen.

So, dies und das auf die To-do-Liste, morgen werde er mal einen Recherche-Tag einlegen, es haben sich wieder genug offene Fragen angesammelt, die er wahrscheinlich mit einem Besuch auf den Servern verschiedener

Fachverbände, Hersteller und des DIN-Instituts werde klären können. Falls erforderlich, werde er versuchen, direkt durchzuklingeln, und einen Spezialisten zu konsultieren. Ohne das World Wide Web wäre er längst aufgeschmissen. Wie rasant sich doch in den vergangenen Jahren die Informationswirtschaft entwickelt habe und ein Ende sei nicht abzusehen. Er selbst spielte mehrfach mit dem Gedanken, die vielen Publikationen seines Hauses zusammenzufassen und über eine Big-Data-Struktur neu aufzuschließen. Aber wahrscheinlich war die Finanzkraft eines letztlich kleinen Mittelständlers damit überfordert und sicher auch die Vorstellungskraft der Geschäftsleitung. Das Tagesgeschäft war hart genug. Ja, er war begabt, hatte gute Ideen und doch hatte er kaum etwas realisiert. Vermutlich lag es am mangelnden Ehrgeiz, am mangelnden Durchsetzungsvermögen, er war kein Mensch der Machtkämpfe. Er war einfach ein unverbesserlicher Selbermacher, ein Tüftler, der sich selbst nicht vermarkten konnte, den andere hätten entdecken und vor den richtigen Projektkarren spannen sollen. Aber wollte er das wirklich? Natürlich nicht. Er hatte längst seinen Frieden mit seiner relativen Erfolglosigkeit geschlossen. Doch die Freude am selbst gemachten Werk, am Werkstück, an seinem höchstpersönlichen Baby, das war eigentlich die einzige kleine Befriedigung, die er in seinem Arbeitsleben gefunden hatte. Dabei war er nicht unkollegial, sondern „teamfähig", wie es so schön heißt.

Eigentlich sollte er sich ein wenig die Beine vertreten und mal bei den Kollegen den Kopf durch die Tür stecken. Wer gerade auch Zeit und Lust auf eine Unterbrechung hat oder sich ohnehin langweilt, hebt erfreut den Kopf und man gönnt sich einen kleinen Plausch. Einig sind sich eigentlich alle darin, dass ihr Job langweilig ist – unvermeidlich, da in der Natur des Jobs selbst begründet. Alle hatten sich ihr Reich aus Routinen geschaffen. Offenbar wurde am Arbeitsplatz viel geträumt, ja, der Platz erhielt eine zusätzliche Dimension, wurde zum Traumschiff. Ein Kollege fühlte sich in ein paradiesisches Biotop versetzt. Wie oft mochte er durch sein Fenster in die Gärten hinter dem Firmengebäude geschaut haben, mit ihren Bäumen. Zärtlich sprach er von einem Taubenpärchen, das gleich neben seinem Fenster zugange war. Zweimal schon hatte sie einen Nistplatz gewählt. Das Männchen hatte eifrig Zweige herbeigeschafft. Das Weibchen war sogar schon beim Probesitzen. Der Kollege war sich sicher, dass es klappt. Und dann wieder nichts. Madame hatte es sich anders überlegt. Dabei schien der Kollege nostalgisch an die Frühphase seiner Ehe zu denken, die unterdessen längst dem Alltag zum Opfer gefallen war. Er gab sich gar nicht die Mühe, sein Eheleben schönzureden. Es war ohne Wenn und Aber beschissen, aber wohl alternativlos. Ein anderer Kollege hatte seinen Arbeitsplatz mit der Zeit in eine persönliche Wellnesszone verwandelt und konnte Kälte nicht ausstehen. Kaum wurde es kühler, bullerte ein Heizöfchen zu seinen Füßen und die Redaktionssekretärin musste vor seiner Ankunft das Gerät in Betrieb nehmen und Fenster und Tür seines Büros geschlossen halten. Larix vermutete, dass idealerweise die eigene Bettwärme und die Bürowärme möglichst identisch zu sein hätten. Gern stellte der Kollege Betrachtungen – auch in Anbetracht der Anhebung des Rentenalters – zur seniorengerechten Weiterentwicklung seines Arbeitsplatzes an. Überdimensionierte Bildschirme, Tasten groß wie Duplo-Kinderbausteine, Ruhezone mit Liege fürs Mittagsschläfchen, Massagen usw., alles jedenfalls, was der gepflegte Senior-Redakteur so benötigt, um seinen Job auch im fortgeschrittenen Alter zu machen.

Auf dem Flur taucht eine Dame auf, grüßt im Vorbeigehen mit „Grüß Gott" – dem Dialekt nach musste sie aus Oberbayern stammen – und begibt sich in das freie Büro am Ende des Ganges. Dort hatte sie vor drei Wochen ihre Arbeit aufgenommen, die darin besteht, den umfangreichen Bestand an Lithografien zu sichten und zu katalogisieren, die der vor einiger Zeit verstorbene Firmengründer und Seniorchef über viele Jahre gesammelt hatte, sowie eine Geschichte der Unternehmerfamilie zu schreiben und mit diversen Dokumenten anzureichern. Offenbar handelte es sich um einen Herzenswunsch des Verstorbenen und seine Nachfahren wollten dieses Vermächtnis erfüllen und einen Katalog der Kunstwerke sowie eine kleine Familiensaga in Buchform editieren. Eine der zahlreichen unternehmerischen Erfolgsgeschichten aus den Wiederaufbaujahren der Republik verlangte nach biografischer Würdigung und Verewigung.

Die Redaktionssekretärin wirft einen Blick in sein Büro und bietet ihm eine Tasse Kaffee an, aber nur den überschüssigen, weil sie Kaffee für Besucher gekocht hatte. Die Kanne stehe in der Teeküche. Larix nimmt dankend an. Der Kaffee ist gut, den trinkt er gern. Allerdings nur aus seiner persönlichen Tasse, ein Werbegeschenk eines fränkischen Herstellers.

Wenn die Tasse nicht an ihrem Platz stand, konnte es ihm einfallen, wie einer der sieben Zwerge mit quiekender Stimme zu monieren: „Wer hat aus meinem Becherchen getrunken?"

Ja, anfangs, in der Einarbeitungszeit, war er häufig unterwegs gewesen, hatte sich bei verschiedenen Herstellern die Produktionsprozesse zeigen lassen. Stundenlang war man an Fertigungsstrecken entlang von Station zu Station gewandert. Er hatte den umfänglichen Erklärungen der Produktmanager oder Entwicklungsingenieure gelauscht, Fragen gestellt, noch mehr Erklärungen bekommen. In Konferenzräumen Vorträge für die Abgesandten wichtiger Verarbeitungsbetriebe verfolgt. Auf Fachmessen hatte er sich umgesehen und auch dort das Gespräch mit den Fachleuten der Hersteller gesucht und gefunden. So hatte er sich ein kleines Netzwerk von Ansprechpartnern aufgebaut, denen er begegnet war und an die er sich später manches Mal wenden sollte, wenn er kompetenten Rat oder Informationen benötigte. Mittlerweile jedoch hat sich die Kommunikationsstruktur der großen Hersteller gewandelt. Die Informationen aus dem Produktmanagement wurden einmal generiert und dann von den Marketing- und Presseabteilungen je nach Zielgruppe aufbereitet und sortiert. Heute kommuniziert er immer häufiger mit den Marketingleuten, die ihm die Informationen als Komplettpakete herüberschieben oder ihm eine Downloadadresse mitteilen, wo er sich sein Datenpäckchen abholen kann. Teilweise haben die Unternehmen auch schon die Produktdatenkommunikation an Agenturen ausgelagert, sodass er gar nicht mehr direkt mit einem Unternehmen in Verbindung tritt. Sehr direkt geht es hingegen weiterhin mit den Fachverbänden zu. Diese haben in der Regel nicht den Apparat, wie er den Herstellern zur Verfügung steht. Da packt der Geschäftsführer häufig noch persönlich an und man telefoniert, bespricht Einzelheiten für die Publikationen. Ja, man hatte sie alle eingeschworen. Diese Fachbücher waren ein Geschenk der Industrie an den ihr verbundenen Fachhandel, eine sichtbare und nützliche Unterstützung seiner Ausbildungsanstrengungen. Und die ganze Geschichte als komplexen Medienverbund rund um die monatlich erscheinende Fachzeitschrift aufgezogen, mit einem speziellen Informationsportal für die Azubis und Veranstaltungen. Das Ganze anzeigenfinanziert und gesponsert. Die Industrie zahlte auf allen Kanälen und musste obendrein noch viele Seiten bunter

Werbung schalten. Nun ja, wer einen würdigen medialen Rahmen möchte, der muss dafür auch zahlen. Dafür bekamen die Herrschaften ordentliche Publikationen mit vorteilhaften Besprechungen und Inszenierungen ganz in ihrem Sinne.

Am späten Vormittag schaut die Sekretärin erneut vorbei, erkundigt sich nach einer E-Mail, die sie an ihn weitergeleitet hatte. Ja, habe er erhalten, danke. Ob es dringend sei oder bis morgen warten könne? Könne warten. Wie vielen Herren hat sie schon in dieser Firma gedient? Drei, vier werden es schon sein. Ihrem jeweiligen Vorgesetzten ist sie loyal ergeben und man erfährt von ihr keinen kritischen Pieps, der sich gegen sie kehren könnte. Erst viel später, wenn ihr alter Gebieter weit weg war, gab sie schon mal etwas preis. Geschwätzig war sie nicht, mobben tat sie auch nicht, höchstens moderat mit der einen oder anderen „kleinen Bemerkung", war kollegial und korrekt. Tadellos. Allerdings durfte man sie keinem Druck aussetzen, dann neigte sie zur Hektik, plagte sich mit imaginären Schuldgefühlen, verlor die Übersicht und suchte nach jemandem, der sie von ihrem Problem erlöste. Im Grunde war sie ein ängstlicher Mensch. Auch ihr Privatleben behielt sie schön für sich. Offenbar gab es keine berichtenswerten Vorkommnisse, ihr Verhältnis zu ihrem Mann schien recht harmonisch zu sein, möglicherweise auch ziemlich belanglos. Eine erwachsene Tochter bildete ihren Nachwuchs. Wie schön, ein Leben aufgeräumt und geordnet wie ihr Schreibtisch, wie alle Akten, die sie führte und die fein säuberlich in Ordnern abgeheftet in deckenhohen Regalen die Rückwand ihres Büros füllten. Selten krank, immer pünktlich. Gleich rief sie an, wenn sie auf der Autobahn im Stau stand oder aus anderen Gründen später ins Büro kam. Wagen wir's und glauben der Frau einfach mal das Bild, das sie von sich gibt: störungsfrei und wartungsarm. Ihm ist noch nie aufgefallen, dass sie jemals etwas von sich gegeben hätte, was ihn hätte aufhorchen lassen. Alles, was sie sagt, ist herrlich platt, reibungsfrei, sauber kalibriert und ordentlich abgepackt – was sollte er dazu sagen? Gehen wir mal davon aus, dass sie sich so hervorragend bedeckt hält, dass sie gar nicht mehr raus kann aus ihrer Deckung. Das ist ihre persönliche Lebensweise unterm Stein, in ihr fühlt sie sich wohl und daheim. Mit dieser Haltung hat sie bisher alles bewältigt, was ihr Leben an Ereignissen und Entscheidungen für sie parat hatte. Und die Chancen, dass sie auch weiterhin ihr Leben auf diese Weise wird bewältigen können, stehen so schlecht nicht. Wichtig ist einfach, dass eine Lebenseinstellung funktioniert, ohne beim perfekt eingestellten Zeitgenossen Langzeitschäden hervorzurufen. Er soll doch über die Runden kommen, weder sich selbst noch anderen zur Last fallen und am Ende möglichst reibungs- und geräuschlos in Kiste oder Topf unter die Erde fahren. Ja, diese Kollegin hatte immer wieder seine Neugier geweckt. Er hätte zu gern gewusst, wie dieses schlaue, graue Mäuschenwesen ihre nahezu perfekte Plattheit organisierte. Sie hatte etwas Huschiges an sich und überraschte ihn bisweilen mit einem gewissen Mitdenken, ja hintergründigem Humor. Sie hatte ihren Hinterkopf, nun ja, Hinterköpfchen – nichts Besonderes, ausreichend für den persönlichen Umgang mit ihrem Alltag am Arbeitsplatz. Von weiterführenden, nämlich verfänglichen Betrachtungen hielt sie sich konsequent fern. Wenn sie merkte, dass die Unterhaltung eine brenzlige Wendung nahm, schaltete sie kompromisslos ab und zog den Gedankenstecker. Zack, Ende, aus, Nikolaus.

Überhaupt kultivierte die Kollegenschar – jeder auf seine Weise – öffentliche Personen und (zu)gedachte Rollen in der Firma. Einer hatte es mal auf einen Punkt gebracht, als sie über den bevorstehenden Karneval sprachen und Larix scherzhaft den Vorschlag machte, sie sollten sich doch alle am Rosenmontag wenigstens eine Pappnase aufsetzen – wohl wissend, dass die Firmenleitung erklärtermaßen antikarnevalistisch eingestellt war. Der Kollege hatte spontan erwidert, das sei gar nicht nötig, weil hier alle ohnehin das ganze Jahr eine Pappnase aufhätten. Nun ja, für ein richtiges Haifischbecken war die Firma einfach zu klein, mehr als Stichelinge und Kriechlinge kamen nicht zustande. Der Chef hatte ein kleinkariertes Günstlinge-System auf die Beine gestellt. Er selbst war ein Vertreter der zweiten Generation und – wie man sagt – mit dem Arsch in die Butter gefallen. Da jedoch der Alte die Macht bis zu seinem Tod nicht wirklich aus der Hand gab, hatte der Junior es zwar zum geschäftsführenden Gesellschafter gebracht, allerdings mit dem Alten im Genick. Er kam über die Rolle des vom Vater drangsalierten Berufssohnes einfach nicht hinaus und dies wurmte ihn umso mehr, als der Vater ihn für einen geistigen Blindgänger hielt. Dabei besaß er die Schläue und Gerissenheit des Alten, allerdings sah es mit seiner unternehmerischen Begabung nicht so gut aus, was er mit einigen Projekten unter Beweis stellte, die als Flop geendet waren und die Firma viel Geld gekostet hatten, wie die Kollegen aus Herstellung und Vertrieb murrend feststellten. Nicht nur dieses Unvermögen seines Sohnes ging dem Alten gewaltig nahe, sondern auch dessen nicht vorhandene Intellektualität. Der Alte war nämlich in der Branche so etwas wie der große Vordenker und seine Ansichten wurden zitiert. Der Junge hingegen war der perfekte Banause und stolz darauf. Selbst sein Handicap beim Golfen war grotesk. Doch er ließ sich nicht unterkriegen, hielt Intellektuelle für geistig Behinderte und erklärte den Alten firmenintern zum „biologischen Problem".

In der Ferne beginnen Kirchenglocken zu läuten. Schlag zwölf. Larix eilt zum Ausgang. Im Foyer kreuzt er den Juniorchef und wünscht ihm „Mahlzeit", was der Chef mit einem „megaout" quittiert. Dann eben nicht und raus hier. Eine Straße weiter sucht er eine kleine Bäckerei mit Stehcafé auf, wo sich regelmäßig einige Kolleginnen und Kollegen treffen. So auch heute. Meistens liegt eine schon reichlich zerfledderte Bildzeitung herum, die er bisweilen interessiert konsultiert. Man palavert sich durch die üblichen Themen. Nach seinem Kaffee mit einem Teilchen macht Larix einen kleinen Spaziergang im benachbarten Park und tankt frische Luft.

Am frühen Nachmittag kommt sein unmittelbarer Vorgesetzter von einem Außer-Haus-Termin in sein Büro und macht sich sogleich ans Telefonieren. Der Mann war ein Zögling des Alten und ein begnadeter Voll- und Zutexter. Wenn er einen Gesprächspartner am Wickel hat, verwandelt sich die Unterhaltung sehr schnell in eine bestimmte Form der Einrede. Dann ist er bei seinem Lieblingsthema, das auch das Lieblingsthema des Firmengründers und Seniorchefs ist: Die Branche ist zu blöde zum Sich-Kommunizieren, deshalb erledigen wir das für sie – gegen Bezahlung natürlich. Und so wirkten abwechselnd oder im Duett Seniortexter und Juniortexter über viele Jahre recht erfolgreich als „Organ der Branche". Monoton und einschläfernd dringen die Worte schräg über den Flur durch die offenstehenden Türen der Büros und plätschern in Larix' Ohren. Er nutzt die Gelegenheit für eine kleine träumerische Auszeit, als er mit einem Mal aufhorcht: „Sind Sie noch dran?", hatte der Vorgesetzte gefragt. Keine Antwort. Erneutes Nachfragen. Ebenfalls erfolglos. Schließlich legt sein Vorgesetzter den Hörer auf. Man hört noch das Rascheln von Papier und es tritt wieder Stille ein. Hahaha, lachte Larix innerlich laut auf, du Alleinunterhalter, das geschieht dir recht. Da ist wohl jemand bei deiner „Vorlesung" eingeschlafen. Wenig später taucht die Anzeigenleiterin im Flur auf, grüßt kurz im Vorbeigehen, verschwindet im Büro seines Vorgesetzten und schließt die Tür hinter sich.

Das Geschäftsmodell, das der Firmengründer ersonnen und erfolgreich umgesetzt hatte, hält auch noch für die zweite Generation und füttert die Sippe. Danach werde wohl Schluss sein, die Frage ist nur, wann und in welcher Form. Dieser Katalog mitsamt Familienchronik sieht ganz danach aus, als bereiteten die Nachfahren einen Schlussstrich vor. Der nach dem Tod des Alten vom Juniorchef zum Chef gewandelte Sohn schwört zwar Stein und Bein, dass er die Firma bis zum letzten Atemzug weiterführen wolle, aber die Leute spüren sehr wohl, dass etwas im Busch ist. Wenn die Sippe mit der Vita des Alten und der Firmengeschichte durch ist, dann werden sie sich von diesem Erbstück trennen, zumal die wirtschaftlichen Langzeitperspektiven nicht gut sind. Die Zeit der kleinen Mittelständler und Familienunternehmen ist vorbei. Ein großes Unternehmen würde sie aufkaufen und „Synergieeffekte" entdecken, die Filetstücke behalten und den Rest einstampfen. Einige würden sich dann wohl nach einem neuen Job umschauen müssen. Der Mittelstand stirbt tatsächlich lautlos, denkt Larix, keine Abfindungen, Sozialpläne, Auffanggesellschaften, sondern schlicht und einfach der Gang zum Arbeitsamt, falls man nicht zügig einen neuen Arbeitsplatz finden sollte. Doch vorerst geht das Firmenleben weiter wie gehabt. Gunst und Gunsterweise des Chefs spielen für nicht wenige Kolleginnen und Kollegen die gewohnt wichtige Rolle. Seit Jahr und Tag kursieren abenteuerliche erotische Geschichten über bestimmte Kolleginnen, die unbeliebt sind. Bei der Gelegenheit wird dem Chef auch gleich eine schräge Erotik angedichtet. Nun, die übliche Folklore einer mittelständischen Klitsche. Der eine oder die andere wird als Zuträger des Chefs beschrieben. Wenn man dem Chef etwas zukommen lassen will, ohne sich um einen Gesprächstermin zu bemühen, äußert man die Sache im Gespräch mit dem jeweiligen Kollegen und kann sicher sein, dass es weitergeleitet wird. Wie praktisch. Kurz, ein Mikrokosmos, auf den man in der Tat eine große Pappnase setzen mochte.

Er selbst ist einfach nicht in der Lage, diesem Pappnasen-Spirit etwas abzugewinnen. Und so war es ihm nie in den Sinn gekommen, dahinter zu schauen oder sich gar daran zu beteiligen. Wie so oft im Leben ging er davon aus, dass die Menschen schon wüssten, was sie brauchen, und bemüht seien, aus ihren Lebensumständen das Beste für sich zu machen. Wer besitzt schon ein Leben, das sich aus Premium-Umständen zusammensetzt? Man muss mit geringwertigen Dingen vorliebnehmen und montiert sich damit sein Leben zusammen. Lebst du noch oder wohnst du schon? Oder umgekehrt? Er arbeitet nun mal in einer Zwergerei. Man arrangiert sich mit dem Geist einer derartigen Firma und gut ist. Er selbst kommt auch auf seine Weise damit zurecht, indem er in dieser Klitsche einen Job macht, der es ihm ermöglicht, das ganze Pappnasen-Gehabe weitestgehend zu ignorieren. Wenn Leute ihr soziales Dasein nur unter Zuhilfenahme einer Pappnase bewältigen können, so müsse man sie lassen.

Karriere machen war noch nie sein Ding. Das trifft sich gut, denn in dieser Firma gibt es keine Karrieren. Die Geschäftsleitung bildet einen kleinen Kreis, der Rest der Belegschaft ist Fußvolk. Larix beschreibt sich und Kollegen gern als Knechte, angeführt von ein paar Groß- und Altknechten. Es gab einen gewissen Wettbewerb um die vermeintliche Gunst des Chefs. Doch dieser kannte im Grunde nur einen Günstling: das Geld. Und seine ganze Günstlings- und Pappnasen-Wirtschaft diente eben diesem Günstling. Denn bei ihm war der Gewinn nicht nur eine betriebswirtschaftliche Größe, sondern sein ganz persönlicher Lebenszweck. Und er stilisierte sich zum (erfolg)reichen Geschäftsmann. Voller Dankbarkeit, sie mit so vielen schönen Arbeitsplätzen und Gewerbesteuereinnahmen beglückt zu haben, ehrte ihn die Stadt mit einer hohen Auszeichnung, einer Ehrenplakette, die er sichtlich gerührt unter seinen Mitarbeitern – gegen Unterschrift auf dem Begleitzettel – zirkulieren ließ und die anschließend ihren Ehrenplatz in der großen Vitrine fand, gleich neben dem goldenen Ehrenring, den die Branche dem Alten für seine bedeutenden Verdienste verpasst hatte. Verdienstvolle Leute also in beiderlei Hinsicht, perfektes Zusammenspiel sich wechselseitig verstärkender Verdienste. Eine Win-win-Situation, die sprachlos macht. Er verstand die Sache mit dem Geldadel: In der Tat adelt Geld die schnödeste Existenz. Und das Höflingswesen des Geldadels unterschied sich kaum von den einstigen blaublütigen Epochen. Offenbar sind wir in einer geldblütigen Epoche angekommen – im kleinen Maßstab wie im großen. Fragte sich nur, wie viele „Blüten" schon zirkulierten.

Unterdessen hat die bayerische Dame, eine gelernte Bibliothekarin, die freiberuflich auch in diversen oberbayerischen Klosterbibliotheken und -archiven tätig war, ihr Tagewerk beendet. Sie kommt und geht zu unregelmäßigen Zeiten. In einer kleinen Unterhaltung, die er mit ihr zustande gebracht hatte, hatte sie sich sehr beschlagen in der Geschichte der Wittelsbacher gezeigt, sich als Liebhaberin von Berchtesgaden geoutet und ihm einen Besuch des Ortes wärmstens empfohlen. Offenbar gehörte sie zum weitverzweigten Bekanntenkreis des Verstorbenen, der seinerseits einen in Augsburg tätigen Sohn sowie ein Haus in Oberbayern in der Nähe des Chiemsees besaß.

Sie hatte noch drei Monate zu tun und würde dann ebenso lautlos verschwinden, wie sie aufgetaucht war. In voraussichtlich zwei Jahren werde ein überschaubares Werk auftauchen, in dem das Wirken des Alten als Firmengründer und Kunstfreund gebührend ausgebreitet wird.

Ein Blick auf die Uhr – es ist tatsächlich wieder an der Zeit, den Feierabend vorzubereiten. Zum Abschluss gönnt er sich einen kleinen Surfausflug ins Internet. Das Gefühl, erst einmal weg aus diesem Gemäuer, wird intensiver. Der Tag hier hat lange genug gedauert. Nun ist es an der Zeit, ihn zu überdauern. Es gibt auch noch ein anderes Leben. Was hat er eigentlich in all diesen Stunden getan? Innerhalb eines riesigen Systems von unzähligen kleinen Prozessen da und dort mitgespielt auf ihrer Tastatur an zahllosen, sehr unterschiedlichen Schnittstellen. Hier eine Datei bewegt, da einen neuen Textblock erzeugt oder nur einen einzigen Satz formuliert, hier ein Telefongespräch geführt und Text- und Bildinformationen angefordert, da eine Aussage auf Aktualität überprüft und in einem Ordner für Aktualisierungen hinterlegt, verschiedene Themen bearbeitet und dem Abschluss nähergebracht, ein Thema abgeschlossen und den Ordner erleichtert mit Grün markiert, ein kleines Grün in endlosen Kolonnen mit Gelb und Rot. Mühsam ernährt sich das Eichhörnchen. So, jetzt noch die Datensicherung, Programme schließen und schließlich den Rechner runterfahren. Nach einer Minute gibt das Gerät mit dem leisen Surren der bremsenden Ventilatoren seinen Geist auf, das BIOS hatte sich selbst von der Stromzufuhr abgetrennt, der tägliche Selbstmord einer Maschine mit Wiederauferstehung. Es ist vollbracht. Meine Damen und Herren, hiermit verabschieden wir uns für heute aus dem großen Workflow, wir melden uns wieder morgen früh zur gewohnten Bürostunde und wünschen Ihnen einen angenehmen Feierabend.

∗∗∗

Gegen vier verlässt er sein Büro, grüßt nach allen Seiten, wünscht einen angenehmen Feierabend und lässt sich selbigen wünschen. Sein Weg führt ihn am Büro des Herstellungsleiters im Erdgeschoss vorbei, der just an der Tür steht und ihm, ein Kleinkind imitierend, ein argwöhnisches „Wo gehst du hihin?" entgegenschleudert. Larix reißt seinen Aktenkoffer hoch und versteckt sich dahinter. Er schleicht ein paar Schritte auf Zehenspitzen weiter und antwortet: „Ich bin überhaupt nicht hier".

Hinaus geht es auf den Firmenhof – um diese Zeit ist der Gefängnisgärtner als Gefängniskurier mit der Firmenpost zum Hauptpostamt unterwegs. An seinem Wagen angekommen, verstaut Larix seinen Aktenkoffer am angestammten Platz im Kofferraum, setzt seinen privaten Kopf auf und sich selbst ans Steuer. Geschafft, raus hier und wieder einen Arbeitstag überstanden. Auferstanden aus Arbeitsprozessen. Nie hätte er geglaubt, dass die biblische Geschichte ihm einmal so nahe gehen würde. Auferstanden aus dem fragmentierten Dasein, dem er sich den ganzen Tag ergeben hatte. Im Grunde verbrachte er seine Zeit mit Puzzle-Spielen – nicht nur in seiner Arbeit. Auch die anderen Menschen hatten sich angepasst, schienen sich selbst in immer neue Puzzle-Teile zu verwandeln, die sie jeweils situativ adaptierten, bis sie sich vermeintlich einfügen. Wie mochte sich eine derartige Existenz im Bewusstsein abbilden? Lag ihr Existenzgeheimnis in der intensiven Pflege ritueller Verhalten, garniert mit allerlei unterhaltsamen Events? Lagen die medialen Entertainer genau richtig?

Er startet den Motor, setzt auf dem engen Firmenhof vorsichtig zurück und biegt schließlich in die Straße ein. Auferstanden zum persönlichen Dasein. Wie schön. Das Gefühl der Entfremdung fällt von ihm ab, es ist ganz offenbar an seine Tätigkeit im Job gebunden, geht von dieser Tätigkeit aus. Er macht sich keinerlei Illusion: Den Arbeitstag rauf und runter betrachtet ist dieses Umfeld ein totes Gewässer, in dem leblose Fische schwimmen oder Fische, die sich möglichst tot stellen, so wie er selbst. Es findet keine lebendige Kommunikation statt.

Nun, seine „Auferstehung" scheint zu funktionieren. Wenn er der Firma den Rücken kehrt, fühlt er sich wundersam erleichtert. Und es stört ihn überhaupt nicht, die Ereignisse des Tages sogleich wieder zu vergessen, so wie man den Papierkorb auf dem Desktop oder in der Mailbox leert.

Gewiss hat das geistige Elend noch ganz andere Filialen als diese Firma mitsamt Insassen. Aber diese Firma, die er nie „seine Firma" nannte, ist nun mal der soziale Ort, an dem er einen unmittelbaren Kontakt mit dem Elend unterhält. Hier scheint es geradezu wohlig zu wesen und eine gewisse Geselligkeit zu entfalten. Denn in diesem Mikrokosmos erlebt man hautnah mitmenschliches Verhalten in seiner ganzen deprimierenden Ödnis. Jeder weiß mehr oder weniger deutlich, in welch geistlosem System er werkelt. Und doch wird sich mehrheitlich damit arrangiert und man macht mit, ist mitläufig und hält so die ganze Geschichte am Laufen – wie geschmiert. Und kaum einer will wissen, was für ein trister Mitmacher er doch ist. Larix hingegen lässt sich sein Bewusstsein nicht nehmen. Er könnte sich als Arzt begreifen, der seine eigene Erkrankung diagnostiziert. Die Frage ist, ob kurativ noch etwas geht oder ob nur noch palliative Maßnahmen bleiben. Es gibt kein Entkommen. Die Arbeit hat ihre Strukturen angenommen und wird sie immer wieder annehmen, weil platte Prozesse einfach für die Massenproduktion erforderlich sind. Freilich gehört er in der Firma zu den erfolgreichen Virtuosen bestimmter Plattheiten. Aber er hat nicht den Eindruck, dass ihm seine spezielle Kunstfertigkeit eine Befriedigung verschafft. Es kommt einfach nichts mehr dabei heraus, nur noch Langeweile, die er nicht einmal mehr als solche wahrnimmt. Sie stört ihn nicht mehr. Und jeder hat die Erfahrung der bodenlosen Langeweile gemacht und seinen Frieden mit ihr geschlossen, sogar der Chef höchstpersönlich. Doch niemand würde darüber ein Wort verlieren. Sie ist sozusagen ein Betriebsgeheimnis, ja sogar das Erfolgsgeheimnis des Betriebs. Dort nehmen die Menschen schon die Stupidität kommender Automaten vorweg. Womit wir bei der geistigen Verkümmerung sind, denkt er bekümmert, während er auf der Beschleunigungsspur schneller wird, um sich in die Lücke einzureihen, die er angesteuert hatte. Am besten lässt es sich immer noch vor oder hinter einem Lkw einfädeln. Die fahren in aller Regel stur ihre 100 Stundenkilometer, da weiß man, woran man ist. Auf drei gut gefüllten Spuren strömten die Autos zur Stadt hinaus.

Alles wie gehabt, den Morgenfilm als Abendfilm zurückgespult. Im Radio die üblichen Verkehrsmeldungen: Stau, stockender Verkehr, dazu Vorfälle wie Falschfahrer, Gegenstände auf der Fahrbahn, die dort nicht hingehören, neuerdings auch Radfahrer oder sogar Fußgänger. Na bitte, es läuft doch trotz aller Hindernisse, ja rollt schließlich über sie hinweg, macht sie platt oder fegt sie von der Bahn. So werden die Menschen gesteuert, über die Geschwindigkeit, die Wucht und den Fahrwind. Wir brauchen hier keine Krötenwanderung, die sollen wandern, wo der Pfeffer wächst oder in fernen Reservaten, aber nicht hier, wo wir unsere Bahnen ziehen. An dem Tag, wo dieser Strom zusammenbricht, wird Schluss sein mit all diesen stromlinienförmigen Verrenkungen. Diese antrainierte und ideologisch aufgebackene Stromlinie wird auseinanderbrechen und wir werden sehen, welche Menschwesen aus dieser Verhaltenskruste zum Vorschein kommen werden. Hoffentlich keine Monster.

Im Radio wechselt er zwischen dem Lokalsender und zwei Regionalsendern, auf der Suche nach gefälliger Popmusik. Mehr will er auf der Rückfahrt nicht hören. Zu Hause hingegen hört er Musik, die ihm besonders gefällt. Eine ziemliche Bandbreite war mit der Zeit entstanden, vor allem Klassiker der Rockmusik und klassische Musik. Manchmal auch Yupanqui oder Inti-Illimani, die den revolutionären Träumen Südamerikas eine klangvolle Gestalt gegeben haben. *El pueblo unido jamás será vencido* – Lang, lang ist's her. Träumt weiter. Aber weiß man's?

Nur noch wenige Minuten trennen ihn von seinem Zuhause. Und wieder ist da der Moment aufsteigender Vorfreude. Der alte Begriff des „Feierabends" gewinnt eine neue Bedeutung. Diesen Tag insgesamt wieder einmal heil überstanden – an Körper, Geist und Seele. Da perlt innere Festlichkeit auf. Eine noch schemenhafte Gewissheit will Gestalt annehmen: Nicht nur dieser Tag hat ihm nichts anhaben können. Er wird es schaffen, ungeachtet aller Tage in dieser Firma, und nicht nur dort, ein unbeschadetes geistiges Leben zu führen. Und in ihm war ein Schrei: Ich werde es schaffen, in diesem Sumpf zu leben und mir mein Dasein trockenzulegen. Ich werde gegen die geistige Brühe dieser Gesellschaft die notwendige Resistenz entwickeln.

Vor ihm taucht die große Hinweistafel seiner Ausfahrt auf, noch 1000 Meter. Als er die 300-Meter-Bake passiert, setzt er den rechten Blinker und geht vom Gas. So, raus hier. Er wechselt auf den Verzögerungsstreifen und biegt in die Ausfahrt, an deren Ende eine Ampel die Einfahrt auf die innerörtliche Hauptstraße regelt. Die Ampel steht auf Rot und er schließt sich sanft bremsend der kleinen, aus drei Fahrzeugen bestehenden Warteschlange an.

7

Eines Tages, genauer gesagt, an einem Montagmorgen im Monat Juni, tauchte in der Buchhaltung der Firma eine junge Frau auf. Im Rahmen ihrer Umschulung sollte sie dort ein Praktikum absolvieren. Man traf sich zusammen mit anderen Kolleginnen und Kollegen in der Mittagspause im Stehcafé einer Bäckerei und kam ins Gespräch. Die neue Kollegin hieß Elyna und entstammte ähnlich wie Larix kleinbürgerlichen Verhältnissen. Andere Parallelen kamen zur Sprache. So hatte sie ein BWL-Studium begonnen und abgebrochen. Anschließend hatte sie einige Jahre recht ziellos gejobbt und sich schließlich dazu aufgerafft, eine Ausbildung als Steuerfachgehilfin zu absolvieren, denn der praktische Umgang mit Zahlenwerken lag ihr. In ihrer privaten Lebensführung war sie ein weiblicher Single geworden – nicht wirklich aus Überzeugung, sondern eher als Folge schlechter Beziehungserfahrungen und Ausdruck ihrer unentschlossenen Lebensführung. Und als Larix einmal bemerkte: Bist du Single, lass dich doubeln, lachte sie herzlich. Ihre Gesichtszüge besaßen eine harte Schönheit, die ihn nicht mehr losließ. Er begann, sich in Elyna zu verlieben. Sie erwiderte seine Zuneigung. Nach einiger Zeit lösten sie sich von der Gruppe und verbrachten die Mittagspause mit gemeinsamen Spaziergängen. Ihre Worte wurden vertrauter und seine Hand suchte die Ihrige. Sie nahm seine Hand und vertraute ihm ihre Hand an.

***

Anfangs kreisten ihre Gespräche um die wichtigsten Stationen ihres bisherigen Lebens. Von der Kindheit war die Rede, von Familie und partnerschaftlichen Beziehungen. Es war, als loteten sie das jeweilige Existenz- und sehr persönliche Erfahrungsterrain des anderen aus, auf dem sich vielleicht eine liebevolle und vertraute Beziehung errichten ließ.

Elyna stammte aus einer Kleinstadt im Münsterland und unterhielt im Gegensatz zu Larix eine entspannte und von regelmäßigen Kontakten geprägte Beziehung zu ihrer Familie. Ihre beiden Geschwister – eine ältere Schwester und ein jüngerer Bruder – waren in ihrem Heimatort geblieben, hatten geheiratet und führten ein arbeitsames, bürgerliches Leben. Bei ihren beiden kleinen Nichten war sie beliebt und wurde Tante Nia genannt. Während ihre Geschwister ein braves Leben führten, war Elyna aus der bürgerlichen Spur geraten, ohne dass sie eine bewusste Abkehr vollzogen hätte. Vielleicht war es ihr ähnlich wie Larix ergangen und man hatte sie dazu auserkoren, der Sippe einen höherwertigen Zweig hinzuzufügen. Doch sie verlor dabei den Faden ihres Lebens oder es wollte ihr kein Lebensfaden gelingen. Und so war ihr Leben mit der Zeit eine Dauerbaustelle geworden.

In ihrer Beziehungsgeschichte befanden sich zwei gefloppte Beziehungen. Von einem Partner trennte sie sich, weil er ihr zu chaotisch war, schließlich hatte sie selbst genug mit ihrem Leben zu tun. Außerdem war er nicht nur chaotisch, sondern verlangte von ihr, dass sie sein Chaos klaglos hinzunehmen und ihm die unangenehmen Nebenwirkungen seiner Lebensweise vom Leib zu halten hätte. Der andere trennte sich von ihr, weil sie ihm nicht pflegeleicht genug erschien. Ihre geistigen Ansprüche waren ihm zu ungemütlich. Im Grunde suchte er jemanden fürs Bett und für die Küche. Wenn sie obendrein noch ein wenig Geld dazuverdienen könnte, wäre das nur umso besser.

Beiden gescheiterten Beziehungen war gemeinsam, dass ein wirklicher geistiger Austausch nicht stattgefunden hatte, ja bei solchen Geistern nicht den Hauch einer Entfaltungschance besaß. Sie hatte das Gefühl, sich in Oberflächlichkeiten zu verlieren. Nichts Substanzielles wollte gelingen, was sie schließlich als einen unerträglichen Mangel empfand. Ihr Mut zu einer festen Beziehung hatte unter diesen Erfahrungen gelitten und sie hatte sich auf ein partnerloses Single-Dasein zurückgezogen, das ihr zumindest ein halbwegs stressfreies Privatleben bescherte, dessen Ruhe sie gar nicht einmal so schlecht fand. Doch die damit verbundenen lockeren, allerdings unverbindlichen Kontakte waren nicht befriedigend. Ihre Bekannten waren mittlerweile allesamt mit ihrer Zweisamkeit und ihrem Nachwuchs beschäftigt. Und wenngleich dem einen oder anderen sein lebenspartnerschaftliches Dasein vielfach eher als ein Gewürge erschien, so nagten die Leute doch an ihrem Beziehungsknochen, ließen ihn nicht los und zogen daraus offenbar eine gewisse Daseinssubstanz. Andere wiederum waren schon eine Phase weiter, so schien es ihr, und versuchten ihr Glück mit Lebensabschnittspartnern. Aber dieses bewusst in Kauf genommene, als „modernes" Paarleben schlechthin propagierte Aneinanderreihen von Beziehungen missfiel ihr. Sie hatte definitiv keine Lust, einem Vertreter dieser Lebenskonzeption als Partnerin mit kalkuliertem Verfalldatum zu dienen. Im Grunde navigierten alle ihre Bekannten in einem Geflecht beruflicher, häuslicher und geselliger Routinen. Sie schienen sich darin einzuspinnen wie in einem Kokon – was sie als reichlich beengend empfand, zumal offenbar nichts Lebendiges dabei herauskommen sollte.

Und da war noch das Prekäre ihrer aus sich aneinanderreihenden Jobs bestehenden Erwerbstätigkeit. Ihr wurde klar, dass sie auf Dauer in eine höchst unangenehme wirtschaftliche Sackgasse geraten würde. So war in ihr der Entschluss gereift, ihre berufliche und somit wirtschaftliche Existenz auf solide Füße zu stellen.

Als sie Larix begegnete, befand sie sich gerade am Anfang des Umbaus ihrer beruflichen Situation. Larix bot ihr seine Unterstützung an. Sehr schnell wurde ihr klar, dass es für ihn ein bestimmtes Kriterium gab: Tust du dir das an, um Karriere zu machen oder um in dieser Gesellschaft deine wirtschaftliche Ruhe zu haben? Und sie verstand, dass ihr Gefährte mit dem Berufsleben keinerlei gesellschaftliche Ambitionen verband. Ja, dass er offenbar überhaupt keine gesellschaftlichen Ambitionen pflegte und ihm die Götter dieser Gesellschaft vollkommen schnuppe waren. Er machte ordentlich seinen Job. Er hielt es für sinnvoll, die Öffentlichkeit dieser Branche publizistisch zu begleiten, auch wenn penetrantes Klappern offenbar zum Handwerk gehörte und ihn manches Mal störte. Aber das war's dann auch schon, wie er sich ausdrückte. Wenn morgen früh die Firma nicht mehr an ihrem Platz stehen würde, dann würde er schlicht und einfach umdrehen und wieder nach Hause fahren.

Vielleicht gab es ja ein paar Workaholics oder mit ihrer Arbeit vollkommen Identifizierte, wie sein Altverleger, der sich bis ins hohe Alter täglich in sein Büro geschleppt hatte, weil er nichts anderes mehr wusste. Aber was war sein Lebenswerk? Die Sippe hatte hinter seinem Rücken längst daran gedacht, nach seinem Ableben das Unternehmen zu einem guten Preis zu verkaufen, bevor es endgültig bergab gehen würde. Oder da waren noch die „Karrieregeilen", die „Durchlauferhitzer", die ihre jeweilige Aufgabe immer nur als Sprungbrett ihrer Ambitionen verstanden. Freilich gab es seriöse, verantwortungsbewusste und begabte Menschen, die wertvolle berufliche Arbeit verrichteten. Aber lebte man nicht längst in einer Zeit, die solche Menschen nicht mehr würdigte, belächelte oder einfach ignorierte?

Elyna sah, dass Larix sich seine kleine Daseins-Hallig geschaffen hatte, und wenn sie auch nicht sehen konnte, welchen Lebenszweck er eigentlich damit verband, so respektierte sie seine Einstellung. Und im Grunde war es ihr recht, sich nicht mit einem Mann beschäftigen zu müssen, der ihr vielleicht ständig mit seinem Arbeitsleben in den Ohren liegen und alles dem Job und der Karriere unterordnen würde.

Nach einigen Monaten stellte sie Larix ihrer Familie vor. Er lernte ihre Mutter kennen und begegnete ihr höflich und respektvoll. Sie führte ein beschauliches Witwendasein. Vater hatte ein ruhiges und geregeltes Berufsleben auf dem Stellwerk einer Nebenstrecke verbracht. Züge waren nicht zusammengestoßen. Sein Herz hingegen war frühzeitig und wenig fahrplanmäßig aus dem Rhythmus geraten und entgleist. Elynas Geschwister bezeugten ihm eine gewisse Sympathie, die er gern erwiderte. Die Leute spießerten still und wirtschaftlich auskömmlich vor sich hin, was auch charmante Seiten besaß. Es geht doch nichts über eine heile, liebevoll kultivierte Familienblase. Vielleicht sollte man statt ISO-Verglasungen wieder Butzenscheiben einsetzen. Larix fand ihre sonntäglichen Kaffeekränzchen, an denen er mit Elyna bisweilen teilnahm, durchaus entspannend. Die Unterhaltungen gingen ihren friedlichen Plätschergang wie der kleine Kreislaufbrunnen im Garten. Bisweilen unterbrachen kreisende Kaffeekanne und Tortenheber die Gespräche. Wer denn noch Kaffee möchte oder ein Stückchen Kuchen? Dann wurde nachgeladen und die Apfel-, Kirsch- oder Erdbeerschnitte mit einem ordentlichen Schlag Sahne garniert. Und immer schön weiter drehte sich die Mühle im Endlostext. Ja, diese Leute gingen in ihren Unterhaltungen so achtsam, sorgfältig und pfleglich mit ihren kleinen Lebensumständen um wie mit ihren Vorgärten. Immerhin sichtete er keinen Gartenzwerg. Stattdessen hatten die Kinder mit ihrem kleinen Klimbim aus Windrädchen und Tierfigürchen für eine zeitgemäße Ausschmückung gesorgt. Alle hatten sich auf ein kuscheliges Privatleben zurückgezogen und sich ihr Hasendasein in der warmen Furche des sozialen Erdreichs geschaffen. Was kümmerten sie die Schlingpflanzen der Macht, von denen sie wohldosiert umgarnt, massiert und – falls erforderlich – auch geknebelt oder gewürgt wurden. Aber Letzteres konnte man ja durch geschmeidiges und vorauseilendes Anpassen vermeiden. Besser noch: Gar nicht daran denken.

Larix hingegen führte Elyna auf den Friedhof seiner Heimatstadt und berichtete ihr von seiner unharmonischen Familie, den permanent streitenden Eltern, von ihrem Geschrei in seinen Kinderohren, das nie mehr gänzlich verstummt war. Er habe geschwiegen, sich tüchtig traumatisieren lassen und ziemlich stumm seinen Kram gemacht. Nach dem Abitur habe er – fast möchte er sagen – fluchtartig das Elternhaus verlassen und einen ziemlich bewegten Lebenslauf hingelegt, bis ihm die prekären Verhältnisse schließlich auch zu viel geworden seien und er sich einen halbwegs sicheren Arbeitsplatz zugelegt habe. Ein Freund aus seiner Militärdienstzeit sei ihm geblieben. Der sitze in seiner norddeutschen Heimat. Ein Studienkamerad, der nicht gerade glücklich als Studienrat in der Nähe von Wiesbaden lebte, klagte über die sich verschlechternden Arbeitsbedingungen, das sinkende Niveau und die Sozialisierungsdefizite der Schüler. Nicht verwunderlich, dass er die Jahre bis zur Pensionierung zählte. Immerhin versüßte ihm sein Status als Beamter die Bitterkeit so mancher Arbeitsstunden. Wie nicht wenige seiner Kolleginnen und Kollegen tröstete er sich mit Reisen zu Lande, zu Wasser und in der Luft. Man schreibe und telefoniere gelegentlich, sehe sich selten. Ansonsten die üblichen unverbindlichen Bekanntschaften, ohne großes Engagement. In diesem Punkt bestätigte er ihr, dass er mit der geistigen Unergiebigkeit und Monotonie der heutigen Zeit seine Probleme habe.

Seine Beziehungen zu seinen Geschwistern – eine ältere Schwester sowie zwei ältere Brüder und eine jüngere Schwester – seien halbwegs manierlich. Die üblichen familiären Bande halt, aber ohne rechtes Engagement. Die Schwestern und ein Bruder seien im Heimatort geblieben. Der andere Bruder sitze in der Schweiz, sei kinderlos verheiratet und mit seiner Frau ständig im hohen Norden unterwegs. Einmal habe er mit ihm gesprochen und der Bruder habe ihm erklärt, dass er eine Art von Heimweh nach Lappland verspürte. Diese Aussage habe ihn sehr beeindruckt.

Und da sei eine Szene gewesen, als seine Mutter Jahre nach dem Tod ihres Mannes Frieden fand und sie endlich an seinem Grab mit den Worten „Tschüs, lieber Papa“ Frieden mit ihm schloss. Diese Geste habe ihn damals sehr gerührt und vielleicht auch eine kleine Brücke zu ihr geschlagen. Ihren Tod habe er im Sterbezimmer des Krankenhauses zusammen mit den Geschwistern erlebt. Sie habe ihn noch einmal erkannt und bei seinem Namen genannt. Gestorben sei sie, als ob sie sich dem Tod weniger ergeben denn ihm zugewandt hätte, und zurück habe sie ein paar Tränen gelassen, die nicht mehr trocknen wollten.

Er erklärte Elyna, dass er unter Menschen groß geworden war, die gewiss nicht lieblos waren. Aber sie waren offenbar unfähig, liebevolle Worte und Gesten hervorzubringen und zu tauschen. Wo sollten sie es auch gelernt haben? Vielleicht hielten sie das auch gar nicht für notwendig. Es wisse es nicht. Immerhin seien sie fünf Geschwister. Diese Kinderschar müsse ja wohl zustande gekommen sein. Aber er habe keine Lust, über die „christlichen" Motive der Eltern nachzudenken, Kinder in die Welt zu setzen. Immerhin hätten sie sich um ihn und seine Geschwister gekümmert.

Auch für ihn hatte sich ein eher zurückhaltendes Single-Leben ergeben, ohne wirklich feste Beziehung und ein enges soziales Umfeld. Die eine oder andere ephemere Beziehung habe es in seinem Leben gegeben. Offenbar war es ihm ähnlich ergangen wie ihr. Entweder seien die Frauen, denen er begegnet war, für seinen Geschmack schrecklich konformistisch gewesen oder durch den Wind. Nein, er sei keineswegs menschenscheu geworden, eher bindungsscheu und ziemlich misstrauisch, vielleicht auch zu zögerlich und nicht selbstbewusst genug, um eine Beziehung wirklich anzunehmen und aktiv zu gestalten. Vielleicht stand er auch ratlos vor der Frage, welchen Sinn und Zweck ihre Beziehung über die Verliebtheit hinaus haben mochte. Sie gaben sich zu verstehen, dass die persönliche Unabhängigkeit im Alltag für sie eine unverzichtbare Größe war. Offenbar waren sie beide zur Ansicht gelangt, dass es – zumindest vorerst – keinen Sinn machte, ihre beiden Alltagsleben zusammenzulegen – davon würden sie auch nicht besser oder geistreicher. Auch die Lockwirkung des Steuerrechtes hielt sich in Grenzen. Das drängende Bedürfnis, sich zu reproduzieren, besaßen sie nicht. Die Frage, ob der eine dem anderen in seinem Alltag fehle, konnte jeder der beiden mit einem klaren „Nein" beantworten. Weder war sie seine Köchin oder Putzfrau, noch er ihr Hausmann. Auch besaßen sie keinen Drang, sich als materielle Zugewinngemeinschaft zu etablieren. So ließ der eine dem anderen ein Maximum an Eigenständigkeit in allen materiellen Dingen.

Doch etwas anderes sollte sie aus ihrem Single-Denken herausführen und ihr Zusammensein auf eine solide Grundlage stellen. Da war der Wille zur gemeinsamen geistigen Existenz, zur Kommunikation, die nicht im Abarbeiten eines gemeinsamen Alltagslebens ihre Sinnhaftigkeit fand. Und sie machten sich daran, ein sehr persönliches Leben privilegierter gemeinsamer Tätigkeiten und Gespräche zu schaffen, wobei sie nicht ausschlossen, vielleicht später „zusammenzuziehen". Aber dieser Gedanke lag in weiter Ferne. Natürlich wollten sie sich nicht vom sozialen Ganzen abwenden und sich auf eine isolierte Zweisamkeit beschränken.

∗∗∗

Vorerst galt es, Elynas neue berufliche Existenz aufzubauen. Sie wollte weg aus dem unterbezahlten Job in einem kleinen Steuerberaterbüro und nahm ihre Weiterbildung zur Bilanzbuchhalterin in Angriff. Larix unterstützte sie bei ihrer zusätzlichen Kraftanstrengung. Die Unterrichte fanden regelmäßig abends statt. Er brachte sie mit dem Auto zum Lehrgangsort und holte sie wieder ab. Hatten bisher literarische Texte und produkttechnische Gebrauchstexte eine große Rolle gespielt, so traten jetzt endlose Zahlenwerke und Gesetzestexte hinzu. Er lernte die Bibel der Bilanzbuchhalter kennen: die AO. Natürlich reimte Abgabenordnung auf Alpha und Omega, auf die Symbolik des Umfassenden und der ehernen Ordnung. Der kleine Arbeitnehmer solle doch verinnerlichen, was das A und O seines Daseins in diesem Staat war: seine Besteuerung. Sinnigerweise führte ein Dozent oft und gern den Satz im Munde: Steht alles drin. Ja, es stand alles drin. Und wenn es dort nicht stand, dann gab es noch so viele Texte, in denen auch alles Mögliche stand. Und es war auch von der Doppeldeutigkeit der doppelten Buchführung die Rede. Elyna las intensiv in all diesen Texten und kam bisweilen zu unvorhergesehenen Erkenntnissen, deren wichtigste lautete: Wenn die Leute wüssten, wie sie verdummt werden. Larix entgegnete – im Lichte seiner eigenen gesellschaftlichen Erkenntnisse –, dass dies den Leuten offenbar vollkommen egal sei, weil sie es gar nicht so wahrnehmen und auch gar nicht so wahrnehmen wollen. Zwar lamentiere man gern über den Staat, der sie angeblich ausnehme wie Weihnachtsgänse. Aber der Fressnapf jener, die jammerten, sei mehrheitlich ordentlich gefüllt und jeder könne ungestört seiner kleinen Arbeit nachgehen. Über den Menschen leuchte die Sonne der Überflussgesellschaft und nicht wenige, denen es doch gar nicht so dolle gehe, halten sich für ihre Mitglieder. Was für eine gewaltige Strahlkraft. Selbst der letzte Penner wärme noch sein ungewaschenes Fell an dieser Sonne und lasse sich vom Abglanz ihrer Abfälle und Almosen bestrahlen. Für die Leute ergebe es schon einen Sinn, über viele Dinge, die im Argen liegen, hinwegzusehen oder sich mit milder, inkonsequenter Kritik zu trösten. Jeder könne nach Herzenslust meckern und angesammelten Frust ablassen wie verbrauchtes Motorenöl beim Ölwechsel. Kurz: es werde an alles gedacht, um das Dysfunktionieren wie geschmiert am Funktionieren zu halten. Die Leute vertrauen dem Überfluss, halten sich für Donald, Dagobert und Gustav in einer Person – nach dem Motto: Uns kann nichts passieren.

Zwei Jahre lang drückte Elyna nach Feierabend die Schulbank, regelmäßig bis in den späten Abend, und zwei Samstage im Monat den ganzen Tag. Sogar Larix gewann ein gewisses Verständnis vom deutschen Steuerrecht und war voller Bewunderung. Schließlich hatte sie ihren Bilanzbuchhalter in der Tasche und fand – auch dank der tatkräftigen Unterstützung einer Lehrgangskameradin, die im Rahmen einer von ihrer Firma geförderten Weiterbildung dabei war und mit der sie freundschaftlich verkehrte – eine Anstellung bei der Landesbank, im Fachbereich Controlling. Schnell hatte sie ihre Tätigkeiten im Griff und ging mit ihren Aufgaben ebenso souverän um wie Larix in seinem Job. Ihr Verhältnis zu Kollegen und Vorgesetzten war freundlich und leicht distanziert. Sie intrigierte nicht, sondern verhielt sich kooperativ, ja hilfsbereit. Ihre Teamfähigkeit wurde höheren Ortes bemerkt. So brachte sie es zur allseits geschätzten Kollegin und Mitarbeiterin, die man nicht belästigte und die getrost Feierabend machen konnte.

Nachdem diese berufliche Herausforderung gemeistert und Elynas neuer Job in trockenen Tüchern war, konnten die beiden feststellen, dass sie mehr als solidarisch gehandelt hatten. Sie waren sich nähergekommen und besaßen vereinbare Einstellungen. Deutlich wurde, dass Elyna keineswegs diese zusätzliche Anstrengung auf sich genommen hatte, um „Karriere zu machen" oder in ihrem Denken zur Herde der konformistischen Zeitgenossen zu stoßen. Waren ihre kritischen Anmerkungen während ihrer Zeit als Steuerfachgehilfin gegen ihre ausbeuterische Chefin mit all ihren Tricksereien gerichtet, so gerieten jetzt nicht nur ihre Vorgesetzten, sondern auch die Kollegenschar ins kritische Visier. Ihre Kolleginnen im Steuerbüro waren zumeist Aussiedlerinnen gewesen, die ihre Chefin gezielt anwarb, um viel Fleiß für geringen Lohn zu engagieren. In der Bank hingegen spielte ihr neues Berufsleben in einer ganz anderen Liga. Dort ging es „beamtenähnlich" und für Arbeitnehmerverhältnisse recht privilegiert, um nicht zu sagen, üppig zu. Sie selbst hatte einen schon reichlich abgespeckten Vertrag erhalten, doch mit der Zeit verstand sie, dass die älteren Kolleginnen und Kollegen schier unkündbar mit Verträgen ausgestattet waren, die mit vielen kleinen Vorteilen gespickt waren. Mental gerierten sie sich wie die Maden im Speck. Diese Leute ließen es sich gut gehen auf der beruflichen Sonnenseite und sparten nicht an ihrer Lebensführung.

Larix warf einen prüfenden Blick auf seine Gefährtin und sie enttäuschte ihn nicht. Die Wohlstandsmentalität dieser Kollegen und Vorgesetzten ging ihr definitiv am Straps vorbei. Offenbar war auch sie geistig immun geworden. Freilich hatten diese Leute existenzielle Sprüchlein drauf, die gar nicht so einfach zu knacken waren. Ihren Erfolg hätten sie sich redlich verdient, so tönte es, und Gott sei nun mal mit den Tüchtigen. Leistungsfähigkeit und Leistungsbereitschaft würden zu Recht belohnt, so lautete ihre große Schutzbehauptung. Deshalb sei ihr Teller sehr folgerichtig wesentlich besser gefüllt als der Napf der Minderleister. Freilich hatten sie in den Anfängen ihres Berufslebens ordentlich gestrampelt, sich angebiedert, angepasst und gut verkauft, um ihre Pöstchen zu ergattern – mal abgesehen von flagranten Fällen von Nepotismus, die Elyna ebenfalls kennenlernte. Aber das sei lange her. Jetzt stehe man in der Fülle des sozialen und persönlichen Daseins und wer reichlich gesät habe, dürfe selbstverständlich reichlich ernten und sich etwas gönnen. Daran gebe es nichts zu kritisieren. Deshalb gebe es auch keine Kritik an ihrem Dasein, sondern nur Missgunst und Neid der aus eigener Schuld Zukurzgekommenen, die mit ihrem sozialen Misserfolg unkritisch umgingen, dafür aber umso ressentimentgeladener über die Erfolgreichen herzögen. Selber schuld, so hieß das sozialdarwinistische Zauberwort, das sich wie ein Bannspruch über die Erfolglosen legte und jegliche ernsthafte Kritik gesellschaftlicher und wirtschaftlicher Zusammenhänge und Verhältnisse ins Leere laufen ließ. Damit war die Gesellschaft der Erfolgreichen gerechtfertigt und man brauchte sich keine Gedanken darüber zu machen, wie wohl der Erfolg der einen mit dem Misserfolg der anderen zusammenhängen mochte. Stattdessen hörte man im Zwischenraum ihrer sozialen Äußerungen so etwas wie existenziell erhebende Dankbarkeit: Herr, ich danke dir, dass ich nicht so bin wie all diese Loser, Blindgänger und Arschlöcher um mich, den Erfolgreichen, her. Larix meinte, sie sollten, wenn sie schon Dankbarkeitsgefühle hegten, wenigstens den vielen kleinen Arschlöchern Dank dafür aussprechen, dass sie ihnen den Arsch abwischten.

Elyna, die eine wirkliche Verantwortlichkeit an ihrem Arbeitsplatz besaß, ließ sich nicht blenden. Sie erkannte sehr wohl, was nicht wenige meinten, wenn sie davon sprachen, „ihren Job" zu machen. Die Monotonie in der Firma wurde mit spannendem Freizeitgeschehen kompensiert, das man so dringend benötigte wie eine Droge. Ihre Chefin nutzte jede Gelegenheit, um ihre Premium-Existenz hervorzuheben und sie blank zu putzen wie Aladins Wunderlampe. Auch in Kollegenkreisen war ständig die Rede von allerlei Events und tollen Urlaubstagen, von schönen Anschaffungen und Feiern mit Freunden. Immerzu klopfte man sich gegenseitig auf die Schultern für all die schönen Dinge, die man sich doch gönnen konnte. Und natürlich fühlte man sich höherwertiger als das soziale Kroppzeug, das in dieser Gesellschaft der Erfolgreichen herumgurkte und froh sein durfte, dass man noch einen niedrigen Job für sie übrighatte. Und hatte man für die völlig Unbrauchbaren nicht das schönste Sozialamt der Welt eingerichtet, dessen märchenhafte Existenz sich um den ganzen Globus herumgesprochen hatte?

Solche Sprüche gab es in Larix' Kollegenkreis weniger, weil der Futtertrog, den seine Firma zu bieten hatte, nicht so üppig gefüllt war, um große Töne zu spucken. Höchstens der Chef konnte sich derartige Ansichten erlauben. In seiner Firma werkelte die Lightversion der „Normalverdiener", die sich allerdings im Grunde nicht wesentlich von den Besserverdienern unterschied. Hier kultivierte man den Mythos des redlich arbeitenden Menschen und es galt der Grundsatz: Wer arbeiten will, findet auch Arbeit. Und wer keine Arbeit findet, ist zu faul und zieht die Existenz des Sozialschmarotzers vor, für den der kleine arbeitende Mensch buckeln muss. Jedenfalls waren der einen Dünkel die Ressentiments der anderen.

Larix hatte im Rahmen seiner Tätigkeit so manche Kontakte mit Managern großer, teils international operierender Industrieunternehmen, die in einer gehobenen Blase von Selbstverständlichkeiten lebten, die ihn als armen Schlucker dastehen ließen. Einmal landete versehentlich die Mail eines Managers eines internationalen Konzerns in seiner Box, weil der Absender vergessen hatte, ihn aus seinem Verteiler zu nehmen. Der Mann hatte seinen Sitz in Zürich und freute sich einem Kollegen aus Stockholm gegenüber auf das bevorstehende gemeinsame Tennis-Wochenende in Barcelona. Der beiläufige und selbstverständliche Ton verblüffte Larix. Warum nicht, dachte er, schließlich verdiene der Mann im Monat vielleicht sein Jahressalär. Da könne er wohl an jedem Punkt der Erde Tennis spielen oder seine Frau zum Shoppen nach New York schicken und sich ein kleines Time Out unter Freunden gönnen.

Elyna hingegen hörte tagtäglich mit eigenen Ohren die geschickt formulierte, gehässige Sozialverachtung und zitierte gewisse selbstgefällige Ansichten, die in den Gesprächen unter Kollegen zirkulierten. Man musste da genau hinhören, oft waren es nur feine Anspielungen, denn die Leute hielten sich äußerst bedeckt. Die Landesbank hatte viele politische Rücksichtnahmen zu üben und hatte einen – auch sprachlichen – Verhaltenskodex ausgetüftelt, der zu verstehen und zu beherzigen gab, was man sagen und besser nicht sagen sollte. Diskriminierungen oder gar rassistische Äußerungen waren streng untersagt und es wurden Sanktionen angedroht. Das war natürlich ein breites Feld für Unterstellungen, Sticheleien und Willkür. So ließ man Vorsicht walten und äußerte sich hinter vorgehaltener Hand und in verblümten Worten.

Mit seiner kritischen Langzeitbeziehung zu dieser Gesellschaft und seiner hart erarbeiteten Intellektualität war es für Larix eine seiner leichteren Übungen, diese Diskurse der kaum verhohlenen Menschenverachtung zu entlarven, die in ihrem neuen beruflichen Umfeld zirkulierten. Was er denn auch Elyna gegenüber freimütig tat. Ihre Kommentare schwankten zwischen dem Vorwurf unerträglicher Ignoranz, Überheblichkeit und Selbstgefälligkeit und dem Mitleid mit diesen Menschen, die sich ihre selbst geschaffene egomane Wüste als Oase schönredeten und einander auf die Schultern klopften, um Geselligkeit herzustellen, die Kumpanei von egomanen Egoisten – dieser sprachliche Doppelpack müsse erlaubt sein.

Mit der Zeit gelangten Elyna und Larix in ihren Gesprächen zur Ansicht, dass es in dieser Gesellschaft ganz schön „kaputt" zuging. Wer sich schützen wolle, benötige geistige Standfestigkeit, ein dickes Fell und starke Nerven. Gleichzeitig sollte man sich die Fähigkeit echter Anteilnahme und Kommunikation bewahren.

8

Allmählich brachten Elyna und Larix ihre berufliche Aufbauphase hinter sich. Ein gewisses Maß an wirtschaftlicher Stabilität und Auskömmlichkeit stellte sich ein. Ihre Freizeit, die sie als freie Zeit betrachteten, nämlich als eine Art Freigang vom Aufenthalt in den unergiebigen Alltagsabläufen ihres Daseins, planten sie sorgfältig. Jede Stunde erschien ihnen kostbar, galt ihnen als eine Raum- und Zeitinsel echten Selbstseins im stumpfen Strom der Arbeit und Obliegenheiten. Sie waren gern in der Natur unterwegs, auf Schusters Rappen oder mit dem Tourenrad. Ihr bevorzugtes Gebiet war die Eifel, diese stille Landschaft zwischen Rur und Mosel bis hinüber in die wundersame Hochmoorwelt des Hohen Venn auf der belgischen Seite.

Manchmal gesellten sich Elynas jüngerer Bruder und seine Frau mit ihren beiden Kindern zu ihnen. Dann gab es Abenteuer-Spaziergänge, und die Erwachsenen ließen sich von der Freude und dem Eifer der Kinder bezaubern. Da war der Besuch der Felsenhöhle des Riesen Kakus. Anfangs waren die beiden Mädchen sehr beeindruckt vom Höhlenlabyrinth mit seinen dunklen Nischen.

„Gibt es den Riesen Kakus wirklich?", fragten sie ganz aufgeregt.

„Natürlich", entgegnete Onkel Larix, „aber der ist fortgezogen, als die Menschen kamen."

„Ach, und warum?"

„Die Menschen waren ihm zu laut und zu ungemütlich. Er wollte seine Ruhe haben."

Das leuchtete den beiden Stadtkindern ein. Die Augen gewöhnten sich schnell an das Halbdunkel und weiter oben leuchtete eine Öffnung, durch die das Taglicht fiel. Die Mädchen legten ihre Scheu ab und kraxelten begeistert umher. Auf halbem Weg gelangten sie an eine vergitterte Nische, die sie unheimlich fanden, umso mehr, als hinter den Metallstäben Fledermäuse siedelten, wie Tante Elyna auf der Tafel flüsternd vorlas, um ja nicht diese Tiere zu wecken. Oben auf dem Dach der Höhle angekommen fanden sie einen hübschen Rastplatz, umgeben von der stillen Hügellandschaft.

Da war ein wunderschöner Tag im Freilichtmuseum Kommern. Die alten Bauernhäuser, die Schule, der Tante-Emma-Laden, die Tiere und die

Mühle. Die Kinder sammelten unzählige Eindrücke, sausten hin und her, erkundeten treppauf, treppab, die alten Bauernhäuser, die Gerätschaften, Küche und Kammern. Und als sie müde waren von ihren Wegen durch die Gebäude und dem Betrachten all der alten Gegenstände, durften sie sich in den Bollerwagen setzen und die Erwachsenen zogen sie geduldig das Steilstück empor. Am Ende des Rundgangs trafen sie auf einen großen Spielplatz, den sie unbedingt aufsuchen wollten. Weg waren sie, nicht einmal Zeit für ein Eis hatten die beiden. Die Erwachsenen schauten sich an. Das sei doch ganz und gar unglaublich, dass die Kinder ein Eis ausließen.

Elyna und Larix besuchten Monschau, diese mittelalterliche Miniaturwelt versteckt in einer Talfurche des Flüsschens Rur. Auf ihrem Spaziergang durch die schmalen Gassen gelangten sie an das Kolpinghaus. Larix erinnerte sich, dass er einmal in seiner frühen Kindheit mit dem Vater an diesem Haus stehen geblieben war. Der Vater hatte ihm erzählt, dass er dort während seiner Lehrzeit in Bonn manches Wochenende verbracht hatte. Larix wunderte sich. Nichts war ihm von diesem Besuch in Erinnerung geblieben – außer dieser kleinen Szene, die mit einem Mal zur Wiederbegegnung geriet. Er erzählte Elyna von dieser Begebenheit und auch davon, dass sich nicht weit entfernt von diesem Land die Heimat seines Vaters befunden habe. Dort sei er aus ärmlichen Verhältnissen hervorgekrochen. Er selbst habe von dieser väterlichen Heimat kaum etwas mitbekommen. Die Eltern hatten doch ihren Wohnsitz in der Heimat seiner Mutter genommen. Ein paar Kindheitsszenen, ein winziges Dorf, ein kleines Haus mit der Rückwand an einen Felsen gebaut, eine erhöhte Türschwelle aus Holz, die Großmutter, uralt und verschrumpelt, tief in ihrem Lehnstuhl gesunken. Sie musste ihm etwas Freundliches gesagt und die Hand nach ihm ausgestreckt haben, um ihm über das Haar zu streicheln, aber da hörte die Erinnerung an die Begegnung auch schon wieder auf. Eine Spielszene noch mit Cousins und Cousinen. Man war auf dem Dachboden und dort stand eine Modelldampfmaschine mit Kessel, Schornstein, Kolben und Antriebsrad auf einer blau lackierten Bodenplatte montiert. Sie erwärmten das Wasser im Kessel mit einem weißen Trockenbrennstoffwürfel. Tatsächlich setzte sich der Kolben in Bewegung, fuhr hin und her, übertrug seine Bewegung auf ein großes rot und blau lackiertes Metallrad, das sich gleichmäßig drehte. Man sollte sich nicht mehr wiedersehen. Nichts war von ihnen übrig geblieben, keine Namen, nicht einmal ihre Zahl, waren es zwei oder drei, Jungen, Mädchen. Nichts. Schnell war damals der Kontakt abgebrochen, weil Mutter sich offenbar mit ihrer Schwiegermutter nicht vertrug. Übrig blieb eine Tante väterlicherseits in Düsseldorf, die er häufiger gesehen und sehr gemocht hatte. Sie hatte etwas Großstädtisches, was ihn sehr beeindruckte.

Der Vater habe seine dörfliche Heimat ziemlich radikal hinter sich gelassen, um sich in die Bürgerlichkeit vorzukämpfen, erklärte er Elyna. Vater habe seinen heimatlichen Dialekt nicht mehr gesprochen. Daheim herrschte der Dialekt mütterlicherseits. Larix folgte dem Vater in die Hochsprache, kannte vom Dialekt der Mutter nur noch ein paar Rudimente – genug allerdings, um dem Klang zu lauschen. Und er selbst habe seine Heimat verlassen und sich lange Jahre auf eine scheinbar recht ziellose Wanderung durch die Gesellschaft begeben. Damit meinte er seine Militärdienstzeit, die als Sackgasse geendet war. Aber auch die Studienzeit und das Ende seiner wissenschaftlichen Ambitionen. Und wenn er den bisherigen Verlauf seines Lebens betrachte, so zweifele er ernsthaft daran, noch jemals so etwas wie ein Heimatgefühl erleben zu dürfen. Er stelle sich vor, in einer Art Exil in seiner eigenen Kultur zu leben. Oder wie ein Besucher. Was ja vielleicht auch einen tieferen Sinn umschließe, der ihm selbst zumindest derzeit nicht zugänglich sei.

Elyna hörte geduldig zu und ließ die Worte ihres Gefährten auf sich wirken. Etwas war in seiner Kindheit schiefgelaufen. Ja, im Leben seiner Eltern war etwas schiefgelaufen und dieser sensible Junge damals hatte unter dem Zwist der Eltern stumm gelitten. Das musste sein Trauma gewesen sein. Und wenn sie ihren Gefährten betrachtete, so hatte er mit dem einstigen Desaster keinen Frieden geschlossen. Er hatte seinen Eltern verziehen und das Bild ihrer so schwierigen und unglücklichen Verständigung auf die Gesellschaft übertragen. Jetzt, so schien es ihr, trug er die Defizite der Kommunikation und ihre schlimmen Folgen in seinem Bewusstsein aus. Das wachsende Unvermögen zu kommunizieren, übertönt vom steten Lärm der hohlen Worte, die Verkommenheit, wuchernder Lug und Trug, so viele Dinge bedrückten ihn, wenn sie über die Gesellschaft sprachen. Sie stellte sich die bange Frage, ob er die Befähigung und Kraft besaß, seine Suche zu einem erfolgreichen Ende zu führen und sich nicht zu verirren und jämmerlich zu scheitern. Würde er den vielen Schwierigkeiten standhalten und nicht unter ihrer Last zusammenbrechen? Doch sie glaubte an die menschlichen und intellektuellen Qualitäten ihres Gefährten und wollte ihn annehmen.

Sie selbst war zwar ebenfalls gesellschaftskritisch eingestellt, aber sie hielt sich ihre Einsichten vom Leib, indem sie sich auf ihre Familie zurückzog. Diese galt ihr als ein „Stück heile Welt", bescheiden zwar und unkritisch, aber doch menschlich, liebenswürdig und rücksichtsvoll. Ja, ihre Familie war Rückzugsort und kleines Bollwerk. Die Gesellschaft jedoch war nicht mehr ein gewisser Einklang vieler Familien. Zwischen Familien und Gesellschaft herrschten Entfremdung und neue Spannungen, verdeckt oder offen zutage tretend. Freilich ließ sie Larix – so gut es ging – am Leben ihrer Familie teilhaben, aber ihr war klar geworden, dass ihm mit einer „Ersatzfamilie" nicht geholfen war. Er empfand ihre gemeinsamen Besuche bei ihren Geschwistern zwar als angenehm, aber eine wirkliche spirituelle Dimension besaß die Sache für ihn nicht. Offenbar konnte er sich nicht mehr auf eine Familie stützen. Seine wenigen Freunde saßen nicht gerade um die Ecke. Und wenn er auch mit ihnen kommunizierte, so waren diese Kontakte eher spärlich. Dennoch schienen sie sehr dauerhaft und auch bedeutsam für ihn zu sein, wie sie erstaunt feststellte. Überhaupt schienen freundschaftliche Beziehungen für ihn einen besonderen Stellenwert zu besitzen.

Doch auch dies hatte ihn nicht davor bewahrt, sich immer wieder an der Gesellschaft förmlich zu verbeißen. Offenbar gab er ihr und ihren Diskursen die Schuld an den Deformierungen der Einzelnen, die doch zu einer Gesellschaft zusammengeschlossen waren. Nein, er war nicht gut auf die Gesellschaft zu sprechen. Manchmal fragte sie ihn: „Warum lässt du diese idiotische Gesellschaft nicht in Ruhe? Wir können doch nichts an ihrem Zustand ändern. Reicht es dir nicht, dass wir uns vor ihr in Acht nehmen und ihre schädlichen Einflüsse in unserem Leben nicht zulassen?"

Aber er hatte ihr entgegnet, dass er sich keineswegs einbilde, die Gesellschaft ändern zu wollen. Er wolle ihre Ideologie, ihre Diskurse und Mechanismen verstehen, die den tristen Zustand der Gesellschaft erfolgreich verbergen und immer neue „schwarze Löcher" schaffen, in denen jegliche vernünftige Kritik spurlos verschwinde. Bei ihm habe dies ein echtes Unwohlsein hervorgerufen. Ja, er fühle sich in dieser Gesellschaft nicht wohl und das belaste ihn. Freilich achte er auf die Distanz und ihre Wanderungen beispielsweise seien ein wirkliches Gegengewicht. Aber es könne doch nicht der Sinn sein, dass der Einzelne ständig vor den Reden der Gemeinschaft auf der Hut sein und vor ihnen gewissermaßen permanent auf der Flucht sein müsse. Diese Diskurse seien ungenießbar und auf Dauer auf noch gar nicht vorhersehbare Weise für die Menschen schädlich. Ja, es bauen sich subtile Spaltungen und geistige Deformierungen auf, die aber öffentlich umso heftiger verharmlost oder gar in Abrede gestellt werden.

Woher er das wissen wolle, entgegnete sie, niemand fühle sich ernsthaft durch diese Gesellschaft bedroht. Es gebe kein allgemeines drängendes Gefühl, dass von der Gesellschaft eine Gefahr nicht nur für einzelne, sondern für alle ausgehe. Nur einzelne – sie selbst gehören sicher dazu – spüren ein wachsendes Unbehagen und wissen, dass dieses Unbehagen keine Einbildung ist, sondern ein Gespür, eine Sonde in allen gesellschaftlichen Feldern und ihren wachsenden Spannungen und Verwerfungen. Natürlich liege ihr nicht daran, Recht zu behalten und den Ausbruch realer Widersprüche zu erleben – weder als Krieg noch als Bürgerkrieg. Es genüge ihr, mit der Realität im Reinen zu sein – und sei sie noch so arm und enttäuschend. Und ihr fiel die Bemerkung eines Kollegen ein, der in einer Diskussion einmal geäußert hatte, dass er lieber auf der Nordsee segeln gehe, anstatt sich das Elend anzuschauen. Larix entgegnete: „Ein schönes Bild. Sie segeln und surfen auf dem Elend wie an der Oberfläche der maritimen Kloake Nordsee und keiner will es gesehen haben. Es trägt uns wie ein Ozean. Wir lernen, uns auf diesem Ozean umsichtig zu verhalten. Aber wie kämen wir auf die Idee, diesen Ozean austrocknen zu wollen? Er ist einfach da. Das ist das Verständnis des perfekten Zeitgenossen – von einem jener drei chinesischen Affen, deren aus Blei gegossene Figurengruppe mein Vater auf dem Radio und später auf dem Fernseher platziert hatte."

Und immer mehr Betrachtungen kamen zur Sprache: Ja, das ist die wohlfeile Rede der vielen. Man türmt geschickt das Unmögliche auf und kann zufrieden die Hände in den Schoß legen oder bei Gelegenheit eine kleine Alibi-Baustelle in Angriff nehmen, um sich einzureden, dass man doch etwas tue. Dies erinnert an den ehrwürdigen Klingelbeutel der Kirche. Man füllt ihn mit ein paar Münzen und fühlt sich „erleichtert" und davon befreit, sich noch ernsthafte Gedanken zu machen. Hatte nicht Jesus selbst zu seinen Jüngern gesagt, dass sie die Armen niemals loswerden würden. Warum sich also einen Kopf machen? Schließlich hat man ja tagein, tagaus schon für sich selbst und seine Lieben genug zu tun. Man passt sich an und kultiviert friedlich die Privatsphäre, die scheinbare Sicherheit gewährt. Und selbst wenn die Liebe sich aus dem Staub macht, so bleibt tröstlich das gemeinsam angehäufte Vermögen. Freilich macht Geld nicht glücklich, aber es erleichtert das Existieren. Und so unterschreiben sie einen Wechsel nach dem anderen auf die Zukunft und hoffen, dass alle gedeckt sind.

***

Eines Tages machten sie eine Wanderung an der Mosel. Sie waren in Cochem losgegangen. Der felsige Pfad führte sie durch die Weinberge unterhalb der Brauselay und weiter ging es in Richtung Beilstein. Sie wollten diesen malerischen Ort besuchen, gemütlich hoch oben auf der Terrasse sitzen und am späten Nachmittag mit dem Schiff zurückfahren. Es war ein wunderschöner Frühherbsttag, die Weinlese stand kurz bevor. Hellgrüne Rieslingtrauben säumten ihren Weg, hingen wie kleine Perlen dicht gebündelt und schwer an ihren Reben im grünen Blattwerk. Schließlich erreichten die beiden den steilen Abstieg oberhalb von Beilstein. Die Gebäude waren in einer kleinen Geländefalte eingebettet, stiegen vom Flussufer her zwischen Weinbergen empor und wurden von einer Burgruine überragt. An einem günstigen Aussichtspunkt legten sie eine Pause ein. Während sie den Fluss mit seinen engen Windungen betrachteten und die Landschaft, in die er sich tief eingeschnitten hatte, begann Larix mit einem Mal zu sprechen: „Diese Welt hier mit ihren steilen Hängen – mir ist seit einiger Zeit ein winziges Dorf in den Alpen in den Sinn gekommen, wo ich in meinen jungen Jahren ziemlich oft und sehr gern war. Zuerst mit dem Vater und später noch einige Male mit Kameraden aus meiner Bundeswehrzeit."

„Ach so? Davon hast du mir nie erzählt."

„Na ja, ich hatte eigentlich selbst diese Zeit als abgeschlossen betrachtet und aus dem Gedankenfeld verloren. Gewiss hatte ich diese Welt verdrängt, weil ich gespürt hatte, dass sie in dem Leben, das mich erwartete, nicht kommunizierbar war. Ja, ich hätte keine Worte gefunden, um sie mitzuteilen. Ich glaube, das hätte ich nicht ertragen. Aber in letzter Zeit sind einige Erinnerungen wieder zum Vorschein gekommen und haben sich in meinem Bewusstsein – wie soll ich sagen? – festgesetzt. Das hat mich überrascht und muss mit unserem gemeinsamen Dasein und unseren Wanderungen zu tun haben. Und das Gefühl ist gewachsen, ich muss doch mal schauen, was aus dem Dorf, aus den Menschen und überhaupt dieser Welt geworden ist."

„Hm, und was hast du vor?"

„Vielleicht nächstes Jahr einmal hinfahren, einfach zwei Wochen im Sommer. Die alten Stätten besuchen und schauen, was aus den Leuten dort geworden ist."

Elyna verstand, dass etwas recht Persönliches im Spiel war und er diese Reise allein unternehmen wollte. Sie signalisierte ihre Zustimmung, ja mehr noch, sie bestärkte ihn, sein Projekt durchzuführen.

„Und was machst du in der Zeit?", fragte er besorgt.

„Mach dir keine Sorgen. Ich werde es mir schlicht und einfach zu Hause gemütlich machen und ‚auf Balkonien' übersommern. Ich werde auf deine Rückkehr warten und ganz gespannt auf deinen Bericht sein."

Larix schaute ihr einen Moment intensiv in die Augen und sagte dann: „Wenn ich dort auch nur den Hauch meines einstigen Lebensgefühls wiederfinden sollte, dann kehren wir zusammen dorthin zurück."

Sie erwiderte nichts, wendete sich dem Fluss und diesem wundersamen Ort zu. Ein feines Lächeln umfing ihre Gesichtszüge. In diesem Augenblick begann sie, durch den Reigen der Bilder hindurch die Seele ihres Gefährten zu schauen und zu lieben.

9

Ende Januar, nach Abschluss der Planung des Jahresurlaubs, suchte Larix in seinem alten Adressbuch die Telefonnummer von Lydia und Reinhold heraus. Vielleicht war die Telefonnummer der beiden ja noch unverändert. Wenn nicht, dann wolle er die Auslandsauskunft bemühen. Mit klopfendem Herzen rief er die beiden an. Die Nummer hatte sich nicht geändert und nach einigem Klingeln meldete sich eine weibliche Stimme. Lydia war am Apparat und erkannte ihn sogleich wieder, als er sich vorstellte. „Ja, freilich kenn' ich dich noch. Wie geht es dir?" Er erzählte kurz die wichtigsten Lebensumstände. Darauf fragte er nach ihrem Mann. Der sei gerade im Stall. Ja, ihm gehe es gut. Aber sie hätten heuer viel Schnee. – Hoffentlich nicht so viel wie damals, als er mit den Kameraden eine Woche lang eingeschneit gewesen sei. – Naa, die Straße sei schon noch offen. Langsam kam er auf sein Anliegen zu sprechen und erkundigte sich nach einem Zimmer. Naa, sie vermiete keine Zimmer mehr. Aber er solle den Sohn fragen.

„Den Johann?"

„Naa, der wohnt jetzt unten im Lechtal. Den Zweitjüngsten, den Marco, der wohnt gleich nebenan mit seiner Frau."

Jetzt war es an ihm, erstaunt zu sein. Er hatte Marco noch als kleinen Jungen gekannt und jetzt war er schon verheiratet. Ja, die Zeit vergehe schnell, bestätigte ihm Lydia, sie habe sogar schon eine Enkelin. Den Jüngsten, den Christoph, werde er gar nicht kennen. Der wohne auch im Dorf und sei verheiratet. Lydia gab ihm Marcos Telefonnummer. Sie verabschiedeten sich mit freundlichen Worten. Er bat sie, Grüße an ihren Mann auszurichten, und legte auf.

Am darauffolgenden Tag kontaktierte er Marco. Lydia hatte ihrem Sohn vom Telefonat berichtet, denn er zeigte sich orientiert und besaß aus Kindertagen Erinnerungen an ihn und seine Freunde. Die beiden waren sich schnell einig. Larix reservierte das einzige Zimmer im Obergeschoss für die beiden ersten Augustwochen. Dusche und Toilette seien allerdings separat. Nein, das störe ihn nicht. Damals, als er mit dem Vater oder den Kameraden bei seinen Eltern logierte, sei es nicht anders gewesen.

Anfang August war es so weit. Larix setzte sich früh am Morgen ins Auto und machte sich auf den Weg. Er vergaß nicht, Pausen einzulegen und sich zu stärken. Elyna hatte ihm am Vorabend ein kleines Lunchpaket gebracht und ihm eine gute Reise gewünscht. Gegen Mittag erreichte er das Allgäu. Die sanft gewellte Voralpenlandschaft mit ihren ausgedehnten Weideflächen und dem Vieh, mit Gehölzen, vereinzelten Höfen und kleinen Dörfern empfing ihn und weckte Erinnerungen an seine frühe Zeit, als diese Welt auf seinem Weg von Augsburg oder München kommend in Richtung Lechtal lag. Er fuhr an Kempten vorbei bis ans damalige Ende der A 7 und überquerte die Füssener Lechbrücke, gelangte an der alten Zollstation und am Wasserkraftwerk Weißhaus vorbei nach Reutte und fuhr über die B 198 ins Lechtal hinein. Je näher er seinem Reiseziel rückte, desto größer wurde die Vertrautheit. Das einstige Schauen stellte sich ein. Er registrierte zahlreiche Veränderungen. Die Menschen waren in all den Jahren nicht untätig geblieben und hatten ihr Tal tüchtig modernisiert. Überall waren neue Gebäude entstanden oder im Bau, während da und dort alte Häuser leer standen und offenbar dem Verfall preisgegeben waren. Die alte Auffahrt, auf der immer Anlauf genommen wurde, war verschwunden. An ihre Stelle war ein Abzweig von der neuen Umgehungsstraße getreten. Die Straße führte an eine Kehre und aus der Kehre heraus ging es steil die Rampe empor. Kein schöner Anlauf mehr, wie in den alten Zeiten. Aber mittlerweile hatte man ja wesentlich mehr Motorkraft unter der Haube und so fuhr er gemächlich im zweiten Gang empor. Das Lechtal versank langsam in der Tiefe. Schließlich erreichte die Straße den oberen Rand der Schlucht und bog nach links ins Seitental hinein. Mit einem Mal war keine menschliche Siedlung mehr zu sehen, eng und steil – links schroff ansteigendes Gelände, rechts jäh abstürzende Felsen – ging es zu. Er durchfuhr einen Waldgürtel, bis sich nach ein paar Kilometern das Tal etwas weitete und der Blick auf die innere und hintere Welt dieses Seitentals allmählich freigegeben wurde. Er hielt stumme Zwiesprache mit dieser Landschaft, die er so viele Jahre nicht mehr gesehen hatte. Um ihn her wuchs die versunken geglaubte Welt empor und nahm eine kompakte Gestalt an, die ihn immer enger umfing und sein Bewusstsein ausfüllte. Auf den ersten Blick hatte sich nur die Straße verändert. Der einstige größtenteils einspurige Fahrweg mit rudimentärer Asphaltierung war ausgebaut worden, besaß einen erstklassigen Belag und war bis auf wenige Engstellen durchgehend zweispurig. Auf halber Strecke lag der Nachbarort. Larix bemerkte den einen oder anderen Neubau. An der schmalen Ortseinfahrt hatte sich jedoch nichts geändert, zwei alte Häuser standen sich wie einst eng gegenüber und boten der Straße nur einen einspurigen Durchlass. Der kleine Gemischtwarenladen existierte nicht mehr. Gardinen zeigten Wohnraum an der Stelle des Ladenlokals an. Schließlich der Blick auf das Dorf. Er blieb einen Moment oben am Bichl stehen. Eine Veränderung fiel ihm auf: Der untere Gasthof war größer geworden. Und er war an einem stattlichen Neubau vorbeigekommen. Dort wohnte Raimund mit seiner Frau Amelie und ihren drei Kindern, wie er im Laufe seines Aufenthaltes erfahren sollte.

***

Larix bog hinter der Kirche nach rechts in die Dorfstraße ein und fuhr diese im Schritttempo hinunter. Das Dorf war merkwürdig menschenleer. Ein paar Hühner bewegten sich träge neben Ewalds Haus, der Hahn ließ sich nicht blicken. Sie werden sicher alle beim Heumachen in den Mähdern sein, dachte er. Aber wo waren die Gäste? Auf dem Parkplatz des unteren Gasthofes verloren sich fünf Autos. Hinter dem großen Küchenfenster arbeitete eine ältere Frau, die er nicht kannte. Sie trug eine weiße Schürze und war möglicherweise die Köchin und Nachfolgerin von Benno. Sie blickte kurz auf, als er seinen Wagen zwischen den beiden Häusern abstellte, und vertiefte sich wieder in ihre Arbeit. Er klopfte an Marcos Haustür, von innen erklang die Stimme einer jungen Frau, er solle nur eintreten. Sie begrüßten sich freundlich. Gerda, wie sie sich vorstellte, bot ihm an, am Küchentisch Platz zu nehmen, ihr Mann werde gleich kommen. Wenig später kam Marco aus dem Geräteschuppen und grüßte mit einem fröhlichen „Ja, der Larix". Marco war ein baumstarker Mensch geworden, seine Frau hingegen war zierlich. Marco und Larix tauschten ein paar Erinnerungen aus jener Zeit, als Larix mit seinen Kameraden häufig im Dorf zu Besuch war und die Kinder sich in jenem Winter so freuten, weil sie doch mit dem Auto ihre Schlitten unermüdlich nach Pfafflar hochzogen und sie dann die kilometerlange Strecke hinunterrodeln konnten. Die siebenjährige Tochter Lena schaute kurz rein und begrüßte Larix recht artig.

Ja, sie gehe in die Schule im Nachbardorf und jetzt seien Ferien. Schon war sie wieder weg.

Gerda führte ihn ins Obergeschoss und erklärte entschuldigend, dass Bad und Toilette separat über den Flur zu erreichen seien. Er entgegnete, dass ihn das ganz und gar nicht störe. Und fast wäre ihm über die Zunge gerutscht, dass er einst bei ihren Schwiegereltern noch viel einfachere Räumlichkeiten erlebt hätte. Sie solle sich um seine bürgerlichen Ansprüche keine Sorgen machen, er besitze keine. Das einfache, rundum mit Profilen aus Fichtenholz vertäfelte Zimmer gefiel ihm. Ein Fenster befand sich auf der Bachseite und bei geöffnetem Fenster hörte er sein stetes Rauschen. Durch das andere Fenster fiel der Blick auf den unteren Gasthof. Nachdem er sein Gepäck hochgetragen und seine Sachen im Kleiderschrank verstaut hatte, rief er Elyna an. Ja, die Fahrt sei gut verlaufen, kein Stau, in Stuttgart dichter Verkehr. Aber hinter dem Flughafen sei es wieder besser gegangen. Auf dem Rastplatz „Albhöhe" habe er eine ausgiebige Pause eingelegt. Marco und Gerda seien richtig nette junge Leute. Und jetzt gehe er zum Abendessen hinauf zu Albert. Sie wünschten sich einen schönen Abend. Er versprach, ihr weiterhin von seinem Aufenthalt zu berichten. Dann machte er sich auf den Weg, die Dorfstraße hinauf. Zunächst blieb er jedoch am Haus von Reinhold und Lydia stehen und klopfte an die Küchentür. Beide saßen beim Abendbrot. Auch hier eine herzliche Begrüßung. Larix blieb in der Tür stehen, wollte sie nicht lange aufhalten. Nein, sie hatten sich nicht verändert. Er fand, dass die beiden ein selten harmonisches Paar waren. Lydias immerwährende gute Laune beseelte sie wie einst. Sie strahlte eine innere Ruhe und Ausgeglichenheit aus, wie er sie noch bei keinem anderen Menschen erlebt hatte. Reinhold hatte seine Gutmütigkeit nicht eingebüßt. Sie plauderten ein paar Takte. In Reinholds Worten vernahm Larix das einstige Alltagsleben des Dorfes. Alles, so schien es ihm, war seinen gewohnten Gang gegangen – bis sein Gegenüber mit einem Mal von einer Lawine zu sprechen begann, die vor ein paar Jahren das Dorf heimgesucht hatte. Er eilte in die Stube und kam mit einem schwarzen Ringordner zurück, voll mit Fotos, Zeitungsausschnitten und Berichten in Klarsichthüllen. Er blätterte ziemlich aufgeregt, verwies auf das eine oder andere Bild. Unter einem Hubschrauber hing an einem Stahlseil ein lebloses Rind. Das sei eine von Balthasars und Oswalds Kühen. Der ganze Stall sei unter die

Lawine geraten und kein Stück Vieh habe überlebt. Ein anderes Foto zeigte Ewalds stark beschädigten Traktor. In seinem Geräteschuppen hätten sie noch wenige Stunden, bevor die Lawine niederging, den Schneepflug repariert. Reinhold vergegenwärtigte mit seinen Worten das Unglück, als ob es erst gestern geschehen wäre. Menschen seien Gott sei Dank nicht zu Schaden gekommen. Das Dorf habe wirklich Glück im Unglück gehabt. Larix bat Reinhold, ihm bei Gelegenheit den Ordner zu überlassen. Er wolle sich das alles in Ruhe anschauen. Reinhold trat mit ihm vor die Tür und zeigte am Hang empor, wo hoch oben neue Lawinenverbauungen entstanden waren. Seine rechte Hand beschrieb den Weg, den die Lawine genommen hatte.

Nachdenklich ging Larix weiter die Straße hinauf. Rechts und links ließ sich keine Menschenseele blicken. Auch nicht am Haus von Reinholds Bruder. Was mochte aus den Kindern geworden sein? Mit dieser Familie hatte er nie einen Kontakt gefunden. Diese Menschen galten als sehr zurückhaltend. Der Oberst und seine Gefährtin waren damals Gäste in diesem Haus. Er betrat die Gaststube des oberen Gasthofes und traf auf Albert, der ihn sogleich wiedererkannte, von Überraschung sprach und ihn freundlich begrüßte. Seine Frau Paula schaute wenig später in die Gaststube. Auch sie freute sich über dieses Wiedersehen nach so vielen Jahren. Dabei war sie eine ernste, sehr zurückhaltende Frau, die ihre Gefühlsregungen eher selten zeigte. Die Gaststube war spärlich besetzt, kein Vergleich mit früheren Zeiten. Weiter hinten im großen Saal herrschte gähnende Leere. Wo denn der Simon sei, wollte er wissen, und Albert informierte ihn kurz, dass sein jüngerer Bruder unten im Tal einen Gasthof gebaut habe. Er habe viele belgische und holländische Gäste, die Einheimischen hätten bei ihm ihren Stammtisch und ließen sich regelmäßig blicken. Larix fragte nach den Eltern. Vater war vor einigen Jahren verstorben und Mutter sei nach dem Tod des Vaters zur jüngeren Schwester gezogen und lebe bei ihr und ihrer Familie unten im Lechtal. Ja, hier oben im Dorf sei es still geworden, sagte Larix, das sei sein erster Eindruck gewesen. Albert bestätigte, dass die Urlaubsgäste längst nicht mehr so zahlreich kämen. Im ganzen Lechtal boome das Gastgewerbe nicht mehr wie früher. Aber es reiche noch aus. Und so lange habe er es ja nicht mehr bis zum Ruhestand. Mit einem Mal wurde Larix bewusst, dass sein letzter Besuch über zwanzig Jahre zurückliegen musste und diese Zeitspanne gewaltig war. Und was denn der Sohn mache? Der sei jetzt draußen in Berwang und arbeite in einem Hotel und im Winter auf dem Skilift. Sie sprachen in einer Weise miteinander, als hätten sie ihre Beziehung nach einer kurzen Unterbrechung wieder aufgenommen. Er teilte Albert mit, dass er mit Elyna lebe, die vielleicht im nächsten Jahr kommen werde. Die Information wurde zur Kenntnis genommen und mit ein paar konventionellen Worten kommentiert.

Im Zeitintervall seit der letzten Begegnung mochten gewiss viele Dinge geschehen sein, waren aber im Grunde gleichmütig abgearbeitet worden, und der Albert der damaligen Zeit schien sich nicht von jenem Menschen zu unterscheiden, mit dem er sich gerade unterhielt. Auch Larix vergaß in diesem Moment seine Geschichte. Offenbar spielte sie in den Zusammenhängen, in die er wieder eingetaucht war, keine Rolle. Er nahm das Leben von Albert und seiner Frau nicht als Geschichte wahr, sondern als zeitloses Dasein. Vielleicht genügte ihnen ja die Betrachtung des Gästestroms in ihrem Gasthof und im Tal, all diese Leute mit ihren unzähligen Geschichten – alte und neue, ein endloser Strom. Und sie waren in diesem Punkt Larix ähnlich, denn der war längst zum kritischen Betrachter der Karawanen geworden, die seine Welt durchzog.

Albert hatte den Lieblingsplatz seines Besuchers nicht vergessen und machte eine Handbewegung in Richtung Ofenbank. Larix lächelte und vertiefte sich in die Lektüre der Speise- und Getränkekarte, die unverändert zu sein schien. Sein Geschmack hatte sich nicht geändert und so bestellte er eine Backerbsensuppe, ein Wiener Schnitzel mit Kartoffelsalat und ein anständiges Helles für das Ende dieses langen Tages. Während Albert ihm ein Bier servierte, fragte Larix nach dem angestammten Inhaber des Platzes unter dem Bild. Der Detto sei vor zehn Jahren verstorben, antwortete Albert.

Sein Abendspaziergang führte Larix „hinter das Dorf" bis zur Angerlebachbrücke. Er überquerte die Brücke, stieg ins Bachbett etwas unterhalb und suchte sich als Sitzgelegenheit einen bequemen Stein am Rand des wild und laut strömenden Wassers. Während er das verschlungene und gleichmütig rauschende Spiel der grün-weißen Wasserstrudel verfolgte, versuchte er, seine ersten Eindrücke in Worte zu fassen. Da war diese Stille im Moment, als er in das Dorf einbog. Die lärmende Gegenwart der einstigen Feriengäste fehlte. Doch da war etwas anderes. Eine innere Stille, die mit einem Verstummen zu tun hatte. Dieses Dorf hatte seinen eigenen Klang verloren, der ihm vor vielen Jahren so eingegangen war, dass er nicht einmal darauf geachtet hatte. Jetzt wurde ihm das Fehlen bewusst – mit einem Mal, nach all den Jahren. Da waren bestimmte immer wiederkehrende Geräusche, Laute und Bewegungen, die den dichten Daseins-Teppich des Dorfes bildeten. Diese einstige Gegenwart war nicht mehr zu verspüren, jedenfalls nicht mehr in der Intensität der Vergangenheit. Man werde sehen, rief er sich innerlich zu, um nicht vorschnelle Gedanken zu fassen. Er sei doch erst ein paar Stunden hier. Und er ließ sich vom Geräusch und den Bewegungen des Baches umfangen. Schließlich erhob er sich und lief ein Stück weit am Bach entlang. Nach vielleicht hundert Metern traf er auf eine Geröllhalde, an die er sich nicht erinnerte. Ein Sturzbach musste sich hier einen Weg gebahnt haben und im Frühjahr oder bei starkem Regen regelmäßig wiederkehren. Und er nahm sich vor, bei Gelegenheit Reinhold oder Marco zu fragen, was es mit diesem Wasserlauf auf sich habe, der jetzt im Sommer versiegt war. Kaum sichtbare Trittspuren führten über den Geröllkegel und er lief vor bis zur Einmündung des wilden Fundaisbachs gegenüber, der sich im rechten Winkel in den Strom des Angerlebachs warf und von diesem überwältigt in die neue Richtung gebogen wurde, die sie vereint unter dem neuen Namen Streim einschlugen. Gegenüber hatten die Bergbauern einen mit Bäumen und Latschen bestandenen Streifen als natürlichen Schutzwall stehen gelassen und der Bach nahm sich bei Hochwasser schon mal den einen oder anderen Baum mit. Larix lief noch einige Schritte weiter und befand sich in der Verlängerung des Dorfes. Auf der gegenüberliegenden Seite des Baches war jetzt die große Wiesenfläche zwischen Dorf und Bichl sichtbar, die sanft bis an den Rand der Talstraße anstieg. Er betrachtete lange das Gelände. Schließlich machte er sich auf den Weg zurück ins Dorf.

***

In den folgenden Tagen war Larix ständig unterwegs. Die einst so geliebte Bergwelt schien geduldig auf seinen Besuch gewartet zu haben und begrüßte ihn mit Wohlwollen, so empfand er es. Seine erste Tour führte ihn durchs Angerletal auf die Hanauer Hütte. Hier hatte er mit dem

Vater die hochalpine Welt entdeckt. Die Strecke besaß eigentlich eine hübsche Choreografie. Als Bub hatte er sich von ihr einfach tragen und beglücken lassen. Später war er mit seinen Kameraden hochgestürmt. Sie hatten kaum nach rechts und links geblickt, weil ihr Abenteuer erst oberhalb der Hütte mit ihren Bergtouren begann. In jener Zeit befand sich die alpine Welt oberhalb der 2000-Meter-Grenze. Jetzt aber entrollte sich der Weg in aufeinander aufbauenden Abschnitten: das ansteigende Waldstück über den Viehrost bis zur Imster Hirtenhütte, das Flachstück durch die Weiden, die Geröll- und Latschengelände Platz machten, mit der Talstation der Materialseilbahn der Hütte als natürlicher Endpunkt des Weidegebietes. Dort endete auch der Fahrweg. Er bemerkte, dass das Holzgebäude der Talstation neu gebaut war und die Materialseilbahn ein neues Tragportal aus Metallstreben erhalten hatte. Auch die mächtigen Geröllhalden, die er überquerte, hatte er nicht in Erinnerung. Von der Reichspitze her musste enorm viel Geröll den Weg in die Tiefe genommen haben. Es folgte der ansteigende Pfad durch Gras, Fels, Gesträuch und Latschengruppen bis an die kleine Holzbrücke mitsamt stürmendem Wasserfall und schließlich der steile Aufstieg auf geschottertem Steig unterhalb der Felswand, an deren oberem Rand die Hütte lag. In dieser letzten Passage entzog sie sich kurz dem Blick des Wanderers, um zuletzt und überraschend nah wieder vor ihm aufzutauchen. Larix bemerkte, dass der Steig teilweise neu gelegt worden war, die neuen, lang gezogenen Schrägstücke mit anschließender Kehre waren bequem zu laufen. Der Schotterbelag trug leise knirschend den Schuh, anstatt unter jedem Tritt davon zu rutschen. Die Erbauer des Steiges hatten die Neigung wohl kalkuliert.

In dieser Aufstiegsphase entfaltete sich von Kehre zu Kehre ein wunderschöner Tiefblick hinunter in den grünen Talgrund und zugleich schweifte das Auge schon weiter zu entfernteren Tälern und Gipfeln. Er legte eine Stehpause ein und lehnte sich auf seine Trekkingstöcke. Sein Blick nahm den Hang gegenüber ins Visier und seine Augen durchsuchten die mit Latschengruppen bestandenen grünen Flächen. Dort ließen sich weiter oben bisweilen Gämsen blicken, heute jedoch nicht. Und während er in seinen Betrachtungen versunken war, sprach er lautlos vor sich hin: „Hier wurde dein Schauen lebendig und nahm seine Gestalt an. Dann hattest du es verloren und die unschönen Bilder hatten von dir Besitz ergriffen. Warum nur hast du so viele Jahre nicht den Weg zurück in dieses Tal gefunden? Warum nur hast du dich von der enttäuschenden Gesellschaft so lange beherrschen lassen? Du weißt es nicht? Du warst zu schwach für eine entschlossene Gegenwehr? Du fühltest dich verloren und kanntest keine solide Position? Sei geduldig, es kommt nichts vor seiner Zeit." Ihm war, als regte sich in ihm die Gewissheit, dass die so oft als Verworrenheit empfundene Vielzahl seiner Wege doch einem Lauf gehorchte, dem er vertrauen konnte.

Er setzte sich wieder in Bewegung. Ein letztes Steilstück über grobe Blockstufen war zu durchsteigen und schon hatte sich der Pfad listig hinter der Felsmauer durch eine Bresche emporgeschlängelt und übergab den Wanderer dem grünen von Latschen und Felsgruppen garnierten Hochplateau, das vom Halbrund mächtiger Hauptdolomitgipfel eingefasst wurde, wobei der wuchtige Kegel der Dremelspitze genau im Süden zwar nicht der höchste, gleichwohl der mit Abstand markanteste Gipfel war. Einige Schritte weiter traf er auf einen Feldaltar, den er nicht kannte. Die Hütte selbst erkannte er fast nicht mehr wieder. Zwischenzeitlich waren größere Umbauten erfolgt, ein Anbau links neben dem alten Eingang, den man belassen hatte, und ein neuer Gebäudeteil auf der Rückseite. Das junge Pächterehepaar aus Strengen fand er auf Anhieb sympathisch. Er ließ sich auf der Terrasse nieder und betrachtete ausgiebig die gigantische, in sich ruhende hochalpine Welt mit ihren vorgelagerten grünen Flächen, den riesigen Karen, den Schneefeldern, die an den Nahtstellen zwischen Felsen und oberen Rand der Kare lagerten, und diese unheimlich gegliederten Felsformationen, deren Brüchigkeit er wohl mit Finger- und Fußspitzen kennengelernt hatte, als er in seinen jungen Jahren hoch oben unterwegs war.

***

Nach dem Abendspaziergang schaute Larix gern ein wenig bei seinen Hausleuten vorbei. Man setzte sich am Küchentisch zusammen und „ratschte" vergnügt. Marco gehörte zur ersten Generation der Nachfahren, so könnte man es nennen, und war scheinbar seinem Vater nachgefolgt. Er war Angestellter des Bezirksbauamtes und betreute vorwiegend die Talstraße sowie die Straße ins Nachbartal. Gleichzeitig betrieb er eine kleine Viehwirtschaft. Sein Vieh gab er im Sommer auf eine Sammelalm, sodass ihm nur das Heumachen blieb. Im Winter war die Stallarbeit zu erledigen. Seine Frau stammte aus dem Oberinntal in der Nähe von Imst. Weitläufig war sie mit Fabios Frau verwandt. Der Vorbesitzer des Hofes war ein Imster und der Erwerb der Hofstelle passte recht gut, denn der kleine elterliche Hof befand sich gleich nebenan. Es sah so aus, als ob Marco die beiden Betriebe später zusammenlegen würde. Seine beiden Brüder zeigten kein Interesse am Betrieb. Ihre Schwester hatte traditionsgemäß aus Dorf und Tal hinaus geheiratet, jedoch das bäuerliche Leben ihrer Kindheit und Jugend gegen ein bürgerliches getauscht.

Wenn der Vater schon kein Vollzeitbauer mehr war, so war der Sohn erst recht nur noch Bauer im Nebenerwerb. Gedanklich war er mit seiner Frau schon in anderen Gefilden unterwegs. Sie sprachen zu ihm nicht als Bauern, sondern warfen eher einen Blick auf das Dorf und das ganze Tal und weiter noch hinunter ins Lechtal oder hinüber nach Imst. Larix gewann sehr schnell den Eindruck, dass Marco seine Augen und Ohren überall hatte. Kein Vorgang im Dorf schien seiner Aufmerksamkeit zu entgehen. Und zunächst verließ sich Larix auf Marcos Informationen oder fragte selbst nach, wenn ihn ein bestimmter Punkt besonders interessierte.

Von seiner eigenen Welt hingegen sprach er kaum. Diese Welt schien die beiden auch nicht zu interessieren. Und ihm selbst war auch gar nicht daran gelegen, seine Welt auszubreiten, die für ihn im Grunde nur ein Aufenthaltsort war. Nein, er sprach in relativ allgemeinen Begriffen über die Großstadt und das Leben dort. Und er gab zu verstehen, dass ihm persönlich diese Welt nicht besonders gefiel. Natürlich sprach er von Elyna und ihrer Naturverbundenheit. Und er deutete an, dass sie vielleicht schon im nächsten Sommer gemeinsam kommen würden.

Marco besaß nicht nur einen wachen Blick für das Geschehen im Dorf, sondern hatte vom Vater auch ein scharfes Auge für die Vorgänge in der Natur geerbt. Hatte der Bach nicht wieder mit seinem letzten Hochwasser an dieser Böschung gesägt und drei Tannen, eine größere und zwei kleinere, aus dem Gleichgewicht gebracht? Ihnen den Boden unter den

Wurzeln genommen, halb hing ihr Wurzelwerk schon in der Luft, halb hatten sich die Stämme bereits dem Bach zugeneigt. Und der toste ungerührt unter ihnen, würde sie bei der nächsten Gelegenheit mitnehmen, in die Schlucht hinein, zu Kleinholz machen und eines Tages unten ausspucken und dem Lech übergeben. Larix kam auf die neue Talstation der Hüttenseilbahn zu sprechen. Marco erklärte, dass vor drei Jahren eine ungewöhnliche Lawine von der Reichspitze her das alte Gebäude weggerissen habe. In der bewaldeten Fläche sei eine regelrechte Bresche entstanden, starke, gesunde Baumstämme seien wie Streichhölzer geknickt worden. Die Betonung lag auf „gesund". Larix verstand sehr wohl, warum sein Gegenüber dieses Detail besonders hervorhob. Der Zusammenhang stellte sich sogleich ein, als Marco ihn fragte, ob er die neuen Geröllhalden bemerkt habe. Er hatte sie bemerkt. Was das bedeuten könne? Offenbar sei es nicht nur die Schneelawine gewesen, sondern die Erosion selbst habe sich gezeigt und den grünen Schutzwall durchbrochen. Das Gebäude der Talstation und der untere Tragmast der Materialseilbahn seien damals so stark beschädigt worden, dass die Sektion die Anlage komplett neu bauen musste. Nein, die große Sorge war es bisher nicht. Noch hielten die großen Gleichgewichte, die schon die ersten Siedler angetroffen und respektiert hatten, als sie sich hier niederließen. Larix versäumte nicht, sich nach dem Sturzbach zu erkundigen, den er auf halbem Weg zwischen Brücke und Einmündung des Fundaisbachs überquert hatte. Ja, der sei ebenfalls vor ein paar Jahren entstanden, habe anfangs viel Erde geführt und am Ende nur noch Geröll. Der müsse von ganz oben, vom Hochgwoas kommen. Wenn er mal durchs Hölltal komme, werde er einen ähnlichen Sturzbach überqueren, mit einer Geröllhalde mitten im Wald. Die Erosion habe sich in den vergangenen Jahren deutlich bemerkbar gemacht. Von der großen Lawine vor ein paar Jahren habe er gewiss schon gehört. – Ja, der Vater habe davon gesprochen und ihm verschiedene Bilder gezeigt. – Freilich hätten sie Glück im Unglück gehabt, fuhr Marco fort. Balthasars Stall und Vieh und Ewalds Geräteschuppen hätte es voll erwischt.

„Das stimmt", warf Gerda ein, „aber in den Medien hatte man daraus eine riesige Katastrophe gemacht und die Leute waren mit Bussen gekommen, um sich die Verwüstungen anzusehen."

„Katastrophentourismus nennt man dies", entgegnete Larix.

Aber jetzt habe man neue Lawinenverbauungen hochgezogen, fuhr Marco fort. Da werde sich in Zukunft nichts mehr rühren. Ein ganz anderes Problem sei der Fundaisbach. Der sei vor Jahren beinahe über die Böschung getreten und hätte im Dorf mehr Zerstörung anrichten können, als die Lawine tatsächlich angerichtet habe.

Ach ja, entgegnete Larix, er habe schon bemerkt, dass das Holzwehr verschwunden sei, die Brücke größer und die Böschung mit großen Felsen verstärkt.

Ja, meinte Marco, das Wehr habe es förmlich gesprengt, die Leute seien oberhalb der Brücke gestanden und hätten gezittert und gebetet. Die Brücke habe der Bach auch zerstört. Nun ja, es sei alles glimpflich verlaufen. Aber das Dorf stehe auf einem Sedimentstreifen, das sei doch kein gewachsener Fels. Unter seinem Stall fließe eine Wasserader, er sei sich da sehr sicher. Und überhaupt müsse etwas gegen das wachsende Geröllaufkommen getan werden.

„Unten die Mauer vor der Streimschlucht, die sollte man aufmachen und ordentlich Geröll in den Lech ablassen. Der Bach hebt sich sonst immer höher und der Wasserdruck, den der Fundais zu überwinden hat, wird immer größer", äußerte Marco seinen Lösungsvorschlag.

„Der Fundais wird dann sein Geröll auch nicht los?", setzte Larix fort.

„Ja, so kann man sagen. Der wird sich dann auch heben."

„Was kann man dagegen tun?"

„Wenn der Bach sein Geröllaufkommen nicht schieben kann, dann muss man es ausbaggern."

Ob Straßenbau, Lawinen- oder Wildbachverbauung – Marco hatte die gefährdeten Gleichgewichte klar vor Augen. Was Larix als junger Mensch schon damals bei Reinhold bemerkt hatte, wurde ihm jetzt beim Sohn sehr deutlich. Diese Menschen mussten einen ganz speziellen Gleichgewichtssinn für ihren Lebensraum besitzen. Dahinter steckte die Erfahrung unzähliger Generationen, die diesen Raum ihrer natürlichen Bestimmung entrissen und genau die Gleichgewichte herausgefunden hatten, die ihren Kulturraum mit dem umgebenden Naturraum harmonieren ließen. Und diese Gleichgewichte durften nicht in Gefahr geraten oder gar zusammenbrechen. Sie waren bemüht, sich vor gefährlichen Ungleichgewichten zu schützen und – wo immer es ihnen möglich war – Ungleichgewichte in ausreichender Zahl zu entschärfen. So hatten sie an ihrer Sphäre gebaut und ihren Kulturraum geschaffen.

Aber war das nicht alles schon Vergangenheit? Zogen sich die Bergbauern nicht zurück, nicht anders als die dahinschmelzenden Gletscher? Gab Marco noch sein Wissen an seine Kinder weiter? Einmal hatte er seiner Tochter Lena vorgeworfen, dass sie nicht einmal mehr eine Zirbe von einer Tanne unterscheiden könne – was das junge Mädchen keineswegs beunruhigte. Es klang Resignation in seinen Worten. Natürlich war ihm klar, dass das Mädchen keine Bergbäuerin mehr sein wollte – und dies entsprach ja seinem eigenen Wunsch. Aber in seiner Tochter begegnete er der radikalen Abkehr von dieser Welt, die noch seine eigene Kindheit geprägt hatte. Dies mochte unvermeidlich sein und doch machte es in seiner Schroffheit betroffen.

***

Am Vorabend seiner Abreise machte Larix einen langen Spaziergang rund um das Dorf. Er erinnerte sich, wie er einst als Knabe eben jene Runde absolviert hatte und auch später noch einmal, als er am Ende seiner Militärdienstzeit Abschied vom Dorf nahm. Damals ging von diesem Dorf ein Zauber aus. Jetzt aber waren die Eindrücke der Veränderungen auf ihn eingestürmt. Er musste sie neu einordnen und aufarbeiten. Ja, die Frage bewegte ihn, ob es noch sinnvoll war, erneut hierher zurückzukehren. Oder sollte er als Ergebnis seines Besuchs einen Schlussstrich unter seine Beziehung zum Dorf und seinen Bewohnern ziehen? Zu den wenigen jungen Menschen hatte er keinen rechten Draht mehr gefunden. Sie schienen hinüberzuwechseln in die neue Zeit und sich im Grunde nicht mehr von jenen jungen Generationen zu unterscheiden, die er aus seiner Welt kannte. Die Alten hingegen liefen auf einem Abstellgleis ihrem Ende entgegen. Die mittlere Generation suchte mehr oder weniger geschickt den Spagat zwischen einst und jetzt. Das Dorf schien in innerer Auflösung begriffen und langsam in den Strudeln der modernen Gesellschaft zu versinken, die diese Welt längst abgehakt hatte und von ihr so wenig Notiz nahm wie der Bach von einem treibenden Stück Holz.

Er setzte sich auf die Bank am Fuße des Bichls und sein Blick ruhte auf dem Dorf. Äußerlich hatte sich im Grunde nichts geändert. Der Ort war kompakt wie eh und je, ein perfekter Spiegel der alten Bergbauerngemeinschaft. Sieht aus wie ein Straßendorf, dachte er belustigt, was die Disposition der Häuser und Wirtschaftsgebäude zu beiden Seiten der Dorfstraße anbetraf. Aber das war doch keine Straße mit Durchgangsverkehr. Die Straße endete am unteren Gasthof und hundert Meter weiter unten floss der Bach. Nein, die lang gezogene Anordnung der Gebäude war aus Sicherheitsgründen und wegen der Nutzung landwirtschaftlicher Flächen entstanden. Man siedelte auf einem schmalen Sedimentrücken parallel zum Fundaisbach und haarscharf an möglichen Lawinenabgängen vorbei.

„Hier ist ein Ende der Welt und hier geht gerade eine Welt zu Ende", dachte er betrübt. „Hier wird auch so schnell keine neue Welt entstehen. Hier versinkt etwas und verwandelt sich in Vergangenheit und schließlich in Vergessenheit." Doch obwohl dieser Befund unzweifelhaft war, konnte er sich nicht dazu entschließen, diese gemessen am neuen sozialen Geschehen vollkommen unbedeutende Gemeinschaft von Menschen in den Orkus der abgelegten Erinnerungen entgleiten zu lassen. Noch lebten sie in ihrem Dorf und zugleich lebte das Dorf in ihnen und durch sie. Ja, noch waren sie das Dorf – unmittelbar und unlösbar verwoben. Und mit einem Mal stand klar der Gedanke in seinem Bewusstsein, dass er einst diese so enge und vollkommene Verbindung zwischen Menschen, ihrem Raum und ihrem Dasein wahrgenommen haben musste, ohne sie zu verstehen. Sein Blick fiel auf das geneigte Wiesenstück oberhalb der Straße. Raimund fuhr dort mit dem Heulader, unterstützt von seiner Frau Amelie, die mit dem Rechen letzte Grasreste zusammenzog.

Vielleicht ein Zufall, dass Larix gerade im Augenblick seiner Betrachtung dieses Geschehen wahrnahm. Oder besaß es einen geheimen Hinweischarakter? Die Sache hätte banal sein können, wenn dieser Mensch nicht Manager in einem Hightech-Unternehmen gewesen wäre, wie Larix in seinen Gesprächen mit anderen erfahren hatte. Gewiss, er hilft seiner Mutter und seiner Schwester Rena. Der Vater war unterdessen verstorben. Raimund hat diese Arbeit noch als Kind und Jugendlicher von seinen Eltern gelernt. Und dann hatte er die Welt der Eltern verlassen und war in eine moderne, gänzlich andere Arbeitswelt eingetreten, deren Horizonte so unendlich weit von seiner ursprünglichen Welt entfernt waren. Er hatte sich in dieser neuen Welt zurechtgefunden und machte dort erfolgreich seinen Job. Und doch hatte er hier sein Haus gebaut und pendelte lieber tagein, tagaus zwischen dem Dorf und der Stadt, anstatt das Dorf zu verlassen.

***

Nachdenklich kehrte Larix nach Hause zurück. Er berichtete Elyna ausführlich von seinen Begegnungen und sprach über seine Eindrücke, verschwieg auch nicht die Zweifel, die ihn bewegten. Die Menschen hätten ihn wiedererkannt und er habe den Eindruck gewonnen, dass man die Beziehung wiederaufgenommen habe, gerade so, als hätte man sich gestern noch gesehen. Allerdings habe sich das Dorf doch sehr verändert. Elyna zeigte sich überrascht und hielt die Sache für bemerkenswert. Ob sich die Menschen auch für ihn, sein Leben, interessiert hätten? – Um ehrlich zu sein, überhaupt nicht, mal abgesehen von einigen konventionellen Fragen nach der Familie. Sein Leben hier interessiere sie nicht, vielleicht auch weil sie bemerkt hätten, dass es ihn selbst überhaupt nicht interessierte, ihnen sein Leben zu erzählen.

„Dir ist ihr Leben wichtig und dein Leben interessiert weder dich noch sie? Sag mal, was soll das?"

„Verblüffend, nicht wahr?", entgegnete er, „aber es ist so, dass es für sie nichts Berichtenswertes aus meinem Leben gibt, mal abgesehen von elementaren familiären Verhältnissen. Aber warum sollten wir ausführlich über mein Leben sprechen?"

„Na ja, vielleicht hast du ja recht. Hoffentlich hast du ihnen wenigstens gesagt, dass du mit mir lebst."

„Das ist doch klar."

„Und?"

„Was und? Sie haben es zur Kenntnis genommen und das Thema war erledigt."

„Unsere Geschichte? Auf einen lapidaren Satz gebracht? Findest du das nicht ein bisschen dürftig?"

„Ach. Weder du noch ich, wir haben unser persönliches Leben noch nie öffentlich breitgetreten. Warum sollte ich gerade im Dorf damit anfangen?"

„Und was habt ihr euch sonst so erzählt?"

„Nichts Besonderes. Ganz normale Unterhaltungen."

„Und dafür fährst du in dieses Dorf? Um dich ganz normal zu unterhalten? Das kannst du doch eigentlich hier auch haben."

„Offenbar nicht. Die Normalität hier langweilt, ist geisttötend oder nervt."

„Ach, die Leute in deinem Dorf haben die bessere Normalität?"

„Jedenfalls geht sie mir nicht auf den Geist. Und sie haben obendrein eine schöne Umgebung mit tollen Bergtouren. Ich bin ständig am Berg gewesen. Ich glaube, das könnte auch dich interessieren."

Nun, man müsse nicht alles auf Anhieb verstehen, dachte Elyna. Ihre Neugier hatte er jedenfalls geweckt. So gab sie gern ihre Zustimmung, als er ihr vorschlug, im folgenden Sommer gemeinsam einige Tage im Dorf zu verbringen.

Larix war sich sicher, dass ihr die hochalpine Welt, die sie noch nicht kannte, gefallen werde, und nach ihren vielen Wanderungen am Rhein, an der Mosel, an der Ahr oder in der Eifel sollte das Bergwandern eine völlig neue Dimension der Begegnung mit der Natur eröffnen. Und er bot ihr an, ein passendes Tourenprogramm für sie zusammenzustellen, damit sie das Bergwandern von Grund auf erlernen könne. Wochenlang tüftelte er an einem maßgeschneiderten Wanderprogramm für seine Gefährtin. Gemeinsam stellten sie ihre Ausrüstung zusammen. Lowa-Schuhe schienen den für ihre Füße perfekten Sitz zu bieten. Das Einlaufen geriet druckstellen- und blasenfrei, was sie als gutes Omen ansahen, denn sie kokettierte mit ihren zarten Füßchen. Obligatorischer Wanderrucksack, Hose, Strümpfe, Mütze durften nicht fehlen. Als wetterfesten Anorak wählte sie einen eleganten Schöffel-Anorak, den sie auch im Herbst und im Winter bei schlechtem oder kaltem Wetter zur Arbeit tragen konnte. Außerdem könne sie damit bei ihren Kolleginnen Eindruck schinden, bemerkte Larix amüsiert, ja, auch sie trage Markenklamotten. Elyna hatte ihm nämlich bei Gelegenheit erzählt, wie die Kolleginnen untereinander mit Argusaugen die Klamotten taxierten. Sie selbst hingegen kaufte gelegentlich auch bei Aldi ein Kleidungsstück, wenn es ihr preisgünstig, nützlich und halbwegs tragbar erschien. Schließlich war ihre Ausrüstung komplett. Sie reservierten erneut das Zimmer bei Gerda und Marco.

***

Als sie Weißenbach hinter sich ließen, bemerkte Elyna, dass die Berge immer näher rückten. Der Talgrund hingegen war eben, was einen starken Kontrast bildete. Wie der Fluss sich durch diese flache Sohle schlängelte, so schien sich das ganze Tal um die Bergstöcke herum zu schlängeln, die zum Greifen nah im Talgrund fußten. Larix sagte, dass hier das Lechtal beginne und es jetzt erst richtig losgehe. Bis tief in ein enges Seitental würden sie empor- und hineinfahren. Elyna konnte es kaum glauben. Alles schien so zugestellt zu sein, man sah vom Talgrund aus ja nicht in die Seitentäler hinein, die als enge, bewaldete Schluchten endeten, die jeglichen Blick auf die Innenwelt dieser wilden Gebirgsformationen verwehrten. Da oben sollen noch Straßen sein und Menschen wohnen? Ungläubig schaute sie empor. Sie werde schon sehen, bemerkte Larix bedeutungsvoll. Und wieder verfehlte die steile Rampe mit ihrer hohen Felswand zu ihrer Linken ihre beeindruckende Wirkung nicht. Wer hier zum ersten Mal emporfährt, mag das Gefühl haben, es gehe geradewegs himmelwärts. Elyna verstummte und schaute mit großen staunenden Augen. Larix beschränkte sich auf wenige Kommentare und überließ sie ihren Eindrücken und Empfindungen. Ihr erster Kontakt war vielversprechend, so schien es ihm. Man durchfuhr das Nachbardorf, dessen Namen sie amüsierte und dessen Kirchlein mit Zwiebelturm sie entzückte. Hoch über dem Plötzigtal schaute sie auf die Hornbachkette, die im Licht der späten Nachmittagssonne sanft leuchtete. Dort oben sei er in jungen Jahren gewesen, sagte Larix und zeigte auf die markante Urbeleskarspitze und die Bretterspitze. Und als sie am Spitzbichl kurz anhielten und Elyna weiter unten das Dorf erblickte, glaubte sie vollends, in einer anderen Welt gelandet zu sein.

***

Gerda und Marco nahmen Elyna freundlich auf und die beiden Frauen empfanden eine wirkliche Sympathie füreinander. Aber auch mit anderen Dorfbewohnern entstand ein angenehmer Kontakt. Das Verhältnis war ungezwungen, man hielt sich nicht mit Höflichkeiten auf. Sofort war man per Du, bei jenem berühmten Lechtaler „Du“, das jeden einbezog, der nicht ausdrücklich diese Ansprache zurückwies. Ein förmliches „Sie“ passte wirklich nicht in dieses Umfeld. Larix war der Meinung, dass es erst ab der Ebene des Bezirks soziale Situationen gab, die ein „Sie“ erforderlich machten. Beim Bürgermeister und auf dem Gemeindeamt unten im Tal jedenfalls herrschte noch das vertraute „Du“. Nein, im Dorf wäre es völlig undenkbar, dass man sich mit „Sie“ ansprechen könnte. Es gab einfach keine Sie-Situationen, vielleicht für Eminenzen oder Exzellenzen, aber die hatten sich bisher nicht blicken lassen.

Elyna fand Gefallen am Wandern im Hochgebirge. Larix brachten ihr das Notwendige bei, insbesondere die Lauftechnik im Aufstieg wie im Abstieg, auf Geröll, Blockwerk, Gras, Erde, Fels. Die Schneefelder spare er sich für später auf, sollten sie es noch bis ganz oben schaffen, versprach er. Nach anfänglich ängstlichem Verhalten in einer Umgebung bedrohlich wirkender Abgründe fasste sie schnell Vertrauen zu ihren Fähigkeiten und wurde zu einer exzellenten, trittsicheren und ausdauernden Berggeherin mit hervorragendem Gleichgewichtssinn.

Ihre erste kleine Tour führte sie vom Hahntennjoch auf das Steinjöchl. Elyna absolvierte sämtliche Passagen problemlos. Auf der gegenüberliegenden Seite dehnten sich die riesigen Geröllhalden, die von den Scharnitzköpfen, dem Maldonkopf, dem Sparketgrat und dem Hahnleskopf Richtung Talgrund drängten. Die Straße verlief an den unteren Rändern des Gerölls etwas oberhalb des Talbodens, auf dem sie das weidende Vieh der Maldonalm sahen. Wenn nicht gerade Motorräder ihren Lärm emporschickten, hörten sie den sanft-monotonen Glockenklang der Tiere. Sie durchstiegen die Schrofen und gelangten auf Wiesen mit einem Wegweiser, der einen mit einem schwarzen Punkt markierten Pfad besaß, der zur Heiterwandhütte führte. Dieser Pfad sei immer noch in einem schlechten Zustand. Das habe er von Marco erfahren, bemerkte Larix. Er selbst habe ihn noch nie begangen. Wenn sie demnächst mal nach Imst fahren, könne man die Strecke einsehen, fast ausschließlich durch Latschen und über steile Schrofen und mit Schutt gefüllte Rinnen, sicher sehr unangenehm zu laufen.

Blau, Rot und Schwarz waren die Farben der drei Klassifizierungen „Leicht, mittelschwer und schwer“. Das Maß der Einteilung sei die schwierigste Stelle, vergleichbar mit der „Schlüsselstelle“ einer Kletterstrecke. Eine mit einem schwarzen Punkt ausgezeichnete Strecke könne also überwiegend leicht oder mittelschwer sein, aber man müsse halt mit einer oder mehreren Stellen rechnen, die schwer zu überwinden waren, sprich, Schwindelfreiheit, absolute Trittsicherheit und die Zuhilfenahme der Hände erforderten. Sie nahmen das letzte Teilstück ihres Weges in Angriff, zunächst über Gras, später über kleine, gut begehbare Felsstufen und schließlich am Fels entlang vorbei an einer kleinen Gedenktafel, die an einen zwanzigjährigen Jungbauern aus Imst erinnert, der 1970 hier oben unterhalb des Jochs vom Blitz erschlagen wurde, als er Pferde über das Joch auf die Plötzigalm bringen wollte. Einer der unzähligen kleinen und großen Unfälle, die zum Leben der Bergbewohner gehören. Larix kannte niemanden im Dorf, der unfallfrei durch sein Bergbauernleben gekommen wäre. Marco war vor zwei Jahren beim Bau seines Pferdestalls von der Leiter gestürzt und hatte sich eine Rippe gebrochen. Es hätte schlimmer ausgehen können, er hätte sich am Zaun aufspießen können und wäre vielleicht verblutet. Als er im letzten Jahr von seinem Unfall erzählte, sprach er darüber, als ob es sich um ein banales Ereignis gehandelt hätte. Larix dachte, dass diese Leute hier wirklich hart im Nehmen seien. Brüche, Quetschungen, Fleischwunden, alles, was das Arbeitsleben so an Verletzungen mit sich brachte, gehörten hier zum Alltag und wurden entsprechend gleichmütig besprochen.

Dennoch stimmte dieses Unglück sie nachdenklich. Der Tod des jungen Mannes war offenbar so denkwürdig, dass die Jungbauernschaft von Imst diese Tafel hatte anbringen lassen. Den Gedenkenden war daran gelegen, das Bild eines vom Blitzschlag aus dem Leben und der Arbeit gerissenen Menschen zu zeichnen, der einer der ihren gewesen war. Dabei war die Wahrscheinlichkeit groß, dass dieser junge Mann zu viel riskiert haben könnte. Larix stellte sich vor, dass dieser Mensch das Joch vor Augen hatte und gewissermaßen den kurzen Sprung hinunter zur Alm nach dem Motto „Das schaffe ich noch“ machen wollte. Vielleicht hatte er auch an die kleine Höhle gedacht, die ihm auf der anderen Seite direkt unterhalb des Jochs Schutz geboten hätte. Dann hätte er nicht einmal bis zur Alm durchlaufen müssen. In der Grotte hätte er mitsamt seinen Pferden das Gewitter abwarten können und wäre anschließend weitergelaufen. Wir wissen es nicht, dachte Larix, und wir werden die genauen Umstände auch nie erfahren. Der Rückzug wäre aller Wahrscheinlichkeit nach nicht weniger riskant gewesen, überall freie Fläche. Der junge Mann hatte in der Falle gesteckt, auf offener Strecke ohne Deckung. Freilich hätte ihn der Blitz nicht treffen müssen. Die Situation, in der er sich befand, barg zwar ein erhöhtes Risiko, aber die Chance, heil herauszukommen, war gegeben. Tja, es gebe so viele Aspekte, die man in Betracht ziehen könne. Seine Leute hatten die Sache als Unglück verstanden, der junge Mann hatte das Glück nicht besessen, als er es benötigte. Das Schicksal hatte gesprochen und die Gedenktafel erinnerte genau daran. Ja, das Schicksalhafte sollte der Wanderer, der diese Tafel betrachtet, hören und bedenken. Für diese Menschen hier war das Schicksal nicht blind, sondern eine Spielart Gottes ewiger Ratschlüsse. Alles kam von Gott, so auch das Unglück. Ja, die Gemeinschaft hatte den unglücklichen jungen Mann zurück in Gottes Hand gegeben und ihm keine Schuld zugeschrieben. Vielleicht hatte man gedacht: Ach, wäre er doch vorsichtiger gewesen. Oder: Warum war er nicht rechtzeitig umgekehrt, Gewitter lagen doch in der Luft an diesem Tag. Offiziell jedenfalls wurde die Version des Unglücks zurückbehalten. Die Version einer möglichen extrem leichtsinnigen Handlung hatte man verworfen. Dieser junge Mensch hatte nicht im Ruf eines unbedachten Menschen gestanden. Freilich verband sich mit der Feststellung eines Unglücks die Mahnung, achtsam zu handeln. Das Unglück war immer auch eine Aufforderung zum Nachdenken. Die Menschen hier lernten von frühester Kindheit an, sich umsichtig zu verhalten. Den Kindern wurde beispielsweise eingeprägt, keineswegs im Bachbett zu spielen. Die Kinder der Feriengäste, Larix selbst und seine Kameraden hingegen hatten sich immer wieder im Bachbett herumgetrieben. Niemand hier verhielt sich leichtsinnig und die Risiken und Gefahren ignorierend oder gar missachtend. Alle lernten und beherrschten das Lesen in den Zeichen der Natur. Deshalb würde man niemandem unterstellen, er sei blindlings ins Unglück gelaufen und habe das Schicksal herausgefordert. Es wurde auch die eigene Überzeugung zum Ausdruck gebracht, dass man umsichtig und mit Bedacht handelte. Das war eine Säule ihrer Bergbauernexistenz.

Sie gelangten ans Jöchl, wo ihnen ein kalter Windhauch entgegenschlug. Sie schauten hinunter ins Plötzigtal und hinüber zur Namloser Wetterspitze. Links ragten senkrecht die dunklen Felswände des Falschen Kogel aus ihrem Kar empor. Der Wettersteinkalk war fest und griffig. Eine beliebte Kletterroute führte durch die Nordostwand.

Schnell traten sie ein paar Schritte zurück und stellten ihre Rucksäcke unterhalb des verwitterten großen Holzkreuzes ab. Elyna zog ihren Anorak bis zum Kinn zu und verschwand bis zur Nasenspitze unter ihrer Kapuze. Jetzt sehe sie aus wie einer von Laurins Zwergen. Elyna streckte ihm schelmisch die Zunge heraus. Er machte sie auf feine Spuren im Geröllfeld unterhalb der Felswand aufmerksam: Das seien Gämspfade. Hier wechseln die Tiere zwischen Plötzigtal und Hahntennjoch.

Einige Bergdohlen hatten sich ihnen genähert und spielten geschickt mit dem Aufwind direkt an der Kante des Jochs. Natürlich erwarteten sie das eine oder andere Bröcklein. Die beiden taten ihnen den Gefallen, für ihre Flugschau sollten sie doch eine Belohnung erhalten. „Hast du das gesehen? In der Luft hat sie sich den Brotbrocken geschnappt", bemerkte Elyna begeistert.

Erneut musterten sie die zerklüftete Kette des Sparketgrats mit seinen riesigen Geröllfeldern. Bei Starkregen setzten sich die Geröllmassen bisweilen an der einen oder anderen Stelle in Bewegung, gerieten ins Rutschen. Es konnte passieren, dass Geröll die Fahrbahn blockierte. Räumfahrzeuge mussten dann von Imst kommend die Straße wieder befahrbar machen. Weiter westlich waren die Einkerbung des Scharnitzsattels sowie ganz in der Ferne der Muttekopf erkennbar. „Ja", sagte Larix, „hier gibt es eine Vielzahl von interessanten Bergtouren. Schaumerma, was wir schaffen." Elyna war bereit, die Herausforderungen anzunehmen. Der heutige Aufstieg war rundum zufriedenstellend verlaufen. Sie stiegen den Felssteig ein paar Schritte hinunter und erblickten weiter unten direkt neben dem Steig eine kleine Grotte. Die wollte der junge Bauer vielleicht noch erreichen und in ihrem Schutz das Gewitter vorüberziehen lassen.

Schließlich machten sie sich auf den Rückweg, den Elyna fehlerfrei absolvierte. Larix hingegen geriet einmal auf einen rutschigen Stein und setzte sich gezielt auf den Hosenboden, als ihm klar war, dass sein Gleichgewicht verloren war. Nichts Schlimmes, aber es heißt einfach aufpassen und konzentriert gehen, was mit der Zeit zur Routine wird. Und in ebendieser

Routine mit all ihren Automatismen werden mangelnde Aufmerksamkeit und Konzentration zur Fehlerquelle.

***

Ihre Bergwanderprüfung bestand Elyna drei Tage später mit Bravour auf dem damals noch kaum ausgebauten schmalen Schocksteig, den man wieder Drischlsteig nannte. Luftig ging es im munteren Auf und Ab dicht am senkrechten Fels entlang. Ein Wasserfall kurz vor der Hütte wurde ausgiebig betrachtet. Die riesigen Felsen oberhalb, blaue Köpfe genannt, waren wohl von der Zyklopenhand der Eiszeit an ihren Platz befördert worden. Sie ließen sich auf der Terrasse der Muttekopfhütte nieder. Larix' Blick fiel auf die Höhenangabe über dem Eingang. Was? 2000 Meter hoch soll die Hütte liegen? Sind die Berge hier gewachsen?

Er sprach den Hüttenwirt an und wies auf die Hüttenwand: „Laut Alpenvereinsführer liegt die Hütte auf 1934 Meter."

„Jo, stimmt."

„Also stimmt die Höhenangabe 2000 Meter ja wohl nicht."

„Jo, stimmt."

„Ach, und warum diese falsche Höhenangabe?"

„Weg'n de Leit. Die sitzen lieba auf tollen 2000 Metern als auf krummen 1934 Metern. Des fühlt sich glei bessa aa."

„De Leit, de Leit, eines Tages werden die Leute von euch verlangen, dass ihr die Felsen grün anstreicht."

„Naa, naa, so schlimm werds scho it wern."

„Hoffentlich."

„So, wollts wos zum Essa?"

Nach dem Mittagessen machten sie sich auf den Rückweg und wählten den Platteinsteig auf der gegenüberliegenden Talseite, der einige kettengesicherte Querungen mäßig steiler und rutschiger Rinnen bot. Elyna schaute hinüber und fand im senkrechten Felsgewirr auf der gegenüberliegenden Seite den Pfad nicht mehr wieder, den sie doch am Vormittag gegangen waren. Larix packte das Fernglas aus. Endlich erhaschten ihre Augen die eine oder andere Passage und sie sagte voller Verwunderung und Stolz: „Da soll ich gewesen sein?" Ja, da war sie vor ein paar Stunden gewesen. Sie war voran gelaufen, mit klaren, geschmeidigen Bewegungen, zielstrebig und trittsicher. Und Larix hatte gedacht, dass sie ihm in ein paar Jahren vielleicht davonlaufen werde. Nein, das werde sie ganz gewiss nicht tun, denn ihre Verbundenheit war schon gewachsen.

***

Sie saßen gemütlich auf der Terrasse vor Alberts Gaststube. Sanft breitete der Abend im Tal sein Dämmerlicht aus, während der Himmel und die Spitzen der Berge noch hell leuchteten. Eine ungeheuer friedfertige Atmosphäre schien die beiden zu umfangen und lud sie ein, sich angenehm mit ihrem Verhältnis zum Dorf zu beschäftigen.

„Wenn ich hier oben bei Albert sitze", bemerkte Larix, „habe ich manchmal das Gefühl, die Welt könnte wenigstens zeitweise halbwegs in Ordnung sein. Fühlst du dich hier wohl", fragte er Elyna und machte dabei eine Handbewegung, die den ganzen Ort mitsamt seiner Umgebung umfasste.

„Ja, es ist ein sehr hübscher Ort mit freundlichen Menschen."

„Kannst du dir vorstellen, hier häufiger, vielleicht sogar regelmäßig ein paar Wochen zu verbringen?"

Sie überlegte, die Szene von Beilstein kam ihr in den Sinn. Etwas Bedeutsames verbarg sich hinter seiner Frage. Vielleicht war ihm selbst die Sache klarer geworden und sie fragte ihn, ob er ihr sagen könne, warum ihm so viel an diesem Dorf liege.

„Für mich ist das Dorf ein Ort, der in mir ein intensives Lebensgefühl geweckt haben muss, damals als Junge und auch noch während meiner Militärdienstzeit. Dann ist das alles verschüttgegangen. Studienzeit, Arbeit, das mühselige Sozialleben – mein Leben ist wie eine Geröilllawine über mich gekommen und ich musste mich mühsam aus dem Schutt herausarbeiten. Und wie ich damit halbwegs fertig war, ja, da habe ich erst dich gesehen und wie dann unsere Beziehung gewachsen ist, da muss mir das Dorf wieder in den Sinn gekommen sein."

Elyna gab zu bedenken, dass er hier doch nicht auf Dauer leben könne. Nein, das habe er nicht im Sinn. Eher häufiger diese Welt aufsuchen, solange es sie noch gebe. Solange es noch Bewohner gebe, die diese Welt in sich tragen. Einfach aufsuchen, sie ganz einfach annehmen und auf sich wirken lassen und versuchen, ihre Anziehungskraft besser zu verstehen. Schließlich ließen sie ja ihre Welt auf sich wirken und würden sich mit den Zweifeln beschäftigen, die diese Welt in ihnen hervorrief.

„Und du glaubst, dass die Wirkungen unserer Lebenswelt, wo wir schließlich den überwiegenden Teil unseres Lebens verbringen, so negativ sind, dass du hier immer wieder ein positives Umfeld aufsuchen möchtest?"

„Ja, in gewisser Weise ist es so, aber nicht als Flucht. Für mich ist das hier kein Urlaub, sondern der Versuch einer Welt als Gegengewicht, nicht einmal bewusst als Anti-Welt. Die Welten sind einfach da und ich möchte für mich, für uns, ein inneres Gleichgewicht, einen Ausgleich finden. Die eine gefällt mir nun mal nicht so sehr und die andere umso mehr. Vielleicht werde ich eines Tages diese Welt nicht mehr aufsuchen, aber dann trage ich ihr Wesen hoffentlich in mir."

„Ich weiß nicht. Das hört sich an wie eine Traumwelt. Dieses Dorf hier wird nicht mehr lange Bestand haben. Darüber haben wir doch gesprochen."

„Das ist klar. Doch ich glaube, dass das Dorf so lange Bestand haben wird wie wir selbst."

„Du willst sozusagen zusammen mit dem Dorf alt werden?"

„Ja, und zwar bei klarem Verstand." Und er fuhr fort: „Egal, wie sich unser Verhältnis zu den Menschen hier und unser Verständnis ihrer Welt entwickeln werden, die Freude an den Bergen und dem Wandern auf ihren Pfaden haben wir doch in uns. Die geht immer weiter. Jedenfalls habe ich das Gefühl, dass du das ähnlich siehst oder täusche ich mich?"

„Da hast du recht. Ich möchte die Bergtouren nicht mehr missen. Ja, und das Dorf? Ich habe einen guten Eindruck von den Menschen hier gewonnen. Warum sollten wir nicht gut mit ihnen auskommen und Freude am Zusammensein mit ihnen empfinden? Wir werden ja sehen."

„Was meinst du? Fahren wir im nächsten Sommer wieder ins Dorf?"

„Sehr gern."

„Du wirst sehen, die Beziehung wird sich als langfristig erweisen, so lange dauern wie unsere Beziehung."

„Na, dann lass uns unsere Zeit nutzen."

Sie gaben Albert ein Zeichen. „So, wollts no wos trinken?"

„Ja, und zwar auf den Freundschaftsvertrag, den wir gerade mit eurem Dorf geschlossen haben."

„Ach so?“

„Ja, die Bewohner wissen nichts davon.“

„Aber i derfs scho wissen?“

„Weil du der Albert bist.“

„Ja, dann is scho recht.“

Albert hatte bei dem kleinen Wortwechsel keine Miene verzogen, nahm ihre Bestellung entgegen und begab sich zu einem Nachbartisch.

10

In den folgenden Jahren waren Elyna und Larix regelmäßig im Sommer zu Gast im Dorf und manchmal auch zum Jahreswechsel oder im Fasching. In seiner Firma nannten sie Larix „die alte Bergziege" und der Chef verabschiedete ihn mit den Worten „Fallen Sie mir nicht von den Bergen". Elynas Kolleginnen und Kollegen waren durchweg Lifestyle- und Wellness-Adepten und fragten sich, ob ihre Kollegin eine anachronistisch-langweilige Urlaubsaktivität praktizierte oder umgekehrt, schon eine postmoderne Form, die sie bislang nicht kannten und die eventuell nicht verpasst werden sollte. Immerhin gab es in der Bank einen Vorstand, der extremes Trekking mit Rucksack und Zelt in einsamen schottischen oder nordischen Landschaften praktizierte – ohne Gattin – und den man nicht auf die Malediven hätte locken können. Der Mann galt allerdings als Unikum mit einer waldschratigen Freizeitkonzeption, die zwar eine gewisse Bewunderung erregte, jedoch keine Nachahmer fand. Bei aller erklärten Naturnähe wollte man es so genau nun doch nicht wissen. Elyna und Larix fuhren „ins Lechtal". Wer nach geografischer Orientierung verlangte, erhielt Hinweise wie „hinter Füssen" oder „hinter Reutte". Ganz offenbar verbrachten sie ihren Urlaub in einer Hinterwelt und dies noch an einem ihrer hintersten Enden, also in einem Bergbauerndorf.

Ihre Beziehung zum Dorf verwandelte sich im Laufe der Zeit in eine Art Fortsetzungsgeschichte. Jede Ankunft begann mit der Frage nach Abgängen, Zugängen und sonstigen besonderen Vorkommnissen, um sich auf den neuesten Stand des Dorfgeschehens zu bringen. Elyna wunderte sich, dass Larix familiäre und gemeinschaftliche Geschehnisse in dem einen Begriff „Dorf" zusammenführte. Das habe nun mal mit der besonderen Öffentlichkeit des Dorfes zu tun, versuchte er zu erklären. Wichtige private Veränderungen seien automatisch von Belang für die Dorfgemeinschaft. Es gebe im Dorf keinen einzigen „Privatmenschen". Die Privatperson sei eine Hervorbringung der bürgerlichen Gesellschaft. Jeder Dorfbewohner besitze mindestens eine Mitgliedschaft und übe mindestens eine ehrenamtliche Tätigkeit aus, ob Gemeinderat, Freiwillige Feuerwehr, Agrargemeinschaft, Bergwacht, Viehzuchtverein, Pfarrgemeinderat usw. Die Leute leben nicht nur im Dorf, sie seien unmittelbar das Dorf. Und wie einst der Sonnenkönig von sich behauptete „L'Etat, c'est moi", so könne jeder Dörfler von sich sagen: „Das Dorf bin ich". Und dieses Dorf-Ich schließe alle ein.

In der Tat bildeten die Bewohner nicht nur eine Dorfgemeinschaft, sondern rechtlich – zusammen mit dem Nachbardorf – eine Ortsgemeinde gemäß Bundesverfassungs-Gesetz (BV-G). Ihr persönliches Leben und ihr Familienleben waren in eine erstaunliche Selbstverwaltung eingebettet, mit vom Staat garantierten Kompetenzen, dazu Förderprogramme und Subventionen. Was ihre unmittelbaren Belange anbetraf, waren sie Verwaltete und Verwaltende in einer Person, gewissermaßen autonome Basisdemokraten. Das moderne Österreich besitzt bis auf den heutigen Tag einen riesigen Teppich von Gemeinden, Klein- und Kleinstgemeinden. Allein der Bezirk Reutte umfasst 37 Gemeinden für eine Gesamtbevölkerung von gut 30 000 Einwohnern. Davon wohnen im Hauptort, der Marktgemeinde Reutte, 7 000 Menschen. Offenbar handelt es sich um ein recht lebendiges Erbstück der alten Monarchie, wobei die Wurzeln dieser kommunalen Selbstverwaltung bis ins Mittelalter zurückreichen.

Im Nachbarseitental führte die „kleinste Gemeinde Österreichs" ein ähnliches kommunales Dasein. In dem Dorf ging es politisch so einstimmig zu, dass sie bei einer Wahl gar keine Stimmzettel mehr ausfüllten und abgaben. Man versammelte sich, stimmte per Handzeichen ab. Das Ergebnis wurde vom Gemeinderat festgestellt und protokolliert, vom Bürgermeister unterzeichnet und telefonisch durchgegeben. Eine demokratische Selbstbestätigung der besonderen Art. Offenbar erforderte das Leben der Gemeinde in Ermangelung größerer Interessengegensätze noch keine Politik. Man machte zwar sein Kreuzlein bei der bevorzugten Partei, aber niemand wäre auf die Idee gekommen, einen Ortsverein zu gründen und Parteipolitik einzuführen. Man verließ sich auf den Bauernbund oder andere Vereinigungen sowie auf die Volkspartei, die schon die richtigen Leute fördern und in die höheren Positionen der staatlichen Entscheidungsgewalt bringen würden. Allerdings stieß die kommunale Selbstverwaltung der Kleingemeinden an ihre personellen Grenzen: Der Bevölkerungsschwund führte mancherorts dazu, dass sich kaum noch

genügend Personen für die Ämter der Gemeinderäte und Bürgermeister
fanden.

***

Auch wenn darüber nie mit offenen Worten gesprochen wurde, wussten
die Menschen sehr wohl, dass ihr Dorf keine Zukunft mehr besaß. Die
Ära der bergbäuerlichen Familienbetriebe ging zu Ende. Die Phase vieler
Zerreißproben in den Bergbauernfamilien war schon vorüber. Erst später
erfuhren die beiden in manchen Gesprächen Andeutungen von drama-
tischen Kämpfen zwischen den Alten und den Jungen. Die Eltern klammerten sich an den Hof und pochten auf seine Weiterführung. Die Jungen
hingegen sträubten sich, weil sie keine Zukunft mehr sahen.

In den Medien wurde diese Epoche als „Höfesterben" dargestellt. Dieses metaphorische Sterben erwähnte jedoch nicht die Depressionen und
Selbstmorde von verzweifelten Jungen, die zwischen ihrem Pflichtgefühl
den Eltern und dem Hof gegenüber und ihrem Wunsch, ein neues Leben
zu führen, aufgerieben wurden. Manche Alten machten es den Jungen sehr
schwer, allzu schwer. Ihre Motive waren nicht böswillig, nur schrecklich
hilflos. Uneinsichtig vielleicht und doch tragisch. Der drohende Zusammenbruch ihrer Welt als schreckliches Gefühl der Verlassenheit. Die Jungen wollen uns im Stich lassen. Wer wird für uns im Alter da sein? Und
schließlich der Hof, der alles beherrschende Hof. Der Hof musste weiter-
leben. Sie konnten nicht loslassen. Im Dorf selbst waren diese Konflikte
glimpflich verlaufen und durch die Entstehung von Geschwisterhöfen verdeckt worden.

Bei jedem ihrer Besuche bemerkten Elyna und Larix, wie die Ortschaften unten im Tal etwas von ihrem einstigen bäuerlichen Charakter verloren und „bürgerlicher" wurden. Im Laufe der Jahre musste man genauer
hinschauen, um da und dort noch einen Betrieb zu entdecken. Die moderne Marktwirtschaft war dabei – wenngleich in dieser Region mit Verspätung –, diesen rand- und rückständigen Erwerbszweig, der am äußersten Ende landwirtschaftlich nutzbarer Räume und auf einer bescheidenen
Stufe der Wirtschaftlichkeit siedelte, auszumustern. Er bot nicht mehr
zahlreichen Familien ihre Existenzgrundlage. Es gab keine wirtschaftliche
Notwendigkeit mehr. Die Menschen wurden in neuen Produktionspro-

zessen benötigt. Die Zahl der Angestellten und Dienstleister nahm stetig zu. Die Autos der Pendler, die diversen Lieferwagen, die schweren Lkw der Transportbetonhersteller, Baustoffhändler und Bauunternehmer, die Transporter der Installations- und Montagebetriebe – alle sausten unermüdlich auf der Lechtalstraße hin und her. Immerzu gab es neue Bauprojekte, Wildbachverbauung, Kanalisation, Gemeindezentren, Kindergärten, neue Schulgebäude, Sportanlagen, Brücken, Ortsumgehungen, hübsche Einfamilienhäuser auf bequemen Grundstücken. Dazu die Touristen. Pulks von Motorrädern lärmten vorbei und waren ständig mit Überholvorgängen beschäftigt, während man die Autos der Touristen an ihrer eher vorsichtigen Fahrweise erkannte. Als Larix sich einmal einen „Strafzettel" der mobilen Radarkontrolle am Ortsausgang von Obergiblen von Bach kommend einfing, stellte Gerda befriedigt fest: „Des gfreit mi, dass es amol it nur die Einheimischen derwischt." Ja, dachte er, da habe sie schon ein rechtes Stichwort gesagt: die Einheimischen. Davon gebe es mittlerweile viele, die alten und die jungen, die gestrigen oder gar antiken und die modernen mit dem „RE" im Kfz-Kennzeichen. Je moderner die Strukturen des Lechtals wurden, desto vielfältiger war die Zusammensetzung der Einwohnerschaft. Wie dehnbar mochte der Heimatbegriff sein? Würde er sich neu erfinden und in welchen Formen? Oder würde er sich schließlich verlieren? Spielte sich im Tal die moderne Gesellschaft ab, während oben im Dorf die einstige Gemeinschaft In den letzten Zügen lag?

Da und dort konnte man noch Vertreter der Urbevölkerung entdecken. Man erkannte sie beispielsweise am schwarzen Kennzeichen mit einem dicken weißen „T". Manchmal tuckerte ein Steyr T84 vorbei, mit sagenhaften 16,5 PS, hervorgebracht von einem Ein-Zylinder-Dieselmotor. Das alte T-Kennzeichen arg abgenutzt und am Lenkrad hockte ein originaler Bergbauer, ein „homo indigenus tyrolensis" in der Unterart des „homo transfericius", sozusagen. Solch ein Mensch erinnert an die gerade vergehenden Zeiten, als die Einheimischen nicht anders als Lechtaler hießen und es noch keine komplizierten Identitätsfragen gab. Da lebte man in einem Daseinsgefüge, wo es selbstverständlich war, dass die Leute hier „dahoam" waren, und wenn nicht, dann waren sie eben Fremde und niemand nahm daran Anstoß. Da bestand diese Welt aus tausendfachem „dahoam sein" – ein riesiger, aus winzigen Parzellen geknüpfter Lechtaler

Zivilisationsteppich. Das Dorf war nicht nur eine Ansammlung von Gebäuden und Nachbarn, sondern der Mittelpunkt eines ganz bestimmten Raumes, dessen Grenzen jeder sehr genau kannte, weil er den gemeinsamen lebensnotwendigen Wirtschaftsraum bildete, sorgfältig geschieden von den benachbarten Wirtschaftsräumen und dem „Dahoam" anderer. Vertikal betrachtet konnte man sich das Lechtaler „Dahoam" als eine russische Puppe vorstellen. Nahm man die Bezirkspuppe weg, erschien die Dorfpuppe. Nahm man diese weg, zeigte sich die Nachbarschaftspuppe. Nahm man diese weg, wurde die Familienpuppe sichtbar. Und blickte man noch tiefer, hockte ganz innen ein Menschlein, ein Lechtaler, Produzent, Lieferant, und praktizierender Nutzer des „Dahoam" in einer Person, kurz, das personifizierte „Dahoam" – unter der Woch' im Kittel, und am Suntig im G'wand. Marco dixit.

Jetzt aber brummten im ganzen Bezirk nicht nur die Motoren, sondern die Wirtschaft überhaupt. Zum ersten Mal in der Geschichte hatten wirtschaftlicher Fortschritt und Prosperität das Lechtal voll erwischt und standen auf drei soliden Säulen.

Da war zunächst das Erbe der Milch- und Viehwirtschaft zu nennen, das man den Erfordernissen der modernen Märkte anpasste. Der notwendige Konzentrationsprozess fand statt und übrig blieben wenige größere Betriebe mit Hightech-Melkställen auf den größten Almen. Passend dazu züchtete man Hochleistungskühe. Eine wohl unvermeidbare Entwicklung, die auch Kritik und Mahnung hervorrief. Auf ihren Wanderungen begegneten Elyna und Larix den neuen Milchkühen, die schwer an der Last ihrer überdimensionierten Euter trugen. Elyna mochte diese Tiere nicht anschauen und hielt sie für bedauernswerte Geschöpfe. Nach fünf Jahren endete ihr Turbodasein und ihr Fleisch landete in der Dose. Diese erfolgreiche Neuausrichtung der Milchwirtschaft ist dem „Vater des Lechtaler Braunviehs" zu verdanken. Diese Rasse nämlich war zur Züchtung von Hochleistungskühen ausersehen. Jeder Wanderer, der auf der Sulzlalm oberhalb von Stockach auf dem Weg zur Simshütte Halt macht, findet dort seinen Gedenkstein, denn er starb – fast möchte man sagen: im Kreis seiner geliebten Kühe – wohl auch von ihm selbst unerwartet auf dieser Alm. Der interessierte Wanderer kann einen Blick auf den Lechtaler Weidezaun beiderseits des Weges am Eingang zur Alm werfen. Der Verstorbene galt als einer der letzten, die noch die Technik dieser gänzlich ohne Nägel und Schrauben, Draht oder sonstige Verbindungselemente erstellten Holzzäune beherrschten. Man kann daran rütteln, der Zaun steht bombenfest. Die Verbindung entsteht durch die innere Spannung der in bestimmter Weise ineinander gesteckten Latten. Je mehr Druck von außen auf den Zaun wirkt, desto mehr Gegendruck baut sich von innen auf.

Im Reuttener Becken wiederum hatten moderne und florierende Industriebetriebe ihre Standorte mit einem hohen Bedarf an qualifizierten Fachkräften, von denen das Lechtal nicht wenige zur Verfügung stellte. Dies war bei genauerer Betrachtung eigentlich die Fortführung einer alten Tradition, als vor allem Bauhandwerker aus dem Tal sich auf entfernten Baustellen im Allgäu oder im Bodenseeraum verdingten. Und schließlich blühten Handwerk und Handel. Die Auftragsbücher der Handwerksbetriebe waren gut gefüllt, denn es wurde fleißig gebaut, privat, gewerblich und öffentlich. Im Gefolge des wachsenden Wohlstandes entstanden zudem immer neue Dienstleister, kleine Einkaufszentren und Boutiquen, um die Bedürfnisse eines zunehmend bürgerlichen Publikums zu befriedigen.

Die Landschaft des Lechtals hingegen stellte man in gewisser Weise unter Naturschutz, mit dem unverbauten Lech als Herzstück. Ein rühriger Tourismusverband mit Sitz in Elbigenalp nutzte den neu geschaffenen „Naturpark Tiroler Lech" als großes touristisches Vermarktungsthema, entwickelte und bündelte Freizeitangebote und Events, um einen zahlungskräftigen und „naturverbundenen" Kundenkreis in „eine der letzten Wildflusslandschaften Europas" oder gar „wunderbar erhaltene Naturlandschaft" zu locken. Kurz, es sollte etwas für Genießer Gottes eigener Natur und Kultur sein. Warum nicht? Die Lechtaler Gemeinden schmückten sich mit dem Label „Naturparkgemeinde" und der Lech wurde als „Der letzte Wilde" einem breiten Publikum vorgeführt.

Der Schwerpunkt lag auf der Sommersaison, denn die Lechtaler Alpen boten einfach keine interessanten Hänge für den Skisport. Alles war viel zu eng, mit Ausnahme des Jöchlspitzgebietes auf der gegenüberliegenden Allgäuer Seite, wo immerhin ein bescheidenes Skivergnügen möglich war – allerdings keinem Vergleich mit den riesigen Wintersportorten Lech, Warth oder Sankt Anton standhielt. So hatte man sich auf das Skiwandern entlang des Lechs verlegt, um wenigstens die Freunde dieser Wintersportart anzulocken, vergleichbar mit dem Tannheimer Tal, das nicht nur Skipisten anbot, sondern zu einem kleinen Mekka der beschaulichen Loipenwanderer geworden war. Außerdem diente das obere Lechtal als Übernachtungsraum für Skitouristen, die sich mit dem Shuttlebus nach Warth fahren ließen und abends die ruhige Atmosphäre der kleinen Lechtaler Orte genossen. Das Land Tirol und die Gemeinden unterstützten und förderten mit allerlei Strukturmaßnahmen die wirtschaftliche Entwicklung des Lechtals.

Alles entwickelte sich bestens. Nur für die Seitentäler fand sich kein rechter Platz auf dem fahrenden Zug – allen voran auf schier exemplarische Weise das Dorf, das der sich entfaltenden modernen Gesellschaft eine eigentümliche Randständigkeit entgegensetzte. Offenbar kamen die Bewohner aus ihrem angestammten Selbstsein nicht heraus – konnten es jedoch dem Nachwuchs nicht mehr übermitteln. Wollten sie es überhaupt verlassen? Wohl kaum. So mochten die Vorfahren einst ihren Raum Lechtal und den Raum der Welt geschieden haben. Einst begann für die Alten die Welt am Rand von Weißenbach, wo die Fuhrwerke der Welt – beladen mit Waren und bisweilen auch mit Waffen – an ihrem Tal vorüberzogen, über den Gaichtpass durchs Tannheimer Tal und das Oberjoch – in Richtung Allgäu oder hinüber nach Reutte und über den Fernpass ins Inntal. Das Lechtal war das Tal der Hinterweltler, keineswegs der Hinterwäldler. Man stand sehr wohl im Austausch mit der Welt. Die Lechtaler ließen sich jedoch nicht dazu bewegen, ihre Eigenständigkeit und Unabhängigkeit aufzugeben. Nein, die Vorfahren wurden nicht von der Welt aufgesogen, sondern lebten unverdrossen ihre hintere Welt. Jetzt aber hatte sich die Welt bis zu Füßen des Seitentals vorgearbeitet. Die letzten Hinterweltler konnten die neue Welt als unmittelbare Nachbarschaft erleben. Unten im Talort entstand beispielsweise ein neues Wohnviertel bestehend aus Einfamilienhäusern auf kleinen Grundstücken – eine Siedlung, überwiegend von Angestellten in den Betrieben der modernen Wirtschaft bewohnt. In allen anderen Orten des Lechtals sah es nicht anders aus. In Bach war eine neue Siedlung entlang des Alperschonbachs Richtung Madau entstanden. Ebenso in Untergiblen. Da und dort siedelten sich kleine Betriebe an. Im ganzen Tal entfaltete sich ein neues Modell der Erwerbstätigkeiten, mit seinen neuen Siedlungsformen.

Dabei hatte das Land Tirol die Gemeinden der Seitentäler keineswegs vergessen. Es war viel getan worden, um die Infrastrukturen auf den neuesten Stand zu bringen. Bis an die Kirche am Dorfeingang hatte das Land die Talstraße zweispurig ausgebaut, mit modernen Brückenbauwerken, Lawinenschutzgalerien sowie zwei Tunneln, um sie lawinensicher zu machen. Nur noch im Seittal war eine größere, aber seltene Lawine unverbaut übrig geblieben. Oberhalb des Dorfes hatte man moderne Lawinenverbauungen errichtet – nach der großen Beinahekatastrophe. Die Rampe der Auffahrt ins Tal hatte hoch oben am Fuß der Rotwand Schutzplanken aus Stahl erhalten, eine technisch beachtliche Leistung. Im Sommer gab es eine Busverbindung speziell für Wanderer. Der Postbus vom Lechtal nach Imst mache einen Abstecher bis an die Haltestelle „Dorf" gleich neben der Kirche. Es stieg zwar kaum jemand ein oder aus, aber immerhin, sie waren doch nicht vergessen.

Strom erzeugten sie selbst mit einem kleinen Wasserkraftwerk, dem unermüdlich sprudelnden Fundaisbach sei Dank. Die Dorfstraße wurde endlich komplett asphaltiert. Und zuletzt entstand ein gewissermaßen brandneues Feuerwehrhaus. Man hatte sie an alle modernen Kommunikationsnetze angeschlossen. Ja, man konnte im Dorf im Internet surfen wie mitten in New York, vielleicht sogar besser. Dafür hatte der Bürgermeister und IT-Spezialisten, der im Nachbarort wohnte, Sorge getragen.

Das Dorf nahm alle Infrastrukturmaßnahmen dankend an, ohne mit veränderter wirtschaftlicher Aktivität und Mentalität zu reagieren. Für die junge Generation war die Botschaft eindeutig: Hier oben hat die Zukunft keinen Platz mehr. Hier besitzt die alte Lechtaler Welt eines ihrer letzten Quartiere. Vielleicht arbeitete man schon unbewusst daran, das Dorf, also seine äußere Gestalt, in ein Denkmal Alttiroler Bergbauernkultur zu verwandeln und später als Freilichtmuseum oder als Filmkulisse zu vermarkten. Vorerst jedoch profitierte man vom Subventionswesen. Das Land Tirol ließ seine Bergbauern nicht fallen, jedenfalls nicht ohne Fallschirm.

Nicht nur von unten aus dem Tal brandeten die Wellen der Moderne gegen das Dorf. Auch weiter oben machte sich die neue Zeit lautstark bemerkbar, beispielsweise in Gestalt eines Hubschraubers, der vom Feld vor dem Dorf Baumaterial auf die Hanauer Hütte schleppte. Die Sektion investierte und nicht nur sie. Albert hatte später Larix gegenüber bemerkt, er habe beobachtet, wie der Luftdruck der Rotorblätter zwei Vogelnester gegen die Hauswand geklatscht hätte. Schöne ökologisch denkende Zeitgenossen seien das. Ökologie im Kopf und tätig wie die Axt im Walde. Aber wo gehobelt wird, fliegen bekanntlich Späne, Nester, alles, was nicht schnell genug in Deckung geht.

Überall wurden die Alpenvereinshütten auch unter ökologischen Gesichtspunkten modernisiert, einige mit hohem Besucherandrang auch ausgebaut. An verschiedenen Orten entstanden Klettersteige, um die sportliche Jugend anzulocken. Eine hundert Meter hohe Hängebrücke spannte sich oberhalb von Holzgau über das Höhenbachtal und wurde zur Attraktion. Die Stahlseile sind von Swissrope, was für Schweizer Qualität bürgt. Die Kosten wurden überwiegend aus einem Strukturfördertopf der EU finanziert. Das gesamte Wegenetz vom Tal bis in den hochalpinen Bereich wurde landeseinheitlich neu mit gelben Wegweisern und drei farbigen Punkten für die Schwierigkeitsgrade beschildert, analog zur Klassifizierung der Skipisten – blau, rot, schwarz. Für die Freunde des Mountainbikings schuf man zahlreiche Routen auf Hütten und Almen. Unten im Tal hingegen konnte man mit dem Fahrrad oder dem E-Bike von Steeg bis Reutte auf beschaulichen Wegen am Lech entlang und abseits der Bundesstraße ausgedehnte Touren unternehmen. Wer den Lech selbst erleben wollte, konnte sich in ein Schlauchboot setzen und Rafting betreiben, eine risikolose Fahrt, denn die Strecke besitzt keine gefährlichen Stromschnellen, die dem Wildwasserfahrer größeres Können abverlangen. Wen es in die Lüfte zog, startete als Gleitschirmflieger unterhalb der Jöchlspitze, zog seine sanften Kreise hoch über dem Tal und mochte mit dem Adler um die Wette segeln.

Man begegnete auf den Hütten und hochalpinen Steigen häufiger einer zahlungskräftigen und sportlichen Lifestyle-Klientel. Die Mitgliederzeitschrift des Alpenvereins nahm immer deutlicher die Züge von Ausrüsterkatalogen an, garniert mit redaktionellen Anpreisungen moderner und hochpreisiger Alpinaktivitäten und -techniken in allen Variationen und auf allen Kontinenten. Von Oberstdorf starteten geführte Gruppen von „Alpenüberquerern", die in sechs Tagesetappen bis nach Meran wanderten und auf drei verschiedenen Routen die Lechtaler Alpen überquerten. Natürlich mit Transfers und Hotelübernachtungen und keineswegs auf schnöden Matratzenlagern in zugigen oder stickigen Schlafräumen, je nachdem, wer gerade das nächtliche Sagen hatte. Einmal begegneten Elyna und Larix einer Gruppe am Hahntennjoch, wo die Leute ihre zweite Tagesetappe beendeten und mit VW-Bussen hinunter in ein Hotel in Zams transferiert wurden.

All diese Aktivitäten liefen am Dorf vorbei. Die hochalpine Trekking-Klientel hatte mit dem Dorf nichts zu tun. Es stellte gebührenfreie Stellplätze für die Autos bereit, wenn man einen Hüttenaufstieg zur Hanauer Hütte unternahm. An den Wochenenden war der kleine Parkplatz so überfüllt, dass man nach einer neuen Lösung suchen musste. Die fand man schließlich außerhalb des Dorfes. Ein Streifen des anfangs des 19. Jahrhunderts mühsam gerodeten Feldele, später als Mähwiese genutzt, am Angerlebach wurde zum geschotterten Parkplatz. Niemand von den Wanderern ließ sich im Dorf blicken.

Es gab einmal in den Wirtschaftswunderjahren einen Familientourismus, den Larix selbst als junger Mensch mit eigenen Augen gesehen hatte, und der war tot und würde nicht mehr wiederkehren. Das war der erste und einzige „Fremdenverkehr", den die damaligen Dorfbewohner wirklich mochten. Was gewiss auch daran lag, dass jeder Bauer mit mindestens einem Gästezimmer dabei war. Im Grunde – das mag böse klingen, ist es aber ganz und gar nicht – handelte es sich um eine kluge Erweiterung der Viehwirtschaft. Und so wie der Bergbauer sein Vieh liebte, liebte er seine Feriengäste. Doch niemand wollte sich an den Gästen, die das Dorf förmlich überrannten, eine goldene Nase verdienen oder ihnen das Fell über die Ohren ziehen. Nein, der Feriengast wurde sanft gemolken und das Dorf fütterte ihn mit seinem authentischen Dasein, das auf die Besucher eine ungemein entspannende Wirkung ausübte. Es gab keine besonderen Veranstaltungen für die Gäste, keine speziellen Events. Wer Lust hatte, mit den Dorfbewohnern die Messe zu feiern oder den Jungbauernball zu besuchen, konnte dies tun. Alle blieben auf dem Boden ihrer Bergbauernrealität. Nur der Wirt des unteren Gasthofes hob ab, machte den Flugschein und ging mit einem Sportflugzeug in die Luft, schaute die Heimat und die Welt aus der Vogelperspektive. Die Feriengäste boten das perfekte Zusatzeinkommen, um das Dorf etwas besser am Leben zu erhalten – mehr nicht.

In jener Zeit entstand kein einziges zusätzliches Bauwerk. Nur der untere Gasthof wurde umgebaut und erweitert. Albert hingegen beschränkte sich auf einen kleinen, angebauten Speisesaal. Ansonsten baute man die vorhandenen Bauernhäuser bescheiden aus, schuf in Eigenarbeit einfache sanitäre Anlagen und Zimmer, mehr nicht. Und alle waren glücklich und zufrieden damit. Der Sprung in die nächsthöhere Kategorie der Ferienwohnungen, geschweige der kompletten Gästehäuser oder gar Hotels, fand nicht statt, sei es in Ermangelung von Interesse oder weil man die Investition und die Risiken scheute. So blieb es beim bescheidenen Raumangebot der kleinen Bauernhäuser. Amelie und Raimund bildeten viel später eine Ausnahme, weil sie ihren Neubau großzügig dimensionieren konnten und wollten – wohl auch wegen der Kinder – und von Anfang an Zimmer und Ferienwohnungen eingeplant hatten. Gleichzeitig hielten sie sich die Option des Eigenbedarfs offen für den Fall, dass eines ihrer Kinder im Haus bleiben sollte.

Der untere Gasthof sollte noch eine kleine touristische Spätblüte erleben, die allerdings nicht mehr das Dorf zur Gänze betraf. So bildete sich, nachdem die Allgäuer und Schwaben größtenteils abgezogen waren, ein neuer Gästestamm, und zwar belgische, genauer mehrheitlich flämische Familien. Es sollte der letzte sein. Ausgelöst hatte diese Entwicklung die im Raum Brüssel ansässige Freizeitorganisation Jeka, die unten im Tal in verschiedenen Ortschaften mehrere verwaiste Gebäude gepachtet und zu Gruppenhäusern ausgebaut hatte. Generationen von Schulklassen verbrachten hier Ferienaufenthalte im Sommer wie im Winter. Die Kinder und Jugendlichen mussten daheim ganz begeistert von ihren Ferien gesprochen haben, denn mit der Zeit kamen auch einige Erwachsene und buchten ihren Aufenthalt vorzugsweise im unteren Gasthof. Albert hingegen bemühte sich nicht mehr um diesen Kundenkreis. Er gab sich mit seinen treuen Stammgästen zufrieden und bereitete mit Paula das Rentnerleben vor.

Es bildete sich nicht mehr die Atmosphäre herzlicher Vertrautheit, wie sie einst zwischen den Dorfbewohnern und ihren Feriengästen herrschte. Das hatte wohl auch mit der sprachlichen Barriere zu tun. Vielleicht aber auch mit dem Umstand, dass das alte Dorf selbst langsam sein bäuerliches Leben aushauchte und kein Dorf mehr da war, um diesen Besuchern Anteil an seinem Leben und seiner besonderen Atmosphäre zu vermitteln. In vielen Fällen waren die Dorfbewohner nur noch Zuschauer dieser Gäste und kamen nicht mehr direkt mit ihnen in Kontakt. Immerhin brachte es ein leutseliger und dem Alkohol zugetaner Dauergast, den sie „Obschtler-Pepi" tauften, noch zu einer gewissen anekdotischen Berühmtheit im Dorf.

Gemeinde und Gastwirte bemühten sich um „Animation". Der örtliche Skiverein veranstaltete beispielsweise Gästerodelrennen in Pfafflar oder kleine Skiwettbewerbe auf dem Übungshang des Dorfes. Larix gewann einen Pokal im Rodeln für einen erkämpften dritten Platz. Natürlich keine Chance gegen ein Ehepaar aus Kaufbeuren. Die beiden fuhren echte Rodelschlitten und landeten mit großem Vorsprung auf den ersten beiden Plätzen. Aber immerhin gelang der Sprung aufs „Stockerl". Bei einem Gästeskirennen wurde er gar erster – allerdings als einziger seiner Altersklasse, die Reinhold extra für ihn geschaffen hatte, damit er doch auch seinen Pokal bekam. Beide schmunzelten nicht schlecht. Silvester wurde mit den Gästen im unteren Gasthof gefeiert, ebenso Fasching. Sogar eine kleine Band hatte man angeheuert. Der große Saal diente als Tanzfläche, man feierte bis in den frühen Morgen. Unverdrossen zog der Pfarrer am Dreikönigstag mit seinen als Sternsinger verkleideten Ministranten von Haus zu Haus, einmal sogar zwischen den Gästen hindurch, freundlich um sich her grüßend, wie es seine Art war, und den Stern von Bethlehem verkündend. Irgendwie erweckte er den Eindruck, von einem anderen Stern gefallen zu sein. Die Kinder sagten in der Küche brav ihren Segensspruch auf und man tat seinen Obolus in die Spendenbüchse. „Caspar, Melchior und Balthasar" übersetzte Marco in die bäuerliche Version „Kas, Milch und Butter". Aber die Zeiten für derartige, eher praktische Segenssprüche waren vorbei. Nicht anders verhielt es sich mit der Tradition des Jungbauernballs, die man aufrechterhielt, obwohl es keine Jungbauern mehr gab. Für den jährlichen Kräutersegen zu Mariä Himmelfahrt kamen nur noch spärliche Büschel im symbolischen Umfang zusammen. Lydias Kräuterapotheke wurde nicht mehr nachgefragt und Larix brachte Lydia keine Arnikapflanzen mehr aus den Mähdern unterhalb des Habart. Man ließ sich Medikamente vom Arzt in Elbigenalp verschreiben, der praktischerweise gleich die Apotheke führte. Schwierigere Fälle wurden an das Bezirkskrankenhaus in Reutte weitergeleitet.

Eines Tages stellte die Musikkapelle ihre Aktivität ein. Marco hängte seinen Triangel an den Nagel und Reinholds Pauke ward nicht mehr gesehen. Immerhin entstand im Nachbardorf ein kleiner Sportplatz, der allerdings kaum genutzt und von Felix als „Investitionsruine" bezeichnet wurde. Larix überhörte geflissentlich den Seitenhieb auf den damaligen Bürgermeister. Für einen Fernsehfilm des Bayerischen Rundfunks wurde der Platz dank eines Einladungsturniers mit zahlreichen Jugendlichen unten aus dem Tal bevölkert. Dies erweckte den Eindruck überbordender Jugendlichkeit. Robert fungierte als Discjockey. Nun, im Spagat zwischen Lesung, Fürbitten und der Ankündigung von Popmusiktiteln hatte der Junge noch spannungsreiche Kulturbegegnungen vor sich.

Im Dorf war niemand, der auf den Vermarktungszug in die wirtschaftliche Zukunft hätte aufspringen können. Die letzte gemeinschaftliche Tat war die Gründung einer kleinen Kommanditgesellschaft für den Bau und den Betrieb zweier kleiner Schlepplifte vor und hinter dem Bichl. Fabio tätigte eine bescheidene Privateinlage, indem er ein gut erhaltenes Museumsstück, nämlich einen ausgemusterten Motorschlitten im Ötztal erwarb und tatsächlich auf dem schwach geneigten Hang vor dem Dorf zum Laufen brachte und damit notdürftig die Piste präparierte. Die Dorfbewohner waren schon immer Meister der preiswerten Schnäppchen. Die Orgel ihres Kirchleins beispielsweise hatten ihre Vorfahren als gebrauchtes Teil unten im Tal günstig ergattert. Gespielt wurde sie allerdings schon zu Larix' Jugendzeiten nicht mehr. Ein Versuch eines des Orgelspiels mächtigen Kameraden endete kläglich, obwohl doch alle anderen Kameraden tüchtig am Seil des Blasebalgs gezogen hatten. Die Orgeltöne klangen recht verstimmt und von den Dorfbewohnern fühlte sich niemand animiert zu singen – was der Pfarrer schon vorsorglich angekündigt hatte: Die Gemeinde singt nicht. Punkt. Und so war es auch. Im Anschluss behauptete die Gemeinde, man sei der Meinung gewesen, er, Larix, und seine Kameraden würden singen.

Belgische Schulklassen lernten auf dem Übungslift des Dorfes die Grundlagen des Skifahrens. Allerdings waren die Gruppen Selbstversorger und trugen kaum zu den Umsätzen des Gasthofes bei, was Fabio aus begreiflichen Gründen verdross. Die Leute hingegen erwiesen sich als begriffsstutzig oder dickfellig, jedenfalls kümmerte sie sein Unmut nicht.

Andererseits waren diese Leute (also wiederum andere) seine zahlenden Pensionsgäste, was ihn zur zähneknirschenden Duldung der misslichen Zustände zwang.

Man hatte sogar eine Langlaufloipe ins Angerletal bis zur Imster Hirtenhütte angelegt, die aber selten benutzt wurde. Bis zur Talstation der Hanauer Hütte ließ sich die Spur wegen der immensen Lawinengefahr nicht vorantreiben. Dieser Abschnitt wäre ohne Zweifel interessant gewesen. Die Tourenskifahrer gingen ins Gelände und interessierten sich nicht dafür.

Die zur Rodelbahn umfunktionierte Straße von Pfafflar, auf der Larix mit seinen Kameraden und einer Schar von Dorfkindern getobt hatte, wurde von wenigen Spaziergängern, selten mit Schlitten, genutzt, denn oben in Pfafflar war alles dicht, nicht einmal einen Glühwein oder Jagertee hätte man erstehen können. Außerdem gab es immer wieder Lawinensperrungen. In der Tat verfügte man über eine „unberührte und ursprüngliche Natur- und Kulturlandschaft“, wie es der Tourismusverband so trefflich formulierte. Doch seltsamerweise interessierte sich kaum ein Mensch dafür, ebendiese Landschaft gewissermaßen in Reinkultur zu erleben.

Elyna und Larix zählten gewiss zu den wenigen Ausnahmen. Allerdings waren sie nicht gekommen, um die „zahlreichen Möglichkeiten, den Alltag zu vergessen“, zu nutzen. Ihnen fehlte ebenso wie den Dorfbewohnern die touristische Begabung. Vom Umbau des Dorfes zu einem modernen Urlaubsparadies konnte nicht die Rede sein. Denn die modernen und letztlich zahlungskräftigen und -bereiten Besucher vergessen ihren Alltag nicht einfach so. Sie benötigen ein umfängliches Wellness-Ambiente, um ihre Erholung, den Urlaub vom Geldverdienen, zu kultivieren. Das lassen sie sich etwas kosten. Die großen Hotel- und Gastronomiebetriebe unten im Tal, ob „Grüner Baum“, „Stockacher Hof“ oder „Bärenwirt“, boten diesen Service und hatten ihren entsprechenden Preis. Natürlich kein Vergleich mit den Übernachtungspreisen gewisser Luxushotels in Lech oder gar im exklusiven Zürs. Das Dorf gab das einfach nicht her, allein schon deshalb nicht, weil hier niemand diese Investitionen in die neue Zeit hätte stemmen können. Sollte man diesen Weg einschlagen, wäre man auf immenses Fremdkapital angewiesen. In dem Fall könnte man gleich das ganze Dorf zum Verkauf anbieten.

Und so wogte die neue Wirtschaft um das Dorf. Doch es gelang nicht, dem Dorf eine neue Perspektive zu eröffnen und es in das neue Geschehen einzubeziehen. Die Verbliebenen verharrten in ihrer Welt. Und da alle, die blieben, sich langsam auf ihr Alten-Dasein vorbereiteten, bestand in der Tat keine Notwendigkeit, sich den Geist der neuen Zeit anzutun.

Elyna und Larix glaubten, im Laufe ihrer zahlreichen Besuche bei den Dorfbewohnern eine neue Beschaulichkeit zu entdecken. Keineswegs jene eines Rentners, der nach einem langen Dasein als aktives Mitglied der Gesellschaft den wohlverdienten Ruhestand antritt und sich – mehr oder weniger nachdenklich – jenes Getriebe anschaut, in dem er viele Jahre treue Dienste als Rädchen geleistet hatte. Nein, sie hatten den Eindruck, dass die Menschen im Dorf vielleicht zum ersten Mal in ihrer Geschichte eine andere Gesellschaft als ihre eigene deutlich wahrnahmen – nicht in einer weiten Ferne, sondern genau dort, wo sie bisher niemals gewesen war: dauerhaft in ihrer unmittelbaren Nachbarschaft und ihr eigenes Ende besiegelnd.

Sie schauten die neue Gesellschaft, fast wie die Zuschauer eines Films oder Theaterstücks. Allerdings hatte man auch Kinder, die sich in dieser Gesellschaft zurechtfinden mussten und von denen man bisweilen Neuigkeiten aus der neuen Gesellschaft erfuhr – erfreuliche und bedenkliche, jedenfalls Stoff, mit dem sie sich beschäftigten.

In ihren Gesprächen mit den Menschen des Dorfes bemerkten Elyna und Larix, dass ihr eigenes Schauen begann, mit dem Schauen dieser Menschen zu kommunizieren. Allerdings wollte niemand über die Zukunft des Dorfes sprechen. Den beiden war klar, dass dieses Thema in gewisser Weise „tabu" war. Jedem Dorfbewohner war bewusst, dass man auf das Ende ihrer Dorfgemeinschaft zusteuerte. Aber offenbar sahen sie keinen Nutzen mehr darin, sich mit dem unvermeidlichen Wandel auseinanderzusetzen. Man ließ ihn laufen und da er am Dorf vorbeilief, störte er sie nicht wirklich. Wie oft in ihrer Geschichte war die große Geschichte an ihnen vorbeigelaufen. Warum nicht auch dieses letzte Mal?

Offenbar gelangten die Dorfbewohner auf ihren eigenen gedanklichen Wegen und aus sehr unterschiedlichen Beweggründen heraus zur Betrachtung der neuen Gesellschaft. Man verstand, dass man ihr angehörte und zugleich durch ein großes Intervall von ihr getrennt war. Es gab ihr

Dorf und eine neue Einhausung des Dorfs in eine neue Gesellschaft. Ihre Hinterwelt erlebte zum letzten Mal den Wandel der großen Sphären. Und diesen Wandel würde sie nicht mehr überstehen.

***

Die meisten jungen Leute – Jungen wie Mädchen – strebten zum Dorf hinaus. Was blieb ihnen anderes übrig? Die einstige recht homogene Erwerbsstruktur des Dorfes – zwölf Höfe sollen es in den besten Zeiten gewesen sein – hatte sich schon deutlich gewandelt. Die jetzt aktive Bevölkerung – also diejenigen, die Larix als Kinder gekannt hatte – war teils fortgezogen oder verdiente ihr Geld überwiegend als Angestellte. Rena hatte den elterlichen Betrieb übernommen. Einige Altbauern würden bis zum letzten Atemzug ihren Hof bewirtschaften. Der Jäger war schon immer ein Angestellter gewesen. Es gab Feierabendbauern, die neben ihrer Arbeit als Angestellte eine kleine Restviehwirtschaft betrieben, wohl eher deshalb, weil der Status des Bergbauern gewisse Versicherungs- und Kreditvorteile bot und die Altersvorsorge sichergestellt werden musste. Möglicherweise leistete man dem Land Tirol gute Dienste als Zählhöfe in fernen EU-Statistiken, mit denen höheren Ortes Politik gemacht und Subventionen ins Land gelenkt wurden. Erste Pensionäre waren zu nennen. Ihr Anteil an der Einwohnerschaft würde mit den Jahren zunehmen. Wirklich wirtschaftlich – wenngleich deutlich weniger ertragreich als in den Boomjahren – arbeiteten nur noch die beiden Gasthäuser. Renas Hof war ein Selbstversorgerbetrieb, der auf Subventionen und diverse Ergänzungseinkommen angewiesen war, um den heutigen Einkommensanforderungen halbwegs gerecht zu werden. Die modernen Betriebskosten wie Energie usw. haben nun mal ihren Preis in Euro. Die Eltern waren als Selbstversorger noch ohne Subventionen ausgekommen. Die im Dorf Verbliebenen organisierten einen klugen Einkommensmix. Alle fanden ihr Auskommen und es fehlte niemandem an der modernen Ausstattung wie Auto, Fernseher oder sonstige Güter.

Von der jungen Generation schienen einige noch Interesse am Bestand des Dorfes zu besitzen. Felix holte seine Frau aus einem Nachbartal und baute mit viel Eigenleistung sowie mit der Hilfe seines Bruders und unter Inanspruchnahme von Landesmitteln ein neues Haus. Es war der zweite Neubau, nachdem Raimund ein stattliches Haus am Ortseingang errichtet hatte. Den dritten und letzten Neubau sollte Hubert, der Jäger, errichten, eine erdbebensichere Holzkonstruktion mit Tiroler Schwalbenschwanz-Verbindung ohne Schrauben, Nägeln oder Klammern für die Eckverbindungen. Der Hersteller habe diese Erdbebensicherheit halt angepriesen, meinte der Jäger. Sie stecke wohl in der Bauweise. Ob er sie jemals benötigen werde, glaube er nicht. Man habe hier noch nie etwas von Erdbeben gehört. Larix entgegnete, dass es wohl im Namloser Tal 1930 ein starkes Erdbeben gegeben habe. Es gebe sogar seit dem Jahr 2012 eine Messstelle im Ort. Aber in der Tat habe man nichts mehr in der Sache gehört. Hubert zeigte sich überrascht. Offenbar war ihm das „Namloser Erdbeben" nicht bekannt. Vielleicht, weil er aus dem Unterinntal stammte?

Rena heiratete Stefan, den einzigen Sohn von Hanna und Ewald. Nachwuchs stellte sich in beiden jungen Familien ein. Auch Gerda und Marco legten in Sachen Nachwuchs nach. Allerdings kam keine ausreichende Zahl von Kindern zusammen, um die kleine Grundschule erneut zu öffnen, die noch von den Eltern besucht worden war. So gingen die Kinder später in die Grundschule des Nachbarorts, bevor es zur weiteren Ausbildung mit dem kleinen Schulbus hinunter ins Lechtal, bis hinüber nach Elbigenalp in die Mittelschule ging.

So besaß die Dorfgemeinschaft in dieser letzten Phase ihrer Existenz noch eine arg reduzierte Generationenstatik mit einem Mittelbau von vier jungen Familien, von denen jedoch nur noch eine einen landwirtschaftlichen Vollerwerbsbetrieb führte. Diese Generation trug das alte Dorf an sein Ende.

Im Dorf und im Tal begann die Geschichte zu weben. Und manch einer hielt sie für alte Spinnweben. Und doch fanden Elyna und Larix, dass es etwas Bedeutsames zu bedenken gab. Die Alten hatten siebenhundert Jahre in ihrem Dorf an ihrem Daseinsteppich gewebt, die längste Zeit oben in Pfafflar, seit dem 19. Jahrhundert unten im kleinen Talboden. Das ist unbestritten. Sieben Jahrhunderte Graswurzeldasein im wahrsten Sinne des Wortes – die Menschen mit der Sense, ihr Vieh mit dem Maul. Das macht ihnen keiner mehr nach. Das soll auch niemand mehr nachmachen. Aber jedes menschliche soziale Dasein hat seine eigene Beseelung. Elyna und Larix interessierten sich für diese „Seele", die im Pionierdasein der ersten Siedler in einer einsamen Wildnis Gestalt angenommen hatte.

Sie selbst aber waren in vielerlei Hinsicht Kinder einer Gesellschaft, die sie als entseelt empfanden, vielleicht auch mit einer künstlichen Seele versehen. Und sie spürten in der Welt der Alten das Wirken erstaunlicher Daseinskräfte. Sie fragen sich: Was hatten die Alten, was wir nicht haben und als Mangel empfinden? Ist uns etwas abhandengekommen, genommen oder vorenthalten worden, was die Alten besessen und unendlich lange eingesetzt hatten, um ihre Existenz zu meistern – und zwar restlos? Jetzt aber geriet diese Welt zur Welt auf Abruf. Die Geschichte würde sie zu sich nehmen, wie der Herr seine ihm Anvertrauten.

11

Im Frühjahr verstarb nach langer Krankheit Reinhold. Als er zu Grabe getragen wurde, strömte eine ungewöhnlich große Zahl von Trauergästen zusammen, um dem Verstorbenen die letzte Ehre zu erweisen. Menschen aus dem ganzen Lechtal hatten sich auf den Weg gemacht. Und mancher mag sich verwundert gefragt haben, warum gerade Reinhold so viele Menschen an seinen Sarg geführt hatte. Offenbar hatte er auf besondere Weise die alte Kultur des Gemeinsinns verkörpert und gelebt. Der Pfarrer hatte berührende Worte gefunden, als er den Toten würdigte, seine ungewöhnliche Hilfsbereitschaft, sein Leben im Dienst der Familie und der Gemeinschaft. Und so entließ er den Verstorbenen aus dem irdischen Dasein und gab ihn dem Schöpfer vertrauensvoll zurück. Nach dem Totenamt und der Beisetzung hatte man sich in den Räumen des unteren Gasthofes versammelt. Der Geist des Toten schien die versammelte Gemeinde zu inspirieren, denn überall wurde sich intensiv unterhalten. Die eine oder andere Erinnerung an den Verstorbenen mochte da und dort in ihren Gesprächen auftauchen. Aber eigentlich waren die Lebenden wieder unter sich und diese Lebendigkeit war vielleicht die beste Anteilnahme, die man den trauernden Angehörigen erweisen konnte. Am Grab war alles Notwendige gesagt worden und der eine oder andere mochte den Gebeten auch Gedanken persönlicher Betroffenheit hinzugefügt haben.

***

Elyna und Larix zählten nicht zu den Trauergästen, man hatte sie nicht einmal informiert. Und so erfuhren sie den Tod erst im Sommer aus dem Mund von Lydia, die unter Tränen die traurige Mitteilung machte. Larix nahm sie in seine Arme und sagte, dass Reinhold ganz gewiss im Himmel sein müsse. Wenn nicht er, wer denn dann? Und Lydia nickte zustimmend, ein winziges Stück weit getröstet. In den folgenden Tagen besorgten Elyna und Larix in Reutte ein Blumengesteck und stellten es auf das Grab. Lydia bedankte sich aufrichtig. Jetzt hatten auch sie symbolisch vom Verstorbenen Abschied genommen.

Elyna äußerte später im Gespräch mit ihrem Gefährten ihr Unverständnis und auch eine gewisse Enttäuschung. Warum hatte die Familie nicht wenigstens eine Mitteilung gemacht? Er komme seit so vielen Jahren hierher. Es herrsche doch eine deutliche Vertrautheit zwischen ihm und Reinholds Familie. Ob sie denn Dorfbewohner einladen würden, wenn es einen Todesfall in ihren Familien geben würde?

„Nein, aber zumindest eine Benachrichtigung."

„Wirklich? Gibt es Familienereignisse bei uns, zu denen wir die Menschen hier formell hinzuziehen würden?"

Sie schwieg. Eigentlich hatte er ja recht. Die Familien hatten nichts miteinander zu tun. Sie waren mit dem Toten weder durch familiäre Bande noch durch eines der sozialen Bande verknüpft, mit denen die verschiedenen Dorfgemeinschaften sich verknüpften. Aber war er denn nicht dem Verstorbenen freundschaftlich verbunden gewesen? Warum hatte die Familie nicht an dieses Band gedacht? Andererseits hatte Lydia aufrichtig ihre Beileidsworte entgegengenommen. Seltsam zwiespältig blieben ihre Betrachtungen. Larix glaubte, dass niemandem diese Verbundenheit eingefallen war. Sie haben die äußeren Abläufe dieses Trauerfalls nach alter Sitte und Gewohnheit vollzogen und in diesem Ablaufmuster kamen die beiden einfach nicht vor. Man könne nicht sagen, dass man sie „vergessen" hatte – nämlich deshalb nicht, weil sie gar nicht „dazu gehörten". Erst als sie Lydia gegenüberstanden, war der Schmerz aus ihr herausgebrochen. Und Larix erinnerte sich an eine ähnliche Begegnung mit Gertrud nach dem Tod ihres Mannes Xaver. Und er war damals völlig überrascht und noch lange Zeit danach seltsam aufgewühlt.

Ihre Verbundenheit mit den Dorfbewohnern speiste sich aus Quellen, für die niemand Worte fand, weder die Menschen des Dorfes noch sie selbst. Sie standen außerhalb der Familien und der Dorfgemeinschaft, und ebenfalls außerhalb der Gemeinschaft, die zwischen den Dörfern der Talschaft herrschte. Lydia erkundigte sich bisweilen nach seiner Familie, aber auch nur deshalb, weil sie den Vater kennengelernt hatte. Von Elynas Familie war gar nicht die Rede. Man erkundigte sich eher beiläufig nach ihr. Ein paar konventionelle Fragen, und schon war dieses Thema erledigt. Und sie selbst hatten nie das Bedürfnis verspürt, sie um Anteilnahme an ihrem Familienleben zu bitten. Wenn er hier im Dorf sei, dann nehme er seinen Anteil, den man ihm lasse und den er selbst nehmen könne. Und er sei zufrieden, verlange nicht mehr, sagte Larix. Er habe von Anfang an immer das ganze Dorf gesehen und verstehe jeden Einzelnen als Mitglied dieser noch vorhandenen Dorfgemeinschaft. Was besondere persönliche Sympathien keineswegs ausschließe oder als geringwertig erscheinen lasse. Er selbst gehöre nicht zu dieser Gemeinschaft, aber die Menschen hier spüren vielleicht, dass er eine große Sympathie für ihre Welt empfinde und sich bemühe, ihre Gemeinschaft zu verstehen und zu würdigen. Vielleicht sei er eine Art Heimatforscher und fasziniert von ihrer Gemeinschafts-DNA. Das sei vielleicht sein authentischer Anteil an dieser Gemeinschaft. Er wolle diese Gemeinschaft verstehen, würdigen und sein Verständnis in Worten zum Ausdruck bringen. Möglich, dass diese Dorfgemeinschaft bald auseinanderfallen werde. Aber jetzt sei sie noch lebendig, ihr Geist zumindest, trotz der reduzierten Realität.

Reinholds Tod war auch deshalb schmerzlich, weil sein Weggang eine weitere Lücke in der alten Dorfgemeinschaft riss, die nicht mehr geschlossen werden konnte. Und Larix stellte betrübt fest, dass mittlerweile auf dem Friedhof fast ebenso viele Menschen weilten, die er gekannt hatte, wie Lebende, mit denen er verkehrte.

Als er sich fragte, welche Andenken ihm erlaubten, den Verstorbenen besonders zu vergegenwärtigen, tauchten zwei kleine Szenen auf, die für ihn auf besondere Weise den Menschen Reinhold zeigten. An einem heißen Sommertag erzählte Reinhold ihm von unbekannten Insekten (es waren, wie Larix später herausfand, Taubenschwänzchen auf der Wanderung nach Norden), die mit ihren langen Saugrüsseln in seinen Geranien nach Nahrung suchten. „Und frech sein die!“, rief er aus. In der anderen Szene saß Reinhold am frühen Abend auf der Bank vor seinem Haus unter dem Küchenfenster und beobachtete das Verhalten der Eichhörnchen, die auf der Mauer des verlassenen Nachbarhauses herumturnten. Offenbar gab es Streit zwischen den Tieren. Und Reinhold bemerkte: „Die Großen sekkieren die Kleinen“. Larix verstand, dass Reinhold nicht nur diese Tiere meinte, sondern vom Verhalten dieser Tiere ausgehend auch den Menschen mit seinem elenden Sozialverhalten, das immer wieder neue Aggressionen und quälende, ja mörderische Machtverhältnisse generierte. Reinhold betrachtete diese Welt mit ungeheuer friedfertigen, immer den Ausgleich suchenden Augen. Der soziale Frieden war seine tiefe Überzeugung und seine Hilfsbereitschaft war beeindruckend. Aber ihm war klar, dass die

Friedliebenden niemals das Elend der Gewaltsamkeit aus der Welt schaffen würden. Während er völlig entspannt und friedlich auf der Bank saß, tobte an der Hausmauer gegenüber der Revierkampf der beiden Eichhörnchen munter weiter – ohne Mord und Totschlag, gewiss. Die Tiere wissen es nicht anders. Es gehört zum Sozialverhalten ihrer Art und trägt zur Arterhaltung bei. Aber zum Sozialverhalten des Menschen gehört nun mal das Bestreben, immer wieder neu an einer Sphäre des Friedens zu bauen und alles zu tun, um sie zu hüten. Und wir hoffen und beten, dass sie von den Kräften der Zerstörung verschont bleibe, indem wir Sorge tragen, dass diese Kräfte Grenzen nicht überschreiten und die Oberhand gewinnen.

Reinhold hatte seinen Auszug aus dem Dorf hinter sich gebracht, war allerdings nicht gänzlich entschwunden, sondern auf den Friedhof umgezogen. Dort vergrößerte er die Schar der Toten, während das Häuflein der Lebenden wieder geschrumpft war. Am Ende wird die Gruppe der Verstorbenen vollständig sein und die kleine Schar der Lebenden vollständig verschwunden. Alle werden verschwunden sein. Die Toten werden sich vollzählig auf dem Kirchhof aufhalten und das Dorf wird keine Lebenden mehr besitzen und verstummen. Vielleicht wird ein anderes soziales Leben entstehen oder das Dorf wird seine Seele aushauchen wie einst Madau.

***

Im Laufe der Jahre wirkte sich der Schrumpfungsprozess im Dorf direkt auf Elyna und Larix aus. Da war zunächst die Schließung des oberen Gasthofes zu beklagen, ja zu beklagen, denn die beiden waren viele Jahre – Larix seit seiner Jugendzeit – Gäste gewesen. Viele Stammgäste äußerten ihr Bedauern. Viel später sollte Albert erzählen, dass noch jahrelang Gäste vorbeigeschaut oder ihn angeschrieben hätten. Leute, die ihre Besuche des Dorfes unterbrochen hatten und nach Jahren wiederkehrten, standen enttäuscht vor der geschlossenen Tür. Freilich nahmen Paula und Albert ihren wohlverdienten Ruhestand. Ein Leben voller knochenharter Arbeit lag hinter ihnen. Und doch schlug das Ende des Gastbetriebs eine große Bresche auch ins Dorfleben. Denn der Gasthof hatte über viele Jahre den Stammtisch des Dorfes beherbergt oder als Versammlungsort gedient. Er war ein wichtiger Ort des dörflichen Soziallebens. Man traf sich zumeist samstagabends nach der Vorabendmesse. Elyna und Larix erinnerten sich an so manchen Abend in gemütlicher Runde. Und welche Heiterkeit hatte Marco einst verbreitet, als er durch die Tür trat und verkündete: „Des Rudl kimmt glei". Tatsächlich ging wenig später die Tür auf und Frau, Tochter, Mutter und die Jägerin traten ein. Es wurde richtig eng in der kleinen Gaststube mit ihren vier Tischen. Lydia bestellte ihr Lieblingseis, Bananensplit, und Larix war sich sicher, dass sie damit nach einer Woche anstrengender Arbeit den Sonntag begrüßte.

Elyna und Larix, die bisher selten im unteren Gasthof zu Gast gewesen waren, zogen um und nahmen nunmehr regelmäßig „unten" ihr Abendessen ein. Jetzt erst boten sich Gelegenheiten, den Wirt Fabio, seine Frau und seine Leute näher kennenzulernen. Man kannte sich zwar, allerdings nur durch kurze, sporadische Kontakte. Man hatte bis zu diesem Zeitpunkt kein echtes Gespräch miteinander geführt. Im Dorf war dieser Mensch nicht unumstritten. Offenbar erregten manche seiner Ansichten und Verhalten Missbilligung, manchmal auch Kopfschütteln. Entsprechende Anekdoten zirkulierten und wurden auch Elyna und Larix zu Gehör gebracht. Aber sie sahen keinen Grund, weiter nachzuforschen. Das Dorf mochte seine Gründe haben, aber sie blieben auf Distanz. Manche Äußerungen waren Getratsche, das nun mal zum Dorf gehörte wie andernorts auch.

Im persönlichen Gespräch mit Fabio stellte sich heraus, dass man eine gewisse Geistesverwandtschaft besaß. Da war die Aufgeschlossenheit dem Anderen und Neuen gegenüber. In ihren vielen Gesprächen herrschte immer eine besondere Lebendigkeit. Eigentlich war er nicht anders als jener Mensch, den Larix als Junge kennengelernt hatte, als er seine Tischrunden drehte und sich angeregt mit den Gästen unterhielt. Freilich fand Larix gewisse Ansichten des Wirtes überzogen. Den Naturpark betrachtete er als einen gezielten Versuch, die heimische Bevölkerung wie Indianer in Reservate zu drängen, als eine Verschwörung grüner politischer Kräfte, die sowohl in Innsbruck als auch in Wien hausten und sich jetzt das Lechtal vorgenommen hatten. Larix glaubte zu verstehen, dass er die neuen politischen Einflussnahmen, die ja tatsächlich recht verdeckt daherkamen, als perfiden Plan von langer Hand brandmarkte. Gewiss wurde an Plänen für das Tal gearbeitet, die für die einfachen Talbewohner nicht einsehbar waren und ihnen letztlich aufoktroyiert wurden. Offensichtlich sah Fabio eine Gefahr für die zumindest wirtschaftliche Eigenständigkeit der Bewohner. Und wer wirtschaftlich nicht mehr eigenständig war, lief Gefahr, unter fremde Einflüsse zu geraten. Am Ende würde die Überfremdung stehen und das Ende der eigenen autonomen Lebensweise. Nicht anders war seine Kritik eines großen Hotelbetriebs unten im Tal zu verstehen. Der mache auf Dauer die kleinen Gastbetriebe kaputt, so seine Einschätzung, die nicht von der Hand zu weisen war. Die Unterhaltungen mit ihm waren immer recht anregend. Fabio interessierte sich für eine breite Palette von Themen. Aus ihm sprach der Autodidakt und Selfmademan, der sich fast aus dem Nichts erfolgreich emporgearbeitet hatte. Dabei vertrat er keine bürgerliche Erfolgsideologie, sondern es war die schlichte Genugtuung, sich in seiner Heimat eine feste Existenz geschaffen und seinen Beitrag zum wirtschaftlichen Gedeihen des Dorfes geliefert zu haben. In diesem Punkt stand er den Bergbauern in nichts nach. Bei aller Affinität zur Moderne – die groß war – stand für ihn doch das Dorf und seine Gemeinschaft im Mittelpunkt und er trug ohne Zweifel viel zu seinem Erhalt bei.

Die Natur hatte ihn mit einer bemerkenswerten Energie und Vitalität gesegnet. Er selbst hatte sich dieser Energie auf besondere Weise bemächtigt und diese immer wieder aufs Neue wirksam werden lassen. Da er keinen landwirtschaftlichen Betrieb im Dorf erbte und wohl auch nicht zum Bauern taugte, musste er sich vor Ort seine Existenz aufbauen oder abwandern und in der Fremde sein Leben führen. Er beschloss, im Dorf zu bleiben und gründete schließlich einen Gasthof, den er sein ganzes Leben lang sehr erfolgreich führte. Niemand schien die besondere Lebensleistung dieses Mannes zu sehen. Er war vermutlich der einzige Arbeitgeber im modernen Sinn, den das Dorf je hervorgebracht hatte. Alle anderen, auch Albert, führten ausschließlich Familienbetriebe, die Alten, die mithelfenden Kinder, die aushelfenden Verwandten und Nachbarn – keine Knechte, Mägde, nicht einmal mehr Hirten, wie es zeitweise in Vorzeiten der Fall gewesen war. Er hingegen war Chef eines Betriebes, mit Angestellten, ein echter Mittelständler des Gastgewerbes. Dass im Gastgewerbe notorisch geringe Löhne gezahlt werden, konnte man ihm nicht wirklich anlasten, weil die kleinen Betriebe bescheiden wirtschafteten – im Grunde nicht anders als die Bergbauernhöfe. Sein Gasthaus errichtete und leitete er mit seiner Frau Magda. Diese war eine Witwe aus dem Oberinntal und brachte drei Kinder in die Ehe, zwei Mädchen und einen Jungen. Die Älteste war Paula, Alberts Frau. Die beiden anderen hatten das Dorf frühzeitig verlassen. Larix hatte die beiden Menschen sehr geschätzt. Hildegard, die jüngere Schwester, sollte eigentlich die Nachfolge des Stiefvaters antreten, doch die beiden Alten und die Junge kamen auf keinen gemeinsamen Nenner. Sie zog fort ins Allgäu. Gerhard absolvierte ein Bauingenieurstudium, war beruflich auf internationalen Baustellen tätig und hatte seinen Wohnsitz in Innsbruck genommen. Larix war beiden nicht mehr begegnet, was er sehr bedauerte. Und auch ihre gemeinsame Tochter Sylvie, die schon der jüngeren Generation angehörte, hielt es nicht im Dorf. Sie heiratete nach Niederösterreich.

Was das Dorf anbetraf, entwickelte Fabio gewisse Zukunftsvorstellungen, in deren Mittelpunkt ohne Zweifel gastronomische und touristische Orientierungen standen. Aus seiner Sicht gewiss als Rettungsplan für das Dorf gedacht. Damit stieß er allerdings auf wenig Verständnis bei seinen bäuerlich denkenden Mitmenschen. Vielleicht war das vorherrschende Denken eher ein abwartendes, wie es Amelie in einem Beitrag einer bekannten Wochenzeitschrift über die Entvölkerung Tiroler Bergtäler zum Ausdruck brachte. Fabio glaubte, einen Zukunftsentwurf zu kennen, während die Mehrheit glaubte, dass es nach dem gegenwärtigen Stand der Dinge solch einen Entwurf nicht geben könne. Er verfolgte mehrere Ansätze und seine Idee, dem Dorf eine neue Ausrichtung als „Bergsteigerdorf" zu geben, war gar nicht so schlecht. Doch auch damit kam er nicht voran. Der Begriff barg juristische Fallstricke, denn es lief die Labellisierung. Der österreichische Alpenverein leistete erfolgreiche Lobbyarbeit, man verknüpfte den Begriff mit den Zielen der Alpenkonvention, kurz man drehte ein großes politisches und juristisches Rad, um ein kleines, attraktives Vermarktungsmonopol zu schaffen – eingebunden in ein ergiebiges Subventionsgeflecht. Larix machte Fabio auf den Ort Ramsau bei Berchtesgaden aufmerksam, der sich mit dem Titel „Bergsteigerdorf" schmückte und daraus Kapital schlug. Er vermute, dass dieser Begriff juristisch abgesichert sei. Es gebe garantiert einen langen Katalog von Anforderungen, die es zu erfüllen gelte, um diesen Titel führen und vermarkten zu dürfen. Fabio erkannte, dass andere die Verwirklichung dieser Idee schon viel weiter vorangetrieben hatten und nur noch die kleine Chance bestand, eventuell mit in dieses Boot genommen zu werden. Er sah auch wohl im Dorf kein Interesse, an einem derartigen Projekt mitzuwirken. So ließ er die Idee nach einiger Zeit wieder fallen.

Später raffte sich die Gemeinde in einem Anfall von Entschlussfreude oder auch einfach, weil Subventionen abgerufen werden mussten, um ihren Verfall zu vermeiden, dazu auf, im schmalen Streifen zwischen Bach und Gebäuderückseite, der von einem Wirtschaftsweg und einem breiten Saum zum abfallenden Bachufer hin gebildet wird, in ebendiesem Saum eine Reihe von Bäumchen und Sträucher anzupflanzen. Eine Bank gab es allerdings nicht. Wer würde sie auch benutzen, mit den verbliebenen Misthaufen im Rücken und inmitten des Unkrauts und der hohen Gräser, die Marco gelegentlich mit der Sense niedermähte? Vielleicht Lydias Katze?

***

Kaum hatten die beiden den Übergang zum unteren Gasthof geschafft, überraschte Marco sie mit der Ankündigung, dass er das Zimmer in Zukunft für seine zweite Tochter benötigte. Sie waren ziemlich geschockt. Es gab keine Bleibe mehr im Dorf. Obwohl sie Fabio mochten und längst gern bei ihm zu Abend aßen, waren sie einfach keine Freunde eines Hotelzimmeraufenthalts. Larix geriet schier in Panik. Was tun? Im Dorf gab es kein Zimmerangebot mehr. Nur Rena vermietete noch Gästezimmer. Aber mit Rena hatten sie in all den Jahren keinen Kontakt gepflegt. Sie wagten nicht einmal, sie zu fragen, redeten sich ein, dass sie ohnehin Stammgäste besaß und keinen Platz für sie haben würde. Schließlich blieb nur noch Renas Bruder übrig. Mit ihm hatte Larix vor Jahren ein seltsames Gespräch geführt, d. h. Raimund hatte mit ihm in der Silvesternacht, die im unteren Gasthof recht fröhlich gefeiert wurde, ein Gespräch begonnen, das mit einem Mal eine ernste Wendung nahm. Raimund kam auf sich und das Dorf zu sprechen und stellte fest, dass er das Dorf nicht mehr verstehe und das Dorf ihn nicht mehr verstehe. Larix war verwundert. Sein erster Gedanke war, dass die Arbeitswelt seines Gegenübers und die alte soziale Welt seines Heimatortes nicht so einfach harmonieren könnten. Raimund war immerhin Manager in einem international tätigen Unternehmen in der Nähe von Reutte. Er übte Verantwortung in vergleichsweise turmhohen

Höhen aus, während die Menschen im Dorf doch in überschaubaren und bescheidenen Zusammenhängen lebten. Was konnte er schon von seiner Berufswelt den Menschen hier verständlich machen? Natürlich hätten die Menschen hier erhebliche Schwierigkeiten, ihn zu verstehen. Warum er aber das Dorf nicht mehr zu verstehen glaubte, blieb für Larix zunächst ein Rätsel. War er doch der Meinung, dass jemand, der sich aus einem sozialen Umfeld löst – getrieben von Ausbildung, neuen beruflichen Anforderungen usw. –, sehr wohl die Übersicht darüber besitzen müsse, was denn einst seine ursprüngliche Welt gewesen sei. Aber vielleicht war das Dorf nicht mehr ganz das Dorf seiner Kindheit und Jugend, und das Verständnis des Wandels auch in den Köpfen der Menschen bereitete ihm Schwierigkeiten. Larix verspürte eine gewisse Betrübnis in seinem Gegenüber. Er schien darunter zu leiden, dass die Menschen im Dorf ihm sein Anderssein vielleicht ein wenig vorwarfen und nicht mehr als „gemeinschaftstauglich“ verstanden. Man fremdelte, so glaubte Larix. Aber warum die Beziehungsgeschichte diese doch recht unangenehme Wendung genommen haben mochte, blieb ihm verborgen. Dass vielleicht das Dorf selbst eine Entwicklung nahm, die seinen Gegenüber betrübte, kam ihm damals nicht in den Sinn. Allerdings schien Raimund selbst noch unschlüssig, kam auf keinen Punkt. Immerhin war man miteinander ins Gespräch gekommen und hatte damals einen neuen kleinen Beziehungsfaden geknüpft, den man in der Folgezeit allerdings nicht nutzte. Er war einfach da und sollte erst viel später wieder zum Tragen kommen.

Ebendieser Zeitpunkt war gekommen, als Elyna und Larix ihr Quartier bei Marco verlassen mussten. Sie erkundigten sich ohne große Hoffnung bei Amelie, Raimunds Frau, ob bei ihr eine Ferienwohnung oder zumindest ein Zimmer im Sommer, vielleicht auch zusätzlich ein paar Tage im Winter für sie frei sein könnten. Wider Erwarten zeigte sich Amelie entgegenkommend und erklärte sich bereit, ihnen freie Termine anzubieten – allerdings habe sie einige Stammgäste, die sie gern bevorzugt behandeln wolle. Das sei doch selbstverständlich und sie seien recht flexibel in der Wahl ihrer Termine.

Im folgenden Sommer erhielten sie eine Ferienwohnung bei Amelie und Raimund. Elyna fühlte sich auf Anhieb wohl. Und beide waren zufrieden, wieder eine Bleibe im Dorf – wenngleich in Randlage – gefunden zu haben. Ihr Umzug passte wohl zum Ausbau ihres Betrachtungshorizontes. Schnell war den beiden klar, dass es keinen weiteren Umzug mehr geben würde.

***

Für Elyna und Larix markierte dieser Wechsel der Unterkunft einen gewissen Wendepunkt in ihrem Verhältnis zum Dorf, vielleicht aber auch eine natürliche Weiterentwicklung. Lebten sie bisher „mitten unter ihnen", so fanden sie sich außerhalb des Dorfes wieder und zum inneren Blick aufs Dorf gesellte sich der neue Blick auf das nunmehr räumlich etwas entfernte Dorf. Es war der andere Zweig der Sippe, mit dem sie in einen engeren Kontakt traten. In der ersten Zeit jedoch schien eine seltsame Befangenheit alle Beteiligten zu beherrschen. Man übte sich in Zurückhaltung und brachte kein Gespräch zustande. Die Kinder waren praktisch unsichtbar. Raimund schien ständig unterwegs zu sein, war nicht nur rastlos in seiner Firma oder in der Gemeinde tätig, sondern machte zahlreiche Bergtouren bis in die Schweizer und die französischen Westalpen.

Amelie hingegen lebte zurückgezogen in ihrer großen Erdgeschosswohnung, die sie jahrelang nicht betreten sollten. Was man zu besprechen hatte, geschah vor der Wohnungstür auf dem Flur oder unten im Frühstücksraum. Ja, im Haus herrschte eine erstaunliche Stille, die von großer Zurückhaltung herrührte. Nur zögerlich und sehr behutsam baute sich mit der Zeit ein kleiner Gesprächskontakt auf. Manchmal schien Amelie etwas länger im Gemeinschaftsraum zu verweilen, wenn sie den beiden ihr Frühstück bereitete. Und wenn sie ihr einen kleinen Gesprächsgegenstand anboten, so ging sie sogleich darauf ein. Es fanden sich Minuten und bisweilen auch mehr Zeit, um eine Unterhaltung zu führen. Immer wieder wurde deutlich, dass sie ein soziales Unbehagen teilten und längst nicht über alle Entwicklungen, die sie in der heutigen Gesellschaft bemerkten, glücklich waren. Mit der Zeit setzte sie sich sogar für ein paar Minuten zu ihnen, was die beiden als Zeichen wachsender Vertrautheit verstanden. Nach Jahren bot Amelie ihnen auch schon einmal ihren Küchentisch zum Plaudern an. Und einmal war Raimund anwesend und zog eine Flasche selbst angesetzten Zirbenlikör hervor, was sie schon fast als Auszeichnung empfanden.

Für die Familie lief eigentlich alles bestens: Alltag, Beruf, wirtschaftlicher Erfolg, Kinder, die sich gut entwickelten, in Ausbildung und Beruf gut vorankamen, Wohlstand, Freizeit, Gesundheit. Man lebte gut und hatte keinen Anlass, sich zu beklagen. Das eigene Haus war ein rechtes Anwesen, ja man zählte zu den wohlhabenden Mitgliedern der modernen Gesellschaft, hatte obendrein noch den von den Eltern geerbte Grund und Boden als sicheren Rückhalt. Amelie selbst stammte aus einer Bergbauernfamilie eines benachbarten Tals. Und doch hatten sich Gräben aufgetan. Das Dorf schien sie für Neureiche zu halten. Als Amelie sich daheim einen Fuß brach und der Unfall im Dorf bekannt wurde, brachte es Ewald an einem Stammtischabend auf den gehässigen Punkt, dass sie wohl auf ihrem Wohlstand ausgerutscht sei. Niemand regte sich über diese Aussage auf. Larix hatte geschwiegen. Vielleicht hätte er dieser Boshaftigkeit widersprechen sollen, aber er war wohl der Meinung gewesen, ihm stehe eine direkte Replik nicht zu. Dabei kümmerte sich Raimund um viele Belange der Gemeinde. Er bekleidete zahlreiche Funktionen, saß im Gemeinderat, war eine Periode lang Bürgermeister, versah den Dienst des Messners, vermittelte einen guten Ausbildungsplatz in seinem Unternehmen. Und doch schienen sie mit ihm zu fremdeln. Oder er mit ihnen?

Da war eben seine Arbeit, diese Firma, die sich immer mehr zu „amerikanisieren“ schien. Anfangs war sein Job als „Sales Manager“ relativ stressfrei. Er erinnerte sich mit einem Schmunzeln, wie ein internationaler Kunde ihre Schillingpreise für Dollarpreise hielt und bereit gewesen wäre, in Dollar zu bezahlen. Freilich waren ihre Produkte erstklassig und sehr begehrt. Aber dann begann sich die Expansionsschraube zu drehen, immer größere Umsätze und Gewinne mussten erzielt werden. Konkurrenten mussten, wenn nicht im Keim erstickt, so doch in Schach gehalten werden. Er wurde mit immer neuen Verkaufsmethoden konfrontiert, die Firmenleitung übte eine Art Psychodruck aus, der ihm Unwohlsein bereitete, aber dem er sich nicht entziehen konnte. Er war dankbar, dass seine Frau so geduldig mit ihm war. Ihr Zuhause schien sie auszufüllen und sie beklagte sich nie, forderte nie etwas von ihm, sondern war dankbar für jede noch so kleine gemeinsame Aktivität. Dann machten sie eine Bergtour, fuhren gemeinsam Ski, gingen ins Theater oder gönnten sich eine Flugreise nach Amerika. Freilich war er nie ein besonders extrovertierter

Mensch gewesen. Von frühester Kindheit an hieß es immer nur kämpfen. Ja, er bezeichnete sich als Einzelkämpfer – das musste die Lehre der Eltern gewesen sein, die er verinnerlicht hatte. Seine Ausdauer und Kampfbereitschaft hatten ihn in neue Welten emporgetragen – oder war es eher ein Forttragen gewesen? Sein Leben hatte ihm einen riesigen Spagat eingebracht, der ihn ins Grübeln brachte. Welche Widersprüche mochten sich in seinem Bewusstsein festgebissen haben? Was mochte ihm fehlen, um sie in den Griff zu bekommen?

Amelie hingegen war dermaßen die Ruhe selbst, dass man ihr Beunruhigendes genau erklären musste. Ja, offenbar kannte sie Unruhe nur vom Hörensagen. Immerhin vermutete sie, dass das Hobby ihres Mannes, sich ständig mehr oder weniger extreme Bergtouren anzutun, vielleicht eine Art Sucht sein könnte. Was sie aber nicht sonderlich zu beunruhigen schien. Sie sprach darüber Elyna und Larix gegenüber freimütig und mit ihrem gewohnten Lächeln. Sie gewannen den Eindruck, dass sie sich dem Schicksal fügen würde, sollte man eines Tages ihren Mann tot nach Hause tragen. Und wenn er erzählte, wie am Mont Blanc in einem Eiskanal eine Eislawine an seiner Gruppe vorbeigerauscht war und sie eigentlich um Haaresbreite an einer Katastrophe vorbeigeschlittert waren, so gefror ihr keineswegs ihr Lächeln. Vielleicht lag es auch am Bericht ihres Mannes, dem offenbar keineswegs der Schrecken in die Glieder gefahren war. Jedenfalls war seinen Worten nicht einmal die Spur eines Schreckens zu entnehmen. Stattdessen wurde das eigentümliche Rauschen der durch die steile Schlucht zu Tal stürzenden Eisfragmente als bemerkenswert herausgestellt. Kurz: Wenn kein Schrecken zum Ausdruck gebracht wurde, so mochte er auch nicht existieren. Elyna war reichlich perplex, vermisste Gefühlsregungen. Oder besaßen diese Menschen in Gefahrensituationen eine erstaunliche Unerschütterlichkeit und Kaltblütigkeit?

***

Und doch waren da Gedanken, die er sich machte – manches Mal am frühen Morgen, wenn er sich mit dem Wagen zur dreißig Kilometer entfernten Firma begab. Um diese Zeit war er allein auf der Strecke bis hinunter ins Tal. Dort erst reihte er sich in den kleinen Fluss von Pendlern ein, die vom oberen Lechtal kommend, wie er Richtung Reutte strebten. In diesen Minuten sauste diese vertraute Welt wie in einem Zeitraffer an ihm vorbei. Aber manchmal quollen unzählige Bilder in seinem Bewusstsein empor, bildeten ein fließendes Ganzes, das keine Gestalt annahm.

Diese Welt war doch seine Heimat. Woher rührte nur sein Zweifel? Und nicht nur Zweifel, sondern ein gewisses Unbehagen, als ob in den Bergen um ihn her unbekannte Kräfte hausten, denen seine Vorfahren nie begegnet waren. Jedenfalls hatten sie nie davon gesprochen. Die Großeltern hatten sich hier niedergelassen, hatten geschuftet wie die Eltern und alle hatten sich dermaßen in ihre Arbeit versenkt, dass es keine andere Welt mehr für sie gab. Der Vater hatte gewusst, dass es mit den Bergbauern zu Ende ging, und hatte ihm geraten, einen anderen Beruf zu erlernen. Aber der Vater hatte nicht gewusst, ja nicht einmal geahnt, welche neue Welt Gestalt annahm und die jungen Menschen erwartete. Er selbst hatte den Rat des Vaters angenommen und hatte es beruflich gut getroffen, ja erfolgreich Karriere gemacht, um genau zu sein. Und doch hatte ihn seine Arbeit in ein eigenartiges geistiges Abseits geführt, so wollte er es nennen. Eine gewisse Teilnahmslosigkeit oder Abwesenheit – in vielen sozialen Situationen, die sich aus seinem Berufsleben ergaben, war er dabei, gewiss, und zugleich nicht wirklich involviert. Und wenn er nicht auf die Engelsgeduld seiner Frau hätte bauen können, so wäre ihm seine innere Anteilnahme vielleicht gänzlich abhandengekommen.

Sein Blick registrierte – zum wievielten Mal? – im Vorbeifahren das wirtschaftliche Erblühen und den neuen Wohlstand, der im Tal seinen Einzug gehalten hatte. Die Bundesstraße führte schön geschwungen an den Ortschaften vorbei und nicht mehr holperig durch den Ortskern. Dort herrschte jetzt angenehme Ruhe, es gab keinen Lärm und Gestank mehr. Da und dort tuckerten die wenigen verbliebenen Bauern mit ihren Traktoren, nutzten das Netz mittlerweile asphaltierter Wirtschaftswege. Der Tourismusverband war dabei, diese Wege als Radwege auszuschildern. Eine Bereicherung der Ferienregion und ein kluger Ausbau der Freizeitangebote des Naturparks.

Er blickte hinüber zur neuen Siedlung oberhalb vom alten Elmen. Dort wohnten überwiegend Familien seiner Generation oder schon jünger. Lena hatte dort mit ihrem zukünftigen Mann, einem Angestellten der Straßenmeisterei, ein neues Haus gebaut. Bald würde sie dort einziehen, d. h.

aus dem Dorf ausziehen und nicht mehr zurückkehren. Er dachte an seine eigenen Kinder. Sein Sohn würde vielleicht bleiben. Aber dessen sicher war er sich nicht.

Überall waren schmucke Gebäude aus dem Boden gewachsen. Kein Zweifel, die Menschen hier lebten auskömmlich. Daran war sein Unternehmen nicht ganz unbeteiligt, war man doch ein bedeutender Arbeitgeber im Bezirk. Die Firma prosperierte, zahlte gute Gehälter. Ja, man hatte in einer Generation die alte Welt hinter sich gelassen. Warum sollte man ihr nachtrauern? In seiner Erinnerung überwogen die Szenen harter Arbeit, Bilder von Entbehrung und Kargheit, das Gefühl der Kälte und nicht enden wollender Finsternis. Generationen waren auf der Stelle getreten, so schien es ihm. Warum sollte er diese Zeit vermissen? Und doch und doch … an dieser Stelle stockten seine Gedanken und er empfand ein Unbehagen. Neureich, schoss ihm der Gedanke durch den Kopf, ja, man war in kürzester Frist zu neuem Reichtum gelangt. Das war der materielle Segen der neuen Zeit und zugleich – er wagte den Gedanken kaum zu vollenden – ihr geistiger Fluch. Die Nachfahren – und dazu zählte er sich selbst – hatten sich eine neue Wohlstandswelt geschaffen, die sich die kargen Alten nicht einmal im Traum hätten vorstellen können.

Doch da war eine unsichtbare Kehrseite, eine Gegenleistung: die Arbeit an den modernen Arbeitsplätzen der Industrie- und Dienstleistungsgesellschaft. Der Dienst am immerwährenden Wirtschaftswachstum, der Mutter der modernen Überflussgesellschaft, die man gern als „Spaßgesellschaft“ bezeichnete. Doch mit der Arbeitswelt dieser Gesellschaft war nicht zu spaßen. Er wusste aus eigener Erfahrung, welche Saiten die Geschäftsleitung aufzog, um maximale Leistung aus den Mitarbeitern herauszupressen. Gewiss herrschte nicht überall dieser Hochleistungsspirit seiner Firma, wo in den Dimensionen des „Big Business“ gedacht und gehandelt wurde. Nein, er selbst war nicht wirklich „auf Linie“. Man musste schon mehr als Disziplin und Ausdauer mitbringen – davon besaß er in reichem Maße. Eiseskälte und Skrupellosigkeit waren unerlässlich – davon besaß er nichts. Und er verspürte nicht das Bedürfnis, davon jemals etwas besitzen zu wollen. Manchmal beschlich ihn der Gedanke, dass die Mitglieder des obersten Führungszirkels ausgemachte Soziopathen sein mussten, ebenso verlogen lächelnd wie einstige Kirchenfürsten.

Die Härte und Ausdauer seiner Vorfahren hatte er geerbt, aber diese Dimension der großen Interessen, der Machtkämpfe und des großen Geldes war ihm zuwider. Wussten die Menschen im Dorf und im Tal mit ihrem kleinen Wohlstandsdenken, in welchen für sie unsichtbaren und wohl auch unvorstellbaren Sphären der Brutalität und Menschenverachtung sie gefangen waren? Wie blind hatten sie sich dieser neuen Oberwelt anvertraut und sich in ihren Dienst gestellt? Wussten sie, wie viel Gier und schiere Machtgelüste am großen Geld klebten, das ihnen ihr kleines Geld gegen ihre ergebene Arbeitsleistung verschaffte? Aber was wussten die Vorfahren von den damaligen höheren Bezirken der Macht? Nichts. Und die heutigen Menschen, die Demokratiegläubigen, was wissen sie? Auch nichts. Sie bilden sich jedoch ein, etwas zu wissen, und glauben, dass ihr Wissen in den politischen Diskursen gespeichert sei, die über sie ausgegossen werden. Und wenn sie nicht mehr weiterwissen, dann flüchten sie sich in Verschwörungstheorien, wie sein Cousin und einige andere im Dorf. Das ist das Ende ihrer Wissensfahnenstange. Ja, die Erfindung der Politik fürs Volk, das neue Opium, genial, dieses vermeintliche demokratische Mitreden ohne Ahnung von den wirklichen Zusammenhängen, von den Zielen und Machenschaften der Mächtigen und ohne Einfluss auf ihre Entscheidungen. Diese Unmündigen, denen man erfolgreich Mündigkeit eingeredet hatte. Mit immer neuen „Narrativen" wurden sie gefüttert, nahmen sie zu sich und besprachen mit ihnen widerstandslos ihre Welt. Wie viel Schall und Rauch produzierten sie und ernährten sich davon?

Die Alten hatten für alles, was über ihren Lebenskreis ging oder in ihr Leben einbrach, ihr unerschütterliches Gottvertrauen. Das war ihre Art und Weise, über die großen Dinge dieser Welt mitzureden. Der verstorbene Balthasar war solch ein Musterexemplar, ein Vertreter der alten Bergbauernkultur. Der kannte nur Gott und seine Arbeit. Mit der Einstellung hätte er ebenso gut Benediktinermönch werden können – ora et labora. Nun ja, zum Hagestolz hatte er es gebracht wie sein Bruder Oswald. Und ihre leider so früh verstorbene Schwester Burgel hatte sie umsorgt. Sie hatte solch ein fröhliches Wesen. Ihr heiteres Lachen war in seinem Gedächtnis geblieben.

Wie selbstbestimmt die Alten damals waren. Niemand beutete sie aus, sie waren mit ihrer bescheidenen Selbstausbeutung voll beschäftigt. Genial. Heute wird deine Arbeitskraft aus dir herausgepresst und du sollst so tun, als würdest du nichts vom bösen Spiel mit dir bemerken. Du gibst dich super motiviert, gibst dich als Teil einer verschworenen Firmengemeinschaft, redest stolz von deiner Firma und bist doch nur ihr Lakai.

Sein Unbehagen hatte in jüngster Zeit neue Nahrung erhalten. Die Firmenleitung bastelte eifrig an der neuen Corporate Identity. Im Firmenleitfaden hagelte es nur so von großartigen „Wir-Bekundungen". Kurze Merksätze prasselten auf den Mitarbeiter ein und verlangten nach Verinnerlichung und Anwendung. Manchmal beschlich ihn der Gedanke, einer Gehirnwäsche ausgesetzt zu sein: Identität aus den Sprachlaboren des Big Business.

Schließlich schob er seine nachdenklichen Betrachtungen beiseite – die konnten warten und würden auf ihn warten – und fasste seinen bevorstehenden Arbeitstag ins Auge. Gleich würde er eintauchen in diese Versammlung unzähliger profitorientierter Arbeitsprozesse, seine Firma. Wir – so vertraut und scheinbar identitätsstiftend gab sich der Gott der Entfremdung. Was hatte das moderne „Wir" noch mit dem „Wir" der Alten gemein? Wie fragwürdig erschien ihm das gegenwärtige kollektive Bewusstsein.

***

Was war über das Land gekommen? Larix hatte mit Elyna in Ehrwald das große Oberländer Bezirks- und Regimentsschützenfest besucht. Sie wollten ein wenig vorbeischauen und dann mit der Seilbahn auf die Zugspitze fahren. Eher zufällig bekamen sie die Festrede des damaligen Landeshauptmanns mit. Dieser erging sich wenig festlich gestimmt in dunklen Andeutungen großer Prüfungen, die auf das Land zukämen. Als würden unsichtbare Mächte soziale Dunkelheit erzeugen und die Sonne ihrer Existenz verfinstern. Die weit über tausend auf der großen Wiese am Martinsplatz versammelten Schützen vernahmen es stehenden Fußes und schwiegen. Später rätselten die beiden, was der Politiker aufgrund seiner Einsichtnahmen erkannt haben mochte, aber den Menschen nicht unverblümt zumuten wollte. Dabei war der Augusttag so strahlend gewesen, ein rechtes „Kaiserwetter", das ihnen auf der Zugspitzterrasse ein tolles Panorama bescherte. Und in ihre Betrachtung hinein ging mit einem Mal die Schiebetür der bayerischen Zugspitzbahn auf und ein ganzer Pulk schwarzer, vollverschleierter Gestalten trat hervor. Selbst die Alpendohlen schienen für einen Augenblick überrascht zu sein. Die Gewänder der Gestalten waren aus erkennbar teurem Tuch. Dazu trugen die Damen elegante Vuitton-Handtaschen und zückten edle Handys, um das Alpenpanorama zu filmen oder zu fotografieren. Sie blieben eher stumm, kommunizierten kaum oder äußerst diskret untereinander, interessierten sich nicht für die anderen Menschen, setzten sich nicht auf die Bänke an den groben Holztischen der Terrasse und waren bald wieder verschwunden.

„Was war das?", fragte Elyna ziemlich entgeistert.

„Ach, vermutlich die Frauen von irgendwelchen reichen Geschäftsleuten aus der Golfregion. Kommen bestimmt aus München und machen ihr Damen-Ausflugsprogramm."

„Könnte es sein, dass dieser Tiroler Landeshauptmann in diese Richtung gedacht hatte?"

„Möglich, auch, unter anderem. Ich glaube, er ahnt die geistige Brüchigkeit und Instabilität dieses neuen Sozial- und Wirtschaftssystems, in dem wir leben. Es entsteht ein neues Tirol, das Tirol der Zukunft nimmt Gestalt an. Aber mit welchem Leben wird es sich füllen?"

„Und warum hat er seine Besorgnis nicht offen ausgesprochen? Warum nur Andeutungen? Im Grunde hat er nur orakelt und laut geraunt."

„Gewiss wird er sich überlegt haben, wie offen oder nicht er wohl reden könnte. Und er muss verstanden haben, dass die Zeit für Klartext einfach noch nicht gekommen ist. Wir wissen doch selbst, wie unmöglich es ist, den Klartext dieser Gesellschaft offenzulegen. Damit provoziert man Abwehr oder verharmlosende und beschwichtigende Widerlegung in allen Variationen."

„Und warum, glaubst du, können die Menschen die Mängel, die Gefahren und Abgründe ihrer Gesellschaft nicht mutig und richtig beim Schopf packen und artikulieren? Wo liegt der Fehler?"

„Ich fürchte, in der Entmündigung, die sich selbst für mündig hält. Die Menschen führen ein sehr fremdbestimmtes Leben voller Sachzwänge. Sachzwänge bestimmen immer unser Leben. Das war nie anders. Auch das Dasein der Alten im Dorf bestand aus Sachzwängen. Aber ihre Zwänge verwalteten sie selbst. Sie waren im Besitz aller ihrer Notwendigkeiten. Heute aber müssen sich die Menschen einreden, dass sie selbstbestimmt sind. Dadurch sind sie in die missliche Lage geraten, keine eigenständigen Diskurse mehr zustande zu bekommen, die das Wesen der Macht beeinflussen und lenken könnten. Sie müssen nachplappern und sind in Wahrheit völlig einflusslos, machtlos. Realer Kontrollverlust. Allerdings erscheint ihnen ihr Leben lebenswert. Das ist nicht von der Hand zu weisen, jedenfalls, wenn man die materielle Seite betrachtet. Aber da war mal eine Dichterin, die sprach schon vor Jahrzehnten von der ‚gestundeten Zeit‘, auf die ‚härtere Zeiten‘ folgen würden. Sie haben das kritische Betrachten verlernt oder erst gar nicht mehr gelernt. Diese Fähigkeit ist ihnen abhandengekommen und wohl auch gezielt genommen oder unterbunden worden. Die Bevormundung hat die Deutungsmacht übernommen. Ihre Manipulationen werden zu ihrer Realität. Das ist das Firmament unserer Misere, obwohl die Mehrheit sich damit arrangiert hat und nicht darunter zu leiden scheint. Insofern bleibt das geistige Elend nur im Bewusstsein weniger Menschen hängen, die sich das klare Denken bewahrt haben. Sie aber bleiben auf diesem Elend sitzen wie die Händler auf Ladenhütern oder der Gastwirt auf saurem Bier. Niemand will von ihren ungenießbaren Einsichten etwas nehmen.“

Er war erneut in Fahrt geraten und Elyna ließ ihn reden. Amüsiert dachte sie an „Tim in Tibet“ und an die Szene des „fliegenden Paters“ mit seiner Schreckensvision. Larix konnte sich aber auch in seine Visionen reinsteigern und abheben. Anfangs hatte er sie manches Mal mit seinen sprudelnden Anschauungen irritiert. Er schien weit auszuholen und doch seinen Faden zu bewahren. Was mochte dieser Mensch bloß alles schauen? Das Gespenst der Entfremdung war vielleicht real?

„Die Alten im Dorf oder im Lechtal konnten immerhin noch auf ein Leben in relativer und realer Selbstbestimmung zurückblicken“, nahm Larix seinen Faden wieder auf. „Auch wenn man sie an einer unsichtbaren langen Leine laufen ließ, so lebten sie in Zeiten, die diese Formen großer sozialer Autonomie und Einigkeit erlaubten. Sie genossen das Privileg der Randständigkeit und waren im Laufe ihrer Geschichte eigentlich immer glimpflich davongekommen. Allerdings hingen sie an der kurzen Leine ihrer Arbeit, kannten praktisch keinen Feierabend."

„Also ging es ihnen im Grunde nicht anders als uns", versuchte Elyna eine kleine Schlussfolgerung.

„Gewiss", nahm er ihre Bemerkung auf, „wollten und konnten auch sie sich selbst nicht kritisch betrachten. Aber sie hatten die Würde ihres Selbstbestimmt-Seins, das ihr soziales Dasein erfüllte. Das lebten sie unkritisch, das war ihr großes soziales Selbstverständnis. Sie besaßen keine größeren Abgründe der Widersprüche – mit einer Ausnahme vielleicht: die endemische Überbevölkerung. Die wurden sie nicht los, trugen diese Bürde allerdings mit Ergebenheit. Heute würde man von Sturheit, Borniertheit, Stumpfsinn sprechen. Aber wird man mit derartiger Abwertung und Geringschätzung dieser Kultur gerecht?"

Die Frage war rhetorisch. Sie überließ es ihrem Gefährten, die Antwort zu formulieren. Da kam sie auch schon.

„Ich glaube, dass diese Menschen keine bedrückende Mischung aus geistiger Unterdrückung, Verdrängung, Verstümmelung oder Verödung kannten. Sie begegneten gewiss den Fallstricken ihrer eigenen Kultur, die ihnen Wunden zufügten. Aber der Anteil der Fremdbestimmung mit all ihren lastenden Entfremdungserscheinungen muss in ihrem Bewusstsein nur eine geringe Rolle gespielt haben. Ihr Dasein müssen sie als recht selbstbestimmt gelebt haben. Kein Mensch hat daran gerüttelt. Die Natur warf bisweilen Knüppel in ihr Dasein. Aber die Natur war ihnen alles andere als fremd."

Elyna stellte den Bogen mit der Gegenwart her und fragte: „Und die heutige junge Generation?" Und da sie sich zu dem Thema schon einige Gedanken gemacht hatte, fuhr sie fort: „Wir haben doch Lena und Gabriela aus der Nähe erlebt. Was wissen sie von der neuen Gesellschaft, in die sie sich hineinbegeben? Was ist die geerbte, mit einem gewissen Daseinsstolz gelebte Autonomie noch wert? Sie fühlen sich selbst noch als selbstbestimmte Söhne und Töchter alteingesessener Bewohner und sind in Wahrheit Handwerker, Dienstleister, Angestellte, Facharbeiter – kurz Diener der vermeintlichen Globalisierung, die sie nicht verstehen, geschweige kontrollieren. Sie werden von ihr beherrscht und ihnen bleibt nichts anderes übrig, als sich immer wieder mit dieser Macht zu arrangieren."

„Tja", meinte Larix, „dieses neue soziale und ökonomische Paradigma besitzt viele dunkle Seiten, die noch ignoriert oder überspielt werden. Fragt sich bloß, wie lange noch?"

Sie dachten an die jungen Leute im Dorf. Gabriela machte brav eine Ausbildung in einem Industriebetrieb in Reutte. Sie tat sich den Rhythmus der neuen Arbeitswelt als Facharbeiterin an und löste einen Wechsel auf die neue Zukunft mit ihrer Ungewissheit. Sie würde in der Produktion im Schichtbetrieb arbeiten. Ob ihr schon klar war, in welchem Maße Schichtarbeit ihr persönliches Leben beeinflussen würde? Das Dorf kam in ihrer Zukunftsplanung nicht mehr vor, nur noch als Ort, wo die Eltern lebten, die man gelegentlich besuchen und dort eines Tages begraben würde. Und wer weiß, vielleicht würden sogar die Eltern noch dem Dorf den Rücken kehren. Sie waren noch relativ jung und hatten dort nichts mehr zu tun. Der Feierabend-Bauernhof bestand schon mehr auf dem Papier und wurde wegen gewisser Mitnahmeeffekte eher zum Schein aufrechterhalten. Im Grunde waren auch sie auf dem Absprung. Und Lena? Nach zwei beruflichen Fehlversuchen hatte sie eine Tätigkeit gefunden, mit der sie wohl zurechtkam. Aber die beiden erinnerten sich sehr wohl daran, wie sie den Diskurs gewechselt hatte, je nachdem, welchem Herrn sie gerade diente. Und sie schien zu spüren, dass Larix und Elyna ihre Flexibilitäts- und Anpassungsbemühungen nicht verborgen blieben und sie diese skeptisch sahen. Freilich tat sie sich Gewalt an. Aber sie hatte schon die Notwendigkeit akzeptiert, sich in das ihr zugewiesene Rollenspiel zu begeben und den geistigen Schulterschluss mit ihrer beruflichen Tätigkeit zu suchen. Freilich hatte man die Wahl des Berufs und des Arbeitsplatzes. Aber die Gesellschaft wusste schon, warum sie die Menschen permanent aufforderte, sich an ihre Arbeitsplätze zu klammern und Konzessionen ohne Ende zu machen. Einst gab es angeblich außerhalb der Kirche kein Heil, heute gibt es außerhalb des Arbeitsplatzes kein Heil, jedenfalls für die Masse der Zeitgenossen.

Längst herrschte Befangenheit. Wie wollten sie mit ihr ins Gespräch kommen? Mussten sie die junge Frau nicht in Ruhe lassen? Wenn sie entschlossen war, sich der neuen Zeit zu ergeben, unkritisch mitzumachen und ihr neues Dasein zu gestalten, würden sie Lena mit ihren kritischen Ansichten nur belästigen. Schließlich war es ihr Arbeitsleben, ihr Sozialleben, ihr Leben. Es musste doch noch geheiratet werden, Kinder sollten her, der Baukredit abbezahlt werden und so viele Dinge mehr. Wenn alle Wechsel auf das neue Leben gezogen waren, so geriet man in einen Strom, der aus vielen Fälligkeiten bestand und dem man sich nicht mehr entziehen konnte.

„Zu beneiden sind sie nicht", meinte Elyna nachdenklich. „Wir können ihnen ihre Erfahrungen nicht abnehmen. Sie müssen durch das Tal der Illusionen und Manipulationen. Das sind die neuen Formkräfte der Gesellschaft und sie hinterlassen ihre Spuren in jedem Einzelnen."

„Die meisten werden sich in ihr Schicksal ergeben", bemerkte Larix. „Das war schon immer so."

„In der Tat kann man nicht von jedem Menschen ein standhaftes sozialkritisches Bewusstsein verlangen, und schon gar nicht verlangen, ihr persönliches Leben konkret daran auszurichten", entgegnete Elyna. „Die Problematik kennen wir doch selbst. Die meisten Menschen lassen laufen und laufen mit."

Ja, die gesellschaftliche Illusion wurde zum neuen Maß des gemeinsamen Daseins, nicht nur in ihrer westdeutschen Großstadt, sondern auch hier im Tal. In welcher Gesellschaft man lebt, lässt man sich von den Medien erklären, ohne deren Aussagen konkret nachzuprüfen und aufrichtig mit der Wirklichkeit zu konfrontieren. Welche Wirklichkeit? Es gab kein verlässliches Maß der sozialen Wirklichkeit mehr. Stattdessen zieht man sich in die Privatheit zurück und vermeidet den direkten Kontakt mit anderen Gruppen, weil man mit ihren Werten nichts anfangen kann, ja, sich vielleicht belästigt fühlt. Es gibt kaum reale soziale Kontakte. Man kann unabhängig voneinander leben, sogar die Existenz anderer vollkommen ignorieren oder darüber in der Zeitung lesen. Und die anderen werden immer fremdartiger, ohne dass man all die Spaltungen und das Nebeneinander sich fremd gegenüberstehender und sich ignorierender Gruppierungen kritisch hinterfragt. Man fragt sich keineswegs, ob man mit seinem Verhalten nicht seinerseits immer fremdartiger wird, weil – und hier setzt wieder die Manipulation ein – man glaubt, das sei genau das Verhalten, was der Gesellschaft entspricht. Man entfernt sich vom sozialen Ganzen, verliert sein inneres Verständnis. Stattdessen glaubt man, dass man besonders eng mit der Gesellschaft verbunden ist, wenn man bei ihrer oberflächlichen Event-Kultur und ihren Sprechritualen mitmacht.

Die christliche Kultur hatte die junge Generation im Tal schnell hinter sich gelassen, während ihre Altersgenossen aus der alten Arbeiterkultur den Sozialismus abgelegt hatten. Man trat durch verschiedene Portale in die moderne Gesellschaft ein, welche die große demokratisch-bürgerliche Nivellierung und auf ihrer Basis den immerwährenden sozialen Frieden der Konsumgesellschaft auf ihre Fahnen geschrieben hatte. Dort nahm sie eine Unzahl von Diskursen in Empfang. Während ihre Väter und Mütter noch in der Monotonie ihrer Welt gelebt hatten, entfaltete sich vor ihnen mit einem Mal eine scheinbar ungeheuer vielfältige Gesellschaft, die Welt der unbegrenzten Lebensentwürfe des Individuums, der enormen Mobilität, des magischen Sich-Auslebens. Doch diese vermeintliche Freiheit besitzt eine sorgfältig kaschierte Kehrseite: die wachsende ökonomische Bewertung und Nutzbarmachung des Individuums, die sich für nicht wenige als Wertverlust erweist. Der heutige *homo oeconomicus* muss nicht nur in den ihm zugewiesenen Arbeitsprozessen perfekt funktionieren, sondern er ist systemisch problemlos austauschbar. Und offenbar erschöpft er sich immer schneller und verliert seinen Nutzen wie die Hochleistungskühe der Sulzlalm. Der Einzelne hinterlässt im System, dieser kalten Gemeinschaft der Moderne, keinen „Fußabdruck" und keine „Erinnerung". Eine neu geschaffene Form der Identitätsneutralisierung und Wiederherstellung als dienstbares „Formfleisch", ein *Welcome-to-the-machine*. Noch halten die Mauern der Illusionen. Man tröstet sich damit, dass mit der Verrentung ja ein „neues Leben" beginnen würde. Aber nicht einmal im Ruhestand sollen die Menschen zum Grund ihres Daseins vordringen. Die Schädigungen des Bewusstseins und des Körpers machen Geländegewinne. Wir erklären sie zu vermeidbaren Nebenwirkungen, denen man erfolgreich begegnen kann, indem man die guten Ratschläge zur gesunden physischen und psychischen Lebensführung, die auf die Menschen niederprasseln, beherzigt – verbunden mit allerlei käuflich zu erwerbenden Pillen, Tropfen, Zäpfchen, Salben und Tinkturen und Übungen, die uns das Gesunde vom Himmel versprechen. Treibe Sport in allen Variationen. Iss gesunde Kost. Tu etwas für deine Gesundheit. Wirf ein Mittelchen ein und be happy. Sei Wellness, denk an die alten Römer mit ihrem *mens sana in corpore sano*, schlürfe dein Sanostol mit multiplen Vitaminen und lasse es deine Kinder schlürfen, damit sie frühzeitig eingestimmt werden. Wir wappnen uns, damit unsere Illusionen nicht zerstieben. Wer nicht gesund ist, ist schnell aus dem Rennen. Wenn man nur wüsste, wohin man eigentlich mit der großen Schar wandert. Egal, der Weg ist das Ziel, Konfuzius dixit.

***

Auf der Rückfahrt erspähten sie durch die Kunststoffscheiben ihrer Gondel im oberen Teil des abschüssigen Felsgeländes Reste von Fundamenten und Bauwerken. Das müssen Überbleibsel der alten Seilbahn sein. In den 1920er Jahren hatten sie sich mit einer Seilbahn fast bis auf den Gipfel hochgekämpft.

„Ja, die alten Tunnel- und Bahnenbauer", bemerkte Larix, „damals begann die zweite Erschließungsgeschichte des Alpenraums, die Geschichte der technischen Bauwerke, unsere Geschichte, die noch längst nicht zu Ende ist. Die Schweiz gilt schon als Schweizer Käse, dermaßen ist sie von Tunneln durchlöchert. In ein paar Jahren wird man ein neues Glanzstück hinzufügen, den Brenner-Basistunnel, husch, mit der Bahn 65 Kilometer unter dem Brenner in einem Rutsch von Innsbruck bis Franzensfeste."

„Hoffentlich bleiben wir mit der Natur im Gleichgewicht wie einst die Bergbauern", entgegnete Elyna, „Ihre einfachen Werkzeuge und ihre bescheidene Nutzung der natürlichen Ressourcen waren zugleich ihr bester Schutz. Sie besaßen gar nicht die Möglichkeiten, die großen Gleichgewichte der Natur zu beeinflussen und ernste Schäden anzurichten, vielleicht mit Ausnahme der überzogenen Holzentnahme aus ihren Wäldern. Aber selbst in diesem Fall vermieden sie größere Exzesse. Sie hatten noch das Privileg, in einer Welt überschaubarer Zusammenhänge zu leben."

„Ja, heute müssen die Menschen mit hilflosen Worten auf komplexe Geschehnisse überall in der Welt reagieren, deren Zusammenhänge und gefährlichen Auswirkungen sie hoffnungslos überfordern und vor sich hertreiben. Im Grunde wissen sie gar nicht, wovon sie reden. Und ihr Reden ist völlig einflusslos."

„Sie können es gar nicht wissen."

„Das wäre noch hinnehmbar. Wenn jedoch etwas da ist, das mein Leben spürbar beeinflusst und ich es nicht wissen und kontrollieren kann, dann bleibt mir nur das Vertrauen."

„Und du glaubst, dass dieses Vertrauen gestört ist?"

„Ja, sowohl in unsere soziale Sphäre als auch in unsere Technosphäre. Wir leben in entgrenzten Zeiten und selbst unseren Mächtigen bleibt nur der Ritt auf dem Tiger."

„Und wer ist dieser Tiger?"

„Wir selbst."

„Wie meinst du das?"

„Ich glaube, wir gestalten die Welt mit enormen technischen Mitteln und zugleich in notorischer Selbstüberschätzung, ja Größenwahn, und ignorieren so ziemlich alles von unserer Zivilisationskrankheit, weil wir bisher nicht direkt und unbestreitbar unter den Auswirkungen unseres Größenwahns leiden. Dieser Wahn ist unser reißender Tiger. Es gelingt uns immer noch, andere unter den Folgen unseres Wahns leiden zu lassen und genau dies erfolgreich zu verharmlosen oder gar zu verdrängen. Wenn wir Kinder mit Machtfantasien wären, ohne entsprechende Instrumente – die Sache bliebe folgenlos. Aber wir haben enorme Mittel und setzen sie ein. Das macht uns zu einer Gefahr für uns selbst und für andere."

„Du meinst, dass die Alten nicht auf diese Weise mit sich selbst in Konflikt geraten konnten?"

„Sie besaßen ein großes Vertrauen in ihr begrenztes Dasein und verschoben ihre Grenzsteine sehr überlegt und vorsichtig – nicht nur untereinander, sondern auch der Natur gegenüber. Freilich unterliefen ihnen Fehler. So mancher unbedachte Holzeinschlag konnte sich in Form von Lawinenabgängen rächen. Aber insgesamt waren sie geübte und geduldige Beobachter ihres natürlichen Umfelds."

„Das mussten sie wohl sein. Andernfalls hätten sie ihren kleinen Lebensraum nicht hinbekommen und über die Jahrhunderte bewohnt."

12

Sie waren auf dem Weg zum Habart und durchwanderten den unteren Teil der Lawinenverbauungen, einen breiten und steilen Geländestreifen bestehend aus aufgeforsteten jungen Fichten sowie im Boden eingelassenen Stahlbügeln und Holzpflöcken. Der schmale Pfad schlängelte sich durch eine dichte Schonung, die etwas Schatten spendete. Zugleich machte sich die Mittagshitze unangenehm bemerkbar. In einiger Entfernung unterhielten sich zwei Bergfinken mit kurzen, hellen Lauten. Elyna und Larix waren froh, als sie diesen Gürtel hinter sich ließen und auf schmalen Fußspuren zwischen hohem Gras in den Bereich der stählernen Schneebrücken gelangten. An der kleinen, von allerlei Sträuchern und Stauden fast zugewachsenen Bauhütte machten sie eine kurze Rast.

Sie betrachteten die Lawinenverbauungen. Die größten Konstruktionen bestanden aus sieben quer übereinander an schweren Stahlträgern mit dicken Schrauben befestigten Stahlprofilen. Die Stützträger wiederum waren an massiven Betonsockeln festgeschraubt. Der Zwischenraum von einem Profil zum anderen betrug vielleicht einen halben Meter und Larix machte sich einen Spaß daraus, auf den leicht talwärts geneigten rostigen Stahlprofilen emporzuklettern wie auf einer Stufenleiter. Jedes Gitter muss doch Tonnen von Schnee aushalten, dachte er, nach menschlichem Ermessen haben die da unten nichts mehr zu befürchten.

Es atmete sich wieder leichter, auch wenn jetzt die Sonne intensiv strahlte. Und so stiegen sie auf schmalem Pfad durch dichtes Gras weiter empor, bis sie sich am oberen Rand eines eher unscheinbaren halbrunden, nicht einmal sonderlich geneigten riesigen Trogs befanden. Seine Flächen waren mit kleineren Latschengruppen durchsetzt und mit allerlei Gestrüpp spärlich bewachsen, eine recht öde Wildnis ohne bergsteigerisches oder bergbäuerliches Interesse. Sie betrachteten dieses Gelände. Kaum vorstellbar, dass hier – zu dieser Überzeugung gelangten Lawinenexperten nach eingehender Rekonstruktion – ein Schneewechtenabbruch eine fatale Kettenreaktion auslöste und eine Schneewalze in Bewegung setzte, die riesige Mengen Schnee 500 Meter tiefer bis ans untere Ende des Dorfes führte und im Hausflur des unteren Gasthofes zum Stehen kam. Die Wirkung der Latschen musste sich in ihr Gegenteil verkehrt haben. Anstatt den Schnee zurückzuhalten, waren sie wohl von der kompakten Schneelast niedergedrückt worden und hatten das Gleiten der Schneemassen noch unterstützt.

Auf lehmigen Steigspuren querten die beiden oberhalb der Mähder einen Hang nach rechts und gelangten auf eine kleine flache Wiesenfläche, an deren talseitigen Rand, dem Dorf zugewandt, ein neues Holzkreuz stand.

***

Am 11. Februar 1984 nach Mitternacht wurde das Dorf von einer schweren Lawine heimgesucht. Sie zerstörte Geräteschuppen sowie landwirtschaftliche Fahrzeuge und begrub einen Stall mitsamt Vieh unter sich. Ein paar Meter unterhalb befand sich Ewalds Werkstatt, in dem mehrere junge Männer des Dorfes bis kurz vor Mitternacht den defekten Schneepflug repariert hatten. Kaum zwei Stunden später zermalmten die Schneemassen auch dieses Gebäude. Die Männer hätten tot sein können. Was für eine glückliche Fügung im Unglück. Das war der tiefere Sinn, der alles überwog: vom Tod um Haaresbreite verschont. Nicht nur die Männer in diesem Schuppen, vielleicht sogar das ganze Dorf. Lawinenopfer zählte das Dorf im Laufe seiner Geschichte weiß Gott genug. Die hatte es jedoch im Gelände erwischt, die meisten am Hahntennjoch.

Die beiden standen am gut sichtbaren Holzkreuz, das die Dorfbewohner sechs Jahre nach dem Unglück oberhalb jener Stelle errichtet hatten, wo die Lawine ihren Ausgang genommen hatte – in dankbarer Erinnerung, dass in jener Winternacht ihr Leben verschont wurde. Reinhold hatte Larix detailliert über dieses Unglück informiert. Fotos und Zeitungsausschnitte, die in einem Ordner zusammengestellt waren, dienten als Dokumentation. Er erinnerte sich noch sehr genau an jene Szene, als Reinhold die Dokumente aufgeregt vor ihm blätterte und ihm das Unglück lebhaft und in vielen Einzelheiten erzählte. Die Lawine hatte bei den Dorfbewohnern einen tiefen Eindruck hinterlassen. Ihnen hatte sich eingeprägt, dass sie einer großen Katastrophe entgangen waren. Der Tod hatte sie alle gestreift. Ein besonderes Schicksal, das ein kleines Kollektiv traf und dieses Kollektiv in sich selbst zu bestärken schien. Ihre Gemeinschaft wurde gewissermaßen neu belebt, zumindest für einen Zeitraum. Klar war die Verletzlichkeit des eigenen Existenzraums in Erinnerung gerufen worden. Ihre ganze Geschichte war geprägt von den Bedrohungen durch die Natur. Der Naturraum um sie her arbeitete und niemand konnte vorhersagen, wann vielleicht wieder ein Zusammenbruch instabiler Gleichgewichte erfolgte und ihnen Schaden zufügte.

Nun, der Alltag rückte wieder in den Vordergrund. Das muss so sein, denn andernfalls würde man gelähmt sein und seine Handlungsfähigkeit verlieren. Fortgerissen von der Arbeit hat man keine Zeit, das Ereignis gedanklich zu vertiefen. Die Menschen sahen die praktischen, wirtschaftlichen Auswirkungen, die Schäden. Und doch bedeutete der Tod der Kühe von Balthasar und seinem Bruder Oswald mehr als einen wirtschaftlichen Schaden. Als die steif gefrorenen Tiere mit dem Hubschrauber in einem Geschirr einzeln am Stahlseil hängend zum Tal hinausgeflogen wurden, standen den Bauern die Tränen in den Augen – so groß war die Verbundenheit mit diesen Tieren, die doch gar nicht ihre eigenen waren, sondern die der Nachbarn. Freilich regulierten die Versicherungen Gebäude- und Maschinenschäden sowie den Verlust der Nutztiere. Der Schock jedoch saß tief und verwandelte sich mit der Zeit in das Bedürfnis, diese Lawine als bedenkenswertes Ereignis zu dokumentieren. Und da sie nur eine einfache Form der Geschichte praktizierten, schrieben sie es in dürren Worten und mit einigen Fotos illustriert in die bescheidenen Annalen des Dorfes. Es entstand ein schwarzer Ringbuchordner mit zahlreichen Klarsichthüllen, in denen verschiedene Text- und Bilddokumente aufbewahrt wurden.

Außerdem – was für sie noch wichtiger war – trugen sie dieses Stück Geschichte auf den Berg, aus dessen Flanken sich die Lawine gelöst hatte, stellten dort 1990 ein Holzkreuz auf und befestigten am Kreuzbalken unter dem Kruzifix eine Gedenktafel aus poliertem Granit mit der Inschrift: „Aus Dankbarkeit, dass die Lawinenkatastrophe vom 10. Feb. 1984 keine Menschenopfer gefordert hat".

Die beiden betrachteten das vielleicht drei Meter hohe Kreuz aus einfachen, massiven Fichtenholzbalken. Im unteren Teil des senkrechten Balkens war die kleine rechteckige Tafel mit zwei Edelstahlschrauben am Längsbalken befestigt worden. Der Text war in vier Zeilen eingemeißelt worden – schlichte Serifen-Druckbuchstaben in Groß- und Kleinschrift, naturbelassen und nicht etwa mit Gold ausgelegt. Sprachlich verweilte Larix einen Moment am Perfekt „gefordert hat", das die Aussage nicht – wie man es mit einem Präteritum „forderte" hätte erwarten können – in eine abgeschlossene Vergangenheit verschob. Es blieb ein Stück unbewusster Vergegenwärtigung.

Ihre Blicke wandten sich hinunter. Von hier oben besaß man einen wunderschönen Tiefblick auf das Dorf. Die Lawine hatte das Dorf gleichsam im Auge, wohl hundert Jahre und mehr. Dann war das Faktorenbündel der großen Instabilität geschnürt, die Schneemassen quollen auf, setzten sich in Bewegung und entluden ihre zerstörerische Energie.

***

An einem schönen Sommertag umfasst der Blick den ganzen Reichtum dieser kleinen Kulturlandschaft. Sie besteht aus dem Dorf selbst, dem Talgrund und jenen Teilen der Flächen und Hänge, die für die Bergbauern von Nutzen waren. Sie hatten sich in dieses wilde natürliche Umfeld hineinbegeben und sich daran gemacht, die vorgefundene Wildnis geduldig urbar zu machen. So war eine Kulturlandschaft entstanden, von der jeder Quadratmeter hinterfragt worden war, wozu er denn dienen könne. Und man hatte ihm eine Aufgabe zugewiesen. So viel intensive Nutzung ergibt fast schon wieder eine Form von tiefer Schönheit. Schließlich war der Prozess der Kultivierung, der sich über Jahrhunderte und viele Generationen hinweg erstreckte, zum Stillstand gekommen: Die Bergbauern hatten dieses Tal ausgereizt, alles, was für ihre Zwecke nutzbar gemacht werden konnte, wurde genutzt. Vergleichbar vielleicht mit uralten Reisterrassen oder den Weinbergen, die alle noch so kleinen nutzbaren Flächen in den steilen Hängen am Mittelrhein füllten.

Die roten und grauen Dächer schimmerten in der Sonne, vor dem unteren Gasthof parkten einige Gästeautos, während auf dem Parkplatz der Hüttenbesucher am oberen Dorfrand vielleicht ein halbes Dutzend Pkws standen. Zwei Wanderer überquerten gerade die Brücke über den Fundaisbach in Richtung Angerletal, ansonsten war kein Mensch zu sehen. Das Dorf machte Mittagspause und Gerda stellte vermutlich ihrem Mann gerade sein Essen auf den Küchentisch. Er würde sich auf seinen Stuhl, mit dem Rücken zur Spüle setzen, herzhaft zulangen, vielleicht einen Blick auf die Post werfen oder in die Tiroler Tageszeitung und sich mit seiner Frau unterhalten, was es am Abend auf dem Feld zu tun gab oder ob er noch ein Fenster einsetzen würde im neuen Pferdestall, den er am Dorfeingang oberhalb der Straße erbaut hatte.

Bei diesen durch und durch pragmatischen Menschen erfüllt jeder Handgriff seinen Zweck. Und fast möchte man meinen, dass ihre Poesie sich in der Freude an einer gelungenen Heuernte oder einem gelungenen Nutzgegenstand entfaltete. Marco war beispielsweise ungeheuer zufrieden mit seinem neuen Stall, den er fast vollständig allein errichtet hatte. Alles war rundum funktionstüchtig und somit gelungen und schön. Mit viel Geschick hatte er es geschafft, sich eine Baugenehmigung – natürlich in der roten Zone – zu verschaffen, wie er stolz vermerkte, vielleicht auch mit einem Seitenblick auf seinen erfolglosen Vater. Was der Alte vergeblich versucht hatte, sollte nicht unerledigt bleiben. Seine Augen konnten die Flächen der Wände, den Betonboden, das rote Wellblechdach, jedes Detail zärtlich streicheln – alles war seiner Vorstellung, seinem Sachverstand, seinen starken Händen und Armen entsprungen und stand jetzt da und würde immer noch an seinem Platz stehen, wenn er nicht mehr sein würde. Ebenso respektierte er die Werke anderer. Die Menschen hier lebten in einer Art Werkkommunion, weil sie allzu gut wussten, dass sie ihre Existenz durch ihrer Hände Werke sicherten.

Die beiden hatten sich im Gras niedergelassen, ihre geöffneten Rucksäcke zwischen den Knien, und machten sich daran, eine kleine Brotzeit zu halten. Elyna kam zurück auf die Inschrift: „Eigentlich ist sie atypisch. Bisher sind wir nur Gedenktafeln begegnet, die von einem tatsächlich eingetretenen Unglück zeugen.“ Und sie dachte an den Gedenkhain eingangs des Weges nach Madau oder an die Tafel unterhalb des Steinjöchls. Dort wurde an tödliche Unfälle erinnert. Larix fügte hinzu: „Und an ihrer Kirchenmauer haben die Dorfbewohner in Form kleiner bunter Gedenktafeln sämtliche Unglücksfälle aneinandergereiht, denen im Laufe der Zeit Mitglieder der Dorfgemeinschaft zum Opfer fielen. Von den meisten heißt es, dass sie unter eine Schneelawine gerieten und erfroren.“

Und sie überlegten, dass doch gar kein Unglück mit menschlichen Opfern geschehen sei. Die Gedenktafel hier sei eher sinnverwandt mit den vielen Votivtafeln, die sie in der Wieskirche gesehen hatten. Wenn man es religiös betrachte, dann dankten die Dorfbewohner Gott dafür, dass sie wundersam verschont wurden. In der Tat, es bleibe zwar unausgesprochen, aber die religiöse Dimension sei durch dieses Kreuz eindeutig dokumentiert. Sie haben sich selbst mit Gottes Walten in Verbindung gebracht. Das Schicksal, das letztlich von Gott komme, habe sie vor dem Untergang bewahrt. Gott habe sich ihnen gegenüber gnädig gezeigt, indem der Tod sie nur gestreift habe, anstatt sie zu vernichten. Und um ihre Dankbarkeit zu bezeugen, brachten sie zum Ausdruck, dass sie diese Gnade verstanden hatten und auch tatsächlich als Geschenk annahmen. Ja, die Lawine habe sich jedem ins Bewusstsein gegraben: Das ganze Dorf, ihre Heimat, hätte platt sein können, einbetoniert von gewaltigen Schneemassen, ihre kleine Gemeinschaft dezimiert oder gar ausgelöscht.

In der Folgezeit reagierte das Land Tirol und stellte beträchtliche Mittel zur Verfügung, um das Ahorntal, wie man diese Geländefurche nannte, durch die sich die Lawine ihren Weg zu Tal gebahnt hatte, lawinensicher zu machen. Die Gefahr wurde nach menschlichem Ermessen gebannt. Und die komplexe Anlage, die sie beim Aufstieg durchwandert hatten, war so strukturiert, dass sich dermaßen kompakte Schneemassen nicht mehr bilden und schon gar nicht mehr zu Tal rutschen konnten. Der Schnee wurde sozusagen an den Boden genagelt, sollte sich nie mehr zur zerstörerischen Masse erheben und zu Tal stürzen. Zusätzliche Sicherheit schuf die Aufforstung, sodass mit den Jahren ein Bannwald heranwuchs.

Nach einer halben Stunde setzten die beiden ihre Wanderung fort und strebten über einen luftigen Steig auf dem Kamm oberhalb der Mähder von Pfafflar zur Rechten und den steilen Schrofen und Abstürzen des Plötzigtals zur Linken dem kleinen Grasgipfel genannt Habart zu, den kein Kreuz schmückte, sondern eine vielleicht drei Meter hohe Signalstange, die als trigonometrischer Punkt diente. Gegen Ende des 19. Jahrhunderts hatten erste Landvermesser an ihrem Messtisch den Habart anvisiert. Der unscheinbare Gipfel wurde von den Kartografen und Landvermessern sicher nicht zufällig als Vermessungspunkt ausgewählt, denn er scheint tatsächlich inmitten einer weiten landschaftlichen Runde zu stehen, wie die Antenne in einem riesigen Parabolspiegel. Man möchte glauben, dass man gar nicht zu schauen braucht, sondern dass diese Landschaft förmlich ihre Bilder ins Auge wirft, egal, in welche Richtung man schaut. Ein

Naturkaleidoskop, man befindet sich einerseits auf einem kleinen Dach-
first, aber man blickt nicht auf das Gelände um sich her, sondern man wird
von der Landschaft förmlich umhüllt und glaubt schließlich, etwas sanft
Schwebendes wahrzunehmen, als ob der Äther sich in unsichtbare Watte
verwandelt hätte.

Jeder wird seine Wahrnehmungen und Eindrücke anders beschreiben,
aber sicher ist, dass dieser Ort mit seinem Perspektivenreichtum vielleicht
so etwas wie natürliche Schönheit vermittelt – auf besonders innige und
anmutige Weise.

Und so wie die Dorfbewohner ihre Dankbarkeit bezeugten, dass die Natur sie nicht mit ihren zerstörerischen Kräften heimgesucht hatte, so zeigten sich Elyna und Larix dankbar, dass die Natur ihnen einen Blick auf die
nicht minder gewaltigen Kräfte ihrer Schönheit gewährte.

„Hast du eigentlich eine Vorstellung, wie die Einheimischen uns, die Besucher, sehen?“, fragte Elyna.

„Ach“, meinte Larix, „es gibt verschiedene Touristen. Wir gehören zur
Gruppe der Bergwanderer und Bergsteiger. Und Bergsteiger bringen sie
auch immer wieder selbst hervor. Der verstorbene Lehrer, der Alex bei-
spielsweise, war ein hervorragender Bergsteiger und Kletterer, der vor dem
Krieg und noch während des Krieges im Parzinn und in der Hornbach-
kette einige Erstbesteigungen gemacht hat. Der Pfarrer ist ein begeisterter
Bergsteiger und betet sein Brevier gern auf der Dremel. Marco hat eine
Ausbildung als Bergretter. Raimund ist ein Super-Bergsteiger. Ich glaube,
in ihren Augen sind wir – wenn sie uns ernst nehmen – vielleicht eine Art
Poeten der Berge.“

„Du meinst, was wir machen, wird nicht als Hobby, als Zeitvertreib oder
Leistungssport von Städtern angesehen.“

„Auch, aber nicht nur. Ich glaube, die Menschen hier spüren sehr wohl,
dass wir etwas tun, was darüber hinausgeht. Ich glaube, wir sprechen zu
ihnen über die Poesie ihrer Welt, wir zeigen einfach, dass ihre Welt, die
oft wie ein karger Raum der Gefahren und Notwendigkeiten, der harten,
nicht enden wollenden Arbeit, erscheint, pure Schönheit in sich trägt. Und
vielleicht hast du schon bemerkt, dass sie immer nachfragen und sich gern
erzählen lassen, wo wir wieder gewesen sind und was wir gesehen und erlebt haben. Wie unsere heutige Tour auf den Habart, diese wunderschöne

sanfte Gratwanderung durch die Matten und Wiesen, ein Blumenbalkon wie Gottes eigener Garten – sie kennen diesen Ort, allein schon, weil sie ihre Mähder bis hierher hochgetrieben hatten, sie kennen seine Schönheit, aber sie hatten vielleicht nie die Zeit besessen oder die Notwendigkeit gesehen noch die Fähigkeit entwickelt, diese Schönheit in besondere Worte oder Bilder zu kleiden und dauerhaft zu hinterlegen. Der Strom der Arbeit, die endlosen Mühen, haben immer wieder alles fortgeschoben. Ihre Sinneseindrücke und Empfindungen bahnen sich nur mühsam einen Weg in ungelenke Worte.“

Und Larix fuhr fort: „Und dann kommen Leute wie wir, erzählen und bestätigen genau das, was sie selbst immer wussten, ja, dieser Ort ist wunderschön. Und da sind so viele Orte und diese Schönheit setzt sich aus unzähligen Mosaiksteinen zusammen wie ein Geröllfeld aus unscheinbaren groben Steinen. Nur das Geröllfeld will nicht erstrahlen, es bleibt grau und stumpf, so unfruchtbar und nur manchmal sieht man eine Gämse und man fragt sich, was dieses Tier in dieser Geröllwüste sucht. Und doch wächst versteckt ein zartes Grün, unscheinbar, mitten im toten Steinchaos, und genau darauf hat es dieses Tier abgesehen.“

***

Sie nahmen ihre Wanderung wieder auf und bewegten sich Richtung Plattjoch. Larix sagte zu Elyna, dass dort unten eine Überraschung auf sie warte. Sie fragte sich ganz verwundert, was ihr Gefährte wohl damit meinen könnte. Sie wanderten am Kamm entlang, tief unter ihnen lagen die Weiden des Hahntenne. Übrigens sei dieser Kamm die Grenze zwischen den Gemeinden Imst und Pfafflar, ließ sich Larix vernehmen. An einigen Stellen spähten sie hinunter in die steilen Abstürze zum Plötzigtal. Die obere Hälfte dieses Tals gehöre zu Imst und werde auch als Alm genutzt für Haflinger Pferde und Rinder. Imst und Zams hatten in der Frühzeit der Almwirtschaft von allen Inntalgemeinden ihre Weidegebiete über die Jöcher recht tief ins Lechtal hinein vorgeschoben.

Der Jäger habe sich einmal tierisch aufgeregt über die liederlichen Hirten und ihre verwahrloste Almhütte mitsamt den überall verstreuten Pferdeäpfeln. Das sei Sache des Beihirten, mit der Gabel die Pferdeäpfel zu verteilen. Und dabei machte er eine energische Handbewegung, als wollte er einem imaginären Beihirten zeigen, so geht das, du Nichtsnutz. Larix konnte nur beipflichten, hatte er doch selbst einmal durch Schlamm und zwischen Huflattich und Brennnesseln watend die Hütte und ihre beiden temporären Bewohner aufgesucht. Ein Gespräch kam nicht zustande, diese Leute waren zottelig, durchaus einsilbig und die wenigen Silben noch im tiefsten Dialekt. Unverrichteter Dinge war er wieder abgezogen und kam sich vor wie ein dämlicher Städter, voll mit überflüssigen Fragen, die ins Leere liefen.

Nach einer Stunde erreichten sie das Joch, eine kleine recht ebene Grasfläche mit zahlreichen Blumen. Gleich gegenüber fußte der felsige Aufbau des Falschen Kogels. Larix dirigierte Elyna in die Richtung einer kleinen unscheinbaren, mit Gras bewachsenen Felsmauer inmitten der grünen Wiese. Sie solle um diese niedrige Felsmauer gehen, auf der Vorderseite sollte ihre Überraschung blühen. Vorsichtig stieg sie ab und befand sich vor dem kleinen Felsbalkon. Auf einer kleinen Stufe siedelte eine Edelweißkolonie. Sie betrachtete zum ersten Mal in ihrem Leben diese strahlend weißen pelzigen Blüten am Ort ihres Daseins. Sie kniete nieder, um sie mit den Augen aus allernächster Nähe zu umfassen. Larix hatte schon den Fotoapparat gezückt und es gelang ihm, ein wenig von dem tiefen Entzücken festzuhalten, das in den Gesichtszügen seiner Gefährtin lag. Nein, sind die schön! Und ihr Blick mochte sich nicht lösen von den wundersamen Geschöpfen dieser hochalpinen Welt, die etwas wie reine Schönheit in sich trugen.

Sein Blick wanderte hinunter zur Jochstraße. „Schau mal runter zum Hahntenne", sagte er, „wir haben Zuschauer."

Tief unten auf dem Parkplatz standen zwei Männer und beobachteten die beiden mit ihren Ferngläsern. Die Herren waren von der Imster Bergwacht, was Larix nicht wusste. Aber ihm war deutlich bewusst, dass diese Leute sehr wohl wussten, dass sie genau vor der Edelweißkolonie standen. Nun, sie würden sehen, dass er die Blumen fotografierte und keineswegs ausriss und in seinen Rucksack stopfte. Und in der Tat, als er seinen Fotoapparat wieder im Rucksack verstaute und diesen schloss, hatten sie genug gesehen. Er machte ein Handzeichen in ihre Richtung, das sie erwiderten. Anschließend stiegen sie in ihren Geländewagen und fuhren in Richtung Maldonalm davon.

Über kaum sichtbare Pfadspuren stiegen sie langsam hinunter zum Hahntenne. So, jetzt hatte der historische Wirtschaftsraum des Dorfes sie wieder. Diesen Raum hatten die Menschen aus der natürlichen Wildnis heraus geschaffen. Und beide Räume – die Natur und dieser Wirtschafts-raum – bildeten eine „Welt". Renas Kühe grasten friedlich und verstreut auf der recht ebenen Fläche der Weidegründe. Die beiden näherten sich dem Kreuz, das das eigentliche Joch markierte, während die Passstraße vielleicht zwanzig Meter oberhalb am Hang verläuft. Offenbar hatten die Dorfbewohner erfolgreich ihre Weiden verteidigt. Vom Kreuz aus nahmen sie den historischen Pfad der Bergbauern und ihrer Tiere entlang des klei-nen Baches, der vom Steinkar und dem Hahntennkar her kommt und sich weiter unten in den Fundaisbach ergießt. Hier oben sind sie gelaufen, un-ermüdlich hin und her, rauf und runter, und haben gewirtschaftet seit dem Ende des 13. Jahrhunderts. Rena wird vermutlich die letzte Bäuerin sein.

„Warum ist uns diese Welt so lieb?", fragte Elyna, und ihre Frage klang schon eher wie eine Feststellung, als ob sie sich ihrem Zauber nicht mehr entziehen wollte.

„Tja, vielleicht weil hier etwas gehütet wurde", antwortete Larix, „nicht nur Vieh. Vielleicht sollte man sagen: Gemeinschaft. Ich wollte, wir hätten mehr von dieser Gemeinschaft in unserer Gesellschaft. Ich fürchte, das ist nicht mehr möglich, jedenfalls nicht mehr auf dieser Ebene der Ver-gesellschaftung der Menschen, die wir erreicht haben. Stattdessen müssen wir Gesellschaftsdiskurse bis zum Erbrechen fressen, die eigentlich keine wirkliche Verbundenheit zwischen den Menschen spiegeln, sondern eher wie eine hoffnungslose Beschwörung klingen. Diese Diskurse tappen in ihren Begriffen umher, produzieren ständig neue Begriffe und vermitteln doch kein Begreifen."

„Aber es gibt doch Gemeinschaften – Religionsgemeinschaften bei-spielsweise", entgegnete Elyna.

„Nun ja, wenn ich unsere Pfarrgemeinde sehe, wüsste ich nicht, wo dort die Gemeinschaft sein soll. Gemeinschaft halten wir höchstens noch mit unserer Familie und ein paar Freunden. Der Rest ist Schall und Rauch. Wir sollten jedoch diese Welten nicht gegeneinander ausspielen. Jede hat ihren Geist, auch wenn der Geist unserer Gesellschaft heute uns beunru-higt, weil wir uns überfordert und machtlos fühlen."

Sie gingen weiter auf diesem antiken Pfad Pfafflars, der schließlich wenig oberhalb der Siedlung endete, weil die neue Hahntennjochstraße ihn abrupt abschnitt. Neben der Straße ging es weiter auf einem schmalen Trampelpfad, den auch Renas Kühe nutzten, wenn es abends zum Melken ging und wieder zurück und morgens der gleiche Hin- und Rückweg. Seltsamerweise gab es auf diesem Teilstück keine Kuhfladen. Möglich, dass der ständige lärmende Straßenverkehr den Tieren ihre Notdurft vergällte.

Die beiden durchschritten den Ort auf der Straße, bis sie kurz unterhalb des Ortsausgangs eine kleine Brücke über den Scharnitzbach nahmen und jenen Pfad wiederfanden, der die älteste und kürzeste Verbindung zwischen Pfafflar und dem Dorf bildete. Das letzte Teilstück führt oberhalb der Schlucht des Fundaisbachs, nachdem man den Scharnitzbach unterhalb des Einlaufs des kleinen Wasserkraftwerks erneut über eine Brücke gequert hat. Dieser Bach versiegt nie, heißt es. Vermutlich, weil er nicht nur das Hahntennkar unterhalb des Scharnitzsattels entwässert, sondern auch die riesigen Gras- und Mähderhänge auf der gegenüberliegenden Seite. Und diese Hänge sind wie Schwämme, echte Wasserspeicher, die auch der Sommer nicht austrocknet. Zwischen Büschen und Bäumen führt der schmale Pfad hoch oben an der Schlucht des Fundaisbachs entlang und endet am oberen Dorfrand, unweit des oberen Gasthofs und neben Renas Heuschober. Wer mochte diesen Pfad angelegt haben? Die Bergbauern des 19. Jahrhunderts, als sie das Dorf schufen und Pfafflar als Ganzjahressiedlung aufgaben? Oder wurde er schon viel früher genutzt, weil er Teil der Verbindung in den Nachbarort und weiter hinunter ins Lechtal war? Die beiden bogen kurz vorher nach rechts ab und nahmen den Zaunweg.

„Den haben sie extra für die Zaungäste des Dorfes angelegt“, sagte Larix lachend.

„Ja, die sind wir ja“, meinte Elyna, „wir kommen und gehen, schauen und hören ins Dorf rein. Und weg sind wir wieder bis zum nächsten Besuch.“

„Vielleicht sind wir ja neuartige Fernpendler und bauen ein Spannungsfeld auf zwischen dem Dorf und unserer Alltagswelt, mit ihren modernistischen Diskursen, die sich langsam und vermutlich unwiderstehlich über das Dorf und seine Bewohner legen.“

„Was meinst du mit modernistischen Diskursen?“

„Tja, weißt du, hier tauchen mittlerweile Leute auf, die das Dorf und seine Kulturlandschaft für ihre Zwecke nutzen. Möglich, dass Ralfs Esoteriker Zuwachs bekommen, und zwar aus dem ‚grünen‘ Orbit.“

„Mit dem Landschaftspark Lechtal scheint das auf der Hand zu liegen. Mit der Umweltpolitik werden Projekte und Beschäftigungen generiert und subventioniert. Warum sollten sich in diesem Kreis nicht Leute finden, die einen alten Bauernhof kaufen und in eine schöne Datscha verwandeln? Sie verdienen doch schönes Geld – werden beispielsweise von irgendwelchen subventionierten und/oder gesponserten Organisationen besoldet.“

„Das wäre der Ausverkauf des alten Dorfes als Zukunftsperspektive. Immer noch besser, als irgendwelche Snobs, die diese Landschaft mit Ferienhäusern und Swimmingpool bis zur Unkenntlichkeit umkrempeln würden.“

„Ja gewiss, man kann die Entwicklung nicht aufhalten. Aber mich ärgern diese neuen Diskurse, die dieses Tal und seine Bewohner mit ihren Vorstellungen und Worten vereinnahmen und die sich im Grunde überhaupt nicht angemessen mit der gewachsenen Kultur auseinandersetzen.“

„Müssen sie das?“

„Es interessiert sie nicht. Das Tal wird gerade von den neuen Diskursen aufgesogen. Und die sind so schrecklich besserwisserisch. Man stellt sich gewisse Fragen nicht. Für eine Auseinandersetzung mit der unglaublichen kulturellen Tiefe dieser Welt ist kein Platz, keine Zeit, keine Geduld, kein innerer Horizont. Im Grunde geht es zu wie in Amazonien, da werden die indigenen Kulturen einfach platt gemacht und man produziert ein paar Krokodilstränen. Hier bevorzugt man die sanfte Tour. Man säuselt: Wir sind schließlich auch „grün“, naturverbunden wie ihr. Und sie werden sich in den alten Häusern einnisten, die äußere Hülle konservieren oder nachbilden, den Rest jedoch nach ihrem Bild gestalten.“

„Ach, Larix, reg dich nicht auf.“

„Doch, tue ich, ich werde diese Welt in mein Zauberreich mitnehmen, ihr Wesen in Sicherheit bringen. Dafür gibt es gute Gründe.“

Sie waren hinter dem Haus des Jägers angelangt.

„Wir sollten eigentlich wieder bei ihm vorbeischauen. Der Hubert hat interessante Ansichten“, sagte Elyna, „beim letzten Mal unterhielten wir uns über die Wölfe. Im Bezirk Landeck treibt sich angeblich ein ‚Problemwolf‘ auf den Almen herum.“

„Die Jägerschaft hat wohl wie die Bauernschaft keinen Spaß an den Wölfen“.

„Hubert behauptet, dass der Wolf nicht mehr zeitgemäß sei. Der Mensch sei das größte Raubtier von allen.“

„Da hat er wohl recht. Der Mensch wird kein anderes Raubtier neben sich dulden, das seine Kreise stört. Im Innsbrucker Zoo kann der Wolf sein hiesiges Dasein als Unterworfener fristen, aber nicht auf den Almen Schafe reißen.“

„Der Jäger hat echte Gedanken, der schwafelt nicht. Wundere mich, weil er doch als eher verschlossen gilt. Uns gegenüber ist er geradezu gesprächig.“

„Ob die jüngeren Menschen noch einen Draht zu solchen Leuten haben?“

„Ich stelle mir vor, für die ist der Jäger eine Art Bergschrat, eine Gestalt mit wunderlichen Reden, die sie nicht verstehen.“

„Du meinst, der kann quaken, so viel wie er will? Eventuell noch als Kultfigur zu gebrauchen, wie Heidis Großvater?“

„Er verkörpert noch ein Stück gewachsene Kultur. Und damit kann in der heutigen Zeit die nächste Generation nichts mehr anfangen.“

„Das hieße ja, wir erleben hier im Tal derzeit einen echten Kulturbruch.“

„Ich fürchte, so ist es.“

„Im Dorf sind es doch keine zwanzig Leute mehr, die diese Kultur noch persönlich erlebt haben und sie in sich tragen.“

„Wen interessieren schon zwanzig Leute? Das sind doch absolute Randexistenzen in verschwindend geringer Zahl.“

„Dieses Dorf wird zumindest eine Legende.“

„Was soll das bringen? Die Legende wird doch nur aus Versatzstücken bestehen. Man wird Worthülsen bemühen, wie ursprünglich, urwüchsig oder urtümlich im Herzen der Alpen.“

„Wir wissen es anders.“

„Wer wird sich für unser Wissen interessieren?“

„Nun ja, Randexistenzen und Minderheiten haben von je her einen schweren Stand. Und heute, wo die Nivellierung, auch „Mainstream“ genannt, so mächtig wirkt, ist es nicht einfach, etwas Abweichendes zu vertreten. Ich meine, etwas, was nicht gewillt ist, sich vom Mainstream unterbuttern zu lassen. Vielleicht erlaubt der Mainstream ja die Entstehung neuer Inseln oder wird zum Archipel?"

„Du meinst, wenn wir uns so intensiv mit dem Dorf beschäftigen, dann ist das auch Teil unserer Auseinandersetzung mit der Vereinnahmung und ihrer Gefräßigkeit?"

„Ja, gewissermaßen die Verwandlung des Dorfes zum Felsbrocken, zu einem der blauen Köpfe unterm Muttekopf. An denen können sie herumklettern, aber an denen würden sie sich die Zähne ausbeißen."

Die beiden erreichten das Ende des Zaunpfades und landeten am Abzweig der Hahntennjochstraße. Ihre heutige Tagestour war beendet. Ein paar Schritte noch trennten sie von ihrem Feriendomizil. Robert, der einzige Sohn, der gerade seinem Vater in der Firma nachfolgte, grüßte sie stumm und werkelte weiter an einem frei stehenden Whirlpool eigener Herstellung. Na, das sei doch perfekt für das gemeinsame Whirlen mit der Freundin, konnte sich Larix eine Bemerkung nicht verkneifen. Robert quittierte den Satz mit einem undefinierbaren Achselzucken und einem unleserlichen Gesichtsausdruck. Humor war nicht sein Hobby.

„Schon mal einer aus der nächsten Generation, der aber auf Dauer auch nicht bleiben wird", meinte Elyna, als sie in ihre Wohnung gelangten, „praktisch schon die zweite Generation. Der Vater ist aus der Bergbauernwirtschaft der Eltern ausgestiegen und der Sohn folgt ihm nach. Eigentlich schon ein Vertreter der Enkelgeneration. Die Generation mit dem ersten wirklichen Abstand."

„Schaumerma, was sie hervorbringen."

„Machen sie widerstandslos mit beim Geldverdienen und Konsumieren, weil sie hineingeboren wurden, diese Zivilisation als alternativlos gilt und scheinbar alle mitmachen. Oder entwickeln sie ein solides kritisches Bewusstsein und gestalterische Energie in ihrem Leben?"

„An der Zeit wäre es ja. Vielleicht ein intelligenter Rückgriff auf die alte Bauernrepublik als innere Identität, sozusagen die Reaktivierung des Freien-Bauern-Gens."

„Tja, seien wir wie die guten Feen und wünschen ihnen die nötigen Fähigkeiten, den Willen und die kulturelle Charakterstärke."

„Willst du dich etwa als salige Frau versuchen?"

Elyna antwortete ihm mit einem herzlichen Lachen.

13

Als ein von Wind und Wetter zerzaustes Denkmal – vielleicht ein Mahn-mal – stand zwischen der ehemaligen Schule und dem oberen Gasthof das alte Haus von Betto, dem letzten Bewohner eines Geschwister-Hofes. Beide Brüder waren ledig geblieben. Den älteren hatte einst bei der Holzarbeit eine Lawine oben am Joch unter sich begraben. Am ganzen Gebäude war nichts mehr im Lot. Tür- und Fensterrahmen hatten dem steten Druck nachgege-ben. Der Rahmen eines Fensters hatte sich vom ursprünglichen Rechteck in einen nach rechts geneigten Rhombus verwandelt. Zahlreiche Risse durch-liefen die Außenwände aus einfachem Fachwerk, das mit einer Kalkputz-schicht auf Holzlatten bedeckt war. An manchen Stellen war die Putzschicht abgeplatzt. Im Inneren dämmerten primitives Mobiliar und Hausrat des Verstorbenen, offenbar mochte sich niemand mit dem Plunder befassen.

Wer hatte dieses Haus, das kaum größer als eine Hütte war, erbaut und wann? Der Kalkputz könnte im Zuge der letzten großen Rodung ent-standen sein, als die Dorfgemeinschaft zu Beginn des 19. Jahrhunderts die Heuwiese, genannt Feldele, neben dem Angerlebach am Eingang des Angerletals schuf. Der Name deutete darauf hin, dass dort zunächst Feld-früchte angebaut wurden – Kartoffeln, Getreide. Mit den Wurzeln und dem überschüssigen Holz, das man nicht zu Nutzholz verarbeiten konn-te, betrieb man einen Kalkofen und brannte Kalkstein zu Branntkalk, den man zu Kalkputz weiterverarbeitete.

Man hatte einige Teerpappen auf das Dach der Hütte genagelt. Somit war die Gefahr vorerst gebannt, dass das kleine Gebäude zusammenbrechen könnte, wenn eindringendes Wasser das tragende Gebälk verfaulen ließ. Seitdem man vor einigen Jahren die Dorfstraße mit einer neuen Asphalt-schicht versehen und diese direkt bis ans Haus geführt hatte, lag die Tür-schwelle zehn Zentimeter tiefer als die angrenzende Asphaltdecke. Auf der rechten Seite schloss die Asphaltdecke fast mit der niedrigen Fensterbank ab. Dies erweckte den Eindruck, als wäre das Haus ein Stück weit in die Erde gesunken.

Was war in der Nachfolge dieses eigenbrötlerischen Menschen geblie-ben? Da er keine Nachkommen besaß und – wie es hieß – gegen das Dorf einen tiefen Groll hegte, vermachte er seinen Besitz einem entfernten

Verwandten, dem er das Versprechen abgenommen hatte, nach seinem Grab zu schauen. Der Erbe verpachtete die Nutzflächen und ließ sich im Dorf nicht blicken. Das Grab des Verstorbenen wurde gepflegt. In der recht eigenartigen Vererbungsgeschichte des alten Betto konnte man noch eine andere Information lesen. Die alten Erbfolgen waren in Ermangelung direkter Nachfahren längst wie Bettos Haus aus den Fugen geraten. Denn es gab keine Bauern mehr, die einen Berghof erwerben wollten. Die Eigentumsverhältnisse sortierten sich zumindest in Teilen neu. Mit den einstigen bergbäuerlichen Erfordernissen hatte dieses Geschehen nichts mehr zu tun. Eine Fortführung des Betriebes fand nicht mehr statt. Mit dem Erlöschen der betrieblichen Nutzung wurde auch die Hofeigenschaft, also der „geschlossene Hof" als wirtschaftliche Einheit, hinfällig. Die Zahl der verlassenen Häuser nahm ebenso zu wie die der nicht mehr genutzten landwirtschaftlichen Flächen. Nennenswerte Aktivitäten gab es kaum noch im Dorf. In der Tat war es recht still geworden. An manchen Tagen besaß diese Stille etwas Bedrückendes. Die Dorfstraße war menschenleer. Die wenigen noch aktiven Dorfbewohner waren auswärts tätig und kehrten erst am Abend oder am Wochenende zurück. Mit etwas Glück erhaschte man vielleicht einen Blick auf Lydias Katze, die sich träge neben dem Haus bewegte und sich in Richtung Stall davonmachte, wenn man ihr zu nahekam. Vielleicht hatte man nach dem Vieh auch schon die Hühner abgeschafft. Das Leben im Dorf schien unsichtbar zu werden.

Touristen verirrten sich selten ins Dorf. Einige Gäste, zumeist ältere Belgier, logierten im unteren Gasthof. Begegnungen mit den Bewohnern kamen nicht mehr zustande. Vorbei war die Zeit der Allgäuer und Schwaben, die im Sommer in Scharen kamen und manche persönliche Bekanntschaften mit den Einheimischen pflegten.

Die Bergwanderer, die es auf die Hanauer Hütte zog, stellten ihre Autos auf dem kürzlich neu angelegten Parkplatz im Feldele ab und fuhren nach ihrer Tour sogleich davon. Vor Jahren gab es noch viele Kontakte mit dem Hüttenwirt und Vertretern der Sektion. Die Hundertjahrfeier war ein großes Fest, an dem das ganze Dorf teilgenommen hatte. Sogar die alte Agnes hatte sich hinaufbegeben, wenn auch das letzte Stück im primitiven Holzkasten der Materialseilbahn. Personentransport strengstens verboten! Ja, gewiss doch.

Das kleine Hinweisschild zu seinem Lokal mit dem Versprechen einer schönen Brotzeit, das Fabio an einen Baum am Wegesrand genagelt hatte, fand keine Beachtung mehr. Es stammte noch aus der Zeit, als die Hüttenbesucher Urlaubsgäste im Dorf waren oder im Dorf vor der Brücke über den Fundaisbach ihre Autos abstellten. Heute fahren sie mit ihren Autos achtlos am Schild vorbei. Der Strom der Motorbiker hingegen biegt kurz vor dem Dorf in die Hahntennjochstraße ein und beschert dem Gastwirt keine Umsätze, allen Bewohnern hingegen schallenden Motorenlärm. Manchmal verirrt sich ein Motorbiker bis ins Dorf, dreht eine kleine Runde und fährt wieder davon. „Tote Hose" mochte er gedacht haben – womit er aus seiner Sicht gewiss nicht Unrecht hatte.

Gelegentlich schaute der Postbote vorbei und sein cremegelber kleiner Lieferwagen war ebenso schnell wieder hinter dem Bichl verschwunden, wie er aufgetaucht war.

Zweimal im Monat hielt der Pfarrer am Samstagabend die Vorabendmesse für die letzten Getreuen, die sich auf den hinteren Bänken unter der niedrigen Empore sammelten. Eigentlich hätte er längst im Ruhestand sein müssen, aber der Bischof fand keinen Nachfolger. Der Priestermangel war längst im heiligen Tirol angekommen. So versah der Pfarrer treu seinen Dienst, verlor keinen Gedanken an den Ruhestand. Nein, er wollte seine Schäflein nicht im Stich lassen. Er gehörte zu den Menschen, die im Alter immer knochiger wurden, und seine große Gestalt sah aus wie ein lebendes, von Haut überzogenes Gerippe oder eine geschnitzte Figur. Eines Tages wird er am Altar zusammensinken und die Seele dieses treuen Dieners Gottes wird sich geradewegs in den Himmel begeben, darüber besteht kein Zweifel.

Einmal in der Woche brummte der Lkw des Großhändlers die Dorfstraße hinunter zum unteren Gasthof. Der Fahrer hatte seine Waren schnell ausgeladen und setzte sich mit der Wirtin an den Küchentisch. Man ging die Lieferliste durch und die Wirtin quittierte den Empfang der Waren. Unten im Keller stand eine ganze Batterie von Kühltruhen. Wie viele waren noch in Betrieb?

Um die Mittagszeit tauchte gewöhnlich Marco mit dem orangefarbenen Baufahrzeug der Straßenmeisterei vor seinem Haus auf und setzte sich an den Mittagstisch, den seine Frau ihm bereitet hatte. Sein jüngerer Bruder und Gemeinde-Multifunktionär hingegen arbeitete seinen wöchentlichen Sack voll mit allerlei Obliegenheiten ab, die ihn an unterschiedliche Orte im Tal und weiter draußen führten.

Die Kinder waren längst junge Erwachsene geworden, erlernten Berufe, besuchten Fachschulen oder waren im Begriff, eine eigene Familie zu gründen, unten im Tal.

Gewiss, es waren noch Leute da. Allerdings lebten sie zurückgezogen in ihren Häusern. Sie hatten draußen kaum noch etwas zu tun. Man lebte schwerelos und hüllte sich in Gleichmut und in eine unerschütterliche Ergebenheit. Man hatte sich vom Leben zurückgezogen, wie sich das harte Arbeitsleben von ihnen zurückgezogen hatte. Alles, was man in seinem Leben zu tun hatte, war getan. Es gab kein Tagwerk mehr, das ihren Händen entsprang. Man beschäftigte sich im häuslichen Raum mit persönlicher Pflege und den Dingen des kleinen verwaisten Haushalts. Gemeinschaftlich gab es nichts mehr zu tun. Felix und Marco erledigten die Müllabfuhr oder räumten im Winter die Straße.

Möglicherweise wird in nicht allzu ferner Zukunft eine Gemeindestrukturreform die Selbstverwaltung beenden. Man wird mit dem Talort fusionieren. Hier oben gab es kaum noch etwas zu verwalten, und unten im Tal saßen schon ihre Kinder. Nein, das Dorf lief nicht weg, sondern verwandelte sich in eine Alten-Siedlung, was den brachliegenden Wirtschaftsflächen und den leer stehenden Häusern entsprach.

***

Während sich in Putz und Mauerwerk der verlassenen Bauernhäuser die Risse vermehren, erodieren schleichend die Flächen der ungenutzten Mähder. Mit unermüdlichem Einsatz hatten die Bergbauern die Hänge der Natur entrissen und in stabile Nutzflächen verwandelt, vergleichbar mit den einstigen Rodungen großer Urwälder. Was hatten die Menschen hier geleistet? Beharrlich eine dicke Grasnarbe gezüchtet und dadurch den tragenden steinigen Untergrund fixiert. Diese Grasnarbe ist die Basis der alten Bergbauernwirtschaft und in dreifacher Form gegenwärtig, als Heuwiese, als Weide oder als Mähder. Ihre elastische und lebendige Schicht war das entscheidende Werk der Bergbauern, das Werk unendlicher Mühen über viele Generationen und über die Jahrhunderte.

Ja, sie hatten der Natur jene Gleichgewichte abgerungen, die sie selbst zum Existieren benötigten. Und die Natur hatte dieses von den Menschen geschaffene Gleichgewicht akzeptiert, weil es nicht gegen die Natur gerichtet war. Sie hatten immer nachhaltig gewirtschaftet, jahrhundertelang, lange bevor dieser Begriff entstand, gezwungenermaßen, weil ihre Existenz auf das Nachwachsen ihres Rohstoffes Gras errichtet war. Der Bauer hatte gerodet und geschwendet.

„Wenn du schwendest, schwende recht,

schicke keinen schlechten Knecht,

wähle deinen besten aus,

dann bringst du schönes Vieh nach Haus"

reimte einst der Bezirksalminspektor Otto Pascher als Merksatz sein profundes Wissen in der Materie. Du warst sprachlos. Was man doch alles über einfache Gräser und Kräuter sagen kann, wenn man sie als Almweidenteppich begreift. Ja, die Vorfahren hatten tüchtig gerodet und geschwendet – die Arbeit muss knochenhart gewesen sein.

Und auch die Tiere hatten ganze Arbeit geleistet. Generationen von Kühen, Rindern und Schafen hatten die Weideflächen der Almen sozusagen aus dem Boden gestampft. Über die Jahrhunderte wurden neue Triebe platt getreten oder aufgefressen. Strauchwerk und Bäume hatten keine Chance. Nur Gräser und Blumen erneuerten sich von Jahr zu Jahr.

Wenn jedoch der Mensch der Natur nichts mehr entgegensetzt, dann holt sie sich ihre alten Räume zurück, die sie den Menschen zur Nutzung überlassen hatte. Woher bezieht sie nur den unerschöpflichen Nachschub an Pflanzen und Tieren? Offenbar kann sie keine brachliegenden Kulturräume ertragen, sondern überformt alle Brachen mit ihrer ursprünglichen Wildheit. Die Almflächen reagieren auf die Abwesenheit des Weideviehs mit der Verganderung. Verwaisen die Almen, rücken Strauchwerk und Büsche und manchmal auch Bäume wieder nach. Außerdem sind da die Kräfte der Erosion, die man nicht unterschätzen darf. Wo der Bergbauer die Mähder der Natur überlässt, verwildert die dicke, von der menschlichen Mühe geschaffene Grasnarbe. Sie verliert ihre Beharrungskraft. An manchen Stellen bricht sie auf und Wind und Wetter krempeln die alte Kulturlandschaft um, das von der Nässe aufgeweichte Gestein gerät in Bewegung und zieht als Mure Gräben der Verwüstung, bis sie wieder zur

Wildnis und Wüste geworden ist. Denn offenbar ist dieses geschlossene Gräserkleid sehr verletzlich und sein Bestand abhängig von der ständigen Arbeit des Bergbauern. Die Mahd begann an Peter und Paul (29. Juni), wenn die Gräser „reif" waren und die Arbeit der Sense und Rechen dazu beitrug, die unzähligen Samen zu verbreiten, und der Mähderschicht maximales Wachstum verschafften. Nicht nur die Häuser sind vom Verfall bedroht, sondern auch das von den Vorfahren mühsam der Natur abgerungene Kulturland, dessen Schönheit nur noch Erinnerung sein wird.

***

Und doch, so schien es, gab die verbliebene Dorfgemeinschaft nicht schlicht und einfach ihren Geist auf. Wie eine Sprache erst mit ihrem letzten Sprecher stirbt, so schien die Sprache dieser Dorfgemeinschaft mit ihrem letzten Mitglied zu vergehen. Die einzelnen Menschen starben, doch die Gemeinschaft wollte nicht sterben. Die Menschen waren da und auf besondere Weise zusammen. Wenn sie über Vergangenes sprachen, so waren es keine „alten Zeiten". Es gab sie nicht, jedenfalls nicht als andere Zeiten. Sie sprachen über ihre Zeiten, obwohl doch alle reale Arbeit, die diese Zeiten gefüllt hatte, größtenteils verschwunden war. Gleichzeitig lebten sie in der neuen Zeit. Aber deren Reden wollten in ihren Ohren nicht klingen. Sie schenkten den neuen „Lehren" keinen wirklichen Glauben. Sie besaßen ihre Lehren, die Lehren ihrer Existenz. Warum sollten sie sich zu den neuen Ansichten bekehren? Ihre Lehren passten genau zu ihrem Leben, was von den neuen Lehren nicht zu erwarten war. Sie waren nicht mehr dazu aufgefordert, sich in dieser neuen Welt einzurichten und ihre Existenz mit den neuen Lehren in Einklang zu bringen. Das war die Aufgabe der jungen Generationen. In diesem Punkt trafen sie in Elyna und Larix zwei Vertreter der neuen Zeit, die ebenfalls – wenngleich aus einem anderen Erfahrungshorizont heraus – den Heilslehren der neuen Zeit keinen Glauben schenkten. Die beiden verstanden, dass die Menschen zusammenbleiben würden, bis auch der letzte von ihnen auf den Friedhof umgezogen sein würde.

Welcher Geist hatte diese Menschen durch all ihre Hinterlassenschaften hindurch geleitet und wurde von einer Generation zur nächsten weitergetragen? Jetzt, wo der Vorhang langsam zugezogen wird und die Bewohner sich einer nach dem anderen verabschieden, scheint ihre Gemeinschaft noch einmal als spirituelle Gestalt weiterzuleben. Und der alte Kulturraum bleibt übrig wie eine Hülle, die ihre zerbrechliche und langsam dahinschwindende Existenz schützend birgt. Die jahrhundertelange Arbeit seiner Bewohner hatte dieses Tal immer weiter modelliert und seine Gestalt weiterentwickelt. Die einstige Wildnis wurde durch die beharrliche Arbeit der Menschen verdrängt, wo immer eine Nutzung möglich war. Am Ende dieser Landnahme über Generationen hinweg stand ihr Raum, der mit der Wildnis in einem intelligenten Gleichgewicht und in einem eng verzahnten Miteinander verbunden war. Waldgürtel bildeten in lawinengefährdeten Bereichen ein schützendes Band zwischen dem Kulturraum und dem Naturraum. So entstand die unverwechselbare Gestalt historischer Bergbauernräume. Das Dorf, eingebettet in seinem Wirtschaftsraum, ist ein Musterexemplar beharrlich betriebener hochalpiner Kultur.

Diese Landschaft löste sich gerade schleichend auf. Da und dort werden ein paar Inseln den Wandel überdauern. Rena bewirtschaftet eine derartige Insel und wird sie verteidigen wie die Halligbewohner ihre Halligen. Wie lange? Bis zum letzten Atemzug? Wird sich ein Nachfolger finden, um ihr Werk fortzuführen und weiterzuentwickeln? Wird sich vielleicht eine interessante wirtschaftliche Nische auftun? Sicher ist, dass die Autonomie der Alten unwiederbringliche Vergangenheit ist.

Einst ließ man sie wirtschaften und vielleicht war es ein gar nicht bewusst wahrgenommener Beitrag, dass sie alpine Wildnis in Kulturland verwandelten und ihr Kulturland gegen die Wildnis verteidigten wie Küstenbewohner ihr Land mit Deichen gegen das Meer. Und all dies in vollkommener Eigenleistung als Familie und als Dorfgemeinschaft – in einer effizienten Arbeitsteilung. Ihre wirtschaftliche Autonomie war zugleich ihre soziale, ja geistige Autonomie. Eine Welt abgelegener Dörfer, die für die damaligen Machthaber kaum Interesse besaß. Man führte ein ungestörtes „Graswurzeldasein" wie der Regenwurm unter dem Rasen.

Heute gibt es eine derartige umfassende Autonomie nicht mehr. Der *homo oeconomicus* ist noch längst nicht am Ende seiner Entwicklung angekommen. Und diesem Geschöpf moderner Verhältnisse sitzen Wirtschaftlichkeit und Verwertung permanent im Genick. Wie einst die Bauern ihre Welt und ihre Geschöpfe bewirtschafteten, so werden heute die Menschen von den neuen Mächtigen bewirtschaftet. Niemand solle sich noch sicher sein. Die neuen Notwendigkeiten sind so hautnah geworden, dass sie bald ihre neue Haut bilden – oder ihre Zwangsjacke? Jedenfalls keine mächtige, atmende Existenz-Grasnarbe. Man wird sehen.

Die Suche nach einer neuen geistigen Autonomie des Einzelnen hat erst begonnen. Sie ist nicht einfach, denn die Kräfte der totalen Vereinnahmung sind stark. Und in diesem Punkt kann man von den Alten etwas lernen. Ihr wacher Sinn hatte jede Lücke erahnt und genutzt, um die eigene Autonomie am Leben zu erhalten. Sie war eine mächtige Triebfeder ihres Daseins. In den politischen wechselnden Verhältnissen der Macht waren sie immer auf dem Pfad der Eigenständigkeit – nicht als Sezession, denn sie schmiedeten trotz aller „Bauernaufstände", die abgeschwächt auch Tirol berührten – die Gestalt des Michael Gaismair sei genannt –, keine hochfliegenden politischen Pläne sozialer Gerechtigkeit. Man mag einwenden, dass sie vor lauter Religion im Kopf kaum politisches Bewusstsein entwickeln konnten. War es wirklich so? Ihren Pfarrern zeigten sie ihre Grenzen auf. Sie hatten auch zu Gott ein recht autonomes Verhältnis und ließen sich von der Kirche nicht entmündigen. Aber war die Ständegesellschaft nicht auch ein Übel? Sie müssen sehr standesbewusst gewesen sein und haben sich ihren Bauernstand mit seinen Rechten verbriefen lassen. Mit der Zeit haben sie ihrem Bauern-Dasein ein stolzes Bewusstsein gegeben, das möglicherweise gar nicht vorgesehen war. Sie bezeichneten sich selbst als „Nährstand". Was für ein Anspruch und zugleich Sinn für die Gesamtheit, das ganze Volk. Jedenfalls hatten sie eine recht selbstbewusste Vorstellung von ihrer Freiheit und nannten sie „Heimat". Ihre Heimat war ihre Freiheit. Nur wenn die bedroht war, griffen sie als Standschützen zu den Waffen. Erst in den letzten Kriegsjahren des Ersten Weltkriegs war es vorbei mit diesem historischen Privileg. Der Frontmoloch verlangte nach immer mehr Soldaten, war unersättlich. Insgesamt stand die Tiroler Bauernschaft den Schweizer Eidgenossen nahe. Zwar hatten sie ihre mittelalterliche Obrigkeit nicht wie die Schweizer abgeschüttelt, aber diese Ob-

rigkeit trat ihnen über einen Jahrhunderte dauernden Zeitraum nicht zu
nahe.

∗

Wie hatte die Grundlage der Bergbauernwirtschaft, der große dreiteilige
Grasteppich, funktioniert? Wie hatten sich die Menschen organisiert, um
ihn zu schaffen, sinnvoll zu erweitern und zu bewirtschaften, um daraus
ihre Existenz zu ziehen? Auf seinen Wanderungen durch das Internet stieß
Larix eines Tages auf den Server des Bundeslandes Tirol. Er rief die Basis-
karte auf und betrachtete ein Orthofoto des Dorfes. Wie schön doch die
Vogelperspektive ist vom Hahntennjoch, das die östliche Grenze bildet,
bis zum Dorf im Westen. Das Gebiet der Gemeinde reicht noch weiter
nach Westen, aber diese Flächen wurden nicht landwirtschaftlich genutzt.
Er wählte die Betrachtungsebene Kataster und aktivierte mit einem Klick
die Optionen Grundstücke/Grenzen/Nummern. Schlagartig änderte sich
die Landschaft, sämtliche kultivierten Flächen überzogen sich mit einem
engen Netz roter Linien. Er rieb sich mit ungläubigem Staunen die Augen
und fragte sich, wie so wenige Menschen im Laufe der Generationen so
viele, teilweise winzige Parzellen zustande gebracht haben mochten. Die
Heuwiesen, die Mähder – ein Patchworkteppich oder eine Vorlage für ein
Mondrianbild. Nicht fünfzig oder hundert – nein, mehrere Hundert Parzellen teilen sich die Flächen der Heugewinnung. Die Weideflächen sowie
die Waldstücke hingegen bildeten die Almende oder Gemeindegut, d. h.
gehörten ihnen gemeinsam.

Larix dachte, es sei doch unglaublich, dass jeder seine Grundstücke
und ihre Grenzen im Kopf hatte. Wie mochte dieses elastische Patchwork
der Parzellen in der Praxis funktioniert haben? Und warum gab es diesen Fickenteppich der kleinen Besitztümer überhaupt? Er stieß auf den
alten Rechtsbrauch der Realteilung, der im Lechtal geherrscht hatte im
Unterschied zum Anerbenrecht, das die bäuerliche Welt an anderen Orten
Tirols oder im Allgäu prägte und zu bedeutenden geschlossenen Höfen
mit unzersplitterten Flächen führte. Nein, die Menschen dieses Tals waren
bodenständig, im wahrsten Sinn des Wortes. Jeder bekam sein Stücklein
vom großen Grasteppich. Mit der großen Zusammenlegung und Flurbereinigung im 20. Jahrhundert wurde in einem Jahrzehnte dauernden

Prozess und unter großen Mühen die „Atomisierung" der Agrarflächen überwunden. Dennoch reichte es nicht für das Überleben der alten Bergbauernhöfe, deren Zahl unaufhaltsam schrumpfte.

Die Realteilung prägte die Existenz der Menschen. Jede Generation erbte gleichberechtigt die Besitztümer der vorherigen Generation. Dieser Rechtsbrauch erscheint auf den ersten Blick wenig praktikable Verhältnisse hervorzubringen. Und doch prägte dieser Brauch den Umgang der Familienmitglieder untereinander und ihre wirtschaftliche Existenz. Jede Generation verhandelte ihre Anteile neu, um eine Lösung zu finden, die erneut ein sinnvolles Wirtschaften ermöglichte. Es existierte ein lebhaftes zeitweiliges Überlassen, Pachten und Verpachten, Kaufen und Verkaufen, vielleicht auch schon ein Tauschen und Zusammenlegen. Kurz, passend zum elastischen Teppich der Grasnarbe gab es einen dynamischen Teppich der Besitzverhältnisse und Nutzungsrechte. Larix fand die ganze Sache faszinierend. Die Grasnarbe war ihr Grundkapital und dieses Kapital konnte man mehren oder meliorieren, aber nicht thesaurieren. Letzteres wurde von der Realteilung im Keim erstickt. Die sorgte dafür, dass die Verbindung des Grundbesitzes mit der beständigen Nutzung und Bearbeitung des Bodens unlösbar war. Und das sorgte auch dafür, dass sich kein Großbauerntum entwickeln konnte. Gewiss war diese Dynamik kein einfacher Prozess. Es mochte sich mancher Streit entzünden, vielleicht sogar ein ganzes Leben verpesten. Doch da war der alles beherrschende Hof. Dem dienten alle, weil er ihr Überleben bedeutete.

∗∗∗

Dein Weg führt durch Wiesen, Weiden und Mähder. Die uralte Arbeit durchwebt das Tal und blickt dich mit tausend Augen an. Sie lugt aus dem Heinzenstapel hervor, der unscheinbar und vergessen am Rand der Heuwiese steht. Das rudimentäre Schutzdach aus einfachen Holzlatten ist verwittert und mit Moos besetzt, ein Stützholz ist vom Pfosten abgerissen und verbogene rostige Nägel sind sichtbar. Vielleicht hat die Schneelast vergangener Winter diese Verbindung überwältigt und es ist niemand mehr da, um den Schaden zu reparieren. Jemand hat vor Jahren zum letzten Mal die sperrigen Holzgestelle unter dem schützenden Dach sorgfältig ineinander geschichtet und gestapelt. Jemand hat von der Arbeit des Bergbauern Abschied genommen und hinter sich aufgeräumt, vielleicht nach dem Grummet, der letzten Mahd des Jahres. „Ein schönes Grummet", hatte dir einmal ein alter Bergbauer gesagt und sein Blick streichelte das kräftiggrüne Gras kurz vor der Mahd. Jemand hatte noch das eine oder andere beschädigte Querholz ersetzt, wie du unschwer am hellen Holz erkennst. Aber das ist schon lange her. Die Heinzen haben nichts mehr zu tun, sie faulen still vor sich hin. Von der alten Wirtschaftsseilbahn, die du in jungen Jahren fast lautlos in schnurrender Bewegung langsam über deinem Kopf hattest hinweggleiten sehen, waren nur noch Überreste geblieben. Zusammengerollte Drahtseile rosteten, überwuchert von Gesträuch. Das alte Schild am Gebäude der Talstation war fast bis zur Unleserlichkeit verwittert. Warum haben die Alten überhaupt eine Holztafel mit dem Wort „Wirtschaftsseilbahn" an die Stirnwand über den Drahtseilen genagelt? Allen Beteiligten musste doch klar gewesen sein, dass es sich um eine Wirtschaftsseilbahn handelte. Stolz auf die eigene Leistung? Immerhin war es ein modernes und bedeutendes Projekt der damaligen Dorfgemeinschaft gewesen.

Unten im Dorf hängt eine nicht minder verwitterte Holztafel, auf der sie ihren Ort in altdeutscher Schrift als „Weiler" bezeichnen. Wahrscheinlich wurde ihnen die Klassifizierung im Zuge einer Siedlungszählung im 19. Jahrhundert zugewiesen. Eine eigenständige Gemeinde im verwaltungsrechtlichen Sinne sind sie nie gewesen, nur in Verbindung mit dem Nachbarort. Wahrscheinlich war ihnen das auch egal, im Gegensatz zu den einstigen Madauern, die sich in diesem Punkt vergeblich einen Kopf gemacht hatten. Nein, man legte offenbar keinen gesteigerten Wert darauf, bei den Obrigkeiten besonders bekannt zu sein. Albert hatte einmal gegrummelt, als gewisse Leute, deren Namen er natürlich nicht in den Mund nahm, mit dem Crossmotorrad knatternd am Bichl herumkurvten: „Einige moan, weil koa Gendarmen aua kemma, dass es überhaupts koa Gesetz mehr gibt." Albert hatte recht. Eigentlich meinte er nicht die Straßenverkehrsordnung, sondern die wertvolle Wiese, die mutwillig beschädigt wurde. Ja, die eigene Ordnung besorgten sie selbst. Sie ergab sich von selbst. Alle hatten sie verinnerlicht. Ein paar Beurkundungen ihrer Besitztümer und Kirchenregistereinträge waren eigentlich alles, was sie von den Obrigkeiten benötigten. Für Ordnungshüter gab es keine Notwendigkeit. Basisdemokraten nannte Raimund seine Mitbewohner.

Der Pfad führt dich am Rand der Heuwiesen empor zur Einfriedung, hinter der sich eine kleinere Weidefläche erstreckt. Sie ist mit Bäumen und Büschen garniert. Hier hält sich das Vieh nur kurz im Frühjahr und im Herbst auf. Noch befindet sich Renas Vieh am oberen Ende, grast auf den ausgedehnten Weiden des Hahntenne. Nach Mariä Himmelfahrt (15. August) wird es den langsamen Abstieg ins Tal antreten, wenn oben nichts mehr wächst und unten nachgewachsen ist, was die Herde zu Beginn des Sommers abgegrast hatte und sich dabei nach oben bewegte. Du gelangst an ein Törchen, das die Weideflächen von den Wiesen trennt. Es ist eine der unzähligen primitiven und zugleich einfallsreichen Konstruktionen. In diesem Fall hat der Erbauer die Hangneigung genutzt und eine Schwerkraftvariante mit Federrückholung gebaut. Wenn der Wanderer von unten kommt, drückt er den Flügel gegen den Hang empor und lässt ihn – unterstützt von der rostigen Feder, die sich wieder zusammenzieht, – zurückgleiten, bei besonders starken Federn auch zurückknallen. Kommt er vom Berg hinunter, zieht er den Flügel zu sich hin, hält ihn fest, während er durchschlüpft, und lässt ihn wieder los. Später hielt der Elektrozaun seinen Einzug. Der Wanderer klinkt an einer Seite den Isoliergriff des Drahtes aus dem Haltepfahl und verschafft sich und seinen Begleitern einen Durchgang. Anschließend hängt er den Griff wieder ein. Der neueste Stand der Durchlasstechnik moderner Elektrozäune sind zwei gegeneinander gestellte Schranken bestehend aus dünnen und flexiblen Glasfiberstäben, mit elektrisch leitfähigem Gummi überzogen. Man kann sie mit den Wanderstöcken vor sich herschieben wie der Skirennläufer mit den Schienbeinen seine Schranke am Start. Danach schnellen die Weidezaunschranken ohne das Zutun des Wanderers in ihre Ausgangsposition zurück. Hier unten nutzt der Bergwanderer die Steige und Pfade der Bergbauern. Dieses unscheinbare Wegenetz spiegelt die große Geländeintelligenz der Menschen, zeigt auch ihren sparsamen und klugen Einsatz wertvoller Ressourcen. Freilich wollte man sich „so schnell wie möglich" zwischen all den Orten der Arbeit bewegen. Aber man fräste sich nicht aufwendig durch das Gelände, sondern schlängelte sich. So entstand das damalige Optimum, die beste Synthese aus Anforderungen und wirtschaftlich sinnvoller Wegeführung.

Elyna hatte den Bschlaber Höhenweg zu ihrem Lieblingsweg erkoren, ein Musterbeispiel uralter Wegekultur. Jeder Tritt scheint genau zu passen. Mittlerweile hat ein neu angelegter befahrbarer Forstweg an einer Stelle diesen Pfad auf mehreren Dutzend Metern massakriert. Man hat die neu entstandene Böschung aus Erde und Geröll mit gitternetzähnliche Sisalmatten ausgelegt und Rasen gesät. Das Gras sprießt zaghaft durch die quadratischen Zwischenräume und die Matten werden der entstehenden Grasnarbe als Stütze und Nahrung dienen. Einige Jahre später wird die Wunde geschlossen und wortwörtlich Gras darüber gewachsen sein – dünnes, schütteres Gras, denn eine kräftige Grasnarbe benötigt zahllose Jahre, um sich ihre dichte Schicht zu erarbeiten. Allerdings muss der Mensch sie zum rechten Zeitpunkt mähen, um den Pflanzen zu helfen, ihre Wachstumskräfte maximal zu entfalten.

Das Hindernis Wasser überwindet man mit Stegen, kleineren Brücken oder Steinen. Jeder, ob Bauer, Jäger oder Wanderer, benutzt sie auf eigene Gefahr. Reinhold verwechselte einst Steine und grau-verwitterte Kuhfladen, um eine feuchte Wiesensenke zu durchqueren. „I han gemoant, des woar a Platten", erzählte er lachend sein Missgeschick. Für die Instandhaltung dieser primitiven Übergänge wird Sorge getragen. Man wird über Beschädigungen im Dorf oder mit dem zuständigen Nachbarn sprechen. Erforderlichenfalls wird sich die Gemeinde der Sache annehmen. Ebenso verhält es sich mit den Schäden eines Pfades, zumeist der Nässe geschuldet. Bei aller Geländeintelligenz ist der Bergbauer nicht allwissend und die Werke des Wassers sind ungeheuer vielfältig, häufig untergründig und letztlich unergründlich.

Hinter Pfafflar und oberhalb der Siedlung erstrecken sich die Weiden bis zum Hahntennjoch und die Mähder hoch hinauf bis unterhalb des Habartkamms. Hier oben lebt im Sommer das Volk der Rindviecher. Schon klingt im Ohr jenes unverwechselbare träge Geläute friedlich grasender Kühe. Das Volk ist arg geschwunden, besteht eigentlich nur noch aus ein paar Nachzüglern. An einigen Orten haben schottische Hochlandrinder die heimischen Tiere abgelöst. Eine moderne Marktnische vielleicht.

***

Schwungvoll legt sich die reibeisenraue und bläulichrote Zunge des Wiederkäuers gezielt um ein Büschel Grün und schiebt es zwischen die Zähne, ohne das elastische Wurzelwerk zu verletzen. Es entsteht ein sanft rupfendes Geräusch und die Nahrung wird mit leisem Schnauben ins Maul gezogen. Das kleine Bündel wird malmend abgebissen und in Richtung Pansen verschoben, in die Gärkammer. Drei weitere Mägen werden folgen. Zweimal am Tag, morgens und abends, werden die Kühe gemolken – wie überall auf der Welt. Man kann sich den Tieren nähern und das eine oder andere gutmütige Wesen kommt dir näher, wenn es Lust dazu hat. Du kannst ihm über die schwere Stirn streicheln und ihm deinen verschwitzten Arm vor das Maul halten. Dann leckt es die Haut und du glaubst, es will dir die Haut abziehen. Gegen Mittag werden sich befreundete Tiere gemeinsam zeitlupenhaft zur Verdauung niederlassen. Dann lagern sie in ihrer typischen Ruhehaltung, rühren sich nicht mehr vom Fleck und nur der Schwanz peitscht gelegentlich am Rücken entlang, um lästige Fliegen und Bremsen zu vertreiben.

Die Bergbauern des Dorfes haben ihre Almflächen am Hahntenne maximal ausgedehnt und intensiv genutzt, aber eine Alm mit großem Melkstall sucht man vergeblich. Mit ihrem Vieh waren sie eigentlich Selbstversorger, betrieben weder eine intensive Milchwirtschaft noch eine umfangreiche Viehwirtschaft. Was sie mit ihrer Viehhaltung und dem kargen Anbau von Feldfrüchten erwirtschafteten, verbrauchten sie überwiegend selbst. Man gab das eine oder andere Rind ab und ließ es nach Imst auf den Markt trotten, verkaufte im Sommer etwas überschüssige Milch, machte Butter und Käse, kaufte ein Schwein. Nein, man produzierte keine großen Warenmengen für bestimmte Märkte. Man lebte weitestgehend autark und praktizierte fallweise einen Tauschhandel. Manche mochten sich auswärts verdingen, aber von „Schwabenkindern" war nie die Rede. In schlechteren Zeiten lebte man bescheiden, aber nicht in bitterer Armut.

Vom allgemeinen technischen Fortschritt übernahmen die Bauern nur das, was ihnen nützlich und erschwinglich zu sein schien. Sie nutzten den Fortschritt, um ihren Lebensraum vorsichtig weiterzuentwickeln, ohne alles umzureißen und „neu" zu machen. Der Fortschritt nahm hier die Form des organischen Wachstums an. Er krempelte diese Welt nicht gewaltsam um, sondern half beim behutsamen Modellieren.

Statt mit Gütern zu handeln, tauschte man kontinuierlich Menschen. Man holte Frauen ins Dorf, indem diese einheirateten, und gab wiederum Frauen in andere Dörfer ab, wo sie heirateten oder einfache Arbeitsplätze als Mägde fanden. Man gab Männer ab als Knechte und Handwerker. Und wenn männliche Erben fehlten, kam vielleicht auch einmal ein „Einheirater" zum Zuge, der zusammen mit der Hoferbin den elterlichen Hof weiterführte. Und starb eine Familie ganz aus, so erwarb eine zugezogene Familie den Hof.

Oben am Hahntenne ist der Unterschied zwischen dieser Gemeinschaft der Selbstversorger und der schon etwas anderen, ergiebigeren und somit marktgerichteten Welt des Oberinntals deutlich zu sehen. In Pfafflar wurde gemolken, aber überwiegend für den eigenen Verbrauch. Ganz anders sieht es gleich hinter dem Joch auf der Imster Seite aus. Dort befindet sich die Maldonalm, eine sogenannte Melkalm der Stadtgemeinde Imst mit einem Senner-Ehepaar als Pächter. Hier werden im Sommer täglich 1000 Liter Almmilch produziert, was in etwa einem Bestand von ca. 40 Tieren entspricht. Oberhalb dieser Alm gibt es keine Mähder, sondern es erheben sich die schroffen Felsmassive der Heiterwand. Ihr Winterheu machen die Imster Bauern an anderen, weniger kargen und steilen Orten.

Über den Weidegründen des Dorfes hingegen erstrecken sich die weiten Hänge der Mähder. Die einzelnen Geländebereiche, für den Laien gar nicht erkennbar, trugen eigene Flurnamen. „Hühnerspiel" hieß beispielsweise einer der Bergschober in den Mähdern.

Während das Vieh die Weiden ertrampelte, waren die Mähder das Werk der Sense und unbeschreiblicher Schinderei. Hier kämpften Generationen von Bergbauern alljährlich um ihre Existenz, machten das notwendige Heu, um ihr Vieh durch den Winter zu bringen.

Hier oben erhascht man Bilder des Dorfes nicht als Versammlung der Gebäude, sondern als geschlossenen Wirtschaftsraum, als Werk unglaublicher Mühen über die Jahrhunderte. Gegenüber erhebt sich der Potschallkopf mit seiner Silhouette, die an eine gigantische Panflöte denken lässt. Larix hält den Gipfel für den stummen Wächter des Dorfes und hatte ihn sogar in jungen Jahren mit einem Kameraden bestiegen. Man spricht kaum über ihn, eine Gefahr ist von ihm nie ausgegangen, er ist einfach da.

Ja, einst lebten die Menschen hier in der selbst geschaffenen und fest gefügten Welt im Reigen der Jahreszeiten und des Jahreskreises. In diesem Umfeld und geistigen Rahmen waren sie so intensiv sich selbst, dass diese umfassende Gegenwart ihnen als Heimat erschien. Dabei saßen die einzelnen Familien nicht einmal wie die Fürstengeschlechter jahrhundertelang auf ihrem Hof. Die ersten Siedler hatten Pfafflar gegründet. Sie waren aus der drückenden Armut des Engadins geflüchtet und mussten sich auf ihrer Wanderung ins Oberinntal vielleicht als geschickte Tagelöhner Anerkennung bei der ansässigen Bevölkerung verdient haben. Der Graf von Starkenberg musste auf diese Leute aufmerksam geworden sein und bot ihnen die damalige Wildnis am Hahntenne als Siedlungsgebiet an. Möglicherweise erhielten sie auch Werkzeuge, etwas Vieh und Getreide. Jedenfalls machten sie sich ans Werk und gründeten die winzige Streusiedlung Pfafflar, die maximal aus vielleicht einem halben Dutzend Höfen bestand. Es mussten noch andere Siedler gekommen sein und sich weiter unten niedergelassen haben, im heutigen Nachbardorf, das sich von Anfang an zum Lechtal orientierte. Ja, der demografische Druck hatte einst die Menschen über das Joch getrieben und noch ein Stück weitergeführt.

Diese Siedlerfamilien sind ausgestorben oder vermischten sich so nachhaltig, dass in der heutigen Bevölkerung kein direkter Nachfahre mehr vorhanden ist. Übrig geblieben sind einige ihrer Orts- und Flurnamen. Bisweilen scheint ihr Erbgut an die Oberfläche eines Menschen zu dringen. Sie müssen relativ kleinwüchsig gewesen sein und sprachbegabt. Diese Begabung spiegelt sicher auch eine gewisse geistige Beweglichkeit. Warum nur pochten sie nicht auf ihre Eigenarten, ihre Sprache, ihre verwandtschaftlichen Bande, ihre „Kultur"? Offenbar war ihr Kulturverständnis ein lebendiger Teppich aus bäuerlicher und handwerklicher Arbeit. Wer die bäuerliche Existenz auf sich nehmen wollte, der blieb. Das war ihr Daseinszweck, die Quelle ihrer Identität.

Wir nehmen an, dass es einen ständigen Bevölkerungsaustausch gab. Sicher ist, dass hier ununterbrochen gesiedelt wurde, und doch weiß man wenig von all den Menschen, die hier im Mittelalter und gewiss noch später zusammenkamen – über die Jöcher zum Oberinn- und Stanzertal, über den Hochtannberg oder die Jöcher zum Allgäu.

Sie vergrößerten kontinuierlich ihren Wirtschaftsraum, rodeten Wald, um Wiesen für Viehzucht (Kühe, dazu Schafe und Ziegen) und Ackerbau (Kartoffeln, Getreide, Flachs und Bohnen) zu gewinnen. Sie benötigten Bauholz und Feuerholz in großen Mengen, das sie den Wäldern entnahmen, die sie gemeinschaftlich bewirtschafteten. Somit waren sie wirtschaftlich unabhängig. Überlieferungen zufolge wurde oberhalb vom späteren Dorf, am Fuße des Rotkopfes, zeitweise Bergbau betrieben, den man vor den Grundherren verbarg, denn Wild, Fische und eben Erz gehörten dem Landesherrn. Abgebaut wurde Galmei (Zinkerz) und Blei (Galenit). Davon zeugen noch heute kleinere Bergstollen. Aber die Vorkommen waren nicht ergiebig genug, boten nur für eine kurze Zeit bescheidene zusätzliche Einkünfte. Einige besonders sprachbegabte Bewohner mussten im 15. und 16. Jahrhundert im Fernhandel tätig gewesen und sogar in die Dienste der Fugger getreten sein. Möglicherweise investierten sie die zusätzlichen Einkünfte in ihre Familien. Jedenfalls hat man nicht gehört, dass sie sich in der Fremde niedergelassen und vielleicht schöne Häuser gebaut hätten.

Zu Beginn des 19. Jahrhunderts begann die große Umsiedlung, indem man unten im Tal das Dorf gründete. Schrittweise erweiterte man die Neugründung, die am Ende aus zwölf Höfen bestand. So wurde mehr Platz für die jüngeren Generationen geschaffen und die Bevölkerung wuchs. Während Pfafflar schließlich nur noch als Sommersiedlung diente, zählte das Dorf gegen Ende des 19. Jahrhunderts über 100 Einwohner und zusammen mit der Nachbargemeinde erreiche die Einwohnerzahl des Tals einen Höchststand von 320 Personen. Heute zählt man nur noch gut 100 Einwohner insgesamt und es erscheint kaum vorstellbar, dass in diesem kargen Tal einmal über 300 Menschen (über)lebten. Im Nachbardorf gab es eine gut besuchte Volksschule. Larix kannte noch den letzten Lehrer vom Sehen, hatte ihn als Kapellmeister der Musikkapelle in Erinnerung, mit unübersehbarer und gewichtiger Statur und dem Dirigentenstab in der Hand an der Spitze seiner Kapelle auf einem Bezirksmusikfest beispielsweise oder anlässlich einer Prozession. Sein Trachtenhut wirkte eine Nummer zu klein auf seinem massigen Schädel. Flankiert wurde er von zwei jungen Marketenderinnen, die an einem ledernen Schulterband ein Schnapsfässchen trugen. In der letzten Reihe marschierten Reinhold, der die Pauke schlug, und Marco mit einem Triangel, den er eher wie kleines Spielzeug vor sich hertrug und der nur sparsam in den Darbietungen der Kapelle zum Einsatz kam. Man machte mit beim jährlichen Bezirksmusikfest oder untermalte musikalisch das Patronatsfest, mit kirchlichen Klängen während der Prozession und unterhaltsamen Stücken beim abendlichen geselligen Zusammensein im Gasthaus. Im Dorf baute man die Schule noch einmal neu, mit einem gemeinsamen Klassenraum für die Jahrgänge der Grundschule. Über dem Klassenraum befand sich die Wohnung des Lehrers. Und Larix erinnerte sich an eine Junglehrerin gegen Ende der 1960er-Jahre, die für zwei Jahre den Unterricht versah. Aber es kamen keine Kinder in ausreichender Zahl nach, sodass man die Schule wieder schloss und die verbliebenen Kinder im Nachbardorf zur Schule gingen. Am Ende wurde auch diese Schule geschlossen und die „Restkinder" mussten hinunter in die Grundschule des Talortes. Albert versah mit seinem VW-Bus den Fahrdienst.

Damals wurde das demografische Maximum dieses Wirtschaftsraumes erreicht. Es war die letzte Welle. Mehr war im Rahmen des extensiven Wirtschaftens nicht herauszuholen, die alte Bergbauernkultur hatte die ihr zur Verfügung stehenden Räume vollständig ausgereizt. Ein Umstieg auf eine intensive Viehhaltung wäre unrentabel gewesen. Am Ende gab man Menschen ab in die heraufziehende Welt der industriellen Revolution, die in der Ferne des Reiches eine Arbeiter- und Bürgerwelt hervorbrachte. Auch die beiden großen Kriege fütterte man brav mit Männern. Und ganz zum Schluss gab man alle jungen Menschen ab und nur die Alten blieben.

Immerhin finden die meisten jungen Menschen heute ihr wirtschaftliches Auskommen im Bezirk, in der Gastronomie, als Angestellte, Handwerker, moderne Kleinunternehmer oder Facharbeiter in den Industriebetrieben rund um Reutte. Niemand muss mehr aus purer Not bis nach Amerika auswandern, denn auch das war einst Teil der Geschichte des Lechtals. Jede Generation war damit beschäftigt, durch ihre harte und unermüdliche Arbeit sich immer wieder aufs Neue ihre Heimat schaffen. Sie kratzten sie förmlich aus der kargen Erde und krallten sich an jeden nutzbaren Quadratmeter. Das war das eigentliche „Genie" der alten Dorfgemeinschaft. Ob sie „glücklich" mit ihrem Dasein waren? Was heißt das schon? Sie hatten nur das eine Dasein, mit eng gesteckten Ressourcen, die kein anderes Dasein erlaubten. Ihre Welt hatte keine attraktiven Alternativen im Angebot. Höchstens das große Wagnis eines Neuanfangs in der Fremde.

Freilich kann man sagen: Nun ja, die Alten haben sich ins Abseits gewirtschaftet. Sie haben stur ihre Viehzucht durchgezogen, anstatt sich rechtzeitig nach neuen Erwerbsformen umzuschauen. Sie wollten von ihrem kargen Dasein nicht lassen und am Ende verloren sie den ökonomischen Boden unter den Füßen.

Der Tourismus der bescheidenen Zimmer, die man dem eigenen Wohnbereich hinzufügte oder die man davon abzwackte, war nur ein kleines Zwischenhoch gewesen, hatte keine Lösung der eigentlichen Strukturprobleme gebracht, hatte nur den Niedergang etwas hinausgezögert. Jetzt gab es wertlose Hinterlassenschaften und Altlasten – offen gesagt, Gerümpel. Immerhin kein Sondermüll, ihre Baustoffe waren biologisch abbaubar, ordentlicher Bauschutt, Kalkmörtel und Holz, alles Naturbaustoffe ohne Bauchemie usw. Bis in die 1970er-Jahre hinein entsorgte das Dorf seinen Müll auf einer Müllkippe nicht weit außerhalb in den Bach. Damals war der Kunststoffanteil noch so gering, dass man ihn vernachlässigen konnte. Der Abfall verfaulte, verrostete und verrottete. Heute ist diese Halde längst wieder zugewachsen und von Giftstoffen war nicht die Rede. Die Materialien der Vorfahren verschwinden wieder rückstandsfrei im großen Naturraum, dem sie entnommen wurden.

Natürlich muss das Alte dem Neuen weichen – so will es die lebendige Geschichte. Und doch sollte man nicht unterschätzen, dass die Alten hier etwas zustande gebracht hatten, was man als klaren Daseinskern bezeichnen möchte – hart und rein wie ein Bergkristall. Sie waren Ursprung und Ziel all ihrer existenziellen Mühen und indem sie sich selbst und ihre Gemeinschaft erhielten, standen sie im Austausch mit all den Gemeinschaften um sie her, die sich durch ihre harte Arbeit schufen und erhielten. Das war ihre kleine Talschaft und ihre große Talschaft, die sich historisch von Steeg bis Weißenbach erstreckte.

Manche behaupten, dieses Land und Tirol in seiner Gesamtheit seien das „Land der Berge". Aber das ist die Sehweise, die von den Alpinisten des 19. Jahrhunderts eingeführt wurde und große Verbreitung fand. Denn in den großen Städten wurde der Alpinismus eine Freizeitaktivität der Eliten so wie das Turnen oder das Fußballspiel die Betätigung der kleinen Bürger und der Arbeiter. Aber die Menschen hier lebten in den Tälern und nicht auf den Bergen. Es ist das Land der Täler, ihrer Bewohner und deren Nutztiere. Und im System der Talschaften spielen die Seitentäler noch eine besondere Rolle. Ihre Existenz war die sich selbst bewirtschaftende Kargheit. Deshalb lebten sie in relativer Autonomie und ziemlich unbehelligt von den Konflikten dieser Welt. Die Obrigkeiten führten sie an der langen Leine, ließen sich kaum blicken.

Aber auch weiter unten im Lechtal wurden keine großen Reichtümer erwirtschaftet. Die alten Bauernhäuser sind schmucklos, Zeichen von großem Wohlstand oder gar Reichtum findet man in den bäuerlichen Dörfern und Weilern nicht. Viel Geld, Material und Arbeit haben sie wohl in ihre Kirchen und Kapellen gesteckt, das Seelenheil fest vor Augen. Die Trachten waren ihr besonderer Stolz. Ihre Stoffe und Detailreichtum erforderten gewiss die Arbeit vieler Winterabende. Jedes Dorf kannte sich in seiner Tracht wieder und erfreute sich an diesem prächtigen Zeichen seiner Identität.

Im ganzen Lechtal gibt es keine einzige Burg, kein Schloss, nicht einmal ein größeres Verwaltungsgebäude. Was man zu verwalten und zu richten hatte, erledigte man größtenteils vor Ort. Am Burgstall oberhalb vom Seesumpf soll es eine Gerichtsstätte für das Lechtal, einen Dingstuhl, gegeben haben. Überwiegend handelte es sich um Streit um Grenzen oder die Nutzung von Wirtschaftsflächen und Wald. Eine gewisse einheitliche Erfassung des Grundbesitzes erfolgte erst mit dem Theresianischen Kataster am Ende des 18. Jahrhunderts.

Hier war kein Boden für politische oder große wirtschaftliche Interessen und Kämpfe. Es gab keine großen Interessen, die langwierige Auseinandersetzungen auf höchstem Machtniveau hervorbrachten. Es gab überhaupt keine massive Macht in dieser Welt mit ihrer Machtpolitik, ihrer Unterdrückung und mit ihren drohenden Wolken bösartiger und blutiger Auseinandersetzungen. Die Menschen hier hatten nichts dergleichen hervorgebracht, noch auf sich gezogen. Sie lebten unter dem fernen Himmel der Habsburger Monarchie und die höchsten Mächte zeigten ihnen nicht ihre blutigen Tatzen.

Man befand sich in einer dauerhaften Randlage, war immer nur Zuschauer großer Ereignisse – zu sehen gab es ohnehin kaum etwas. Kriegerische Verwicklungen fanden immer anderswo statt, aber nicht hier. Hexen wurden anderswo verfolgt und verbrannt – in Schongau wurde einst der nächstgelegene Scheiterhaufen errichtet –, aber nicht hier. Der Dreißigjährige Krieg wütete im Allgäu hinter dem Mädelejoch, dem Oberjoch oder

der Ulrichsbrücke, aber nicht hier. Die Schlachten des Ersten Weltkriegs wurden in weiter Ferne hinter Trient oder in den Karnischen Alpen geschlagen, die Bomben des Zweiten Weltkriegs fielen überall, nur nicht hier.

Heute nehmen die Alten mehr und mehr die Gestalt von fernen Felsen an, stumm und bewegungslos, mit rätselhaften Konturen. Im Seittal stehen ein paar von der Natur modellierten Vorbilder. Ob die Menschen wohl innerlich die Form dieser Felsen annahmen, so wie das Fell von Renas Kühen die Farbe der Felsen? Wie hatten sie es geschafft, ein anspruchsloses Leben in scheinbar fest gefügten Strukturen zu verbringen und inmitten des permanenten Mangels zufrieden zu sein? Sie hatten gekämpft, gewonnen, Niederlagen eingesteckt, sich gefreut und waren traurig gewesen und am Ende gestorben, ohne Hass oder Verbitterung. Das persönliche Schicksal war fest eingebettet im Gefüge der Dorfgemeinschaft. Und die Dorfgemeinschaft war wiederum in der Talschaft gebettet – so legten sich mehrere Daseinssphären um die Menschen. Und alle Daseinsschalen schienen zu harmonieren und dem Strahl des Lebens Gestalten zu verleihen wie der römische Brunnen des Dichters.

Offenbar hausten in ihren unmittelbaren Sphären keine bedrohliche Finsternis, keine schwelenden Konflikte, die in blutige Kämpfe hätten ausbrechen können. Ihre Gesellschaft schien starr und elastisch zugleich gefügt zu sein, wie ihre nur mit Holzverbindern zusammengesetzten Gebäude. Die erste und letzte Daseinsschale aber war ihr Gottvertrauen.

Wenn sie sprachen, dann hatte man den Eindruck, sie gaben felsenfeste Dinge von sich, ja, man konnte glauben, sie waren in geistigen Felsenlandschaften unterwegs und beheimatet. Sie schienen in einer Welt klarer Notwendigkeiten und Aufgaben zu leben, die sich vor ihnen aufbauten wie steile Pfade, die es zu durchsteigen galt. Sie schufen einen massiven Sozialraum, der zwar auch die eine oder andere Schattenseite besaß – die immer wieder bedrückende Überbevölkerung mit ihren wirtschaftlichen Zwängen warf wohl den längsten Schatten –, aber die Gruppen gerieten sich nicht an die Gurgel. Es gab Streitigkeiten wegen irgendwelcher unklaren Rechtsverhältnisse, wie Holzeinschlag oder Weiderechte. Aber das Wort „Bürgerkrieg" blieb ein Fremdwort, wohl auch deshalb, weil man im Lechtal keine „Bürger" kannte, nicht einmal in den Hauptorten Weißenbach, Elbigenalp oder Holzgau.

Diese Menschen verstanden sich und die Welt im Rahmen eines zyklischen Naturmodells, konkret von Jahreszeit zu Jahreszeit. Darin eingeschrieben war ihr Arbeitskalender, randvoll mit allen erforderlichen Tagwerken. Und dieser Kalender war wiederum eingebettet im Kirchenkalender, dessen Anlässe und Feste ihr geistiges Dasein spiegelten. So wölbten sich zwei große miteinander kommunizierende Sphären um die Existenz eines jeden Bewohners, eine ständige Wanderung zwischen Gott und der Natur.

Und doch gab es in diesem scheinbar hermetisch abgeschlossenen und um sich selbst kreisenden Denken, das von Arbeit und Religion ausgefüllt schien, Platz für eine andere geistige Regsamkeit. Ja, da gab es diesen besonderen Geist des Lechtals, die Gabe der intellektuellen Neugier und Aufgeschlossenheit, die Aufmerksamkeit für andere und neue Dinge. Immer wieder brachte das Tal Menschen hervor und gab sie ab, in denen sich dieser Geist besonders konzentrierte und plötzlich aufblitzte. Vielleicht war genau dies die andere, tröstliche Seite der schmerzhaften Überbevölkerung. Zahlreich sind die Namen von Lechtalern, die ihren Weg außerhalb des Tals machten, häufig in geistlichen, doch auch in weltlichen Berufen. Diese Menschen durchliefen die Stufen hoher Gelehrsamkeit oder Kunstfertigkeit ihrer Zeit. Nein, dieses Tal war nie vernagelt gewesen. Für die Aufgeschlossenheit gibt es viele Beispiele. Möglich, dass der erstaunliche Bevölkerungsaustausch dabei eine wesentliche Rolle spielte. Offenbar herrschte hier über Jahrhunderte eine verdeckte Menschenwanderung, begegneten sich verschiedene Sprachen und Dialekte.

Begegnet man aber einem dieser „Eingeborenen", so möchte man schwören, dass aus ihm eine uralte Sesshaftigkeit spricht – und im Geist mag dies wohl wahr sein. Und selbst die Menschen, die die alte bäuerliche Welt verlassen haben, wissen auch heute noch, auf welchem Grund und Boden sie wahrlich „sitzen". Man hat eine Anstellung in der modernen Industrie- und Dienstleistungsgesellschaft, ist Lohnempfänger, aber nicht wenige sitzen im eigenen Haus auf eigenem Grund und Boden. Das ist eine Rückversicherung, von der die allermeisten Erwerbstätigen in den großen Ballungszentren der Moderne nicht einmal träumen können.

Die Alten hatten die elementare Existenzeinheit, genannt „Hof", praktiziert. Dieses ungeheuer breit aufgestellte Wort, das sich einst vom Königshof oder Fürstenhof bis zum kleinsten Tiroler Bauernhof spannte und so etwas wie den großen Grundriss des Landes bis in die Neuzeit hinein bildete. Das Land wurde aus einem System der Höfe heraus regiert und ernährt – von der Wiener Hofburg über die Innsbrucker Hofburg bis zum letzten Hof im hintersten Dorf. Schon im 14. Jahrhundert entstand der „Tiroler Freiheitsbrief", welcher die Leibeigenschaft zum einflusslosen Randphänomen machte. Schon im Mittelalter löste man die Grundrechte ab, lange vor der endgültigen Aufhebung der Grundherrschaft im Jahr 1848. Eine Aufhebung, über deren Auswirkungen der Schriftsteller Peter Rosegger in seiner Erzählung „Jakob der Letzte" ein vernichtendes Urteil fällt. Im Lechtal hatte man keine Ablöse zu bezahlen und behielt die Höfe, den eigenen Grund und Boden und die Almende. Selbst in den Zeiten größter Armut und Not krallten sich die Menschen an ihre Höfe, die ihre existenzielle Rückversicherung bedeuteten.

Larix glaubte, in einer ganz bestimmten Szene am Schalter der Raiffeisenbank im Talort einen unmittelbaren Nachklang gehört zu haben. Zufällig geriet er in die kleine Warteschlange, als die Umstellung von Schilling auf Euro erfolgte. Eine alte Bäuerin vor ihm erwartete einen Auszahlungsbetrag und die junge Bankangestellte beschied ihr: „I dearf eana koa Schilling mehr zruckgeba." Worauf die Alte recht ungnädig knurrte: „Dann gebn's mir halt des nuie Zuigs." Wer mochte so reden und das Geld als „Zuigs" bezeichnen? Jemand, der keine Ahnung hat von moderner Wirtschaft und Währungen? Lasst die Alte doch grummeln, was versteht sie noch von der neuen Zeit? Oder jemand, der schon einen Währungszerfall hinter sich gebracht und überstanden hatte? Und viel wichtiger noch: Jemand, der die unerschütterliche Überzeugung besitzt, dass der eigenständig wirtschaftende Mensch auf ewig stärker ist als alle Münzen mit dem Bild eines Kaisers? Dass die Mutter aller Melkkühe nun mal die Kuh in ihrem Stall ist. Diese alte Bäuerin vertrat kein alternatives Wirtschaftsmodell, sondern vielmehr den Kern allen Wirtschaftens. Der Mensch ist weder eine namenlose Arbeitsbiene noch eine Ameise in ihrem Haufen. Er benötigt die Überschaubarkeit und wirkliche Rückkoppelung seiner Mühen. Und was er nicht überschauen kann, dem muss er vertrauen. Und das „nuie Zuigs" muss seine Vertrauenswürdigkeit noch erlangen. Mögen die Jungen mit den Schultern zucken und sich sagen: „Was braucht unsere

Zeit noch das Vertrauen der Alten?" – Wohl wahr, die Alten sind schon fast unter der Erde. Aber vielleicht sollten sie sich um den Zustand ihres eigenen Vertrauens sorgen.

Die Menschen hier waren immer auf dem Boden ihrer Tatsachen geblieben, die sie sehr genau kannten und akzeptierten. Hier gab es nur einfache Kälber, keine goldenen. Niemand im Dorf spielte Lotto, nahm offenbar nicht einmal an irgendwelchen harmlosen Lotterien oder Gewinnspielen teil. Hier spekulierten die Leute nur auf das Naheliegende und Erreichbare. Nicht einmal um ein paar Münzen wurde im Gasthaus mit Karten oder Würfeln gespielt. Der „Traum vom großen Geld" war wohl noch nicht angekommen. Er wäre auch zu spät dran. Wer hier noch lebte, brauchte ihn nicht mehr. Und die jungen Leute sollten selbst entscheiden, was und wie viel sie von diesem Traum in sich hineinlassen. Schließlich haben auch die Alten geträumt. So ganz traumlos ging es nicht in ihrem Leben zu. In jedem Bauernhaus gibt es die Stube und in jeder Stube gibt es einen Winkel und eine Ecke: Der Winkel gehört dem Herrgott und die Ecke mit dem Kachelofen und der Ofenbank dem ruhenden und träumenden Menschen. Das sind die beiden Pole, die für Licht und Wärme stehen, für das Licht der Welt und für die warme Geborgenheit der Welt. Der Traum vom lichten Leben inmitten karger und dennoch wärmender Mühsal. Ihr Lebenswille und ihre Lebensfreude hatten darin gewurzelt und waren immer wieder neu erblüht wie diese überquellenden Geranien an den Fensterbänken und Brüstungen ihrer Häuser und die unzähligen wilden Blumengeschwister hoch oben am Hang, der ohne ihr lebendiges Kleid, das im Frühjahr gewaltig leuchtend erblüht, Wildnis wäre.

14

„Ich möchte wieder einmal die Madau besuchen", schlug Elyna vor. Sie saßen beim Abendessen auf Fabios Terrasse.

Larix lächelte. „Die Madau ist einfach dein Lechtaler Lieblingsort. Gern. Wir könnten den neuen ‚Anna-Stainer-Knittel-Gedenkweg' von den Eckhöfen aus über die Saxer Alpe runter nach Madau gehen."

„Ja, aber dann lass uns für den Hinweg das Wandertaxi nach Madau nehmen und zurück nach Bach über den Waldweg am rechten Alperschonbach-Ufer laufen. Das wäre doch eine schöne Runde."

Die beiden waren sich einig und erkundigten sich bei Fabio nach den Wetteraussichten. Der schwor auf den Schweizer Wetterbericht, welcher trockenes Sommerwetter für die ganze Woche versprach. Und so beschlossen sie, den nächsten Tag der Madau zu widmen.

∗∗∗

Bei ihrem ersten Besuch der Madau vor Jahren waren sie von der Ortschaft Bach aufgestiegen und hatten den Fahrweg genommen. Das Madautal zeigte zunächst seine schroffe Seite als sieben Kilometer langer und stark bewaldeter Schluchtenschlauch. An manchen Stellen erhaschten sie einen Blick auf den tief unten wild strömenden Alperschonbach. Gegen Ende des Weges sorgten einige Schwendweiden für ein größeres Blickfeld, doch so richtig in der Madau angekommen waren sie erst, als sie die letzte Steigung genommen hatten und die Kapelle kurz hinter der Brücke über den Märzbach erreichten. Mit einem Mal öffnete sich ein weiter Talgrund sanft gewellter Wiesenflächen, eingebettet in einem grandiosen Bergpanorama, das auf ganz markante Weise von der begrasten Pyramide des Seekogels im Süden beherrscht wurde. Im Hintergrund türmten sich die noch höheren Felsmassive der zentralen Lechtaler Alpen. Den Wiesenteppich hatten die einstigen Bergbauern der Madau geschaffen und er ist vielleicht ihre schönste und wertvollste Hinterlassenschaft.

Für Elyna war die Madau der grüne Ort schlechthin. Sie hielt den Talboden für eine verkleinerte Ausgabe des großen Lechtaler Wiesenteppichs. Keines der übrigen Seitentäler besaß einen vergleichbaren Raum. Bis auf den heutigen Tag werden die Wiesen regelmäßig gemäht.

Anfangs hatten sie sich über das Ortsschild „Madau – Gemeinde Zams" gewundert, weil sie in der Madau nirgendwo einen Ort entdeckten und Zams doch keine Lechtaler Gemeinde war, sondern durch hohe Jöcher getrennt im Oberinntal lag. Weiter vorn befand sich ein kleines Berggasthaus und taleinwärts lagen über dem Wiesengrund verstreut einige „Heustädeln", die als Wochenendhäuschen dienten, wie sie später erfuhren.

Die Madau gefiel ihnen. Elyna empfand den Klang der beiden Silben als sehr anmutig. Sie glaubte, Mahd und Aue zu hören. Später stießen sie auf eine etymologische Deutung, die das Wort vom rätoromanischen „montaun mada" herleitete, mit der Bedeutung „Bergort". Natürlich wollten sie herausfinden, was es mit diesem sonderbaren Ortsschild auf sich hatte. Bezeichnete es eine Ortschaft? Aber da war kein Dorf mit Namen Madau. Bezeichnete es das ganze Tal, also die Madau? Aber dafür würde man doch nicht ein Schild verwenden, das ausschließlich für Gemeinden benutzt wurde: ein weißes Rechteck mit blauer Umrandung und schwarzer Schrift. Hinter diesem Schild musste sich eine Geschichte verbergen. Sie machten sich kundig und erfuhren, dass in der Madau einst eine Siedlung namens Madau existierte, auf die sich dieses Schild bezog. Manche sprachen auch geheimnisvoll von einem „verschwundenen Dorf". Übrig geblieben war von dieser historischen Siedlung nur noch das Gebäude eines ehemaligen Hofes. In der Folgezeit beschäftigten sie sich mit dieser Siedlung und versuchten, ein wenig hineinzuleuchten in diese vergangene Welt, die einst die Madau belebt hatte. Und es war nicht nur die einstige Siedlung Madau, von der sie sich ein Bild machten, sondern das alte Lechtal insgesamt wurde ihnen deutlicher bewusst.

∗∗∗

Gegen Ende des 15. Jahrhunderts tauchten – aus dem Oberinntal kommend – eine Handvoll Siedler mit den alemannisch klingenden Namen Länngly und Redler in der Madau auf. Ausgestattet waren sie mit einem Erblehen, das sie 1479 vom Grundherren, der Pfarrei Sankt Andreas in Zams, erhalten hatten und zu dem auch die Saxer Alpe gehörte. Sie ließen sich nieder und errichteten drei kleine Höfe. Im Laufe der Zeit entstand eine Bergbauernsiedlung, die der herrschenden Lesart zufolge ununterbrochen bewohnt war und in ihren besten Zeiten gegen Ende des 18. Jahrhunderts elf Familien und um die 60 Menschen zählte. Zu diesem Zeitpunkt richteten die damaligen Bewohner der Madau ein Gesuch um eine Kaplanstelle an die zentrale Verwaltung in Wien, das jedoch abschlägig beschieden wurde.

Einer weiteren Lesart zufolge hätte dieser ablehnende Bescheid die Madauer entmutigt und kaum eine Generation später hörte die Dauersiedlung Madau auf zu existieren. Elyna und Larix fragten sich verwundert, wie man bei aller Frömmigkeit auf die Idee kommen könne, Haus und Hof wegen einer nicht bewilligten Kaplanstelle aufzugeben. Ihr Besuch der Saxer Alpe oberhalb der einstigen Siedlung wurde für sie ein kleiner Ortstermin mit der Geschichte. Eigenartigerweise spielte diese Alm trotz ihrer Bedeutung und günstigen Lage oberhalb der Madau keine besondere Rolle. Dabei war sie älter als die Siedlung und sollte auch nach dem Ende der Siedlung bis in die Gegenwart genutzt werden. Für Elyna und Larix wurde sie zum Ausgangspunkt einer etwas anderen Lektüre des „verschwundenen Dorfs". Sie glaubten, die Geschichte einer Siedlung zu verstehen, der es nicht gelingen sollte, zum Kreis der Lechtaler Gemeinden zu stoßen.

***

Am nächsten Morgen fuhren die beiden in der Früh nach Bach. Sie parkten ihren Wagen hinter der Lechbrücke und gesellten sich zu einer kleinen Gruppe von Bergwanderern, die auf das Wandertaxi in die Madau warteten. Sie hatten Glück und waren bei der ersten Fahrt dabei. Zügig ging es hinauf zum ersten Halt hinter der Alperschonbachbrücke unterhalb der einstigen Eckhöfe. Elyna und Larix sowie ein junges Pärchen stiegen aus. Der rote VW-Bus brauste weiter ins Parseiertal und brachte die verbliebenen Bergsteiger zum Parkplatz neben der Materialseilbahn der Memminger Hütte. Anschließend würde er umkehren und unverzüglich nach Bach zurücksausen, wo noch die Wanderer warteten, die er nicht hatte mitnehmen können. Die beiden jungen Leute nahmen denselben Weg wie Elyna und Larix.

Larix warf einen Blick auf ihre Ausrüstung und hatte so seine Vermutung, was sie vorhatten. Er sprach die jungen Bergsteiger an und sie bestätigten ihm, dass sie auf der Ansbacher Hütte übernachten und am nächsten Tag den Augsburger Höhenweg machen wollten. Sie wünschten den beiden ein gutes Gelingen, die Wetterprognose sei ganz ausgezeichnet. Die beiden bedankten sich und schlugen ein zügiges Tempo an. Bald waren sie aus dem Blickfeld verschwunden.

Elyna und Larix nahmen ebenfalls den Forstweg in dieses Tal bis zu einem Abzweig auf der linken Seite. Dort begann ihre Rundwanderung, die sie zunächst auf einem schmalen Steig zur Saxer Alpe führte und nach einer ausgiebigen Rast im Abstieg über das Parseiertal zurück nach Madau. Der Pfad stieg recht steil durch die bewaldete Westflanke der Saxerspitze in nördliche Richtung empor. Die Stationen und ihre Tafeln mit ausführlichen Beschreibungen an den Eckhöfen und am Abzweig hatten sie kurz angeschaut. Die Geschichte der historischen Anna aus Elbigenalp war ihnen geläufig. Ihre verwegene Aktion, in der Madau ein Adlernest auszunehmen, wurde von der aus München stammenden Schriftstellerin Wilhelmine von Hillern aufgegriffen. 1875 erschien ihr Roman „Die Geyer-Wally". Anna wurde zur Romangestalt namens Walburga Stromminger verfremdet und publikumswirksam zum heroischen Naturweib stilisiert. Allerdings hatte die Autorin ihren Roman kurzerhand ins Ötztal verlegt, was die Elbigenalper richtigstellten, indem sie am Ortseingang für alle talaufwärts kommenden Besucher eine große geschnitzte Tafel mit der Beschriftung „Geburtsort der Geierwally" angebracht hatten. Elbigenalp war jedoch – um genau zu sein – der Geburtsort der Anna Knittel. Die beiden würden auf dem Rückweg einen Blick auf die Saxerwand werfen, wo die junge Frau sich hatte spektakulär abseilen lassen. Damals war der Adler als Räuber der Lämmer auf den Almweiden bei den Bergbauern verhasst wie der Wolf.

Nach einer Stunde hatten sie den Wald durchstiegen und erreichten die ehemalige Schäferhütte, die relativ exponiert am Rand einer kleinen Wiesenfläche stand, jedoch von einigen benachbarten Zirben gegen Wind und Wetter geschützt wurde. Der einzige Innenraum war unverschlossen und besaß die originale Innenausstattung, einen kleinen Herd mitsamt Gerätschaften, gegenüber ein Tischlein mit Sitz und an der Rückwand die primitive Schlafstelle. Ja, sie könne sich vorstellen, wie armselig und primitiv die Schäfer einst lebten, bemerkte Elyna. Doch der Ort war hochromantisch schön und den beiden fiel das berühmte Schäferstündchen ein.

„Das wäre doch als exklusives Angebot zu vermarkten.“

„Ja, sag's nur dem Jochen Schweizer. Der wird daraus ein teures Erlebnis basteln“, meinte Elyna und lachte.

Sie gingen weiter und es folgte mit einigem Auf und Ab eine lange Passage durch die zerklüftete Nordflanke der Saxerspitze. Immer wieder boten sich überraschende Aussichtspunkte über das tief unter ihnen liegende Tal und auf die gegenüberliegenden Gebirgsmassive. Über ausgedehnte Mähder, die nicht mehr gemäht wurden, ging es schließlich recht eben in Richtung Alm.

Als sich die beiden der Alm näherten, richtete sich ihr Augenmerk allerdings mehr darauf, den Kuhfladen und teilweise mit Wasser und Schlamm gefüllten Löchern auszuweichen, die von den Tieren in den Pfad getrampelt worden waren und die den Weg an manchen Stellen in eine üble Stolperstrecke für Wanderer verwandelt hatten. Zum wiederholten Male kritisierte Larix die Angewohnheit dieser Rindviecher, einfach stehen zu bleiben und ihre Notdurft genau auf dem Weg des Wanderers zu verrichten. Tiere sahen sie keine. Sie werden wohl auf den Weiden weiter unterhalb der Alpe sein, denn der Almabtrieb dürfte bald stattfinden.

Wenige Minuten später waren sie die letzten Meter über eine reichlich zertretene Wiese abgestiegen und erreichten die Almhütte, die fast die Größe eines kleinen Hofes besaß.

Sie waren die einzigen Besucher und begrüßten die Frau des Hirten, tauschten mit ihr ein paar freundliche Worte. Die Enkelin war bei ihr und fasste Zutrauen, denn nach einiger Zeit kam sie mit einem selbst gemalten Bild, das sie herzeigte, um ein kleines Lob zu erhaschen. Freilich war das Bild mit der Alm, den Bergen, mit Oma, Opa und ihr selbst, ein paar Rindern, blauem Himmel und einer großen Sonne mit dicken gelben Strahlen ganz toll. Es strahlte nur so vor kindlichem Wohlbefinden. Elyna lobte das kleine Werk in den höchsten Tönen. Das allseitige Lob wurde zufrieden zur Kenntnis genommen und das Kind trottete wieder davon. Von der einfachen Holzterrasse auf der Südostseite der Hütte ging der Blick über den Talkessel zum Großstein im Osten und zum Seekogel im Süden. Sie nahmen auf der schlichten Holzbank mit dem Rücken zur Außenwand Platz und bestellten eine große Jausenplatte mit Brot, Wurst und Käse. Elyna trank eine Flasche Almdudler und Larix genehmigte sich eine Flasche

Zipfer Alkoholfrei. Der Hirte war weiter oben und richtete die einfachen Almhütten für den Winter her.

Sie erkundigten sich bei der Hirtin über die Saxer Alpe. Die Frau gab bereitwillig Auskunft. Derzeit habe man vierzig Stück Galtvieh. Die Alm und die meisten Tiere gehörten Lechtaler Bauern, dazu einige Tiere eines Bauern aus dem Unterinntal in der Nähe von Innsbruck. Sie und ihr Mann seien aus Bach. Die Frage, ob sie sich in der Geschichte der Alpe auskenne, verneinte sie. Allerdings gehöre die Saxer Alpe zur Gemeinde Zams, wie die übrige Madau. Ja, das Ortsschild unten sei unübersehbar. Die Gemeinde Zams lege wohl besonderen Wert darauf, die Madau als Teil von Zams kenntlich zu machen. Sogar die Saxer Alpe trage eine Hausnummer. Die Hirtin lachte und entgegnete, die Zammer seien schlaue Leute. Als die Hirtin an ihre Arbeit zurückgekehrt war, setzen die beiden ihr Gespräch über die Saxer Alpe fort.

„Diese Alpe besitzt eine erstaunliche Geschichte", meinte Larix. „Sie gehörte zum Erblehen von 1479 und musste demnach verwaist und älter gewesen sein."

„Ja, und hier oben war der Hochleger", ergänzte Elyna. „Weiter unten am Eingang des Parseiertals gab es zwei Niederleger, die Sele Alm und die Retheck Alm."

„Eine solche Anlage macht man doch nicht für Ochsen oder Rinder. Das hört sich nach Milchkühen an und sicher wird es eine Sennerei gegeben haben."

„Verwunderlich sind auch diese alten Flurnamen in der unmittelbaren Nachbarschaft: ‚Apezell' und ‚Apezeller Loch' sowie die Namen zweier Alpen ‚vordere und hintere Apenzoll Alpe' im benachbarten Alperschontal". Woher mögen diese Bezeichnungen stammen?"

„Möglicherweise könnte ein Zusammenhang mit den ‚Appenzellerkriegen' zu Beginn des 15. Jahrhunderts bestehen, die auch das Tiroler Oberland phasenweise involvierten."

„Du meinst, Menschen aus dem Raum Appenzell sind hierhergekommen – vergleichbar mit den Flüchtlingen aus dem Engadin in Pfafflar?"

„Ja, so könnte es gewesen sein."

„Aber wem mochte das Vieh gehört haben? Die Leute waren doch keine Siedler, sondern Hirten, die für die Besitzer der Tiere arbeiteten."

„Tja, dazu haben wir leider nichts gehört. Jedenfalls war die Pfarrei Sankt Andreas in Zams Grundherr der Saxer Alpe.“

„Wie geht die Geschichte weiter?“

„Dazu habe ich interessante Hinweise gefunden. Eine gewisse Heide Liehl hatte sich mit der Almwirtschaft im Lechtal befasst und notiert, dass das damalige Erblehen in fünf Teile aufgeteilt war. Erblehen, das heißt doch, personengebunden, vererbbar.“

„Ja, klar, und im Jahr 1580 gab es zwei Besitzer der Saxer Alpe. Ich habe mir die Namen gemerkt: Hanns Rideli und Hanns Rainer.“

„Was mag das bedeuten?“

„Offenbar waren diese Erblehen nicht nur vererbbar, sondern auch veräußerbar oder übertragbar – an einen Schwiegersohn vielleicht? Allerdings mit Vorkaufsrecht der Zammer und mit ihrer Zustimmung.“

„Eigentlich ist es sonderbar, dass die Zammer, also die damalige Gedingstatt und wohl auch die Gemeinde, Teil dieses Erblehen-Vertrags sind, indem ihnen bestimmte Rechte eingeräumt werden.“

„Ja, die Grunddienstbarkeiten sind noch ein besonderes Kapitel. Das war wohl ein Dauerstreitthema. Aber um auf die Saxer Alpe zurückzukommen. Ich möchte meinen, dass sie in der Zeit der Siedlung nur von den Lehensinhabern genutzt wurde.“

„Und warum hältst du diesen Umstand für wichtig?“

„Denke mal daran, was der Almen-Professor Graf über diese Alpe geschrieben hat.“

„Ja, aber das war die Alpe gegen Ende des 19. Jahrhunderts, also fast hundert Jahre nach der Siedlung Madau. Damals war das die Melkalm der Bauern von Bach. An die siebzig Kühe sömmerten hier oben. Sennerei inbegriffen.“

„Gewiss sind diese Zeiten vorbei. Die Hirtin sprach von vierzig Rindern, teilweise sogar aus dem Inntal. Keine Melkalm mehr wie im 19. Jahrhundert. Aber die Alpe besaß Weideflächen für siebzig Kühe.“

„Was willst du damit sagen?“

„Ich meine, diese Alpe hätte als Almende für das gesamte Milchvieh der Siedlung dienen können.“

„Hat sie aber nicht.“

„Nein, hat sie nicht.“

„Und warum könnte das so gewesen sein?"

„Vielleicht sind die damaligen Madauer aus ihrem Erblehendenken nicht herausgekommen. Und die Saxer Alpe wurde nur von ihren Besitzern genutzt? Vielleicht in Teilen verpachtet? Jedenfalls blieb die Alpe Eigentum einzelner Personen."

„Aber alle haben dennoch ihr Vieh durchgebracht."

„Natürlich. Aber aufgesplittert in Nachbarschaften und nicht als Dorfgemeinschaft."

Und damit waren sie in ihren Betrachtungen an einen Punkt gelangt, der vielleicht ein besonderes Licht auf das Leben der Siedlung Madau und das Denken ihrer Bewohner warf. Wenn die Saxer Alpe nie als Almende genutzt worden war, sondern Teil eines Einzelhofes oder einer kleinen Nachbarschaft gewesen war, so hatte die Siedlung Madau möglicherweise genau dieses Herzstück bergbäuerlicher Siedlungen nicht herausgebildet, nämlich ein wirtschaftlich tragfähiges und die Existenz aller Bauern ungemein verzahnendes Gemeindeeigentum. Es gab – wenn überhaupt – nur gemeinschaftliche Nutzungen bei den Nachbarschaften, aber es gab nicht die nächsthöhere Integrationsstufe der Almende als Wirtschaftsgut aller Madauer.

„Du meinst, dass alle Bergbauerndörfer eine Almende besaßen? Sozusagen als Grundstock einer Nachbarschaft, aus der schließlich eine Gemeinde wurde?"

„Ja, so könnte es gewesen sein. Noch heute existieren zahlreiche Agrargemeinschaften in der Nachfolge der mittelalterlichen Almende. In der Madau gab es Nachbarschaften, die sich nicht zur wirtschaftlichen Einheit zusammenschlossen. Jedenfalls hat man nichts von einer Madauer Almende gehört."

Larix gab sich überzeugt, dass historisch möglicherweise aus dem Geist der Almende heraus die Integrationsstufe der Gemeinde erreicht wurde. Sie erforderte ein gewissermaßen höheres gemeinschaftliches Denken und wirtschaftliches Handeln.

„Das hieße vielleicht, dass die Rechtsform des Erblehens die Bildung einer Almende nicht zuließ", meinte Elyna.

„Ja, so könnte es gewesen sein. Und erschwerend für die Siedler kommt wohl hinzu, dass die Zammer die Rechte und Pflichten der Erblehen genau überwachten. Die Geschichte der Siedlung ist voll mit Rechtsstreitigkeiten zwischen den Madauer Siedlern und den Zammer Bauern."

Nun waren Streitigkeiten um Nutzungsrechte an Weiden oder Wäldern im Lechtal der damaligen Zeit nichts Ungewöhnliches. Die Situation der Siedlung Madau hingegen war ungewöhnlich. Die Siedler gerieten in Konflikt mit der Gedingstatt Zams. Und diese Gedingstatt war eine äußerst einflussreiche Interessengemeinschaft von vier Oberinntaler Gemeinden, die in der Madau bedeutende und ältere Weiderechte besaßen als die neuen Siedler. Und der Kirchmeier, der die weltlichen Angelegenheiten der Pfarrei besorgte, war auf den Vorteil der Gemeinde und der Gedingstatt bedacht. Die Siedler der Madau hatten es mit einem übermächtigen Gegner zu tun. Der kirchliche Grundherr selbst verfolgte keine eigene Interessenpolitik mehr, sondern gab sich mit dem Pachtzins zufrieden.

Gleichzeitig emanzipierten sich unten im Lechtal die Bauernsiedlungen von ihren relativ bedeutungslosen Grundherren. Sie kamen in den Genuss der Freiheit der Kolonisten und konnten schon in der Mitte des 16. Jahrhunderts ihre Grundlasten ablösen. Das kennzeichnet die Entwicklung in Tirol, im Unterschied zum benachbarten Allgäu, wo die großen Grundherren wie die Heimenhofer, Rettenberger oder Montforter die Bauern ziemlich unterdrückten. Im Bauernkrieg von 1525 wollten die Bauern das Ende der Leibeigenschaft und der alten Grundherrschaft erzwingen. Doch ihr Aufstand wurde von Georg von Waldburg-Zeil, dem berüchtigten Bauernjörg, blutig niedergeschlagen.

„Das Lechtal war schon weiter, hatte mehr eigenständige Verwaltung und Unabhängigkeit?"

„Ja, stärker dem Landesfürsten von Tirol zugeordnet, der ihnen gewisse Freiheiten zugestand und die Macht der vielen kleinen Grundherren stutzte. Dadurch wurde der direkte Einfluss der Grundherren erheblich reduziert. Die Gemeinden erhielten echte Selbstverwaltungsbefugnisse. Bei uns hieß es damals: Stadtluft macht frei. In Tirol könnte man meinen: Landluft macht frei."

„Bleib mir weg mit deinen Kuhfladen."

„Im Ernst. Die Madauer Siedler sind vermutlich zu spät gekommen. Sie blieben im verknöcherten Lehnswesen stecken und konnten den Rückstand auf das übrige Lechtal nicht wettmachen. Es gab für sie keine günstigen Rahmenbedingungen. Ihre Siedlung machte sie nicht mehr frei. Ihr Lehen war Quell vieler Rechtsstreitigkeiten, die letztlich nichts bewegten.“

Das Verhältnis der Siedler zu den Zammern war konfliktgeladen. Daran ließen die wenigen historischen Zeugnisse keinen Zweifel. Und die Konflikte entzündeten sich immer wieder an den Grunddienstbarkeiten, die von den ersten Siedlern akzeptiert worden waren. Allerdings war der Nutzer dieser Dienstbarkeiten die Gedingstatt und keineswegs die Pfarrei. Die Zammer Bauern nutzen einen Teil der Madau als Sommerweiden und besaßen sorgfältig verbriefte Weiderechte. Von besonderer Bedeutung waren die Vordere und Hintere Ochsenalm, deren Weiden an die Gebiete der Madauer angrenzten. Ihr kostbares Milchvieh hingegen weideten die Zammer auf ihren Inntaler Weiden.

Und hier hatten die ersten Siedler in ihrem Erblehen einen Lehnsdienst konzediert, der ihnen in der Folgezeit arge Schwierigkeiten bereiten sollte: die sogenannte „Schneeflucht“. Elyna und Larix hatten sich kundig gemacht, was es mit diesem historischen Fachbegriff auf sich hatte. Gemeint war damit das verbriefte Recht der Zammer Hirten, bei sommerlichen Kälteeinbrüchen ihr Vieh weiter hinunter auf die Weideflächen der Madauer Siedler zu treiben. Und die betroffenen Siedler hatten sich im Erblehen sogar verpflichtet, ihnen dabei zu helfen. Nun, eine bedeutende Herde Ochsen tagelang auf den eigenen Weiden zu dulden, war gewiss keine erfreuliche Angelegenheit. Solche Aufenthalte reduzierten ernsthaft das Futterangebot für die eigenen Tiere. Möglicherweise erschwerte die sog. „Kleine Eiszeit“ gegen Ende des 16. Jahrhunderts die Lage der Madauer. Die Zammer pochten jedoch auf ihre Schneeflucht und setzten dieses Recht unnachgiebig durch. Die Madauer wehrten sich, indem sie die Grenzzäune verschoben. In der Folge traf man sich vor Gericht und schlug sich die ungenauen Grenzziehungen der alten Urkunden um die Ohren. Nun saßen die Zammer als alteingesessene Klienten des Tiroler Grundherrensystems allemal am längeren Hebel. Sie hatten sich nach allen Seiten abgesichert: Hatten ihre grundherrliche Pfarrei Sankt Andreas, mit einem Kirchmeier, der dafür sorgte, dass ihre Interessen berücksichtigt wurden. Hatten ihre Gedingstatt zusammen mit Zammerberg, Schönwies und Angedair. Und hatten schließlich ihre Gemeinde. Gegen diese geballte Macht konnten die Madauer kaum etwas ausrichten. Obendrein konnten die Zammer den Siedlern den Neubau von Höfen erschweren. Die Madauer ließen sich nicht beeindrucken. Einem Gerichtsurteil zufolge wurde ihnen auferlegt, zwei Gebäude wieder abzureißen. Sie kümmerten sich nicht drum, erfanden Ausreden. Stimmen wurden laut, ihnen das Lehen zu entziehen. Dazu hätte es allerdings eines langwierigen Gerichtsverfahrens bedurft. Man ließ sie gewähren, aber all diese Vorkommnisse waren eine ständige Belastung des Verhältnisses zwischen den Madauer Siedlern und der Zammer Bauernschaft. Dass sich die Madauer zudem als säumige Steuerzahler erwiesen, war schon fast unvermeidlich zu nennen. Sicher waren die Zammer wohlhabend genug, um in Vorlage zu gehen. Aber den Ärger mit den Außenständen der Siedler hatten sie allemal. Immer wieder fanden die Zammer einen Grund, Klage gegen die Madauer zu führen: In den Lehenswäldern würden unbefugt Schindeln und Bretter hergestellt und ins Gericht Ehrenberg (also ins Lechtal) verkauft. Weiden würden unrechterweise gemäht, die Bewohner der Eckhöfe rodeten unbefugt. Und die Liste der Klagen war gewiss noch länger. Offenbar überwachten die Zammer das Geschehen in der Siedlung mit Argusaugen.

Und selbst vor einer böswilligen Denunziation scheuten sie vermutlich nicht zurück, wie es die Affäre Koler aus dem Jahr 1582 nahelegt. Dieser Koler hatte zehn Jahre zuvor den Matzighof gekauft, mit vier Kühen, drei Kälbern und zwei Stieren sowie diversem Kleinvieh, und ordentlich Geld auf den Tisch gelegt. Der Verkauf war zustande gekommen, weil der Vorbesitzer Hans Reichart verstorben war und dessen unmündige Kinder unter Vormundschaft standen. Der Vormund – übrigens aus Holzgau – hatte den Hof zu einem guten Preis verkauft. Vermutlich wohl die beste Lösung für seine Mündel. Alles sah ganz normal aus. Aber dann passierte Folgendes: Koler schloss sich – unter dem Einfluss seines Bruders – der Wiedertäuferbewegung an, sympathisierte zumindest mit ihren sozialpolitisch-religiösen Vorstellungen, in denen ja auch eine Autonomiebestrebung steckte, und machte aus seinen Ansichten öffentlich keinen Hehl. Das sollte ihm schlecht bekommen. Er wurde denunziert und 1582 auf Beschluss des Landecker Gerichts des Landes verwiesen. Der Hof wurde konfisziert, zunächst an die Brüder Peter und Hans Wolf aus Madau verpachtet in der Hoffnung, dass Koler wieder zurückkehren würde. Was aber nicht geschah. Jedenfalls endet hier seine Spur. Möglich, dass ihn sein Weg

nach Niederösterreich oder nach Mähren zu den Hutterischen Brüdern
führte. Aktenkundig wurde noch ein ziemlich seltsames Detail: Zwei nicht
namentlich genannte Kammerschreiber aus Innsbruck hatten Koler wegen der Wiedertäuferei angezeigt. Außerdem hatte das Gericht Landeck
diesen beiden den Hof zum Kauf angeboten. Was daraus wurde, ist nicht
bekannt.

„Also, das hört sich nach Intrige an. Die Madauer haben ihn gewiss nicht
angeschwärzt", war sich Elyna sicher. „Auch im Lechtal herrschte kein Kli-
ma der Denunziation."

„Es ist anzunehmen", stimmte Larix zu. „Man denkt eher an Zams, aber
Beweise gibt es nicht. Man fragt sich, woher Innsbrucker Kammerschreiber ihr Wissen bezogen haben können, dass im hintersten Madautal jemand ‚ketzerische Reden' hält? Aber davon abgesehen, kann diese Affäre
auch so verstanden werden, dass die Madauer sehr religiös dachten und re-
formatorisch-kritischem Gedankengut gegenüber aufgeschlossen waren."

***

Es war Zeit, aufzubrechen. Sie verabschiedeten sich von der Hirtin und
machten sich auf den Abstieg in Richtung Parseiertal. Auf den Weiden unterhalb der Hütte trafen sie auf die Herde. Die Tiere standen weiter unten
recht eng als große Gruppe zusammen. Die Weidefläche war schon arg
zertreten. In zwei Wochen ist der Almabtrieb, hatte ihnen die Hirtin gesagt, nach Bach und das Inntaler Vieh weiter mit dem Transporter zurück
zu den heimischen Höfen. Sie durchquerten die Weiden, erneut hieß es
Slalom zwischen den Kuhfladen zu laufen. Hier oben war fast alles abgegrast. Hinter den Weiden ging es über einen engen Steig an Felswänden
oberhalb einer Schlucht und unter der berühmten Saxerwand hinunter.
Auf dem stellenweise in den Fels gehauenen Pfad müssen die Tiere rauf
und wieder runter. Man mag es gar nicht glauben, welch gute Berggeher
Rinder und Kühe sind. Von den Schafen gar nicht zu reden, die nehmen es
in den steilen Grashängen locker mit den Gämsen auf. Weiter unten trafen
sie auf den asphaltierten Fahrweg ins Parseiertal hinein zur Talstation der
Memminger Hütte und liefen gemütlich nach Madau zurück. Auf halbem
Weg hielten sie kurz an und warfen einen Blick auf die Saxerwand. Dort
oben, im zerklüfteten Fels, soll sich die historische Anna abgeseilt haben,

um ein Adlernest auszunehmen, weil den Bauern und Hirten die Verluste, die von den Adlern ihren Lämmern zugefügt wurden, zu groß waren. Vielleicht waren die Verluste gar nicht so hoch. Aber der Adler galt nun mal als Feind der Lämmer wie der Wolf.

„Würde mich nicht wundern", argwöhnte Elyna, „dass die Männer hier standen und sich das Spektakel nicht entgehen ließen."

Larix schwieg vorsichtshalber. Meinte aber, dass die historische Anna ihm lieber sei als diese Romanfigur. Anna habe einen für die damalige Zeit unkonventionellen Lebensweg hinbekommen, habe gegen den Willen der Eltern nach Innsbruck geheiratet, sich bescheiden künstlerisch betätigt und mit einer Zeichen- und Malschule für Damen – für Damen, betonte Larix – ihren Lebensunterhalt verdient.

„Sie hat hübsche Selbstporträts aus ihren unterschiedlichen Lebensaltern gefertigt. Mir gefällt dieses wunderschöne Selbstbildnis als anmutiges Mädchen in Lechtaler Tracht und als Landschaftsmalerin oberhalb der Saxer Alpe. Man erkennt im Hintergrund den Seekogel und links unterhalb dieses Berges den Unteren Seewisee."

„Sie liebte die Madau", war sich Elyna sicher.

„Ja, ganz gewiss."

Sie wanderten weiter und machten natürlich eine Pause auf der gut besuchten Terrasse des Berggasthofes. Hier also wirtschaftete der einzige Sommer-Bewohner der Madau. Im Internet fanden die beiden ein Video, wo er auf der Terrasse auf einem Stuhl stehend den Besuchern einen historischen Vortrag über Madau hält. Freilich spricht er über die Geschichte der Siedlung, aber der unterschwellige und nie gelöste Interessenkonflikt der Grund- und Weiderechte, die in diesem Wirtschaftsraum Madau zu keinem Zeitpunkt in einer Hand lagen, findet keine Erwähnung ebenso wenig wie das Ringen der Madauer um einen angemessenen Status innerhalb der Gemeinde Zams und ihr Streben nach Selbstständigkeit.

Larix hatte einmal versucht, mit ihm in ein Gespräch über das alte Madau zu kommen. Aber das komplizierte Verhältnis der Siedler zu Zams war für ihn kein Thema. Er schien das einstige Madau für ein Lechtaler Bergbauerndorf zu halten. Larix war sich nicht sicher. Wie mochte die Vorstellung vom Dorf Madau entstanden sein? Besaß die Siedlung Madau eine wirkliche Bevölkerung und zumindest faktisch einen Dorfcharakter? Mit

Elyna hatte er alte Dokumente und Urkunden konsultiert und einschlägige Aufsätze aus der Heimatforschung gelesen, F. Kraft, Emmerich Steinweder, Eva Lechner beispielsweise. Die „Maierleute" von Madau begannen 1479 mit dem Mathighof (Matzighof) und dem Rethof. Doch schon 1536 geriet der Rethof (oder Röthof) in den Besitz der Gedingstatt von Zams, die sich damit die Weideflächen im oberen Parseiertal sicherten.

Im frühen 17. Jahrhundert stimmen zwei Zahlenwerke nicht überein. Während im Leopoldinischen Steuerkataster von 1627 weiterhin nur diese beiden Höfe verzeichnet sind, findet man im Familienregister für den Zeitraum 1620 bis 1630 acht Ehepaare (und entsprechender Kinderzahl). Das Zammer Steuerkataster von 1775 erfasst elf Familien auf sieben Höfen.

Hier allerdings trafen sie auf Hinweise, die schon für den Beginn des 18. Jahrhunderts von einer Abwanderungsbewegung der Madauer ins Lechtal sprechen. Die Frage der Doppelzählung erhebt sich. Einige Besitzer der Madauer Güter wohnten nicht mehr dauerhaft in der Madau, sondern bewirtschafteten diese Güter möglicherweise vom Lechtal aus als Zugut. Das Zammer Steuerkataster würde in diesem Fall eine Art „Zweitsteuer" generieren. Im Gegenzug wahrten die Lechtaler ihre Erbrechte an den Gütern von Madau. In einem Bericht des Kreisamtes Imst aus dem Jahr 1784 werden für Madau circa 60 Einwohner angegeben. Der Bericht könnte im Zusammenhang mit dem Ansuchen der Madauer um eine Kaplanstelle stehen. Auch hier erhebt sich die Frage: wirkliche Dauerbewohner oder Bewirtschafter von Zugütern im Sommer?

Von den wirtschaftlichen Rahmenbedingungen her war die Siedlung gewiss nicht schlechter aufgestellt als die übrigen Bergbauerngemeinschaften in den Seitentälern des Lechtals. Im Gegenteil. Die Höfe besaßen einen gewissen Wert, wie in den Verfachbüchern ersichtlich ist. Außerdem gab man – wie im übrigen Lechtal auch – begabte Menschen ab. Der aus Madau stammende Baumeister Franz Singer hatte sich in Meßkirch (Oberschwaben) niedergelassen. Er war in der ersten Hälfte des 18. Jahrhunderts tätig, plante und baute Pfarrkirchen und Profanbauten.

In den Häusern der Siedlung muss es insgesamt recht eng zugegangen sein, wie auch in den übrigen Seitentälern und an vielen anderen Orten des Lechtals. Die maximale Zahl von elf Familien, verteilt auf sieben kleinen

Höfe, könnte eine Folge des im Lechtal gebräuchlichen Erbrechtes sein: Alle Kinder waren grundsätzlich gleichermaßen erbberechtigt. Konnten Geschwister nicht weichen oder waren nicht genügend Mittel vorhanden, um weichende Geschwister abzufinden, so war die Teilung eines Hofes der letzte Ausweg. Ungewöhnlich ist jedoch die Häufung dieser Fälle in der Siedlung. Die Konstellation an sich war schon schwierig genug. Man teilte den Hausrat, die Küche und sogar die Ställe, was allerdings einen praktischen Sinn besaß. Denn jede Herde funktionierte doch nach ihrem eigenen Reproduktionsschema, das der Besitzer steuerte. Die Frage ist jedoch, ob diese Enge nur für den Sommer galt und möglicherweise nur einen Teil der Familien betraf oder ob die Häuser tatsächlich alle ganzjährig bewohnt waren.

***

Schließlich war da – gegen Ende der Siedlung – die Eingabe an die Verwaltung in Wien, mit der um die Bewilligung einer Kaplanstelle gebeten wurde. Wer hatte den Plan gefasst? Und wer hatte den Text formuliert? Hatte man beim Kreisamt Imst kompetente Hilfe gefunden? Gab es vom Lechtal her ein Projekt, die Siedlung aufzuwerten und am Ende Zams zu entreißen? War der Wunsch nach einer Kaplanstelle Teil dieses Projekts? Die Lechtaler Interessen in der Madau waren doch im Laufe der Jahre immer größer geworden. Wollte man deshalb eine Gemeinde Madau, also die Eigenständigkeit, erzwingen, der die Gemeinde Zams niemals ihre Zustimmung geben würde? Auch hier bleiben viele Fragezeichen.

Interessanterweise ging man den Weg über die Kirche. Vielleicht, weil die meisten Grundherren Klöster und bedeutende Pfarreien waren? Jedenfalls versprach man sich mehr Eigenständigkeit, wenn man eine Kaplanei oder gar eine Pfarrstelle erhielt. Eine eigene Pfarrstelle als Vorstufe einer Gemeinde? Aber wenn es gar keine substanzielle Dauersiedlung mehr gab? Ein letzter Versuch, die Entsiedlung doch noch zu stoppen und die Siedlung wieder attraktiver zu machen? Die Überbevölkerung im Lechtal war grundsätzlich endemisch.

Man machte die ferne Bürokratie in Wien für das Scheitern verantwortlich. Sie hatte die Eingabe 1785 abschlägig beschieden. Auch ein Lehrer wurde den Madauern verwehrt. Die Gemeinde Zams zeigte kein Interesse an der Weiterentwicklung der Siedlung. Einen Lehrer hätte man den Madauern gewähren können, meinte Elyna. Nein, selbst diese Maßnahme fiel den Zammern nicht ein. Möglicherweise mussten sich die Madauer behelfen. Vielleicht organisierte Elbigenalp ja eine Art Sonntagsschule für die Kinder. Neben Religionsunterricht und Katechismus sollten doch ein paar Stunden Lesen, Schreiben und Rechnen möglich gewesen sein. Aber Unterstützung für eine eigene Kaplanei? Möglich, dass die Pfarrer von Elbigenalp eine Schmälerung ihrer eigenen Einnahmen befürchteten und derartigen Plänen nicht gerade wohlwollend gegenüberstanden.

Elyna und Larix konnten sich einfach keinen Reim auf diesen späten „Schachzug" des Begehrens einer Kaplanstelle machen. Wie viele ganzjährige Bergbauernexistenzen mochte es zu diesem Zeitpunkt noch in der Madau gegeben haben? War diese stark bevölkerte Dauersiedlung mit ihrem großen Willen nach einer Kaplanstelle eine Legende?

Es klingt wenig überzeugend, dass die Ablehnung aus Wien eine derartige Enttäuschung unter den vereinten Bewohnern hervorgerufen hätte, dass sie keine Zukunft mehr sahen. Vielleicht gab es einfach gar nicht so viele ganzjährigen Bewohner der Madau, für die dieser Ort ihre existenzielle Heimat war. Vielleicht war es ein Versuch, eine Trendwende herbeizuführen.

Fünfundzwanzig Jahre nach der Verweigerung einer Pfarrstelle ergab sich eine zweite Gelegenheit, die Abtrennung von Zams voranzubringen. Die kurzfristige bayerische Herrschaft über Tirol brachte eine Verwaltungsreform, die sich zugunsten des Madauer Strebens nach Unabhängigkeit von Zams hätte auswirken können. Im Zuge der bayerischen Neuordnung 1810 wurde ihre Siedlung, die ja die Größenordnung eines Weilers oder gar Dorfes besaß, dem Gericht Landeck entzogen und dem neu errichteten Landgericht Reutte zugeordnet. Die Gelegenheit, sich von Zams zu lösen und den Status einer eigenständigen Gemeinde zu erlangen oder sich Bach oder Stockach anzuschließen, rückte vielleicht in greifbare Nähe. Doch die Restauration machte diese Änderung rückgängig und das Ende der Siedlung war besiegelt, ohne jemals die erhoffte Eigenständigkeit zu erlangen.

Auch die Kapelle des Oswald Singer besaß nicht die verbindende Symbolkraft, um vielleicht als Urzelle einer Kirche zu dienen. Die Kapelle diente der Erinnerung eines Vaters an sein geliebtes Kind, spiegelte eine persönliche Erinnerung, die nicht wirklich die Gemeinschaft der Madauer betraf.

Nein, die Siedlung Madau war nicht das „verschwundene Dorf". Da waren sich Elyna und Larix sicher. Diese Siedlung war von ihren Bewohnern nicht wirklich als Dorfgemeinschaft, und schon gar nicht als Gemeinde, gelebt und entwickelt worden. Möglicherweise waren die Siedler am alten Grundrecht gescheitert, das von der Gedingstatt geschickt zu ihrem Vorteil genutzt wurde. Und so fand sich kein Weg in die nächsthöhere Organisations- und Integrationsstufe. Die Madauer waren geistig zu sehr im Erblehen verhaftet geblieben. Die Besitzverhältnisse vielleicht zu verstreut und zersplittert. Im kollektiven Verständnis des Daseins war man nicht über die Nachbarschaft hinausgekommen. Und diese organisatorische Dimension war zu eng, war nicht tragfähig, um so etwas wie die „Lechtaler Heimat" der damaligen Zeit zu schaffen. Man hätte lernen müssen, sich als Gemeinde zu denken, sich zu emanzipieren, sich mit zusätzlichen Rechten und Befugnissen auszustatten und entsprechend zu handeln – wie die übrigen Orte des Lechtals auch, allerdings wohl ein entscheidendes Jahrhundert zuvor. Vielleicht waren die Madauer einfach im Verlauf der Geschichte zu spät gekommen – in ein erstarrtes Grundbesitzsystem hinein, das den Zammern zum Vorteil gereichte. Die ursprüngliche bäuerliche Gesellschaft hatte sich damit bestens arrangiert und die Bewohner des Lechtals hatten ihre Gemeinden als Talschaft in ihre „Heimat" verwandelt.

Die Madauer hingegen schafften diese Stufe nicht. Die Gedingstatt hatte es ihnen schwer gemacht – das steht außer Zweifel. Aber sie hätte eine entschlossene Gemeinschaft nicht stoppen können. So aber mochte es einen kleinen Kern echter Madauer gegeben haben, von Menschen, die in diesem Ort verwurzelt waren und ihn als ihre Heimat verstanden. Aber diese Menschen – falls es sie gegeben haben sollte – konnten sich im Widerstreit der Interessen der übrigen an der Madau Interessierten nicht behaupten und ihren autonomen Gemeinschaftsgeist entfalten. Die Madau verlor ihr Potenzial, für eine Gemeinschaft von Menschen eine lebendige Heimat zu sein.

„Schade eigentlich", meinte Elyna, „die Siedlung Madau besaß alle Möglichkeiten, die Perle der Lechtaler Seitentäler zu werden."

„Ja, wenn es nicht die Zammer Ochsen gegeben hätte“, entgegnete Larix und lachte über seine mehrdeutige Anspielung. „Und nachtragend sind diese Leute. Nicht nur unten im Tal haben sie ihr Ortsschild hinterlassen, sogar an die Saxer Alpe haben sie ein Schild genagelt: ‚Saxer Alpe 1 – Gemeinde Zams‘. Meine Güte, man weiß es im Lechtal, dass die Madau zur Gemeinde Zams gehört. Vielleicht kommt doch noch einmal eine Gemeindereform und der alte Zopf wird abgeschnitten.“

„Man stelle sich vor, die Gemeinde Imst würde im Angerletal ein Hausschild an die Imster Hirtenhütte schrauben: ‚Imster Hirtenhütte Nr. 1 – Gemeinde Imst‘.“

„Gewiss sehr lustig. Aber wer weiß. Eines Tages wird die Madau vielleicht mit teuren Chalets zugepflastert und die Gemeinde Zams freut sich.“

„Gott bewahre. Da sei der Naturpark Lechtal vor.“

„Man hätte den Siedlern eine Erfolgsgeschichte gewünscht. Von allen Seitentälern des Lechtals ist die Madau landschaftlich so schön.“

„Vielleicht konnten sich die Lechtaler auch kein Dorf namens Madau vorstellen. Vielleicht ist es ja die geheime Berufung der Madau, ein wunderschöner Bergort zu sein.“

∗∗∗

Es war später Nachmittag und Zeit, nach Bach zurückzukehren. Der rote „Feuerstuhl“, wie sie das Wandertaxi, einen VW-Bus, nannten, hatte Ausflügler aufgenommen und war losgefahren, zog eine Staubfahne hinter sich her. Sie selbst machten sich auf den Weg. An der Kapelle machten sie einen kurzen Halt. Sie war im Jahr 1679 vom hochbetagten und einflussreichen Madauer Oswald Singer erbaut worden und der Dreifaltigkeit gewidmet. Unter der Sonnenuhr über der kleinen Eingangstür steht jedoch die Zahl „1629“. Und diese Jahreszahl ist das Todesjahr seines kleinen Sohnes Michael, der von einer Lawine erdrückt wurde. Die beiden fanden, dass der alte Singer ein bemerkenswerter Mensch war, vielleicht ein echter Madauer oder Altmadauer, jemand, dem die Madau Heimat war. Fünfzig Jahre musste dieser Vater den Gedanken des Verlustes mit sich getragen haben. Man ist versucht zu glauben, dass er sich selbst eine Schuld, zumindest eine Mitschuld am Tod seines Kindes gegeben hatte und dieses Gefühl ihn auch noch gegen Ende seines Lebens beunruhigte. Hatte ihn die Vorstellung bedrückt, sein Kind nicht ausreichend behütet zu haben? Die Kapelle als Bitte um Vergebung und als Ausdruck des Vertrauens in die Barmherzigkeit und die unergründlichen Ratschlüsse des dreieinigen Gottes? Dieser Mensch muss von einer tiefen Frömmigkeit beseelt gewesen sein und hätte gewiss zu jenen gehört, die einen Pfarrer herbeiwünschten. Der fromme Geist stand in Madau in hoher Blüte. Diese Leute waren einfache Menschen, aber sie hatten ihre Existenz solide im Gottvertrauen eingepflockt. Und Elyna dachte an diese erstaunliche „Sage vom heiligen Bäuerlein in Madau". Der habe auf dem Rötherhof gelebt. Als der Pfarrer von Elbigenalp einmal die Hostie zur Wandlung hob, sah das Bäuerlein den Leib Christi als kleines Kind und rief: „Herr Pfarrer! Lass it falla!" Im Kelch wusste er das Blut des Herrn und er rief: „Herr Pfarrer! Schütt it!" Ein anderes Mal war er auf dem Weg zur Pfarrkirche in Elbigenalp. Alperschonbach und Lech führten Hochwasser, Brücke und Steg waren fortgerissen. Da war sein Gottvertrauen so grenzenlos, dass er seinen Mantel ausbreitete und auf diesem übersetzte.

Der Märzbach ließ sich nicht blicken, jetzt im Spätsommer war sein Bett eine trockene Geröllwüste. Zur Schneeschmelze wird er wieder tosend auferstehen. Ein kurzes Stück hinunter und schon waren sie an der Parseierbach-Brücke. Zwei junge Mountainbiker sausten an ihnen vorbei. Man hörte kaum ihr „Servus", schon waren sie über die Brücke. Kommen bestimmt von der Memminger Hütte und haben eine Bergtour hinter sich. Sie selbst blieben noch einige Augenblicke an der Brücke stehen und betrachteten den starken Strom des Parseierbachs, in dem schon das Wasser des Rötalbachs floss. Nein, an diesem Bach hatte es nicht gelegen. Der hätte ihnen später die Stromversorgung erledigt, so wie der Höhenbach den Holzgauern oder der Fundaisbach den Leuten im Dorf.

Sie betraten den kleinen Wirtschaftsweg kurz vor der Brücke. Nach zweihundert Metern verwandelte er sich in einen schmalen Steig, der sie hoch über dem Bach durch steiles Waldgelände und streckenweise auf einem angenehmen Nadelteppich führte. Später ging es wieder steil hinab und sie trafen auf die winzige Brücke über den Bach unten in der Madail-Schlucht – auch als Mädäuler-Schlucht bezeichnet. Auf der Brücke blieben sie kurz stehen und blickten in die Tiefe. Links und rechts hatten auf den Simsen der Felsen einige wagemutige Pflanzen Fuß gefasst. Hier sausten einst die beim Triften weiter oben zu Wasser gelassenen Baumstämme wie Geschosse durch die schäumende Klamm, verkeilten sich bisweilen an den Felswänden und mussten wieder flott gemacht werden.

Den lawinensicheren Weg nutzten die Madauer im Winter, um hinunter ins Tal nach Bach oder Elbigenalp zu gelangen. Die Brücke wird früh gebaut worden sein – sicher eine nicht ungefährliche und mühselige Arbeit. Im Atlas Tyrolensis von 1774 ist sie eingezeichnet. Die erste Konstruktion dürfte wesentlich älter gewesen sein. Vermutlich war die holzwirtschaftliche Tätigkeit weiter oben der Grund für ihre Entstehung.

Ein von feuchten Gräsern gesäumter Steig leitete die beiden Wanderer auf alten und neuen Pfaden zum Fahrweg empor, auf dem sie das letzte Wegstück nach Bach zurücklegten.

15

Die einstigen Bergbauern waren gottesfürchtig und nicht wenige fromm – im ganzen Tal, nicht nur in Madau. Wenn die Kirche jemals ihrem Ideal der „Volkskirche" nahegekommen sein sollte, dann ganz gewiss in den kleinen bäuerlichen Gemeinschaften des Lechtals. Larix besaß zahlreiche Erinnerungen aus der Frühzeit seiner Dorfaufenthalte an die allgegenwärtigen Glaubenszeichen, die ein dichtes Netzwerk der Vergegenwärtigung Gottes in seinen drei Gestalten, der Jungfrau Maria und der Heiligen bildeten. Damals wurde der Kirchenkalender noch aktiv und detailreich gelebt.

Das Kirchengebäude mitsamt Friedhof bildete das Zentrum. Diese räumliche Einheit von Kirche und Friedhof existiert nicht mehr und auch ihre Symbolik interessiert kaum noch jemanden. Die einstige Geburt zum christlichen Menschen in der Taufe und der Tod dieses Menschen in der Hoffnung auf Auferstehung und ewiges Leben existieren kaum noch. Das Erlöschen eines Lebens in der Privatheit oder gar totalen Einsamkeit herrscht vor. Übrig geblieben sind noch ein paar große Staatsakte, die man am Bildschirm verfolgen kann. Oder Berühmtheiten werden medial mehr oder weniger lautstark beerdigt. Damals gab es nur das christliche Leben. Es nahm am Taufbecken der Kirche seinen Anfang und sank neben der Kirchenmauer ins Grab, sodass sich der Lebenskreis des Menschen symbolisch schloss.

Als ob den Menschen die Zeichenketten der Liturgie und des Katechismus, die ihnen die Kirche vorgab, nicht ausreichten, schufen sie unentwegt eigene, zusätzliche Zeichen, die man im Begriff der „Volksfrömmigkeit" zusammenfassen kann. So schmückten sie ihre Welt mit Wegkreuzen, Bildstöcken, Bergkreuzen oder Kapellen und ihre Wohnstube mit dem berühmten Herrgottswinkel. Hinzu traten Bräuche wie das Herz Jesu Feuer, Kirchweih- oder Patronatsfeste, Bitt- und Dankprozessionen, Kräutersegen oder Wallfahrten. Für die Bewohner des Tiroler Oberlandes und des Außerfern wurde seit dem Beginn des 20. Jahrhunderts die Wallfahrtskirche Maria Locherboden zum Ziel volkstümlicher Pilgerfahrten.

Bäuerliches und religiöses Denken hatten sich auf das Innigste verbunden, weil sie offenbar harmonierten und sich sehr praktisch ergänzten und verstärkten. Die Volksfrömmigkeit wurde natürlich von der Kirche mit großem Wohlwollen begleitet und gefördert.

Mit dem Aussterben der Bergbauern verschwand auch ihre spezielle Frömmigkeit. Es war eine Gesellschaft der Gottesfürchtigen, von Menschen, die ohne Frömmler zu sein (die gab es auch, gewannen jedoch keinen nennenswerten Einfluss) ihr Dasein auf vielfältige Weise mit Gott verbunden verstanden. Natürlich gab es auch einen guten Schuss Aberglauben, der dem Glauben gewissermaßen die rechte Würze gab. So glaubte man beispielsweise, bei schweren Gewittern einen Palmzweig im Herd entzünden und mit der Flamme die Wetterkerze anzünden zu müssen, um Blitzeinschläge und Brände zu verhindern. Auch das Wetterläuten der Kirchenglocken gehörte zu den präventiven Maßnahmen. Aufgeklärte Geister regten sich seit dem 19. Jahrhundert regelmäßig über diesen – in ihren Augen – die neu entdeckten Naturgesetze ignorierenden Unfug auf und empfahlen Blitzableiter. Schließlich setzen sich die Blitzableiter durch und doch verzichtete man nicht auf die Wetterkerze. Auch wenn der Mensch seinen Wissenshorizont erweitert hatte, war Gottes Walten in ihren Augen mit den neu gewonnenen Kenntnissen keineswegs aus den Geschehnissen der Welt, an deren Oberfläche man vielleicht kratzte. Möglich, dass man unwissend im neuen Paradox gefangen war und der stete Erkenntnisgewinn dem Geheimnisvollen keineswegs den Garaus machte, sondern es in ungeahnte Dimensionen wachsen ließ.

***

Auf ihren Wanderungen im oberen Lechtal kamen Elyna und Larix häufiger in Holzgau vorbei. Als sie eines Tages von der Roßgumpenalm zurückkehrten, warfen sie noch einen kurzen Blick in die Pfarrkirche und entdeckten eher zufällig einen unscheinbaren Mitteilungszettel auf der Info-Tafel im Vorraum. Es handelte sich um die Ankündigung der jährlichen Fußwallfahrt zur Lorettokapelle in Oberstdorf. Sie lasen aufmerksam den Text und beiden kam der Gedanke: Das wäre doch was für uns. Ja, es war etwas für sie – umso mehr, als sie sich daran machten, sich mit der erstaunlichen Vorgeschichte dieser Wallfahrt zu beschäftigen.

Die ursprüngliche Wallfahrt entstand im Dürrejahr 1663 und besaß einen konkreten Anlass. Die Holzgauer befürchteten eine Hungersnot.

Sie beschlossen eine Bittwallfahrt um Regen und unternahmen einen beschwerlichen Gang 1000 Meter hinauf auf das hochalpine Mädelejoch und mehr als 1000 Meter hinunter in die neu erbaute und nicht ganz fertiggestellte Oberstdorfer Lorettokapelle, die schon einen kleinen Ruf als Wallfahrtsort besaß.

Wer waren diese Menschen, die in jenen politisch wie klimatisch schwierigen Zeiten den ehrwürdigen religiösen Brauch der Wallfahrt aufnahmen, der von der Dorfgemeinschaft mehr als hundert Jahre gepflegt werden sollte, bevor er wieder in Vergessenheit geriet? Die großen sozialen, kulturellen, politischen und religiösen Umwälzungen der damaligen Zeit hatten ihre Welt nicht erreicht. Und so verwundert es nicht, dass die Menschen im katholischen Glauben verharrten. Die kleine Talgemeinschaft – nicht anders als das übrige Tirol – ließ die „Wirren" der damaligen Zeit vorüberziehen. Man erfuhr gewiss von verschiedenen Ereignissen und Vorgängen, aber die geschahen „draußen". Und selbst von den Gräueltaten der Soldateska beider Parteien des Dreißigjährigen Kriegs und dem Wüten der Pest im benachbarten Oberstdorf erhielt man vermutlich nur spärliche Nachrichten. Welchen Sinn konnten die damaligen Bergbauern in all diesen blutigen und hasserfüllten Auseinandersetzungen auf den Knochen der einfachen Bevölkerung sehen? Eine aus den Fugen geratene Welt? Und sie selbst durften dank glücklicher Fügung unbehelligt an den erbitterten und grausamen Kämpfen der Menschen draußen vorbeileben? In ihrem Fall ging die drohende Gefahr nicht von Menschen aus, sondern von der Natur, ihrer mächtigen Gegenspielerin, der sie zugleich aufs Innigste verbunden waren.

Als die Holzgauer Bauern übers Joch zogen, trafen sie auf ein Oberstdorf, dessen Bewohner – auch unter dem Einfluss des „Pestpfarrers" Johannes Frey – katholisch geblieben waren. Zugleich entfaltete die einsetzende Gegenreformation eine allgemeine restaurative Atmosphäre. Man war ermattet und sehnte sich zurück nach den alten Werten. Ohne auf das komplizierte Geflecht der damaligen Grundherrschaft einzugehen, kann man sagen, dass man beiderseits des Jochs doch recht freie Bauern gewesen war – die Holzgauer schon viel früher und noch mehr als die Oberstdorfer. Insofern brachte die Reformation für die Lechtaler wie für die Allgäuer Bauern eigentlich sozial und wirtschaftlich nichts Bedeutsames, was ihre alten Lebensweisen und ihr Wirtschaften ernsthaft hätte infrage stellen können. In den Städten des Allgäus hingegen war die Situation anders. Hier waren die Interessengegensätze zwischen dem aufstrebenden Bürgertum und den alten weltlichen und kirchlichen Feudalherren wesentlich angespannter. Bei den Bürgern fanden seit Luthers und Calvins Zeiten die protestantischen Lehren großen Anklang, da sie die wirtschaftliche, rechtliche und politische Emanzipation des Bürgertums beförderten. Mit dem Protestantismus verbanden sich die Vorstellungen von Freiheit, Fortschritt und neuer Zeit. Der Katholizismus galt als reaktionär. Während des Dreißigjährigen Kriegs kam es zu blutigen Entladungen der Spannungen. Als trauriges Beispiel mag die Auseinandersetzung der freien protestantischen Reichsstadt Kempten und des katholisch gebliebenen Stiftes Kempten dienen. Am Ende lagen die verfeindeten Städte zerstört am Boden. Die Landbevölkerung hingegen war katholisch geblieben und in den protestantischen Städten eroberte die Gegenreformation langsam verlorenes Terrain zurück, auch dank der aktiven Förderung durch die regierenden Wittelsbacher.

Die Anfänge der Holzgauer Wallfahrt fielen in die Phase des Wiederaufbaus und der wirtschaftlichen Erholung der benachbarten oberdeutschen Landstriche. Man kann sich vorstellen, dass die Holzgauer gern gesehene Besucher in Oberstdorf waren. Was mochten die Oberstdorfer ihnen erzählt haben? So viele Drangsal und Opfer, kaum eine Generation zuvor. Die Erinnerungen müssen noch lebendig gewesen sein und sicher gab es noch einige Ältere, die die mörderische Zeit erlebt und überstanden hatten.

Auch der katholische Glaube hatte diese Zeit überwunden und schuf sich neue Stätten. Seit 1660 zog die Lorettokapelle Wallfahrer aus der Umgebung an, zumal dieser Ort dank der Appachkapelle, die im 15. Jahrhundert errichtet wurde, schon für wundersame Erhörungen bekannt war.

Die Überlieferung berichtet, dass auf der Rückkehr nach Holzgau der so sehr herbeigeflehte Regen einsetzte und die Gefahr einer Hungersnot gebannt wurde. Nachdem der Himmel mithilfe der Atmosphäre reichlich Regen geschickt hatte, beschloss man, in Gedenken an die himmlische Fügung und zum Zeichen der Dankbarkeit alljährlich zur Lorettokapelle zu pilgern. Ein neuer Brauch war entstanden, der kirchliche Kalender, der den Jahreskreis und alle gesellschaftlichen Aktivitäten fest unter Kontrolle hatte, um einen Termin bereichert. Es gab zwar keine Verpflichtung, an der Wallfahrt teilzunehmen – schließlich war sie ja kein Hochfest –, aber es kamen schon zahlreiche Dorfbewohner zusammen. Neben dem religiösen Anlass kam nämlich auch der wechselseitige wirtschaftliche Nutzen nicht zu kurz. Oberstdorf baute seinen kleinen lukrativen Wallfahrtsbetrieb weiter aus, denn auch den Frommen plagten Hunger, Durst und Müdigkeit. Und bei der Gelegenheit machte man auch eine neue Bekanntschaft, frischte eine alte auf, traf auf interessante Gesprächspartner. Geschäftliche Gelegenheiten, wie Viehkauf und –verkauf, ergaben sich oder es wurde an ehelichen Allianzen gebastelt. Hier suchte jemand einen Knecht, dort gab ein anderer Schafe ab. Kurz, rege Wallfahrtstätigkeit hatte zur damaligen Zeit auf jeden Fall einen ökonomischen Hintersinn. Für die Holzgauer war ein wirtschaftlicher Draht übers Mädelejoch nach Oberstdorf eine kluge Erweiterung. Die Oberstdorfer sahen es ähnlich. Ein kleiner Baustein gemeinsamer wirtschaftlicher Interessen war entstanden, mikroökonomisch privilegierte man sich bei bestimmten Geschäften – tauschte Menschen, sei es in Form von Heirat oder Arbeitskraft als Knechte oder Handwerker. Gerade an der Vermittlung von Arbeitskräften hatten die Holzgauer großes Interesse. Drückte doch die endemische Überbevölkerung, für die es keine wirkliche ökonomische Lösung gab, sondern immer nur Abhilfen. Die Kirche besaß damals noch ein gutes Händchen in der Nutzbarmachung der Volksfrömmigkeit, indem sie umsichtig und klug „Gottes Segen" zu guten weltlichen Projekten und Unternehmungen dazugab. So arbeiteten Religion und Gesellschaft auch bei dieser Wallfahrt erfolgreich Hand in Hand.

Doch die Wallfahrt schien neben dem frommen und wirtschaftlichen Nutzen noch einen weiteren Nutzen besessen zu haben, an den die braven Bauern mitsamt ihrem Pfarrer gewiss nicht gedacht hatten. Die Jugend sah offenbar im frommen Ausflug nach Oberstdorf eine willkommene Gelegenheit, es mit der Sittenstrenge nicht so genau zu nehmen. Was vielleicht auch an der allgemeinen festlichen Atmosphäre lag. Als man 1790 die Wallfahrt wieder einstellte, hieß es in der Begründung, „dass durch die in Oberstdorf notwendige Übernachtung der bevölkerungspolitische Erfolg [dieser Prozession] zu groß geworden war". Die Formulierung stammte wohl von einem Vertreter der aufgeklärten weltlichen Gewalt. Die feine Ironie ist unüberhörbar.

Wie verlief der fromme Pilgerzug aus der Sicht der Jugend? Unterwegs wurde gewiss nicht nur gebetet und gesungen, sondern es wurden einschlägige Vorgespräche geführt, wo immer sich die Gelegenheit ergab oder schlicht und einfach gescherzt und geplaudert. Vielleicht gab es auch schon einmal einen lustig-derben Klaps auf den Hintern, begründet mit der Behauptung, da habe eine Breme gesessen. Lassen wir die Mädels dazu blöde kichern, das „Pflanzen" gehörte sicherlich schon damals zum erotischen Ambiente. Und im Hintergrund winkte die Übernachtung in einem Heuschober oder auf einer Tenne.

Auf einem zeitgenössischen Votivbild hingegen sieht der Pilgerzug ganz anders aus. Dort nämlich halten die bäuerlichen Pilger säuberlich nach Geschlecht und Familienstand geschieden Einzug: Männer, Jungmänner, Frauen, Jungfrauen. Kinder sind auf dem Bild nicht zu sehen. Vermutlich hatte man sie ebenso wie die Alten daheim gelassen und ihnen die Strapazen erspart. Die Menschen auf dem Gemälde trugen ihre Festgewänder. Gewiss waren sie weder in diesen Kleidern und Schuhen noch nach Ständen geschieden über den Berg gelaufen. Waren sie im „Kittel" gelaufen und hatten sie ihr „Gwand" in Rucksäcken mit sich geführt? Oder hatte der Maler geflunkert und die Menschen mit einer festlichen Kleidung ausgestattet, die sie real gar nicht getragen hatten? Vielleicht hatte der Maler auch gar nicht geflunkert, weil er gar keine „reale" Szene darstellen wollte, sondern einfach eine Szene „arrangierte", die erwartet wurde. Die Holzgauer Prozession zieht in die Lorettokapelle ein. Ein Motiv, das man ebenso gut in der Wieskirche findet. Selbstverständlich waren Prozessionen feierliche Veranstaltungen, die in festlichen Gewändern und mit Fahnen begangen wurden. Der Maler verschob einfach das Bild einer heimatlichen Festprozession an den Wallfahrtsort.

Man darf vermuten, dass der eigentliche Marsch durchs Gebirge eher in lockerer Formation erfolgte. Erst kurz vor dem Ziel wird man sich gesammelt und die soziale Aufstellung nach Ständen genommen haben, um den letzten Kilometer feierlich betend oder singend zu absolvieren. Die Passage durch den Sperrbachtobel jedenfalls war eng, sehr eng, nicht anders als heute. Links ging es fast senkrecht hundert Meter und mehr in die Tiefe, während rechts teilweise nasse Felsstufen zu überwinden waren. Man muss auch heute noch hintereinanderlaufen, aufmerksam auf seine Schritte achten und hat keine Zeit für muntere Gespräche.

Es ist nicht anzunehmen, dass es zu Ausschweifungen kam, vielleicht sogar tatkräftig unterstützt von der Oberstdorfer Jugend. Das mag man getrost der Fantasie der Pfarrer und ihres Frömmler-Anhangs überlassen, die mit Sodom-Gomorrha-Schreckensbildern schnell zur Hand waren, wenn es galt, den endlosen und schließlich vergeblichen Kampf gegen die vermeintliche Sittenlosigkeit zu führen. Nein, es sieht wohl eher danach aus, dass die bei der jeweiligen Jugend gerade in der Luft liegenden amourösen Beziehungen bei den einen oder anderen zum sexuellen Durchbruch kamen. Möglicherweise spielte die Wallfahrt mit ihrem besonderen Ambiente eine stimulierende Rolle. Ein Hauch von Kirchweih und Schützenfeststimmung – und manch einer schoss nun mal den Vogel ab. Regen, Fruchtbarkeit – man blieb im Thema, passt scho!

Aber in welchen sozialen Zusammenhängen standen wohl diese vermeintlichen Ausschweifungen? Uneheliche oder voreheliche Kinder gehörten zur Gesellschaft, da konnten die Pfarrer oben auf der Kanzel wettern und drohen, soviel sie wollten. Die voreheliche Enthaltsamkeit ließ sich nicht durchsetzen. Dies lag nicht zuletzt daran, dass in vielen Fällen kaum Aussicht auf den Ehestand bestand und nur das Konkubinat, die „wilde Ehe", blieb. Allerdings besaß die offizielle Moral zumindest eine bremsende und dämpfende Wirkung. Man musste sich erst einmal über die vielen Verbote und wechselseitige Überwachung hinwegsetzen. Brachten derartige Verbindungen Nachwuchs hervor, so wurden die einen durch spätere Heirat legalisiert, die anderen unehelichen Kinder ließ man spüren, welch moralisch verworfener Handlung sie entsprungen waren, und sie durften die Sünde ihrer Erzeuger als Menschen zweiter Klasse gegen kleinen Lohn hart abarbeiten oder zogen als Handwerker durchs Tal oder ganz fort.

Man sollte die einstige Bigotterie nicht außer Acht lassen. Nicht immer waren es die jungen Männer und Frauen untereinander, die jene berühmte Unzucht trieben. In nicht wenigen Fällen kam es auch zu Übergriffen des Bauern selbst auf eine junge Magd beispielsweise. Hier mag der Begriff der sexuellen Nötigung zutreffend sein. Und die heuchlerische Gesellschaft einschließlich Bäuerin und Pfarrer ließ das missbrauchte Mädchen mit ihrem unehelichen Kind für ihren Fehltritt büßen. So hatten die ledigen Mütter in einer speziellen Kirchenbank, dem sogenannten „Gfallenenstuhl", Platz zu nehmen – eine öffentlich praktizierte Demütigung mit kirchlichem Segen. Das Vergehen des Mannes wurde hingegen mit dem Deckmäntelchen des Schweigens zugedeckt. Die Vaterschaft wurde aus „dynastischen Gründen" eisern und eiskalt geleugnet – die Familie musste mit allen Mitteln verteidigt werden. Die Gattin mag ihrem Mann daheim eine Gardinenpredigt gehalten haben – oder auch nicht, weil sie Prügel fürchtete. Auch der Pfarrer war mit von der Partie und sorgte für die religiöse Begründung der sozialen Ächtung.

Damals galt es als ausgemacht, dass die Frau den Mann verführte. Schließlich stand dies schwarz auf weiß in der Bibel. Das junge Mädchen durfte folglich „in Schande" leben und für kleines Geld als Buße ihren „Fehltritt" abarbeiten. Von Abtreibungen – gelungen oder misslungen – oder „frühem Kindstod" und unerklärlichen Unfällen war nirgendwo auch nur andeutungsweise die Rede. Offenbar gehörte dieses Tabu zum Funktionieren dieser Gesellschaft dazu. Möglicherweise waren derartige Fälle jedoch eher selten. Auch im Dorf hatte man nicht einen einzigen Pieps zum Thema vernommen. Hier trugen sie alle diesbezüglich eine weiße Weste. Die Alten hatten kompromisslos die Drei-Stände-Ordnung vertreten. Man startete als Jungfrau/Jungmann ins gesellschaftliche Leben, dann brachte es man zum Ehemann/zur Ehefrau und für alle anderen gab es den Sammelstand der Witwen/Witwer/Ehelosen und – als Krönung der Ehelosigkeit „um des Himmelreiches willen" – die Kleriker und Ordensleute.

Die ökonomischen Verhältnisse der damaligen Zeit gaben einfach nicht so viele Ehestände her, wie es ehefähige Menschen gab. Die Abhängigen befanden sich in wirtschaftlich prekären Lebensverhältnissen, sodass vielfach nur das Konkubinat übrig blieb. Und das System der Erbteilung, das die Hofbesitzer praktizierten, machten die legalen Eheschließungen auch nicht gerade einfach. Oft musste man sich über längere Zeiträume mit einem Zusammenleben ohne eigenen Hausstand begnügen, weil die wirtschaftlichen Verhältnisse zu unklar, ärmlich oder streitig waren.

Es gab nur wenige Möglichkeiten, aus diesen Verhältnissen auszubrechen, als wandernde Handwerker beispielsweise, oder in den Genuss einer Förderung von begabten Kindern zu kommen. Vor allem die Kirche schöpfte in diesem Reservoir ihren Nachwuchs – um die Ränge des zumeist niederen Klerus und der Orden aufzufüllen. Vielleicht hatte die Kirche ja diesen Hintergedanken, sie benötigte ihren Nachwuchs. Die überzähligen Söhne der größeren und relativ gut situierten Bauern- oder Handwerker- und Händlerfamilien erhielten Möglichkeiten, sich zu bilden und es gibt nicht wenige Fälle von sehr erfolgreichen Lechtalern in verschiedenen, teilweise gehobenen Positionen der damaligen Zeit, die ihren sozialen Aufstieg der Förderung verdankten. Selbst begabte Kinder aus armen Verhältnissen konnten in den Genuss eines kirchlichen Stipendiums kommen. Allerdings war in diesen Fällen der geistliche Beruf Pflicht.

Nachdem man die Wallfahrt wieder eingestellt hatte, geriet sie in Vergessenheit. Damit war zwar das Thema der Unzucht mitsamt den vor- und unehelichen Kindern nicht aus der Welt, zumindest war jedoch dieses Ärgernis der Frommen aus dem Licht der Öffentlichkeit und äußere Ordnung und Moral waren wiederhergestellt. Der Schein musste gewahrt werden, die Realität hingegen war eine andere. Bigotterie und Heuchelei gehören nun mal zur Gesellschaft.

Es mag verwundern, dass einfache Menschen des 17. und 18. Jahrhunderts ihre Sexualität keinesfalls gänzlich der religiösen und auch gesellschaftlichen Ordnung mit ihrer repressiven Moral unterwarfen, sondern diese Sittenstrenge immer wieder durchbrachen. Der niedere Klerus selbst hatte vermutlich kaum Spielraum, er wurde von den Dorfgemeinschaften (hinter diesem Begriff wird man die einflussreichsten konservativen Mitglieder der Dorfgemeinschaft vermuten dürfen) dermaßen überwacht, dass ihm wohl kaum etwas anderes übrig blieb, als strenge moralische Positionen zu vertreten, auch wenn er davon nicht überzeugt war. Aber das war sein Problem mit der allgemeinen Heuchelei. Allerdings besaß die legendäre Gestalt der „Kebse" einen realen Hintergrund und war nicht nur das Phantom böser Zungen.

Die Verheirateten, d. h. Besitzenden, wiederum hatten Interesse daran, strenge moralische Positionen zu vertreten, um ihr Gut, ihre Nachkommenschaft, ihr Erbe usw. zusammenzuhalten. Und schließlich gab es in jedem Dorf gewiss „Frömmler" und andere moralische Eiferer, die dem Pfarrer in den Ohren lagen und ihm gern mit dem dicken Zeigefinger den Blick wiesen – dahin, wo die Unmoral hauste wie die Kuhfladen auf dem Weg der Gottgefälligen.

Der „Ehebruch" wurde als extrem sündhaft dargestellt – galt es doch die Würde des Ehesakramentes zu verteidigen. Aber die „Unzucht" zwischen Unverheirateten, die keine Chance auf einen Ehestand besaßen, musste man letztlich tolerieren. Der Ehebruch hingegen war schwerwiegend, denn in der Lebenspraxis der Menschen war er eine Gefährdung der Lebens- und Wirtschaftsgemeinschaft mit ihrem dichten Netz wechselseitig verflochtener Interessen und Pflichten. Solange es sich noch um einen „Seitensprung" handelte, ließ sich die Affäre unter den Teppich kehren. Zur Katastrophe wurde das „Verhältnis", denn eine Scheidung war nicht vorgesehen. Dass in diesem Spiel die – wirtschaftlich zumeist unterlegenen – Frauen eher zum religiösen „Argument" griffen und ihren untreuen Männern gewissermaßen die „moralische Hölle heiß machten", erscheint verständlich.

Unter den damaligen wirtschaftlich Unselbstständigen der bäuerlichen Gesellschaft, den Knechten, Mägden, Dienstboten, Handwerksburschen und sonstigen dienstbaren Geistern, mussten so manche zusehen, wie sie ihre Geschlechtlichkeit „ungesegnet" und „ungeordnet" mehr schlecht als recht auslebten. So kann man sich eine Art „Subkultur" geduldeter und obskurer Verhältnisse vorstellen, wobei die herrschende Meinung jener Zeit keinen Zweifel darüber ließ, wie sehr sie diese Illegalität verachtete. Was auch im Sinne des Systemerhalts verständlich war. Freilich hatte die Gesellschaft Interesse daran, dass sich diese niederen Schichten reproduzierten, allerdings sollten sie nicht ins Kraut schießen. Obendrein sollten sie gehörig spüren, dass sie Schuld auf sich geladen hatten und diese Schuld bezahlen mussten. Sie sollten aus ihrer Sexualität keine Selbstachtung gewinnen, keine geistige Stärke, Autonomie und Mündigkeit. Heuchelei und bigotte Moralvorstellungen überdauern nur so lange, wie mit ihnen erfolgreich handfeste wirtschaftliche Interessen verfolgt werden. Und so wie Abraham sein ganzes Volk unter das Messer der Beschneidung zwang – ob Herr oder Knecht –, so wurden die Menschen unter das Joch der ständischen Moral gezwungen. Die Kirche sorgte für die religiöse Bedeutungsüberhöhung und moralische Kontrolle.

Man hat später der Kirche die ganze Heuchelei in die Schuhe geschoben, was aber letztlich – wie man heute immer deutlicher sieht – nur die halbe Wahrheit war. Und der (ironische) Satz vom „bevölkerungspolitischen Erfolg" dieser Wallfahrt stammt ganz offenbar schon aus dem Mund aufgeklärter Geister, die nämlich auch etwas gegen die Überproduktion von Habenichtsen hatten, jedoch keine Moral oder gar Sünde ins Feld führten, sondern die malthusische Vorstellung der drohenden Überbevölkerung mit ihrem sozialen Elend und Sprengstoff. In diesen Überzeugungen sollte die moderne Geburtenregelung mit all ihren Spielarten und sozialen und emanzipatorischen Implikationen fußen.

Damals wurde sich in vielen Mikrohandlungen über die herrschende Moral hinweggesetzt, man bekämpfte sie jedoch nicht direkt, sondern arrangierte sich, verhandelte gewissermaßen mit ihr. Jedenfalls kam niemand aus ihrem Horizont heraus. Noch gab es keine Bewegungen, die zur Vernichtung dieser Moral aufriefen. Vielleicht war die Bigotterie, mit der sich diese Moral ihr eigenes Grab schaufelte, noch nicht groß genug, um einen geistigen Wandel hervorzurufen.

***

Anfang der 1990er-Jahre weckte das alte Votivbild der Holzgauer Pilger, das unbeachtet in einem dunklen Winkel der Loretto-Kapelle hing, die Aufmerksamkeit eines Holzgauer Besuchers. Das recht großformatige Gemälde hängt heute gut sichtbar auf der rechten Seite vorn im Chorraum der Kapelle. Und bei der genaueren Betrachtung der abgebildeten frommen Szene mag ihm der Gedanke gekommen sein, diese Wallfahrt wiederzubeleben. Der ursprüngliche Anlass und die damaligen wirtschaftlichen Zusammenhänge waren zwar längst Geschichte – in Holzgau gab es kaum noch Bergbauern und Dürren mit katastrophalen Auswirkungen waren nicht mehr zu befürchten –, doch ihm war, als hätte er aus dem Schutt der Zeitläufe etwas wundersam Unversehrtes geborgen, vergleichbar vielleicht mit einem Fossil, das Steinbrucharbeiter entdecken oder einem Bergkristall, den man aus einer Gesteinsader gewinnt.

Dieses recht unbeholfen gemalte Bild mit seinen groben Symbolen besaß zwar keinen künstlerischen Wert im Sinne eines modernen Kunstbegriffes, aber es war ein Zeugnis realer Volksfrömmigkeit, die zu einem bestimmten Zeitpunkt aus einem ganz bestimmten Anlass heraus eine Wallfahrt hervorbrachte und diesen frommen Akt in der Form eines Votivbildes dokumentierte und tradierte.

Und Larix dachte an jenes Kreuz, das die Bewohner des Dorfes errichtet hatten – und dies nicht vor zweihundert Jahren oder mehr, sondern vergleichsweise erst gestern, denn die meisten der von der Katastrophe Verschonten lebten noch, besaßen die Erinnerung in ihrem Bewusstsein und hatten sie als Kreuz mitsamt Inschrift-Tafel sozusagen an jener Stelle hinterlegt, von der die gefährliche Lawine, der sie so wundersam entronnen waren, ihren Ausgang genommen hatte.

Der Holzgauer begann, über seine kleine Entdeckung zu sprechen und über seine Idee, die Wallfahrt wiederzubeleben. Bei seinem Pfarrer fand er ein offenes Ohr. Der Pfarrgemeinderat nahm sich der Angelegenheit an. Schnell machte die Sache im Dorf die Runde und stieß auf allgemeine Befürwortung. Der Pfarrer nahm Kontakt mit seinem Oberstdorfer Amtsbruder auf, der sich bereit erklärte, für die Idee in seiner Gemeinde zu werben. Nach Abschluss des informellen Meinungsaustausches landete das Projekt schließlich auf der Tagesordnung des Pfarrgemeinderats. Die Pfarrgemeinde fasste den Beschluss, die Wiederbelebung dieser Wallfahrt aktiv voranzutreiben, und es dauerte nicht lange, dass man sich offiziell mit dem Projekt an den Oberstdorfer Pfarrer wandte. Dieser zögerte nicht lange mit seiner Zustimmung. Das Projekt nahm schnell Fahrt auf. Die Bürgermeister der beiden Orte sicherten die Unterstützung durch die Gemeinden zu, ebenso Vereine, Geschäftsleute und einflussreiche Persönlichkeiten. Im Laufe des Winters entstand ein Konzept, dessen wesentliche Neuerung gegenüber der historischen Wallfahrt darin bestand, dass die Oberstdorfer nach Holzgau pilgern sollten – und zwar immer am ersten Sonntag des Monats Juli – und dass die Holzgauer jeweils am letzten Sonntag des Monats August ihre Wallfahrt zur Lorettokapelle unternehmen sollten. Dabei solle ein eigens dafür geschaffenes Holzkreuz über das Joch von Oberstdorf nach Holzgau getragen werden und Ende August wieder zurück in die Lorettokapelle, wo es bis zum nächsten Jahr im Chorraum an der linken Seite aufgestellt bleiben sollte.

So geschah es, dass sich nach einer Unterbrechung von mehr als 200 Jahren wieder Menschen zusammenfanden, um über das Joch von einem Ort zum anderen zu pilgern. Zwar hatten ihre Motive nichts mehr mit den Beweggründen zu tun, die einst die originale Wallfahrt ins Leben gerufen hatte, doch teilte man mit den Vorfahren jenes fundamentale Aufbruchmotiv, das man mit neuem Gehalt füllte und als Motto über die wiederbelebte Wallfahrt stellte: „Wallfahren: Sich aus dem Alltag lösen, gemeinsam aufbrechen und auf ein großes Ziel zugehen."

Ja, die Alten waren auch losmarschiert – auf einem Pfad, den man sich sicher in einem schlechteren Zustand vorstellen muss, als er heute ist – obwohl die Passage über die Weideflächen zwischen der unteren und oberen Roßgumpenalm sich auch heute noch recht holperig, ja fast unwegsam zieht. Auch die vielen Meran-Wanderer schaffen es nicht, diesen Pfad glatt zu treten.

***

In diesem Jahr meinte es das Wetter relativ gut mit den Holzgauer Pilgern. Ein freundlicher Tag war angesagt, allerdings waren im Laufe des Tages Schauer oder Gewitter nicht ausgeschlossen. Nach einem Vaterunser der Organisatoren im Vorraum der Kirche, gefolgt von einem energischen „Pack mas" setzte sich der Zug wie jedes Jahr und seit mehr als zwanzig Jahren langsam in Bewegung – erster Halt an der Oberen Roßgumpenalm. Die Zahl der Teilnehmer hatte sich mit den Jahren bei circa 60 Personen eingependelt. Vor vier Wochen hatten die Oberstdorfer ihre Wallfahrt absolviert und das Kreuz nach Holzgau getragen. Sie waren mit mehr als 200 Teilnehmern gekommen. Der Grund dafür war sicher darin zu suchen, dass die Pfarrei wesentlich größer war als die Holzgauer. Überhaupt war Holzgau im Vergleich zum großen Nachbarort eher der ärmliche Cousin hinterm Berg. Und würden nicht die Oberstdorfer freundlicherweise nach Holzgau pilgern – obwohl es für sie keinen historischen Anlass gab –, so würden die Holzgauer Pilger in Oberstdorf kaum wahrgenommen werden. Denn eigentlich war es eine ziemlich bunte Truppe, die da dem Joch entgegenstrebte. Ein Altbürgermeister, dessen Alter man kaum noch zu erwähnen wagte, trug unverdrossen das 1,9 kg schwere Kreuz – brav vor sich her, wenn Kameras auf ihn gerichtet waren, oder wie die Sense auf dem Buckel, wenn es über Stock und Stein ging. Der Bergwachtmann war an seinem Rettungshund zu erkennen, außerdem patrouillierte ein schwarz-weiß gefleckter kleinerer Hütehund durch die Pilgergruppe, auf engem Pfad auch mal geschickt an den Beinen entlang, ja schier zwischen ihnen hindurch. Ja, alle Schäflein waren noch dabei. Zwei groß gewachsene und knochige Hirten mit langen Alpenstangen stützten den pilgernden Tausendfüßler nach links oder nach rechts ab. Und als Larix einen von ihnen fragte, ob er mit seiner Stange eine andere Lauftechnik praktiziere als ohne, machte sich der Hirte tatsächlich ans Nachdenken, indem er sich an den Kopf kratzte, um schließlich verlauten zu lassen, dass dies wohl sein könne, weil die Stange ihm ja viel von der Arbeit am Gleichgewicht erledige. Eine Pilgerin glaubte, seine langen Beine als einen Vorteil im Gebirge auszumachen. Was der Hirte wiederum mit einem „it imma" relativierte. Der Pfarrer war aus Altersgründen und wegen mangelnder Kondition nicht dabei, und einen jungen schneidigen Kaplan gab es auch nicht, was den Eindruck einer weltlichen Horde nur verschärfte. Unmittelbar zu leiden hatten die immer zahlreicher werdenden Gruppen und Grüppchen, die von Oberstdorf kommend auf dem E5 nach Meran wanderten – aber erst wieder, wenn der Tatzelwurm vorbei war, der hielt nämlich eng zusammen. Larix verließ sich auf die Tritte, die eine vor ihm wandernde Weggefährtin setzte. Diese stammte übrigens nicht aus Holzgau, sondern aus Ehrwald. Er sei größtenteils einverstanden mit ihrer Schrittwahl, ließ er die Dame mittleren Alters wissen, was sie als Kompliment auffasste und mit einem freundlichen Lachen quittierte. Ihre Fehltritte wolle er aber nicht als vorbildlich hinstellen. Worauf sie spitz entgegnete: „Die kommen bei mir nicht vor." Überhaupt bestand die Pilgergruppe vielleicht noch zur Hälfte aus Einheimischen, die übrigen Teilnehmer waren entweder wie Larix und Elyna lang gediente Urlaubsgäste oder Pilger aus den übrigen Ortschaften des Lechtals oder sogar außerhalb des Tals – gewissermaßen fromme Hilfstruppen. Und so überrollte man laufend Gruppen von freundlich, unfreundlich, verblüfft oder fragend schauenden Bergwanderern. Und einer, der offenbar ansetzte zu mosern, erhielt den Bescheid, dass der Papst ganz hinten auch noch käme.

Auf der Kemptner Hütte wurde die erste große Rast eingelegt und der Hüttenwirt, der die Wallfahrt nicht nur aus wirtschaftlichen Gründen, sondern aus Überzeugung förderte, hatte eigens eine kleine Pilger-Speisekarte mit verschiedenen Stärkungen zu zivilen Preisen ausgelegt. Erste Brotzeitwürste wurden auf die Tische gezaubert, dazu schäumte da und dort eine Halbe – nicht gerade der Trunk der Frommen. Außerdem lag noch die schmale und streckenweise glitschige Passage durch den Sperrbachtobel vor ihnen.

Der Tatzelwurm hatte die sonnenbeschienene Hüttenterrasse in Beschlag genommen und sich in eine Raupe Nimmersatt verwandelt. Die beiden rosigen Hüttenschweine etwas unterhalb in ihrem kleinen Gehege grunzten vergnügt, Larix glaubte so etwas wie Anfeuerung zu vernehmen. Offenbar spekulierten die Tiere auf reichliche Abfälle.

Nach einer Stunde ging es gestärkt hinunter in den Sperrbachtobel und der Zug kam erst wieder an der kleinen Kapelle „Maria am Knie" zum Stehen. Nun, wer hier Linderung bei „Kniaschnacklern" oder Kniearthrose sucht, liegt leider falsch. Indirekt aber doch wieder richtig, denn in der Tat wird hier Maria als Helferin in alpiner Not angerufen. „Am Knie" liegt die Kapelle allerdings deshalb, weil der Sperrbach einen scharfen Linksknick macht und man an ein angewinkeltes Knie denken mochte. Wer also Kniebeschwerden hat, sollte einen Facharzt aufsuchen, was ihn aber nicht davon abhalten muss, an diesem Ort Maria anzurufen. Dies tat die Pilgergruppe mit Gebeten und Mariengesängen. Nach einer halben Stunde setzte man sich wieder in Bewegung und nahm Spielmannsau in Angriff. Auf Höhe der Alpe Oberau wartete ein kleines Oberstdorfer Begrüßungskomitee und gemeinsam ging es auf asphaltiertem Fahrweg zum Berggasthof Spielmannsau, auf dessen Terrasse man sich erneut breit machte und letzte Stärkungen orderte. Die Stimmung war ausgezeichnet, der alpine Teil der Wallfahrt überstanden – und dies ohne Abriss, die Gruppe war wie ein Block marschiert. So einen schönen, geschlossenen Pilgerzug hatte es lange nicht mehr gegeben, hieß es später aus dem Kreis der Wallfahrtsleitung. Weiter ging es zum vor zwei Jahren feierlich eingeweihten „Holzgauer Platz" am Oberstdorfer Ortseingang und weit entfernt vom eigentlichen Ortszentrum, noch ganz frisch und markant, mit seinen zwei riesigen, an Hinkelsteine gemahnende Felsbrocken, die der Bürgermeister von Holzgau freundlicherweise persönlich angeliefert hatte. Alles passte ins rustikale Bild. Die Oberstdorfer hatten zwei Klapptische mit Erfrischungsgetränken aufgebaut. Erste kleinere Reden wurden geschwungen, von allerlei Verdiensten, die sich im Laufe der Jahre angesammelt hatten und nach Würdigung verlangten. Namens und seitens der Gemeinde beschwor der ebenfalls eingetroffene erste Bürgermeister von Oberstdorf die gemeinsamen, nicht nur frommen Bande usw.

Eine junge Frau bewegte sich unschlüssig um die Gruppe herum. Larix bemerkte sie und blickte zu ihr hinüber. Sogleich fing sie seinen Blick auf, näherte sich ihm, weil sie wohl vermutete, dass er zur Gruppe gehörte. Sie sprachen sich an und die Frau bat ihn, ihr doch zu erklären, was diese Versammlung zu bedeuten habe. Zugleich stellte sie sich als Spurensucherin in Brauchtumsdingen vor, und sie komme jetzt schon einige Jahre nach Oberstdorf. Er bemühte sich um einige erklärende Worte, die ihr offensichtlich zusagten, denn sie bedankte sich überschwänglich, als hätte er ihr ein Stück weitergeholfen in ihrer eigenen Spurensuche.

Die Begegnung mit jener Frau rief in ihm die Begegnung mit zwei jungen Bergwanderinnen aus der Gegend von Hannover wach, die er vor drei Tagen bis zur Bushaltestelle in Elmen mitgenommen hatte. Sie hatten zuletzt oberhalb der Stablalm kampiert, um – er traute seinen Ohren nicht – am Morgen einen Sonnenaufgang auf der Kreuzspitze zu erleben. Es sei so schön gewesen. Larix war beeindruckt, die Tour hatte es in sich und der Anstieg bei Dunkelheit und in der frühen Morgendämmerung. Montag gehe es leider wieder auf die Arbeit. Die Mädchen machten einen vollkommen durchtrainierten Eindruck, die Rucksäcke hatten immer noch ihr Gewicht, das die jungen Frauen übrigens gar nicht kannten. Die Rucksäcke seien leichter geworden, weil sie doch ihre Vorräte fast gänzlich aufgefuttert hätten. Seltsame Dinge geschehen bei den Jüngeren und offenbar sei es ihm vergönnt, mitunter solchen jungen Menschen zu begegnen. Ob sich einige wieder auf die Suche gemacht haben? Vielleicht waren sie ja der allgemeinen Bewusstlosigkeit, die sich in ihren Kreisen so gern inszenierte, überdrüssig geworden.

Und er selbst – hatte er nicht selbst auf der Kemptner Hütte den Wallfahrtsleiter gebeten, ihm eventuell jemanden zu benennen, der ihm Auskunft zur Geschichte dieser Bergwallfahrt geben könne. Worauf dieser ihm gleich drei Personen nannte, eine von ihnen war Larix schon aus einer Fernsehsendung über diese Wallfahrt bekannt. Larix versprach, dass er ihn nach dem Urlaub kontaktieren wolle. Genau diese Dame, eine pensionierte Lehrerin, hatte herzlich lachend die Sache mit den Schwangerschaften erwähnt, die er auch bei seinen Recherchen an anderen Stellen erwähnt fand. Und er wollte doch wissen, ob sie dazu Hinweise in den alten Taufbüchern der Pfarrei habe finden können.

***

Ein Priester ergriff das Wort, in Vertretung des Pfarrers, der noch im Urlaub weilte und Grüße an die Wallfahrer ausrichten ließ. Nach ein paar anerkennenden Worten zur Ausdauer der Pilger machte er den Vorschlag, den Rest des Wegs zur Lorettokapelle gemeinsam den Rosenkranz zu beten – und zwar den glorreichen, weil doch alles zu so einem schönen Abschluss gelangt sei. Und jetzt geschah – so schien es Larix –, was schon früheren Prozessionen passiert sein musste: Vorn wurde gebetet und hinten geschwatzt und niemand achtete auf den Himmel. Und kaum waren zwei Rosenkranzgebete verklungen, als sich über dem gemischten Bet-Schwatz-Wurm eine Wolke bildete. Und aus der Wolke – nein, keine Stimme – fiel ein Regenguss, aber dermaßen klatschnass, dass alle nur noch damit beschäftigt waren, blitzartig ihre Regenjacken und Schirme hervorzuholen. Offenbar gibt es hartnäckige Wunder, die sogar dann noch passieren, wenn sie keiner mehr benötigt. Man flüchtete förmlich in die Lorettokapelle, aber da war der nasse Spuk schon wieder vorbei, ein Wolkenfenster öffnete sich und die Sonne lugte hervor, als wollte sie sagen: „Na, ihr Holzgauer, ihr wollt wohl nicht lockerlassen."

Ja, diese Leute besaßen eine besondere Beharrlichkeit. Elyna war der Ansicht, die müsse in ihren kulturellen Genen stecken. Vermutlich hätten ihre Vorfahren sie als Antwort auf die Kargheit und Unwirtlichkeit ihres Lebensraums entwickelt. Larix hatte die beiden Felsbrocken vor Augen, die an Ketten hängend mit einem Kran von der Ladefläche eines schweren Lkws in den Boden dieses Platzes eingesenkt worden waren, der eher die Ausstrahlung einer Almwiese besaß, und man nicht wusste, ob man sie mähen oder Schafe drüber treiben sollte.

Ja, je länger sich diese Leute in ihrer Kultur aufhalten, desto deutlicher wird sie zum stabilen Klotz. Dieser Altbürgermeister ist ein lebender Findling und vielleicht bilden diese Leute zusammen jenen ominösen Wackerwurm, der zum Sagenschatz ihrer Burg Ehrenberg gehört. Ihre Burg deshalb, weil damals die Bauern der Umgebung kurzerhand die Rückeroberung der Burg in die Hand nahmen, als diese im Spanischen Erbfolgekrieg vom bayerischen Kurfürsten besetzt worden war. Man hatte zu diesem Zwecke (beharrlich und schweißtreibend musste die Arbeit gewesen sein) mehrere Geschütze auf den gegenüberliegenden höheren Schlosskopf geschleppt und die ungeschützte Burgbesatzung unter Beschuss genommen. Wer dachte schon im Mittelalter daran, dass Burg Ehrenberg jemals vom Schlosskopf aus beschossen werden könnte. Dass allerdings ein zerlumpter Bauernhaufen auf die Idee kommen könnte, Geschütze auf den Schlosskopf zu buckeln, überstieg wiederum die Vorstellungskraft des bayerischen Kurfürsten. Nun, ein Jahr später erlebte der große Kurfürst gewissermaßen sein Waterloo bei Höchstädt und die Großmachtträume der Wittelsbacher waren ausgeträumt.

So, nun war die Lorettokapelle bis auf den letzten Platz gefüllt. Der Altarraum besaß einen Hochaltar, gestaltet von Anton Sturm, und war durch deckenhohe schmiedeeiserne Gitter vom übrigen Kirchenraum abgetrennt. Das Gitter bestand jedoch aus mehreren Teilen und drei Gitterteile waren für die Messe entfernt worden. Überragt wurde der Altartisch von einer riesigen prächtig gekleideten Madonna-Figur, flankiert von den Eltern Marias, dem heiligen Joachim und der heiligen Anna (laut Protoevangelium des Jakobus). Der Gemeinde zugewandt war nur ein in der Mitte vor dem Trenngitter aufgestellter, kleiner Ambo, an dem der Priester den Wortgottesdienst leitete. Anschließend begab er sich an den Hauptaltar, wo er – dem alten Ritus entsprechend – die Messe mit dem Rücken zur Gemeinde, also eingereiht in die Gemeinde und zugleich als ihr Haupt Gott zugewandt, das Messopfer feierte. Vorerst aber absolvierte man den Wortgottesdienst und folgte aufmerksam der Predigt. Und die hatte es in sich. Von Gipfelkreuzen war die Rede und dem erbitterten Kampf, den der berühmte Bergsteiger Reinhold Messner gegen diese vermeintlichen christlichen Machtdemonstrationen führte. Dabei seien sie doch nichts anderes als Glaubenszeugnisse, hielt der Priester dagegen. Und auch sie, die Pilger, hätten doch gerade wieder mutig ein Kreuz über die Berge getragen, um ein Zeugnis ihres Glaubens abzulegen usw. Und er warnte vor fremden Zeichen, die diese Gesellschaft als vertraut und die ihrigen ansehen würde, und die vielleicht mehr Täuschung und Selbsttäuschung zum Inhalt hätten, als uns lieb sein könnte. Er rief zur Standhaftigkeit im Glauben auf und wünschte der Wallfahrt zwischen den beiden Orten weiterhin ein glückliches Gelingen.

Nach der Messe eilte die Gruppe Richtung Gasthof, auch Elyna war schon losgelaufen. Larix hatte noch einige Fotos vom Innenraum der Kapelle und vom Votivbild gemacht. Schließlich trottete er langsam hinterher. Nach ein paar Metern wurde er vom Priester eingeholt, der ihn ansprach und in ihm zu Recht einen Pilger vermutete. Und es entspannte sich zwischen den beiden ein kleines Gespräch, ausgehend vom Bergsteiger Messner und seiner geistigen Haltung. Der Priester schrieb ihm eine Neigung zum Buddhismus zu, was Larix zugestand. Er habe selbst eine gewisse Berührung mit diesem Geist gekannt, als nämlich eine seiner Studienkolleginnen sich immer stärker von der westlichen Kultur abwandte und sich einer gewissen fernöstlichen Esoterik ergab – und zwar über die Yoga-Praxis. Und er fügte hinzu, dass er den tiefsten Grund dieser Religion für dunkle Kälte halte. Darauf entgegnete ihm der Priester, dass dies wohl das Merkmal aller Selbsterlösungsversuche sei, die der menschliche Geist bisher ersonnen habe, der Buddhismus sei nur einer von so vielen Versuchen, wenngleich ein sehr erfolgreicher – doch was wisse man schon von seinen geistigen Verliesen und Opfern. Larix, der weiß Gott kein Frömmler war, stimmte zu. Ja, die christliche Religion glaube an den Erlöser, an das fleischgewordene Wort. Eben wie Petrus, der im heutigen Evangelium auf die Frage Jesu, für wen sie, die Jünger, ihn, ihren Rabbi, hielten, antwortete: „Du bist der Messias, der Sohn des lebendigen Gottes." Worauf ihm Jesus antwortet, dass er dieses Wissen nicht aus menschlichen Wissensquellen geschöpft habe, sondern dass es ihm durch die Gnade des Vaters im Himmel zuteilgeworden sei. Das eigene Wissen nicht als Ergebnis eigener Geistesarbeit dem Unwissen entrissen, sondern dank gläubiger Disposition aus göttlicher Gnade dem eigenen Geist eingegeben wie ein Gedankenblitz oder eine Inspiration. Eine verborgene Geistesfalte im Menschen, die seinem bewussten Denken nicht zugänglich war, sondern von Gottes Gnade aktiviert wurde. Larix fand diese Vorstellung faszinierend: Die Vorstellung eines wohlwollenden und sinnstiftenden Anderen, der sich nicht dem Menschen unterwarf, noch den Menschen unterwarf, sondern im menschlichen Bewusstsein wie kleine Funken oder Sinnblitze erschien, die immer wieder Hoffnung auf Erlösung machten.

Am Lokaleingang trennten sich ihre Wege. Der Priester begab sich an den Honoratiorentisch, während Larix sich zu seiner Gefährtin setzte, die ihm einen Platz freigehalten hatte, neben einigen Holzgauern. Was die Leute untereinander im breitesten Dialekt sprachen, konnten sie nur bruchstückhaft verfolgen. Freilich handelte es sich um Geplauder und schon rein akustisch war es nicht einfach, etwas zu verstehen, denn im bis auf den letzten Platz gefüllten großen Saal war der Geräuschpegel recht hoch. Worüber plaudern die Menschen? Zumeist doch über ihre Selbstverständlichkeiten, über ihren sozialen Film, in dem sie, der Gesprächspartner und viele andere spielen, auf die man sich bezieht. Die beiden, die selbst natürlich nicht in diesem Film lebten, sondern gewissermaßen als Zuschauer auf der Bühne saßen wie einst im Theater, bemühten sich, ein wenig hineinzuhören, aber es ergaben sich kaum Anknüpfungspunkte, wo sie etwas hätten beisteuern können. Die Schwester des einen rüstete gerade ihre Heizung auf Pelletfeuerung um und ihr Antrag auf Fördermittel des Landes war auf gutem Weg. Was Anlass zur Kommentierung der allgemeinen Entwicklung bei den erneuerbaren Energien gab. Nun, der eine war Handwerker und hatte schon eine kleine Fotovoltaikanlage auf dem Hallendach, der andere, ein Bergbauer mittleren Alters (doch es gab sie noch, die Bergbauern) war noch unentschlossen, aber aufgeschlossen und schien auf der Suche nach einem Weg zu sein, seinerseits Anteil zu nehmen an der Entwicklung. Dass die eine Enkelin im örtlichen Sportgeschäft gerade eine Ausbildung als Einzelhandelsverkäuferin machte, geriet im Rahmen der Plaudereien ebenso auf den Schirm wie die unübersichtliche Entwicklung des Milchpreises und der Zuchtkälber.

Larix ließ seine Blicke über all die Menschen schweifen, die im Saal versammelt waren, ein Bienenstock unzähliger kleiner Einzelunterhaltungen mit wechselnder Besetzung, in denen so viele kleine Einzelthemen des Lebens aufgetischt wurden – und stellte fest, dass etwas fehlte, genauer, dass jemand fehlte, nämlich die jüngere Generation, die einst aktiv zum besonderen Ambiente der originalen Wallfahrten beigetragen hatte.

Er allein hätte ein halbes Dutzend jüngere Menschen aus dem Dorf aufzählen können, die er allesamt als Kinder, Heranwachsende und junge Erwachsene erlebt hatte, die teils selbst schon wieder Kinder hatten – und von dieser großen Gruppe und der Generation nach ihnen fand sich kein einziger Vertreter. Sie hatten sich wohl schon aus dem religiös geprägten Brauchtum verabschiedet. Und es lag nicht einmal an der Kirche und ihren Vertretern, nein, die Religiosität als solche schien keinen Platz mehr im Bewusstsein der Menschen zu finden. Gott war nicht einmal mehr tot, sondern schlicht und einfach abgeschoben ins Ungedachte – vielleicht dahin zurück, woher er einst in die Welt gekommen war. Es gab keine festen Gedanken mehr an ihn, vielleicht nur noch ein paar vage Vorstellungen, inkonsistent wie Nebelfetzen am Berg.

Die Bedienung, eine junge, lebhafte und gut gelaunte Frau im Dirndl, brachte die bestellten Speisen. Auf Nachfrage seitens des jungen Hirten gab sie ihren Vornamen preis, das blonde Kind hörte auf den Namen „Tina". Wer hätte das gedacht? Tina war sehr zufrieden, nicht nur Tina zu heißen, sondern auch leibhaftig Tina zu sein. Man schäkerte ein paar Takte und dann musste die kleine Tina auch schon wieder weiter. Ähnlich mussten sich die Dinge schon mal im 17. Jahrhundert zugetragen haben.

Larix hatte nach zwei unbefriedigenden Versuchen im Laufe der Woche zum dritten Mal seine geliebten Kässpatzen bestellt. Und, oh Wunder, sie waren vorzüglich. Auch die übrigen Tischnachbarn ließen sich diverse kleinere Gerichte, Kuchen oder Eis schmecken.

Weiter vorn hatten die Leitenden Aufstellung genommen und tauschten reihum das Mikrofon und Komplimente, Dankesworte und Zukunftswünsche, dazu wurde die Ehrung des langjährigen Leiters der Holzgauer Wallfahrt vorgenommen. Eine wichtige Personalie wurde kundgetan: Der Leiter werde aus Altersgründen sein Amt abgeben und er stellte auch gleich seinen jungen Nachfolger vor, den er selbstverständlich während einer Übergangszeit unterstützen werde.

Zwischendurch wurde im Duett gejodelt, ein Vater mit seinem vielleicht zehnjährigen Sohn, der offenbar eine ungewöhnliche Begabung besaß. Als aber offen für den Kauf einer CD geworben wurde und der Junge schon recht geschäftstüchtig an einem Tisch auf Käufer wartete, äußerte der Hirte am Tisch nebenan sehr bestimmt, dass er keine CD kaufen werde, der Junge werde doch verkauft. Mehr sagte er zu diesem Thema nicht.

Gegen acht ging es mit dem Bus zurück ins Lechtal. Unterwegs wurde der eine oder andere Pilger abgesetzt. Die Letzten stiegen um elf in Holzgau aus und begaben sich rechtschaffen müde und zufrieden nach Hause. Elyna und Larix bewegten sich gemächlich zu ihrem Auto, das unterhalb der Schule auf einem der Parkplätze direkt neben dem Höhenbach stand, und machten sich auf die Rückfahrt durchs dunkle Tal ins Dorf.

***

Das Tal hatte sich schlafen gelegt und das Licht gelöscht. Das Wochenende war zu Ende. Morgen werden die Menschen mehrheitlich in aller Frühe wieder zur Arbeit eilen und am großen Teppich weben, der die neue Welt umspannt. Sie gehören jetzt mit Leib und Seele zum großen Geschehen dazu, sind seine Akteure und (hoffentlich) ehrliche Nutznießer. Eigentlich benötigen sie keinen lieben Gott mehr. Die immerwährende Teilhabe am Strom des Lebens reicht völlig aus. Es lebt und stirbt sich heutzutage ohne einen Gott.

Dieser Augustsonntag war recht unbeständig gewesen, wie überhaupt der ganze Monat schwül und gewittrig gewesen war. Die Alten waren einst wegen des Wetters übers Joch gezogen. Damals kam das Wetter noch in erster und letzter Instanz von Gott. Alles kam von Gott, die Menschen nannten sich Gottes Kinder. Nein, die Dürre wurde nicht als „Strafe Gottes" verstanden. Seit der Sintflut und dem neuen Bund Gottes mit Noah war dieses Kapitel abgeschlossen. Und auch der vom Himmel geschickte Regen, um den man so inständig gefleht hatte, war keine wundersame Außer-Kraft-Setzung der Wetterabläufe, sondern eher ein erlösendes Eingehen der Natur auf ihr Flehen. Die Natur legte es ihnen nahe, sich ein wenig „erhört" zu fühlen. Das ergab sich einfach aus ihrer innigen Verbundenheit mit ihr. Man konnte mit der Vorstellung spielen, bei Gott Gehör gefunden zu haben. Aber niemand schien ernsthaft die Idee verfolgt zu haben, es müsse jetzt ein „Wunder" festgestellt werden. Man kommt den Vorstellungen jener Menschen vielleicht näher, wenn man sie an eine „glückliche Fügung" glauben lässt. Diese „Fügung" wurde von ihnen Gnade genannt. Sie hatten Glück gehabt, aber nicht wie ein Glückslos, das man aus der seelenlosen Lostrommel der Kombinatorik zieht.

Nein, für die witterungserprobten Bergbauern waren die Wetterabläufe nicht aus den Fugen der Naturgesetze geraten. Trockenheit und Hitze wurden als extrem empfunden, d. h. als Gefahr für Hab und Gut, für Leib und Leben – nicht anders als ein schweres Gewitter mit Blitzeinschlag und Feuer oder eine Überflutung, eine Lawine, eine Mure. Der Regen befreite sie von einer drohenden Dürre und den Nöten in ihrem Gefolge. Herr, wende ab von uns die große Gefahr, den drohenden großen Schaden, den Hunger und die Not. Lass es immer zu unserem täglichen Brot gereichen. Ja, diese Menschen waren gewissermaßen glaubende Existenzialisten. Aber um welche Existenz handelte es sich damals? Das Dorf, also sie alle, hatte den Bittwallfahrtsimpuls hervorgebracht und ein besonderes Zeichen gesetzt – nicht für andere, sondern für ihren Gott und die Glaubensbeziehung ihrer Gemeinschaft zu ihm. Vielleicht hatten sie eine jener „göttlich" inspirierten Eingebungen hervorgebracht, über die der Priester und Larix so nachdenklich gesprochen hatten, als sie den erstaunlichen Wortwechsel zwischen Petrus und Jesus kommentierten. Gott war in diesem Moment sie alle. Eine interessante spirituelle Bündelung und Kongruenz.

Unsere Spiritualität jedoch kommt nicht mehr von Gott, sondern ist Ausdruck unseres Selbst. Wenn wir nach den Sternen greifen, dann handelt es sich nicht mehr um einen Stern von Bethlehem, sondern um eine technologische Großtat, ein Produkt unserer gebündelten Geisteskräfte. Unser moderner Glaube ist der Glauben an unsere technischen Fähigkeiten und Errungenschaften? Wir sind nicht mehr Geschöpfe, sondern Schöpfer. Unser Schöpfergeist – das sind wir und nicht mehr der liebe Gott. Wir wurzeln in unserem Wissensschatz, in unserer Wissenschaft und sind von ihrem immerwährenden Fortschritt durchdrungen. Tja, eine glänzende Geistesmedaille, leider mit vielen finsteren, menschenverachtenden und mörderischen Kehrseiten. Der Mensch wird seine Schattenseiten und Abgründe nicht los. Gott hat weder Kehr- noch Schattenseiten, er ist nach allen Seiten transparent wie ein Kristall, den man dem tauben Gestein entnimmt. Wenn man dieses Bild mit der Bibelszene in Verbindung bringt, so könnte man sagen, dass Petrus einen Kristall in ein Wort verwandelt hat. Er war inspiriert, ihn traf ein Geistesblitz oder er hatte eine Eingebung. In welcher „wissenschaftlichen Beschreibung“ soll man diese bildhaften Ausdrücke und die damit bezeichneten Phänomene auflösen? Offenbar lässt sich keine Ursache erkennen. Wir stehen da mit der Vorstellung, dass etwas „wie aus dem Nichts“ zutage tritt. Und wenn dieses Nichts unsichtbare und unbegreifliche „Fülle“ sein sollte? – Gott steckt in den verborgenen Falten unseres Seins? Wie sollen wir das wissen? Es gibt kein Wissen von Gott, keine „Gottesbeweise“. Wir können manchmal nur staunen und dankbar über unser Staunen sprechen. Und aus diesem ungeheuren Staunen schöpfte der Mensch Ehrfurcht und – religiös gesprochen – Gottesfurcht?

„Waren die alten Bergbauern, die einst über das Joch pilgerten, tatsächlich gottesfürchtige Menschen?“, fragte Larix zögernd.

„Ich glaube, das waren sie. Wie wären sie sonst auf die Idee dieser Bergwallfahrt gekommen?“, entgegnete Elyna.

16

In diesem Jahr wollten Elyna und Larix nicht wie sonst nach ihrem Dorfbesuch direkt heimfahren, sondern hatten einen Drei-Tage-Aufenthalt in Wien geplant. Mit den Jahren war der Gedanke entstanden, sich doch ein wenig mit dieser Stadt und überhaupt mit der großen Geschichte zu beschäftigen, in der die kleine Geschichte des Dorfes und des ganzen Lechtals über Jahrhunderte eingebettet war. Wien erschien ihnen als Gegenpol des Dorfes – die Welt und ihre Hinterwelt, deren Bewohner man in mancherlei Hinsicht als Eigenweltler betrachten konnte, so lang und locker gehalten war wohl die Leine, an der sie geführt wurden.

Im Dorf kam das Gespräch praktisch nie auf die große Geschichte. Die beiden stellten verwundert fest, dass sich mit Ausnahme von Fabio kein Mensch für diese Stadt oder das Habsburgerreich interessierte. Als die Musikkapelle noch spielte, hatte Larix einmal Marco gefragt, ob sie den „Radetzkymarsch" spielen könnten. Zu seinem Erstaunen waren Marco weder der Namensgeber noch dieser Marsch bekannt, vom gleichnamigen Roman des Joseph Roth ganz zu schweigen. Fabio hingegen nahm das Wort „Wien" mit bedeutungsschwerem Atemholen in den Mund. Eine große Klammer schien sich aufzutun, mit einem komplizierten Ausdruck, der sich nicht mit ein paar Worten fassen ließ. Manchmal tat er noch kund, indem er das Wienerische imitierte: „Ja, die Weana". Aber dabei ließ er es bewenden. Auch das Interesse für die große Politik der Gegenwart hielt sich in überschaubaren Grenzen. Man lebte in einer Demokratie, machte gewissenhaft seine Kreuzlein auf den Stimmzetteln – die allermeisten wohl immer an derselben Stelle. Man war konservativ, von den „Blauen" hielt man nichts und der Jäger hielt es als Arbeitnehmer mit den „Roten", obwohl er doch nicht einen Deut weniger konservativ eingestellt war als seine Mitbewohner. Von „Brüssel" war man nicht überzeugt und von den „Grünen" erwartete man wenig Gutes.

In der Denkpraxis erstreckte sich der politische Horizont bis zur eigenen Landeshauptstadt. Hinter Innsbruck und dem Landeshauptmann begannen die höheren Sphären der Macht, deren Horizonte sich wölbten und hinter der Krümmung lag in weiter Ferne Wien. Fabio hielt diese „Krümmung" für eine Machenschaft der Innsbrucker Machtzirkel, die das ferne

Wien mit „frisierten" Zustandsberichten fütterten, immer auf den eigenen Vorteil bedacht. Aus Fabio sprach der Außerferner. Larix glaubte, dass diese Leute sich für besondere Tiroler hielten. Die Alttiroler sollten eigentlich dankbar und froh sein, dass man sich dazu herbeigelassen hatte, Tiroler zu sein. Nicht, dass man separatistisch dachte. Nein, man war ganz im Gegenteil nicht unzufrieden mit der Vorstellung, von einem fernen Wien – je ferner, desto besser – regiert zu werden, und hatte ansonsten genug mit sich selbst und den eigenen Angelegenheiten zu tun. Und vom großdeutschen Anschluss-Leim der Nazis, auf den die Alten offenbar in einem Anfall völkisch-heimatlicher Umnachtung geraten waren, wollte man nun wirklich nichts mehr wissen. Schande über die Tiroler, die sich von dieser Idee hatten einseifen lassen und den „Anschluss" bejubelt hatten. Nein, man konnte keine Mittäterschaft auf sich nehmen, man sah sich hinter die Fichte geführt, konnte sich höchstens der eigenen dummen Verblendung bezichtigen. Wo hatten die Vorfahren nur ihren Kopf? Allerdings gab es da einen Lanzenstich, schwungvoll und willfährig ausgeführt von einem Tiroler Bauern, so jedenfalls lässt sich die Gestalt deuten. Zentrale Szene eines Freskos in der Theresienkirche auf der Hungerburg. Hoch zu Ross, mit dem breiten Rücken zum Betrachter, ein Schützenkompanie-Kommandant (oder gar der Landeskommandant?). Unter dem Gekreuzigten stehen recht locker zwei Herren im eleganten Anzug und den Rücken dem Erlöser zugewandt, offenbar Landespolitiker der neuen NS-Herrschaft, die sich mit einem Mantel und bäuerlichen Hut tragenden Mann unterhalten, der wiederum dem Betrachter den Rücken kehrt – vermutlich, um nicht gesehen und bloßgestellt zu werden. Der Stich hatte gesessen. Nicht wenige fühlten sich äußerst pikiert und bekämpften das Bild als böswillige „Nestbeschmutzung". So mochten sie sich ihre NS-Verstrickung bis tief ins fromme Bauernvolk hinein nicht vorstellen. Mit dem biblischen Verräter in einen symbolischen Topf geworfen? Sie, die Sachwalter des „heiligen Tirols". Doch es gab auch echte Widerstandskämpfer, was nicht unterschlagen werden sollte. Die allerdings mussten sich vor Denunzianten in den eigenen Reihen in Acht nehmen. Larix war sich ziemlich sicher, dass es im Dorf tatsächlich keinen überzeugten und erklärten Nazi gegeben hatte. Die Älteren bestätigten dies auf überzeugende Weise. Für das Nachbardorf hingegen mochten sie die Hand nicht ins Feuer legen. Jedenfalls war man von diesen bösen Geistern verschont geblieben und hatte selbst keine hervorgebracht. Widerstandskämpfer waren aus ihren Reihen allerdings auch nicht hervorgegangen – dazu reichte offenbar das politische Bewusstsein nicht. Man hatte sich seinen Teil gedacht und war abermals mitgelaufen – wie so oft, wenn am großen Rad der Geschichte gedreht wurde und man glücklicherweise nicht unter die Räder geriet. Larix äußerte in einem Gespräch mit Elyna den Gedanken, dass die Lechtaler mit dem ideologischen Rassenmüll der Nazis gar nichts anfangen konnten, weil als Voraussetzung eine bürgerliche Hirnverseuchung angesetzt werden muss, die es in Ermangelung bürgerlicher Kultur im Lechtal gar nicht gegeben hatte. Die Pfaffen mochten vielleicht einen gewissen religiös verbrämten Antijudaismus kultiviert haben. Aber der satanische Geist von Auschwitz war für diese Menschen unvorstellbar.

Vor Jahren hatten die beiden vorübergehend zwei Tage bei der alten Agnes übernachtet. Und sie entdeckten in einer Ecke ihres einzigen Gästezimmers passend zur uralten Holztäfelung und dem Dämmerlicht das bekannte Staatsporträt von Franz-Joseph I. Der alte Kaiser hatte doch glatt den Untergang seines Reiches in ihrem Gemäuer überdauert wie alter Plunder auf einem Dachspeicher. Da blickten sie nun perplex auf den sorgfältig stilisierten kaiserlichen Kopf. Ihr Blick haftete an den wasserhellen Augen, deren Blick sich in den fernen Räumen seines Reiches zu verlieren schien. Was auf dem Schädel nicht mehr sprießte, wuchs als perfekt frisierte, das erhabene Kinn freilassende Backenfittiche, die von einem kräftigen Oberlippenbart verbunden und zugleich überhöht wurden. Und wieder dieser ins Unendliche streuende Blick seiner Majestät. Vielleicht hatte dieses Bild ja eine hypnotische Wirkung bei seiner Majestät Untertanen erzeugt. Hatten sie nicht am Bergisel sein Denkmal bewundert? Der Kaiser in der Uniform seiner Armee, ganz Oberbefehlshaber, die linke Hand am Degen, in der rechten Hand einen Feldstecher, dieser stechende Habsburger Blick, einem Adler gleich spähend, wo er noch ein Volk dem allerchristlichen Habsburger Machtbereich zuführen konnte oder einen Feind zurückweisen musste. Ging doch zeitweise im Reich des mächtigsten aller Habsburger die Sonne nicht unter. Allerdings nahm die Zahl der Feinde nicht ab. Im Gegenteil vermehrten sie sich innerhalb und außerhalb des Riesenreiches wie die Kaninchen. Schließlich plagten den Herrscher nicht nur seine Quälgeister, namentlich der französische König Franz I. sowie die protestantischen Reichsstände, sondern auch die Gicht. Er dankte ab und bereitete sich in den letzten beiden mühseligen Jahren seines Lebens in einem abgeschiedenen Kloster auf seinen christlichen Tod vor. Dieses Reich war so heterogen und voller Fliehkräfte, dass es sich mit den damaligen zur Verfügung stehenden Universalkräften nicht zusammenhalten ließ. Mit Tirol hatte Karl V. insofern zu tun, als er sich bei Jakob Fugger eine für die damalige Zeit kolossale Geldsumme borgte, die er als Wahlgeld benötigte, um sämtliche Mitbewerber auszustechen und als römisch-deutscher König gewählt zu werden. Zur Tilgung wurde den Fuggern die Tiroler Silber- und Kupferproduktion übereignet, darunter das ergiebige Silberbergwerk von Schwaz.

Im Unterschied zum Reich mit seinen religiös verbrämten Machtkämpfen hielten sich die Habsburger mit der siegreichen Schlacht am Weißen Berg die Reformation erfolgreich vom Leib. Der Jesuitenorden war die geistige Speerspitze der nicht minder erfolgreichen Gegenreformation. Habsburg und der Hochadel blieben katholisch im Gegensatz zum gespaltenen Reich, das der Dreißigjährige Krieg verwüsten sollte. 1697 schlug Prinz Eugen – der berühmte edle Ritter – die Osmanen entscheidend bei Zenta und das Habsburger Reich hatte seine Stellung als europäische Großmacht erlangt. Während die Habsburger sich selbst zu Dienern Gottes und speziell der Jungfrau Maria stilisierten, machten sie sich den Klerus dienstbar, der seine Aufgaben zugewiesen bekam: Lehret das Volk die Gottesfurcht und weist die Menschen bei der Gelegenheit ganz im Sinne des heiligen Paulus auf die weltliche Obrigkeit als im Auftrag Gottes herrschende Macht hin. Und so geschah es. Das Gott-mit-uns-Gen entfaltete seine Wirkung. Gott war mit dem Kaiser – ein spätes Remake jenes „in hoc signo vinces" – und eben nicht mehr mit dem Reich. Endgültig besiegelt wurde die Trennung von der alten Reichsidee 1848 im Zusammenhang mit der gescheiterten Reichsgründung und dem Rückzug Österreichs aus dem politischen Bestreben nach einem deutschen Einheitsstaat. Zuvor hatte man schon 1806 unter dem Druck Napoleons die Krone des „Heiligen Römischen Reiches" niedergelegt. Der historische Zug fuhr daraufhin in Richtung „kleindeutsche Lösung" ab, die später in der preußischen Reichsgründung von 1871 ihren Abschluss fand. Im eigenen Reich hingegen knüpfte man noch eine

Weile am Vielvölkerteppich weiter. Offenbar lag dies in den Machtgenen der Habsburger.

***

Sie waren am Morgen bei bedecktem Himmel im Dorf losgefahren, hatten kurz auf dem in Nebelfetzen gehüllten Hahntenne angehalten. An verschiedenen Stellen leuchteten die sich ständig verschiebenden Dampfwolken auf und die Sonne schickte ein paar Lichtflecken auf die von Latschengruppen bestandenen Grashänge und Felsen weiter oben. Im lichten Morgennebel gehüllt grasten friedlich Renas Kühe und das Läuten ihrer Glocken klang gedämpft wie aus weiter Ferne. Sie fuhren nach Imst hinunter, wo sie noch einmal kurz vor der Autobahn volltankten. Anschließend wechselten sie auf die Inntalautobahn, die sie zügig nach Innsbruck brachte. Danach ging es durchs Unterinntal kurz über die Grenze Richtung Rosenheim, am Chiemsee vorbei über die A 8 nach Salzburg – hohe Lärmschutzwände, von der Stadt nichts zu sehen, sie nahmen sich vor, doch mal die berühmte Stadt zu besuchen. Mozarts Requiem fanden sie beeindruckend, die Aufführung mit den Wiener Philharmonikern unter der Leitung von Karl Böhm in der Wiener Piaristenkirche äußerst gelungen, was sicher auch an den Solisten lag. Am Mondsee rasteten sie ausgiebig und würdigten die romantische Landschaft. Schließlich gelangten sie südlich von Linz auf die A 1.

Melk rückte näher und wuchtig erhob sich auf seinem Felsen das Stift Melk mit seiner langgestreckten, dreistöckigen Rückseite. Selbst diese Fassade des weiß-ockerfarbenen Riesengebäudes wirkte imposant. Nun, Benediktiner waren im erfolgreichen Mehren irdischer Güter nicht ungeschickt. Ihre Besuche in Ettal hatten Elyna und Larix einen gewissen Eindruck verschafft. Stift Melk hingegen spiegelte die Nähe zu einer weitaus größeren Macht. Ja, die Kirche spielte eine zentrale Stützrolle im einstigen Habsburgerreich. Daran sollte auch der aufgeklärte Absolutismus des Kaisers Joseph II. letztlich nicht rütteln. Sie sorgte für die flächendeckende Unterfütterung des Gottesgnadentums über alle sozialen und Völkergrenzen des Reiches hinweg bis ins letzte Dorf. Der heilige Paulus hätte gewiss seine helle Freude an dieser sehr reinen Umsetzung seines religiös begründeten Obrigkeitsprinzips gehabt.

Melk war dem Blickfeld der beiden Wien-Fahrer entschwunden. Es ging ins Mostviertel und auf St. Pölten zu. Die Donau floss im Norden, man würde in Wien wieder auf sie treffen. Draußen glitt die niederösterreichische Landschaft an ihnen vorbei, sanfte Hügel, Felder, Wälder, kleine Ortschaften und Städte, so gar nicht mit dem Bild des hochalpinen Tirols vergleichbar, wo die Felsmassive alles zu dominieren schienen und Landschaften auf engstem Raum zusammenschoben. Der Verkehr auf der Autobahn war mäßig. Sie lagen im Zeitplan, sogar darunter. Gut durchgekommen sei man bisher, allerdings müsse man noch ein gutes Stück durch die Stadt bis zum Alsergrund und man werde im Feierabendverkehr landen. So kam es denn auch und der Lerchenfelder Gürtel wurde zum Geduldsspiel. Von einem Viaduktbogen zum anderen ging es mühsam Stop-and-Go voran. Wie praktisch doch in dieser Situation ein Automatikgetriebe sei, tröstete man sich. Außerdem nutzten sie das Schneckentempo, um sich aufmerksam umzuschauen. Auf drei Spuren schob man sich weiter. Dazu links auf ihrem Viadukt die Stadtbahn, während auf der rechten Straßenseite sich mehrstöckige unscheinbare Wohnhäuser älteren Datums aneinanderreihten. Graffitis an manchen Hauswänden und kleine Geschäfte sowie Werkstätten zeugten von einer eher einfachen Wohnbevölkerung. Die Gebäude waren teilweise in einem nicht gerade gepflegten Zustand.

Das Wetter war kontinuierlich besser geworden und im Laufe des Nachmittags zeigte sich der Spätsommer von seiner angenehmsten Seite. Schließlich gelangte man über die Alser Straße und die Maria-Theresien-Straße zum Hotel. Ein freundlicher Anwohner half ihnen in einer Nebenstraße spontan beim Einparken in eine Parklücke und informierte sie, dass am Wochenende keine Politessen zu befürchten seien. Ein wenig verwunderte sie dieser erste liebenswürdige Kontakt mit einem Eingeborenen. Nachdem sie das Gepäck hochgetragen und ihr Zimmer bezogen hatten, brachten sie ihren Wagen in die P&R Garage Spittelau. Sie gerieten auf die gegenüberliegende Seite des Donaukanals und fürchteten schon, sich verfahren zu haben. Larix hielt an und versuchte, sich zu orientieren. Ein junger Mann trat auf ihn zu und fragte ihn, ob er ihm helfen könne. Natürlich konnte er das und er wies ihm genau den Weg. Larix hatte das Gefühl, dass der hilfsbereite Fremde ein eingeborener Muslim sein musste.

In der P&R Garage konnte das Auto preiswert bis zur Abfahrt am Sonntag stehen bleiben. Ein freundlicher Angestellter hatte ihnen geduldig den Parkautomaten und die spätere Ausfahrt erklärt. Sie fragten sich, ob die Freundlichkeit, die sie mittlerweile zum dritten Mal in Folge erfuhren, von den Einheimischen ganz anders wahrgenommen wurde – nämlich als gänzlich normal. Wie dem auch sei, lieber eine freundlich-entspannte soziale Normalität als eine mit Abweisung, Ungeduld und Aggressivität gespickte. In der Stadt selbst bewegten sie sich bis zum Zeitpunkt ihrer Abfahrt zu Fuß, mit öffentlichen Verkehrsmitteln oder auf dem Fahrrad.

***

Ein Abend und zwei volle Tage standen ihnen zur Verfügung, um sich erste Eindrücke von dieser außergewöhnlichen Stadt zu verschaffen. Im Internet hatten sie sich eine City Card besorgt, um alle öffentlichen Verkehrsmittel beliebig zu nutzen. Gebucht waren ein Besuch der Spanischen Hofreitschule sowie ein Theaterstück im Burgtheater – eine Goldoni-Komödie. Schloss Schönbrunn mit fachkundiger Führung durfte natürlich nicht fehlen. Darauf hatte Elyna bestanden, denn sie betrieb ausgiebige Sissi-Forschungen und durchforstete die Stammbäume der erlauchten Sippschaften. Das übliche Kurzprogramm mit gewissen Highlights, die man einfach nicht auslassen konnte, obwohl sie millionenfach überlaufen waren. Ein spezielles Feeling versprachen sie sich von einer Radtour nach Klosterneuburg – Wien sozusagen hautnah. Ein kleiner Spaziergang über den Naschmarkt stand auf dem Programm und da war noch die Strudlhofstiege, die Larix unbedingt aufsuchen wollte – was mit von Doderers gleichnamigen Roman zusammenhing, den er sehr schätzte. Wenn das Schöne von allen Dingen leider die kleinste Dauer besitzt, so sollen wenigstens die bemooste Vase, die wunderschöne Treppenanlage und die anmutigen Verse des Dichters dauerhafte Zeugen des ach so flüchtigen Schönen sein. So bleibt die Hoffnung lebendig, dass das Schöne wachgehalten wird und nie gänzlich aus der Welt verschwindet.

Nachdem sie ihren Wagen abgestellt hatten, liefen sie zur Stadtbahnhaltestelle Friedensbrücke und fuhren bis zum Schwedenplatz. Dort reihten sie sich ein in die Herde der Touristen und jungen Leute und bewegten sich gemächlich in Richtung Innere Stadt. Allerdings hieß es, zuvor einen

LGBT-Demonstrationszug vorbeizulassen. Eine Art bunter Festwagen bildete den Mittelpunkt des lärmenden Aufzugs. Elyna meinte, der könne auch auf dem Kölner Karnevalszug mitfahren. Larix entgegnete, es sei ein dickes Kulturbrett, das da gesägt werde. So weit das historische Auge reiche, habe eine stramme auf Heterosexualität basierende Sozialisierung der Menschen geherrscht und an der werde eifrig gesägt.

An der Ecke Rotenturmstraße besorgten sie sich einen Hamburger mit Pommes und nahmen genüsslich den Stephansdom in Angriff. Da stand er also mit seinem recht bescheidenen Vorplatz und eingerahmt von mehrstöckigen Häusern, von denen er kaum mehr als eine Straßenbreite getrennt war. Die vier Türme – der Nordturm war unvollendet geblieben und trug eine grün oxidierte Kupferhaube – schienen irgendwie nicht zusammenzugehören. Das extrem spitze Dach war zwar mit wunderschönen farbigen Ziegeln im Zickzack- und Rautenmuster gedeckt, doch waren die Dachflächen auf der Nordseite des Langschiffs seltsam unterbrochen. Der ganze Baukörper besaß eine komplizierte Winkligkeit, die nicht dem Hirn eines einzigen Architekten entsprungen sein konnte, sondern eher das unvorhergesehene Ergebnis einander widerstrebender Konzeptionen war. Der im Vergleich zum Baukörper des Doms überdimensioniert wirkende Südturm, an dem sich unterschiedliche Baumeister mehr oder weniger erfolgreich versucht hatten, wurde erst gegen Ende des 15. Jahrhunderts vollendet. Vielleicht passte das Bauwerk zur Vielfalt der Völker und der letztlich unvereinbaren Kulturen des einstigen Reiches. Sie warfen einen kurzen Blick ins Innere und empfanden so etwas wie Enge, aber eher gemütlich wie in einer größeren Pfarrkirche. Dagegen wirkte der Innenraum des Kölner Doms wie ein riesiger und kalter Wartesaal Gottes.

Sie wanderten den Graben entlang und durch die Habsburger Gasse hinüber zur Hofburg. Die Fiaker waren schon verschwunden, aber es roch trotz aller Reinigungsbemühungen unverwechselbar nach Pferdeäpfeln. Nun, das mochte zu Habsburger Zeiten nicht anders gewesen sein, denn der hufeklappernde Parteiverkehr rund um diesen weitläufigen Regierungs- und Verwaltungssitz muss beträchtlich gewesen sein. Hier also liefen einst die Fäden des Riesenreiches zusammen, in dieser wuchtigen Büro- und Verwaltungsstadt. Und ein winziges Fädchen unter Myriaden, so dünn und unsichtbar, aber zugleich elastisch wie der Faden eines Spinnennetzes, musste sich bis ins Tal gesponnen haben, wobei kaum anzunehmen war, dass jemals ein Herrscher den Namen Pfafflar gehört hätte. Die heutigen Regierenden sind dem Standort treu geblieben und benutzen einige Räumlichkeiten der Burg. In der Hofburg selbst waltet heute der österreichische Bundespräsident seines Amtes. Am geschichtsträchtigen Ballhausplatz hat der Bundeskanzler seinen Dienstsitz. Vor ihm amtierten hier seit Maria Theresias Zeiten einflussreiche Staatsmänner, angefangen beim Fürsten Kaunitz. Später betrieb hier der illustre Fürst Metternich die Außenpolitik des Reiches und organisierte in diesem Gebäude den für die europäische Restauration maßgeblichen Wiener Kongress. Es folgten die Außenminister bis zum Ende des Ersten Weltkriegs und der Monarchie.

Auch hier war in den großen politischen Überlegungen von Pfafflar gewiss nie die Rede, was zur Ignoranz der Dorfbewohner passte. Diese begnügten sich nämlich damit, regiert zu werden, was sie keineswegs inkommodierte, solange sie von den Regierenden nicht bei ihrem kleinen Wirtschaften gestört wurden. Nur einmal herrschte eine gewisse kriegerische Stimmung im Land. Aber dann wurde Andreas Hofer auch schon in Mantua von einem französischen Exekutionskommando erschossen und erwies sich vorzüglich dazu geeignet, als untertäniger Freiheitsheld glorifiziert zu werden. Er selbst wollte es gewiss nicht mit dem heiligen Paulus verderben. Sein Kampfgefährte und geistlicher Berater Haspinger achtete darauf, dass Politik und Frömmigkeit auf gemeinsamer Linie blieben.

***

Es waren eigentlich drei Romane, die Larix auf die Spur vom „alten" Wien gesetzt und diese Stadt auf besondere Weise in sein Bewusstsein gerückt hatten. Während im *Radetzkymarsch* die Armee als wesentliche und gegen Ende brüchige Stütze der Machtausübung beschrieben wurde, zeichneten in der *Strudlhofstiege* zahllose gesellschaftliche Pastelle mit all ihren subtilen Nuancen die „höhere" Gesellschaft während der Endzeit und Nachzeit jener Monarchie. Und da war schließlich die literarische Krönung, Musils *Mann ohne Eigenschaften*, mit seiner Faszination Kakaniens: Der Habsburger Verwaltungsstaat, getragen von einer nonchalanten Mitmachgesellschaft, die sich im geschäftigen Reigen auf den Untergang dieser bis zuletzt dank ihres Gottesgnadentums als „unsinkbar" geltenden

Monarchie zubewegt. In allen Fällen hatten die Autoren versucht, die Bestandteile eines Riesenkulturkuchens zu analysieren, um seiner geheimen gesellschaftlichen Rezeptur auf die Spur zu kommen.

Habsburg war alles andere als eine harmlose Sachertorte, sondern ein ausgeklügeltes Herrschaftssystem mit allen nur denkbaren Abgründen, Elendsquartieren und Bleikammern sorgfältig verborgener Repression. Allerdings war die Staatsmacht nie zur nackten Diktatur mutiert und als offenbare Willkürherrschaft weniger Machthaber aufgetreten. Die Zentralmacht hatte die recht erfolgreiche Gabe besessen, den Untertanen ein gewisses Maß an Autonomie zu überlassen, sie erforderlichenfalls gegeneinander auszuspielen und gefährliche politische Bewusstwerdung zu unterbinden. Gewiss gehörte es auch zum Verwaltungsgenie, das Riesenreich an der Basis in einem Gewirr von unzähligen Kleingemeinden aufzulösen. Auf dieser Ebene konnten sich die Menschen mit ihren unmittelbaren Belangen selbst beschäftigen. Bis auf den heutigen Tag besitzt das kleine Österreich über zweitausend Gemeinden. Was mochten ein Tiroler und ein Ruthene der einstigen Bukowina gemein haben? Gewiss lebten sie gemeinsam in einem „Reich". Wie dieses „Reich" sie jedoch untereinander verknüpfte, verwaltete, mit ihnen wirtschaftete, Politik machte und daraus seine Existenz und seine europäische Machtstellung zog, war ihnen wohl vollkommen schleierhaft. Lange waren sie es gewohnt, regiert zu werden und sich als Untertanen einer fernen Obrigkeit wohlzufühlen. Die großen und kleinen Agenten vor Ort wurden akzeptiert, so jedenfalls schien es Larix. Gemeinsam war ihnen ihr kleines Familiendasein, ihre Religion und ihre Dorfgemeinschaft. Und das Bürgertum der unzähligen kleinen und großen Provinzstädte, fragten sich die beiden. Das musste wohl vom massiven Adel- und Großbürgerriesen Wien dermaßen „erdrückt" worden sein, dass es aus eigener Kraft auf keine politischen Gedanken und verändernde Dynamik kam. Es bedurfte des Wiener Aufstandes 1848, um neues politisches Bewusstsein zu entfachen und mühsam unter vielen Rückschlägen flächendeckend voranzubringen. Aber mochten die Untertanen wenig oder gar nichts voneinander wissen, so kannten sich die Herrschenden im Wiener Serail umso besser. Sie kommunizierten lange in der Habsburger Machtidee. Habsburg hatte von allen möglichen universalen Reichsideen das Gottesgnadentum gewählt, offenbar ein gut erhaltenes Erbstück der mittelalterlichen Reichsidee der Karolinger, die von den Menschen jahrhundertelang als Machtlegitimation akzeptiert wurde. Außerdem hatte diese christliche Staatsidee ihr geistiges Rückgrat im Kampf gegen die osmanischen Invasoren gestählt, was ihre Daseinsberechtigung untermauerte. Wie einst in Spanien wurden die hegemonialen Machtkämpfe in Südosteuropa als Verteidigung der Christenheit stilisiert und zum Unterpfand Habsburger Machtausübung.

Auf der Grundlage dieser katholisch und apostolisch unterlegten Staatsräson war ein mächtiger Militär- und Verwaltungsapparat gewachsen, der lange auf der Höhe der Zeit war und die gesellschaftlichen Entwicklungen kontrollierte, um schließlich dennoch als „Kakanien" zu verenden. Doch das Gott-mit-uns-Gen musste über mehrere Jahrhunderte eine beachtliche staatstragende Wirkung „nach innen", in die Gesellschaft hinein, entfaltet haben.

Man beherrschte die hohe Kunst, unterschiedliche Interessen, ja unterschiedliche Sprachen und Kulturen, zu einem sinnvollen Ausgleich und respektvollen, vielleicht vertrauensvollen Miteinander zu führen. Und der Glaube an diese wundersame Metropolfunktion Wiens muss groß gewesen sein – bis seine Staatsmühlen schließlich gewissermaßen im Leerlauf drehten, d. h. immer weniger mit den realen Zuständen des Reiches gefüttert wurden und diese sinnvoll verarbeiten konnten. Im Gegenzug bauten sich die Nationalismen auf und zerlegten das Reich von innen, bis schließlich die Niederlagen auf den Schlachtfeldern des Ersten Weltkriegs die endgültige Bestätigung brachten. Damals war der Nationalismus noch eine bürgerliche Emanzipation von der alten Reichsidee mit Königen und Kaisern.

Zugleich – und das war vielleicht das Besondere am alten Wien und sollte das alte Reich überdauern – hatte sich eine entsprechende gesellschaftliche Struktur herausgebildet. Nicht nur die Mächtigen des Reiches kommunizierten in Wien miteinander und schlugen dort ihre „Palais" auf, sondern auch ihr Tross, ihre „Fußvölker" gewissermaßen. Von diesem bunten „Volk" blieben viele in Wien, schlugen Daseinswurzeln und erhielten Nachzug aus den Kronländern oder Ungarn. Das alte Wien muss ein Ort gewesen sein, an dem Vertreter verschiedener Kulturen nicht nur mehr oder weniger nebeneinander lebten, sondern wo Menschen auch tatsächlich die eine oder andere Besonderheit ihrer Kulturen einbringen konnten. – Döner oder gebratene Maroni? – Na ja, Döner und Maroni brauchte es sicher auch. Aber auch unzählige dienstbare und aufstrebende Geister auf allen Ebenen dieses expandierenden Zentrums eines Imperiums. In Wien lockten kleine und große Karrieren aller Art – in Verwaltung, Wirtschaft, Kunst. Viele dienten allerdings auch als Arbeitssklaven im Zeitalter der Industriellen Revolution. Wer heute vom Baustoffkonzern Wienerberger hört, denkt nicht unbedingt an Tausende unter elenden Bedingungen schuftender Ziegelschläger, Männer und Frauen, die Millionen Ziegel herstellten für die großen Bauprojekte in der Gründerzeit des 19. Jahrhunderts bis zum Börsenkrach.

Die Dichte, die Verdichtung vieler unterschiedlicher menschlicher Aktivitäten, ist ein wesentliches Merkmal einer Metropole. Der aufstrebende bürgerliche Geist war ein Metropolgeist. Und eben die Hoffnung, dass die Metropole etwas in jeglicher Hinsicht und nicht zuletzt in wirtschaftlicher Hinsicht „Höherwertiges" gebacken bekomme – zum Wohle aller, die an sie glauben, d. h. ihre Glaubens- und Staatsgemeinde bilden. Ja, hier wurden – nicht anders als im Dorf – Gleichgewichte geschaffen und am Ende wieder umgestoßen – nicht zwischen Menschen und Natur, sondern zwischen Menschengruppen und ihren jeweiligen Interessen und Macht. Was dem Habsburger Reich schließlich die Zukunft nahm, war seine ständische, auf Privilegien bauende Kultur mit ihrem verknöcherten Denken, die sich immer stärker als fortschritts- und ausgleichshemmend erwies. Diese zerfallende Kultur provozierte den antiständischen, die Emanzipation bündelnden nationalistischen Geist im Bürgertum und kam mit ihm nicht mehr zurecht. Dieser Geist wurde als „Aufruhr" bekämpft, als er die einfachen Untertanen, die Kleinbürger, Arbeiter und Dienstboten, erfasste und auf die Straße trieb. Die Gleichgewichte verloren ihre Kraft. Schließlich fielen die Schüsse von Sarajewo, Startschüsse für das nahende Ende des Reiches, denn der gesamte Kontinent befand sich auf dem „nationalistischen Weg" – mit Ausnahme Russlands, das unter der Führung Lenins zur kommunistischen Sowjetunion aufstieg.

***

Der Ausflug nach Klosterneuburg stand auf dem Programm. Larix hatte sich im Internet kundig gemacht und seine Wahl war auf den Fahrradvermieter Citybike gefallen, der ein flächendeckendes Netz von Mietpunkten besaß, wo man Fahrräder mittels Kreditkarte freischalten konnte. Dies erschien ihm die einfachste und schnellste Lösung zu sein. Zwei Straßen vom Hotel entfernt befand sich ein derartiger Punkt und den steuerten die beiden nach dem Frühstück an. Tatsächlich gelang es Larix problemlos, mit seiner Kreditkarte ein Fahrrad freizuschalten. Doch als er sich frohgemut daran machte, das zweite Rad freizuschalten, gab es ein Problem. Der Automat weigerte sich, auf dieser Karte ein weiteres Rad freizugeben. Der Versuch, mit seiner Bankkarte an ein zweites Fahrrad zu kommen, blieb erfolglos. Ausländische Bankkarten wurden als Zahlungsmittel nicht angenommen. Was tun? Sie fragten einen Ladenbesitzer gleich nebenan, ob er vielleicht einen Fahrradverleih kennen würde. Der wusste zwar keinen Rat, trat aber vor die Tür und sprach zwei Servicemänner einer Hausverwaltung an, die zu Fuß unterwegs waren. Alle drei bemühten sich intensiv um eine Lösung. Der eine meinte, sie sollten es am Franz-Josef-Bahnhof versuchen. Dort gebe es einen Fahrradverleih der ÖBB. Wie sich später herausstellen sollte, stimmte die Information nicht mehr, denn dieser Service war eingestellt worden, vermutlich eben wegen der Citybike-Konkurrenz, die anfangs stark subventioniert worden war und auch im weiteren Verlauf Zuschüsse der Stadt erhielt. Anfangs wurden die Fahrräder sogar gratis zur Verfügung gestellt, aber – wie ihre Hotelrezeptionistin ihnen später erklärte – die Räder seien demoliert worden und manches sei sogar im Donaukanal gelandet. Schließlich erbot sich einer der beiden Servicemänner sogar, ihnen mit seiner eigenen Bankomatkarte ein zweites Fahrrad freizuschalten. Nein, das gehe wirklich nicht, lehnte Elyna das Angebot kategorisch ab. Später sagte sie zu Larix: „Weiß der Mann denn wirklich nicht, welche Risiken er da auf sich nimmt. Wir mögen vielleicht gutartig aussehen. Aber was ist, wenn wir das Rad länger nutzen, als wir ihm bar in die Hand drücken oder das Rad nicht zurückgeben? – Dann hätte er den Ärger. Aber vielleicht hat er ja wirklich unsere Gutartigkeit gespürt."

Ein hilfreicher Passant riet ihnen, sich am Hauptbahnhof eine Zweitkarte zu verschaffen. Was allerdings wiederum für Ausländer nicht möglich war, wie der Herr am Tourist-Infoschalter mitteilte. Auf die Frage, ob es denn andere Fahrradverleihe gebe, erteilte er die kategorische Auskunft – ein wenig wie der liebe Gott der Verwaltung, allwissend in allen öffentlichen Vorgängen dieser Stadt: Nein, es gebe sonst keine Fahrräder mehr zum Verleihen. Vielleicht hatte der Mann ja die Instruktion, nur noch den Citybike-Verleih zu nennen, der ja schließlich auch aus der Stadtkasse massiv subventioniert wurde.

Fast wollten sie schon aufgeben, als sie gegen Mittag dank einer neuerlichen Empfehlung doch einen unscheinbaren Verleih am Franz-Josefs-Kai fanden. Sie erzählten der jungen Dame ihre Odyssee, erhielten zwei nagelneue Fahrräder – die besten, die wir gerade haben – und orderten den preiswerten Vier-Stunden-Tarif.

„Selbstverständlich machen Sie Klosterneuburg und die Rollfähre und die Donauinsel zwischen alter und neuer Donau und noch viel mehr, denn – passens auf – der Laden ist bis 19 Uhr geöffnet, nach 16 Uhr verleihe ich ohnehin keine Räder mehr. Wenn Sie die Räder vor Ladenschluss zurückbringen, passt es auch. Und viel Vergnügen."

Der Kollege, der bisher amüsiert zugehört hatte, richtete ihnen die Sattelhöhe ein und wünschte ihnen einen schönen Ausflug. Bis auf das letzte Stück zum Kloster empor hätten sie keine Steigungen zu bewältigen. Sie schwangen sich vergnügt auf die Räder und machten sich auf den Weg.

Die Räder rollten schier von allein und man konnte ohne Übertreibung sagen, dass die beiden jeden Meter genossen. Richtig selig radelten sie durch diese Welt, am Donaukanal entlang bis zur Nussdorfer Schleuse. Sie sahen das Wehr und warfen einen Blick in die kleine Schleusenkammer, deren Tor auf der Kanalseite geöffnet war. Sie wunderten sich über die beachtliche Tiefe des Wasserspiegels der zur Donau hin geschlossenen Schleuse. Bis zum Praterspitz unterhalb der Stadt, wo der Donaukanal wieder in den Hauptstrom einmündet, beträgt das Gefälle der Donau auf einer Strecke von knapp siebzehn Kilometern sieben Meter.

Sie erreichten das Stift Klosterneuburg, wo sie Station machten. Für eine Besichtigung des Innern war die Zeit zu knapp. So spazierten sie in der weitläufigen Anlage umher und betraten die Stiftskirche. Leider trennte ein Gitter den Kirchenraum vom Vorraum und sie erhaschten nur einen summarischen Blick in den prunkvollen Innenraum – ein Eldorado der Barockisierer, Renovierer, Restaurierer und Umgestalter dieses „Theatrum sanctum". Solch ein Kloster oder Stift hatte doch auch viel Gutes gestiftet. Die Chorherren unter der Leitung ihres rührigen Propstes keltern hervorragende Weine in Weiß und Rot und nehmen auch mal Falstaff-Urkunden entgegen. Der rubinrote St. Laurent, eine aromatische Sorte der Burgunderfamilie, hat es in sich und schafft regelmäßig den Sprung aufs Stockerl der Weinkennerszene. So verwandelt sich das Märtyrerblut in roten Wein. Ein Wunder der besonderen Art, eine wundersame Rückumwandlung. Außerdem ist man feingeistig und übt sich als Mäzen der Kulturschaffenden. Das ist eine alte Tradition. Und man verfügt über reichlich Grundbesitz, den man langfristig verpachtet. Ebenfalls nicht zu vergessen: Man hütet seit 1616 den Österreichischen Erzherzogshut – die heilige Leopoldskrone – mitsamt dem Grab des hl. Leopold.

Geistig denkt die Kirche in Ewigkeiten, betet sich immer weiter von Ewigkeit zu Ewigkeit. Weltlich hingegen in Jahrhunderten. Die Erbpacht ist ein schönes Beispiel. Dahinter stecken noch die alten Erblehen, denen Elyna und Larix begegnet waren, als sie sich mit der Geschichte von Madau beschäftigten. Man ist Großgrundbesitzer und die Orden bilden auch heute noch die größte Gruppe der Grundbesitzer des Landes. Und schließlich kommt auch in Klosterneuburg der liebe Gott nicht zu kurz. An jedem Sonntag, Hochfest und Feiertag liest man ihm zu Ehren drei Messen, dazu Maiandachten, Rosenkranzandachten, Stundengebete und Anbetungen. Obendrein kostenpflichtige Anlassfeiern (in Form von obligatorischen Spenden und Zuwendungen) wie Taufen, Trauungen, Beerdigungsämter, diverse Jubiläen, Patronatsfeste verschiedener Vereinigungen usw. Sie waren voller Bewunderung für die Tüchtigkeit der Kirche im rechten Umgang mit dem ungerechten Mammon und den jeweiligen Gesellschaften und Herrschern.

Weiter ging es zur Rollfähre Korneuburg, die sie auf das andere Donauufer übersetzte. Am Einlaufwerk Langenzersdorf wechselten sie auf die lang gezogene Donauinsel zwischen dem künstlichen Arm der Neuen Donau und der Donau. Auf der grünen Inselzunge fuhren sie bis zum Steinitzsteg. Es gab kaum Schiffsverkehr auf der Donau. Ein einziges Frachtschiff hatten sie gesehen, kein Vergleich mit dem Betrieb, der auf dem Rhein herrschte. Gemächlich gelangten sie schließlich auf der Brigittenauer Seite des Donaukanals zurück zur Schwedenbrücke. Gegen halb sieben erreichten sie wieder den Fahrradverleih und bedankten sich überschwänglich. Die Tour sei wunderschön gewesen, auch dank der guten Räder. Und sie boten an, ein paar Prospekte mit in ihr Hotel zu nehmen. Ein Vorschlag, der gern angenommen wurde. Die junge Frau stellte ein Päckchen mit Prospekten zusammen und gab es ihnen mit.

***

Sie ließen sich von der historischen Straßenbahn gemütlich über den Ring fahren und nahmen rechts und links die Parade ab: Universität, Rathaus, Burgtheater, Volksgarten, Parlament, Naturhistorisches Museum, Heldenplatz – Erzherzog Karl, der Sieger von Aspern, auf aufspringendem Ross. Die Einweihung des Standbildes verschob man wegen der Niederlagen bei Magenta und Solferino. Prinz Eugen, der Türkenbezwinger, auf aufspringendem Ross. Die Schlacht von Königsgrätz sollte im Jahr nach der Einweihung in die Hose gehen. Adolf Hitler, auf einer erhöhten (wieder abgebauten) Tribüne über den beiden Reitern stehend und mit gekonntem Stirnscheitelunterschwang gestikulierend, seine rasenden Tiraden punktierend. Irgendwie war in diesem Platz der historische Wurm drin. Da fuhren die beiden doch gleich weiter, Kunsthistorisches Museum rechts, Burggarten links mit Mozartdenkmal. Kaiser-Franz-Josef-Denkmal mit Befehlshaberstab nicht gesehen, da Seine Majestät denkmalhaft schon am Bergisel wahrgenommen, allerdings mit Fernglas, sozusagen in Beobachterpose an der nordwestlichen Grenze des Reiches.

Aussteigen an der Haltestelle Burgring. Beschwingt am Mozart vorbeimarschiert und andächtig am monumentalen Goethe vorbei, dessen von großen Gedanken umwölkte Stirn (Wolken nicht abgebildet) vorzüglich zum Olympierhaupt passt. Die Augen der in einem breiten Lehnstuhl mit auf den Armlehnen ruhenden Armen leicht rückwärts in die Rückenlehne hineingegossenen Gestalt scheinen das Treiben auf dem Opernring skeptisch, vielleicht sogar missbilligend, zu mustern. Oder blickt der Herr hinüber in den Schillerpark, wo sein Kollege auf einem hohen Sockel stehend selbiges Treiben betrachtet, dramatische bürgerliche Freiheitsverse schmiedet oder zu seinem Kollegen hinüberblickt. Vielleicht macht er sich lyrische Gedanken zum Ring? Nun, Goethe ruhte bekanntermaßen gern auf einem bequemen Diwan – ob in Öl und auf Leinwand in der römischen Campagna – oder auf schweifenden west-östlichen Gedankenkissen. Schiller sortierte seine Gedanken vorzugsweise im Stehen. Passt scho!

So, jetzt kommt auch bald die Operngasse. In die müssen die beiden einbiegen, natürlich nicht ohne einen bewundernden Blick auf die Wiener Staatsoper geworfen zu haben. Für das neue Haus hatten die Erbauer nicht an Naturstein gespart. Im Volksmund fing sich der monumentale Rechteckbau den Namen „versunkene Kiste" ein, was sich aus dem leichten perspektivischen Knick ergab, als die Ring-Erbauer wenig später das Niveau der Straße vor der Oper um einen Meter anhoben. Offenbar war die eine Behörde nicht darüber informiert, was die andere plante.

Schon bewegten sie sich in Richtung Naschmarkt und gelangten in die Linke Wienzeile. Rechter Hand gab es die „Secession" zu bewundern. Der Volksmund kam mit dem Jugendstilgebäude nicht wirklich zurecht. Die Kuppel als goldfarbenes Blätterwerk gestaltet, wurde als „Krauthappel" interpretiert. Nun, besser Kunstkritiker mit zweifelhaften Analogiebildungen als überhaupt keine Vorstellung von Kunst nach dem Modell „Ist das Kunst oder kann das wech?" Außerdem ist der „Wiener Schmäh" seinerseits eine anerkannte sprachliche Kleinkunst.

So, da war er schon, der berühmte Naschmarkt. Vom ursprünglichen schlichten Bauernmarkt für Gemüse, Eier, Milch und Obst ist natürlich nur noch ein Wurmfortsatz im Bereich der Kettenbrücke übrig geblieben. Die Leute kaufen in Supermärkten ein. Die vielen festen Stände stehen unter Denkmalschutz und beherbergen heute Bistros, Feinkostläden mit unterschiedlichen Spezialitäten und kleine Lokale – etwas für Flaneure, Snobs und Touristen. Es überwiegen Touristen aus aller Welt. Die beiden bummelten durch die Alleen, wurden mehr vom Strom geschoben, stolperten über Falafel und allerlei exotische Früchte, Gemüse und Gewürze. Na, dachte Larix, eigentlich macht dieser Markt erst jetzt seinem Namen alle Ehre. Die Kundschaft des ursprünglichen Marktes besucht ein paar Bauernstände ganz am Ende. Dort kaufen vielleicht noch Hausfrauen ein, die tatsächlich regelmäßig am eigenen Herd kochen oder ihre Supermarkt-Lebensmittel mit Kräutern, Eiern oder frischem Obst und Gemüse anreichern. Aber der überwiegende Rest des Publikums kommt nicht auf den Naschmarkt, um die Einkaufstasche mit Kartoffeln und den eigenen Kochtopf mit Hausmannskost zu füllen. Nein, hier wird geschnuppert und genascht. Hier trifft man sich zu Plauderstündchen, hier duzen sich Wirt und Stammgäste und um sie her wälzen sich die Touristen. Und der

Naschmarkt wirkt wie eine große Multi-Kulti-Bühne. Essen und Trinken hält offenbar nicht nur Leib und Seele zusammen, sondern führt auch viele Menschen unterschiedlicher Kulturen zusammen. Allerdings sollte man schon beachten, von welchem Niveau die Rede ist. Denn in einem modernen Flüchtlingslager führt Essen und Trinken ebenfalls viele Menschen zusammen, vielleicht weniger in der Form sich sanft durch die Alleen des Naschmarktes bewegenden Mengen, sondern eher als geduldig wartende lange Schlangen, die sich stumm durch die Zeltalleen des Lagers ziehen. Ja, man kann sogar spielende Kinder beobachten, welche Elyna und Larix auf dem Naschmarkt nicht zu Gesicht bekamen.

***

Ihr Aufenthalt neigte sich dem Ende zu. Die Hofreitschule hatten sie absolviert. Bitte nicht klatschen und die Pferde scheu machen. Durch Schloss Schönbrunn waren sie geführt. Diverse Anekdoten waren registriert, beispielsweise aßen die Habsburger aus goldenen Tellern (vergoldet) – nicht etwa, um im Luxus zu schwelgen, sondern um Porzellanbruch erst gar nicht entstehen zu lassen. Also das Gold der umsichtigen Hausväterlichkeit. Oder wenn der Alte (sie hatten vergessen, welcher) bei Tisch Messer und Gabel aus der Hand legte, hatte diese Geste Signalcharakter und es wurde bei der versammelten Sippe eiskalt abserviert. Das Ölgemälde mit Franz I. Stephan und Maria Theresia im Kreis ihrer Lieben studiert. Alle Kinder besaßen die gleichen Eierköpfe (ein Habsburger Ei wie das andere) mit blasiertem Gesichtsausdruck, mit Ausnahme des Kleinsten in der Wiege, der eine Zipfelmütze trug. Larix dachte schmunzelnd an Xaver.

Goldoni hatten sie goutiert. Der Mann war lange genug Advokat gewesen, um die elenden Rechtshändel seiner Zeitgenossen nur noch in Commedia-dell'arte-Form bewältigen zu können. Das Burgtheater-Gemäuer blieb ihnen am heißen Abend der Vorstellung als enger und unangenehm stickiger Bau in Erinnerung. Eine nervige Platzanweiserin forderte überdies die Herren mehrfach und automatenhaft auf, ihr Sakko aus brandschutzpolizeilichen Gründen anzubehalten. Die Szenerie hatte das Zeug zu einem grotesken Bühnenstück. Vielleicht ein Einakter?

Nach der Vorstellung spazierten sie fast ein wenig wehmütig ein letztes Mal am Stephansdom vorbei, den Graben entlang, vorbei auch am Palais

Esterházy und dem uralten Schottenstift. An jedem Detail hätte sich ein historischer Vortrag entzünden und zu einem kulturbeflissenen Flächenbrand ausweiten können. Mehrfach sahen sich die beiden genötigt, die Kultur um sie her zu beschwichtigen: Ja, wir kommen wieder, versprochen, ganz bestimmt. Außerdem fehlte noch die „UNO-City" – die einstige Vielvölkerberufung hatte jetzt eine weltumspannende Dimension angenommen. Und es tagten in der Gegend die OPEC-Fürsten – auch die heutigen Mächtigen dieser Erde sollten sich in der Stadt wohlfühlen.

Weiter führte sie ihr Weg in Richtung Alsergrund. Häufiger tauchten Wahlkampfplakate des „blauen" Präsidentschaftsbewerbers auf. Die „Straße" hatte die Oberlippe des Kandidaten durchgehend mit einem „Hitlerbärtchen" garniert.

„An den Wienern werden sie sich die Zähne ausbeißen", meinte Larix, „die sind ‚rot' bis auf die Knochen."

„Vergleichbar mit den Berlinern", entgegnete Elyna, „die haben sogar ein Rotes Rathaus."

„Ja, aber die Wiener haben etwas Besseres. Die haben ‚rote Hütten' für eine beachtliche Zahl der Bewohner."

Und damit meinte er den riesigen Wohngebäudepark der Stadt. „Wiener Wohnen" heißt der Krake mit der Stadt als 100-prozentigen Eigentümerin. Über 200 000 Wohnungen befinden sich im direkten Besitz der Stadt, dazu ebenso viele in Besitz gemeinnütziger Genossenschaften mit öffentlicher Förderung. Fast zwei Drittel der Wiener leben in Sozialbauwohnungen und zahlen für in vielen Fällen ansehnliche Wohnungen günstige Mieten pro Quadratmeter. Wo gibt es Derartiges sonst noch? In München, Hamburg oder Berlin ganz gewiss nicht. Die Stadt hat es offenbar nicht nötig oder wird nicht dazu gezwungen, ihren riesigen, in vielen Jahrzehnten angehäuften Immobilienbesitz zu „privatisieren". Felix Vienna – möchte man sagen.

Fast zwangsläufig hat sich ein gediegener und gut funktionierender Filz etabliert, der alle Lebens- und Wirtschaftsbereiche erfasst. Das Gute in dieser Stadt wird von vielen guten Gründen gespeist. Das Gute hat also mit dem Gutgehen zu tun, sie gehören zusammen. Solange es gut geht, ist man instinktiv auf der Seite des Guten. Sozusagen das Leben in einem gutartigen Tumor. Ja, das alte Habsburgerreich zeigte sich lange als gutartiges Regime, bis es doch zur Bösartigkeit mutierte.

Schließlich reckte die Rossauer Kaserne ihre rot-weißen Türme und Zinnen in den Spätabendhimmel. Nun war ihr Hotel nicht mehr weit, im Alsergrund, dort, wo auch die Strudlhofstiege lag, die sie besucht und bewundert hatten. Diese Jugendstilanlage hatte sie beeindruckt und sie glaubten dem illustren Autor aufs Wort: Wenn die Blätter auf den Stufen liegen/herbstlich atmet aus den alten Stiegen/was vor Zeiten über sie gegangen – rezitierte Larix und suchte nach einer angemessenen Würdigung dieser elegischen Anfangszeilen. Ja, die fallenden Blätter – oder waren es schon die Manuskriptblätter des Autors? – schienen sich in den steinernen Stufen der Stiege förmlich zu betten und aus ihrer Verbindung stieg ein Duft empor, fast wie ein Atem, ein Hauch. Und dieser Atem erzählte den Gang der Menschen und der Dinge, der vorüber war, wenn er die letzte Stufe verlassen hatte. Und sie dachten an die vielen Steige, auf denen sie schon gegangen waren – in den Gebirgen, während der Autor die unsichtbaren Gebirge durchwandert hatte, die seine Stadt im Laufe ihres Daseins aufgetürmt hatte und immer weiter türmte. Hoffentlich kommt am Ende kein Turmbau zu Babel dabei heraus.

Und die heutigen jungen Menschen, die sie sehr zahlreich an der Schwedenbrücke und auf den Kais zu beiden Seiten des Donaukanals gesehen hatten, welche Vergangenheit werde einst aus ihrer Gegenwart herausschauen? Werden sie überhaupt etwas mit einem langen Atem errichten, oder werden sie noch nicht aus dem Geröllfeld herausfinden und sich darin bewegen müssen wie einst die Israeliten vierzig Jahre lang in der Wüste?

Vielleicht bereiten sie sich schon das Ende ihrer Geschichte und es werden andere Menschen kommen, getrieben von neuen energischen Hoffnungen und Plänen, gewonnen aus harter Vergangenheit, Niederlagen und riesigen Verlusten.

Sie waren an ihrem Hotel angelangt. An der Rezeption saß die Besitzerin und sie baten um ihre Rechnung. Sie erzählten vom hilfsbereiten Fahrradverleih und boten die Prospekte zum Auslegen an. Ganz selbstverständlich wurde das Päckchen angenommen. Die Dame wurde gesprächig, beklagte die knappe Personaldecke und den mageren „Unternehmerlohn" der kleinen familiengeführten Hotelbetriebe. Es sei gerade noch auskömmlich, aber eigentlich grenze es schon an Selbstausbeutung. Elyna erzählte ihr, dass die Situation im Lechtal, wo sie seit vielen Jahren ihren Urlaub verbrachten, ähnlich sei. Die kleinen Familienbetriebe könnten nicht mehr mithalten. Heute sei „Wellness" für eine zahlungskräftige Klientel angesagt, mit Investitionen, die ein Familienunternehmen nicht mehr stemmen könne. Das gemeine Volk fliege in die Hotelburgen in Spanien oder in der Türkei – zu Discountpreisen, wie es dies von Aldi-Hofer oder Lidl gewohnt sei. Wie dem auch sei, Wien habe ihnen wirklich gefallen – viele Dinge, auch unscheinbare Details.

Sie verabschiedeten sich von der Dame. Nein, morgen früh komme eine Cousine und mache das Frühstücksbuffet.

„Ja, dann bis zu unserem nächsten Wienbesuch."

„Gute Reise morgen, kommens gut heim und gute Nacht."

17

Elyna hatte Larix ein letztes Mal ziehen lassen, obwohl ihr nicht wohl war bei dem Gedanken an das große Projekt ihres Gefährten. Musste es in seinem Alter unbedingt der Augsburger Höhenweg sein und obendrein allein? Warum er keinen erfahrenen Bergführer als Begleiter nehmen wolle? – Larix lehnte ab. Nein, das Alleinsein sei ihm wichtig. Er gelobte, dass nach dieser Tour Schluss sein werde mit den großen Unternehmungen am Berg. Aber er benötige diese Wanderung nun einmal für sein Seelenheil, er müsse sein Dach der Welt begehen. Sie verwandelte ihre Besorgnis in die Klage über die Manie älterer Männer, sich etwas beweisen zu müssen. Aber es gelang ihr nicht, ihm sein Vorhaben auszureden. Im Gegenzug versprach er ihr, sich gewissenhaft auf die Tour vorzubereiten. Er trainierte in der ersten Augustwoche im Wechsel Ausdauer und Felsgehen und leichtes Klettern im Schwierigkeitsgrad I. Seine größte Ausdauer-Trainingstour führte ihn vom Dorf über die Hanauer Hütte zum Galtseitejoch und wieder zurück durchs Fundaistal, fast 1200 Höhenmeter rauf und runter. Diese Strecke besitzt ein markantes „Eck". Es geht nicht nur im wörtlichen Sinne um die Ecke, sondern im gleichen Augenblick wechselt abrupt die Landschaft. Man lässt das hohe Gras der mit einigen Latschen bestandenen Hänge über den Felsstürzen ins Angerletal und den schmalen Lehmpfad mit ein paar Schritten hinter sich und befindet sich auf einem abschüssigen Felssteig, der zum Eingang in das riesige Schlenkerkar führt, das etwa in seinem unteren Drittel gequert werden muss, wo es fast seine volle Breite entfaltet. Am gegenüberliegenden Rand dieser trichterförmigen Geröllwüste und noch in weiter Ferne ist eine Felsengruppe erkennbar, die man ansteuert. Er nahm den schmalen Pfad durch das Geröll in Angriff und nach einer Weile befand er sich im Kar, so muss man wohl sagen, denn das Kar war überall, sowohl zu beiden Seiten als auch oberhalb und unterhalb. Vielleicht lag es an der Intensität, die sich aufgebaut hatte, jedenfalls begann er mit einem Mal das Kar zu sehen. Und je deutlicher er sah, desto mehr Strukturen wurden erkennbar. Diese steinerne Wüste besaß einen Körper und setzte sich aus einer Vielzahl unterschiedlicher Geröllstreifen zusammen. Manche Streifen waren aus blockartigem Geröll gebildet, andere aus grobem, wieder andere aus feinem Geröll. Manche besaßen einen leichten Grünschimmer, weil sie zur Ruhe gekommen waren und die Vegetation erste moosige Boten schickte. Und als sein Blick an den unregelmäßigen, sich ungestüm auftürmenden Felsenmauern des oberen Randes der Geröllflächen entlangfuhr, wurde ihm klar, dass diese gewaltige Geröllmasse von unzähligen unterschiedlichen Erosionsquellen gespeist wurde, jüngeren und älteren Datums, manche recht aktiv, andere offenbar versiegt. Auch die Länge der Geröllstreifen war höchst unterschiedlich. Der eine oder andere kurze Streifen wurde von längeren gleichsam überholt und an den Seiten umflossen. Da und dort garnierten größere Blöcke einen bestimmten Sektor. Und hoch oben, wo der Hauptstrom des Kars im Bogen von der Schlenkerspitze herkam, waren noch einige Schneefelder. Dort erblickte er ein großes Rudel Gämsen. Die Tiere lagerten auf dem Schnee, um sich etwas Kühlung zu verschaffen. Einige Tiere standen träge umher, bewegten sich kaum.

Larix durchschritt die Gerölllandschaft und erreichte die Felsengruppe, die als Rastplatz diente. Er machte eine kleine Esspause und blickte zurück über das Kar. Drüben war das „Eck" zu sehen, in unwirklicher Ferne, so schien es ihm, als hätten die Steinfelder seine Wahrnehmung der Entfernungen ungeheuer gedehnt. Sicher verstärkte das schräg einfallende Gegenlicht der Sonne diese optische Täuschung. Das Auge musste gegen das Licht anschauen, sich mühsam blinzelnd einen Weg durch den gleißenden Vorhang bahnen. Erneut fiel sein Blick auf die immense Geröllwelt. Sie schien in der mittäglichen Hitze reglos und stumm zu brüten. Vor seinen Augen breitete sich eine nackte Landschaft, deren Ursprung die starre Welt der ragenden Felszacken und Gemäuer hoch oben war. Und er empfand es als wundersam, wie unendlich geduldig die lebendige Vegetation dieser Geröllwüste ein Kleid schuf und den Teppich des Lebens ausbreitete.

Er ging weiter, erneut durch grüne Hänge, die nach einiger Zeit von Trümmern abgelöst wurden, welche zu einem riesigen Trümmerfeld anwuchsen. In dieser von vielen Blumeninseln durchwachsenen Blockwelt unterhalb des Galtseitejochs zog er sich einen üblen Muskelkrampf im linken Oberschenkel zu, mit mehreren schmerzhaften Anfällen, die ihn zum Stillstand zwangen. Vorsichtig setzte er sich immer wieder in Bewegung und schaffte es aufs Joch, wo er ausgiebig rastete. Den Abstieg absolvierte er fast schmerzfrei. Im Bachbett des Fundaisbachs gab es noch zwei Sprungübungen, ganz oben von der rechten Bachseite auf die linke, und weiter unten wieder zurück auf die andere Bachseite. Danach verließ der Pfad das mit viel Geröll gefüllte Bachbett und Larix wanderte entspannt auf dem hübschen und bequemen Steig nach Pfafflar.

Am nächsten Tag machte er eine leichte Tour auf die Simshütte. Die Muskulatur meldete sich nicht mehr. Erfreut nahm er am darauffolgenden Tag die Lichtspitze in Angriff und absolvierte diese sich lang ziehende Tour problemlos. Am Maldongrat trainierte er tags darauf das Gehen auf schmalen Felsbändern und in Geröllrinnen. Er begegnete zwei Schneehühnern, die ihr gesprenkeltes bräunliches Sommerkleid trugen und sich von seinem Auftauchen nicht aus der Ruhe bringen ließen, sondern sich langsam zurückzogen. Weiter oben kreuzte er einen jungen italienischen Alleingeher im Abstieg. Man wechselte ein paar Worte in englischer Sprache und wünschte sich „good luck".

Das Wetter dieser ersten Woche war leider unbeständig. An der Lichtspitze hätte ihn fast ein Gewitter überrascht. Am günstigsten erschien die zweite Wochenhälfte der zweiten Woche, um die große Tour zu wagen. Er besprach sich mit Raimund, der zu Mittwoch-Donnerstag riet. Steigeisen hielt er nicht für erforderlich, Larix nahm dennoch für alle Fälle Grödeln mit.

***

Elyna war mit ihm am frühen Mittwochmorgen aufgestanden und konnte ihre Anspannung nicht verbergen. Ihr Abschied geriet seltsam bedeutungsschwer. Larix löste sich aus ihrer Umarmung, bestieg seinen Wagen und fuhr nach Bach. Freilich waren die Sorgen seiner Gefährtin noch einmal auf ihn eingedrungen. Aber er schob sie beiseite und fühlte sich innerlich aufgeräumt, seinem großen Vorhaben angemessen. Hinter der Schule stellte er den Wagen auf dem Parkplatz neben dem Alperschonbach ab. Das Feuerstein-Taxi brachte ihn bis nach Madau. Am Abzweig Eckhöfe stieg er aus und machte sich auf den Weg zur Ansbacher Hütte. Er war allein und genoss die einsame Wanderung. Das Wetter war sonnig und die Luft frisch. Der Weg führte in einem langen Aufstieg durch das verwaiste Alperschontal immer höher hinauf auf die berühmten Knappenböden.

Lydia hatte ihm davon erzählt. Wie viele Jahre mochte diese Wanderung mit ihren Klassenkameradinnen zurückliegen? Und doch waren die Farben ihrer Worte so leuchtend und klar, dass man hätte glauben können, sie würde noch unter dem Eindruck des Erlebten stehen. Als er die verschlossene Lärchwaldhütte hinter sich gelassen hatte und die Knappenböden betrat, fand auch er sie wunderschön. Welch ungewöhnliche Weite in diesem Gebirge, das überall sonst eher den Eindruck von Enge vermittelt. Er wanderte gemächlich zum Flarschjoch und erreichte am frühen Nachmittag die Hütte. Seine Online-Reservierung lag vor. Er wechselte ein paar Worte mit dem Hüttenwirt, nannte ihm sein Vorhaben. Der Wirt gewann den Eindruck, dass dieser Mensch nicht nur willens, sondern auch tatsächlich in der Lage war, den Weg zu gehen, und erhob keine Einwände. Larix bezog das untere Bett eines Stockbettes, breitete seinen Hüttenschafsack und eine Decke aus.

Nach einer kurzen Dusche ließ er sich die Abendsonne auf den Pelz scheinen. Der Tag war heiß gewesen und auch jetzt am frühen Abend war die Wärme deutlich spürbar. Im Gegenlicht waren die Verwallberge, angeführt vom Hohen Riffler, kaum zu erkennen. Larix begab sich an die Ostseite der Hütte. Die Abendsonne beleuchtete die steilen Flanken, durch die sich der Steig des Höhenwegs schlängelte. Ein wenig mulmig war ihm dann doch bei dem Gedanken, morgen ganz allein diesen legendären Weg zu machen.

***

Beim Abendessen saßen drei Solo-Geher gemeinsam am Tisch. Offenbar hatte der Hüttenwirt bewusst die drei Herren an der Tischecke im äußersten Südostwinkel des Gastraumes vereint. Vielleicht hatte er gedacht, dass die Gruppen und Pärchen lieber unter sich sind und ebenso die Alleingeher unter sich bleiben möchten.

Der Jüngste, Mitte zwanzig, aus Oberösterreich, hatte für den folgenden Tag die letzte Etappe des Adlerwegs nach St. Christoph auf dem Programm, der Mittlere, ein Endfünfziger aus Hamburg, wollte zur Memminger Hütte, und Larix, der Älteste, wollte den Augsburger Höhenweg machen. Zwischen den Dreien entspannte sich eine lebhafte und recht angeregte Unterhaltung, jeder sprach freimütig über seine persönliche Beziehung zum Bergwandern und Bergsteigen. Gemeinsam war ihnen die Freude am stillen Kommunizieren mit dieser hochalpinen Welt. Aber auch österreichische und deutsche kulturelle Besonderheiten wurden in freundschaftlichen Worten diskutiert. Gegen neun Uhr wünschte man sich eine gute Nacht und jeder begab sich in seinen Schlafraum.

***

Kurz vor sechs verließ Larix die Hütte, nachdem er noch einmal den verschlafenen Hüttenwirt, der gerade die Küchentür aufschloss, um das Frühstück zu bereiten, nach dem Wetter gefragt hatte. Der Wirt hatte achselzuckend geantwortet, er könne auch nicht sagen, wie das Wetter heute werde. Nun denn, raus aus der Hütte, wo alle noch schliefen. Er war an diesem Tag der Einzige, der sich auf den Weg begab. Ganz hinbekommen würde er ihn nicht, aber immerhin bis auf den Dawinkopf.

Er nahm sich vor, bis zum Winterjoch zu wandern. Dort, nach dem leichteren ersten Viertel der Wegstrecke, wollte er ordentlich frühstücken und entscheiden, ob er den Weg fortsetzen oder auf relativ einfachem Steig zur Memminger Hütte wechseln würde. Anfangs kam er gut voran. Das Wetter machte zwar einen etwas „durchwachsenen" Eindruck, doch es sah so aus, als ob es halten würde. Am Joch legte er eine Verschnaufpause ein und prüfte seine Verfassung. Er fühlte sich wanderfreudig und beschloss, den eigentlichen Höhenweg in Angriff zu nehmen.

Trotz aller Trainingsläufe in der vorherigen Woche ließen die Körperkräfte nach, nachdem er die Hälfte der Strecke bis zur Parseierscharte absolviert hatte. Dann begann die Phase der wachsenden und schließlich erheblichen Anstrengung bis in den roten Bereich. Als besondere Härte empfand er die Querung am oberen Rand der gigantischen Schutthalde des Zammer Parseier. Die Szenerie war so beeindruckend, dass er angesichts seiner nun spürbaren Ermüdung an seinem bergsteigerischen Können zu zweifeln begann. So ein Gefahr ausstrahlendes schwarzes Gemenge war ihm noch nie unter die Sohlen gekommen. Die endlose Bergflanke war extrem geneigt, ein Pfad an manchen Stellen inexistent, teilweise kaum sichtbare ausgewaschene Mulden, die von Fußstapfen herrührten. Er hatte den Eindruck, dass hier seit vielen Tag niemand mehr gegangen war. An manchen Stellen hatte er das Gefühl, er müsse ohne Seil über dem

Abgrund balancieren, sich wie eine Katze von Schritt zu Schritt schleichen. Und er glaubte, dass auch erfahrene Bergsteiger mit der Kraft eines jungen Körpers und Geistes nicht einfach über diese Passagen hinweggehen können. Die Querung einer tiefen, zweigeteilten Furche verlangte ihm äußerste Konzentration und Mut ab. Er war heilfroh, als er sie überwunden hatte. An einer kleinen Felsgruppe neben der Spur erinnerten zwei Metallplaketten an zwei vor Jahren tödlich abgestürzte erfahrene Bergsteiger in den besten Jahren ihres Lebens. Larix hielt einen Moment inne, dachte, dass sie an ihrem Optimum waren. Aus der Spur gerissen, aus dem Leben gerissen. Sie mussten in der Sicherheit unzähliger erprobter Gleichgewichte gelaufen sein und doch sollten diese Gleichgewichte blitzartig zusammenbrechen, implodieren und weg waren sie, hinabgestürzt in das Reich des Todes.

Vorbei an diesen Felsinseln im schwarzen Ozean ging es wieder endlos weiter durch steile Schutthalden. Schließlich gelangte er an das berühmte Gelbe Schartl. Bevor er sich jedoch an den Einstieg machen konnte, galt es, den Abstieg zum Fuß dieser gestuften Felsmauer zu erledigen. Und genau am Fuße dieser gelben Mauer, die zu durchklettern war, lag das gefürchtete, in einer engen Schlucht eingeklemmte, steile Schneefeld. Die Meinungen der Befragten zum Zustand des Schneefeldes waren geteilt gewesen. Die einen rieten zu Steigeisen, die anderen hielten sie für entbehrlich. Larix hatte sie im Rucksack, auszupacken brauchte er sie jedoch nicht, denn das Schneefeld war fast dahingeschmolzen und an der Oberfläche etwas sulzig. Mit wenigen Schritten hatte er es überquert. Der Aufstieg an der senkrechten, griffigen Felswand selbst erschien ihm wesentlich ungefährlicher als dieser so unsicher wirkende Gemengegrund, den er glücklich hinter sich gelassen hatte. Allerdings besaß er nicht mehr die Kraft, um die Wand zügig zu durchsteigen. Er musste mehrere kurze Stehpausen einlegen. Einerseits kein Problem, aber andererseits kostete jede Pause Zeit, und diese Zeit summierte sich immer schneller.

Und weiter ging es auf schmalen Tritten an Felsmauern entlang Richtung Dawinkopf. Auf den fast dreitausend Meter hohen Gipfel gelangte er förmlich im Kriechgang, aber immerhin geschafft. Er erreichte das Gipfelkreuz aus schlichten Holzbalken und sah nicht weit davon entfernt, etwas unterhalb, den Mast einer automatischen Wetterstation, an der der Weg hinunterführte. Das Wetter war nicht mehr eindeutig. Vor allem im Verwall und Richtung Paznauntal sah die Bewölkung dunkel und alles andere als vertrauenerweckend aus. Es war gegen drei Uhr. Fast neun Stunden war er mittlerweile unterwegs. Ihm blieben zwei Optionen: entweder den Weg über den Ostgrat absteigend bis zur Augsburger Hütte zu Ende gehen oder die Tour abbrechen und zur Dawinalpe absteigen. Nach einigem Zögern entschied er sich für den Abbruch. Er fühlte sich ziemlich erschöpft, hatte kaum noch Wasser und der Gedanke, in diesem riesigen Kessel unterhalb der Parseierspitze in ein Gewitter zu geraten, ließ ihn nicht los. Auf der Karten-App des Bundesamtes für Eich- und Vermessungswesen war der Abstieg zur Dawinalpe nur als unmarkierter Steig eingezeichnet. Die Südwestflanke hinunter in die Lange Pleis galt nicht gerade als angenehm zu laufen, war jedoch recht ungefährlich und sollte ihn ziemlich rasch hinunterführen.

Umso größer war die Freude, als er feststellte, dass der Steig kürzlich ausgebaut und mit zahlreichen neuen Drahtseilen ausgestattet worden war. Dies wiederum erwies sich als ausgesprochen vorteilhaft. Er gelangte zügig und sicher hinunter. Auf halbem Weg rief er die Wirtin der Augsburger Hütte an und teilte ihr mit, dass er seine Tour abgebrochen habe und auf dem Abstieg zur Dawinalpe sei. Die Wirtin bedankte sich für die Information und wünschte ihm einen guten Abstieg. Man kommentierte kurz das Wetter. Auch sie war der Meinung, dass im Bereich der Parseierspitze am späten Nachmittag mit einem Wärmegewitter gerechnet werden müsse. Sie war erleichtert, eine Sorge weniger. Als sie sich wieder ihrer Arbeit zuwandte, bedauerte sie ein wenig, dass sie diesen Menschen nicht auf ihrer Hütte in Empfang nehmen würde. Ihr Kollege von der Ansbacher Hütte hatte sie am Vormittag angerufen und ihr einen ungewöhnlichen älteren Bergsteiger angekündigt, der sich allein und als Einziger an diesem Tag auf den Weg gemacht hatte. Sie teilte ihm mit, dass heute niemand von ihrer Hütte losgegangen war.

Larix wandte sich wieder dem Steig zu. Bevor er den Wirtschaftsweg oberhalb der Alm erreichte, musste er einen mit Gülle bedeckten Weidestreifen durchqueren. Der Anblick war trostlos und der Geruch abartig. Insekten sah er keine, weder geflügelte noch krabbelnde, von der Hochdruckpumpe in die Flucht geschlagen oder auf der Flucht erschossen. Offenbar eine neue Düngetechnik, die er bislang nicht erlebt hatte. Er nahm sich vor, darüber mit Marco zu sprechen.

Als er auf den Weg trat, fiel die Anspannung der Bergtour von ihm ab. Er suchte die Strenger Skihütte auf, die geschlossen war. So lief er hinüber zur Dawinalpe. Nun war er allerdings ernsthaft erschöpft. Die Alpe war bewirtschaftet und die Tiroler Fahne am Eingang zeigte an, dass sie zumindest als Jausenstation diente. Was der Fall war. Seine Wasservorräte hatte er zwar schon am Bach der Lange Pleis aufgefüllt, aber eine Flasche Radler leerte er so ziemlich mit einem Zug. Gut, das war erledigt. Larix fragte nach einer Übernachtungsmöglichkeit. Er habe seinen Schlafsack dabei, Bettzeug sei nicht nötig, eine Decke würde genügen. Aber die junge Hirtin hatte keinen Platz, alle Kammern von ihrer Familie, Mann und zwei Kinder, belegt. Andererseits sah sie seine Lage und machte ihm kurz entschlossen den Vorschlag, ihn mit dem Auto nach Strengen zum Posthotel zu fahren, dort solle er sich ruhig auf sie berufen, Kathi oder die Dawinerin, was er dann auch tat. Unterwegs sprachen sie über die Almwirtschaft. Sie hielt die Alperschonalpe noch für bewirtschaftet. Nein, das sei sie – zumindest in diesem Sommer – nicht, kein Schaf, kein Rind und schon gar keine Kuh, berichtete er ihr. Sie zählte verschiedene Almen auf und er steuerte die Almen der Lechtaler Seitentäler bei, die er kannte. Und mit einem Mal – man sprach über die endlose Geschichte der Weiderechte – kam sie auf die Zammer Gedingstatt zu sprechen. Er griff ihren Hinweis auf und erklärte, dass die Zammer Bergbauern sich die Weideflächen in Madau immer wieder hätten verbriefen lassen.

„Ja", war ihr prompter Kommentar, „des sein schlaue Leit."

Wo hatte er den Satz schon einmal gehört? Ja, richtig, vor einigen Jahren hatte die Hirtin der Saxer Alpe ebendiesen Satz getan. Und als die Hirtin der Dawinalpe von Tirol als dem Land der Täler sprach, glaubte er zu verstehen, dass jede Talschaft ihren eigenen historisch gewachsenen Charakter besaß.

Vielleicht hatten Jahrhunderte währende komplizierte Weiderechtsbeziehungen und das Erbteilrecht mit dazu beigetragen, die Menschen fest an ihre kleinen Wirtschaftsräume zu binden und zu Gemeinschaften mit unverwechselbarem Charakter zu formen. Warum aber in ihrer Almhütte ein prächtiges Andreas Hofer Porträtbild hing, wollte er sie nicht fragen.

Vielleicht hing es dort nur so herum als Relikt oder Fossil wie das Franz-Josef-Porträt, das im Halbdunkel in Agnes' Haus dämmerte.

Wenn ein Auto sie kreuzte, grüßte die Hirtin den Fahrer. Einmal hielt sie auch an und teilte dem Fahrer, der ebenfalls angehalten hatte, mit, dass sie kurz hinunter sei nach Strengen. Ihr Abschied vor dem Gasthof war freundlich. Larix erstattete ihr die Fahrtkosten und legte noch etwas obendrauf. Schon brauste die junge Frau wieder Richtung Alpe. Er trat in den Gasthof ein. Durch einen kleinen Verbindungsgang ging er hinüber zur Rezeption des Hoteltrakts. Dort mietete er ein Zimmer für eine Nacht, ging mit schweren Schritten den Flur entlang, schloss die Zimmertür auf, ließ den Rucksack neben den Couchtisch gleiten und sank in einen Sessel.

***

Nur wenige Streckenabschnitte konnte man als Pfade oder Steige bezeichnen, wo er wanderte und der Blick häufig mehrere Schritte voraus war, sodass sich immer wieder die Möglichkeit bot, kurz aufzublicken und die Bilder der hochalpinen Umgebung „im Durchschreiten" aufzunehmen. Im schwierigen Gelände hingegen war er damit beschäftigt, den jeweils nächsten Tritt und oft noch zusätzlich den nächsten Griff anzusteuern. Seine Gewandtheit war intakt, was ihn freute und ihn auch ein wenig tröstete, hinwegtröste über die schwindende Kraft seines Körpers, die ihn zwang, seine Laufabschnitte erheblich zu verkürzen. Es war klar, dass er längere Passagen nicht mehr durchstemmen und -treten konnte. Immer wieder musste er in diesen Abschnitten, die sich endlos zu ziehen schienen, anhalten und mit schweren Stößen Luft holen. Nichts zu machen. Es war nun mal so und würde sich auch nicht mehr ändern.

Dazu der ständige Wechsel – Bergstöcke raus, ausgefahren und wieder zusammengesteckt am Rucksack befestigt, Schutzhelm auf – einmal flog ein Brocken wenige Meter an ihm vorbei in die Tiefe, offenbar losgetreten von einem Steinbockrudel, das sich über ihm bewegte und auf das er später im Anstieg zur Parseier Scharte erneut treffen würde. Handschuhe anziehen, wenn er wieder an eine der zahlreichen Drahtseilpassagen gelangte, mal rauf, mal runter oder querend am Abgrund entlang.

Indem er seine Geschwindigkeit verminderte, behielt er in allen Phasen die notwendige Trittsicherheit, was so viel hieß wie, dass er in jeder Phase seiner Bewegungen am Berg die Koordination zwischen seinen Bewegungsabläufen und den jeweiligen Anforderungen des Geländes bewahrte. Darauf konnte er sich verlassen. Aber es ging nicht mehr ohne eine hohe Anzahl von Stehpausen. Und es entstand ein Rhythmus aus Laufen, Anhalten und Atem schöpfen und wieder Laufen. Außerdem bemerkte er, dass er weniger schwitzte als auf anderen Touren, obwohl die Luft eher warm und feucht war. Er verbrauchte gerade mal zweieinhalb Liter Wasser bis auf den Dawinkopf. Allerdings hatte er schon „rationieren müssen, denn er hatte nur drei Liter dabei. Selbst mit dem Auffüllen unterwegs zu wenig. Im Abstieg jedoch, als er auf einen Bach traf, soff er wie ein Kamel. Offenbar „wusste" sein Körper, dass die extremen Anstrengungen vorbei waren.

***

Du erlebst etwas ungemein Intensives. Die Welt, in der du dich bewegst und du selbst, dieses sich bewegende Wesen, werden zum sprachlosen Ereignis. Deine Augen können diese Begegnung nicht fassen, weil du auf jeden einzelnen Tritt und Griff konzentriert bist. Du bist vollkommen eingeschlossen in allen erforderlichen Bewegungsabläufen, um die Strecke zu absolvieren. Und um dich her verdichtet sich die Welt, baut sich fantastisch auf. Wenn du innehältst und um dich her blickst, erfasst dich die maßlose Schönheit und Gewalt der Situation, angefangen bei deinen Füßen, denen du einen sicheren Standplatz gesucht hast, und deinen Händen am Fels. Und von diesen winzigen Haltepunkten dehnst du dich immer weiter ins Gigantische. Der Horizont wie der Bewusstseinshorizont scheinen sich aufzublähen und das ist keine Psychodroge, das ist alles echt, ungeheuer echt, der Abgrund, der einige Zentimeter neben deinen Schuhsohlen seinen Anfang nimmt und sich über Hunderte Meter als riesige steile Geröllfläche oder Felsmauer in die Tiefe stürzt, ist echt. Auch dein Bewusstsein ist echt, kann gar nichts anderes mehr sein. Oder soll es sich etwas vormachen? Sich einreden, dass diese ungeheure Dimension gar nicht existiert oder harmlos ist? Und auch dein Respekt, diese von deiner Leistungsfähigkeit und deinem bergsteigerischen Können kontrollierte und umgewandelte Angst, ist echt. Du befindest dich ziemlich genau an deinem Limit, weißt, dass du die Schwierigkeiten dieses Weges im Griff hast. Sollte dir jetzt etwas passieren, dann wäre das Pech, ein Versehen, ein Unfall, gegen den niemand gefeit ist. Du würdest den Bergsteigertod sterben, Platz für eine weitere Plakette gibt es genug. Du gehst vorsichtig weiter und gelangst an eine wohl zehn Meter breite Rinne, in der sich kaum sichtbare Tritte in der zweigeteilten, steilen Schräge fast verlieren. Den Gedanken, diese Tritte mit dem vollen Körpergewicht zu belasten oder gar auszubauen und Standflächen zu schaffen, verwirfst du, weil du erkennst, dass dieses schwarze Gemenge unstabil ist und in die Tiefe rutschen und dich unwiderstehlich mitziehen würde. Umkehren möchtest du nicht. So bleiben dir nur noch die fluchtartig nach vorn gerichteten, schnellen Tritte. Du versammelst dich und wirfst dich vorwärts. In zügigen Trittbewegungen erreichst du das andere Ufer und bleibst erleichtert stehen, gibst deinem rasenden Puls die notwendige Zeit, sich zu beruhigen. Du wirfst einen Blick auf die Passage. Die Tritte im schwarzen Gemenge haben gehalten, aus dem mittleren, wo sich der kleine Grat zwischen den Furchen befindet, rieselt etwas schwarze Erde in die Tiefe. Die Trittspur hat sich unter dem huschenden Gewicht deines Körpers einige Zentimeter nach unten verschoben. Es werden noch andere luftige Abschnitte kommen, aber das – du spürst es genau – war die heikelste Passage. Du hast sie gemeistert.

Dein Selbst-Bewusstsein bläht sich nicht zum stolzen Ego auf, sondern zieht sich zum Nichts zusammen. Es schlüpft aus allen Formen des Jemand-Seins und ist Niemand. Natürlich „weiß" es seit Anbeginn seiner Existenz, dass es ein Niemand ist. Und die Tatsache, dass es gerade so radikal zu diesem „Wissen" gelangt, macht ihm deutlich, dass er, Larix, tatsächlich jenes maskenhafte Jemand-Sein hinter sich gelassen hat, das jeder mit sich trägt, vielleicht unvermeidlich tragen muss. Er nimmt die Wegstücke wahr, wo scheinbar nichts mehr von menschlicher Zivilisation zu erblicken war. Freilich waren dort Fußspuren, an manchen Stellen Sicherungsseile. Weit unten schwebte ein Hubschrauber durch das Stanzertal. Und viel höher noch zog lautlos ein Flugzeug seine Bahn. Auf dem Gipfel, den er schließlich erreichte, zeugte nicht nur das Gipfelkreuz, sondern auch eine Wetterstation vom Menschen. Aber die Räume um ihn her waren vollkommen spurenfrei, große Räume, Steinwüsten und bizarr aufgetürmte Felsformationen in unterschiedlichen Farben und Strukturen. Natürlich kann man sagen, es gibt kaum noch einen irdischen Raum, den der Mensch nicht formend in Besitz nehmen könnte, wenn er es denn wollte. Die weißen Flecken der *terra incognita* sind überholte Vorstellungen vergangener Jahrhunderte, es gibt sie nicht mehr, jedenfalls gibt es sie nur noch auf Abruf. Die Erde erscheint definitiv „untertan" zu sein, zumindest an ihren Oberflächen. Doch das ist Jemand-Illusion. Der Mensch hat kaum an seiner Erde gekratzt. Diese Welt birgt unvorstellbar schlummernde Räume und Energien, die sich entladen und neue Formkräfte freisetzen. Und in dem Maße, wie er sich zum Niemand entäußert, gewinnt er eine für ihn glaubhafte Vorstellung vom großen Jemand-Sein der Welt, das unendlich lange vor dem Menschen war und ihn in einem geduldigen Prozess voller Behutsamkeit hervorgebracht hat. Und er glaubt, dass die Menschen diesem ungeheuren Jemand eine nicht abreißen wollende Produktion von selbst geschaffenen Jemand entgegensetzen, um ihr Niemand zu überwinden und seinen Abgrund zu schließen. Es ist wahr, dass man nicht allzu sehr in den Abgrund dieses überwältigenden Jemand schauen sollte, sondern seine Kraft dazu verwenden sollte, sich Tritte und Griffe zu schaffen, um sich in jenem Jemand vertrauensvoll und dankbar zu bewegen – nicht aber, um sich in den selbst geschaffenen Masken des Jemand zu verlieren und ihn in einen Götzen zu verwandeln.

Und er gelangte an den Punkt, wo sich die Geister vielleicht scheiden und miteinander ringen müssen: Da sind jene, die von der Vorstellung durchdrungen sind, schon immer jemand gewesen zu sein, gar nicht anders als ein ewiger Jemand sein zu können. Sie stecken im selbst geschaffenen Jemand-Korsett und betrachten sogar die fernsten Sterne als zukünftige Unterworfene. Und da sind jene – und zu diesen zählt er sich –, die glauben, dass sie von Anbeginn niemand waren und immer ein Niemand sein werden, Geschöpfe jenes immerwährenden Jemand, der ihnen den Antrieb und die Inspiration verleiht, sich ein wenig Jemand zu schaffen, eigentlich zu borgen, als Näherung zu ihm, wie jene Tritte und Griffe, die sich vor seinen Augen abzeichnen und von denen er weiß, dass jemand sie erkannt und erprobt hatte. Und er freut sich, dass auch er diese unsichtbare Leiter recht mühelos erklimmt, die ihn Stufe um Stufe über den Abgrund hebt, ja, die den Abgrund geradezu sichtbar und greifbar in ungeahnt plastische Nähe rückt. In diesem Augenblick des Ergriffenseins glaubt er, dass da ein Jemand sei, zum Berühren nah, und nur jener es wahrhaftig ergreifen kann, der von ihm ergriffen und überzeugt ist. Und das eigene Nichts scheint überzuspringen und zum lebendigen Dasein beizutragen, das allen zu eigen ist.

Er selbst – wie unzählige andere – verfügt über zahllose Beweise eigenen Könnens. Er kann dies und das und noch jenes – alles erarbeitet, erprobt, zur Anwendung und nutzbar gemacht. Er ist eine Ich-kann-Maschine in den Räumen der Technosphäre, der menschlichen Kunstfertigkeit, ebenso in den Räumen der sozialen Verrichtungen. Er weiß: Ich kann mit diesen Räumen umgehen und mich ihrer bedienen. Ich habe unzählige Bedienungsanleitungen verinnerlicht, entsorge überholte und verschaffe mir aktuelle, auch kritische. Und wenn er nicht wüsste, dass er ein geborener Niemand ist, könnte er sich in diesem Self-made-Labyrinth verlieren oder sich einnisten und sich daran maßlos erfreuen, dass er in dieses vom Menschen geschaffene Jemand-Land hineingeboren wurde und es in diesem Land schon immer jemand war, der es zu etwas gebracht hat, zum anerkannten Jemand. Ja, man kennt und schätzt ihn dort als Jemand. Und er denkt: Es ist gewiss fatal, wenn der Mensch sich ausschließlich dem „selbst gemachten" Jemand anvertraut und das Spiel seiner Masken nicht mehr durchschauen kann. Er schneidet sich ab vom lebendigen Nichts, das er ist und immer sein wird.

Hier aber bewegt er sich auf einem kaum sichtbaren Steig, den der Mensch in natürliche Räume und Strukturen gelegt hat, um ihre unendliche Gegenwart zu berühren. Und von der Berührung getragen wandert er auf seinem Dach der Welt, dessen First sich unter dem fließenden Äther als Bogen der Wahrnehmung spannt.

***

Als er zum Fenster hinausblickte, sah er, wie sich schwere Gewitterwolken zusammenzogen. Nach einer halben Stunde erscholl lautes Donnern – ein heftiges Wärmegewitter, das ziemlich genau im Bereich des Kessels unterhalb von Parseierspitze und Dawinkopf lag. Erfahrungsgemäß dauerte es zwar nicht lange, aber man sollte am Berg nicht in ein Gewitter geraten. Bei der aktuellen Wetterlage bilden sich diese Gewitter zumeist am späten Nachmittag oder am frühen Abend, manchmal auch in der Nacht. Der nordöstliche Sektor war in Finsternis gehüllt. Nach einer knappen Stunde war der Spuk vorbei. Er dachte, dass eine Viertelstunde eine Ewigkeit sein könne und war froh, den Abstieg gewählt zu haben. Normalerweise hätte er die Augsburger Hütte noch vor dem Gewitter erreichen können. Aber es war wohl die klügere Entscheidung, vom Dawinkopf schnell abzusteigen.

Er hängte sein Mobiltelefon an das Ladegerät und rief nach ein paar Minuten Elyna an. Er berichtete ihr in kurzen Worten von seiner Tour. Sie zeigte sich erleichtert und gestand, dass sie sich ernsthaft Sorgen gemacht habe und froh sei, dass er wieder heil vom Berg heruntergekommen sei. Morgen werde er ja wieder bei ihr sein und dann sei Schluss mit solchen Eskapaden, meinte er begütigend. Schließlich habe er alles in allem sein Ziel erreicht. Nun habe die Seele Ruh. – Was sie aber auch hoffen wolle. – Keine Sorge. Die Sache sei gelaufen. Übrigens sei auch noch eine schöne Tour für sie beide dabei herausgesprungen. Davon erzähle er ihr, wenn sie bei ihm sei. Auch sie sollte die Knappenböden sehen.

„Kaum heil vom Berg zurück und schon wieder neue Projekte. Du bist unverbesserlich", tadelte sie ihn.

„Nein, nein, natürlich eine hübsche Tour für uns beide, Madau, Ansbacher Hütte und hinunter ins Stanzertal nach Flirsch oder Schnann."

Ja, der Höhenweg war die letzte Tour dieses Schwierigkeitsgrades in seinem bescheidenen Bergsteigerleben gewesen. Sie hatte es in sich gehabt und ihm das gewährt, was er sich insgeheim gewünscht hatte. Die Erinnerung an die wundersame Intensität, die er verspürt hatte, würde sich nicht mehr verlieren. Ihm war, als hätte sein Bewusstsein seinen Horizont vergrößert. Und er fühlte sich unendlich zufrieden.

Es war Zeit, unter die Dusche zu gehen und sich Schweiß und Staub vom Körper zu waschen. Unter dem warmen Wasserstrahl fiel die Anstrengung des Tages langsam von ihm ab. Auf der Ansbacher Hütte hatte er einen Euro für eine Minute warme Dusche in den Automaten geworfen. Die Hütte litt halt an Wassermangel. Es musste besonders sparsam mit dem Wasser umgegangen werden.

Er schaute im Hotelzimmer umher – modern und funktional eingerichtet, eine typische Beherbergungszelle. Das Fenster lag zur Hofseite mit Blick auf einen Kuhstall auf der gegenüberliegenden Straßenseite, der derzeit noch leer stand. An der Stalltür waren Milchplaketten befestigt – von der Landwirtschaftskammer verliehen. Aus der Entfernung konnte

Larix den Text nicht erkennen. Er dachte an militärische Orden in Doppel-
oder Dreierreihen an die breite Brust eines Generals geheftet. Der kleine
Himmelsausschnitt zwischen den Dächern war weiterhin mit dunkler Bewölkung gefüllt. Das Gewitter war jedoch vorüber. Ein feiner Regen hatte
eingesetzt und die nasse Straße glänzte wie lackiert. Später lösten sich die
Wolken auf und die Abendsonne schickte letzte Strahlen über die Dächer
des Ortes. Über dem Asphalt der Straße schwebten dünne Wasserdampf-
schleier.

Er beschloss, die Reste seines Proviants zu vertilgen und nicht mehr
zum Abendessen ins Restaurant des Gasthofes zu gehen. Fortsetzung am
nächsten Morgen mit einem ausgiebigen Frühstück. Erst einmal die Beine hochlegen und abschalten. Er entspannte sich und döste sanft vor sich
hin. Aus dem Ozean der aufgenommenen Eindrücke des Tages lösten sich
unzählige Schemen, von denen er bisweilen einen fokussieren und schär-
fen wollte. So recht wollte ihm dies nicht gelingen. Stattdessen stellte er
fest, dass er nicht imstande war, die einzelnen Teilstücke des langen Weges vollständig zu rekapitulieren. Immer nur bestimmte Bruchstücke, die
sich nicht zum Ganzen fügten. Er müsse wohl viele Meter so nah an den
Griffen und Tritten gewesen sein, dass er um sich her kaum noch etwas
wahrnehmen konnte. Das werde wohl normal sein, das Bewusstsein habe
die Sinneseindrücke ja ständig so verarbeiten müssen, dass er auf seinem
Weg vorankommen konnte. Keine Zeit für Betrachtungen des ganzen Weges. Der schöne, den ganzen Weg zeichnende Panoramafilm sei nun mal
eine Fiktion. Und doch war diese Fiktion erforderlich, denn er wusste ja,
dass er den ganzen Weg gegangen war. Vor seiner Tour hatte er sich im
Internet das eine oder andere Video dieses doch so oft gefilmten Weges angeschaut. Jetzt hatten all diese Filme mit seinem eigenen Erleben, mit seinen Wahrnehmungen und Eindrücken recht wenig zu tun. Er besaß nun
seinen eigenen „Film", der allerdings noch in der Entwicklung begriffen
war.

Mehrfach schon hatte er seinen Abstieg vom Dawinkopf bedauert,
glaubte, dass er vielleicht doch noch das letzte Teilstück hätte versuchen
sollen. Nun, er hatte seine Entscheidung getroffen, aller Wahrscheinlichkeit nach war sie richtig gewesen. Da er aber höchst ungern halbe Sachen
machte, fasste er schon auf dem Bett des Hotelzimmers den Entschluss, im

nächsten Jahr von der Augsburger Hütte in entgegengesetzter Richtung bis zum Dawinkopf zu wandern. Das fehlende Teilstück müsse ihm Elyna noch gewähren. Ja, da war eine Lücke, die er gern noch schließen würde. Technisch war es ja nicht die schwierigste Passage des Höhenwegs. Und er wollte doch gern noch zu Füßen der Parseierspitze stehen und zu ihr emporblicken. Er stellte den Wecker seines Smartphones und sank fast augenblicklich in tiefen Schlaf.

***

Der frühe Morgen war frisch und klar, der Himmel blank geputzt. An der Bushaltestelle neben dem Hotel ging er noch einmal den Zettel mit den Abfahrtszeiten der Busse durch, den ihm die junge Frau am Empfang zusammengestellt hatte. In Sankt Anton und in Lech musste er umsteigen. In aller Gemütlichkeit würde er sich nach Bach fahren lassen. Schon näherte sich der Bus. Er stieg ein und stellte fest, dass nur zwei Fahrgäste – offenbar Einheimische – im Bus saßen. Er machte es sich in einem der hinteren Sitze bequem und ließ sich fahren, war so entzückt wie einst der Knabe Larix, der an den Scheiben des Zuges und des Postbusses förmlich klebte und die vorbeigleitende Welt in sich aufsaugte. Auf dem Terminal West von Sankt Anton gleich neben der Rendlbahn, deren leere Gondeln gerade klappernd ihre morgendliche Probefahrt absolvierten, war ihm die Wartezeit auf den Bus nach Lech nicht lang. Er genoss die Minuten des frischen Morgens und spazierte über die Rosanna-Brücke hinüber zum neuen Bahnhof Sankt Anton. An der hohen Mauer hatte man das prunkvolle Stirnelement des alten Ostportals angebracht, mitsamt Gedenktafel und liebevoll gepflegten Blumenbeeten. Ja, der alte Franz Josef I. hatte sich während der Bauarbeiten höchstselbst ins Tunnelloch begeben. Damals schlug man zwei Fliegen mit einer Klappe. Wirtschaftliche Belebung des westlichen Teils des Reiches und militärstrategische schnelle Truppenverschiebungen. Den alten Bahnhof etwas oberhalb des nördlichen Ortsrands hatte er noch gekannt, als er mit dem Vater eine Ausflugsfahrt von Imst nach Sankt Anton unternommen hatte. Heute ist aus der ehemaligen Trasse längst ein schmaler, lang gezogener Park geworden und wer es nicht weiß, käme kaum auf die Idee, dass dort einmal die Eisenbahn fuhr – über den Dächern des Ortes.

Langsam kehrte er zum Busbahnhof zurück. Bergwanderer stiegen die Metallstufen zur Seilbahn empor, ältere Paare, rüstige Rentner, auch Elternpaare mit kleineren Kindern. Die umlaufenden blauen Gondeln klapperten unentwegt. Jetzt im Sommer herrscht kaum Betrieb, kein Vergleich mit dem Ansturm der Skifahrer. Weiter oben werde er noch durch Zürs kommen, dieses sommerliche öde Geisterdorf, das sich im Winter in eine Glitzerwelt der (Einfluss-)Reichen und Schönen verwandelte. Er selbst schaffte es im Winter bis Warth. Die Zufahrtsstraße nach Lech war dauerhaft gesperrt, angeblich wegen der Lawinengefahr, in Wahrheit, um der internationalen Prominenz den internationalen Pöbel vom Leib zu halten. Man werde weiterhin in einer lockeren Zeitgenossenschaft aneinander vorbeileben.

Unterdessen war der Postbus angekommen, der ihn nach Lech bringen würde. Den Flexenpass erreichte er als einziger Passagier und fand die Reise herrlich beschaulich. Ein ganzer Bus mitsamt Panorama für ihn allein. Gestern diese lange, anstrengende und volle Konzentration erfordernde Einsamkeit und heute die völlig entspannte Einsamkeit. Und schließlich noch einmal umsteigen in Lech, Parkplatz Schlosskopf. Es nahte der Feuerstein-Bus, im Volksmund auch Feuerstuhl genannt, wohl weil die Fahrzeugflotte vor ein paar Jahren knallrot lackiert worden war. Einmal saß eine junge Hexe am Steuer, raste das Madautal runter, als säße sie auf einem Besen, und lachte noch wild dazu. Wer weiß, wie die sich im Bett aufführt. Nicht auszudenken. Nun ja, das sei nicht seine Sache, damit werde sich schon ein Berufener befassen.

Sein Busfahrer jedoch spulte entspannt auf verkehrsarmer Strecke seine Route ab. In aller Einsamkeit ging es weiter. In Steeg stieg niemand zu. Erst in Holzgau stiegen ein paar Fahrgäste ein. Aber da war Bach schon nahe. Am Dorfplatz stieg Larix aus, verabschiedete sich vom Fahrer und dankte ihm für die sichere Fahrt. Er ging zum Parkplatz hinter der Schule, wo ihn sein Wagen erwartete. Der Kreis war geschlossen. Herrlich einsam war's gewesen. Einsam macht süchtig, sehnsüchtig nach sich selbst in der Berührung der Welt.

18

Im letzten Winter hatten sie sich kurz am kleinen Dorflift getroffen. Rena gab dem Buben eines Gästeehepaars Skiunterricht. Man stand am Ausstieg des Schleppliftes und wechselte einige Worte. Ja, der Marmorschnee heute Morgen sei sehr unangenehm, bemerkte Rena. Sie kamen auf das Dorf zu sprechen. Larix sagte etwas vom Ende der alten Bauernrepublik Tirol. Rena stutzte, griff den Begriff auf und meinte, den müsse sie sich merken. Und dann machte sie eine Bemerkung, die ihn aufmerken ließ: Sie habe das Gefühl, dass ihr hier der Boden unter den Füßen weggezogen werde. Gewisse Leute in der Gemeinde kritisierten ihre angeblich altmodische Viehzucht, die nicht mehr ins Tal passe.

„Ich passe nicht mehr ins Tal, nicht mehr in meine eigene Heimat, in die Heimat, die von vielen Generationen geschaffen wurde", sagte sie mit erregter Stimme.

Larix traute seinen Ohren nicht und meinte, man solle sich mal in aller Ruhe zusammensetzen und ein paar Dinge bereden. Er selbst mache sich schon seit geraumer Zeit Gedanken zu gewissen Entwicklungen. Sie nahm seinen Vorschlag umgehend an. Im Sommer sei er wieder zu Besuch. Da könne man eine Gelegenheit zum Gespräch finden. Ja, das sei ihr schon recht. Und schon fuhr sie ihrem jungen Schüler hinterher, der sich unsicher den Hang hinunter mühte.

***

Nein, dieses Zusammentreffen war kein Zufall. Rena hatte ihre Kindheitserinnerungen an Larix bewahrt. Und ihr war keineswegs entgangen, dass Elyna und Larix regelmäßig Urlaubstage im Dorf verbrachten und seit einigen Jahren die Ferienwohnung ihres Bruders mieteten. So erhielt sie in manchen Gesprächen mit ihrem Bruder und ihrer Schwägerin Informationen. Larix, so erfuhr sie, mache sich viele Gedanken über das Dorf und überhaupt interessiere er sich für das Lechtal, seine Menschen und seine Geschichte.

Einmal war es zu einem kurzen Gespräch mit Larix vor dem Haus ihres Bruders gekommen. Sie hatte eine kleine Geiß dabei. Aber Larix zeigte sich nicht wirklich ihr zugewandt und sie hatte nicht nachgehakt. Ein wenig traurig hatte sie seine reservierte Haltung schon gestimmt. Und sie vermutete, dass er über Marco eine gewisse Voreingenommenheit ihr und ihren Einstellungen gegenüber besaß. Ihr Verhältnis zu Marco war nicht unbelastet. Bei der Flurbereinigung beispielsweise war er sehr auf seinen Vorteil bedacht, was ihr missfallen hatte. Umso mehr, als sich anzudeuten schien, dass er keine bergbäuerlichen Ziele mehr verfolgte. Larix hatte viele Jahre bei Marco logiert und mit ihm einen recht engen Umgang gepflegt. Den Kontakt mit ihr hatte er nie gesucht. Und doch glaubte sie an Larix und seine Integrität. Das kurze Gespräch am Lift hatte ihr vor Augen geführt, dass er ein Mensch eigenständiger Gedanken war, keineswegs ein Mitläufer des Zeitgeistes und manipulierbar. Allerdings konnte er viele Zusammenhänge und Hintergründe, die im Dorf eine Rolle spielten, einfach nicht wissen. Längst war im Tal die neue Politik angekommen, mit neuen Menschen, deren Interessen und oft verdeckte Gegensätze sich bemerkbar machten. Und auch sie mit ihren Einstellungen und Entscheidungen war Teil dieses sich verstärkenden politischen Prozesses, den die älteren Generationen so nicht gekannt hatten. Heute ging es um viele neue Zukunftsentscheidungen, vielleicht sogar um die Frage, ob das Dorf und die Talgemeinde überhaupt noch eine Zukunft besaßen.

***

Im darauffolgenden Sommer fanden sie einige Gelegenheiten, sich über das Dorf und das Tal zu unterhalten. Man traf sich in Renas Küche oder auf der Bank vor ihrem Haus. Anfangs stand der Wandel im Mittelpunkt ihrer Unterredungen. Larix hatte am Lift die richtigen Zwischentöne herausgehört. Auch Rena hegte Zweifel an der neuen Zeit, die vor dem Dorf nicht Halt machte. Rena war mittlerweile die einzige verbliebene Bäuerin des Dorfes. Larix bat sie um eine Beschreibung ihres Betriebes und wie sie ihn an die neuen Rahmenbedingungen angepasst hatte.

Im Grunde hatte sie das Wirtschaftsmodell der Eltern fortgeführt und wirtschaftete insgesamt mit vier Kühen und entsprechend vielen Kälbern. Die kleine Herde erneuert sich kontinuierlich. Ein weibliches Kalb benötigt drei Jahre, um eine Kuh zu werden. Die Kuh gibt dann drei Kälber in drei Jahren. Damit ist die Nachfolge der alten Tiere und der Bestand der Herde gesichert. Überzählige weibliche Kälber werden ebenso wie die

Stierkälber nach der Geburt oder ein halbes Jahr später verkauft, entsprechend die älteren Kühe am Ende ihrer Nutzungsdauer als Milchkühe. Die Eltern hatten die zum Verkauf bestimmten Tiere noch bis zum Viehmarkt nach Imst geführt. Heute gibt es spezielle Handelsplattformen im Internet und der Interessent kommt direkt auf den Hof oder die Alm.

Er fragte sie, wo ihre Tiere seien. Er habe sie am Hahntennjoch weder gesehen noch gehört. Der kleine Stall habe ziemlich verlassen ausgeschaut.

Rena erklärte, dass ihre Tiere seit zwei Jahren im Sommer auf einer kleinen Melkalm im Almajurtal stehen. Die Arbeit am Hahntenne sei ihr zu viel geworden. Die Hirten im Almajur seien brave, bodenständige Leute und betreuen an die dreißig Kühe einiger Kleinbauern. Das sei für sie derzeit eine große Erleichterung.

Er erkundigte sich nach dem Viehbestand des Dorfes gegen Ende der 1960er-Jahre, also zu jenem Zeitpunkt, als die Zeit der kleinen Familienbetriebe endete.

Rena nannte die Zahl von vierzig Kühen, dazu entsprechend Kälber und Galtvieh und meinte, dass dieser Bestand vermutlich schon früh erreicht worden sei. Mehr hätten Wiesen, Mähder und Weiden des Dorfes nicht ernähren können. Damals habe es zwölf Betriebe gegeben.

Aber es habe doch keine Milchwirtschaft gegeben, warf Larix ein.

Das sei richtig, bestätigte Rena. Auch sie betreibe keine intensive Milchwirtschaft. Wenn die Tiere oben in Pfafflar stehen, werde die Milch größtenteils verkauft. Die Kannen werde ins Nachbardorf und weiter zur nächsten Sammelstelle unten im Talort geschafft. Im Winter, wenn die Straße zeitweise wegen Lawinen gesperrt sei, könne sie die Milch nicht abliefern. Aber das komme in den letzten Jahren Gott sei Dank nur noch selten vor.

Was dann mit der Milch geschehe?

Nun, Butter und Käse mache sie selbst. Überschüssige Magermilch werde teilweise als Sauermilch verfüttert. Auch das Schwein und die Schafe bekommen ihren kleinen Anteil. Seitdem die Tiere im Sommer im Almajurtal stehen, habe sie ihre festen Einnahmen bei der Milchabrechnung der Alm.

Wohin diese Weidenmilch gehe, erkundigte sich Larix.

In die Käserei nach Steeg. Das sei ein wirklich löbliches Unternehmen, das die Milch der verbliebenen Bergbauernbetriebe im oberen Lechtal verarbeite und viele Gastronomiebetriebe des Lechtals mit allen Milchprodukten und Käse beliefere.

Und die Milchstuba im Haus nicht zu vergessen, ergänzte Larix, die besuche er mit Elyna regelmäßig, wie so viele Gäste und Einheimische, das sei ein kleiner Kultort.

Rena lächelte. Der Begriff „Kult" widerstrebte ihr. Sie hielt ihn für einen der vielen eigenartigen Begriffe der heutigen Zeit.

Larix entgegnete, den benutzen eher junge Leute, um bestimmte, in ihren Kreisen anerkannte Vorlieben zu bezeichnen. Dass sie gerade einen Begriff dem religiösen Vokabular entnommen hätten, finde er recht amüsant. Er selbst mache sich einen Spaß daraus, den Begriff zu verwenden. Ganz zu schweigen von solchen eigenartigen Begrifflichkeiten wie „Multikulti". Da sei „Kult" wohl so etwas wie eine Verkürzung und Verniedlichung von „Kultur". Das wiederum passe wieder hervorragend zur heutigen Zeit, die mit einem verkürzten und recht oberflächlichen Verständnis vom Zusammenwirken unterschiedlicher Kulturen operiere und noch stolz darauf sei. Aber er wolle da nicht weiter ausholen, sonst gewinne sie noch den Eindruck, er wolle sie in ein linguistisches Seminar mit eingebauter Kulturkritik verwickeln.

Seine Anmerkungen reichen ihr schon, meinte Rena lachend und setzte ihre wirtschaftlichen Betrachtungen fort. Große Sprünge könne sie mit ihren Einnahmen aus dem Verkauf von Kälbern und Milch nicht machen. Die männlichen Kälber würden kastriert und an Ochsenmastbetriebe verkauft. Meist kämen die Tiere nach drei Jahren ins Schlachthaus. Die älteren Tiere als Schlachtvieh zu verkaufen, das tue ihr immer wieder weh. Sie gewöhne sich an ihre Tiere und umgekehrt die Tiere an sie. Aber Aiderbichl sei keine Lösung. Zusätzliche Einnahmen bringe die Vermietung von zwei Ferienwohnungen und im Sommer komme noch die Almhütte oben in Pfafflar hinzu.

Rena fuhr fort: Sie züchte Tiroler Grauvieh ausschließlich mit Mutterkuhhaltung. Das komme der natürlichen Lebensweise der Tiere am nächsten. Die kleine Herde sei gesund und der Nachwuchs könne sich sehen lassen. Diese Rasse sei einfach am besten an die hochalpine Umgebung angepasst und biete ein ausgewogenes Verhältnis von Milchleistung und Fleischgewinnung. Ja, ergänzte sie lachend, die Tiere müssten sich so daheim fühlen, dass ihr Fell die Farbe der umgebenden Felsen angenommen habe.

Larix entgegnete, dass ihm dieser „Mimetismus" sehr gefalle, egal, ob es sich nun tatsächlich so verhalte oder einfach eine Annahme sei. Entscheidend sei das innige und intensive Zusammenwirken von Umfeld und den dort lebenden Tieren. Diese spezielle Annäherung gehe in jedem Fall vom lebenden Organismus aus.

***

In einem anderen Gespräch beschäftigten sie sich mit dem Wirtschaftsmodell der einstigen Bergbauern.

„Wie kann man ihr Wirtschaften beschreiben?", fragte Larix.

„Im Grunde waren sie Selbstversorger", meinte Rena. „Bei meinen Eltern gab es das Vieh für die Erlöse aus dem Verkauf von Milch und den überzähligen Tieren sowie für den Eigenbedarf, überwiegend Butter und Käse. Außerdem ein paar Schafe für die Wolle, das Sommer- und Winterschwein für Frischfleisch, geräuchertes Fleisch und Wurst. Dazu etwas Getreide und Gemüse. Ihr Brot hatten die Eltern selbst gebacken."

Sie zeigte Larix den alten Backofen und meinte: „Ja, den benutze ich manchmal noch selbst. Es ist halt ein wenig Nostalgie dabei. Das eigene Brot macht eine besondere Freude".

„Gezielt Produkte als Handelswaren im größeren Umfang haben die Alten wohl nicht hergestellt", schlussfolgerte Larix.

„Nein, sie waren im Grunde nur bescheidene Erzeuger und Selbstversorger und handelten kaum mit Produkten – wie eigentlich alle landwirtschaftlichen Familienbetriebe in den Seitentälern."

„Aber was haben sie dann der Gesellschaft gegeben? Einen Kulturraum, über Generationen der unwirtlichen Natur abgerungen? Menschen? Frauen in die benachbarten Dörfer, Männer als Handwerker, Hirten, Knechte? Einst Helfer im Fernhandel der Fugger beispielsweise? Und in den besten Zeiten ein paar Fernhändler, die auf eigene Rechnung arbeiteten, und ein paar Geldverleiher. Ein wenig Erzbergbau? Ich habe mal gelesen, dass es in Bichlbach im 18. Jahrhundert eine bedeutende Bauhandwerkerzunft gab, zu der auch Lechtaler Handwerker zählten."

Ja, das müsse alles wohl so gewesen sein, stimmte Rena zu. In den harten Zeiten gab es auch Auswanderer oder „Schwabenkinder" – allerdings nicht im Dorf. Der eine oder andere mochte besonders gefördert worden sein und habe einen geistlichen Beruf ergriffen. Und die Daheimgebliebenen haben unverdrossen immer weiter gewirtschaftet – letztlich bis zum Ende des Zweiten Weltkriegs und noch bis in die 1960er-Jahre. Aber diese letzte Phase habe er, Larix, ja noch selbst erlebt.

Ja, bestätigte er, als Bub mit dem Vater und später noch mit einigen Kameraden aus Bundeswehrzeiten.

Daran erinnere sie sich noch sehr gut. Sie sei damals ein Kind und später ein junges Mädchen gewesen.

Und wenn er den Fotos aus jener Zeit Glauben schenken solle, sei sie gern mit auf dem Bild gewesen, bemerkte er lachend.

Auch Rena musste lachen. Sie müsse ihn und seine Freunde sympathisch gefunden haben. Kinder haben da sicher ihre eigenen Wahrnehmungen.

Die Walze des Strukturwandels setzte sich nach dem Krieg langsam in Bewegung und nahm in den 1960er-Jahren Fahrt auf. Heute existiert die alte Bergbauernwelt definitiv nicht mehr. Larix erwähnte den Drei-Geschwister-Hof, den er kannte, und hielt die Ehelosigkeit damals für symptomatisch. Nach seinem Verständnis war es den beiden Brüdern nicht mehr gelungen, Frauen zu finden. Andererseits wollten sie den Hof nicht verlassen.

Im Grunde hatten sie die unglückliche Wahl zwischen einer Frau und dem Hof – ein vollkommen neuer Konflikt. Sie entschieden sich für den Hof. Es musste ihnen klar gewesen sein, dass es keine Zukunft mehr gab. Vielleicht hatten auch die Eltern bestimmte Verbindungen hintertrieben, weil sie fürchteten, die Frauen könnten die Männer vom Hof weglocken? Fürchteten sie den Untergang ihres Lebenswerks? Wer sollte die Nachfolge antreten, den Hof erhalten und die Alten versorgen? Jedenfalls blieben sie ledig, ebenso wie ihre Schwester, die nicht fortging und den gemeinsamen Haushalt führte. Rena fügte hinzu, dass es damals im Dorf schon zwei weitere Geschwister-Höfe gegeben habe. Er liege wohl richtig mit seiner Einschätzung.

Raimund hatte Larix einmal gesagt, er kenne persönlich Fälle, die im Selbstmord endeten oder den Jungen zutiefst unglücklich gemacht hätten. Ja, im Tal galten solche Fälle als „Liebeskummer" und niemand mochte darüber sprechen, dass vielleicht die Alten die Liebesbeziehung massiv hintertrieben und die Kinder moralisch erpresst hatten – auch aus Angst, im Alter allein zu sein. Aber am stärksten muss in ihrem Denken der Erhalt des Hofes gewirkt haben.

Von den zehn Betrieben damals, als Larix zum ersten Mal ins Dorf kam, waren drei schon ohne Aussicht auf Nachfolge, Auslaufmodelle, wie es heute so schön heißt. Dazu der Hof ihrer verwitweten Nachbarin. Nach dem tragischen Unfalltod ihrer einzigen Tochter sei es auch mit diesem Betrieb endgültig vorbei gewesen. Aber Irma hätte wohl kaum den winzigen Hof fortgeführt. Und welcher Mann hätte in diesen Betrieb „einheiraten" wollen? Die knochenharte Selbstversorger-Existenz galt niemandem mehr als erstrebenswert. Und eine andere Existenzform gaben diese Bergbauernhöfe nicht her.

Ihren Mann habe sie leider viel zu früh verloren. Sie sei mit ihrem Sohn, dem Lukas, geblieben. Freilich hoffe sie, dass er im Dorf bleiben und dort seine Existenz aufbauen werde. Vielleicht ergeben sich echte Möglichkeiten für eine neue Bewirtschaftung der alten Wiesen- und Weideflächen. Gewiss werde man davon Teile wieder der Natur zurückgeben müssen. Aber die wertvollsten Flächen sollten weiterhin genutzt werden – natürlich in wirtschaftlich vertretbarer Weise.

***

Sie kamen auf das heutige Verständnis der einstigen Bergbauernkultur zu sprechen. Rena meinte, den Menschen sei bewusst, dass da eine Kultur untergegangen ist, jedenfalls in den allerletzten Zügen liegt. In den Familien sehe es wohl aus, dass schon die Enkelgeneration keine direkte Verbindung mehr mit der Bergbauernwelt besitze.

Larix stimmte ihr zu. Es gebe keine lebendige Beziehung mehr, sondern man sei in die Phase der „Historisierung" eingetreten.

Was er damit sagen wolle, erkundigte sich Rena.

Niemand sei mehr da, der diese Kultur direkt erfahren könne, weil sie ja von niemandem mehr gelebt werde, entgegnete er. Brauchtumspflege, künstlerische Darstellungen oder heimatkundliche Aktivitäten stellten mittlerweile bestimmte Beziehungen zu dieser Welt her und würden Bilder von ihr entwerfen. Rena fand diesen Gedanken interessant. Sie beschäftigten sich mit der Freilichtbühne in Elbigenalp, auf der man volkstümliche Stücke aufführte und schrittweise bestimmte historische Begebenheiten abarbeitete, die in Erinnerung geblieben waren. So viele waren es ja nicht. Die berühmte Geierwally war dabei mit ihrer legendären Abseilaktion an der Saxerwand. Das Bühnenstück wurde von den Lechtalern und ihren Gästen gern geschaut.

Rührend ging es zu, als man das Schicksal der „Schwabenkinder" auf die Bühne brachte. Im Mittelpunkt stand das legendäre Mutterherz, das ganz heftig zerrissen wurde.

Eine Liebesgeschichte mit viel Musik ereignete sich „anno 1800" am Lech während der „Franzosenzeit", als das Tal für einen kurzen Zeitraum in eine französisch-bayerische Besatzungszone am nördlichen Lechufer und das freie Tirol am Südufer zerteilt wurde.

Demnächst werde sicher Elisabeth Maldoner an die Reihe kommen oder die Ärztin und Ordensgründerin Anna Dengel aus Steeg. Vielleicht auch den Maler Joseph Anton Koch oder Johann Anton Falger.

Natürlich blieben Fabios literarische Aktivitäten nicht unerwähnt. Im hohen Alter hatte ihn die Lust gepackt, die Geschichte seiner Heimat zu erzählen. Nun, sein ganzes Leben lang hatte er es geschafft, sich die Kritik seiner Mitbewohner zuzuziehen. Warum sollte es seinen Texten anders ergehen? Die angeblich naturhafte Erotik der Hauptgestalt und der damaligen Weiblichkeit erregte moralischen Anstoß. Aber das war nicht das eigentliche Problem. Der Autor wollte die Geschichte des Dorfes neu zeichnen und überzeichnete dabei die Bedeutung des Erzbergbaus und des Fernhandels. Es mochte in einer kurzen historischen Phase diese zusätzlichen Erwerbsquellen gegeben haben, aber darüber geriet die Bergbauernkultur fast zur Randerscheinung. In Wirklichkeit hatte sich der Erzbergbau nicht durchgesetzt, während die Bergbauern weiterhin das Tal bewirtschafteten. So fanden sich seine bäuerlichen Mitbewohner verständlicherweise mit dieser Darstellung nicht zurecht.

Neben der künstlerischen Beschäftigung mit der Geschichte des Tals gab es auch eine klassische Heimatforschung. Allerdings nicht im Dorf. Es hieß zwar, dass in den Schränken und Kästen des verstorbenen Balthasar ganz gewiss noch viele Dokumente aus seiner Zeit als Ortsvorsteher lagern würden. Aber Genaueres wusste man nicht. In Holzgau hingegen hatte ein Autorenkollektiv eine dicke Dorfchronik zusammengetragen, ein Gemeinschaftswerk gespickt mit Dokumenten und Details, das so ziemlich alle Aspekte der Dorfgeschichte beleuchtete. Larix hatte Kontakt mit einer Mitarbeiterin am Buch aufgenommen und mehrere Gespräche mit ihr geführt. Sie riet ihm, die Figur der Elisabeth Maldoner nicht zu idealisieren. Sie mochte persönlich integer gewesen sein. Aber sie habe nun mal ihre Verwalter und Eintreiber auf die Reise geschickt. Die damaligen Geldhändler seien keine Chorknaben gewesen. Schließlich ging es auch um ihre eigene Existenzgrundlage. Larix hatte bei der „reichen Lisbeth" immer vermutet, dass diese Frau auch von der Überzeugung geleitet war, die moderne Geldwirtschaft, die das Tal im 19. Jahrhundert erreichte, nicht fremden Händen zu überlassen.

Davon war noch bis auf den heutigen Tag etwas zu verspüren. Auch die Abneigung, Grund und Boden an Fremde zu veräußern, saß immer noch tief. Marco hatte es in Gesprächen mit Larix immer wieder kategorisch ausgeschlossen, Grund- und Immobilienbesitz an Ausländer zu veräußern – mit einer Ausnahme. Und dabei schaute er Larix an und lachte.

Und keineswegs vergessen wurde die „Lechtaler Wunderkammer" in Elbigenalp, ein – wie Larix fand – sehr interessantes Heimatmuseum im einstigen Haus des Anton Falger, den man auch den „Vater des Lechtals" nannte. Ein begabter, vielseitig interessierter Mensch, der viel in der Welt des 19. Jahrhunderts herumgekommen war und doch seiner Lechtaler Heimat die Treue gehalten hatte. Den Grundstock der Exponate dieser „Wunderkammer" bildeten die künstlerischen und intellektuellen Hinterlassenschaften des Meisters, der Maler, Zeichner, naturwissenschaftlich inspirierter Sammler von Holzarten, Mineralien, Schmetterlingen oder Fossilien war, vor allem aber ein exzellenter Lithograf. Und mit dieser Kunst verdiente er gutes Geld. Larix meinte, dass es da noch eine andere „Wunderkammer" gebe, nämlich das wache Bewusstsein und die unbändige Aufgeschlossenheit dieses Menschen. In diesem Heimatmuseum findet außerdem die alte bäuerliche Kultur des Tals einen angemessenen Platz. Und man zeigt auch, wie diese Kultur trotz all ihrer Starre und Monotonie immer wieder Menschen hervorgebracht hatte, die weit über die engen Grenzen hinausgingen. Anna Dengel aus Steeg wurde in einer Sonderausstellung gewürdigt. Als man sie einmal fragte, woher sie stamme, soll sie lapidar geantwortet haben: „Vom Ende der Welt". Gegangen war sie bis an ein anderes Ende der Welt, in die Elendsquartiere von Rawalpindi

– als Ärztin und Ordensfrau viele Jahre vor der weltberühmten Mutter Teresa.

Es sei wohl so, meinte Larix, dass die Daheimgebliebenen nichts Rechtes mit jenen Söhnen und Töchtern anfangen konnten, die in die Welt hinausgegangen waren und dort ein ordentliches, ja bisweilen recht achtbares Leben absolvierten.

Rena entgegnete, das sei ganz einfach Unvermögen gewesen. Sie hatten doch nur ihren Existenzkampf im Kopf, die Natur, die Not und den lieben Gott.

Wenn einer aus der Fremde zurückkam, hatte er es nicht leicht, das Fremde, das ihm vertraut geworden war, den Daheimgebliebenen zu vermitteln. Damit konnten sie einfach nicht umgehen. Es ließ sich mit ihrer Existenz nicht sinnvoll vereinbaren, sondern sorgte bisweilen für den Unmut der Daheimgebliebenen. Die Frauen der zu Wohlstand gelangten Holzgauer Fernhändler trugen schöne, bürgerliche Kleider als Zeichen dieser anderen Welt und ihrer Lebensweisen. Damit verärgerten sie ihre in groben Leinenkitteln schuftenden Schwestern. Auf Dauer gab es keinen Platz für zwei Welten im Tal. Die Bergbauernwelt behielt die Oberhand und erst im 20. Jahrhundert sollte sie von der modernen Nachkriegsgesellschaft überrollt werden.

Wenig überzeugend fanden die beiden den Umgang der modernen Medien mit der alten Bergbauernwelt. In diversen Fernsehfilmen dienten das Dorf oder das eine oder andere Gebäude sowie die Landschaft als kitschige Kulissen unterhaltsamer Fernsehfilme. Einige Außenaufnahmen wurden in den Film hineingeschnitten, um alpenländische Dorfatmosphäre zu suggerieren. Fabio war enttäuscht, hatte er doch auf die touristische Promotion des Dorfes gehofft. Aber nichts dergleichen. Weder im Vorspann noch im Abspann diverser Fernsehfilme fand sich ein Hinweis auf den Drehort. Stattdessen Wilder Kaiser, was nach Promotion für ein bekanntes Urlaubsgebiet roch. Im Lechtal billig unverfälschte Landschaften drehen und damit Werbung für die hochgerüsteten Touristenorte im Wilden Kaiser machen. Marco hingegen war es egal. Er unterstützte Kamerateam und Schauspieler mit allerlei Hilfsarbeiten und verdiente sich ein kleines Zubrot dabei. In Erinnerung blieb ein Vorfall, den Ewald völlig entgeistert dem Dorf berichtete. Nein, er habe keine Vision gehabt, sondern da sei ganz real auf dem Feld hinter seinem Haus a Nackerter vorbeigesprungen in Richtung einer Badewanne mitten auf der Wiese hinterm Stall vom Balthasar. „Und der hatte so aan Kaktus. Naa, it der Balthasar, dieser Schauspieler da." Dabei machte Ewald Armbewegungen, wie ein Angler, der eine ordentliche Äsche aus dem Lech gezogen hatte. In welchem Film diese Szene auftauchte, hat man nie erfahren. Und überhaupt verhielt es sich so, dass das Dorf gar nicht oder nur bruchstückhaft über die Filme informiert wurde, für die es als Kulisse diente. Umso aufmerksamer schauten sich Elyna und Larix den „Weihnachtswolf" an – nicht wegen der uninteressanten Handlung oder der üppigen Lizzi, sondern um die verschiedenen Räumlichkeiten und Landschaftsbilder wiederzuerkennen, die als dekorative Szenerie Verwendung gefunden hatten.

Das Dorf wurde nicht nur als Filmkulisse genutzt, sondern war selbst Gegenstand unterhaltsamer Dokumentationen. Der Bayerische Rundfunk widmete ihm einen ausführlichen Film im Rahmen der Serie „Unter unserem Himmel". Versucht wurde ein Spagat zwischen gestern und heute. Larix hatte den Film, Sequenz für Sequenz, aufmerksam angeschaut und sich am Ende gefragt, was der Streifen seinen Zuschauern eigentlich vermitteln wollte. Er glaubte, es mit einem seltsam zusammengesetzten Stückwerk zu tun zu haben. Später sollte man ihm das Wort vom „Geisterdorf" zutragen, das der Bürgermeister des Tals geäußert hatte. Dieses Wort passte zum Film, der nämlich erschreckend menschenleer war. Ein Sozialleben fand zu keinem Zeitpunkt statt, wurde nicht einmal angedeutet, mit Ausnahme einer kurzen Szene, die ein Jugendfußball-Turnier zeigt, das auf dem kleinen Sportplatz des Nachbardorfs stattfand. Für reichlich jugendliche Anwesenheit sorgten allerdings die aus dem Tal eingeladenen Mannschaften. Im Dorf wohnten ein paar Leute – in einer unbestimmten Zeit zwischen gestern und heute, im Niemandsland zwischen Vergangenheit und Gegenwart. Ein lebendiger sozialer Raum war nicht erkennbar. Im Kommentar fiel an einer Stelle das Wort „Insel". Ja, vielleicht war dem Regisseur diese Welt wie eine Insel, umspült vom Ozean der Moderne, vorgekommen. Und damit hatte er vielleicht gar nicht unrecht.

Und wenn Larix es als junger Mensch nicht mit eigenen Augen gesehen hätte, wäre es ihm unvorstellbar erschienen, dass auf der Dorfstraße im

Sommer einst ein Treiben herrschte wie in einer belebten Fußgängerzone. Er hätte nicht glauben können, dass das Fest Mariä Himmelfahrt als Patronatsfest der Kirche des Nachbardorfs die Bewohner beider Dörfer mobilisierte und eine lange Prozession bis zum letzten Weiler zog und wieder zurück zur Kirche, begleitet von den Klängen der Musikkapelle. Sogar zwei Gendarmen, wie die damaligen Polizisten noch hießen, hatte die Wache Elbigenalp hochgeschickt, um den Verkehr auf der Landstraße anzuhalten. Larix hätte nicht glauben können, dass die Gaststube des oberen Gasthauses schier überquoll, wenn die Einheimischen sich nach getaner Arbeitswoche dort zusammenfanden und ohne Unterlass redeten und redeten. Und doch war es keine Kakofonie, sondern alle Unterhaltungen folgten einer bestimmten Choreografie, die alle Einzelgespräche aufeinander abstimmte, sodass die Sprecher hin und her wechselten und doch keiner den anderen unterbrach und jedermann das auszureden schien, was er zu sagen hatte.

Zwei Hauptpersonen belebten den Film: Rena, die bemüht war, einen authentischen Bogen zur Gegenwart zu spannen. Und Fabio, ein unverdrossener Optimist, der in einer langen Szene etwas von den Sauboana des Nachbarortes erzählte und sich für die Wiederbelebung ihres Anbaus aussprach. Ob er das ernst meinte? Was konnten die Zuschauer dieser Sendung mit diesem Hinweis anfangen? Der eine oder andere werde sich vielleicht gefragt haben, welches spezielle Schweinefutter die Leute dort anbauten. Nun ja, so manche Ideen waren ihm gekommen. Aber die mit dem Wasserkraftwerk sei die beste seines Lebens gewesen, wie er stolz vor laufender Kamera bekundete. Die hatte er umgesetzt und das Wasser trieb unermüdlich die Turbine an – bis auf den heutigen Tag. Die Stromproduktion war so bescheiden, dass sie beim großen und gefräßigen Energiekraken in Reutte keine Begehrlichkeiten weckte.

Ihre Unterredung kehrte zurück zur alten Bergbauernkultur des Dorfes und des ganzen Lechtals.

Immer wieder fiel ihnen eine neue Facette ein, die sie thematisierten. Larix erwähnte den alten Rechtsbrauch der Realteilung, der die bäuerliche Gesellschaft zutiefst prägte. Grundsätzlich stand allen Kindern, ob Junge oder Mädchen, ein gleichwertiger Erbanteil zu. Im Mittelpunkt stand von

Anfang an, d. h. seit dem Mittelalter, der „Hof", die zentrale Wohn- und Wirtschaftseinheit. Der Hof sicherte den Fortbestand des bäuerlichen Familienbetriebes. Der war die Existenzgrundlage der Familie, bot alle Mittel zu existieren und musste unbedingt erhalten werden. Man bemühte sich, dass der Hof in einer Hand blieb und die anderen Geschwister angemessen abgefunden wurden. Konnte aber ein Geschwister nicht weichen, weil die Mittel für eine Abfindung nicht zur Verfügung standen, so lebte man gemeinsam auf dem Hof. Solange zumindest nur einer der Geschwister heiratete und die anderen ledig blieben, mochte das Zusammenleben ja noch halbwegs friedlich über die Bühne gegangen sein. Wie aber hatte die Realteilung funktioniert, wenn zwei Familien unter einem Dach wirtschafteten? Es gibt Beispiele für eine sehr konkrete Realteilung, die sich bis in die einzelnen Gerätschaften, beispielsweise der gemeinsam genutzten Küche, erstreckte. Man kann vermuten, dass solche Lebensformen nicht selten ihre eigenen Spannungsverhältnisse hervorbrachten. Wenn gar kein Nachkomme oder Erbe mehr vorhanden war und der letzte Bauer ins Grab gesunken war, fiel der Hof an die Gemeinde. Interessierte Familien, die vielleicht schon lange gespart hatten, um sich selbstständig zu machen, konnten den Hof erwerben.

„Meine Großeltern haben damals den Sprung von Pfafflar hinunter ins Dorf getan, als sich die Gelegenheit bot, den heutigen Hof zu erwerben", sagte Rena.

„Das muss für sie die größte Entscheidung ihres Lebens gewesen sein", meinte Larix.

„Ja klar, ein größerer Hof, die wertvollen Wiesenparzellen allerdings anfangs typischerweise reichlich verstreut."

In den 1950er-Jahren begann auch im Lechtal der jahrzehntelange Prozess der Flurbereinigung und Zusammenlegung landwirtschaftlicher Flächen. Der Prozess war mühsam und stieß vielfach auf erbitterten Widerstand. Niemand wollte „Verlierer" sein. Im Dorf hatten sich alle beteiligten Bauern relativ friedlich geeinigt. Und Rena verfügte schließlich über zusammenhängende Flächen, die wesentlich einfacher zu bewirtschaften waren.

Larix war der Meinung, dass das „Höfesterben" die Neuordnung der landwirtschaftlichen Flächen erleichtert habe. Dennoch hielt er fest, dass über Jahrhunderte das alte Erbrecht die Menschen ungemein an ihren Besitz gebunden habe und vielleicht das eigentliche Genie ihrer Kultur gewesen sei. Im Tal habe sich nie eine drückende Leibeigenschaft gebildet, sondern aus ursprünglichen Lehen müsse eine starke Erbpacht entstanden sein, die letztlich die Entwicklung zum „freien Bauern" ermöglicht und zu ihrer Selbstverwaltung in kleinen Gemeinden geführt habe.

Möglicherweise habe an anderen Orten auch die Kirche als Lehensgeberin eine nicht unbedeutende Rolle gespielt. Am Ende hätten sich die Vorfahren ihre Besitzrechte ersessen und in dauerhafte Eigentumsrechte umgewandelt. Somit wurde hier jeder von Generation zu Generation ein wenig mehr Eigentümer und arbeitender Besitzer von Land, Haus, Hof, Tier und Gerät. Das trage zur Ausbildung eines Bewusstseins des Besitzenden bei.

Rena stimmte zu und zitierte den Fall einer Bäuerin des Dorfes, die ihr Leben lang an einer bestimmten Stelle über den Markstein hinaus die Sense schwang. Bei Gelegenheit senste man zurück. Sie solle ja nicht glauben, dass der Markstein und die Grenze ihrer Besitztümer in Vergessenheit geraten sei.

Ja, Grenzen wurden gezogen, unzählige unsichtbare Grenzlinien zerteilten das karge Land. Das hatte sich Larix aufmerksam auf dem Server des Landes Tirol angeschaut. Es wimmelte nur so von kleinen Parzellen, sah aus wie die Atomisierung der privaten Wirtschaftsflächen. Einmal hatte Larix Raimund zweifelnd gefragt, wie das wohl funktioniert habe. Doch, das habe funktioniert, hatte dieser ihn aufgeklärt. Er kenne noch den Extremfall einer Parzelle, auf der gerade mal drei Heinzen Platz fanden, ein Handtuch – und doch habe jeder der Betroffenen sehr genau gewusst, wo sich dieses Wiesenstückchen befand.

Besonders wirtschaftlich höre sich das aber nicht an, hatte Larix entgegnet.

Nach heutigem Verständnis wohl wahr, kam die Antwort, aber dieses System müsse unheimliche Kräfte freigesetzt haben, auch noch den letzten Grashalm in Heu zu verwandeln.

Das wirtschaftliche Zusammenspiel von Weiden, Wiesen und Viehbestand hatten die alten Bergbauern im Griff – und zwar nicht nur jeder für sich und seinen kleinen Hof, sondern alle miteinander in der Almende, dem Gemeindegut. Sie perfektionierten unermüdlich die Nutzung. Daran hing ihre Existenz. Und wenn sie eines fürchteten, dann war es eine schlechte Heuernte. Dann war die Winternot noch größer als ohnehin schon.

Die Geschichte der bäuerlichen Eigentumsentwicklung in Tirol fasziniere ihn schon seit geraumer Zeit, bemerkte Larix. Und in jüngster Zeit habe diese unendliche Fortsetzungsgeschichte ja tatsächlich noch eine erstaunliche – wahrscheinlich letzte – Episode hervorgebracht. Und zwar gehe es um die Erfindung der „atypischen Agrargemeinschaften" und der „Substanzberechtigung" jener Gemeinden, wo sich diese Agrargemeinschaften befinden.

Ach, meinte Rena, das sei wohl in manchen Orten ein heißes Thema. Die Agrargemeinschaft des Dorfes sei zwar nicht betroffen, weil die letzte Generation tatsächlich nichts anderes als ihre Bergbauernwirtschaft betrieben habe und auch die Gemeinde ja ein wirklich bescheidenes und überschaubares Dasein führe. Außer für einen Sportplatz, den Parkplatz neben der Kirche und eine Mülldeponie habe die Gemeinde keine Flächennutzung in Anspruch genommen. Aber von anderen Gemeinden habe man schon gewisse Dinge gehört. Manche Agrargemeinschaft habe recht erfolgreich versucht, die alte Almende, wo immer möglich, in ihr Eigentum zu überführen und es habe wohl die entsprechenden Grundbucheinträge gegeben. Anschließend habe die Gemeinde bei der Agrargemeinschaft Grundstücke pachten müssen.

Wie das denn möglich gewesen sei, wunderte sich Larix.

Die Agrargemeinschaften seien Körperschaften des öffentlichen Rechts, entgegnete Rena, und können allerlei Rechtsgeschäfte tätigen, darunter eben den Grunderwerb.

Ach, und welche Gemeinde habe da ihre Almende an ihre Agrargemeinschaften vermutlich billig verkauft?

Rena schaute ihn an und sagte, er wisse doch wohl selbst, dass die Leute im Gemeinderat exakt die Leute der Agrargemeinschaften seien. Da habe man sich wohl beim Geschäft einmal den einen und dann den anderen Hut aufgesetzt. So richtig über den Tisch gezogen werde dabei das Land, weil viele Gemeinden doch subventioniert seien.

Oh, ein erstaunliches Gebaren, meinte Larix verblüfft.

Ja, wenn schon ein ehemaliger Landeshauptmann, Gott habe ihn selig, seine schützende Hand über diese Art von Gemauschel gehalten habe ....

Und wie man die Agrargemeinschaften zurechtgestutzt habe, wollte er wissen.

Sie sei zwar keine Rechtsexpertin, aber offenbar habe das Land genauer hingeschaut und alle Agrargemeinschaften, deren Liegenschaften nicht mehr einem typischen bäuerlichen Zweck dienten, zu „atypischen Agrargemeinschaften" erklärt. Und die zuständigen Gemeinden hätten einen direkten Zugriff auf die Liegenschaften in der Form einer sog. Substanzberechtigung erhalten. Dazu habe man einen die Geschäfte der Agrargemeinschaft führenden Substanzverwalter eingesetzt, der über die Veräußerung, Verpachtung, dauernde Belastung von Grundstücken oder Jagdpacht entscheide und dem Gemeinderat verantwortlich sei. Substanzerlöse, die über die landwirtschaftlichen Nutzungsrechte der Agrargemeinschaft hinaus gehen, fließen zwingend der Gemeinde zu.

Oh, bekundete er erneut sein Erstaunen, das müsse aber zu heftigen Reaktionen geführt haben.

Gewiss, bei den Betroffenen, vielleicht auch nicht bei allen. Aber die Zeiten seien mittlerweile anders. Im Landtag bekommen sie keine Mehrheit mehr zusammen, um die Sache umzudrehen.

Wie viele Agrargemeinschaften denn betroffen seien, wollte Larix wissen.

Gut zehn Prozent, antwortete Rena, das habe sie vom Bruder gehört. Man habe in Tirol rund 2 000 Agrargemeinschaften und 250 haben sich wohl den Titel zugezogen: atypische Gemeindeguts-Agrargemeinschaft.

Auf den manche gern verzichtet hätten.

Das könne man wohl so sagen. Die Gedingstatt Zams habe erbitterten Widerstand geleistet und um ihre alte Eigenständigkeit gekämpft – vergeblich. Aber das seien die neuen Zeiten.

Larix dachte, nun habe das Gesetz die Gedingstatt zur Strecke gebracht, nachdem die Gedingstatt einst mithilfe des Gesetzes die Siedlung Madau zur Strecke bringen wollte.

Die weitere Entwicklung ist absehbar: Die Bauern werden aufgrund der wirtschaftlichen Entwicklung an Zahl und Einfluss in den Gemeinden verlieren. Die alte, fast möchte man sagen, heimliche Bauernrepublik Tirol wird endgültig Vergangenheit sein.

***

Sie redeten und trugen immer neue Details zusammen. Die Bergbauernkultur faszinierte sie. Dabei verschwand sie gerade vor ihren Augen im Orkus der Geschichte. Die letzten Bergbauern des Dorfes lagen schon auf dem Friedhof. Kürzlich war wieder eine Witwe gestorben. Vielleicht sollte man den Deckel schließen, anstatt sich einen Kopf zu machen. Larix äußerte diesen Gedanken – nicht aus Überzeugung, sondern, weil die Realität unerbittlich war. Die Macht des Wandels war überwältigend. Wie oft hatten ihn Zweifel geplagt. Dennoch hielt er das alte Dorf für bedeutsam.

Rena dachte einen Moment nach. Dann erklärte sie, dass die Geschichte immer auch ein Erbe, in manchen Fällen gar ein Vermächtnis sei. Und es gebe nun mal ein paar Menschen wie sie, die diese Kultur weiterverfolgten, natürlich nicht, um sie stur zu reproduzieren. Nein, eher der Versuch, ihr unter den Bedingungen der neuen Zeit wieder eine Zukunft zu geben.

Aber wohin solle der Weg führen, fragte Larix, der sich von dieser Bemerkung betroffen fühlte. Ökonomisch betrachtet sei das doch ein Nischendasein auf Abruf, das resorbiert würde. Diese Kultur würde in die Vergangenheit verschoben und für nicht mehr existent erklärt. Was ja auch eine unumstößliche Tatsache sei.

Ach, meinte Rena, das wundere sie jetzt, wo er doch ein überzeugter Anhänger und Prediger des Lechtaler Nischendaseins sei. Habe er nicht immer behauptet, die große Geschichte sei am Lechtal vorbeigerauscht und die Menschen hier seien daran nicht gestorben? Jetzt rede er ja fast wie der Bürgermeister, der habe nur die Modernität im Sinn.

Die Bemerkung war wohl wahr. Larix hatte das Dorf häufig als das Dorf der glimpflich Davongekommenen bezeichnet. Lawine, Bach, Mure, Kriege, Pest, Epidemien und Hungersnöte – die großen Unglücke hatten sie immer nur gestreift und sich nie über ihre Häupter entladen. Und dem ganzen Lechtal war es nicht anders ergangen. Aber jetzt hatte die Moderne sie überwältigt und wies eine neue Zukunft.

Was den Bürgermeister angehe, entgegnete Larix, sei seine Einstellung nachvollziehbar. Schließlich betreibe er eine Firma, die sich darauf spezialisiert habe, Funklöcher mit lokalen WLAN-Netzen zu schließen. Immerhin habe er den Bewohnern des Tals einen vernünftigen Internetzugang verschafft. Außerdem bemühe er sich, die Entsiedlung zu stoppen, und fördere die Neuansiedlung sowie den gehobenen Tourismus. Drüben im Nachbardorf hätten sie schon zwei hübsche Ferien-Holzhäuser hochgezogen, dank gewisser Subventionen. Freilich müsse Geld ins Tal gelenkt werden.

Gewiss, entgegnete Rena, sie habe nichts gegen die Segnungen moderner Technik. Auch wenn ihr beispielsweise der Satelliten-Kontrollwahn der EU gehörig auf den Geist gehe. Sie wisse wohl selbst am besten, wie viel gemähte Wiesenfläche sie für ihren Viehbestand benötige.

Ach, jetzt verstehe er, warum Marco seinen Namen in großen Lettern auf dem Dach seines Pferdestalles angebracht habe, warf Larix ein.

Ja, modernste Überwachungstechnik für ein paar winzige Mähwiesen am Ende der Welt, um ihre Subvention zu erhalten. Was sie störe, sei die sehr zweifelhafte Technologiegläubigkeit der Menschen heute. In ihrem Gefolge habe sich eine lästige, unangenehm übergriffige Besserwisserei breitgemacht, die schnell zur Bevormundung werde. Ständig würden alternative Lebensentwürfe schlechtgeredet, bestenfalls milde belächelt. Das gehe langsam auf keine Kuhhaut mehr.

Tja, seufzte Larix, nicht nur die Technologie, sondern als Begleitmusik die Ideologie der Moderne rücken auch ihr immer näher aufs Fell.

Wenn der Fortschritt zwischen den Menschen einen bodenlosen ideologischen Wahn und kein echtes gemeinschaftliches Miteinander erzeuge, entgegnete Rena, dann sei es höchste Zeit, sich Gedanken darüber zu machen, ob nicht etwas ernsthaft aus dem Ruder der Vernunft laufe und vielleicht eines Tages schmerzhafte Korrekturen nach sich ziehen werde. Was sie zutiefst beklage, sei der drohende Verlust dieses so hart erarbeiteten Gemeinschaftsgeistes. Man müsse nicht ins andere Extrem fallen und sagen, dass früher alles besser gewesen sei. Aber Leben erhalte sich nun mal nicht durch frenetisches Produzieren und Konsumieren, sondern durch Nähren und das sei ein zutiefst gemeinschaftlicher Akt. Wenn in der heutigen Gesellschaft schon mal häufiger die Rede von Nachhaltigkeit sei, so gebe es einen kleinen Funken Hoffnung. Da könne man viel von den Alten lernen. Die hätten sich gewiss nicht um die Nachhaltigkeit ihres Wirtschaftens gerissen, sondern seien von ihrer Erfahrung darauf gestoßen worden und hätten schließlich gewusst, dass an ihr kein Weg vorbeiführte. Müll produzierten sie nahezu keinen und wenn sie das Wort „Recyceln" ignorierten, so praktizierten sie intensiv die Wiederverwendung – und sei es die ausgediente Schubkarre hinter dem Haus, die als Blumenkasten einen neuen Zweck erfüllte.

Larix lachte über die alte Schubkarre und meinte: „So etwas gibt es als teure Antiquität zu kaufen oder preiswerter als ‚antik' aussehendes Imitat aus industrieller Produktion – wer weiß, ‚made in China', warum nicht?"

Er fragte Rena, ob sie denn ihr marginales Leben durchhalten und bis zu Ende denken und führen könne.

Die Welt der Vorfahren sei immer eine Randexistenz gewesen. Sie finde sich in dieser Existenzform zurecht. Jetzt aber werde ihr deutlicher bewusst, dass er, Larix, ja ein Kind jener Welt sei, die sie lange nur aus der Ferne kannte. Nun rücke diese neue Realität immer näher. Der unmittelbare Kontakt mit ihr sei hergestellt und auch sie müsse sich damit konkret auseinandersetzen. Er habe sich mühsam seine randständige Existenz inmitten dieser Konsumwelt und ihrer „Mitmach-Ideologie" schaffen müssen – von früh bis spät das triste Spektakel der kommunikativen Enttäuschungen und vieler bedenklicher Entwicklungen vor Augen. Sie könne sich vorstellen, wie viel Verzweiflung ihn befallen habe und wie viele Kämpfe er habe ausfechten und bestehen müssen. Und sie sage ihm gern, wie lieb und wertvoll ihr seine Existenz sei. Dass seine Welt einen nachdenkenden Menschen wie ihn hervorgebracht habe, stärke ihren Mut, sich ihrer Welt zu stellen.

Gearbeitet werden müsse auf jeden Fall, entgegnete Larix, ob bei den alten Bergbauern oder in der heutigen Gesellschaft. Das sei nicht das Problem, das er mit der heutigen Zeit habe. Er erhebe nicht einmal die Entfremdung als Vorwurf, denn die liege an den realen Verhältnissen. Der moderne Mensch habe nun mal eine unüberschaubare und wachsende Komplexität seiner Existenzformen hervorgebracht. Aber man müsse sich ihr wirklich stellen und nicht die Augen verschließen. Die alten Bergbauern haben dies getan und haben ihre Welt geschaffen und gemeistert. Sie haben eine Wildnis, d. h. eine fremde und vielfach feindliche Welt angenommen und sie in ihre Welt verwandelt, weil sie doch alle Ressourcen barg, die sie zum Existieren benötigten. Freilich sei in den damaligen Zeiten alles primitiver und einfacher gewesen. Aber jede Epoche besitze doch ausreichend Instrumente, um ihre Welt nicht nur technisch, sondern auch geistig-kulturell zu beherrschen.

Mit einem Mal wurde es Larix zum klaren Begreifen: Diese Welt, die den Alten hier kraft ihrer Mühen gehörte, nannten sie Heimat. Heimat war für sie keine „romantische Größe", sondern ein solider Lebenskreis, den sie besaßen und genau kannten. Alles, was sie taten, das waren sie selbst. Dieses intensive Erleben des Selbstseins als Individuum und im Kollektiv formte ihr Bewusstsein und brachte es zu seiner menschlichen Fülle. Und ebendies fehlt den heutigen Menschen. Sie sind unter eine Lawine moderner Prozesse geraten und können ihre Autonomie nur unter größten Mühen und gegen viele Widerstände behaupten. Die Mehrheit verdrängt und ergeht sich in unzählige Ersatzhandlungen, statt um dieses verlorene Selbstsein zu kämpfen, es neu zu schaffen. Sie verschmerzen sein Fehlen. Das gesellschaftliche Selbstverständnis besitzt als Treiber mächtige Verdrängungsmechanismen, die scheinbare Wahrheit und Transparenz generieren. Wie aber kann man ernsthaft glauben, dass man durch Verdrängung etwas Solides gewinnen könne? All diese Vorgänge in der Gesellschaft zeigen das verlorene Vertrauen in unsere Welt. Doch man will es nicht sehen. Die Strukturen der heutigen Welt scheinen neues Vertrauen nicht mehr zuzulassen. Die aktuelle Gesellschaft kann nicht mehr Heimat sein. Auch unsere Familie nicht, die vielleicht etwas wie Geborgenheit vermittelt, aber eben nicht Heimat. Heimat – das ist eine soziale Gemeinschaft, die niemanden hinters Licht führt oder Gruppen als Opfer auswählt, weil auch ihre Schattenseiten von allen geteilt und niemandem in die Schuhe geschoben werden.

Eine zusätzliche Frage lag ihm auf den Lippen. Wie sie ihre Existenz einschätze. Ob sie damit eine „höhere Bedeutung" verbinde. Das sei doch nicht vermessen, schließlich sei doch jeder Mensch dazu – er sage immer – verurteilt, sich einen höheren Reim auf sich und sein Leben zu machen.

Ach, sagte Rena, wenn sie all ihr Denken, Empfinden und tägliches Leben, kurz ihr Dasein, mit höherem Sinn versehen wolle, dann fühle sie sich als eine bescheidene „Hüterin des Lebens". Es sei diese sorgende Verantwortung dem kleinen Leben in ihr und um sie her gegenüber, die ihre

Lebenskraft erhalte. Und viel Dankbarkeit, dass sie da sein könne. Mutter sei einst während der Arbeit aus dem Leben gegangen. Sie sei zu Boden gesunken, schon bewusstlos und nicht mehr aufgewacht. Sie habe von ihrer Mutter das Bild der Sorgenden bewahrt. Weniger die Sorgen und Ängste um die Existenz. Von solchen Sorgen habe sie auch gesprochen. Aber die wichtigsten Sorgen hatten mit ihrer Verantwortung zu tun – mit dem Umsorgen der ihr anvertrauten Familie. Diese sorgende Aufgabe habe sie vollständig angenommen. Ja, das müsse ihr Selbstsein gewesen sein, transparent wie ein Kristall.

Er müsse sich keine Sorgen um sie machen, fuhr sie fort, sie habe ihre Lebensweise gefunden. Im Vergleich zu ihm habe sie gewiss das Glück, dass diese bedrückende Zivilisation mit ihren schauerlichen Abgründen der Illusionen nicht so massiv in ihren Lebensraum eingedrungen sei, wie es in seinem Leben der Fall sei. Er habe das Elend ständig vor Augen, ja unmittelbar um sich her, das bleibe ihr zumindest erspart. Wenn sie um sich blicke, sehe sie ein relativ gesundes Umfeld, eine Welt, in der noch viele natürliche Gleichgewichte wirkten. Man könne sie nicht alle erhalten, weil sie einfach an das Wirtschaften der Alten gebunden waren, aber man könne vielleicht neue, dem heutigen Menschen gemäße Gleichgewichte schaffen, die ein wenig sein Bewusstsein entgiften, einen Weg aus den Illusionen aufzeigen.

Sie kamen auf den Naturpark zu sprechen, der keineswegs uneingeschränkte Zustimmung fand. Sie stimmten überein, dass er etwas Gutes habe. Er stecke Grenzen und verhindere immerhin, dass dieses Tal in die Hände von sog. Investoren gerät, die es allzu hemmungslos mit Wellness-Bauwerken und -anlagen zustellen und ihm seine Seele rauben. Wie werde dies den Wandel hier im Tal beeinflussen? Der Trend gehe zum Premium-Tourismus. Da und dort seien beispielsweise „Chalets" entstanden, die einer zahlungskräftigen Klientel angepriesen würden für Hüttenurlaub auf hohem Niveau. Und einige Hotels unten im Tal boten einen gehobenen Komfort, der in diese Richtung wies.

Larix zitierte Fabio, mit dem er sich einmal über das größte Hotel in Elbigenalp unterhalten hatte. Fabio nannte es eine Gefahr für das bodenständige Gastgewerbe. Viel fremdes Kapital stecke in diesem Betrieb, damit könnten die kleinen Gastwirte nicht konkurrieren. Tja, hochwertige

Landschaft mitsamt entsprechenden Unterkünften für hochwertige Menschen mit hochwertigen Ansprüchen und dem nötigen Kleingeld dazu. In Südtirol sei man auf dem Weg der hemmungslosen Vermarktung schon ein gutes Stück vorangekommen. Ob denn nicht ein Nebeneinander unterschiedlicher Geschäftsmodelle denkbar sei, hatte Larix gefragt. Nein, war Fabios eindeutige Antwort gewesen, ein paar Große werden am Ende im Lechtal die gesamte Entwicklung des Gastgewerbes diktieren und den kleinen Betrieben werde nicht einmal mehr Raum für ein bescheidenes Nischendasein bleiben.

Welche Perspektiven könne man sich vorstellen? Vielleicht schaffe es diese Natur- und Kulturlandschaft Lechtal, sich selbst mit ihrem einzigartigen Charakter neu zu erfinden und Menschen wirklich anzusprechen, wünschte Larix. Vielleicht kommen tatsächlich Menschen, die die Chance nutzen wollen, einer anderen Welt respektvoll zu begegnen.

So ganz verstehe sie nicht, was er da meine, entgegnete Rena. Es gebe im Tal eine ziemlich ungute Entwicklung. Manche bekommen mehr Geld in die Finger, als ihnen guttue. Es steige ihnen zu Kopf und hause in ihrem Bewusstsein wie eine Droge.

Ja, entgegnete er, es komme viel Geld ins Tal, weil einfach neue Werte entstehen. Da sei beispielsweise die wachsende Nachfrage nach alten Gebäuden und Hütten als Freizeitwohnsitz. Und das heutige Geld verderbe nicht selten den Charakter, das sei in manchen Fällen recht deutlich erkennbar. Aber vielleicht kommen auch Menschen, die den modernen Materialismus mit all seiner Käuflichkeit und Illusion hinter sich gelassen haben, Menschen, die sich hier keine Urlaubserlebnisse und -bilder kaufen und konsumieren wollen, sondern wirkliche Kommunikation suchen, Zwiesprache halten wollen. Er denke an Fabios Slogan „Das kleine Dorf für die große Erholung“.

Rena lachte und meinte, er wolle sie wohl auf den Arm nehmen. Fabio sei Geschäftsmann durch und durch. Dieser Satz sei nun mal Ausdruck seiner Vermarktungsstrategie.

Gewiss, gewiss, entgegnete Larix, natürlich sei er ein Unternehmer. Aber er kenne Fabio aus vielen Begegnungen und möchte sagen, dass dieser Mensch im Grunde seines Denkens ein „Provider“ sein möchte, im ursprünglichen Sinn, ein „Versorger“ oder „Beschaffer“, jemand, der Sorge trägt, dass die Menschen, die zu ihm kommen, Zugang zur Erholung ihres Geistes finden. Er biete nichts Fertiges an, nur das Versprechen eines Zugangs. Er erhebe gewissermaßen ein Aufenthaltsentgelt, aber die „große Erholung", die könne sich sein Gast nicht bei ihm erkaufen, die müsse er sich schon selbst, auch innerlich, erlaufen.

***

Sie gelangten in ihren Betrachtungen an einen perspektivischen Schlusspunkt.

„Die alte Kultur ist vorbei", stellte Rena fest, „vielleicht leben wir tatsächlich schon in einem ‚Geisterdorf'. Mit wem sollen die Urlaubsgäste noch in diesem Ort kommunizieren?"

„Gewiss, in diesem Sinne droht vielleicht das Schicksal von Madau", sagte Larix. „Es wird nur der Ort bleiben, also nicht nur ein paar Häuser, ein Kirchlein, sondern die ganze Landschaft. Und selbst die wird sich, viel langsamer zwar, verändern."

„Ja, und was bleibt noch übrig? Alles zieht sich zurück wie die Gletscher."

„Was bleibt, ist eine Art Vermächtnis, aber nicht im Sinne der Memorisierung bestimmter historischer Zustände oder Ereignisse. Auch nicht die Erinnerung an bestimmte Menschen, die sich durch große Taten in das kollektive Gedächtnis eingebracht haben. Nein, die Erinnerung wird unser Verständnis neu ausrichten und uns Stellung gegen Illusion, Entfremdung, Selbstvergessenheit beziehen lassen."

„Du meinst, diese Welt hier besitzt eine Art ‚Aura' für Menschen, die gedanklich schon etwas weiter sind, als die moderne Gesellschaft es derzeit zulässt?"

„Ja, sie könnte positive, nämlich eigenständige Bewusstseinsprozesse auslösen. Erstaunen, Betroffenheit, Nachdenklichkeit vielleicht", antwortete Larix.

Sie hatten das Gefühl, sich ausreichend ausgetauscht zu haben. Vergangenheit, Gegenwart und die möglichen Perspektiven des kleinen Dorfes und auch der ganzen Talschaft hatten sie in ihre einfachen Worte gefasst. Offenbar hatten sie einen Grad der gedanklichen Sättigung erreicht.

Schließlich holte Rena zwei Bildbände. Das eine Buch ließ einen alten Bergbauern zu Wort kommen, der seine karge Welt und sein karges Leben mit klaren Worten zum Ausdruck brachte. Ausgezeichnete, mit Bedacht gewählte Fotos erlaubten Blicke in diese einfache Welt, die fast wie ein fremder Stern anmutete. Der andere Band war mit hervorragenden Fotos illustriert und setzte das Leben auf einer Schweizer Alm in Szene. Beim Durchblättern blieb Larix am faszinierenden Bild einer hochträchtigen Kuh hängen. Rena behauptete, sie bekomme Zwillinge. Was für ein mächtiges, in sich selbst ruhendes Tier. Der Fotograf stand etwas tiefer und hatte sie frontal stehend getroffen. Das Tier stand wie eine Masse und blickte von oben her gutmütig in die Kamera.

„Ein beeindruckender Lebens- und Nahrungsspeicher", bemerkte Larix.

„Und sie weiß es", entgegnete Rena. „Eigentlich wissen alle Nutz- und Haustiere, dass sie Teil der Menschenkultur sind und mit den Menschen eine Gemeinschaft bilden. Die Frage ist leider oft, ob der Mensch noch fähig und willens ist, seinerseits dieses Wissen und Vertrauen zu hüten und es den Tieren angemessen zurückzugeben."

Sie bat Larix, die beiden Bücher mitzunehmen und sich in aller Ruhe anzuschauen. Es lohne sich, davon sei sie überzeugt. Und sie habe auch zwei eigene kleine Texte, der eine handle von der großen Lawine und der andere sei das Manuskript eines Vortrags, den sie vor Jahren gehalten habe. Diese Texte möchte sie ihm per E-Mail zukommen lassen. Nach dem heutigen Gespräch würde seine Meinung sie sehr interessieren.

Ob das der Lawinentext sei, den Fabio in seiner Broschüre „Lawinen" zitiere.

Nein, ein anderer, ihr persönliches Erleben dieser Beinahe-Katastrophe.

***

Der Schnee rieselt lautlos, immerzu. Das Zeitgefühl hat er schon unter sich begraben. Mittlerweile schneit es seit 72 Stunden mehr oder weniger ununterbrochen. Unsichtbare Wolken halten das Tal gefangen und lassen bei Tag nicht mehr als ein düsteres Zwielicht zu. Die Natur wird unheimlich. In Rena nehmen die Erfahrungen, Befürchtungen und Sorgen, die von den Dorfbewohnern von Generation zu Generation weitergetragen wurden, eine noch unscharfe, ahnende Gestalt an: Der weiße Tod geht um, wandert von Hang zu Hang. Der Wind ist sein Fuhrmann, verschiebt hinter der undurchdringlichen Wand der winzigen Schneekristalle ungeheure

Schneemassen. Es gibt da bestimmte Orte hoch oben, wo der Schnee weiße Ungeheuer zeugen kann. Dann bauen sich gewaltige unstabile Gleichgewichte auf, mit riesigen Wechten, brechen unter der eigenen Last zusammen und stürzen zu Tal. Aber wir wissen weder die Stunde noch den Ort.
Jetzt leben wir im Strom, erleben das Verrinnen der Zeit als strömende
Gegenwart ohne Anfang und Ende. Selbst der Bach ist verstummt. Rena
geht in den Stall zu den Tieren. Die Schafe sind sehr unruhig, die Kühe
halten ihre Milch zurück. Gerade stürmt die Katze an ihr vorbei, schlüpft
durch die Stalltür, sucht das Weite, kehrt nach kurzer Zeit beklommen zurück. Der Schnee hat alle ihre Wege mit unüberwindbaren Massen zuge-
mauert. Jetzt haben sich alle in ihr Schicksal ergeben, die Menschen und
ihre Tiere. Jetzt gehen ihnen die Schneekristalle unter die Haut, durchdringen Geist und Körper. Bald wird ein eiskalter Luftzug mitten durchs
Dorf wehen, von oben bis unten, und an den Fenstern und Türen rütteln.
Ein sanftes Schiebegeräusch wird mit einem dumpfen Knall enden, als ob
eine Schneelast vom Hausdach in den Schnee am Boden gefallen wäre.
Totenstille wird für einen unendlich langen Augenblick herrschen. Dann
werden Schreie ertönen, auch Rufe. Die Menschen werden sich auf die Suche nach ihren Lebenden und Toten machen, in finsterer Nacht.

19

Spektakulär war Anfang Februar ein Wärmeeinbruch, der innerhalb von vierundzwanzig Stunden Schmelzwasserkaskaden auslöste, wie man sie gewöhnlich erst im Frühjahr erlebt. Die durchnässte Schneedecke der Hänge brach auseinander und geriet ins Rutschen. Die Bäche der Seitentäler tosten und der Lech füllte sein gesamtes Geröllbett mit gelbbraunen Fluten. Die Frostgrenze war auf 3000 Meter geklettert, weil immense Warmluftmassen den nördlichen Alpenraum durchströmten. Die Winterwege verwandelten sich in nassglatte Buckelpisten und waren stellenweise nur noch mit Schuhspikes passierbar. Elyna und Larix zogen es vor, unten im Lechtal auf den ebenen, teilweise schnee- und eisfreien Wirtschaftswegen zu wandern. Die Langlaufloipe nebenan stand an vielen Stellen unter Wasser oder war dahingeschmolzen. Der Himmel mit seinem nassen Wolkenspiel verbreitete ein trübes Licht. Ohne ihr Schneekleid ragten Tannen, Fichten und Zirben schwarz und stumpf. Leichter Regen setzte ein.

Am frühen Nachmittag hatten sie genug. Sie erreichten die neue Holzbrücke nach Klimm und betrachteten die Wassermassen, deren aufgewühlte Kaskaden fast zum Greifen nah unter ihnen vorwärtsstürmten. Wie doch Regen und tauendes Eis unzählige Rinnsale schufen, die unermüdlich Wasser, Erde, Lehm, Holz, Mineralien und Geröll von den Höhen hinunter in den Lech transportierten und den Fluss zum mächtigen Strom anschwellen ließen.

„Da fließen sie hin, unsere Wintertage, morgen geht es wieder nach Hause“, sagte Larix mit wehmütiger Stimme.

„Wir kommen doch wieder“, tröstete ihn Elyna. Wie oft muss er noch zurückkehren, dachte sie, um seine Tristesse zu überwinden, die sich am Ende eines jeden Aufenthaltes einstellt. Wird ihr Gefährte denn nie Frieden schließen mit den enttäuschenden Zuständen der Gesellschaft und ihrer Freudlosigkeit?

Sie erreichten ihr Auto, das sie gegenüber der kleinen Dreifaltigkeitskapelle geparkt hatten. Der Neubau war Anfang der 1960er-Jahre nach einer mühseligen Flurbereinigung entstanden. Wer weiß, welche Abgründe von Missgunst und Streit sich damals aufgetan hatten. Vermutlich liegen die damaligen Akteure schon alle auf dem Friedhof. Aus verschiedenen Mitteilungen wussten die beiden, dass diese Flurbereinigung im ganzen Tal von manchen erbittert bekämpft worden war und zu vielen Streitigkeiten geführt hatte.

Etwas Wind war aufgekommen und hatte den Regen vertrieben. Sie fuhren zurück ins Dorf. Als sie den Wagen vor dem Haus abgestellt hatten, erblickten sie Albert, der vom Dorf kommend langsam die Straße entlangging. Seitdem er Pensionär war, machte er häufiger nachmittags einen kleinen Spaziergang bis an den Abzweig der Hahntennjochstraße. Die lang gezogene, nicht gerade sanfte Steigung vom Dorf bis auf die Höhe von Raimunds Haus nahm er bedächtig, aber locker. Er gehörte zu den rüstigen Rentnern und kletterte auch noch aufs Dach, wenn es dort etwas zu reparieren gab. Die beiden liefen ein paar Schritte hinunter. Albert blieb stehen und sie begrüßten sich. Elyna erkundigte sich nach Paula. Und irgendwie kam in ihrer Unterhaltung ein Zusammenhang zustande, der Albert den Vorschlag äußern ließ, sie sollten doch ruhig einmal vorbeischauen. Natürlich nahmen sie den Vorschlag an. Im selben Moment fügte Larix entschuldigend hinzu, dass sie längst bei ihnen vorbeigekommen wären, sich jedoch nicht getraut hätten, einfach bei ihnen anzuklopfen. Albert entgegnete mit dem größten Erstaunen: „Aber wir sind doch Freunde!"

Die beiden waren sprachlos. In all den Jahren seit der Schließung seines Gasthauses hatten sie nicht mehr den Fuß über Alberts Türschwelle gesetzt und nur selten miteinander gesprochen. Albert und seine Frau erschienen ihnen bei aller Sympathie unzugänglich zu sein und lebten sehr zurückgezogen. Sie hatten den Eindruck gewonnen, dass sie dies zu respektieren hatten. Und jetzt mit einem Mal dieser Satz, auf den sie nichts erwidern konnten.

***

Es war der Vorabend ihrer Rückreise und vorerst war es zu spät, um ihr Versprechen einzulösen und die beiden daheim zu besuchen. Man würde sich am Abend nach dem Gottesdienst im „Dorfkrug" sehen, wie Larix den Samstagabend-Stammtisch im einzigen Klassenzimmer der ehemaligen Grundschule nannte. Dort hatte jetzt die Dorffeuerwehr ihr Quartier genommen und gemeinsam löschte man den Durst beim allgemeinen Palaver, an dem auch die Frauen teilnahmen. Im Vergleich zu den Treffen früherer Jahre in Alberts Gasthof waren die Reihen arg gelichtet. Eigentlich konnte man nur noch von einer Rest-Dorfgemeinschaft reden. Und von den verbliebenen Dorfbewohnern waren vermutlich zwei gedanklich auf dem Absprung. Die Erosion fand nicht nur draußen im Gelände statt.

Natürlich wurde das ungewöhnliche Wettergeschehen ausgiebig kommentiert. Niemand erinnerte sich, jemals eine derartige Wärme im Winter erlebt zu haben. Man beschäftigte sich mit möglichen Auswirkungen, sprach vom gestörten Wasserhaushalt und vom Klimastress für die heimischen Pflanzen und Tiere. Sollte es sich tatsächlich um eine dauerhafte Klimaerwärmung handeln, würden die empfindlichen alpinen Ökosysteme aus dem Gleichgewicht geraten. So gäbe es beispielsweise für die hoch spezialisierten Pflanzen in den Hochlagen keine Rettung. An die Erwärmung könnten sie sich nicht schnell genug anpassen, die Flucht in höhere Lagen sei mangels Nahrung unmöglich. Sie würden verkümmern und verbrennen, andere Arten würden ihren Platz einnehmen. Die höheren Lagen wiederum verloren ihre Funktion als Wasserspeicher, was Wassermangel und trockene Böden im Sommer bedeutete. Und da waren die unmittelbaren Bedrohungen ihres kleinen Lebensraums wie Starkregen mit Hochwasser- und Murengefahr, weil die Erwärmung den Erosionsprozess verstärkte. In den Wäldern stieg die Gefahr des Borkenkäferbefalls. Man werde wohl Insektizide einsetzen müssen, um die Nadelbaumbestände zu schützen. Im Dorf neigten die Menschen zu der Überzeugung, dass der Mensch in seinem Bestreben, sich die Natur untertan zu machen, das Maß für die Gleichgewichte verloren hatte und die Natur dazu zwang, auf diese Maßlosigkeit ihrerseits extrem zu reagieren.

Als sie die Vorgänge in Natur und Welt ausreichend kommentiert hatten, widmeten sie sich ihrer Gegenwart, wo das eigene Dasein auf die elementaren Notwendigkeiten und Gegebenheiten des Alltags heruntergebrochen wird. Elyna und Larix beschränkten sich in dieser Phase der Unterhaltungen auf höfliches Zuhören. Selten ergab sich die Gelegenheit, ein kleines Detail aus ihrem eigenen alltäglichen Leben beizusteuern oder einen allgemeinen Kommentar zum Geschehen in der Gesellschaft abzugeben. Bisweilen tauchte der eine oder andere Tote der Dorfgemeinschaft gesprächsweise auf, der mit den Anwesenden in Gemeinschaft gelebt hatte. Larix wunderte sich, wie die Verstorbenen vergegenwärtigt wurden. Er selbst war ihnen allen begegnet. Mit manchen hatte er gesprochen, manche hatte er nur vom Sehen gekannt. Und das auf dem engsten Raum des kleinen Dorfes.

Mit einem Mal kam ihm die Gedenktafel oben am Berg in den Sinn. Die Lawine hat keine Menschenopfer gefordert, hieß es da. Sie ist immer noch da – im Bewusstsein der Menschen, auch wenn die späteren Verbauungen sie definitiv an den Boden genagelt hatten. Und er verstand, dass es sich in ihren Reden mit den Menschen der Gemeinschaft nicht anders verhielt als mit den Geschehnissen, die das Schicksal dieser Gemeinschaft bildeten. Als die Rede auf den alten Betto kam, glaubte er, dessen quiekende Stimme zu vernehmen. Ebenso tauchte die Jägerin im Gespräch der Frauen auf oder die alte Agnes. Und über das Anekdotische der Erinnerungen hinaus schienen die Worte sie zu vergegenwärtigen, als wären sie im Hauch ihres Namens zurück. Larix war es, als hörte er die Abschiedsworte der Jägerin „I geh schlofen". Und er sah sogleich ihre Gestalt, die sich erhob, um in der Nacht zu verschwinden.

Aus den Menschen sprach die Dorfgemeinschaft. Jeder, der sein Leben in dieser Gemeinschaft verbracht hatte, war Teil ihres lebendigen kollektiven Bewusstseins – mochte es noch so bescheiden sein. Und ein wesentlicher Bestandteil dieses Bewusstseins war die Erinnerung der Lebenden an ihre Toten, an die Menschen, die das Leben mit ihnen geteilt hatten. Durch das Anekdotische hindurch knüpfte die Gemeinschaft die Verbindungen ihres Daseins von Generation zu Generation. Welch erstaunliche soziale Bindung hielt diese Menschen zusammen, ohne dass sie sich darüber Gedanken machten. Diese Bindung war unerschütterlich und allgegenwärtig. In diesem Augenblick ergriff Larix ein ungewöhnliches Erstaunen und er hielt sich für ein nicht residierendes Mitglied dieses kleinen Dorfkapitels am Ende der Welt, wo die Welt mit elementaren Worten und Gesten ihren Anfang nimmt.

Elyna musste in ähnlichen Betrachtungen unterwegs gewesen sein. Ihre Blicke trafen sich und sie las in Larix, wie er das Ende dieser kleinen Gemeinschaft näher rücken sah. Bald würden sich hier keine Menschen mehr versammeln und die persönlichen Erinnerungen gemeinschaftlich bewahren.

Larix fiel ein Zeitungsbericht ein, in dem die Rede von „Opa Simon und seiner Enkelin" war. Dort unten im Tal war Alberts jüngerer Bruder ganz offenbar Teil dieser anderen Dorfgemeinschaft geworden. Aber etwas, so schien es Larix, war schon anders. Hier im Dorf käme niemand auf den Gedanken, einen Dorfbewohner öffentlich als „Opa" oder „Oma" zu bezeichnen. Diese Begriffe waren nur innerhalb der Familien im Gebrauch. Die Enkelkinder benutzten diesen Begriff. Öffentlich verwendete man Artikel und Vornamen, bisweilen auch nur den Vornamen. Vielleicht war dieser Rückgriff auf Bezeichnungen aus dem Bereich der Familienverhältnisse schon ein Versuch, eine schwindende Gemeinschaft zu beschwören?

Larix kamen andere Dorfbewohner in den Sinn, die er in seiner Jugend gekannt hatte und die fortgezogen waren – hinaus in die neue Gesellschaft. Bestimmte Begegnungen kamen ihm in den Sinn, wie jenes kurze Treffen mit Sylvie. Sie führte ein bürgerliches Leben in Niederösterreich. Was hatte ihn damals verwundert? Ja, sie war auf der Suche nach ihrer Vergangenheit im Dorf. Freilich war sie Fabios Tochter – aber wer war sie im Dorf? Wie mochte ihre Rückbesinnung auf ihre Kindheit und Jugend im Dorf aussehen? Sie war nach St. Pölten in die moderne Gesellschaft gewechselt, wo ihr früheres Leben keine Bedeutung besaß. Wurde dort überhaupt ein kollektives Gedächtnis für jeden Einzelnen gepflegt? Oder verschwand der einzelne Bürger gewissermaßen in der kollektiven Anonymität wie einst der einzelne Soldat des Ersten Weltkriegs im „Grab des unbekannten Soldaten", wo die ewige Namens- und Gesichtslosigkeit herrschte?

Ähnlich wie Sylvie musste es Benno, dem ehemaligen Koch, zumute gewesen sein. Larix hatte den Besucher zunächst gar nicht erkannt, ganz in sich gekehrt und verloren saß er in einer Ecke des Saals im unteren Gasthof. Schließlich war er aufgestanden, hatte sich Benno genähert und ihn angesprochen: „Du bist doch der Benno?"

„Ja, der bin ich."

„Kennst du mich noch? Ich bin der Larix."

„Ja, freilich."

Und damit war die Begegnung auch schon wieder beendet. Er war ein paar Augenblicke unschlüssig stehen geblieben und hatte sich schließlich zurückgezogen. Die einstige Vergangenheit konnte nicht abgerufen werden, es fehlten die Schlüssel der Vergegenwärtigung. Denn es war mehr zu formulieren als das Detail der persönlichen Beziehung. Es war die Einbettung ihrer Beziehung in das damalige Ganze des Dorfes. Da fehlten die Worte. Larix fand diese Begegnung bedrückend, die unverhoffte Begegnung mit einer abgeschnittenen und stillgelegten Vergangenheit.

Larix musste vor sich hin sinniert haben, denn Marco sprach ihn unvermittelt an. „Na, was ist? Träumst du? Komm, trink noch was.“

„Ja, gewiss, wir trinken immer weiter“, entgegnete Larix, „wir trinken unser Dasein und am Ende ertrinken wir in ihm.“

Marco schaute ihn verständnislos und auch ein wenig fragend an. Doch Larix wollte seinen Worten nichts mehr hinzufügen. Sein Blick wanderte durch die Runde der letzten Dörfler. Nein, so ein unglaublich verdichtetes und stabiles Gemeinschaftsbewusstsein werden die heutigen Menschen gewiss nicht mehr hervorbringen. Die moderne Gesellschaft ist definitiv anders. Ein Quantensprung von der Gemeinschaft zur Gesellschaft ist erfolgt. Es gibt kein Zurück mehr. Es ist nicht nur die wachsende Menge neuartiger Lebensumstände und -bedingungen, die sich wie ein Gebirge auftürmen. Es mangelt an der angemessenen Kommunikation. In jedem Kind der modernen Gesellschaft baut sich sehr viel neuartige Isolation auf. Ein riesiges Feld unverarbeitbarer Zusammenhänge, die das Bewusstsein bedrängten. Ein auf sich selbst Zurückgeworfensein, für das die aktuelle Gesellschaft nur wenige wirklich hilfreiche Gesprächsräume zu bieten hat. Ein wucherndes *opus incertum*, das niemand mehr überschauen kann? Die Menschen mögen sich noch privat zusammensetzen und sich aussprechen, aber die Gesellschaft, wie man heute die Gemeinschaft nennt, ist eine Anhäufung von Beziehungen und Zusammenhängen, die den Einzelnen überfordern und mit denen die Menschen immer wieder hoffnungslos hantieren. Die meisten klammern sich an die Strohhalme der Ideologien. Und Larix fragte sich, ob nicht die ins Kraut schießenden Ideologien symptomatisch seien für die heutige Zeit.

Durch welchen Verhau der Begrifflichkeiten müssen sich die Jungen kämpfen? Wie oft werden ihre Gewissheiten ins Trudeln geraten wie der Baum, den der Bach unterspült und schließlich mit sich reißt? Wie viel in ihrem Leben wird Stückwerk bleiben? Wie viele Baustellen wird man in Angriff nehmen und wieder aufgeben (müssen)? Wie viele neue wird man mühsam formen – wenn überhaupt? Man wird lernen, viele Brüche im Leben als Übergänge zu organisieren – wie unsichere Stege über den reißenden Bach. Flexibilität hieß das neue soziale Zauberwort – und Vergessen. Werden wieder stabile soziale Gemeinschaften gelingen und den Menschen Heimat sein? Oder wird ihr Dasein wie Flöße im Strom der permanenten Entwurzelung treiben? Vielleicht werden sie „Luftwurzeln" bilden wie die Orchideen des Tropenwaldes?

Elyna und Larix saßen auf der langen Bank an der Fensterseite in der Mitte, Elyna rechts und Larix links. Links hatten sich die männlichen Wesen um einen Tisch versammelt und auf der rechten Seite die Frauen an ihrem Tisch. Sie waren tatsächlich das einzige Paar, das nebeneinandersaß, aber so, dass Larix den Rand der Männergruppe und Elyna den Rand der Frauengruppe bildete und sich an der Unterhaltung beteiligte. Offenbar gab es noch eine Trennung, vielleicht weniger der Geschlechter als eher der geschlechterspezifischen Unterhaltungen. Möglicherweise tauschten die Paare später daheim das eine oder andere, was sie gehört hatten, aus, sodass wieder alles zusammenfloss und synchronisiert wurde.

Gegen zehn begann sich die Versammlung allmählich aufzulösen. Albert und Paula wünschten als erste eine gute Nacht und zogen sich in die heimische Kemenate zurück. Wie zur Bekräftigung der nachmittäglichen Begegnung verabschiedeten sich Elyna und Larix persönlich von den beiden und versprachen, beim nächsten Besuch bei ihnen vorbeizukommen. Wenig später machten auch sie sich auf den Weg. Man wünschte ihnen eine gute Heimfahrt und hoffte, sie im Sommer wiederzusehen. Und ihre Worte klangen anders als sonst.

∗

Am Morgen hatte Amelie ihnen ein schönes Abschiedsfrühstück bereitet. Dazu ein Lunchpaket für unterwegs und die Thermoskanne gefüllt mit schwarzem Kaffee. Das Auto war beladen und startbereit, der Himmel föhnig aufgeheitert. Amelie wünschte ihnen eine glückliche Fahrt. Bis zum Sommer sei es ja nicht mehr so lang, fügte sie tröstend hinzu. Auch ihr war Larix' Tristesse längst bewusst geworden. Schließlich ein letztes Winken, die Fahrt konnte beginnen. Bitte das Vieh nicht gegen den Rost treiben, ratterten die Räder des Wagens über die in die Straße eingelassene Barriere aus Eisenschienen und wenig später befanden sie sich oberhalb des schluchtartigen Ausgangs des Plötzigtals und genossen erneut (zum wievielten Mal?) die in der Morgensonne hell leuchtenden Gipfel der Hornbachkette. Der Föhn sorgte für eine dünne, graue Wolkendecke in größerer Höhe. In einigen Stunden würde er nachlassen und neue Regenwolken würden sich bilden.

Und wieder waren sie auf dem Weg, auf ihrem Weg. Wie schön sich jetzt die voll ausgebaute Straße durchs Tal hinunter ins Lechtal schlängelte. Die warme Luft hatte ganze Arbeit geleistet und die Schneedecke in Wasser verwandelt, das in unzähligen Rinnsalen zu Tal strömte und die Straße überall mit einem schwarzglänzenden Nässefilm überzog, der vom warmen Wind aufgeleckt wurde. Große Grasflächen an den Hängen waren schon schneefrei, ein Hauch von Vorfrühling. Die ersten Primeln und Krokusse werden nicht mehr lange auf sich warten lassen. Das Nachbardorf tauchte vor ihnen auf. In all den Jahren hatte sich keine Beziehung zu einzelnen Bewohnern oder zum Ort gebildet. Das war schon in Larix' Jugendzeit so. Freilich war man im Gasthof eingekehrt oder hatte manche Abendmesse besucht, die im Wechsel mit ihrem Dorf alle vierzehn Tage als Vorabendmesse stattfand. Aber mit den Leuten dort war man einfach nicht bekannt. Man kannte den einen und anderen vom Sehen. Es reichte kaum zu einem flüchtigen Gruß. Sie fanden dies erstaunlich, zumal die Menschen der beiden Dörfer miteinander kommunizierten und gemeinsame Verantwortung für das Wohlergehen des ganzen Tals trugen.

Aber es waren ganz offenbar zwei eigenständige Gemeinschaften. Die eine oder andere Frau mochte ins Dorf heiraten und doch blieb man „unter sich". Kaum jemand ließ sich im Dorf blicken, es sei denn, es gab einen notwendigen Anlass. Larix und Elyna hatten mit dieser Gemeinschaft keinen Kontakt zustande gebracht. Einen winzigen vielleicht, als Larix dem Bauern Gottfried zum ersten und einzigen Mal persönlich begegnete und ihn als Lektor im Gottesdienst vertrat. Gottfried empfahl ihm den Ambo als „kommod", anstatt – wie im Dorf – die Lesung und die Fürbitten mit Buch und Zettel in der Hand vorzutragen. Aus einem Satz war Vertrautheit hervorgesprungen und Larix war sicher, mit diesem Menschen jederzeit eine sinnvolle Kommunikation herstellen zu können. Man werde sehen. Fabio hatte immer behauptet, die Leute des Nachbarortes seien Fremden gegenüber kontaktscheu, würden sich hinter der Gardine verstecken und beobachten, was der da wohl mache oder wolle.

Und weiter ging es in zügiger Fahrt. Schon hatten sie den letzten, winzigen Tunnel durchfahren. Lange Zeit war es der einzige Tunnel, eher ein Torbogen, der zu Beginn des 20. Jahrhunderts mit zahlreichen Dynamitstangen in den Felsen gesprengt und auszementiert wurde. Hier bildete eine schmale Felsrippe ein Hindernis, das einfach nicht mit einer Kurve zu umgehen war. Und immer wieder diese Straße – vielleicht war sie ja ein Seil, an dem sie sich entlang bewegten, hin und her. Vielleicht hatten ihre Besuche schon etwas Rituelles und wenn sie sich auf der Straße befanden, wussten sie, dass das Pendel wieder einmal ausschlug – in die eine oder andere Richtung.

Wenig später führte die Straße rechts um den letzten Felsvorsprung auf die steile Rampe hinunter ins Lechtal. Auf gut 800 Meter Strecke ein Gefälle von 200 Metern – das Warnschild sprach von 13 Prozent. Kurz vor den weiß-roten Warnbaken bremste Larix ab, wechselte von der Schaltautomatik auf Handschaltung und legte den zweiten Gang ein, tippte gelegentlich auf das Bremspedal, um die Drehzahl des Motors niedrig zu halten. Ein paar kleinere Geröllbrocken lagen auf der Fahrbahn, hatten die neuen Fangnetze überwunden. Marco hatte stolz und ausführlich berichtet, wie sie von den Arbeitern eines Innsbrucker Spezialbetriebs an den fast senkrechten Felswänden befestigt worden waren. In luftiger Höhe und angeseilt hatten die Männer tiefe Löcher in den Felsen gebohrt und schwere Ringanker einbetoniert, an denen später die Stahlnetze mithilfe von umlaufenden Drahtseilen eingehängt und gespannt wurden.

In diesem Gebirge ist die Erosion allgegenwärtig. Kompakte, geschlossene Felsformationen sind eher selten. Larix wich einem Stein aus und erzählte, dass ein größerer Brocken ihm einmal heimtückisch die Ölwanne seines Autos deformiert und die Dichtung beschädigt habe, damals als er mit seinen Kameraden im Dorf zu Gast gewesen sei. Schlagartig sei der Öldruck weg gewesen, die gefürchtete rote Warnleuchte im Armaturenbrett habe grell geleuchtet. Feierabend und den Wagen notdürftig in eine kleine Ausbuchtung am Straßenrand geschoben. Man sei die restlichen fünf Kilometer in stockfinsterer Nacht ins Dorf gelaufen. Sein Fehler, er hätte besser daran getan, auszusteigen und den Brocken beiseite zu räumen, anstatt die Bodenfreiheit des Autos um einen Zentimeter falsch einzuschätzen. Am nächsten Tag habe er mit dem Kameraden den Wagen unten im Tal in eine Werkstatt geschleppt. Den Betrieb gebe es übrigens immer noch. Den halben Motor habe er ausbauen müssen, bekundete der Mechaniker mit einem Schulterzucken, weil die Wanne ziemlich unzugänglich verbaut sei.

Marco hält grundsätzlich an, steigt aus, befördert ein solches Teil in den Abgrund, steigt ein und fährt weiter. Er war der Nachfolger seines Vaters und betrachtete die Brocken voller Missbilligung. Die Brocken hätten gefälligst dort zu bleiben, wo sie hingehörten, nämlich in der Felswand. Das war die alte Aversion der Gebirgler, mit der sie der Erosion begegneten. Muren und Felsstürze waren ihre gefährlichsten Erscheinungen und konnten mühsam errungene Wirtschaftsflächen schwer beschädigen oder gar ruinieren. Der Straßenausbau war ein kleiner Triumph über die Erosion. Mit Stahlnetzen, Lawinengalerien und Tunneln hatte man dem elenden Rieseln und Rutschen von Steinen, Schnee und Wasser neue Grenzen gesetzt und für den Menschen ungefährliche Abflüsse gewiesen. Jetzt wurde das sich ablösende Gestein unten am Boden vom Fangnetz gehalten und man konnte die Brocken gelegentlich bequem einsammeln und in die Schlucht befördern, wo sie niemanden störten. Kein Vergleich mehr mit all dem wild herumliegenden Zeugs, welches noch der Vater jahrein jahraus von der Straße gekratzt hatte.

Larix freute sich über den Detailreichtum, der sich mit den Jahren gebildet hatte und in dem er sich wie selbstverständlich bewegte. Wie war er entstanden? Seine Neugier, natürlich, aber auch das Bedürfnis der anderen, ihm so viele Einzelheiten ihrer Lebenswelt mitzuteilen. Wie oft hatte ihn Marco gefragt, ob er diese oder jene Veränderung bemerkt habe. Und zumeist konnte er die eine oder andere nennen, weil er tatsächlich sehr aufmerksam um sich blickte – schon bei der Auffahrt. Manchmal kam er Marco zuvor, indem er seinerseits auf ein Detail hinwies, das ihm aufgefallen war, wie eine leicht eingedrückte Leitplanke unten im geraden Stück der Rampe. Und er hatte auf einen Unfall getippt – was Marco bestätigte, denn die Fangnetze waren unbeschädigt, es waren auch keine Spuren einer Reparatur zu sehen. Ein waghalsiger Motorradfahrer, der bei der Talfahrt einen Pkw überholte, hatte den Lieferwagen, der zum unteren Gasthof unterwegs war, in die Leitplanke gezwungen; ein katastrophaler Zusammenstoß wurde um Haaresbreite verhindert. Ja, da seien schon Spinner unterwegs, hatte Marco den Kopf geschüttelt. In der Lawinengalerie sei vor zwei Jahren einer mit dem Pedal an den Bordstein geraten, habe die Kontrolle verloren und sei gegen einen der Betonpfeiler geprallt, den zweiten von unten, um genau zu sein. Auf dem Weg ins Bezirkskrankenhaus sei der Verunglückte seinen schweren Verletzungen erlegen. Alles habe man schon versucht: Geschwindigkeitsbegrenzungen, Warnschilder, ja sogar ein Schild vor dem Kanzertaltunnel mit der Warnung vor einer (fiktiven) Ölspur oder eine Radarattrappe im Nachbarort, damit sie wenigstens da vom Gas gehen. Wie dem auch sei, es helfe alles nichts. Und zum radikalen Mittel, nämlich der Sperrung der gesamten Talstraße für Motorbiker, wolle man nicht greifen. Es gehe erstens aus touristischen Gründen nicht und zweitens nicht wegen der Passstraße und des sommerlichen Durchgangsverkehrs zwischen Lechtal und Inntal. Die Fernpassstraße sei schon überlastet genug. Nein, die Leute werden einfach nicht gescheit. Alle seien nicht unvernünftig, es seien nun mal immer die Wenigen, die ein zu großes Risiko eingehen.

Schon der verstorbene Reinhold hatte Larix mit so manchen Beobachtungen seiner Welt versorgt. Und manchmal hatte Larix den Eindruck gewonnen, dass Reinholds Blick wie ein Fernglas und Vergrößerungsglas zugleich arbeitete, wenn er ihn an seinen Naturbeobachtungen teilhaben ließ. Er erinnerte sich, wie dieser ihm einst hoch oben, mit bloßem Auge kaum erkennbar, am Grat einen feinen Schneeschleier zeigte. Dort wehte ein starker Höhenwind, genauer gesagt ein Westwind, der einen Wetterumschwung ankündigte, während im Tal kein Lufthauch die kalte Frostluft bewegte. So entstehen Wechten, bemerkte Reinhold, meterdick. Die können Lawinen auslösen. Jahre später geschah genau dies, allerdings auf der gegenüberliegenden Seite. Reinhold betreute viele Jahre die kleine Wetterstation, war ein anerkannter Schneespezialist, hatte in Innsbruck Weiterbildungslehrgänge besucht und war Mitglied der Lawinenkommission. Sein Urteil hatte Gewicht. In Zweifelsfällen war er die letzte, den Ausschlag gebende Instanz.

Das Haupttal lag noch im Schatten, die Sonne arbeitete sich langsam an den Südhängen vor und drängte die Schatten immer tiefer. Ihre Strahlen hatten schon die Baumgrenze erreicht. Unten auf der Bundesstraße herrschte nur schwacher Verkehr. Der Postbus von Reutte nach Steeg hatte Elmen verlassen und bog gerade auf die Bundesstraße ein. Er fuhr noch die alte Strecke durchs Dorf, die Haltestelle hatte man allerdings auf die Höhe des Gemeindehauses verlegt. Mittlerweile vertraute man der Marke mit dem guten Stern oder Iveco. Die Schneedecke am Talgrund war nur noch ein Fleckenteppich von unterschiedlich großen Schneefeldern. Insgesamt überwogen schon die grünen Flächen. Vor der scharfen Haarnadelkurve bremste Larix bis auf Schritttempo ab und rollte langsam bis zur Einmündung in die Bundesstraße. Vom oberen Lechtal her näherte sich kein Fahrzeug, er bog nach rechts ab.

***

Mit einem Mal sprach Larix über seine Gefühle, die so eng mit diesem Abzweig verbunden waren. Und er fragte Elyna, ob sie das verstehen könne? Dieser Abzweig sei die Stelle, wo die andere Zeit mental beginne, wenn er komme, und wo sie ende, wenn er zurückfahre. Er müsse sich diesen Punkt geschaffen haben. Warum gerade hier? Keine Ahnung. Vielleicht habe es mit dieser steilen Rampe zu tun, die ihn schon als Junge faszinierte. Von ihr sei er nicht nur emporgehoben, sondern geradezu weggeführt worden in eine andere Welt. Aber dieses Gefühl sei kein flüchtiges Bild gewesen, sondern sei ihm geblieben und habe sein Denken genährt. Er habe eigentlich nie von Ferien oder Urlaub gesprochen, auch wenn Kalender oder Terminplaner diesen Eindruck erweckten. In Wahrheit sei dies die Stelle, wo sein Herz immer ein paar Takte schneller schlage, vor Freude oder voller Wehmut. Aber heute fühle er sich ganz entspannt. Dieser Aufenthalt müsse etwas verändert haben. Vielleicht hatten Alberts Worte gewisse Zweifel ausgeräumt, die ihn in seiner ganzen Beziehungsgeschichte zum Dorf nie verlassen hatten. Sie tauchten bisweilen auf, vor allem, wenn er nicht so gut gelaunt war. Dann hatte er das Gefühl, dass die Beziehungsbilder zum Ozean auseinanderflossen, in dem er zu ertrinken drohte.

Was war seine geheime Sorge? Elyna versuche eine Erklärung: „Dass deine Verbundenheit mit den Menschen und ihrer Welt hier eine Einbahnstraße ist oder ein Holzweg? Ein einsames Wunschbild, das du dir zurechtgelegt hast und dem du ein Leben lang hinterhergejagt bist? Diese

Bedenken hatte auch ich als eher Außenstehende. Das weißt du ja. Dann habe ich bemerkt, dass du ja nicht eine spezielle freundschaftliche Beziehung mit irgendjemandem im Dorf suchtest. Du bist doch niemandem hinterhergelaufen. Dir ging es um etwas ganz anderes."

„Und worum ging es mir, glaubst du?"

„Ich weiß nicht, vielleicht um eine Art idealer Kommunikation, eine menschliche und erfüllte soziale Kommunikationssphäre."

„So wie bei uns um eine anspruchsvolle Beziehung von Mann und Frau?"

„Anspruchsvoll – im Sinne einer besonderen Wertigkeit – ist vielleicht nicht das rechte Wort. Eher gehaltvoll. Ja, das Verlangen, dass Gemeinschaft und Gesellschaft wieder eine geistige Dimension großer Vertrautheit und Wertschätzung füreinander bekommen. Du hast so viel Negatives einstecken müssen und bist daran nicht verzweifelt."

„Ich glaube, Albert und auch die anderen haben mir Mut gemacht – ohne es überhaupt zu wissen. Vielleicht haben sie das Gefühl bekommen, mir etwas zurückzugeben. Aber weniger als eine Verpflichtung, sondern letztlich als eine natürliche Folge, als das letzte Glied einer langen Kette von Daseinsgesten, die endlich ihren höheren Sinn freigeben. Rena hingegen scheint zu wissen, was in mir vorgeht. Wenn ich bedenke, dass wir viele Jahre so gut wie keinen Kontakt hatten, und mit einem Mal hat der eine – wie soll ich sagen – die besondere Rolle des anderen verstanden und wie selbstverständlich angenommen."

„Das Dorf leistet sich zum Abschluss eine Rena und einen Larix?", meinte Elyna fragend.

„Oder hat sie hervorgebracht, ohne auch nur daran zu denken. Einfach so."

„Und was, glaubst du, ist deine Rolle im Dorf?"

„Ob ich eine Rolle im Dorf spiele? Das glaube ich nicht. Eher eine Rolle für das Dorf. Nein, Rolle ist nicht das rechte Wort. Vielleicht Aufgabe – die Aufgabe, die ursprüngliche Welt dieses Dorfes und dieses Tals als etwas Ganzes abzubilden, zumindest eine Vorstellung zu entwickeln, wie ein halbwegs überschaubares menschliches Ganzes zum sozialen Leben wurde."

„Nicht mehr lange, fürchte ich, nur noch wenige wissen selbst, wovon die Rede ist."

„Ja, ich weiß. Und vielleicht spürt dieses letzte Häuflein Verbliebener, dass ich damit beschäftigt bin, ihre Gemeinschaft zu würdigen und vielleicht in angemessenen Worten festzuhalten."

„Du willst doch hoffentlich kein naives Loblied anstimmen. Die Leute im Dorf hatten und haben auch reichlich Schattenseiten. Manche konnten und können sich nicht riechen, man gönnte und gönnt dem anderen nichts oder unterstellte und unterstellt dem anderen, er wolle sich Vorteile auf Kosten der anderen verschaffen – ob zu Recht oder zu Unrecht. Manche wie der alte Betto waren stur bis zum Anschlag und nahmen ihre Sturheit mit ins Grab. Balthasars Frömmigkeit erschien dem einen oder anderen schon reichlich grenzwertig. Der war so unzugänglich, dass wir kein wirkliches Wort mit ihm wechseln konnten."

„Freilich begegnet man hier wie überall der ganzen Palette menschlicher Schwächen und bisweilen auch echter Erbärmlichkeit. Und doch ist diese Dorfgemeinschaft nie aus dem Ruder gelaufen und von erbitterten Streitereien zerrissen worden. Man möchte meinen, sie wurden durch ihre harten Lebensbedingungen zusammengehalten und gezügelt. Die schlechten Eigenschaften des Einzelnen konnten sich nicht über Gebühr breitmachen und die Gemeinschaft vergiften. Und dieses Leben, das sie sich auferlegten, war weder Betrug noch Selbstbetrug. Erst als es mit dieser Welt zu Ende ging, entstanden vermehrt Fälle von Selbsttäuschung, als manche das Ende nicht wahrhaben wollten und sich dagegen auflehnten."

„Gab es derartige Fälle im Tal?"

„Ich denke schon. Jedenfalls machte Raimund einmal eine Andeutung. Allerdings ließ er offen, ob er jemanden aus dem Dorf selbst oder aus dem Nachbardorf meinte. Wie dem auch sei, die Betroffenen sind mittlerweile alle tot. Die Überlebenden dieser Generation, die wir noch kennen, und natürlich die Jüngeren, haben verstanden. Alle Widerstände sind ausgeräumt und sie haben ihr neues Schicksal angenommen. Aber es scheint sich auch der Wunsch nach dem Verstehen herauszubilden, von innen – das sind sie selbst – und von außen – Leute wie wir beispielsweise. Und ich glaube, unsere Einschätzungen passen schon zu ihren eigenen. Ich glaube, ihre größte Leistung bleibt die Schaffung einer sozialen Dimension, nämlich der Dorfgemeinschaft. Das hat fundamental mit ihrer bäuerlichen Existenz zu tun, die sich früh von der Macht der Grundherren befreien konnte. Dieses Tal hatte das Glück, keine drückende Gegenwart der Grundherren am eigenen Leib erdulden zu müssen."

Und Larix nahm erneut einen Anlauf, um das „Genie" dieser versinkenden Welt zu begreifen: Eine Solidarform, die genau zu den einzelnen Familien und ihrem Wirtschaften passte. Sie hatten sich als Gemeinschaft zusammengefunden, in der jeder sich auf jeden verlassen musste und tatsächlich konnte. Denn ohne das Vertrauen auf die Unterstützung der anderen und ohne die gemeinschaftliche Bewirtschaftung der Weideflächen und Wälder hätte niemand existieren können. Das wussten diese Leute nicht nur, sondern das hatten sie zutiefst verinnerlicht. Und im Dorf haben sie auf ein „Gleichgewicht der Kräfte" geachtet, sie respektierten sich. Sie haben beispielsweise nie einen alle anderen dominierenden „Großbauern" hervorgebracht, der ein nicht hinnehmbares Gleichgewicht wirtschaftlicher Abhängigkeiten herbeigeführt und ihre autonome Gemeinschaft zerstört hätte.

Larix meinte, das sei ihm deutlich bewusst geworden, als Fabio ihm einst ein Katasterblatt dieser hübschen, tischebenen Wiesenfläche am Angerlebach erklärte. Er berief sich auf die mündliche Überlieferung seiner Großmutter. Diese Fläche wurde gegen Ende des 18. Jahrhunderts urbar gemacht, als man sich daran machte, die Siedlung von Pfafflar hinunter ins Tal zu verlegen. Diese Fläche besitzt zwölf gleich große Parzellen, sowie eine dreizehnte, die wie eine überstehende Restfläche aussieht. Es ist die Gemeinschaftsarbeit von zwölf Hofbesitzern und die Parzellen wurden verlost."

„Und die dreizehnte?", fragte Elyna gespannt.

„Die schenkte man dem Lehrer, der von seiner kargen Besoldung kaum leben konnte, und auf der Parzelle Gemüse oder Kartoffeln anpflanzte. Ein hübsches Beispiel für die Aufmerksamkeit, die man den Gleichgewichten innerhalb der Dorfgemeinschaft schenkte. Sie webten Solidarität und schließlich ein gemeinsames Schicksal."

„Ja, die Menschen verfügten über ihr kleines Schicksal, sie hatten ein Schicksal, das ihnen gehörte."

„Ich denke an unsere Unterhaltung mit Felix gestern Abend zurück. Ist es diese entgleitende soziale Einbettung, die ihn an eine Verschwörung feindseliger Mächte glauben lässt? Die unerschütterliche Überzeugung der eigenen Existenz, die die Vorfahren beseelte, ist leider nicht mehr vorhanden", sagte Elyna nachdenklich. „Vielleicht war es eine glückliche Fügung, dass sie von den Mächtigen dieser Welt einfach in Ruhe gelassen wurden."

„Ja, sie sind in ihrer Geschichte wohl immer glimpflich davongekommen", entgegnete Larix. „Aber es scheint so etwas wie eine Erinnerung daran die Entwicklung zu überdauern, allerdings recht unbeholfen in der Verschwörungsvorstellung hinterlegt. Vielleicht kommt am Ende doch dabei heraus, was wir schon deutlicher sehen: Der Mensch braucht eine Beheimatung, ein authentisches Gruppenschicksal, kein ideologisches. Sein unmittelbares Schicksal muss er hinbekommen. Und der Mangel unserer Zeit ist vielleicht, dass genau dies allzu vielen Menschen schwer oder gar unmöglich gemacht wird. Im Dorf sieht es so aus, als ließe ein gemeinsamer, größtenteils unformulierter Wunsch, das alles zu betrachten, uns vertrauensvoll zusammenrücken. Kein sinnloses Umherrühren in alten Geschichten – das können sie mit mir nicht machen und würden es auch gar nicht tun –, sondern Anregung und auch ein wenig Nachdenklichkeit, aber auch Achtung der Leistung dieser Generationen. Und vielleicht ein interessanter Ausblick auf die Zukunft. Die Menschen hier sind Träger und Erben einer Erfahrung, die ich nicht habe machen können, die ich vielleicht unbewusst immer wieder gesucht habe."

„Und was ist anders an ihrem ‚Stammtisch'?"

„Ich verspüre in ihnen eine ruhende Heiterkeit. Ja, diese Leute sind heiter und nicht so umwölkt wie wir. Auch dieses moderne, affektierte, lärmende Lachen vieler Gruppen ist ihnen fremd. In diesen Menschen steckt eine gewisse Grundharmonie, die von ihrer Gemeinschaft ausgeht – auch heute noch, wenngleich das Ende absehbar ist. Wir haben das alles noch erlebt und – wie ich glaube – sehr wohl verstanden. Und mir ist die Beschäftigung mit ihrer Welt eine große Hilfe und Orientierung in der geistigen Bewältigung meines eigenen sozialen Daseins."

***

Ihre Unterhaltung streifte viele Punkte und rollte vorwärts wie sie selbst auf der Straße. Schon fuhren sie durch den Grenzlandtunnel, hinter dem das Allgäu begann. Die sanfte Landschaft war fast schneefrei. Und wie sie das Alpenvorland durchquerten und der Föhn noch über viele Kilometer das gezähnte Band der weißglänzenden Gebirgsketten in den Rückspiegel ihres die wenig befahrene Autobahn hinunter sausenden Autos stellte, war Larix das Herz gar nicht schwer. Dieses Mal nahm er die Erinnerung an ihren Aufenthalt nicht als Bürde der Wehmut mit, sondern als einen verborgenen Schatz, den er gern in sich tragen und hüten wollte für den Rest seiner Tage.

Er steuerte den Parkplatz der Raststätte „Allgäuer Tor" an, stellte den Wagen ab und sie stiegen aus. Ein wenig die Beine vertreten, einen Schluck Kaffee trinken und noch einmal einen langen Blick werfen auf diesen gleißenden Streifen, der den südlichen Horizont ausfüllte, wie eine riesige, in ihrem Inneren leuchtende Muschel, die sich einen Spalt weit aufgetan hatte.

„Seltsam", sagte er zu ihr, „wir haben in diesem Winter überhaupt keine Fotos gemacht."

„Ach", meinte sie, „du fotografierst ohnehin immer dieselben Motive."

Damit hatte sie recht. Was hatte er dort fotografiert? Die äußeren Gestalten dieser Welt. Doch zugleich gab es eine innere, intime Topologie – bestimmte dynamische Formen und Momente, mit denen sein Bewusstsein unauslöschliche Eindrücke verband. In diesem Gebirge, in diesem Tal, diese Flanke hinauf, an diesem Grat empor, in dieser Mulde, vorsichtig die Kreuzotter vorbeigelassen und diese Schwungfeder eines Adlers aufgelesen, was den Bergbewohnern in ihrem Leben nicht passierte, und durch dieses sich im Sommerwind wiegende Gras hindurch, getragen von Höhen und Tiefen, Massen und luftigen Räumen unter strahlendem Himmel. Und Elynas Gesicht, das ihm als leuchtendes Antlitz erschien, als sie sich zu den weißen Sternen neigte. Aber auch Nebelfetzen, die einem brodelnden Talkessel zu entweichen schienen und durch einen Kamin hoch oben im Plattein emporjagten, getrieben vom eiskalten Aufwind und um ihn her die nass glänzenden Felsen, an denen er sich vorsichtig und mit klopfendem Herzen hinunter hangelte. Und ihm war, als holte er mit seinen inneren Augen die Landschaft zurück wie eine ungeheure Masse, aus der sich Facetten seines Daseins lösten und winzige Blitze warfen. Nur die Menschen mochte er nicht in den Bildern der Kamera fixieren, als scheute er davor zurück, das immerwährende Fließen ihres Daseins zu stören, aus Sorge, ihr lebendiges Bild zu verfälschen. Einmal war ihm am Fenster der Wohnung Robert vor die Linse geraten. Aber Larix hatte eher den Heulader im Visier, den der Junge virtuos über den Hang lenkte und die Heustreifen, die Amelie mit dem Rechen zusammengeschoben hatte, mit dieser Maschine aufnahm und einsammelte. Nein, er hatte nie das Bedürfnis verspürt, die Menschen hier zu fotografieren. Ihre Welt, ja, ihre äußeren Räume und die Naturräume um sie her. Da hatte er so ziemlich alles durchs Objektiv gezwängt, jedenfalls alles, was für ihn sein Alles war. Berge von Dias und Papierbildern, später von Bilddateien hatte er produziert, unzählige Motive mehrfach, in allen Variationen. Ablagerungen so vieler Momente, in denen ein Impuls ihm sagte, doch eine Wahrnehmung aufzufangen und als Bild zu fixieren. Mehrfach war ihm der Gedanke gekommen, er müsse eine Wanderung minutiös filmen, immer weiter, sozusagen alle seine Wahrnehmungsblicke, die ihm die Wanderung bescherte, mithilfe der Kamera zu dokumentieren. Und er würde sich später hinsetzen und den Film schauen, die Augen wieder zurückholen und sich in sie hineinversetzen, als sie damals den Strom der Wahrnehmungen aufnahmen und zu Bildern und Eindrücken verarbeiteten. Doch die Augen nahmen immer unendlich mehr auf, als zu bewussten Sinneseindrücken verarbeitet werden konnte. Auf seinen Wanderungen wurde ihm das nur allzu deutlich. Die Masse der Realität, der sichtbaren und der nicht sichtbaren, auf welche die sichtbare verwies, war unerschöpflich. Und deshalb hielt Larix sie für schön und für versöhnend mit allen Wunden der Enttäuschung und ihrer Schmerzen.

Warum aber nicht hier oder an jedem anderen Ort der Welt, den er in seinem Leben besucht hatte? Sein Blick wanderte über die sich langsam verlierenden grünen Hügelflächen des Allgäus mit seinen kleinen Ortschaften, deren Namen er kaum kannte und die ihm gegenüber nie aus ihrer Anonymität herausgetreten waren. Nur an Kempten und Füssen besaß er lebhafte Erinnerungen. Doch selbst diese schienen mit den Jahren zu verblassen. Er erinnerte sich an einen Tag in Kempten, als er mit Elyna die Allgäuer Festwoche besuchte. Er fragte am Eingang nach der Viehausstellung, die ihm so deutlich in Erinnerung geblieben war, als er mit dem Vater und dessen Freund auf der damaligen Festwoche war. Was für eine Viehausstellung? Er erntete völliges Unverständnis. Offenbar gab es bei der jungen Frau am Infostand keine Viehausstellung, hatte es nie eine Viehausstellung gegeben. Eine andere Generation mit anderen Erinnerungen.

Das Kempten seiner Jugend war längst verschwunden, auch der alte Kopfbahnhof, wo seine Besuchergeschichte einer Heimat einst ihren Anfang genommen hatte. An seiner Stelle breitete sich ein modernes Einkaufszentrum aus. Die neuen Eindrücke sagten ihm nichts. Gewiss war alles tipptopp gestaltet, die Altstadt besaß eine gepflegte und attraktive Fußgängerzone. Aber diese urbane Fassade kannte er, sie hatte flächendeckend alle kleinen und großen Zentren Europas als perfekte soziale Monokultur in Besitz genommen, die – als erwünschter Nebeneffekt – die Immobilienpreise in große Höhen trieb. Freilich hatten auch die einstigen Städte ein gewisses Stadtbild, das sie verband. Aber Larix glaubte, dass die damaligen Menschen vielleicht etwas mehr mit ihrem Umfeld interagierten, als die heutigen, die doch an vielen Orten nur eilige Besucher und Kunden auf umsatzträchtigen Quadratmeterflächen sind.

Die Lorenzkirche hingegen stand zurückgezogen auf ihrem Hügel, als hätte sie nichts mehr mit dem modernen Treiben um sie her zu tun. Und doch war sie da und niemand verstand, was sie zu sagen hatte, so tief und unnahbar war ihr Schweigen.

Die neue urbane Realität war emporgewachsen und am Ende war sie den Menschen vor die Nase gesetzt, vielleicht schon über ihre Köpfe gewachsen – als Orte ihres vermeintlichen gemeinschaftlichen Daseins, als *forum urbanum* der Neuzeit. Aber eine persönliche Inbesitznahmen und Verfügung schienen unmöglich, ja geradezu unerwünscht. Räume aus Beton, Stahl, Glas und Kunststoffen, die glatt und steril waren, geschaffen zum Generieren hoher Quadratmeter-Umsätze, zum Durchschleusen von großen, sich immer wieder erneuernden Konsumentenscharen, vorbei an den Boutiquen der Markenhersteller und den Verkaufsräumen großer Warenhäuser. Nicht einmal mehr ein Häufchen Erde und natürliches Licht hatte diese künstliche Welt den wenigen Pflanzen in ihren Kübeln gelassen. Nein, Larix war kein Feind der Moderne, hatte zu Hause einen schnellen Rechner stehen, nutzte ein modernes Smartphone, besaß ein Online-Konto, erledigte Einkäufe kontaktlos und so viele andere Dinge mehr. Die fortschreitende Digitalisierung als solche war nicht das Problem, auch wenn das Vordringen der künstlichen Intelligenz ihn nachdenklich stimmte. Wie viele Menschen würden sich noch von ihr überwältigen lassen und sich mit ihren vorgefertigten Inhalten begnügen? Natürlich bediente er sich der technischen Errungenschaften seiner Zeit und wusste ihre Vorteile zu schätzen. Aber die Summe der wachsenden Modernität ergab offenbar keinen menschlich-stofflichen Sinn – jedenfalls hatte er dort nie Nähe und Vertrautheit verspürt. Freilich sprach das moderne Denken von Dynamik, offenen Strukturen, die immerwährenden Fortschritt versprachen. Aber wenn keine wirkliche Innerlichkeit dabei herauskam, bloß Entwurzelung und Getriebensein?

Und so schemenhaft die Details jener Szene waren, die ihn einst als Jungen überfiel, als er den Bahnsteig des Kemptener Hauptbahnhofs entlanglief, so klar war jetzt der Sinn des damaligen Beginns: Eine Welt durchdrungen von lebendiger Kommunikation, vielleicht mehr in seiner Vorstellung als in der Realität. Und doch nicht gänzlich realitätsfern. Eigentlich ging es um das Erleben der Kommunikation. Nein, nicht einmal das. Diese Welt hatte in ihm seine Vorstellung als elementar lebendig gemacht. Und so wie am Anfang der Welt das Wort war, so waren am Anfang der menschlichen Gemeinschaft Wahrnehmen, Sehen und Zeigen, Dialog und Kommunikation.

Doch heute – das war ihm ebenso deutlich bewusst – herrschte eine neue Realität, auf deren zu erwartende Brutalität er gern verzichten möchte. Er wusste, dass eine Begegnung mit der permanent beschworenen und so nachdrücklich suggerierten positiven Sinnhaftigkeit in jener Gesellschaft, zu der sie wieder zurückkehrten, zu seinen Lebzeiten nicht mehr stattfinden würde, weil es keinen Treffpunkt gab. Übrig blieben nur die Erfahrungen einzelner Menschen und ihr Wille, diese zu bewahren und zu kommunizieren.

Ja, die Kehrseite der Moderne war eindeutig der Raub des eigenen Daseins und die Gefahr der menschlichen Deformierung. Sie verwandelte das Dasein so vieler Menschen in Geröll. Man war nur noch zeitlich begrenzter Nutzer aller Infrastrukturen und Begegnungsorte. Und wer keinen Nutzen mehr zu bieten hatte, wurde an die Seite geschoben und schließlich mehr oder weniger unsanft entfernt. Verbundenheit? Wie sollten diese Glätte und Kälte als Nährboden für Wurzeln der Verbundenheit dienen? Wer mochte sich in all diesen glatten und glänzenden Flächen spiegeln? Sie fingen doch kein Gesicht ein. Seines jedenfalls war nicht dabei. Er ging unsichtbar durch alle Spiegelsäle dieser Gesellschaft hindurch.

Und doch musste dieser neue Daseinsstoff angenommen und in einen
Umwandlungsprozess eingebracht werden – in unendlich vielen und winzigen Näherungen und neuen Bedeutungsnischen. Wie die Pflanzen mit
ihren mächtigen Werkzeugen der Fotosynthese und Hydrogenase jedes
Geröllfeld durchdringen.

Er würde heute im Vorbeifahren noch so viele Orte und Landschaften
sehen. Und er würde seinen Augen und dem, was sie sehen, keine innere
Anteilnahme schenken. Diese Bilder rührten ihn nicht, weil sie nicht für
ihn bestimmt waren. Sie blieben verschlossen. Sie waren da und das war
auch gut so, und ohne Zweifel rührten sie andere Menschen – hoffentlich,
dachte er, ja, ganz gewiss, das müsse so sein. Alles andere wäre traurig.
Jeder, der von seiner Welt einfühlsam spräche – ob bescheiden oder in
Fülle –, würde in ihm einen aufmerksamen, ungeheuer verständnisvollen
Zuhörer finden. Die Schönheit der Welt gebe es für jeden Menschen, so
wie es die Sehnsucht nach ihr in jedem Herzen gebe. Wer aber Schönheit
und Sehnsucht einander näherbringe, dem werde das allerschönste Stück
zuteil und durch alle soziale Unbeholfenheit und Enttäuschung hindurch
könne er sich glücklich schätzen, es „Heimat mein" nennen zu dürfen. Larix schaute den sich abrollenden Landschaftsteppich um ihn her, wo zwar
nicht seine „Heimat mein" verborgen war, aber ganz gewiss die verborgene
Heimat so vieler und auch die Heimstätte vieler Exilierter, die aus ihrer
Heimat herausgerissen worden waren. Oder auch für einen jener seltenen
Wanderer zwischen den Welten, zu denen er Elyna und sich selbst zählte.

Alles sei eine Frage des Daseins, der Fähigkeit, da zu sein. Die Menschen
im Dorf müssen erkannt haben, dass seine Besuche im Dorf ein besonderer Teil seines Daseins waren. Eines Tages nahmen sie ihn in ihr Dasein
auf, ohne dies bewusst zu tun. Eigentlich ganz erstaunlich, sinnierte Larix, wie die Dorfbewohner ihm einen kleinen Platz in ihrem Dasein über-
ließen. Denn es gab keine aus den einstigen Notwendigkeiten geborene
Notwendigkeit, um ihm Platz zu geben. Es war eher eine Art von gemeinschaftlicher Spiritualität, die sich aus der Beständigkeit seiner Zuwendung
zu diesen Menschen und ihrer Gemeinschaft ergeben hatte. Das musste
sie lange erstaunt haben, bis sie schließlich überzeugt waren. Wie hatte
Marco das einmal zum Ausdruck gebracht: „Was fragst du noch? Du bist
doch selbst einer vom Dorf." Larix war sehr beeindruckt von diesem Satz

und fragte sich um ein weiteres Mal, was wohl die Menschen in ihm sehen. Vom Dorf, ja, er habe etwas vom Dorf wahrgenommen und schließlich für sich angenommen.

Mehrfach schaute er noch in den Rückspiegel. Die Bilder hatten sich zum weiß strahlenden Spalt verengt, der in ihm die Vorstellung weckte, dass dort hinten unerschöpfliches gleißendes Leben webte und er diesem Leben wie einem Plasma begegnet war. Und ihm war, als hätte er ein Geschenk empfangen, eigentlich eine Gnade, die Gnade des Daseins.

Dort gab es für ihn nichts mehr zu fotografieren. Ja, er hätte sich die ganze Mühe sparen können. Dass die äußeren Sinneseindrücke in seinem Bewusstsein sensible Bündel formten, die technisch gar nicht darstellbar noch mit Worten oder Symbolen beschreibbar waren. Ganz offenbar hatte er auf einen neuen Wahrnehmungsmodus umgeschaltet und die Kamera war zur Krücke geworden, die er nicht mehr benötigte. Vielleicht werde er auch auf andere Worte umsteigen müssen, wenngleich er noch keinerlei Vorstellung davon besaß, wie diese denn beschaffen sein könnten. Wo war sein Geist ein ganzes Leben lang unterwegs? Im webenden Kollektivbewusstsein und seiner sich immer neu schaffenden Kommunikation – allen Verwerfungen zum Trotz?

Die Leute im Dorf waren solide da. Niemand führte ein Scheindasein. Auf ihr Dasein, ihre Gegenwart, war Verlass wie auf den Aufgang der Sonne und ihren Untergang. Und aus dieser Präsenz heraus entfaltete sich die Kommunikation in einfachen Gesten, Worten und Zeichen zum stabilen Dasein.

Jetzt aber fuhren sie wieder zurück in die Welt brüchiger menschlicher Verhältnisse, mit denen er sich in seinem Leben nicht hatte versöhnen können. Die offene Wunde, so oft als hoffnungslos empfundener Mühen, sich eine Daseinstiefe vorzugaukeln, die nicht auffindbar war, weil sie mit den Elementen dieser Gesellschaft nicht erstellt werden konnte. Eine Zivilisation, die ihre Mitglieder dazu verurteilte, ihre Gegenwart zu verfälschen und am Ende ihr Dasein zu verfehlen. Die ihre Mitglieder blind durch ihr Dasein trieb – und die Menschen vermochten es nicht zu begreifen. Und da waren die von dieser Welt neu gezeugten Gestalten, die Opportunisten und egomanen Zyniker, die ungezügelten Konsumenten und – wer weiß? – die Soziopathen und Psychopathen als ihre heimlichen Herrscher. Die

gaben den Takt an, spielten die Musik und trugen stolz die Fahnen mit ihren trügerischen Botschaften. Die verständnislose Masse trottete ergeben
hinterher. Alles war schrecklich alternativlos. Und sogleich gab er diesem
Satz eine andere Bedeutung: Nicht das Geschehen der Gesellschaft war
alternativlos, sondern die ideologischen Narrative und ihre Macht über
die Menschen. Sie hatten die Menschen in die geistige Sackgasse getrieben.
Niemand war derzeit in der Lage, sie zu stürzen. Es gab nur die Chance,
Abstand zu halten und in diesem Abstand ein lebensfähiges Gleichgewicht
zu wahren und Kräfte zu versammeln – für eine Zukunft, die nahte.

Einmischungen voller Irritation, Beunruhigung, Entmischung und Ent-
koppelung wirklicher Kommunikation, waren die Werkzeuge ihrer Herrschaft. Eine endlose Verwürfelung, die eine Sucht gezeugt hatte, sich das
eigene Dasein immer wieder mit Illusionen zu überkleistern. Man gab sie
als real aus. Und durch die Entfremdung des Einzelnen von sich selbst,
vom anderen und von der Gesellschaft geriet auch das Menschliche aus
dem Gleichgewicht. Fehlentwicklungen häuften sich. Abstumpfung und
Gleichgültigkeit, aber auch unerklärliche Aggression sich selbst und anderen gegenüber. Und doch war sich Larix sicher, dass aus dem sterilen
Sprachgeröll mit seinem geringen kommunikativen Nährwert etwas em-
porwachsen müsse, um die geisttötende und lärmende Ödnis zu überstei-
gen. Nein, er war nicht allein, Elyna stand zu ihm. Das erfüllte ihn mit
Dankbarkeit. Man war leider noch so wenige, so zerstreut, der eine wusste
nichts von der spirituellen Mühsal des anderen. Man müsse anfangen, sich
Zeichen zu geben, authentische Zeichen, die das reale Elend der Entfrem-
dungen nicht leugnen, sondern als wirkliche Aufgabe geistiger Neugründung menschlicher Gemeinschaft in Angriff nehmen.

Und er dachte mit Dankbarkeit an diese Welt, die gerade hinter ihnen
verschwand. Er hatte ihr als junger Mensch begegnen dürfen, um seine
Vorstellung menschlicher Kommunikation zu entwickeln, die ihn heute
beseelte und die er für unabdingbar hielt. Die Vorstellung einer kommunikativen Dichte, menschlich und in sich ruhend, mit einer gewissen Heiterkeit, und immer auf den Einklang mit den Gleichgewichten des Menschen
und dieser Welt bedacht.

Und Elyna? Was mochte sie denken? Sie hatte ihn auf seinen Wegen begleitet und schließlich selbst Wege hinzugefügt und an der Inbesitznahme

und Ausgestaltung ihrer gemeinsamen inneren Horizonte mitgewirkt. Am Ende war das Dorf auch ihre Kraft geworden. Sie hatten erfolgreich versucht, diese Welt, die sich da zusammengefunden hatte, zu begreifen, weil sie ihnen bemerkenswert und bedenkenswert erschien. Und Elyna hatte die Anziehungskraft verspürt und sich ihr zugewandt. So hatten sie beide ihr Verständnis entwickelt und stark gemacht. Jetzt war das Dorf auch ihr Dorf, bis der letzte Bewohner des Pioniergeschlechts verschwunden sein würde. Mehr noch: Dieses Dorf hatte ihnen ihre Vorstellung gemeinschaftlicher Kommunikation geschenkt. Diese Vorstellung war ihre geistige Gegenwart. Das schwindende Dorf hatte seinen Geist freigesetzt und war zur tröstenden und ermutigenden Enrosadira menschlicher Gemeinwesen geworden.

Larix warf einen verstohlenen Blick auf seine Gefährtin, die sich in ein Sudoku-Rätsel vertieft hatte, seinen Fahrkünsten vollkommen vertrauend. Sie bemerkte seinen Blick und ahnte, was ihn bewegte. Sie ließ sich jedoch etwas Zeit, bevor sie reagierte. Soll er ruhig ein wenig zappeln, ihr träumender Nachdenker. Schließlich wandte sie sich ihm zu und sagte mit sanfter Stimme: „Ach, mein kleiner König Laurin. Es war wieder so schön.“